파꾼도

Facundo
Civilización y Barbarie
by Domingo Faustino Sarmiento

Published by Acanet, Korea, 2012

이 책은 저작권법에 따라 보호를 받는 저작물이므로 무단 전재와 무단 복제를 금하며
이 책 내용의 전부 또는 일부를 이용하려면 반드시 저작권자와 아카넷의 동의를 받아야 합니다.

한국연구재단총서 · 학술명저번역 519

파꾼도

문명과 야만

Facundo
Civilización y Barbarie

도밍고 파우스띠노 사르미엔또 지음 | **조구호** 옮김

차례

저자의 말 | 007
서문 | 011
세뇨르 돈 발렌띤 알시나께 | 033

제1장 **아르헨티나 공화국의 지형, 특성, 관습, 사고방식** | 039

제2장 **아르헨티나 사람들의 독창성과 특징** | 065

제3장 **연합** | 091

제4장 **1810년 혁명** | 103

제5장 **후안 파꾼도 끼로가의 생애** | 124

제6장 **라리오하** | 146

제7장 **사회 생활(1825)** | 170

제8장 **여러 가지 시도** | 198

제9장 **라따블라다 전투** | 224

제10장 온까띠보 전투 | 246

제11장 차꼰 전투 | 262

제12장 시우다델라 전투 | 295

제13장 바랑까야꼬! | 315

제14장 중앙 집권주의 정부 | 348

제15장 현재와 미래 | 394

옮긴이 해제 | 437
도밍고 파우스띠노 사르미엔또 연보 | 453

일러두기

1. 이 작품은 1851년 초판이 출간된 이후 여러 차례 수정되었기 때문에 다양한 판본이 존재한다. 본 번역을 위해 사용한 판본은 Domingo Faustino Sarmiento, *Facundo*, ed. by Roberto Yahni(Madrid: Cátedra, 2003)이다.

2. 본 번역 판본에는 수많은 주석이 실려 있다. 그중 상당수는 그동안 다양한 판본에 드러난 변화 양상(주로 저자에 의해 삭제된 부분, 오탈자, 부적절한 어휘 사용 등)을 지적한 것으로, 본 번역에서는 참고만 했을 뿐 특별하게 언급하지 않았다. 다만 저자나 원편집자가 책의 내용과 관련해 부가한 주석은 각각 [저자 주], [원편집자 주]로 표시해서 수록했다. 특정 내용 또는 어휘를 부가적으로 설명하는 옮긴이 주는 별다른 표시를 하지 않고 각주 형태로 실었다.

3. 본 번역을 위해 사용한 판본에는 간혹 철자법의 오류를 비롯해 편집상의 자잘한 오류가 발견된다. 이에 여러 판본과 비교해 오류를 정정한 뒤 이를 번역에 반영했다.

4. 도밍고 파우스띠노 사르미엔또는 과거에 일어난 역사적 사건을 기술하는 부분에서 과거 시제와 현재 시제를 혼용했다. 이 때문에 약간의 혼란이 유발될 수도 있는 경우, 본 번역에서는 특별하게 현재적 의미를 지니는 부분이 아니라면 과거 사건의 특성이 잘 드러나도록 과거 시제로 처리했다.

5. 외래어는 에스파냐어 원음에 준해 표기했다. 따라서 된소리와 이중 모음도 받아들여 원음주의를 따랐다. 다만 에스파냐어권에 속하지 않는다고 할 수 있는 말은 문화관광부 고시 외래어 표기법 규정에 따랐다.

저자의 말

> *On ne tue point les idées.*
> 사상의 목은 자를 수 없다.
> — 포르툴[1)]

사람의 목은 자를 수 있지만 사상의 목은 자를 수 없다.[2)]

    이 작품이 출간된 뒤 나는 여러 친구로부터 작품에서 언급한 여러 가지 사항을 수정받았다. 아주 다급하게 책을 썼기 때문에 부득이 정확하지 않은 사항이 일부 들어갈 수밖에 없었는데, 이런 부분은 사건이 일어난 무대에서 멀리 떨어져 있는 데다 현재까지 전혀 쓰인 적이 없는 어떤 것에 관한 것이다. 어느 사안을 직접 목격한 증인의 견해를 청취하거나, 대충대충 성급하게 작성된 원고를 수록하거나, 각기 다른 장소와 멀리 떨어진 지방에서, 그리고 다양한 시대에 일어난 사건을 기억 자체에 의지하면서 서로 통합하고 조율할 때, 가끔 아르헨티나의 독자가 자신이 알고 있는 무언가를 알아차리지 못한다는 것과, 바뀌거나 제자리를 잡지 못한 어느 이름이나 날짜에 관해 의견을 달리한다는 것은 그리 특이한 일이 아니다.

    하지만 내가 언급하고 있는 유명한 사건들, 그리고 내가 설명하고 있는

---

1) '포르툴(Hippolyte Nicolas Honoré Fortoul, 1811~1856)'은 프랑스의 교육자, 작가, 정치가다.

사안들의 기반으로 사용되는 것은 흠잡을 수 없을 정도로 정확한데, 그에 관해서는 그런 사건과 관계된 공람 서류가 대답해줄 것이라는 사실을 밝혀야겠다.

아마도 이 보잘것없는 작품의 편집을 서두르게 했던 걱정을 떨쳐버리고, 우발적으로 본제를 벗어나 지엽으로 흘러버린 모든 것으로부터 이 작품을 벗어나게 하고, 내가 지금 간단하게 대충 다루고 있을 뿐인 수많은 공식 문서를 참조해 보충하면서 새로운 계획에 따라 다시 융합할 순간이 있을 것이다.[3]

1840년 말에 나는 애석하게도 전날 군인들과 마소르께로[4]들이 술을 퍼

---

2) [원편집자 주] 폴 그루삭(Paul Groussac, 1848~1929)의 『문학 비평(Crítica Literaria)』(1924), 225쪽에 따르면, 이 문장은 볼네 백작(Constantin François de Chassebœuf, comte de Volney, 1757~1820)의 것이다. 폴 베르데보예(Paul Verdevoye, 1912~2001)의 『도밍고 파우스띠노 사르미엔또, 교육자와 신문 기자(Domingo Faustino Sarmiento, éducateur et publiciste)』(1963), 76~77쪽, 각주 160에는 설득력 있는 가설이 실려 있다. 즉 사르미엔또가 《레뷰 앙시클로페디크(Revue Encyclopedique)》지(誌)의 열렬한 독자가 됨으로써 1832년 이 잡지에 「교의와 사상(Les doctrines et les idées)」이라는 제목으로 실린 샤를 디디에(Charles Didier, 1805~1864)의 글에서 디드로(Denis Diderot)의 문장인 "On ne tue pas de coups de fusil aux idées(사람은 죽일 수 있으나 사상은 죽일 수 없다)"를 읽고 기억했을 수 있다는 것이다. 『파꾼도(Facundo)』가 출간되기 전에 다음과 같은 문장으로 끝나는 글 한 편이 실렸다는 사실을 고려해본다면 위 가정은 확실할 것이다. "Ni se fusilan ni degüellan las ideas(사상은 죽지도, 목이 잘리지도 않는다)"(《엘쁘로그레소(El Progreso)》, 1844년 5월 21일, XIII, 359). 세월이 흐르면서 이 문장은 종종 사르미엔또의 것으로 간주되기도 했는데, 이 문장에 『파꾼도』의 목적과 의도가 집약되어 있다고 할 수 있기 때문에 그런 생각은 썩 그릇되지 않다.
폴 그루삭은 18세에 프랑스에서 아르헨티나로 이주해 정착한 아르헨티나의 문인이자 문학 평론가다. 죽을 때까지 45년간이나 아르헨티나 국립도서관장을 역임했다. 볼네 백작은 프랑스의 철학자, 역사가, 정치가다. 폴 베르데보예는 프랑스 출신 문필가로, 아르헨티나의 문학을 작가적, 사회적, 문화적 측면에서 연구했다. 샤를 디디에는 프랑스의 소설가, 시인, 여행가다. 《엘쁘로그레소》는 칠레의 일간지로, 이 책의 저자인 도밍고 파우스띠노 사르미엔또는 칠레 망명 중에 이 신문사에서 일했다.
3) 본 번역 판본에는 이 부분까지가 각주 형태로 소개되어 있다.

마시고 취해 유혈이 낭자하게 소란을 피우던 곳에서 흠씬 두들겨 맞고 칼에 찔려 온몸에 멍이 들고 상처가 나서 엉망진창이 된 상태로 조국을 떠나게 되었다. 손다[5] 온천 지대를 지나가고 있을 때 나는 가장 즐거웠던 며칠 동안 어느 방에서 그려놓은 조국의 문장(紋章) 아래서 목탄으로 다음과 같은 말을 썼다.

On ne tue point les idées.[6]
사상의 목은 자를 수 없다.

그 소식을 전해 들은 정부는 상형문자처럼 이해하기 어려운 이 글을 해독하는 임무가 부여된 조사위원단을 파견했는데, 이 글에 저속한 감정의 폭발, 욕설, 협박 등이 포함되어 있다는 이유 때문이었다. 조사위원들은 이 글의 번역문을 들은 뒤 이렇게 말했다. "좋아! 그런데 이게 무슨 뜻이죠?"

그 의미는 단순하다. '나는 칠레로 오고 있는데, 칠레에는 여전히 자유

---

4) [원편집자 주] '마소르께로(mazorquero)'는 '인민재건단(Sociedad Popular Restauradora)'에 속한 전위대(前衛隊)의 무장 요원들로, 이들의 역할은 독재자 후안 마누엘 데 로사스(Juan Manuel de Rosas)에 반대하는 사람들을 폭력과 살인을 통해 겁박하는 것이었다. '마소르께로'라는 이름은 '옥수수 이삭의 열매들(unión de los granos en la espiga del maíz)'을 의미하는 '마소르까(mazorca)'에서 비롯한 것이다. 실제로 이 정치적 결사체의 이름은 '더 많은 교수대'를 의미하는 '마스 오르까(más horca)'에서 왔으나, 리오델라쁠라따(Río de la Plata) 지역에서는 이를 '마소르까'로 발음했고, 이를 '옥수수 이삭에 달려 있는 열매들처럼 결합된 사람들(unidos como los granos en la espiga)'이라고 해석했다.
5) '손다(Zonda)'는 아르헨티나의 산후안 주에 있다.
6) 이 글은 도밍고 파우스띠노 사르미엔또가 1849년 말경에 인용한 후부터 널리 알려졌는데, 이 글은 『파꾼도』를 관통하는 원칙이다. 포르뚤은 이 글을 통해 실제로 프랑스 혁명을 언급했는데, 그는 프랑스의 사상가이자 경제학자인 생 시몽(Claude Henri de Rouvroy, comte de Saint-Simon, 1760~1825)의 사회주의와 그의 공화국 사상에 경도되어 있었다.

가 빛을 발휘하고 있고, 나는 칠레의 언론이 내뿜는 광선을 안데스의 반대편[7]에 투사할 계획을 품고 있었다.' 내가 칠레에서 어떤 행위를 했는지 알고 있는 사람들은, 내가 스스로 밝힌 그 계획을 완수했다는 사실을 알고 있다.

7) '안데스의 반대편'은 바로 아르헨티나를 가리킨다.

서문[8]

> 나는 역사가에게 인간 혹은 자유에 대한 사랑을 주문한다. 역사가의 공정한 정의는 공평하지 않으면 안 된다. 역사가는 자신이 원하는 바와 다르게 자신이 조우하는 것 때문에 고통을 받거나 행복해야 한다.
> — 빌맹,[9] 『프랑스 문학 강의』

파꾼도 끼로가[10]의 무시무시한 그림자여, 나는 그대의 유골을 덮고 있는 피 먼지를 털어냄으로써 그대가 무덤에서 일어나 어느 숭고한 국민들의 내장을 찢어버린 그대의 비밀스러운 삶과 내부적인 격변에 대해 그대가 우리에게 설명해주기를 바라기 때문에, 그대의 영혼을 불러낼 것이다. 그대는 비밀을 간직하고 있다. 그 비밀을 우리에게 밝히라. 그대가 비극적으로 죽은 지 10년이 지났건만, 도시에 사는 사람들, 아르헨티나 야노스[11]에 사는 가우초들은 사막에 있는 다양한 오솔길을 걸을 때 이렇게 말했다. "아니야! 파꾼도 끼로가는 죽지 않았어! 여전히 살아 있어! 그는 올 거야!" 물

---

8) 이 부분은 1845년 5월 2일에 발행된 칠레의 신문 《엘쁘로그레소》 제769호에 처음 연재되기 시작한 『파꾼도』 '제사(題辭)', '서문'이다. 본 번역 판본에는 '[Pro. No. 769. Mayo 2]' 식으로 표기해 구분하고 있다. 『파꾼도』가 연재된 신문의 호와 날짜에 관한 정보는 각주를 통해 해당 부분 맨 앞에 밝히겠다.
9) '빌맹(Abel‑François Villemain, 1790~1870)'은 프랑스의 정치가, 작가다. 대표작으로 다섯 권으로 구성된 『프랑스 문학 강의(Cours de la littérature française)』(1828~1829)가 있다.

론이다! 파꾼도 끼로가는 죽지 않았다. 그는 민중의 전통에, 아르헨티나의 정치에, 아르헨티나의 혁명에 여전히 살아 있다. 그의 후계자이자 그를 보완해주는 사람인 후안 마누엘 데 로사스[12]에게도 파꾼도 끼로가는 살아 있다. 즉 파꾼도 끼로가의 영혼이 파꾼도 끼로가보다 더 완전하고 더 완벽한 이 판박이 인간에게 전해졌던 것이다. 파꾼도 끼로가에게는 본능이고, 시작이고, 경향이었을 뿐인 것이 로사스에게는 체제, 효과, 목표로 바뀌었다. 식민지 시골의 야만적인 자연은 이런 변형을 거쳐 예술로, 체제로, 정규 정책으로 바뀌었고, 이것들은 사건, 사람, 사물을 지배하는 어느 천재의 외모와 태도를 닮고자 열망해온 한 남자에게 구체화된 어느 국가의 존

---

10) [원편집자 주] '후안 파꾼도 끼로가(Juan Facundo Quiroga, 1788~1835)'는 젊었을 때부터 자신이 태어난 지방인 라리오하(La Rioja) 주에서 농촌 활동에 참여했고, 1812년에는 애국 군대들에게 목장의 마소를 제공하기 시작했다. 1820년에는 이웃의 산후안(San Juan) 주에서 일어난 어느 반란을 기반으로 라리오하를 탈환한 뒤 라리오하 주의 지휘권을 손에 넣었다. 아르헨티나의 중앙 집권주의자 단체(organización unitaria)에 가입했음에도 불구하고 1826년에는 실제적이고 이데올로기적인 문제에서 리바다비아(Rivadavia)와 의견의 일치를 보지 못함으로써 리바다비아에게 대항했다. 리바다비아가 교회를 개혁하자 파꾼도 끼로가는 '종교냐 죽음이냐(Religión o Muerte)'라는 표어를 적은 깃발을 들고 대항했다. 그는 딸라(Tala)(1826)와 린꼰(Rincón)(1827)에서 라마드리드(Lamadrid) 장군을 물리친 뒤, 중앙의 권력에 대항하는 지방 주 정부들의 연합체(unión)를 만들었다. 이 연합체는 파꾼도 끼로가의 군대와 군사적 능력의 지원하에 만들어진 것이다. 빠스(Paz) 장군의 군대는 위에서 언급한 지방 주 정부들의 연합체의 반항을 억누른 뒤 라따블라다(La Tablada)와 온까띠보(Oncativo)(1830)에서 파꾼도 끼로가를 격파함으로써 지방 주 정부들의 연합을 끝장냈다. 파꾼도 끼로가는 후안 마누엘 데 로사스의 지원을 받고 자신의 부대를 재조직하기 위해 부에노스아이레스로 도망쳤다. 그렇게 해서 1831년에 제2차 원정을 시작했고, 파꾼도 끼로가는 꼬르도바(Córdoba)에서 쁘린글레스(Pringles) 장군에게 승리하고, 차꼰(Chacón)에서 비델라 까스띠요(Videla Castillo) 장군에게 승리하며, 시우다델라(Ciudadela)에서 라마드리드 장군에게 승리함으로써 자신의 세력을 아르헨티나 북서부와 중부에서 강화했다. 파꾼도 끼로가는 로사스가 1833년에 실행한 사막 원정(Campaña al Desierto)에 참여했다. 1835년 파꾼도 끼로가는 자신이 살따(Salta) 주 정부와 뚜꾸만(Tucumán) 주 정부 사이의 중재자 역할을 수행하고 아르헨티나 북부로부터 돌아오던 중 바랑까야꼬(Barranca Yaco)에서 살해당했다.

재 방식으로 세상의 표면에 모습을 드러낼 수 있었다. 지방 출신에, 야만적이고, 용맹스럽고, 대담한 파꾼도 끼로가는 로사스로 대체되었는데, 로사스는 파꾼도 끼로가와 달리 문화적인 부에노스아이레스의 자식이었다. 로사스는 위선적이고, 냉혹하고, 계산적인 정신을 소유한 사람으로, 격정을 표출하지도 않은 채 악을 행하고, 마키아벨리처럼 뛰어난 지능을 발휘해가면서 천천히 전제주의를 만들어나간다. 로사스는 오늘날 이 지구상에 경쟁자가 없는 폭군인데, 그의 신하들이 인심 좋게 그에게 붙여준 '그란데'[13]라는 칭호를 그의 적들이 얻으려고 경쟁하는 이유는 무엇인가? 그렇다. 그는 조국의 영광과 수치를 위해서는 위대한 인물이고, 정말 위대한 인물이다. 왜냐하면 비천한 처지로 전락한 수천 명이 그를 시체 더미 위에

---

11) '야노스(llanos)'는 에스파냐어로 '평원'이란 뜻인데, 아메리카의 대초원을 가리키는 말이 되었다.
12) [원편집자 주] '후안 마누엘 데 로사스(Juan Manuel de Rosas, 1793~1877)'는 부에노스아이레스의 식민지 전통을 간직한 가문에서 태어나 어린 시절부터 목축 활동에 종사했다. 그는 재주와 수완이 뛰어나고, 그 누구도 따라올 수 없이 뛰어난 경제적 선견지명을 지니고 있었기 때문에, 단시일에 염장(鹽藏) 공장 하나를 소유하게 되었고, 따라서 염장 공장에서 생산된 식품을 수출하는 데 몰두했다. 로사스는 수많은 토지를 획득하고, 소유 토지와 목축 산업을 확장시키고, 이로써 '따사호(tasajo)'라 불리는 염장 고기, 가죽, 수지(獸脂)를 수출했다. 후안 마누엘 데 로사스는 엄격하게 소유 재산과 사업을 관리하고, 아랫사람들을 다스렸다. 그의 정치적 활동은 1829년에 라바예(Juan Galo de Lavalle) 장군을 격퇴함으로써 시작되었다. 같은 해 부에노스아이레스의 입법부는 로사스를 특별 권한을 지닌 주지사로 선출했다. 그는 목축업자들과 연방주의 당의 도움을 받아 약 20년에 이르는 시기, 즉 공포, 박해, 개인주의, 문화적 억압, 전횡 등 전형적인 독재의 모든 상징에 의해 특징될 수 있는 시기를 개시했다. 그는 무역과 산업을 눈에 띄게 번창시키고, 프랑스와의 싸움에서 확실한 승리를 거두었다. 또한 공공 부채를 줄이고, 쉽게 납득할 수 있는 규정 하나를 마련했다. 후안 마누엘 데 로사스는 1852년에 까세로스(Caseros)에서 벌어진 전투에서 우르끼사(Urquiza)에게 패배했다. 후안 마누엘 데 로사스 정부의 특징은 내륙 지방의 까우디요(caudillo: 호족)들에게 자치권을 부여한 것이다. 로사스는 국가의 대외 관계를 이끌고, 부에노스아이레스 항구와 그곳의 세관들이 벌어들이는 이익금을 이용했다. 그런데도 내륙 강들을 자유롭게 항해하도록 해달라는 요구는 결코 받아들이지 않았다. 그런 것이 바로 후안 마누엘 데 로사스의 지방 자치의 개념이었다. 그의 연방주의는 반대를 덮어버렸다.

실어 끌고 가기 위해 그의 마차에 달라붙는 것을 그가 발견했다면, 공화국의 정치적인 조직이 지닌 수수께끼를 우리에게 제의하는 그 괴물을 이기겠다는 희망을 버리지 않고서 15년 동안 유혈이 낭자한 전투를 벌인 수천 명의 관대하고 고결한 사람들 역시 있기 때문이다. 결국 로사스는 어느 날인가는 오게 될 것이고, 나는 사람들이 그를 파멸시키기를 바란다. 그리고 비겁하기 때문에 반은 여자고, 잔인하기 때문에 반은 호랑이인, 그 아르헨티나의 스핑크스는 고꾸라져서 죽음으로써 리오델라쁠라따의 테베[14]에 신세계[15]의 나라들 가운데 가장 높은 지위를 부여하게 될 것이다.

그런데도 칼이 끊을 수 없었던 이 매듭을 풀고, 그를 칭칭 감아서 그를 형성시킨 실에 관해 끈질기고 주의 깊게 연구하고, 국가의 내력, 국가의 지형과 지세, 민간의 관습과 전통에 내포되어 있는 사항을 찾아내는 것이 필요하다.

오늘날 아르헨티나 공화국은 외부로 표출된 면들이 유럽 국가들의 많은 관심을 불러일으키는 이스파노아메리카[16]의 한 구역으로, 이들 유럽 국가는 대단히 모순되는 요소가 북새통을 이루는 아르헨티나의 중앙부로 접근하는 과정에서 자주 길을 잃거나 어떤 소용돌이에 이끌렸다. 프랑스는 아르헨티나 공화국이 지닌 이런 매력에 빠질 순간에 처했음에도 적당한 거리를 유지한 채 떨어져 있었다. 프랑스에서 가장 수완 좋은 정치가들은 위대한 국가가 되려고 도전하는 그 아메리카의 세력을 향해 성급한 시선을 투

---

13) '그란데(Grande)'는 '위대한 사람'이라는 의미다.
14) '테베(Thebae)'는 아테네 북서쪽, 보이오티아 평원 동쪽에 위치한 고대 그리스의 주요 도시다. 또한 고대 이집트의 나일 강 상류에 자리 잡은 정치 문화의 중심 도시이기도 하다.
15) '신세계(Nuevo Mundo)'는 중남미를 가리킨다.
16) '이스파노아메리카(hispanoamerica)'는 에스파냐의 식민지이던 곳, 즉 에스파냐어를 사용하는 아메리카 지역을 가리킨다.

사했을 때, 자신들이 본 것을 전혀 이해하지 못했다. 가장 현명하다고 간주되는 사람들은 내부에서 투쟁이 벌어지는 이 거대한 진원지에서 뒤집어지고, 요동치고, 서로 부딪치면서 들끓어 오르는 용암을 보고는 다음과 같이 말했다. "이것은 아메리카에 있는 수많은 화산들 가운데 지하에 있는 이름 없는 화산으로, 곧 없어질 것이다." 그리고 그들은 자신들의 시선을 다른 곳으로 옮겼고, 자신들이 무리를 지어 피상적으로 보았던 사회적 현상에 관해 쉽고 정확한 해결책 하나를 제시한 것에 만족했다. 총체적으로는 남아메리카에, 그리고 무엇보다도 아르헨티나 공화국에 토크빌[17] 같은 사람 하나가 필요했다. 다양한 사회학 이론 지식을 갖춘 토크빌은, 학문적으로 탐사되지도 기술되지도 않은 이 광대한 시골에 과학자나 여행자가 척도, 팔분의(八分儀), 나침반을 들고 들어오듯이, 우리의 정치적인 삶 안으로 들어와서는 인류의 다양한 부분의 삶에 들어 있는 새로운 면모에 대단한 탐욕을 부리는 유럽과 프랑스에 썩 두드러지지도 알려지지도 않은 이 새로운 존재 방식을 보여줄 것이다. 그렇게 되었더라면 그 공화국을 산

⋮

17) '토크빌(Alexis Charles Henri Maurice Clérel de Tocqueville, 1805~1859)'은 프랑스의 정치가, 역사가로, 나폴레옹 3세의 쿠데타에 반대해 공직에서 물러난 후 역사 연구에 전념했다. 전통적인 자유주의 정치 전통을 대표하는 인물인 그는 프랑스 정치에 적극적으로 참여했다. 처음에는 7월 왕정(1830~1848)에 참여했고, 나중에 2차 공화정(1849~1851)에 참여했다. 나폴레옹 3세의 1851년 쿠데타 이후 정치에서 은퇴해 『구체제와 프랑스 혁명(L'Ancien Régime et la Révolution)』을 저술했다. 그는 앵글로 색슨계 유럽인이 아메리카로 가서 영국, 프랑스와는 다른 민주주의를 만드는 것을 보고 미국에 관심을 갖게 되어 1931년에 미국으로 떠났다. 미국인들이 자연적, 환경적 요소에 따라 자연 발생적 자유와 민주화를 구현했다고 본 것이다. 미국을 여행한 뒤에는 『미국의 민주주의(De la démocratie en Amérique)』를 저술했는데, 이 책은 오늘날에도 민주주의에 관한 고전으로 평가받고 있다. 보수주의와 자유주의를 넘나들 정도로 독특하고 뛰어난 토크빌의 사상은 당대의 정치사상가들이 미처 생각하지 못했던 미래 민주 사회의 문제점을 날카롭게 파악했다. 영국에서는 자유주의자와 교유하며 존 스튜어트 밀에게 큰 영향을 주었다.

산조각 내버린 끈질긴 투쟁의 미스터리가 설명되었을 것이다. 서로 충돌하는, 모순적인 요소들, 극복할 수 없는 요소들이 다른 방식으로 분류되었을 것이다. 토크빌은 그런 요소들이 존재하게 된 원인을 그 공화국의 지형과 그 지형이 만들어낸 관습 탓으로 돌렸을 것이다. 그 원인을 종교 재판과, 에스파냐의 전제주의를 남겨주었던 에스파냐의 전통과 국민의 의식, 즉 부정하고 간악한 대중 탓으로 돌렸을 것이다. 정치 세계를 전복시켜버린 대립적인 사상들의 영향 탓으로 돌렸을 것이다. 인디헤나[18]적인 야만성 탓으로 돌렸을 것이다. 유럽 문명 탓으로 돌렸을 것이다. 결국 1810년의 혁명[19]에 의해 봉헌된 민주주의 탓으로, 평등 탓으로 돌렸을 것인데, 민주주의와 평등의 도그마는 사회 하부의 막(膜)들에까지 스며들어 있다. 우리에게 철학적인, 역사적인 교육이 부족하기 때문에 아직 실행하지 못하고 있는 이 연구는 경쟁력 있는 관찰자들에 의해 이루어졌는데, 이 연구가 유럽인들의 어리둥절한 눈에 정치의 새로운 세계를 보여주고, 인류 정신의 최신 진보와 기초 상태에 있는 야만적인 노선 사이에서, 인구가 많은 도시들과 어두침침한 숲들 사이에서 발생하는 기발하고, 솔직하고, 원시적인 어느 투쟁을 보여주었을 것이다. 그렇게 해서 에스파냐의 문제, 즉 유럽에는 후진적인 것이 조금 해명될 수 있었을 것이다. 에스파냐는 지중해와 대양 사이, 중세와 19세기 사이에 누워 있고, 넓은 지협을 사이에 두고 교양 있는 유럽과 결합되어 있고, 좁은 해협을 사이에 두고 야만적인 아프리카

∴

18) '인디헤나(indígena)'는 아메리카 대륙에 거주하던 원주민을 가리킨다.
19) 여기서 말하는 '1810년의 혁명'은 1810년 5월 25일 아르헨티나인들이 리오델라쁠라따의 부왕인 발따사르 이달고 데 시스네로스(Baltasar Hidalgo de Cisneros)를 퇴위시켜 축출함으로써 독립을 선언하고, 대다수가 리오델라쁠라따 연합주(Provincias Unidas del Río de la Plata)의 끄리오요(criollos)로 이루어진 첫 자치 정부의 건립을 선포한 혁명을 가리킨다.

와 분리되어 있다. 또 에스파냐는 적대적인 두 세력 사이에서 균형을 유지하고 있는데, 천칭처럼 자유로운 국민 편에 있을 때는 올라가고, 학대받은 사람들 편에 있을 때는 내려간다. 에스파냐는 이제 불경하고, 이제 광신적이다. 공공연한 헌법주의자이거나 뻔뻔한 독재자다. 가끔은 수수방관하면서도 자신들의 부서진 연결 고리에 저주를 퍼붓고, 자신에게 굴레를 씌워달라고 소리를 지르며 요구한다. 이는 에스파냐의 존재 조건이자 존재 방식인 것처럼 보인다. 과연 그런가! 자식들의 교육과 버릇을 보면 부모들의 사상과 도덕성이 어떤지 알 수 있는데, 유럽의 에스파냐가 지닌 문제는 아메리카의 에스파냐[20]를 세밀하게 조사함으로써 해결될 수 없는 것일까? 그럴까? 이스파노아메리카 국민들이 벌이는 이 영원한 싸움은, 그리고 태만으로 인해 국민들을 불안하게 만드는 정치적, 산업적 능력의 결핍은 역사적으로, 철학적으로 전혀 의미가 없는 것인가? 또 그들은 확실한 길잡이도 없이, 정확한 목표도 없이, 그리고 자신들이 단 하루도 편안하게 보낼 수 없는 이유가 무엇인지 알지 못한 채, 어떤 적의 손이 그들을 쓰러뜨리고 그들의 지위를 강등시켜서 질질 끌고 다니는 치명적인 회오리바람 속으로 밀어 넣어버리는 것을 알지 못한 채, 적의 사악한 영향을 벗어나지 못한 채, 제자리를 맴돌고 있는 것인가?

예수회[21]의 '현명한' 손에 의해 발가벗겨진 땅 파라과이에서 다음과 같

---

20) '아메리카의 에스파냐(España americana)'는 에스파냐의 식민지였던 아메리카를 가리킨다.
21) '예수회(Societas Iesu: La Compañía de Jesús)'는 1534년 8월 15일에 군인 출신 로마 가톨릭 수사 이그나시오 데 로욜라가 창설한 수도회다. 예수회는 아직 개신교의 세력이 미치지 않은 중국과 중남미에서 활발한 해외 선교를 했다. 17세기에 예수회 전도사가 파라과이, 아르헨티나, 브라질 접경 지역에 예수회 전도소(misiones: 미시오네스)를 설립했다. 특히 북서쪽은 파라과이로, 북쪽, 동쪽, 남쪽은 브라질로 둘러싸여 있으며, 남서쪽으로는 아르헨티나의 꼬리엔떼스(Corrientes) 주와 이어져 있는 이 지역은 나중에 아르헨티나의 미시오네스 주(Provincia

은 일이 일어난 이유가 무엇인지 알 필요가 없는가? 고색창연한 꼬르도바 대학교의 강의실에서 교육받은 어느 '현자'[22]는 인간 정신의 착오의 역사에 새로운 한 페이지를 열고, 한 국가를 원시적인 숲의 경계 안에 가둬놓고, 이 '숨겨진 중국'[23]으로 통하는 오솔길을 지움으로써 30년 동안 아메리카 대륙의 깊숙한 곳에 스스로 숨고 자신의 포로인 국민도 숨겨놓았다. 그는 나이가 들어 죽을 때까지, 그리고 자신이 순종적인 국민을 짓밟은 채 꿈쩍도 하지 않음으로 생기는 '조용한 피로'에 지쳐 죽을 때까지 포로들에게 한마디 비명도 지르지 못하게 했는데, 결국 고분고분한 국민은 자신들 주변으로 다가오는 사람들에게 아주 약하고 알아듣기도 어려운 목소리로 말했다. "나는 여전히 살아 있어! 하지만 정말 고생이 많았지! *quantum mutatus ab illo*(모습이 참 많이도 변했어)!"[24] 파라과이는 얼마나 많은 변화를 겪었으며, 저항에 반대하는 사람의 목에 걸린 멍에가 얼마나 많은 멍과 종양을 남겼는가! 20년 동안 내부적인 격동을 겪고 모든 종류의 조직을 시험해본 뒤에, 아르헨티나 공화국의 내장 깊숙한 곳으로부터, 가슴의 가장 깊은 곳으로부터, 프란시아 박사를 담고 있는 로사스라는 인물이 탄생

∵

de Misiones)가 되었다.
22) [원편집자 주] 이 '현자'는 가스빠르 로드리게스 데 프란시아(Gaspar Rodríguez de Francia) 박사를 가리킨다. 그는 1816년부터 자신이 죽은 해인 1840년까지 파라과이에서 독재를 행했다. 그는 파라과이를 모든 외세로부터 고립시키고 폐쇄시키는 정책을 유지했다. 칼라일(Thomas Carlyle)은 이 폭군의 특이한 성격에 관해 유명한 에세이 한 편을 썼다.
23) '숨겨진 중국(China recóndita)'은 쇄국 정책으로 인해 스스로 고립된 파라과이를 가리킨다.
24) 이 말은 로마의 국가 서사시 『아이네이스(*Aeneis*)』의 저자이자, 로마의 시성이라 불릴 만큼 뛰어난 시인, 이후 전 유럽의 시성으로 추앙받게 되는 시인, 단테가 저승의 안내자로 선정할 만큼 위대한 시인인 푸블리우스 베르길리우스 마로(Publius Vergilius Maro, B.C. 70~B.C. 9)가 한 것이다. 승리자로서 아길레스의 갑옷을 입고 귀환한 과거의 헥토르와 비교해 현재 연민을 불러일으키는 처지에 빠진 헥토르에 관해 언급한 것이다.

했고, 로사스는 프란시아 박사보다 더 크고, 더 자유롭고, 이렇게 말할 수 있다면, 유럽 국민들의 사상, 관습, 문명에 더 적대적이었는데, 이런 아르헨티나 공화국의 광경을 연구할 가치가 있지 않을까? 프란시아 박사와 로사스는 외국적인 요소에 대한 분노, 정부의 권위에 대한 생각을 공유하는데, 이들에게는 사군또와 누만시아[25]처럼 조국을 희생시킬 정도로, 심지어는 펠리뻬 2세[26]와 또르께마다[27]의 에스파냐처럼 교양 있는 국가의 미래와 국가가 지닌 위상을 포기할 정도로 야만적인 독창성, 냉혹하고 잔인한 성

∴

25) '사군또(Sagunto)'는 에스파냐 동부 지중해에 있는 고대 도시이고, '누만시아(Numancia)'는 오늘날 에스파냐 중북부 소리아(Soria) 주에 해당하는 고대 도시로, 로마의 공격에 강력하게 항전했다.

26) '펠리뻬 2세(Felipe II de Habsburgo, 1527~1598)'는 합스부르크 왕가 출신의 에스파냐 국왕이다. 1580년부터는 포르투갈 국왕도 겸했다. 또한 메리 1세의 배우자로서, 잉글랜드의 공동 통치 국왕이기도 했다. 에스파냐 최전성기의 통치자로, 대표적인 절대 군주 가운데 한 사람으로 알려져 있다. 펠리뻬 2세는 1571년에 교황령, 베네치아 공화국 등과 함께 손을 잡고 신성 동맹을 결성, 레판토 해전에 참전하겠다고 선언하면서 이복동생 돈 후안 바우띠스따 바스께스(Don Juan Bautista Vázquez)를 연합 함대의 총사령관에 임명했다. 돈 후안은 유럽 함대를 이끌고 오스만 제국과의 해전에서 승리했다. 1580년에는 조카인 포르투갈의 세바스띠앙이 후사를 남기지 못하고 사망하자 포르투갈 왕국을 병합했다. 이로써 남아메리카, 필리핀, 네델란드, 밀라노 공국, 부르고뉴 공국(이상 까스띠야 왕국령), 사르데냐 섬, 시칠리아 섬, 나폴리 왕국(이상 아라곤 왕국령), 아프리카 대륙의 남서부, 인도의 서해안, 말라까, 보르네오 섬(이상 포르투갈 왕국령) 등 광대한 영토를 수중에 넣음으로써 에스파냐는 역사상 '해가 지지 않는 제국'이라 불리는 최전성기를 맞았다.

27) '또르께마다(Tomás de Torquemada, 1420~1498)'는 에스파냐 최초의 종교 재판소 소장이다. 그의 이름은 종교 재판소의 공포, 종교적 편협함, 잔인한 광기와 동의어로 쓰였다. 1452년 도미니쿠스 교단에 들어가 22년 동안 세고비아의 산따끄루스 수도원 부원장을 지냈다. 유대인 개종자 마라노스, 이슬람 개종자 모리스꼬, 유대교도, 무어인 등이 에스파냐의 안녕을 위협한다고 믿은 그는 가톨릭 군주인 여왕 이사벨(Isabel) 1세와 페르난도(Fernando) 5세의 고해 신부이자 조언자로서 이들의 종교 정책에 막대한 영향을 미쳤다. 아이러니하게도 유대인 후예이던 그는 1492년 지배자들을 설득해 세례받기를 거부하는 모든 유대인을 추방하도록 했고, 이로써 대략 1만 7천 명의 유대인이 에스파냐를 떠나야 했다. 그는 에스파냐 곳곳에 종교 재판소를 설립했다. 그의 재직 기간에 화형당한 사람의 숫자는 대략 2천 명으로 추정되어 왔다.

격, 불굴의 의지가 발견되고, 세상의 비난과 싸우기 위한 오만이 발견되지 않는가? 이는 우발적인 변덕인가, 어떤 강력한 천재성이 밖으로 드러남으로써 생긴 일시적인 일탈인가? 어떤 행성이 다른 행성에 가까워지면 그 행성의 중력을 받아 이끌림으로써 정규 궤도를 살짝 이탈하지만 자신의 회전축으로부터 완전히 벗어나지는 않는데, 이는 회전축이 나중에 힘의 우위를 확보해 행성이 원래의 궤도로 들어오도록 하기 때문일까? 기조[28] 씨는 프랑스 정계에서 다음과 같이 말했다. "아메리카에는 두 개의 정당이 있습니다. 유럽식 정당과 아메리카식 정당입니다. 그런데 아메리카식 정당이 유럽식 정당보다 더 셉니다." 프랑스 사람들이 몬떼비데오에서 무기를 들었고, 자신들의 미래, 삶, 복지를 문명화된 유럽식 정당의 승리와 결부시켰다는 사실을 기조 씨가 알게 되었을 때 그저 다음과 같은 말만 덧붙였다. "프랑스 사람들은 간섭하기를 대단히 좋아하는 사람들이기 때문에 다른 정부의 문제에 개입함으로써 자기 나라를 위기에 빠뜨립니다." 기조 씨여, 하느님의 축복을 받으시라! 기조 씨는 유럽 문명의 역사를 연구하는 역사가이자, 로마 문명의 일부를 수정한 새로운 요소들의 경계를 정하고, 프랑스라는 국가가 근대의 정신을 만들고, 섞고, 융합한 용광로 같은 역할을 해왔다는 사실을 보여주기 위해 중세의 얽히고설킨 미로로 들어간 인물이다. 프랑스 왕의 공사(公使)인 기조 씨는 프랑스 사람들과 로사스의 적들 사이에 드러나는 이런 깊은 호감을 다음과 같은 말로 정확하게 해석했다. "프랑스 사람들은 대단히 간섭을 많이 해!" 아르헨티나의 어느 정당은 자기에

---

28) '기조(François Pierre Guillaume Guizot, 1787~1874)'는 프랑스의 역사가, 웅변가, 의원이다. 1848년 혁명 이전의 대표적인 정치가였던 기조는 국왕 샤를 10세의 입법권을 전복하려는 시도에 반대한 보수적 자유주의자로, 1830년 7월 혁명에 이은 왕정 헌법을 보존하기 위해 작업했다.

게 도움을 주겠다고 찾아오는 유럽의 모든 요소와 이렇게 싸우고, 또 동맹을 맺는 것을 무관심하고 무감각하게 바라보고 있던 아메리카의 다른 나라 국민들은 분노가 가득한 목소리로 다음과 같이 분명하게 말한다. "이 아르헨티나 사람들은 유럽인들과 너무 친해." 그러자 아르헨티나 공화국의 그 폭군[29]은 다음과 같은 말을 덧붙임으로써 문장을 완성하는 비공식 임무를 떠맡았다. "아메리카의 대의를 배반하는 자들!" 확실하다! 모든 사람이 이야기한다. 배신자들, 그래 정확하게 들어맞는 말이다. 확실하다! 우리의 말이 맞다. 아르헨티나 사람들은 아메리카적인, 에스파냐적인, 절대주의[30]적인, 야만적인 대의를 배반하는 사람들이다. 독자 여러분은 우리의 뇌리에서 맴도는 '야만'이라는 단어를 들어본 적이 없는가? 야만인이 되느냐 되지 않느냐 하는 것이 문제인가? 이에 따르면, 로사스는 격리되어 있는 하나의 사안, 하나의 착오, 하나의 기형이 아닐까? 그렇지 않다면, 로사스는 하나의 사회적 표현이고, 어느 나라 국민의 존재 방식이 구체화된 것인가? 로사스가 숙명적이고, 필연적인 것이고, 자연스러운 것이고, 논리적인 것이라면, 여러분은 무엇 때문에 로사스를 퇴치하려고 고집을 부리는가? 하느님 맙소사! 뭐 하려고 로사스를 퇴치한다는 말인가! …… 혹시 로사스를

---

29) '그 폭군'은 후안 마누엘 데 로사스를 가리킨다.
30) '절대주의(absolutism)'는 근세 초기 유럽에서 보인 전제적(專制的) 정치 형태로, 절대주의 체제는 대개 군주정(君主政)을 채택했기 때문에 흔히 절대 왕정이라 불린다. 봉건 제도와 근대 제도의 과도기에 위치한 절대 왕정은 여전히 토지의 영유 관계(領有關係)를 기반으로 했기 때문에 절대 군주들은 토지 영유권자와 교회를 자신에게 종속시키면서 동시에 시민 계급의 지지를 얻으려고 했다. 정치 형태에서는 중앙 집권적 통일 국가였다는 점에서 분권적인 중세 봉건 국가와는 다르고, 인민의 무권리(無權利)와 신분적 계층 제도를 유지했다는 점에서는 근대 국가와도 구별된다. 절대주의는 봉건 제도에서 자본주의로 이행하는 과도기에 출현한 정치 형태로, '절대'라는 말은 국왕이 봉건 귀족, 부르주아 등 어느 누구에게도 제약을 받지 않는 절대적 권력을 가졌다는 것을 의미한다. 왕권신수설(王權神授說)이 그 이론적 기반이다.

퇴치하는 작업이 힘들고, 그래서 터무니없기 때문인가? 혹시 좋지 않은 원칙이 승리하고, 그 원칙 때문에 체념해서 영토를 포기해야 하기 때문인가? 혹시 이탈리아가 온갖 폭정의 무게 아래서 신음하고, 폴란드가 소량의 빵과 자유를 구걸하면서 지상을 방황하고 있기 때문에 문명과 자유는 오늘날 세계에서 유약한 것인가? 여러분은 무슨 이유로 로사스를 퇴치하려는가? 혹시 수많은 재난을 겪은 뒤 아직까지 살아남은 우리가 현재 활력을 잃은 상태이기 때문에, 아니면 우리가 어떤 전투들에서 패배했기 때문에 정당한 것과 조국의 미래에 대한 우리의 의식을 잃어버리지는 않았는가? 뭐라고! 사상들 역시 투쟁의 전리품들 사이에 들어 있는가? 로사스가 자신의 본래 모습을 버리지 못하듯, 우리는 지금 우리가 하고 있는 일의 주인이 아니라 사실은 다른 것의 주인인가? 국민들 사이에 벌어지는 이들 싸움에서 지방적인 것은 전혀 없는가? 참을 줄 모르는 사람에게 승리는 결코 허용되지 않는가? 다른 한편으로, 우리가, 아메리카에서 가장 비옥한 땅들 가운데 하나가 야만적으로 황폐해지도록 방치하고, 배가 다닐 수 있는 백 개의 강들을 '*ab initio*(처음부터)' 물장구를 치면서 조용히 전유(專有)하고 있는 물새들에게 넘겨주고서 가만히 있어야 하는가? 자신들이 우리의 황무지에서 살기 위해, 그리고 우리가 천막을 쳐놓고 바닷가의 모래알처럼 무수한 마을을 만들도록 하기 위해 반복해서 문을 두드려대는 유럽 이민자들에게 우리가 자발적으로 문을 닫아야 하는가? 유럽에서 인류애의 필요성을 연구하는 사람들이 우리에게 열심히 제시해주는 그 예상 때문에, 우리가 유년 시절부터 설레는 마음으로 바라던 발전에 대한 꿈, 권력에 대한 꿈, 영광에 대한 꿈을 환영으로, 헛된 것으로 놔두어야 하는가? 유럽 다음으로, 아메리카보다 더 문명화할 수 있고 더 황무지인 다른 기독교 세계가 있는가? 컵의 물처럼 넘쳐나는 유럽인들을 금방이라도 받아들여야 한다고 부름을 받고 있는 아르헨티나 같은 나라가 아메리카에 많이 있는가? 결국 과학과 산업이 우리의 중심에 정착함으로써 과학은 인간의 사고에 미치는 모든 방해로부터 자유로워지고, 산업은 모든 폭력과 강압으로부터 안전한 상태로 있게 되도록 하기 위해 우리가 과학과 산업에 우리를 도와주도록 간절히 호소하고, 과학과 산업을 온 힘을 다해 불러내는 것을 여러분은 원하지 않는가? 오호! 이런 미래를 더 이상, 그런 식으로 포기할 수는 없다. 장정 2만 명으로 이루어진 군대 하나가 조국의 문을 지킨다는 이유로 이런 미래를 포기할 수 없다. 현재 병사들은 전장에서 싸우다 죽거나, 탈주하거나, 깃발을 바꾼다. 운명이 정말 그 오랜 모진 세월 동안 어느 폭군에게 혜택을 베풀었을 것이기 때문에 이런 미래를 포기할 수는 없다. 그 운명은 분별력이 없고, 운명이 전장의 짙은 연기와 숨 막히는 먼지 사이에서 어느 날 자신이 좋아하는 것을 정확히 만나지 못한다면, 폭군에게 안녕을 고한다! 폭정이여 안녕! 미숙한 대중이 방황하는 순간에 식민지 시대의 야만적이고 무지한 모든 전통은 대중의 마음에 커다란 영향을 미쳤을 수 있기 때문에 이런 미래를 포기할 수 없다. 정치적 격동을 통해서도 유익한 경험이 축적되고 서광이 비칠 수 있는데, 새로운 관심사, 풍요로운 사상, 진보가 결국은 케케묵은 전통, 무지한 관습, 정체된 선입관에 승리한다는 것이 인류의 법칙이다. 어느 국가에 악 대신에 선을 선택하는 순진 무구한 사람 수천 명이 있고, 그 악에서 자신의 이익을 취하는 이기주의자들, 악을 무관심하게 보는 냉담자들, 악을 퇴치하는 데 감히 나서지 못하는 겁쟁이들, 그리고 마지막으로 악이 무엇인지 알지 못한 채 악과 타락을 좋아하는 성향 때문에 악한 짓을 하는 부패한 사람들이 있을 것이기 때문에 이런 미래를 포기할 수 없다. 그 밖의 다른 아메리카 국가들이 우리를 도와줄 수 없기 때문에 결코 포기할 수 없다. 다른 나라들의 정부가 멀리 내다보지 못한 채 그저 조직화된 권력의 광채만 보고, 혁명의 변변찮고 쓸쓸한 암흑 속에서 스스로 발전하려고 투쟁하는 커다란 요소들을 구분하지 못할 것이기 때문에 이런 미래를 포기할 수 없다. 자유주의를 가장한 반대가 자신들의 원칙을 포기할 것이고, 자신의 양심에 침묵을 강요할 것이기 때문에, 그리고 자신을 애먹이는 곤충을 발로 짓밟음으로써 그 고상한 발바닥이 자신에게 붙어 있던 그 곤충 냄새를 풍길 수 있기 때문에 이런 미래를 포기할 수 없다. 우리의 비참함과 우리의 위대함이 그 수많은 국민에게 연민을 불러일으키기에는 그들의 시선으로부터 너무 멀리 떨어져 있어서 그들이 우리에게 등을 돌릴 것이기 때문에 이런 미래를 포기할 수 없다. 아니다! 모순과 난관이 그렇게 산적해 있다고 해도 그토록 거대한 어느 미래를, 그토록 숭고한 임무를 포기할 수는 없다. 그런 모순과 난관을 부정하는 힘에 의해 난관이 극복되고, 모순이 없어진다!

박탈과 상실로 인해 정말 가혹한 궁핍 상태에 처해 있고, 자신들의 머리 위에 다모클레스의 칼[31]처럼 사람을 죽이는 칼이 늘 겨냥되어 있는 상태에서 끈질기게 투쟁하는 사람들에게 우리가 칠레에서 해줄 수 있는 것은 전혀 없다.[32] 아무것도 없다! 사상 말고는, 위로 말고는, 자극 말고는 아무것도 줄 수 없고, 칠레의 '자유로운 언론'이 모든 자유로운 인간에게 제공해

---

31) '다모클레스(Damokles)'는 B.C. 4세기 전반의 시칠리아 시라쿠사의 참주(僭主) 디오니시오스 1세의 측근 인물이다. 어느 날 디오니시오스는 다모클레스를 호화로운 연회에 초대해 한 올의 말총에 매달린 칼 밑에 앉혔다. 참주의 권좌가 '언제 떨어져 내릴지 모르는 칼 밑에 있는 것처럼 항상 위기와 불안 속에 유지되고 있다'는 것을 가르쳐주기 위해서였다. 이 일화는 로마의 명연설가 키케로에 의해 인용되어 유명해졌고, 일촉즉발의 위기 상황을 강조할 때 '다모클레스의 칼(Sword of Damokles)'이라는 말이 속담처럼 사용되기 시작했다.
32) 도밍고 파우스띠노 사르미엔또는 1840년에 정치적인 이유로 투옥되었다가 칠레로 추방당해 기자, 교육자, 작가로 활동하면서 조국 아르헨티나를 위해 투쟁했다.

주는 언론의 무기가 아니라면 우리는 투사들에게 갖다 줄 그 어떤 무기도 갖고 있지 않은 상태다. 언론! 언론! 보라, 폭군이, 즉 그대가 우리와 함께 제압해버린 바로 그 적(敵)이 있다. 보라, 우리가 획득하려고 애쓰는 황금 양털이 여기에 있다. 보라, 프랑스, 영국, 브라질, 몬떼비데오, 칠레, 꼬리엔떼스의 언론처럼, 언론은 그대가 희생시킨 사람들이 무덤 속에서 음산한 침묵을 유지하는 가운데 그대의 꿈을 교란할 것이다. 보라, 그대는 악을 줄이기 위해 언어적 능력,[33] 즉 선을 예고하기 위해 가졌을 뿐인 그 능력을 훔쳐야 할 상황에 처해 있다. 보라, 그대는 그대 자신을 정당화하기 위해 내려오고, 그대는 형제를 죽일 수 있는 타락한 펜 한 자루를 구걸하면서 유럽과 아메리카의 모든 국가를 돌아다닐 것이다. 그렇게 되면 그 펜은 자신이 쇠사슬에 묶어놓았던 사람을 언론을 통해 방어할 수 있을 것이다! 그대는 왜 다른 모든 나라에서는 그대가 유지시키고 있는 토론을 그대의 조국에서는 허용하지 않는가? 결국 그대가 언론의 평화로운 토론을 통해 종결지어야만 했는데, 무엇 하려고 칼로 수천 명을 희생시키고, 무엇 하려고 그 많은 전쟁을 일으켰는가?

*[34] 이 책의 앞부분을 읽었을 독자는 내가 돈[35] 후안 마누엘 데 로사스라는 이름을 불명예스럽게 만든 야만적인 행위에 관해 감동적인 그림 하

∴

33) [원편집자 주] 여기서 말하는 '언어적 능력'은 후안 마누엘 데 로사스가 외국인 이민자들의 공격에 대해 영어와 프랑스어로 대답한 것을 가리키는데, 후안 마누엘 데 로사스의 영어와 프랑스어 대답은 당시 여러 외국 신문에 실렸다.
34) * 이 부분은 1845년 5월 3일에 발행된 《엘쁘로그레소》 제770호에 연재되었다.
35) '돈(don)'은 신분이 높거나 나이가 많은 남자의 이름 앞에 붙이는 것이다.

나를 그리고 싶어한다는 사실을 깨닫게 될 것이다. 로사스에 대해 이런 공포심을 느끼는 사람들은 차분해질지어다. 이 비도덕적인 전기의 마지막 쪽은 아직 만들지 않은 상태다. 만들어낼 수단이 아직 충족되지 않고 있기 때문이다. 이 전기의 주인공인 영웅의 나날은 아직 다 언급하지 않았다. 다른 한편으로 그의 적들 사이에서 일어난 격정은 지나치게 분노에 넘쳐서 적들이 자신들의 평정심이나 정의에 대해 믿기에는 아직 역부족이다. 내가 다루어야 할 사람은 다른 인물이다. 그가 바로 파꾼도 끼로가다. 내가 종이에 기록하고 싶은 행위를 했던 까우디요[36]다.

흙이 파꾼도 끼로가의 뼈를 덮어 짓누른 지 10년이 지났는데, 희생자들을 찾기 위해 무덤을 파헤쳐버리겠다는, 명예를 훼손하는 그런 생각은 아주 잔인하고 독성이 강한 것일 테다. 길을 가던 파꾼도 끼로가를 강제로 멈추게 만든 그 '공식적인' 총탄은 누가 발사했는가? 파꾼도 끼로가는 부에노스아이레스 또는 꼬르도바에서 출발했는가? 이 비밀은 역사가 설명해 줄 것이다. 그럼에도 파꾼도 끼로가는 아르헨티나 시민전쟁에 참여한 인물들 가운데 가장 천진난만한[37] 인물의 전형이라는 것은 사실이다. 파꾼

∴

[36] '까우디요(caudillo)'는 19세기 초 독립한 옛 에스파냐 식민지 아메리카의 여러 나라에서 배출된 강력한 정치, 군사 지도자[豪族]를 뜻한다. 본래는 군대의 대장(隊長)으로서 전투를 지휘하는 사람을 가리키는 말이었는데, 그 의미가 점차 바뀌어 조합, 공동체, 단체의 지도자, 통령(統領)을 뜻하게 되고, 독재자와 동의어로 쓰이기도 한다. 아르헨티나의 후안 마누엘 데 로사스 같은 이가 대표적인 까우디요다. 일반적으로 카리스마를 갖추고 개인적인 매력과 대담성, 언변과 재력으로 많은 추종자를 거느리며 군사 투쟁이나 권력 투쟁을 통해 자신의 지배력을 확보했다. 까우디요의 통치와 정치적 지배를 '까우디이스모(caudillismo)'라고 하는데, 이런 전통은 이 지역 정치사의 특징이기도 하다. 20세기에 들어와 교육과 근대 서구 민주주의적 정치 의식의 성장 등으로 고전적 까우디요의 모습은 사라지고, 독재의 양상이 변화를 일으켜 지방 호족보다는 국가적인 인물들이 등장하기 시작했으며, 아르헨티나의 후안 뻬론(Juán Perón)처럼 흔히 민족주의 성향의 군부 세력이 독재 권력을 뒷받침했다. 이런 유형의 정치 지도자는 오늘날에도 여전히 이 지역에 존재한다.

도 끼로가는 혁명이 드러내는 아메리카적인 성격보다 더욱더 아메리카적인 인물이다. 파꾼도 끼로가는 자신이 출현하기 전까지 각 지방에서 따로따로 요동치던 혼란의 모든 요소를 묶고 연결시킨 인물이다. 파꾼도 끼로가는 지방의 전쟁을 국가의 전쟁, 아르헨티나의 전쟁으로 만들고, 10년 동안 갖은 고생을 하고, 나라와 국민을 수없이 황폐화시키고, 수많은 전쟁을 겪은 뒤 승리자가 되어 나타났는데, 파꾼도 끼로가의 최후는 그를 살해한 사람만이 알 수 있는 것이었다.

나는 후안 파꾼도 끼로가의 전기를 씀으로써 아르헨티나의 혁명을 설명할 수 있을 것이라고 믿어왔다. 그 이유는 그 독특한 사회의 중심에서 싸웠던 여러 경향 가운데 하나를, 두 가지 다른 면모 가운데 하나를 그가 충분히 설명해준다고 믿기 때문이다.

그래서 나는 내 기억을 되살려왔고, 그 기억을 보충하기 위해 어렸을 때 파꾼도 끼로가를 알았던 사람들, 그의 추종자가 되거나 그의 적이 되었던 사람들, 사건을 눈으로 보고 귀로 듣고, 어느 특정 시대 또는 어느 특정 상황에 관해 정확하게 알았던 사람들이 내게 제공해줄 수 있었던 자잘한 내용을 찾아왔다. 그런데도 나는 내가 보유하고 있는 자료보다 더 많은 자료를 여전히 기다리고 있고, 그 수는 아주 많다. 나는 일부 부정확한 내용을 아직 제대로 포착하지 못한 상태인데, 그 부분에 관해 알고 있는 이들이 있으면 내게 알려주기를 간청하는 바다. 왜냐하면 나는 파꾼도 끼로가를 단순히 한 명의 까우디요로 보는 것이 아니라, 식민화와 영토의 독특한 면모가 만든 아르헨티나의 삶에서 발현된 인물이라고 보기 때문이고, 나

---

37) [원편집자 주] 도밍고 파우스띠노 사르미엔또는 '천진난만한(ingenuo)'이라는 용어를 '그 나라에서 태어난(nacido en el país)', '자유롭게 태어난(nacido libre)'이라는 느낌과 의미로 사용했다.

는 이 문제에 관해 진지한 관심을 기울일 필요가 있다고 믿는다. 그 이유는 이렇게 하지 않고서는 파꾼도 끼로가의 삶과 행위가 역사의 영역에 일화로서만 들어갈 수밖에 없는 일반적이고 통속적인 이야기에 불과하기 때문이다. 하지만 파꾼도 끼로가는 광활하게 펼쳐져 있는 아르헨티나 공화국의 영토에서 압도적인 부분을 차지하는 웅대하고 야생적인 자연의 지형학적 모습과 관련이 있다. 파꾼도 끼로가는 어느 국민의 존재 방식, 관심사, 본능을 충실하게 대변하는 인물이다. 결국 그의 성격이 우발적인 증세를 일으켰기 때문이 아니라, 그의 의지와 상관없는 불가피하고 무의식적인 선례에 의해 과거의 모습을 현재도 지니게 된 파꾼도 끼로가는 가장 독특하고 가장 멋지고 귀한 역사적 인물로서, 거대한 사회 운동을 선도하는 어느 까우디요는 역사의 특정 순간에 한 국가의 신앙, 필요, 관심사, 관습을 엄청난 크기의 규모로 반영하는 거울일 뿐이라는 사실을 이해하는 사람들의 지대한 관심과 숙고의 대상이 될 수 있다.

그림에 묘사된 알렉산드로스[38]는 한편으로는 호전적이고, 문학적이고, 정치적이고, 예술적인 그리스를 반영하는 인물이고, 다른 한편으로는 회의주의적이고, 철학적이고, 진취적이고, 모험적인 그리스를 반영하는 인물인데, 그리스는 이민족을 문명화하려는 행동 범위를 넓히기 위해 아시아로

---

38) '알렉산드로스(Alexander the Great, Megas Alexandros, B.C. 356~B.C. 323)'는 필리포스 2세와 올림피아스의 아들로, '알렉산더 대왕', '알렉산드로스 3세'라고도 한다. 그는 자신이 정복한 땅에 '알렉산드리아'라고 이름 지은 도시를 70개나 건설했다고 한다. 이 도시들은 그리스 문화 동점(東漸)의 거점이 되었고, 헬레니즘 문화의 형성에 큰 구실을 했다. 세계의 모든 사람을 하나의 제국 안의 평등한 세계 시민으로 만들고자 했던 알렉산드로스의 문화사적 업적은 유럽, 아시아, 아프리카에 걸친 대제국을 건설해 그리스 문화와 오리엔트 문화를 융합시킨 새로운 헬레니즘 문화를 이룩한 데 있다. 그가 죽은 뒤 대제국 영토는 마케도니아, 시리아, 이집트로 갈라졌다.

흘러들었다.

그래서 우리는 아르헨티나 국민의 이상과 이상의 구체화를 이해하기 위해 아르헨티나 국민의 내부적인 삶에 관한 사항을 천착해볼 필요가 있다. 내 판단에는 볼리바르[39]의 삶에 관한 그림을 그렸던 전기 작가들의 무능력 때문에 그 누구도 불사조 볼리바르를 이해하지 못했듯이, 이런 선례들이 없다면 그 누구도 파꾼도 끼로가를 이해할 수 없을 것이다. 나는 『신(新)백과사전』[40]에서 볼리바르 장군에 관한 훌륭한 작업 한 편을 읽은 적이 있다. 그 글에는 그 아메리카 까우디요가 지닌 재능과 천재성에 부합하는 공명정대한 작업이 이루어져 있다. 하지만 볼리바르에 관해 쓰인 다른 모든 전기에서처럼 나는 이 전기에서 유럽의 장군, 제국의 제독들, 덜 위대한 나

∴

[39] '볼리바르(Simón Bolívar, 1783~1830)'는 베네수엘라 군인, 독립운동가, 정치 지도자다. 1819년 8월 7일 볼리바르는 5천여 명의 영국군과 아일랜드군의 지원을 받아 콜롬비아를 해방시켰으며, 그해 12월 17일에 미국의 연방 정부를 본뜬 국가 '그란 콜롬비아(Gran Colombia)'의 설립을 선언했다. 1821년 11월 21일 카라카스에 재입성해 베네수엘라를 해방시켰다. 또한 아르헨티나의 독립운동 지도자 호세 데 산마르띤(José de San Martín)의 아르헨티나, 칠레, 뻬루 해방에 자극받아 에콰도르를 해방시켰다. 산마르띤이 뻬루와 아르헨티나의 주민들과 갈등을 빚어 유럽으로 망명하자 볼리바르는 부하 수끄레를 보내 1824년 12월 9일 뻬루의 왕당파들을 제거했다. 뻬루 왕당파들과의 전쟁을 마지막으로 남아메리카는 에스빠냐로부터 해방되었다. 하지만 전쟁에 지친 볼리바르는 1825년 2월 10일에 종신 대통령직과 후계자 지명권을 그란 콜롬비아 의회에 반납하고, 거액의 연금 지불 제안도 거부했다. 그 후 그란 콜롬비아가 칠레, 아르헨티나, 볼리비아, 뻬루의 독립으로 와해되자, 1830년에 그란 콜롬비아 대통령직에서 물러나는 의미로 콜롬비아 보고따를 떠났다. 지병인 폐결핵과 동료 수끄레의 암살로 인한 상심으로 건강이 악화되어 요양을 하던 산뻬드로 알레한드리노 농장에서 사망했다. 볼리바르는 산마르띤 등과 함께 라틴 아메리카의 '해방자(El Libertador: 엘 리베르따도르)'로 불린다. 현재 볼리바르는 라틴 아메리카에서 정치적인 영향력이 가장 큰 역사적 인물로 간주되고 있다.

[40] 『신백과사전(Encyclopédie nouvelle: Dictionnaire philosophique, scientifique, littéraire et industriel, offrant le tableau des connaissances humaines au XIXe siècle)』은 페에르 레로와 장 르노가 1839년과 1840년 사이에 출간한 프랑스어 백과사전으로, 편자들의 사회주의 철학이 표출되어 있다.

폴레옹을 보았다. 하지만 나는 아메리카의 까우디요, 어느 대중 반란의 대장도 보았다. 나는 유럽을 모방한 것은 보지만, 아메리카가 내게 계시하는 것은 전혀 보지 못하고 있다.

콜롬비아는 야노스, 목축의 삶, 순수 아메리카의 야만적인 삶을 보유하고 있는데, 바로 그곳으로부터 위대한 볼리바르가 출발했고, 볼리바르는 야노스의 진흙을 이용해 자신의 영광스러운 건물을 지었다.

하물며 볼리바르의 전기가 볼리바르를 번쩍거리는 옷차림의 유럽 장군들과 비교해서 기술한다는 것이 가당키나 하겠는가? 그러니까 그 전기 작가가 지니고 있던 유럽식의 고전적인 선입관은 그 영웅의 모습을 훼손하고, 영웅이 첫날부터 연미복을 입고 나오도록 그에게서 '뽄초'[41]를 벗긴다. 이는 부에노스아이레스의 석판 인쇄공들이 파꾼도 끼로가를 접은 옷깃이 달린 유럽식 승마용 저고리를 입은 모습으로 그려온 것과 영락없이 닮았는데, 그렇게 그린 이유는 석판 인쇄공들이 파꾼도 끼로가가 결코 포기한 적이 없던 그의 전통 저고리가 그에게 부적합하다고 생각했기 때문이다. 좋다. 그들은 장군 하나를 자신들 방식대로 만들어냈다. 하지만 그렇게 되면 정작 파꾼도 끼로가는 사라져버린다. 프랑스에서 발발한 '올빼미들'[42]의 전쟁에서 볼리바르의 전쟁을 공부할 수 있는데, 볼리바르는 더 넓은 범

---

41) '뽄초(poncho)'는 어깨에 둘러메는 사각형 천으로, 비쿠냐, 야마, 알파카 같은 동물의 털로 짠다. 한가운데 뚫려 있는 구멍에 머리를 집어넣어 어깨를 걸치는 방식으로 착용한다.
42) '올빼미들(chouans: 슈앙)'은 프랑스 혁명기의 반혁명 농민 집단이다. 주로 소금 밀매업자들로 구성된 이들은 1793년에 프랑스 서부에서 반란을 일으켜 방데의 왕당파와 합세했다. '올빼미'는 원래 실패로 끝난 이 반란의 지도자 장 코트로(Jean Cottereau, 1757~1794)의 별명이었으나 나중에 그 추종자들에게까지 쓰인 것으로 짐작된다. 군주제에 대한 충성심보다는 새로 생긴 공화국 정부가 이들의 오랜 관습에 간섭해 세기 동안 계속된 소금세 '가벨(gabelle)'을 폐지함으로써 이들의 밀무역을 파탄시키고, 성직자에게 불리한 조치와 강제 징병제를 실시한 데 대한 불만이 반란의 더 큰 동기였다.

주의 샤레트[43]다. 만약 에스파냐 사람들이 1811년에 아르헨티나 공화국에 들어왔더라면 우리의 볼리바르는 아르띠가스[44]가 되었을 것이다. 만약 이 까우디요 아르띠가스가 천성적으로, 그리고 교육에 의해 볼리바르처럼 풍부한 자질을 부여받았더라면 말이다.

유럽과 아메리카의 전기 작가들이 볼리바르의 이야기를 다루는 방식은 산마르띤[45]과 같은 다른 위인들의 전기와도 부합한다. 산마르띤은 흔히 말하는 까우디요가 아니라 실제로 장군이었다. 그는 유럽에서 교육을 받고 아메리카로 왔는데, 당시 아메리카에는 혁명 정부가 들어서 있었다.

⁝

43) '샤레트(François-Athanase Charette de La Contrie, 1763~1796)'는 프랑스의 반혁명군 지도자다. 방데 전쟁(1793~1796)에서 왕당파를 이끌었다. 1793년 3월에 국민공회의 혁명 정부에 대항해 낭트 지방에서 일어난 반란에 가담했다. 1793년 10월에 자신의 농민 게릴라 병력을 푸아트뱅 늪지대로 철수시키고 그곳에서 방데 저항군을 지휘했다. 그 뒤 항복해 정부의 사면을 받았으나 1795년 6월 26일, 그 무렵 국왕 루이 18세라는 칭호를 내건 망명객 프로방스 백작에게 충성을 선언했다. 바로 그 이튿날 키브롱 만을 공격한 왕당파 망명자들의 편에 서서 싸웠으나 공격은 실패로 끝났고, 공화주의자 라자르 오슈 장군에게 잡혀 총살당했다.
44) '아르띠가스(José Gervasio de Artigas, 1764~1850)'는 '우루과이 국가의 해방자이자 영웅'이라 불리는 정치가다.
45) '산마르띤(José Francisco de San Martín Matorras, 1778~1850)'은 아르헨티나의 장군이자 남아메리카 남부 지역이 에스파냐로부터 독립하는 데 공을 세운 독립운동가다. 1808년, 에스파냐군에 입대해 프랑스와 싸웠으며, 에스파냐의 바일렌(Bailen) 전투, 알부에라(Albuera) 전투 등에 참가하면서 남아메리카 독립 지지자들과 접촉하기 시작했다. 1812년에 부에노스아이레스로 가서 남아메리카 합중국(오늘날의 아르헨티나)에 투신했다. 1813년 산로렌소(San Rorenzo) 전투 이후 1814년 북부군을 지휘하면서 뻬루의 리마를 공격하려고 계획했다. 1817년에 아르헨티나의 멘도사(Mendoza)에서 안데스 산맥을 넘어 칠레로 갔다. 차까부꼬(Chacabuco) 전투와 마이뿌(Maipú) 전투(1818년)에서 에스파냐 군대를 물리쳤고, 1819년에 칠레의 독립을, 1820년에 뻬루의 독립을 성공시켰다. 1822년 8월 22일 산마르띤은 에콰도르의 구아야낄(Guayaquil)에서 동료 해방자 시몬 볼리바르와 밀실 회담을 한 뒤, 뻬루를 완전히 해방시키는 과업을 맡았다. 산마르띤은 뻬루를 떠남으로써 정계와 군대에서 물러난 뒤 1824년에 프랑스로 갔다. 산마르띤은 시몬 볼리바르와 함께 에스파냐로부터 남아메리카를 해방시킨 영웅이자, 아르헨티나 국민의 아버지로 추앙받고 있다. 그를 기린 '해방자 산마르띤 장군 훈장(Orden del Libertador San Martín)'은 아르헨티나 최고의 훈장이다.

산마르띤은 자신의 의지에 따라 자유롭게 유럽식 군대 하나를 조직해 훈련시킨 끝에, 과학적인 병법에 의거해 정규전을 수행할 수 있었다. 그의 칠레 원정은 나폴레옹의 이탈리아 원정과 마찬가지로 합법적이고 합당한 정복이었다. 하지만 만약 산마르띤이 저기서 야노스 사람들을 자기편으로 끌어들이기 위해 몬또네라들[46]을 지휘해 여기서 패배했더라면 두 번째 공격을 감행했을 때 교수형을 당했을 것이다.

그렇듯 볼리바르의 드라마는 오늘날 우리가 알고 있는 것과는 다른 요소로 구성되어 있다. 볼리바르라는 인물을 직접적으로 보여주기 위해서는 먼저 볼리바르에게 아메리카의 예복을 입히고 장식물을 달아줄 필요가 있다. 볼리바르에 관한 것은 아주 확실한 근거에 기반을 두고 만들어진 이야기다. 세상은 아직 볼리바르, 진정한 볼리바르를 잘 모르기 때문에 사람들이 볼리바르를 자신의 언어로 번역하게 되면 그는 훨씬 더 놀랍고 위대한 사람으로 보일 것이다.

이런 이유 때문에 나는 성급하게 행하고 있는 이 작업을 두 부분으로 나누겠다고 작정했다. 한 부분에는 이 글의 배경으로 드러나게 되는 아르헨티나의 영토, 풍경, 역사의 현장에 관해 기술할 것이다. 나머지 부분에서는 주인공 파꾼도 끼로가 자신의 옷을 입고, 사상을 가지고, 작업 방식을 보여주면서 등장할 것이다. 이렇게 하는 이유는 특별한 해설이나 설명이 없이도 첫 번째 부분이 이미 두 번째 부분을 드러낼 수 있도록 하기 위해서다.

∴

[46] [원편집자 주] '몬또네라스(Montoneras)'는 국지전(게릴라 전투)을 수행하기 위해 무장되고 훈련받은 군대다.

세뇨르 돈 발렌띤 알시나께[47)48)]

친애하는 내 친구여, 이 글을 귀하에게 바칩니다. 글이 좋기 때문이라기보다는, 제1판을 흉하게 만들었던 수많은 오점을 귀하가 귀하의 주석을 가지고 줄여준 노력 덕분에 글이 다시 세상 빛을 보게 되었기 때문입니다. 내가 생각을 이리저리 가다듬어 밝혀놓은 결과에 따르면, 파꾼도라는 인물은 나의 순간적인 영감으로 이루어진 모든 결실이 지닌 결함 때문에 훼손되어 있습니다. 쉽사리 구할 수 있는 기록의 도움도 없이, 파꾼도가 관련된 사건이 일어난 현장으로부터 멀리 떨어진 곳에서, 즉흥적이고 도발적인 태도에서 비롯한 그 영감이 제대로 착상되지도 않은 상태로 구체화되었던 것입니다. 파꾼도 끼로가가 지닌 면모 때문에 이 보잘것없는 책 나부랭이는 진실과 토론에 문을 닫은 그 땅에 있게 되는 행운을 누렸고, 열정적인 독자들에 의해 은밀하게 손에서 손으로 전달됨으로써 어느 비밀스러운 은신처에 보관된 뒤, 자신의 순례 도중에 잠시 쉬었다가 긴 여행을 시작해

---

47) '발렌띤 알시나(Valentín Alsina, 1802~1869)'는 아르헨티나 변호사, 정치가다.
48) [원편집자 주] 이 편지는 『파꾼도』 제2판에 처음으로 수록되었다가 제3판에서는 삭제되었다.

서 순전히 사람들의 독서에 의해 생채기가 생기고 찢기는 등 험한 몰골이 된 상태로 수백 권씩 부에노스아이레스까지 가서 그 불쌍한 폭군의 사무실에, 군인들의 야영지에, 가우초들의 오두막에 도달함으로써, 결국은 대중의 소문 속에서 이 책의 주인공처럼 하나의 신화가 되기에 이르렀습니다.

나는 그토록 불완전한 이 작품을 다시 다룸으로써 작품의 원래 형태가 사라져버리고 제대로 다듬지 않은 개념이 지닌 신선하고 자발적인 대담함이 사라져버릴까 봐 두려운 나머지, 귀하가 내게 준 귀한 주석들[49]을 아껴가며 이용하고, 가장 실속 있는 것들은 더 좋은 시기에 더 진지하게 작업할 때 사용하기 위해 보관해두었습니다.

이 책은, 자유를 위한 투쟁이 만들어낸 수많은 다른 책처럼, 이내 갖가지 재료로 이루어진 거대한 잡동사니 속에 섞여들 것인데, 어느 날 우리 조국의 역사는 모든 악습을 벗어던지고 그 잡동사니의 조화되지 않은 혼란상으로부터 나오게 될 것입니다. 우리 조국의 역사는 교훈적인 면에서 가장 풍요롭고, 흥망성쇠의 변화에서 가장 값진 것이고, 또 아메리카의 힘들고 고통스러운 형성 과정이 드러내는 가장 생생한 드라마입니다. 내가 바라던 바처럼 내가 행복한 상황에 처하게 된다면, 어느 날 나는 그토록 대단한 과업을 성공적으로 실행하는 데 몸을 바칠 수 있을 것입니다. 나는 귀하와 수많은 용맹스러운 작가들이 가장 가까운 곳에서, 가장 잘 단련된 무기를 가지고 우리 조국의 강력한 폭군에게 상처를 입힘으로써 가장 신선한 승리를 쟁취했던 그 전투에서, 내가 조급하게 썼던 수많은 페이지를 기꺼이 불에 던져버리겠습니다.

나는 귀하가, 1864년에 몬떼비데오에서, 이 책은 파꾼도 끼로가의 죽음

---

49) [원편집자 주] 이 주석들은 도밍고 파우스띠노 사르미엔또가 발렌띤 알시나에게 요청한 것이다.

과 더불어 끝났다고 내게 넌지시 말하면서 알려준 사실을 상기하고서, 무용하다고 생각되는 서문(序文)과 오늘날 썩 이롭지 않다고 여겨지는 마지막 두 장(章)을 삭제해버렸습니다.

친애하는 친구여, 나는 문학적인 야망을 품고 있는데, 그 야망을 충족하기 위해 수없이 밤을 새우고, 오랜 기간 연구하고, 진지하게 공부했습니다. 파꾼도 끼로가는 육체적으로는 바랑까야꼬에서 죽었지만, 그의 이름은 죽음을 피해, 당연히 받아야 할 징벌을 받지 않은 채, 몇 년 동안 살아남을 수 있었습니다. 이제 역사의 정의가 파꾼도 끼로가에게 내려졌고, 그의 이름이 잊히고, 국민들이 그를 무시함으로써 그는 자신의 무덤에서 편히 쉴 수 있게 되었습니다. 로사스의 삶에 관해 쓰는 것은 역사를 모욕하는 일이 되고, 우리 조국의 역사가 추락을 겪고 복구된 뒤에 그 역사를 기억하는 것은 조국을 욕보이는 일이 될 것입니다. 하지만 굴욕을 겪지 않을 수 없고, 호된 가르침을 받지 않을 수 없는 다른 국가들과 다른 사람들이 있습니다. 오호! 프랑스는 역사적, 정치적, 사회적 학문을 충분하게 갖추었기 때문에 아주 정정당당하게 우뚝 솟아 있습니다. 영국은 자신들의 상업적인 이익을 기대하고 있습니다. 모든 나라의 정치가들, 그리고 아메리카의 어느 불쌍한 이야기꾼이 마치 하느님이 우리가 명백한 것이라고 부르는 물건들을 우리에게 보여주듯이 책 한 권을 들고 나타나 그것을 보여줄 때, 책을 이해한 것처럼 보이던 작가들은 어느 유령 앞에서 무릎을 꿇은 적이 있고, 어느 힘없는 그림자와 영합한 적이 있고, 또 어리석음을 원기라 부르고, 무분별을 재능이라 부르고, 술에 취하는 것을 미덕이라 부르고, 가장 조야(粗野)한 음모를 책략과 외교술이라 부르면서, 엄청난 쓰레기를 주시해왔습니다. 만약 이런 일이 가능할 수 있고, 또 그렇게 될 수 있다면 말입니다. 언어에 대해 경건한 생각을 품고, 사건들에 관한 평가를 이루

말할 수 없이 공명정대하게 하고, 밝고 생생하게 발표하고, 감정을 고양시키고, 국민들의 관심사를 깊이 인식하고, 자신의 오류 때문에 질식해버린 선에 대한 논리적 추론과 우리나라에서 펼쳐져서 다른 나라들로 넘쳐 흘러갔던 악에 대한 논리적 추론에 근거해 예감하고……. 그렇게 할 수 있는 작가는 자기 책을 손에 들고 유럽에 나타나 프랑스와 영국에, 왕국과 공화국에, 파머스턴 자작[50]과 기조 씨에게, 루이 필리프[51]와 루이 나폴레옹에게, 《타임스(Times)》와 《프레스(Press)》에 말할 수 있을 것입니다. 가련한 인간들이여, 이 책을 읽고 굴욕감을 느껴보시라! 보라, 당신들의 남자를! 권력자들이 국민을 무시하고 혐오하기 위해 잘못 사용한 그 'Ecce Homo(보라, 이 사람이로다)'[52]라는 말이 효과를 발휘하게 될 것입니다.

로사스가 행한 폭정의 역사는 그 역사의 희생자가 되었던 국민들뿐만 아니라 그 드라마의 배우 또는 관심 있는 증인이었던 유럽 또는 아메리카의

∴

50) '파머스턴 자작(Henry John Temple, 3rd Viscount Palmerston, 1784~1865)'은 영국의 총리로, 영국의 위상이 가장 높았을 때 외교 정책을 지휘한 인물이다. 1850년대에 러시아, 청나라에 대해 각각 크림 전쟁, 애로호 전쟁을 벌였다. 그는 두 전쟁의 승리를 통해 영국의 이권을 확장했다. 1861년 이후에는 미국의 남북 전쟁에 개입해 남부 동맹을 지원하는, 즉 북부 연방과의 전쟁을 검토했으나 실현되지는 않았다.
51) '루이 필리프(Louis Philippe I, 1773~1850)'는 프랑스의 왕(1830~1848)이다. 아버지의 별명이 '평등한 필리프(Philippe Égalité)'였기 때문에 프랑스 혁명 중에는 '평등한 자의 아들(Égalité fils)'로 불렸다. 루이 필리프는 금융 귀족들의 지지로 하원 의회에 의해 '프랑스 국민의 왕'으로 발표되었다('프랑스의 왕'이 아니다). 이 새로운 직위는 '국민에 의한' '국민의' 왕정정치를 나타내는 하나의 충격이었다. 그러므로 루이 필리프의 왕정은 국민의 대표와 왕 사이의 계약서가 기반이 되는 계약 왕정이었다. '7월 왕정'이라고도 불리는 이 새로운 왕정의 다른 상징은 왕정복고 때의 하얀 국기를 현재의 프랑스 국기로 교체한 것이다. 국민들의 지지와 함께 루이 필리프가 권력에 오르는 것은 유럽 각국 왕궁의 적대감을 샀고, 루이 필리프는 '폭동왕' 혹은 '시민왕'이라는 별명을 얻게 되었다. 그는 자신이 통치 모델로 선택한 영국의 정치 제도에 열광했는데, 통치 기간에 금융과 수공업 부르주아들이 빠르게 자본을 쌓아갔던 반면 노동자들은 극도로 비참했다. 그로 인한 끊임없는 민중 반란이 그의 통치의 막을 내리게 했다.

국가들, 정부들, 정치가들에게 인류의 가장 장엄하고, 가장 숭고하고, 가장 슬픈 페이지입니다.

그 역사적인 사건은 역사에 기록되고, 분류되고, 증명되고, 문서화되어 있습니다. 그런데도, 이들 사건에는, 이들 사건을 하나의 사건으로 묶어주는 실, 이들 사건이 모두 동시에 곧게 일어서서 관객들의 눈앞에 드러나게 하고, 이들 사건을 손으로 만질 수 있을 정도의 전경(前景)과 필요한 원경(遠景)이 조화를 이룬 생생한 그림으로 변화시켜줄 삶의 바람이 필요합니다. 이들 사건에는 경치를 그려줄 색들과 조국의 햇빛이 필요합니다. 이들 사건에는 통계적인 증거, 수치상의 증거, 지적인 허영심에 사로잡혀 횡설수설 헛소리를 늘어놓는 사람들을 침묵시키고, 경솔하고 무분별한 권력자들의 입을 다물게 만드는 증거가 필요합니다. 이런 것을 시도하기 위해서는 내가 이들 사건이 일어난 지역을 조사하고, 사건의 장면, 사건이 일어난 곳을 찾아다닐 필요가 있습니다. 나는 공범들의 폭로, 희생자들의 증언, 노인들의 기억, 이들 사건을 가슴으로 목격한 어머니들의 고통스러운 진술을 들을 필요가 있습니다. 이들 사건을 목격했지만 제대로 이해하지 못한 국민들, 사형 집행인과 희생자, 증인과 배우였던 국민들의 혼란스러운 메아리를 들을 필요가 있습니다. 눈을 효과적으로 뒤로 돌려 역사를 보복이 아니라 본보기로 삼기 위해 완수된 사건을 숙성시키고, 한 시대에서 다른 시대로 이동시키고, 국가의 운명을 변화시킬 필요가 있습니다.

친애하는 친구여 생각해보세요. 내가 이 보물을 탐낸다면, 나는 후안 파꾼도 끼로가의 생애를 기술한 이 책이 지닌 결점과 부정확성에 관해 지대한 관심을 기울일 것입니다. 물론 내가 책을 통해 밝히기를 포기했던 모든

---

52) 「요한복음」 19장 5절에 나오는 구절이다.

사항이 지닌 결점과 부정확성에 관해서는 관심을 전혀 두지 않을 것입니다. 내가 아르헨티나 작가로서 해야 할 모범적인 정의가 있고, 얻어야 할 명성과 영광이 있습니다. 아르헨티나의 작가로서 세상 사람들을 질책하고, 현자든 정부든 지상의 지체 높은 인간들이 지닌 교만을 욕보일 필요가 있습니다. 내가 만약 부자라면 이런 것을 할 수 있는 작가를 위해 몬티온상[53] 같은 상을 제정하겠습니다.

그래서 나는 파꾼도 끼로가를 변형하거나 축소하지 않은 채 귀하에게 보내오니, 파꾼도 끼로가가 처음에 지녔던 의도대로 자신의 정당성과 명예를 복구하는 작업을 계속하도록 해주기 바랍니다. 우리는 하느님께서 고통 받는 자들에게 주신 것을 갖고 있습니다. 신께서 내려주신 것은 바로 다가오는 세월과 희망입니다. 나는 신께서 가끔 귀하와 로사스에게, 덕성과 범죄에 부여해주시는 것의 원자(原子) 하나를 갖고 있습니다. 귀하는 저기서, 나는 여기서 죽읍시다. 하지만 그 어떤 행위도, 우리의 그 어떤 말도 우리가 우리 자신의 약점에 대해, 고난과 위험이 오늘도 내일도 우리를 위협하고 있다는 사실에 대해, 우리가 인식하고 있다는 사실을 밝혀주지는 않을 것입니다.

친애하고 친애하는 친구여, 귀하의 진실한 벗
도밍고 파우스띠노 사르미엔또
융가이,[54] 1851년 4월 7일

∴
53) [원편집자 주] '몬티온(Monthion)' 상은 아카데미 프랑세즈(Académie française)가 몬티온 남작(1733~1820)의 유산으로 제정한 선행상이다.
54) '융가이(Yungay)'는 뻬루의 리마에서 북쪽으로 450킬로미터 곳 있는 도시로, 해발 2,500미터에 위치해 있다. 융가이 주의 주도(州都)다.

제1장
아르헨티나 공화국의
지형, 특성, 관습, 사고방식

> 빰빠스는 이루 헤아릴 수 없이 광활해서 북쪽은
> 야자나무 숲과 남쪽은 만년설과 경계를 이루고 있다.
> — 헤드[1]

아메리카 대륙은 남쪽의 어느 곳에서 끝나고, 그 곳의 끝부분에 마젤란 해협이 형성되어 있다. 서쪽으로는 태평양에서 멀지 않은 곳에 해변과 나란히 칠레의 안데스 산맥이 펼쳐져 있다. 그 산맥의 동쪽과 대서양 서쪽에 있는 땅, 즉 라쁠라따 강을 따라 우루과이 위쪽 내륙으로 뻗어 있는 땅은 과거에 '리오델라쁠라따 연합주'[2]라 불리던 영토였는데, 그 영토를 '아르헨티나 공화국' 또는 '아르헨티나 연방'[3]이라 명명하기 위해 아직도 유혈이 낭자하다. 북쪽으로는 가상의 국경을 사이에 두고 파라과이, 그란차꼬, 볼리비아가 위치해 있다.

국가의 끝까지 퍼져 있는 광대한 지역에는 거의 전체가 사람이 거주하지 않고, 배들이 다닐 수는 있지만 여태까지 낡은 카누조차도 통과한 적이

---

[1] '헤드(Sir Francis Bond Head, 1793~1875)'는 영국의 군인, 작가, 식민지 관료로, 1873년 캐나다에서 난이 일어났을 때 어퍼캐나다(Upper Canada: 온타리오 주의 별칭)의 부총독이었다. 말을 타고 안데스 산맥을 넘었기 때문에 '말 달리는 헤드(Galloping Head)'라는 별명을 얻었다.

[2] '리오델라쁠라따 강 연합주(Provincias Unidas del Río de la Plata)'는 라쁠라따 강 연안에 있는 여러 주가 연합한 것이다.

없는 강들이 있다. 아르헨티나 공화국이 겪고 있는 불행은 바로 넓은 영토다. 사방에서 나라를 에워싸고 있는 사막이 야금야금 중심부로 파고든다. 황야, 즉 사람 하나 살지 않는 황무지는 일반적으로 몇 개의 지방 사이에 놓여 있는 명백한 경계다. 아르헨티나에서는 사방이 광활하다. 평원은 광대하고, 숲은 넓고, 강은 크고, 늘 아득해 보이는 지평선은 옅은 구름과 희미하게 피어오르는 아지랑이 사이에서 지표면과 뒤섞인다. 그 구름과 아지랑이 때문에 사람들은 저 멀리 세상이 끝나고 하늘이 시작되는 지점을 정확히 가리킬 수 없다. 아르헨티나 남부와 북부에서는 야만인들이 호시탐탐 기회를 노리고 있다가 달이 뜨는 밤을 이용해 목초지에 있는 가축과 무방비 상태의 주민들을 하이에나 떼처럼 공격한다.[4] 외로운 짐마차 부대가 무거운 짐을 실은 채 빰빠스[5]를 엉금엉금 가로질러 가다가 때때로 잠시 쉬기 위해 멈춰 서고, 빈약한 모닥불 주위로 모여든 마차꾼들은 마른 잡초를 살며시 흔드는 아주 희미한 바람 소리만 들려도 남쪽을 향해 기계적으로 눈길을 돌려서, 느닷없이 나타나 자신들을 놀라게 하는 야만족 무리의 불길한 형체가 있는지 살피려고 밤의 깊은 어둠 속을 뚫어지게 쳐다본다. 풀숲에서 부스럭거리는 소리가 들리지 않거나 자신들의 시선이 정적에 휩싸인 황야를 덮고 있는 새까만 베일을 꿰뚫지 못하면, 그들은 불안감을 말끔하게 떨쳐버리기 위해 시선을 모닥불 곁에 있는 어느 말의 귀에 돌려서 말 귀가 쫑긋 세워져 있는지, 태평스럽게 뒤로 젖혀 있는지 관찰한다. 그리고

---

3) '아르헨티나 공화국'의 원어는 'República Argentina'고, '아르헨티나 연방'의 원어는 'Confederación Argentina'다.
4) [원편집자 주] 이는 인디오들이 도시와 대농장인 '에스딴시아(estancia)'를 침입해 약탈하는 행위인 이른바 '말론(malón)'인데, 이런 약탈 행위는 1789년 훌리오 A. 로까(Julio A. Roca) 장군의 토벌에 의해 중지되었다.
5) '빰빠스(Pampas)'는 아르헨티나 지역의 대평원, 목초지를 말한다. '빰빠(pampa)'의 복수형이다.

서 중단되었던 대화를 재개하거나 자신들의 양식거리인 반쯤 구운 고기조각을 입으로 가져간다. 야만인들이 가까이 접근해 평원의 주민들을 불안하게 하지 않는 경우에는 그들을 노려보는 호랑이 한 마리, 무심결에 밟을 수 있는 독사 한 마리가 무서운 존재다. 내 생각에는 평원에서 일상적으로 지속되는 그런 삶의 불안전성 때문에 아르헨티나 사람들은 외부의 폭력에 의한 죽음에 대해 냉정하게 체념하게 되는데, 사실 그런 죽음은 삶과 분리할 수 없는 갑작스러운 불상사 가운데 하나이고, 수많은 죽음의 방식 가운데 하나일 뿐이다. 그리고 이것은 그들이 죽고 죽임을 당하는 데 그토록 무관심한 이유가 무엇인지, 죽음이 살아남은 사람들에게 오랫동안 지속되는 느낌을 깊이 남기지 않은 이유가 무엇인지 아마도 부분적으로는 설명할 수 있을 것이다.

자연의 혜택을 듬뿍 받고 모든 기후를 지닌 이 나라에서 사람이 거주하는 지역은 외적인 특징에 따라 세 가지로 구분할 수 있는데, 각기 다른 이들 특징은 주민들이 자신들을 둘러싸고 있는 자연과 조응하는 방식에 따라 각각 다른 삶의 조건을 부여한다. 북쪽으로는, 만약 그 거대한 형태가 아메리카 전 지역에서는 전대미문이라고 할 수 있다면, 도저히 뚫고 들어갈 수 없을 정도의 빽빽한 나뭇가지로 덮인 울창한 삼림이 전대미문의 광활한 지역을 덮으며 차꼬까지 퍼져 있다. 중부에서는, 이 삼림 지대와 평행으로 놓여 있는 지역에서 빰빠와 셀바[6]가 오랜 세월 서로 영역 다툼을 벌이고 있다. 군데군데 자리하고 있던 숲이 점차 제대로 자라지 못한 가시투성이 잡목 지대로 퇴화하고, 나무가 자랄 수 있는 강 유역에서는 다시 셀바가 전개되다가, 결국에는 남쪽으로 빰빠가 우세하게 되어, 표면이 벨벳

---

[6] '셀바(Selva)'는 밀림 지대를 말한다.

처럼 부드럽고 특별한 굴곡이나 균열이 없이 평탄하게 이어지는 빰빠가 끝이 보이지 않을 정도로 광활하게 펼쳐진다. 이것이 바로 땅이 지닌 바다의 이미지다. 땅은 종이에 그려놓은 지도처럼 반반하다. 그 땅은 온갖 초목과 씨앗을 생산하라는 명령이 내려지기를 여전히 기다리고 있다. 이 나라가 지닌 외양의 주목할 만한 특징 한 가지를 지적하자면, 배가 다닐 수 있을 정도로 큰 강들이 지평선의 모든 경로를 통해 에스떼로 모이자고 약속한 뒤 라쁠라따 강에 합류해서는 엄청난 공물(供物)을 품위 있게 대양에 공급하면, 대양은 두드러지게 동요도 하지 않고 경의도 표하지 않은 채 자신의 양안(兩岸)에 공물을 받아들인다는 것이다. 하지만 자연의 부지런하고 용의주도한 손이 파놓은 이 거대한 수로들은 국가의 풍습에 그 어떤 변화도 유발하지 않는다. 이 나라를 식민지로 만든 에스파냐[7] 탐험가들의 자식들은 비좁은 보트나 작은 배를 타게 되면 제한된 공간에 감금되어 있다는 생각이 들기 때문에 항해를 싫어한다. 거대한 강 하나가 그들을 가로막으면 그들은 차분하게 옷을 벗고, 타고 있던 말에게 헤엄칠 준비를 시켜서 멀리 보이는 작은 섬까지 가게 한다. 섬에 도착하면 말과 기사는 휴식을 취하고, 그런 식으로 섬에서 섬으로 이동하면서 결국 강을 건넌다. 이렇듯 아르헨티나의 가우초[8]는 하느님이 사람들에게 베푼 가장 큰 호의를 무시할 뿐만 아니라 오히려 자신의 이동을 방해하는 것이라고 생각하는데, 사실 그 호의는 가우초의 이동을 쉽게 만들어주는 가장 강력한 수단이다. 이

----

[7] '에스파냐(España)'는 우리가 흔히 '스페인'이라고 부르는 국가의 원래 이름이기 때문에 본 번역본에서는 '에스파냐'라고 표기하겠다.
[8] '가우초(gaucho)'는 빰빠스에서 유목 생활을 하는 목동이다. 대부분 에스파냐인과 인디헤나(indígena: 중남미의 원주민으로, 흔히 '인디오'라 부른다)의 혼혈로, 18세기 중반부터 19세기 중반까지 번성했다. 본 작품의 핵심 단어다.

런 식으로 강은 나라들을 강대하게 만드는 기반, 즉 먼 옛날 이집트가 명성을 향유하도록 하고, 네덜란드를 강대하게 만들어준 것이고, 현재 미국이 빠르게 발전할 수 있게 만드는 요인인데, 베르메호, 뻴꼬마요, 빠라나, 파라과이, 우루과이의 강 연안에 사는 사람들이 강과 수로를 제대로 개발하지 않았기 때문에 여전히 강을 항해하지도, 수로를 개통하지도 못하고 있다. 이탈리아, 까르까만[9]들이 운행하는 작은 배들이 라쁠라따 강을 거슬러 올라가지만, 채 몇 레구아[10]를 가지 않아 항해를 완전히 마쳐버린다. 에스파냐 사람들에게는 항해 본능이 부여되지 않았지만, 북아메리카의 색슨족은 수준 높은 항해 본능을 지니고 있다. 오늘날 한 나라의 삶에 필요한 피가 제대로 순환하지 않고 정체해 있는 동맥을 활발하게 움직이게 하는 다른 정신이 필요하다. 문명과 권력과 부를 대륙의 가장 후미지고 깊숙한 곳까지 전해주고, 산따페 주, 엔뜨레리오스 주, 꼬리엔떼스 주, 꼬르도바 주, 살따 주, 뚜꾸만 주, 후후이 주와 그 밖의 수많은 지역의 주민이 풍요 속에서 헤엄을 치고, 늘어나는 인구와 창성한 문화를 향유하도록 해준 이 모든 강들 가운데는 연안에 사는 주민에게 풍부한 혜택을 베풀어준 강 하나가 있다. 그 강이 바로 앞서 언급한 모든 강을 하나로 모으는 쁠라따 강이다. 쁠라따 강 하구에 두 도시, 즉 몬떼비데오와 부에노스아이레스가 자리하고서 오늘날 질투심을 유발하는 위치로 인해 생기는 장점을 번갈아가며 향유하고 있다. 이렇듯 부에노스아이레스는 언젠가 두 아메리카[11]에서 가장 거대한 도시가 될 운명인 것이다. 온화한 기후에서 자신의 발치로

⁖

9) [원편집자 주] 엘레우떼리오 띠스꼬르니아(Eleuterio Tiscornia)는 프랑스 사람들에게 '까르까만(carcamán)'이라는 용어를 적용한다.
10) '레구아(legua)'는 에스파냐, 중남미 등지에서 사용하는 거리 단위로, 5572.7미터에 해당한다.
11) '두 아메리카'는 남아메리카와 북아메리카를 가리킨다.

흐르는 백여 개의 강 항해를 관장하는 여주인 부에노스아이레스는 광활한 영토를 섬세하고 부드럽게 굽어보고 있다. 만약 빰빠의 기운이 여주인 위로 뻗치지 않았더라면, 그리고 강들과 지방들이 끊임없이 가져다주는 부의 공물이 그 원천들에서 끊이지 않았더라면, 이 여주인은 자신들이 생산해 낸 것을 팔기 위한 다른 출구를 알지 못하는 열세 개의 내륙 지방과 더불어 이미 아메리카의 바빌로니아가 되어 있을 것이다. 아르헨티나의 광활한 영토에서 그 여주인만이 유럽 국가들과 접촉하고 있다. 여주인 혼자 외국과의 교역이 지닌 장점을 이용하고 있다. 여주인만이 힘과 수입원을 갖고 있다. 각 지방은 유럽의 문명과 산업과 인구의 일부를 여주인을 통해 받게 해달라고 청했지만 별 소용이 없었다. 분별없는 식민 정책 때문에 여주인은 지방들의 이런 외침을 듣지 못한 것이다. 하지만 지방들은 로사스의 지배를 받고 있던 그 여주인에게 지방들에서는 넘쳐나던 야만성을 많이, 과도하게 보냄으로써 복수를 해버렸다. "아르헨티나 공화국은 아로요 델 메디오에서 끝난다"[12]고 말하던 사람들은 그 말에 대한 대가를 호되게 치러야 했다. 이제 아르헨티나 공화국은 안데스로부터 시작해 바다에 이른다. 야만성과 폭력은 부에노스아이레스의 수준을 지방들의 수준 이하로 떨어뜨려버렸다. 이제는 부에노스아이레스에 대해 불평하지 말아야 한다. 부에노스아이레스는 지금도 크지만 앞으로는 더욱 커질 것이다. 그렇게 되는 것이 부에노스아이레스의 운명이기 때문이다. 우리는 먼저 하느님께 불평하고, 나라의 지형을 바로잡아 달라고 부탁해야 할 것이다. 이렇게 하는

---

12) [원편집자 주] '중앙의 개울'이라는 의미를 지닌 '아로요 델 메디오(Arroyo del Medio)'는 부에노스아이레스 주와 산따페 주 사이에 존재하는 자연 경계다. 부에노스아이레스 주민들은 부에노스아이레스와 내륙 지방들 사이에는 현저한 차이가 있다는 이유로 우쭐거리는 태도를 보이며 '아로요 델 메디오'를 국가의 경계라고 생각했다.

것이 불가능하다면 조물주의 손이 만들어놓은 것이 잘된 것이라고 받아들이자. 길을 잃어버린 사람들에게 자연이 푸짐하게 내려준 선물을 자신과 다른 지방들을 위해 유용하게 쓰지 못하게 만드는 이 잔인한 힘의 무지에 대해 불평하자. 현재 부에노스아이레스는 내륙에 빛과 부와 번영을 보내지 않고 대신 압제의 사슬과 모든 것을 파괴해버리는 폭력적인 사람 떼와 꼬마 독재자들만을 보내고 있다. 지방들이 부에노스아이레스에 로사스를 준비해줌으로써 행한 악행에 대해 부에노스아이레스 역시 복수할 것이다! 로사스가 선의로 "연방이 아니면 죽음을!"[13]이라고 외쳤고, 현재 수립되어 있는 중앙 집권주의 체제를 종식해버릴 것이지만, 나는 이 나라의 지형이 아주 중앙 집권적이고 통합적인 성향이 있다는 사실을 보여주기 위해 부에노스아이레스의 위치가 독점권을 행사하기에 좋다는, 이런 상황에 대해 지적한 적이 있다. 우리가 문명과 자유의 통합을 원했음에도 불구하고 야만과 노예 상태의 통합이 이루어져버렸다. 하지만 모든 것이 제자리를 찾을 때가 올 것이다. 현재 알아둘 필요가 있는 것은 문명의 진보가 부에노스아이레스에만 쌓이고 있다는 것이다. 빰빠는 여러 지방에 문명을 공급하는 데 커다란 장애가 되었고, 우리는 이런 상황이 어떤 결과를 초래하게 되는지 곧 보게 될 것이다. 하지만 나라 안의 특정 지역에서 일어나는 이런 특이한 경우 외에도 총체적이고 획일적이고 지속적인 특징 하나가 빰빠를 지배하고 있다. 빰빠의 땅이 열대의 거대하고 울창한 초목으로 뒤덮여 있건, 제대로 성장하지 못한 가시투성이 꼴사나운 관목들이 자신들에게 생명을 부여하는 수분의 양이 낮다는 것을 입증하건, 빰빠가 훤히 트이고 변화 없

---

13) 로사스는 연방당(Partido Federal)의 지도자로서 라바예(Juan Galo de Lavalle, 1797~1841)가 속한 '중앙 집권주의자들(unitarios)'과 대립했다.

이 단조로운 양태를 보여주건, 땅 표면은 계속해서 끝없이 펼쳐진 이 대평원을 중앙의 시에라데산루이스[14]와 꼬르도바, 그리고 북쪽으로 뻗어 내린 안데스 산맥의 일부 지맥이 간신히 가로막을 때까지 전체적으로 반반하게, 끊이지 않고 이어져 있다. 우리는 언젠가 그 거대한 황야를 점유하게 될 나라를 단결시킬 수 있는 새로운 요소를 갖고 있는데, 여러 지역 사이에 놓여 있는 산과 그 밖의 다른 장애가 각 지역의 주민을 고립시키고, 그들의 원시적인 특성을 보존하게 한다는 사실은 익히 알려져 있다. 북아메리카는 이주 초기의 정착지가 서로 독립적이었다는 사실 때문이라기보다는, 대서양 연안의 넓은 면적과 산로렌소[15] 강이 북쪽으로, 미시시피 강이 남쪽으로, 그리고 거대한 운하들이 중앙부로 연결시켜주는 식으로, 내륙으로 통하는 여러 경로가 있기 때문에 연방 체제를 수립하기로 정해져 있다. 아르헨티나 공화국은 '하나이고 분리될 수 없는' 나라다.

많은 철학자들은 평원이 독재로 이끄는 길을 만들고, 같은 식으로 산이 자유를 위한 저항의 본거지를 제공해준다고 믿었다. 살따에서 부에노스아이레스까지, 그리고 부에노스아이레스에서 멘도사까지 7백 레구아 거리에 끝없이 펼쳐진 이 평원은, 사람의 손이 나무 몇 그루와 관목을 잘라내는 정도의 수고만 함으로써 만들어놓은 길들을 거대하고 육중한 짐마차들이 방해를 전혀 받지 않고 달리도록 해주는데, 이 평원은 아르헨티나 공화국 내륙의 지형이 지닌 가장 두드러진 특징 가운데 하나다. 각 지역 사이의 소통로를 건설하는 데는 개인의 노력과 거친 자연이 이미 만들어놓은

⁚

14) '시에라데산루이스(Sierra de San Luis)'는 '산루이스 산맥'이라는 의미다. '시에라'가 산악 지형을 가리킨다.
15) '산로렌소(San Lorenzo) 강'은 영어로 '세인트로렌스 강(Saint Lawrence River)'이다. 캐나다의 온타리오 주와 퀘벡 주, 미국의 뉴욕 주 사이의 국경을 지나며 오대호와 대서양을 잇는다.

도움만으로도 충분하다. 만약 기술이 도움을 주고 사회의 힘이 개인의 나약함을 보충해줄 의도만 있다면, 도로를 건설하는 거대한 공사에도 모험심 강하고 진취적인 사람들이 그리 필요하지 않을 것이고, 노력의 부족만이 장애가 될 것이다. 그렇듯 도로의 문제에서는 거친 자연의 법칙이 오랫동안 지배할 것이고, 문명의 작용은 계속해서 나약하고 비효율적이 될 것이다.

한편 이처럼 광활한 평원들은 내륙 지역의 삶에 아주 강한 아시아적 색채를 입히고 있다. 나는 땅에 깔린 잡초 사이로 휘영청 밝은 달이 조용히 떠오르는 것을 볼 때면 자주 폐허에 관해 다음과 같이 기술해놓은 볼네[16]의 말을 인용하면서 무의식적으로 달에 인사를 했다. "동양의 보름달이 유프라테스 강의 반반하고 푸르스름한 유역 위로 떠오르고 있었다." 그리고 실제로 아시아의 황야를 생각나게 하는 아르헨티나의 황야에는 뭔가가 있다. 티그리스 강과 유프라테스 강 사이에 있는 평원의 정신과 빰빠의 정신 사이에는 어떤 유사성이 있다. 몇 개월에 걸친 여행 끝에 부에노스아이레스에 도착하는 고독한 짐마차 부대와 바그다드나 스미르나[17]를 향해 가는 낙타 대상(隊商)들 사이에는 어떤 유사성이 있다. 우리의 짐마차 부대는 일종의 소형 배로 이루어진 선단이라 할 수 있는데, 짐마차꾼들은 선원들이 육지 사람들과 그렇듯이 다른 주민들과 구별되는 독특한 풍습과 언어와 복장을 지니고 있다. 짐마차꾼들의 두목은 아시아에 있는 낙타 대상

---

16) '볼네'는 『폐허: 제국의 혁명(*Les Ruines, ou Méditations sur les révolutions des empires*)』을 통해 18세기의 합리주의적 역사, 정치 사상을 함축적으로 그려냈다.
17) '스미르나(Smyrna)'는 현재의 터키 이즈미르다. 에게 해변의 전략적 요충지로, 이오니아인들이 창건한 도시다. 스미르나는 항구라는 이점과 방어가 용이하고 내륙과의 연결이 좋아 고전 시대 이전에 중요한 곳이 되었다.

의 두목과 마찬가지로 하나의 호족(豪族)이다. 두목이 이런 지위를 유지하는 데는 강철 같은 의지, 무모할 정도의 대담성이 필요한데, 이는 고립무원의 사막에서 두목 혼자 다스리고 통제해야 하는 도적 떼의 무례와 소란을 억제하기 위한 것이다. 두목은 짐마차꾼들이 조금이라도 반항하려들면 철 채찍을 치켜들어 명령을 어긴 자의 몸에 타박상과 상처를 입힐 정도로 심하게 때린다. 그래도 반항이 지속되면, 권총의 도움을 받는 것은 싫어하기 때문에 권총을 사용하기 전에 무시무시한 칼을 손에 든 채 말에서 뛰어내려 절묘한 솜씨로 칼을 놀려 곧바로 자신의 권위를 회복한다. 이처럼 두목에게 처형당해 죽게 되는 사람은 자신을 죽이는 그 권위가 합법적이라고 간주되기 때문에 그 어떤 항의도 할 수 없다. 아르헨티나의 삶이 그러하듯, 이런 특이성으로 인해 야만적인 힘의 지배, 가장 강한 사람의 패권, 명령하는 사람의 무한하고 무책임한 권위, 형식도 논의도 없이 행사되는 사법권이 설정되기 시작한다. 게다가 짐마차 부대는 무장을 하는데, 짐마차 한 대당 총 한두 정을 배치하고, 가끔은 선두 짐마차에 회전포(回轉包)를 배치하기도 한다. 만약 야만인들이 짐마차 부대를 습격하면 짐마차 부대는 짐마차끼리 서로 연결해 원형 대열을 이루어 방어함으로써 피와 노략질에 굶주린 야만인들의 탐욕을 거의 항상 성공적으로 물리친다. 노새 무리가 자주 이들 아메리카의 베두인족 수중에 떨어지고, 노새몰이꾼들이 이들에게 목이 잘리는 것을 피하기는 어려운 일이다. 이런 기나긴 여행에서 아르헨티나의 프롤레타리아는 사회와 멀리 떨어져 사는 습관을 획득하고, 고난을 겪으며 단련된 몸으로 홀로 자연과 투쟁하는데, 그들은 지속적으로 다가오는 온갖 위험을 예방하기 위해 개인적인 능력과 솜씨에만 의존할 뿐 다른 수단에 의존하지는 않는다.

*18) 이런 광활한 지역에 거주하는 사람들은 서로 다른 두 인종, 즉 에스파냐인과 인디헤나이고, 이 두 인종이 섞임으로써 예전에는 알 수 없었던 중간 인종이 만들어졌다. 꼬르도바와 산루이스의 시골에는 순수 에스파냐 인종이 주를 이루고, 초원에서는 수도(首都)의 세련된 아가씨들이 닮고 싶어하는 아주 예쁜 홍안(紅顔)의 순수 백인 양치기 소녀를 쉽사리 만날 수 있다. 산띠아고델에스떼로 주에서는 다수의 주민이 여전히 '끼추아'[19]를 사용하는데, 이는 그들이 인디오 출신임을 말해준다. 꼬리엔떼스 주에서는 시골 사람들이 아주 특이한 에스파냐어 방언을 사용한다. 부하 병사들이 라바예[20]에게 가끔 "장군님, 치리빠[21] 하나 주십시오" 하고 말했다. 부에노스아이레스 주의 시골에서는 여전히 에스파냐의 안달루시아 출신 군인을 볼 수 있다. 그리고 부에노스아이레스 시에는 외국의 성(姓)이 주를 이룬다. 부에노스아이레스를 제외한 다른 지역에서는 이미 자취를 감춘 흑인이 삼보와 물라또[22]를 남겼는데, 이들은 여러 도시에 거주하면서 문명화된 사람과 거친 촌사람을 연결해주고 있다. 삼보와 물라또는 문명화될 성향이 농후하고, 진보를 위한 재능과 섬세한 본능을 지닌 사람들이다.

∴

18) * 이 부분은 1845년 5월 5일에 발행된 《엘쁘로그레소》 제771호에 연재되었다.
19) '끼추아(Quichua)'는 흔히 '께추아(Quechua)'라 불리는, 안데스 지역의 원주민(인디오)과 그들이 사용하는 언어를 일컫는다.
20) '라바예'는 아르헨티나의 장군이자 정치가로, 남아메리카 독립의 영웅이다. 1828년 12월 1일 중앙 집권주의자들이 쿠데타를 일으키자 1828~1829년에 부에노스아이레스 총독이 되었다. 연방파인 로사스와 싸워 패했다.
21) [원편집자 주] '치리빠(chiripá)'는 약 3바라(vara: 1바라는 768~912밀리미터) 길이의 가벼운 천으로, 바지를 입은 상태에서 가랑이에 기저귀처럼 채워 가죽띠로 허리에 묶는 것이다. 가우초들의 전통 복장이다.
22) [원편집자 주] '삼보(zambo)'는 흑인과 인디오의 혼혈이고, '물라또(mulato)'는 백인과 흑인의 혼혈이다.

그건 그렇다 치고, 앞서 언급한 세 가지 인종의 혼합으로 인해 성격이 아주 동일한 인간들이 탄생했는데, 교육이나 아주 다급한 사회 상황이 그들에게 박차를 가해 일상의 습관으로부터 꺼내주지 않으면 그들은 게으름 피우기를 좋아하고, 산업화에 무능하다는 특징을 지니고 있다. 식민화로 인한 인디헤나의 사회 편입이 이런 불행한 결과를 만들어내는 데 한몫했음이 틀림없다. 아메리카 인종은 게으름을 피우며 살고, 반드시 일을 해야 할 때도 일이 힘들면 끈기 있게 지속하지 못한다. 이로 인해 흑인을 아메리카로 유입하려는 생각이 대두했고, 그 결과는 참담했다. 하지만 에스파냐 인종은 아메리카 황무지에서 본능에 의존하는 모습을 보임으로써 원주민보다 더 역동적이지 못하다는 사실이 드러났다. 부에노스아이레스 남부의 독일 식민지나 스코틀랜드 식민지와 아르헨티나 내륙에 형성된 일부 원주민 마을을 비교해보면 연민과 수치심이 생긴다. 독일과 스코틀랜드의 식민지 주택은 여러 가지 색으로 칠해지고, 앞뜰은 항상 말끔하게 정리되어 있을 뿐만 아니라 꽃과 예쁜 관목으로 치장되어 있으며, 가구는 단순하면서도 흠잡을 데 없이 완비되어 있고, 납이나 주석으로 만든 부엌세간은 항상 윤기가 자르르 흐르며, 침대는 우아한 커튼으로 장식되어 있다. 그리고 주민들은 늘 부지런하게 움직인다. 일부 가족은 소의 젖을 짜고 버터와 치즈를 만들어 돈을 번 뒤 도시로 이주해 편리한 생활을 즐긴다. 반면에 아르헨티나 원주민이 사는 마을은 이들 유럽인이 이룩한 성과와 반대되는 모습을 보여준다. 누더기를 걸친 지저분한 아이들이 사냥개 무리와 함께 살고, 남자들은 아주 무기력한 상태로 바닥에 드러누워 있고, 지저분하고 궁색한 티가 사방에 주르르 흐르고, 초라한 오두막에 가구라고는 식탁과 소가죽으로 만든 뻬따까[23]밖에 없는데, 이 모든 것 때문에 야만적이고 태만한 그들의 일반적인 면모가 두드러져 보인다.

이제 이런 비참한 상황은 사라져가고 다만 목축 지대 평원에서나 볼 수 있는데, 이는 영국 군대가 월터 스코트 경[24]이 한 말을 인용해 원주민을 무시하고 경멸하는 동기가 되었음이 틀림없다. "부에노스아이레스 주의 광활한 평원에는 구아초('가우초'를 잘못 부른 것이다)라고 알려진 기독교도들밖에 살지 않는데, 그들이 갖고 있는 주요 가구는 말 해골이고, 그들의 음식은 생쇠고기와 물이며, 그들이 즐기는 취미 생활은 말이 죽을 지경에 이르도록 강제로 달리게 하는 것이다." 그 선량한 외국인은 또 이렇게 덧붙였다. "불행하게도 그들은 우리의 면직물과 옥양목보다 자신들의 독립을 더 원한다."[25] 영국이 부에노스아이레스 주의 이들 평원을 소유하는 대가로 어느 정도 길이의 리넨과 옥양목 조각을 내놓을 수 있을지는 영국인들에게 물어보는 편이 좋을 것이다!

앞서 언급했다시피 끝없이 펼쳐진 그 평원에는 도시 열네 개가 산재해 있는데, 도시들의 지리적 위치에 따라 분류해보면 다음과 같은 순서로 언급할 수 있을 것이다. 빠라나 강 유역의 부에노스아이레스, 산따페, 엔뜨레리오스, 꼬리엔떼스, 칠레의 안데스 산맥과 거의 평행으로 위치한 멘도사, 산후안, 라리오하, 까따마르까, 뚜꾸만, 살따, 후후이, 그리고 중앙의 산띠아고, 산루이스, 꼬르도바가 그것이다. 하지만 아르헨티나의 도시들을 이런 식으로 단순하게 열거해버리면 내가 현재 규명하고 있는 사회적 결과의 그 어떤 것과도 연계되지 않는다. 내 의도에 부합하는 분류법은,

---

23) [원편집자 주] '뻬따까(petaca)'는 흔히 망아지 가죽으로 만든 궤 또는 트렁크다.
24) '월터 스코트 경(Sir Walter Scott, 1st Baronet, 1771~1832)'은 스코틀랜드 출신의 역사 소설가이자 시인으로, 소설 『아이반호』를 썼다.
25) [원편집자 주] 월터 스코트가 쓴 『나폴레옹 보나파르트의 생애(*Life of Napoleon Bonaparte*)』, 제2권, 제1장(초판 29쪽)에 실린 것이다.

시골에 사는 사람들의 삶의 방식이 그들의 성격과 정신에 영향을 미치기 때문에 그 삶의 방식의 결과에 따르는 것이다. 단순히 사람들이 강과 가까운 곳에 살고 있다는 사실 자체는 삶에 특별한 변화를 유발하지는 않는다고 이미 언급한 적이 있는데, 왜냐하면 사람들이 배를 타고 돌아다니는 곳의 범위가 별다른 의미도 없고, 그들의 삶에 영향도 미칠 수 없는 수준으로 좁기 때문이다. 이제 산후안과 멘도사를 제외하고 아르헨티나의 모든 도시는 목축업으로 살아가고 있다. 뚜꾸만 주에서는 목축 외에도 농업을 하고, 부에노스아이레스 주에서는 수백만 마리의 소와 양을 키우는 일 외에도 문명화된 삶의 다양한 직업에 종사하고 있다.

아르헨티나의 도시들은 아메리카의 거의 모든 도시와 마찬가지로 균형 잡힌 외양을 하고 있다. 이들 도시의 거리는 반듯한 사각형 모양으로 구획되어 있고, 주민들은 도시의 드넓은 구역에 산재해 있다. 좁고 한정된 구역에 세워진 꼬르도바만이 예외인데, 도시 외양이 전체적으로 유럽의 도시와 아주 흡사하고, 수많은 장엄한 성당의 다양한 탑과 돔형 지붕은 멘도사를 더욱더 유럽 도시처럼 보이게 한다. 도시는 아르헨티나의 에스파냐적이고 유럽적인 문명의 중심지다. 도시에는 각종 예술품 제작소, 온갖 물건을 파는 가게, 초중고와 각종 대학, 법원을 비롯해 결국 문명화된 나라가 지니는 모든 특징을 보유하고 있다. 이들 도시에서는 우아한 말씨, 호사스러운 물건, 유럽식 의상, 연미복과 프록코트가 자신들의 극장과 자신들에게 어울리는 장소를 점유하고 있다. 내가 이런 이야기를 늘어놓는 데는 나름대로 그럴 만한 이유가 있다. 목축업이 주를 이루는 주에는 간혹 소도시가 없이 주도(州都)만 있고, 경작되지 않은 거친 땅이 시내 거리와 연결되어 있는 도시도 없지 않다. 사막이 가깝게 혹은 멀리 도시를 에워싸거나 빙 둘러막고 있거나 압박한다. 거친 자연은 도시를 수백 제곱마일의 경작되지 않은 평원에 박혀 있는 비좁은 문명의 오아시스로 만들어버리는데, 그 평원이 어느 중요한 도시에 의해 점유되는 일은 거의 없다. 부에노스아이레스와 꼬르도바는 문명의 중심이자 권력의 중심인 다른 수많은 도시와 마찬가지로 평원에 수많은 마을을 세웠는데, 이런 사실은 주목할 만하다. 도시 사람들은, 우리가 도시 여기저기서 직접 보아 알고 있다시피, 유럽식으로 옷을 입고, 문명화된 삶을 영위한다. 도시에는 법, 진보적인 사상, 교육 수단, 시청이라고 하는 정규 행정 조직 등이 있다. 도시 구역을 벗어나면 양상이 완전히 바뀐다. 시골 사람들은 형태가 다른 옷을 입고 있는데, 모든 지역에 이들이 있기 때문에 나는 이들을 아메리카인이라 부르겠다. 이들의 풍습은 다양하고, 이들에게 필요한 것은 특이하고 제한적이다. 도시 사람과 시골 사람은 서로 다른 두 사회에 속하고, 서로 간에 낯선 두 국민처럼 보인다. 이 밖에도 더 많은 것이 있다. 시골 사람은 도시 사람과 닮으려는 생각은 아예 하지도 않은 채 도시 사람의 호사와 세련된 양식을 경멸하며 거부한다. 도시 사람의 의상, 연미복, 안장, 망토 등 유럽적인 것이면 뭐가 됐든지 시골에 선선히 안착하는 법이 없이 어떤 식으로든 거부와 응징을 당한다. 도시에 있는 문명과 관련된 모든 것은 시골에서 차단되고, 밖으로 내쫓긴다. 예를 들어 프록코트를 입고 영국제 안장에 앉아 시골에 나타나는 사람은 누구든 시골 사람의 조롱과 사나운 공격을 받게 된다.

이제 도시를 에워싸고 있는 광활한 평원의 외양에 관해 탐구하고, 그 지역 주민의 내적인 삶에 들어가보도록 하겠다. 수많은 지방에서 불가항력의 경계를 이루는 것은 각 지방 사이에 끼여 있는, 물이 나지 않는 사막이다. 물론 어느 지방의 평원에서는 이런 현상이 일반적이지 않고, 주민 대부분이 평원에 살고 있다. 예를 들어 꼬르도바의 평원에는 주민 16만 명이 거주하는데, 이들 가운데 2만 명만이 외딴 도시 구역에 거주한다. 주민 거의 대부분이 시골에 거주한다. 대평원은 숲으로 뒤덮여 있어도 키 큰 식물이 없어도 대부분 목초지인데, 풍요롭기 이를 데 없고 토양이 아주 우수한 일부 지역에서도 인공적으로 조성된 초원이 자연 목초지를 능가하지는 못한다. 특히 멘도사와 산후안에서는 이와 같은 미개간지의 특이성이 보이지 않고, 그렇기 때문에 주민들은 주로 농사에 의존해 산다. 그 밖의 다른 지역에서는 목초지가 풍부하기 때문에 목축업이 주민들의 직업이라기보다는 생계 수단이다. 목축 생활은 우리에게 의외로 아시아인을 다시 기억하게 만드는데, 우리는 늘 아시아의 대평원 여기저기가 칼무크인,[26] 카자크인, 아랍인의 천막집으로 뒤덮여 있다고 상상한다. 그 지역 주민들의 원시적인 삶은, 비록 특이한 방식으로 변화가 이루어졌다고는 해도, 현저하게 야만적이고 진보되지 않은 삶, 즉 아브라함 시대의 삶이다. 아시아의 황야에서 떠돌이 생활을 하는 아랍족은 부족장 또는 전사 두목의 명령 아래 함께 모여 산다. 그들이 지상의 어느 특정 지점을 정해놓고 살지는 않는다 해도 엄연히 사회가 존재한다. 종교적인 믿음, 태고의 전통, 변하지 않은 풍습, 경로 사상이 함께 모여 율법이 되고, 통치의 관행과 실재가 되어 자신들이 이해하는 방식에 따라 도덕과 질서와 부족의 관계를 유지한다. 하지만 땅을 영원히 소유하지 않고서는, 산업화 과정에서 인간의 능력을 펼치는 공간이자 인간으로 하여금 자신의 소유물을 확장하도록 허용해주는 도시가 없는 상태로는 발전이 없기 때문에 진보가 불가능하다.

아르헨티나 평원에는 유목민이 없다. 목축업에 종사하는 사람은 자기 땅을 소유하고, 소유한 땅에 정착해 산다. 하지만 땅을 점유하기 위해서는 교제 관계를 해체해야 하고, 가족이 광활한 땅에 뿔뿔이 흩어져 살아야 한

---

[26] '칼무크'는 '칼미크'라고도 불리는, 서몽골의 유목 민족이다.

다. 2천 제곱레구아나 되는 광활한 지역에 가족이 흩어져 사는데, 집들이 보통은 약 4레구아, 멀게는 약 8레구아, 가깝게는 2레구아 정도 서로 떨어져 있다는 사실을 상상해보시라. 이처럼 고립되어 산다고 해서 동산(動産)의 생산이 불가능한 것은 아니고, 호사스러운 삶의 즐거움이 완전히 공존하지 못하는 것도 아니다. 재산을 이용해 사막에 멋진 건물 한 채를 세울 수도 있다. 하지만 그처럼 격리되고 고독한 환경에서는 그렇게 할 만한 자극도 없고, 그런 사례를 찾기도 어려우며, 도시에서 느끼게 되는 품위 같은 것은 느끼지도 못하고, 과시할 필요조차 없다. 이 같은 불가항력적인 결핍 상태는 그들의 천성적인 나태를 정당화하고, 삶의 즐거움을 추구하지 않는 검약한 태도는 즉각적으로 삶의 총체적인 모습을 야만적으로 변모시켰다. 평원에서 사회는 온전히 사라져버렸다. 봉건적이고, 격리되고, 자기 집착적인 가족만 남아 있다. 공동체적인 사회가 존재하지 않음으로써 그 어떤 통치도 불가능해진다. 지방 정부는 존재하지 않고, 경찰력은 행사될 수 없으며, 범죄자들에게 사법권이 미칠 방도가 없다. 현대 사회가 이처럼 기괴한 사회 형태를 제시하게 될지는 잘 모르겠다. 평원에서는, 모든 주민이 시 구역 안에 모여 살면서 도시 주변의 들판을 가꾸기 위해 도시에서 나오던 로마 시대의 지방 정부와는 확연히 다른 현상이 벌어진다. 당시 로마에서는 이런 체제의 결과로 강력한 사회 조직 하나가 있었는데, 그 조직의 좋은 결과는 오늘날까지도 느낄 수 있고, 그런 결과가 현대 문명을 준비했다. 아르헨티나의 체제는 옛 슬라브의 슬로보다[27]와 유사한 것으로, 다른 점이 있다면 슬라브의 슬로보다가 농업에 기반을 두었기 때문에 통치가 더 용이했고, 주민들이 아르헨티나의 체제보다는 덜 광범위하게

---

27) '슬로보다(sloboda)'는 자유 농업인들로 이루어진 거대한 촌락이다.

분산되어 있었다는 것이다. 아르헨티나의 체제는 종족 간의 사회적 결합을 받아들이지 않고 땅을 영구적으로 소유하기 때문에 유목 민족의 그것과 다르다. 한마디로 말해 아르헨티나의 체제는, 귀족들이 시골 영지에 거주하면서 도시에 싸움을 걸고 주변 들판을 쑥대밭으로 만들던 중세의 영주 제도와 어느 정도는 유사하다. 하지만 이곳 아르헨티나에는 귀족도 없고, 영주의 성도 없다. 시골에서 세력이 봉기하면 그것은 일시적인 현상이고, 또한 민주적이다. 산도 없고 강력한 영주도 없기 때문에 권력이 승계되지도 못하고, 보존될 수도 없다. 이 결과 빰빠의 야만족까지도 도덕적인 발전을 도모하는 데는 우리의 시골 지역보다 더 조직적이다.

하지만 사회적 측면에서 이 사회가 두드러지게 드러내는 것은 이들의 삶이 옛 삶과, 그리고 스파르타나 로마의 삶과 유사하다는 점이다. 물론 다른 측면에서도 과격한 차이점은 나타나지 않는다. 스파르타와 로마의 자유 시민들은 물질적인 삶의 무게와 호구지책을 노예들에게 부과해놓고 자신들은 공개 토론회와 공동 광장에서 국가, 평화, 전쟁 같은 문제와 당쟁에만 간여하면서 시민으로서 자유를 구가했다. 아르헨티나의 목축은 스파르타와 로마의 시민들이 향유하던 것과 똑같은 장점을 제공하고, 동물은 스파르타나 로마의 노예들이 대신하던 비인간적인 기능을 수행한다. 동물 개체 수의 즉각적인 증가는 재산을 무한하게 형성, 증대시키고, 사람의 손은 남아돈다. 사실 사람의 노동, 지능, 시간은 삶의 수단을 보존하고 증대하는 데 필요한 것이 아니다. 하지만 비록 사람이 삶에 필요한 물질적인 것을 얻기 위해 이런 힘을 전혀 필요로 하지 않는다 해도, 그동안 아껴두었던 힘을 로마인들만큼 제대로 써먹을 수는 없다. 아르헨티나의 목축업자는 도시, 지방 정부, 친밀한 교제가 없기 때문에 사회의 전면적인 발전을 도모할 기반이 없다. 에스딴시에로[28]들이 모이지 않기 때문에 만족시켜야 할 '공적 필요'를 가지지 못한다. 한마디로 말해 '공적인 것'[29]이 없다.

이곳에서는 아랍 종족과 타르타르[30] 종족이 무시한 도덕적인 진보와 지적인 문화가 무시될 뿐만 아니라 불가능하다. 사방으로 10레구아쯤 떨어진 곳에 흩어져 사는 어린이들을 교육할 수 있는 학교를 어디에 세울 것인가? 그렇기 때문에 문명은 전혀 이룰 수 없고 야만이 정상적인 것이 되는데,[31] 가정의 관습 덕분에 일말의 도덕심이나마 간직할 수 있다면 감사해야 할 일이다. 종교는 사회가 해체됨으로써 고통을 받고, 가톨릭교회는 이름뿐이고, 신부의 강론에는 청중이 없으며, 신부는 외로운 성당으로부터 도망치거나 무기력과 고독 속에서 황폐해진다. 온갖 해악과 성직, 성물 매매와 널리 행해지는 야만이 수도원의 작은 방에 침투하고, 신부가 결국에는 정당의 까우디요로 변모해버림으로써 자신의 고매한 도덕성을 재산과 야망을 이루기 위한 요소로 바꾼다. 사제 제도가 생기기 전인 원시 시대 세상에서나 일어났을 법한 촌스러운 광경 하나를 목격한 적이 있다. 1838년, 나는 시에라데산루이스에 있는 어느 에스딴시에로의 집에 머물고 있었는데, 그 에스딴시에로가 좋아하는 일은 기도와 노름이었다. 그는 예배당 하나를 지어놓고는 일요일 오후가 되면 그 지역에 몇 년 동안 공석중인 사제를 부임시켜 성사(聖事)를 할 수 있게 해달라고 직접 묵주 기도를 바쳤다. 그 광경은 한마디로 말해 장엄하고 멋진 그림이었다. 태양은 서쪽 하늘에

---

28) '에스딴시에로(estanciero)'는 '에스딴시아(estancia)'라는 대농장 소유주를 가리킨다.
29) 원어는 라틴어 'respública'로, 영어로 말하자면, 'republic'이다. 즉 '공적인 것', '인민 공동체', 더 나아가 '국가'다.
30) '타르타르(Tartar)'는 몽고의 초원 지대에서 사는 종족이다.
31) [저자 주] 나는 1826년에 시에라데산루이스(Sierra de San Luis)에서 1년 정도 거주하면서 그 지역 유지들의 자식 여섯에게 글 읽는 법을 가르쳤는데, 그들 가운데 가장 어린 청년의 나이가 스물두 살이었다.

걸려 있었다. 우리로 돌아오고 있던 양 떼가 요란스럽게 울어대면서 공기를 뒤흔들고 있었다. 그 집 주인은 60세 노인으로, 고상한 외모에 하얀 피부, 파란 눈, 훤칠하게 넓은 이마가 순수 유럽 인종임을 드러내고 있었는데, 그가 묵주 기도를 선창하고 여자 열두어 명과 청소년 몇이 후창하는 동안에 제대로 길들지 않은 그들의 말들이 예배당 문 옆에 묶여 있었다. 묵주 기도가 끝나면 그는 열정적으로 간청 기도를 했다. 나는 그가 기도하는 목소리처럼 경건하고 순수한 열정과 굳건한 믿음이 담긴 목소리도, 그처럼 아름답고 상황에 어울리는 기도도 평생 들어본 적이 없었다. 그는 신께 기도했다. 들판에 비가 내리게 해달라고, 짐승들이 잘 번식하게 해달라고, 공화국에 평화가 깃들게 해달라고, 행인들이 안전하게 통행하게 해달라고……. 그보다 더 종교적인 장면은 본 적이 없던 차에 종교적인 느낌이 내 영혼을 고양시켜 깨우고, 예전에 체험해본 적이 없는 감동을 주었기 때문에 울음이 복받쳐 올랐고, 결국은 꺽꺽 흐느낄 정도로 울어댔다. 내가 아브라함의 시대에, 아브라함 앞에, 하느님 앞에, 하느님을 드러내는 자연 앞에 있다고 믿었다. 그 남자의 소박하고 순진무구한 목소리는 내 온 신경을 전율시키며 뼛속까지 파고들었다.

 목축업이 주를 이루는 시골의 종교는 이렇게, 즉 '자연 종교'[32]로 변형되어 있다. 기독교는 영속하는 전통의 한 가지로서, 에스파냐의 언어처럼 존재하나 부패해 있고, 제대로 된 교리도 전례도 신념도 없이 괴상한 미신으

⁝

32) '자연 종교(religión natural)'는 종교의 발달 과정에서 국민적 또는 세계적 종교에 이르기 이전에 생겨난 자연 발생의 원시적 종교를 통틀어 이르는 말로, 주물 숭배, 다신교, 자연 숭배 따위가 이에 해당한다. 이는 기독교 밖의 종교의 진리성을 일정 부분 인정한 것으로, 인간은 기독교적인 근원(성서를 통한 계시) 외의 자연적인 근원을 통해서도 진리에 대한 이해를 얻을 수 있고, 이것은 인간의 본성에 해당한다는 논리다.

로 변해 있다. 이런 현상은 도시에서 멀리 떨어진 거의 모든 평원 지역에서 일어나는데, 그 지역 사람들은 산후안이나 멘도사로부터 상인들이 오면 생후 2~3개월 된, 또는 1년 된 아이들에게 세례를 주기 위해 상인들에게 아이들을 보여주고는 상인들이 훌륭한 교육을 받았기 때문에 세례성사를 효과적으로 집전할 수 있을 것이라 믿고서 만족해한다. 신부 하나가 도착하면 망아지 한 마리를 길들일 수 있을 정도로 나이 든 청소년들을 신부에게 소개함으로써 신부가 청소년들에게 성유를 바르고, '조건부'[33] 세례성사를 주관하도록 하는 것은 특이한 일이 아니다.

문명화와 발전의 수단이 전적으로 부족한 상황에서 문명화와 발전은 수많은 사교 단체에 사람들이 모여 있는 상황에서만 실현이 가능한데, 이제 여러분은 평원 지대에서 어떻게 교육이 이루어지는지 보기 바란다. 여자들은 가정을 지키고 음식을 준비하고, 양의 털을 깎고, 암소의 젖을 짜고, 치즈를 만들고, 식구들이 입을 두꺼운 천을 짠다. 여자들이 가정의 모든 일과 모든 생산을 도맡는다. 여자들에게 모든 노동이 부과된다. 그리고 밀가루로 만든 빵이 아직 일용하는 양식이 아니었기 때문에 남자들 가운데 누군가가 가족이 먹을 옥수수를 경작하는 일에 나서주면 여자들은 고마워한다. 어린이들은 라소[34]나 볼라스[35]를 가지고 놀면서 재미있게 힘을 기르거

---

33) '조건부(sub conditione)' 세례는 '만일 당신이 세례를 받을 만하면'이라는 조건을 달아 세례를 주는 방식이다.
34) [원편집자 주] '라소(lazo)'는 가죽을 새끼처럼 꼬아 만든 약 20미터 길이의 끈으로, 멀리 던질 수 있도록 끝에 둥그런 쇠고리가 달려 있다. 살아 있거나 죽은 동물에게 던져서 목이나 발을 묶어 끌어당기는 데 사용한다.
35) [원편집자 주] '볼라스(bolas)'는 가죽 끈 하나에 두세 가닥의 동일한 가죽 끈을 내달아 각각의 가닥에 둥그런 돌멩이를 매달아 놓은 것으로, 방어용 무기로도 사용하고, 동물에게 던져 목이나 다리를 묶는 작업 도구로도 사용한다.

나 몸을 단련하고, 라소나 볼라스로 송아지나 염소를 귀찮게 하고 뒤쫓아 다닌다. 어린이들이 말을 탈 줄 알게 되면 — 물론 걸음마를 배운 뒤에 — 말을 타고 자잘한 일을 돕는다. 그 후 어린이들은 힘이 더 세지면 말을 타고 들판을 달리며 말에서 떨어지고 일어나기를 반복하고, 비스까차[36] 굴 속에서 일부러 뒹굴고, 절벽을 기어오르고, 말을 다루는 기술을 습득한다. 사춘기에 이르면 야생 망아지를 길들이는 일을 맡게 되는데, 어느 순간 힘이나 용기가 부족해질 때 그들을 기다리고 있는 최소한의 징벌은 바로 죽음이다. 청년기에 이르면 그들에게 온전한 자유와 나태한 여유가 찾아온다.

이제 그들을 교육시키는 일이 끝났기 때문에 그들에게 가우초로서의 공적인 삶이 시작된다고 말할 수 있을 것이다. 격리된 삶을 살아가는 인간이 거친 자연과 벌이는 이런 투쟁, 이성적인 인간이 야만적인 인간과 벌이는 이런 투쟁으로부터 생긴 이들 에스파냐 사람들의 불굴의 성격, 교만한 성격을 제대로 평가하기 위해서는 이들이 보존하고 있는 유일한 언어와 혼란스러운 종교적 관념을 통해 이들을 살펴볼 필요가 있다. 도시에서 정주 생활을 하는 사람들, 책을 많이 읽었을 수는 있지만 사나운 황소 한 마리를 쓰러뜨려[37] 죽일 줄도 모르고, 대평원에서 그 누구의 도움도 받지 않고서 맨발로 말을 몰 줄도 모르고, 혼자서 호랑이를 만났을 때 한 손에는 단도를, 다른 손에는 호랑이의 입을 틀어막을 뽄초를 둘둘 말아 들고 호랑이와 대적해 호랑이의 가슴을 칼로 찔러 자기 발치에 쓰러뜨릴 수도 없는 사람들을 볼 때 생기는 연민 어린 경멸감에 관해 제대로 판단하기 위해서는 아시아의 아랍 사람들처럼 수염으로 가려진 이 얼굴들, 심각하고 진지한

---

36) [원편집자 주] '비스까차(vizcacha)'는 남아메리카의 칠레, 아르헨티나 등지에서 서식하는 설치류 동물로, 모양은 토끼와 유사하다.
37) 황소는 '라소(lazo)'를 이용해 쓰러뜨린다.

가우초 광활한 빰빠스에서 유목 생활을 하는 사람들을 가리킨다. 본 작품의 핵심 단어.

이 표정들을 살펴볼 필요가 있다. 이들이 온갖 저항을 물리치는 습관, 자연보다 늘 뛰어난 모습을 보이고 자연과 대적해 이겨내는 습관은, 개인의 중요성과 우위성에 대한 이들의 의식을 아주 멋지게 보여준다. 아르헨티나 사람들은, 어느 계급에 속하건, 문명화가 되어 있건 무식하건, 자신들이 국가적으로 중요한 존재라는 사실을 깊이 인식하고 있다. 그 밖의 모든 아메리카 사람들은 아르헨티나 사람들의 허영심을 비난하고, 아르헨티나 사람들의 우쭐대는 태도와 교만한 태도에 불쾌해한다. 나는 그런 식으로 비난하는 근거가 전혀 없지는 않다고 생각하지만, 그런 것에 개의치 않는다. 아아, 자신감 없는 가련한 인간들이여! 위대한 것들은 그런 사람들을 위해 만들어진 것이 아니다! 태양 아래서는 그 어떤 사람도, 심지어는 현자도 권력자도, 자신들보다 더 훌륭하지 않다고 생각하는 아르헨티나 가우초들의 이런 교만이 아메리카에 있는 어느 국가의 독립에 큰 기여를 하지 않을 수 있었겠는가? 가우초들은 유럽인이 말의 발길질을 채 두 번도 견디지 못하기 때문에[38] 유럽인을 모든 인간 가운데 맨 꼴찌라고 생각한다. 설령 하위 계층이 지닌 이런 국가적 허영심의 근원이 비열한 것이라 할지라도 그렇기 때문에 결과가 덜 고상하지는 않다. 이는 어떤 강이 진흙투성이에 오염된 샘에서 발원한다는 이유로 그 강물이 다른 강물보다 덜 맑다고 할 수 없는 이치와 같다. 교양 있는 사람들이 가우초들에게 불어넣은 증오심은 달래기 어려울 정도이고, 교양 있는 사람들의 의복, 태도와 관습에 대해 가우초들이 보이는 혐오감은 도저히 극복할 수 없을 정도다. 아르헨티

---

38) [원편집자 주] 아르헨티나 독립전쟁의 영웅 만시야(Lucio Norberto Mansilla, 1792~1871) 장군은 프랑스가 아르헨티나를 봉쇄했을 때 강연장에서 다음과 같이 말했다. "그런데 하룻밤도 참을 줄 모르는 그 유럽인들이 우리에게 해준 것이 무엇입니까?" 그러자 수많은 평민 청중이 우레와 같은 박수갈채를 보냄으로써 강연자는 잠시 말을 멈추어야 했다.

나의 병사를 만들어낸 재료가 그러했기 때문에, 전쟁에서 이들 병사가 보여주는 용기와 인내가 위에서 언급한 바 있는 그런 습관의 결과라는 사실을 쉽게 상상할 수 있다. 이들은 유년 시절부터 소를 도살하는 데 익숙해져 있고, 이처럼 삶의 필요에 따른 잔인한 행위는 피를 뿌리는 일과 이들이 친숙해지도록 만들고, 희생물의 신음 소리 앞에서도 이들의 심장이 강해지도록 만든다는 사실을 덧붙여야 할 것이다.

그렇기 때문에 들판의 삶은 가우초의 신체적 능력을 향상시켰지만 지적 능력은 전혀 향상시키지 못했다. 그들의 도덕적인 특성은 장애물과 자연의 힘을 제거하는 습관에서 생긴 것이라고 생각된다. 가우초는 강하고, 오만하고, 정력적이다. 가우초는 그 어떤 교육도 받지 않고 받을 필요도 없고, 또 필요한 것이 없기 때문에 생계 수단도 없는 상태지만, 가난하고 궁핍한 생활에서도 행복한데, 큰 쾌락을 결코 알지도 못하고 자신의 욕망을 더 크게 확장하지도 않았던 사람에게는 그런 가난과 궁핍함이 그리 대단하지 않는 법이다. 그렇기 때문에 설령 가우초 사회가 이처럼 해체되어 도덕적이고 지적인 교육이 불가능하고 무용해짐으로써 가우초의 본성에 야만성이 깊이 심어진다 해도 가우초는 자신이 지닌 매력적인 면모를 버리지 않는다. 가우초는 일을 하지 않는다. 음식과 옷은 집에 준비되어 있다. 각자 가축을 소유하고 있으면 서로 그것을 나눠 갖는다. 만약 어느 가우초가 아무것도 소유하고 있지 못하면 후원자나 친척의 집에서 구할 수 있다. 가축을 돌보는 일은 소풍이나 즐거운 파티로 변한다. 소에 낙인 찍는 일은 농부들의 추수와 같은 것으로, 그날이 도래하면 다들 환호성을 지르며 반기는 축제가 된다. 낙인 찍는 일을 할 때는 반경 20레구아 내에 있는 남자가 모두 모여들어 라소를 던져 짐승을 포획하는 절묘한 솜씨를 자랑한다. 가우초는 자신의 가장 훌륭한 '빠레헤로'[39]를 타고 신중하게 계산한 느릿한

걸음걸이로 정해진 지점에 도착해서는 일정한 거리를 두고 멈춰 선다. 그 광경을 더욱더 잘 즐기기 위해 발을 말의 목덜미에 들어 올려 편한 자세로 앉는다. 흥이 나고 의욕이 넘치면 천천히 말에서 내린 뒤 라소를 풀어 자기로부터 40보 정도 떨어진 거리를 전광석화같이 지나가는 황소를 향해 던진다. 예상했던 바대로 소의 발톱 하나를 붙들어 맨[40] 뒤에 풀어놓았던 라소를 차분하게 되감기 시작한다.

---

39) [원편집자 주] '빠레헤로(parejero)'는 다른 말과 함께 짝을 이루어 달리는 경주를 위해 훈련된 말이다.
40) [원편집자 주] '라소'를 아주 정확하게 던져서 가축의 발톱을 붙들어 매는 것으로, 단지 정확성을 시험하기 위해서만 행하는 일종의 과시 행위다.

제2장
아르헨티나 사람들의 독창성과 특징

> 빰빠스는 바다처럼 무한하다는 느낌이 보는 이의 마음에 각인된다.
>
> — 훔볼트[1]

식민화와 태만이 목축 생활을 만들었듯이, 어떤 정치 조직을 만들기가 아주 어려운 이유 또한 목축 생활의 제반 조건에서 발생했다면, 그리고 유럽의 문명과 제도뿐만 아니라 그것의 자연스러운 결과인 부와 자유가 승리하는 데 훨씬 더 많은 어려움이 발생했다면, 다른 한편으로 이런 상황 자체가 시적인 면모를 지니고, 공상가가 펜으로 쓸 만한 면모를 지니고 있다는 사실을 부정할 수 없다. 만약 국민 문학의 섬광 하나가 아메리카의 이 새로운 사회에서 순간적으로 나타나게 된다면, 이는 아메리카 자연의 장엄한 풍광에 관한 묘사의 결과물일 것이다. 특히 유럽의 문명과 토착의 야만 사이의 전쟁, 지성과 물질 사이의 전쟁, 즉 아메리카에서 일어나는 위압적인 전쟁에 관한 묘사의 결과물일 것이다. 또 아주 독특하고 아주 개성 있는 풍광을, 유럽의 정신을 형성시킨 교육의 토대가 된 관념들

---

[1] 독일 박물학자 '알렉산더 폰 훔볼트(Alexander von Humboldt, 1769~1859)'는 1799년부터 1804년까지 아메리카를 탐험했다. 지리학뿐만 아니라 동식물, 천문, 기후, 광물, 해양 등의 분야에서 큰 업적을 쌓았는데, 탐사의 성과를 많은 저서를 통해 발표함으로써 자연 지리학의 시조로 불린다.

의 범주에서 아주 많이 벗어나는 풍광을 그리는 일이 될 것이다. 왜냐하면 아메리카에서 일어나는 극적인 장면은, 아메리카의 놀랄 만한 풍습과 독특한 특성만 취하는 외부에서는 제대로 인식될 수 없기 때문이다.

미국의 소설가들 가운데 유럽에서 명성을 얻은 사람은 페니모어 쿠퍼[2] 뿐인데, 쿠퍼가 이름을 떨친 이유는 그가 묘사한 장면의 무대를 식민자들이 점유하던 지역에서 벗어나 야만적인 삶과 문명화된 삶의 경계 지역으로, 토착 원주민들과 앵글로 색슨족이 땅을 소유하기 위해 싸움을 벌이던 전쟁터로 옮겼기 때문이다.

바로 이런 식으로 우리의 젊은 시인 에체베리아[3]는 「여자 포로」[4]라는 시로 에스파냐어권 세계에서 관심을 끌 수 있었다. 이 아르헨티나 시인은, 자신의 선배인 바렐라[5] 형제가 고전적인 기법에 시적 감흥을 불어넣어 썼으나 유럽의 수많은 사상에는 아무것도 첨가하지 못했기 때문에 성공도 하지 못하고 의미 있는 결과도 남기지 못한 『디도와 아르히아』를 제쳐놓고는 자신의 시선을 사막으로 돌렸다. 그리하여 저기 저 끝없이 펼쳐진 대평원에서, 야만인이 방황하는 황야에서, 들판이 불타고 있을 때 여행자가 자

---

[2] '페니모어 쿠퍼(James Fenimore Cooper, 1789~1851)'는 미국의 소설가, 평론가다. 역사, 해양, 변경(邊境), 사회 등 광범한 분야에 관한 이야기를 썼는데, 내티 범포(Natty Bumppo)를 주인공으로 한 다섯 편의 변경 로맨스가 가장 유명하며, '미국의 월터 스콧'이 일컬어질 정도로 모험적 로맨스의 이야기에 능했다. 당시의 식민지, 바다, 개척지 등을 낭만적인 시각으로 그렸다. 그 후 사회 비평에 관심을 돌려 미국 현실을 비판했다. 『파일럿』, 『모히칸족의 최후』, 『개척자』, 『길을 여는 사람』, 『대평원』 등을 출간했다.

[3] [원편집자 주] '에체베리아(Esteban Echeverría, 1805~1851)'는 아르헨티나 최초의 낭만주의 작가로, 1837년에(아르헨티나의 독립을 위해 발생한 5월 혁명이 끝난 뒤) '5월회(Asociación de Mayo)'를 조직해서 저서 『사회주의 도그마(Dogma Socialista)』를 5월회의 교육 프로그램 교재로 사용했다. 그는 시 「엘비라(Elvira)」와 「위안(Los consuelos)」을 통해 아르헨티나의 경치와 풍습을 소개했다.

[4] [원편집자 주] '「여자 포로(La cautiva)」'는 에체베리아의 시 가운데 가장 유명한 작품이다.

기에게 가까이 다가오는 것처럼 착각하게 하는 아득히 먼 곳의 화염 지대에서, 경건하고 장대하고 진기하고 고요한 자연의 장관이 상상력에 공급해주는 영감을 발견했고, 그때 그가 쓴 시의 메아리는 에스파냐 반도에까지 울려 퍼져 박수갈채를 받게 되었다.

　말이 나온 김에 각 민족의 사회 현상에 관해 잘 설명해주는 사실 하나를 잠시 살펴볼 필요가 있다. 어떤 지역의 자연이 지닌 독특한 면모는 그 지역의 풍습과 삶에 독특한 성격을 부여하는데, 다른 민족에 의해 발명된 풍습과 독특한 삶의 특성이 동일한 자연적 특성을 지닌 곳에서 발견될 수 있다. 그런데 왜 활과 화살은, 야만족의 인종에 관계없이, 그들의 기원이 무엇이고 사는 곳이 어디든 상관없이, 모든 야만족에게서 발견되는지 설명되지 않는다. 나는 페니모어 쿠퍼가 쓴 『모히칸족의 최후』의 호크아이와 웅카스가 어느 시내에서 밍고족의 흔적을 잃어버리는 장면을 읽으며 이렇게 중얼거렸다. '이 친구들이 시내를 차단하겠군.' 『대평원』에서 덫을 놓는 사람이 불길이 자신과 동료들을 위협함으로써 불안감과 죽음의 고통을 느낄 때, 아르헨티나 사람이라면 덫을 놓는 사람이 마지막으로 제안하는 것과 똑같은 묘책을 제안했을 것이다. 그것은 그가 스스로 몸을 보호하기 위해 자기 주변을 깨끗이 정리하고, 밀려오는 불길을 피해 이미 불이 났던 곳의 잿더미 위로 가기 위해 맞불을 놓는 방법이다. 이것이 바로 빰빠를 통

---

5) [원편집자 주] 플로렌시오 바렐라(Florencio Varela, 1807~1848)와 후안 끄루스 바렐라(Juan Cruz Varela, 1794~1839) 형제는 로사스 독재 정권에서 추방당한 사람들인, 소위 '추방자 세대'에 속하는 작가들이다. 후안 끄루스 바렐라가 바로 신고전주의의 전형적인 비극인 『디도와 아르히아(*Dido y Argia*)』의 작가다. 3막짜리 비극 「디도」는 '에네이다(Eneida)'에서 영감을 받은 것이고, 5막짜리 비극 「아르히아」는 그리스 신화를 차용한 것으로, 이탈리아 근세 최고의 비극 시인이며 이탈리아 비극의 창시자이기도 한 비토리오 알피에리(Vittorio Alfieri, 1749~1803)의 영향을 받은 것이다.

과하는 사람들이 초원에서 발생하는 불을 피하는 실제 방법이다. 『대평원』에 등장하는 탈주자들이 강 하나를 만나게 되는 장면을 읽었을 때, 그리고 쿠퍼가 포니족 인디언이 버팔로 가죽을 모으는 신비로운 방식에 관해 기술하는 부분을 읽었을 때, 나는 혼잣말을 했다. '이 친구가 뻴로따[6]를 만들려고 하는구먼. 그런데 뻴로따를 끌고 갈 여자 하나가 없는 게 애석하군.' 우리의 경우 뻴로따를 묶은 라소를 입에 문 채 강을 건너며, 뻴로따를 끄는 일은 여자들이 맡는다. 사막에서 버팔로의 머리를 불에 굽는 방식은, 우리가 암소의 머리나 송아지의 등심에 소금물을 뿌리기 위해 사용하는 것과 같다. 그 밖의 수많은 사실을 여기서는 언급하지 않겠지만, 한마디로 말해 이런 것들은 사는 땅이 달라지면 그에 따라 관습과 삶의 수단과 삶의 방편도 달라진다는 사실을 증명한다. 내가 페니모어 쿠퍼의 작품들에서 빰빠로부터 영향 받은 것처럼 보이는 관행과 풍습에 관한 기술을 찾아본 것은 다른 이유 때문이 아니다. 그렇게 함으로써 우리는 아메리카의 목축 풍습에 아랍인의 복장, 진지한 표정, 호의적인 태도 같은 것이 재현되어 있다는 사실을 발견하게 되는 것이다.

    이렇듯, 땅의 자연 환경, 그리고 그 땅이 만들어내는 독특한 풍습에서 시의 질료가 나온다. 시라는 것은, 시적 감흥이 일어나도록 하기 위해(왜냐하면 시는 종교적인 느낌과 같은 것이고, 인간 정신이 지닌 능력이기 때문에) 아름다운 것, 무시무시한 힘, 거대한 것, 광활한 것, 뭔가 막연한 것, 이해할 수 없는 것 등에 관한 광경이 필요하다. 손으로 만질 수 있는 것, 세속적인 것이 끝나는 곳에서만이 상상으로 꾸며낸 이야기와 이상 세계

∴

[6] [원편집자 주] '뻴로따(pelota)'는 가죽으로 만든 작은 배 또는 부주(浮舟)로, 바닥은 반반하고 길이 2미터 정도의 상자 모양을 하고 있다. 강이나 시내를 건널 때 사용하는데, 한 사람이 뻴로따에 끈을 매달아 앞에서 잡아끈다.

가 시작되기 때문이다. 이제 내가 묻겠다. 아르헨티나 공화국의 국민이 시선을 지평선에 고정시켜 뭔가를 보았는데도 아무것도 보지 못하는 그 단순한 행위가 그 국민에게 어떤 인상을 남겼겠는가? 사실 그가 그 불확실하고 아지랑이가 피어오르는 아스라한 지평선에 시선을 깊이 박으면 박을수록 그 지평선은 그에게서 멀어지고, 그를 매혹시키고, 혼란시키고, 그를 상념과 의구심 속으로 밀어 넣는다. 그렇다면 그가 괜스레 침투해 들어가 보고 싶어하는 그 세계는 어디에서 끝나는가? 그는 알 수 없다! 그가 볼 수 있는 것 너머에는 무엇이 있는가? 고독, 위험, 야만, 죽음! 이제 이곳에 시가 있다. 이런 장면 속에서 움직이는 인간은 기상천외의 공포와 불확실성, 그를 잠에서 깨어나게 하는 꿈의 습격을 받는다고 느끼게 된다.

그렇기 때문에 결국 아르헨티나 사람들은, 특유의 성향 때문이든 자연환경 때문이든, 시적(詩的)이다. 차분하고 평온한 어느 오후에 어디서 오는지 모를 새까만 구름이 기세등등하게 몰려와 하늘에 쫙 깔리더니, 여행자가 채 무슨 말을 하기도 전에 갑자기 여행자를 춥게 만들 폭풍우가 밀려올 것이라고 알리는 천둥소리가 들리고, 또 여행자 주변으로 내리치는 수천 개의 번개 가운데 하나가 여행자의 몸으로 떨어질지도 모른다는 공포에 여행자가 숨도 제대로 쉬지 못하는 상황에서 그 여행자가 어떻게 시적이지 않을 수 있겠는가? 빛이 사그라지면 어두워지고 사방에 죽음이 도사린다. 저항할 수도 없는 무시무시한 힘이 여행자로 하여금 한순간에 자신을 돌아보게 하고, 분노한 자연 속에서 자신은 아무것도 아니라고 느끼게 만든다. 한마디로 말해 하느님의 무시무시하게 장엄한 작품 속에서 하느님을 느끼게 한다. 그처럼 환상적인 것을 그리는 팔레트에 무슨 색깔이 더 필요하겠는가? 어둠의 덩어리가 대낮에도 구름이 끼게 만들고, 어둠 사이로 비치며 파르르 떨리는 창백한 빛이 쨍 하고 비치면서 아득히 멀리 떨어져 있는 빰빠를 잠시 보여주고, 마침내 힘의 상징인 번갯불이 원기왕성하게 빰빠를 가른다. 이런 이미지는 여행자의 영혼에 깊이 각인되어 남는다. 그래서 폭풍우가 멈추면 가우초는 슬퍼지고, 상념에 잠기고, 진지해지고, 그의 상상 속에는 빛과 어둠이 계속해서 교차한다. 이는 우리가 태양을 뚫어지게 쳐다보면 둥그런 태양의 모습이 우리의 망막에 오랫동안 남아 있는 이치와 같다.

번갯불이 누구를 죽이고 싶어하는지 가우초에게 물어보시라. 그러면 가우초는 잘못 이해된 자연의 진실과 미신적이고 거친 전통이 혼합된 세계, 도덕적이고 종교적인 환상으로 이루어진 세계로 여러분을 인도할 것이다. 전류가 인간 삶의 질서에 들어오는 것이 확실하다면, 그리고 전류는 이른바 '신경 흐름'이라 불리는 것과 동일하고, 신경 흐름이 흥분을 하면서 열망을 불러일으키고 열정에 불을 붙인다는 사실이 확실하다면, 고양이털을 잘못 쓰다듬었을 때처럼 옷끼리 서로 문지르면 불꽃이 튈 정도로 전류가 많이 흐르는 환경에서 살아가는 사람은 상상을 하는 작업에 필요한 준비물을 많이 갖추고 있음이 틀림없다는 사실을 덧붙일 수 있을 것이다.

이처럼 인상적인 장면을 직접 본 사람이 어떻게 시인이 되지 않을 수 있겠는가?

> 하늘을 빙 돌아보지만 아무 소용 없고
> 광대무변한 하늘만 발견할 뿐
> 덧없는 비상(飛上)을 어디로 해야 할지
> 열심히 찾아보지만 보이지 않노라,
> 바다 위를 나는 새처럼.
> 새가 머물 들판과 경작지와

은신처가 어디든지 간에,
하늘과 하느님만 아는 황야가
어디든지 간에
그 혼자서만 찾을 수 있노라.

— 에체베리아

 혹은 이처럼 멋들어진 자연을 본 사람이 어떻게 시인이 되지 않을 수 있겠는가?

아메리카의 내부로부터
두 줄기 급류가 쏟아져 나온다.
빠라나 강은 진주의 표면이요,
우루과이 강은 자개의 표면이다.
두 강은 숲 사이를,
꽃이 만발한 절벽 사이를 흐르고,
두 개의 거대한 거울처럼
에메랄드의 모서리 사이를 흐른다.
애수에 젖은 칠면조,
벌새와 방울새,
개똥쥐빠귀와 비둘기가
흘러가는 강에게 인사를 한다.
세이보나무[7]와 종려나무가 두 강 앞에서
왕에게 인사하듯 고개를 숙이고
공중에 꽃을 던지고

오렌지 향과 꽃을 던진다.

그리고 두 강은 구아수[8]에서 만나

서로 물을 합치고

자개와 진주를 섞어

라쁠라따 강에 흘린다.

— 도밍게스[9]

하지만 이 시는 교양 있는 시, 도시의 시다. 다른 시가 외딴 들판에서 메아리치는 소리가 들린다. 그 시는 바로 가우초의 대중적이고, 순박하고, 거친 시다.

우리 국민들은 음악가이기도 하다. 이는 우리 이웃 나라들의 모든 사람이 인정해주는 국민적인 소질이다. 아르헨티나 사람 하나가 칠레의 어느 가정을 처음으로 방문하게 되면 그에게 즉석에서 피아노를 쳐보라고 한다거나, 비우엘라[10]를 건네주며 켜보라고 해서 그 사람이 연주를 할 줄 모른다고 사양하면 칠레 사람들은 그를 특이하게 생각하고, "아르헨티나 사람들은 다들 음악가인데" 하면서 그의 말을 믿으려 하지 않는다. 이는 우리나라의 관습 때문에 널리 유포된 선입관에서 비롯된 것이다. 실제로 도시의 교양 있는 젊은이는 피아노, 플루트, 바이올린, 기타 같은 악기를 연주

---

7) [원편집자 주] '세이보(seibo)나무'는 줄기에 탐스럽고 빨간 꽃이 무더기로 피는 아주 아름다운 나무로, 수많은 노래와 전설에 등장한다. 강 유역에 사는 사람들이 집을 짓거나 가구, 배 등을 만들 때 사용한다.
8) '구아수(Guazú)'는 '이구아수(Iguazú)'를 가리키는데, '큰 물(agua grande)'이라는 의미의 구아라니어다.
9) [원편집자 주] '도밍게스(Luis L. Domínguez, 1819~1898)'는 '추방자 세대'에 속하는 아르헨티나 시인이다.

할 줄 안다. 메스띠소[11]들은 거의 대부분이 음악에 종사하고, 이들 메스띠소 사이에서 유명한 작곡가와 연주자들이 많이 배출된다. 여름 밤이면 가게 문에서 기타를 연주하는 소리를 끊임없이 들을 수 있다. 그리고 밤늦은 시각에는 세레나데와 순회 음악회에서 들리는 음악 때문에 수면이 달콤하게 방해받는다.

시골 사람들은 자신들만의 노래를 가지고 있다.

북부 지방 마을들에서 유행하던 〈슬픔〉이라는 노래는, 장 자크 루소가 원시적인 야만 상태에 있는 사람에게는 자연스러운 현상이라고 말했다시피, 애수 어린 푸가 곡 같은 멜로디로 되어 있다.

'비달리따'[12]는 기타와 북으로 연주하고 합창하는 민요인데, 후렴구에서는 구경꾼들이 합세함으로써 노래를 부르는 사람이 늘어나고 노랫소리가 커진다. 나는 꼬뻬아뽀에서 성촉절(聖燭節)을 축하하는 인디오들의 축제가 열렸을 때 비달리따를 들어본 적이 있고, 이를 통해 판단해보자면 비달리따를 원주민들로부터 전승되어온 것 같다. 성가(聖歌)처럼 오래된 노래임이 틀림없는데, 칠레 인디오들은 그 노래를 아르헨티나에 거주하는 에스파냐 사람들에게서 빌리지 않았다. 비달리따는 성촉절의 의미를 기리는 민요이자 전사(戰士)들의 노래다. 가우초는 자신이 부르는 노래를 작사해 사교 모임에서 부름으로써 분위기를 달궈 노래를 전파한다.

∴

10) '비우엘라(vihuela)'는 르네상스 시대 에스파냐의 예술 음악에 사용한 현악기로, 당시 유럽의 다른 지역에서 류트만큼이나 큰 인기를 누렸다. 큰 기타와 같은 형태에 여섯 개(또는 일곱 개)의 이중 현이 달려 있다. 당시 기타는 네 개의 이중 현으로 되어 있었다. 기타는 일반 대중이 연주했다면, 비우엘라는 귀족들이 연주했다. 18세기경 이 두 악기가 합쳐져 6현 기타가 탄생했다.
11) '메스띠소(mestizo)'는 백인과 아메리카 원주민의 혼혈이다.
12) '비달리따(vidalita)'는 아르헨티나와 우루과이의 애조 띤 민요로, 주로 가우초들이 불렀다.

이렇듯 나라의 풍습이 조야함에도 불구하고 문명화된 삶을 아름답게 만들어주고 풍부한 열정을 식혀주는 이 두 가지 예술, 즉 음악과 시는 이 예술들을 만드는 데 자신들의 거친 시적 재능을 사용하는 하층 사람들이 높이 받들고 좋아하는 것이다. 1840년, 젊은 에체베리아는 몇 개월 동안 평원에서 살았고, 빰빠에 관해 그가 지은 시들은 그보다 더 유명했다. 가우초들은 그를 존경하고 좋아해서 그를 에워쌌는데, 새로 온 누가 그 '까헤띠야'[13]를 몰라보고서 경멸하는 태도를 보일라치면 어떤 사람이 그에게 "이 친구는 시인이야"라고 귀띔해준다. 그가 시인이라는 이 특권적인 칭호를 듣는 순간 시인에 대해 지닌 적대적인 편견이 모두 사라져버린다.

한편으로 에스파냐 사람들이 즐기는 악기로 기타가 있는데, 이것이 아메리카에 흔하다는 사실은 잘 알려져 있다. 특히 부에노스아이레스에서는 에스파냐에서 인기가 있는 '마호'[14]가 여전히 아주 활발하게 활동한다. 마호는 도시의 꼼빠드리또[15]들과 평원의 가우초들에게 인기가 있다. '시엘리또'[16]에는 에스파냐의 '할레오'[17]가 살아 있다. 손가락은 캐스터네츠의 대용으로 사용되고, 꼼빠드리또의 모든 동작은 마호의 동작과 같다. 어깻짓,

13) [원편집자 주] 가우초들이나 시골에 사는 사람들은 도시의 교양 있고 잘난 체하는 젊은이를 '까헤띠야(cajetilla)'라 불렀다. 여기서 까헤띠야는 바로 에체베리아다.
14) '마호(majo)'는 18세기 말에서 19세기 초까지 에스파냐 마드리드의 일부 서민 동네에 살던 사람들로, 이들은 화려한 의상을 입고 다니며 자유분방하고 거만한 태도를 보였다. 눈에 띄는 외모와 친절한 행동 등으로 다른 사람을 즐겁게 하는 사람을 일컫기도 한다.
15) '꼼빠드리또(compadrito)'는 아르헨티나, 우루과이 등지에서 볼 수 있는, 옷을 화려하게 입고 잘난 체하고 도전적인 남자를 가리킨다.
16) '하늘(cielo)'을 의미하는 '시엘리또(cielito)' 또는 '시엘로(cielo)'는 아르헨티나 리오델라쁠라따 지역의 민요와 춤으로, 특히 리오델라쁠라따의 독립 시기에 유행했다. 빰빠스의 가우초들이 즐긴다.
17) '할레오(Jaelo)'는 에스파냐 안달루시아 지방에서 유행하던 음악과 춤이다.

표정, 챙 넓은 모자를 쓰는 방식, 이빨 사이로 침을 뱉는 방식까지 모두 완벽하게 안달루시아식이다.

이런 일반화된 풍습과 취향의 중심으로부터 주목할 만한 특이성이 드러났는데, 이런 것들이 언젠가는 아르헨티나의 드라마와 소설을 아름답게 만들고, 독창적인 색채를 가미하게 될 것이다. 여기서는 시골의 풍습에 대한 생각을 보충하고, 이어서 시민전쟁의 성격, 이유, 영향 등을 설명하는데 소용되는 몇 가지 특이한 것만 소개하겠다.

라스뜨레아도르

모든 사람 가운데 가장 뛰어나고, 가장 특이한 사람은 라스뜨레아도르[18]다. 내륙 지방에 사는 모든 가우초는 라스뜨레아도르다. 광활한 평원에서는 크고 작은 길들이 사방으로 교차하고, 짐을 운반하는 짐승들이 풀을 뜯거나 이동하는 초원은 사방이 뚫려 있기 때문에 이들의 발자국을 추적할 줄 알고, 수많은 동물의 발자국 중에서 이들의 발자국들을 구별할 줄 아는 것이 중요하다. 짐승들이 천천히 가는지 서둘러 가는지, 고삐가 풀린 상태로 가는지 묶인 상태로 끌려가는지, 짐을 실었는지 맨몸으로 가는지 알아야 한다. 이것은 가정에서 배우고 전승되는 기술이다. 언젠가 내가 부에노스아이레스로 가는 교차로에서 길을 잃고 헤매고 있을 때 내 길잡이를 하던 사람이 늘 그렇듯이 땅바닥을 내려다보더니 잠시 후 이렇게 말했다.

---

18) [원편집자 주] '라스뜨레아도르(rastreador)'는 들판에서 사람이나 동물의 흔적을 찾아 추적하는 용의주도하고 신중한 가우초를 말한다.

"이곳으로 털이 파르스름한 작은 노새[19] 한 마리가 지나갔는데, 혈통이 아주 좋은 놈이죠…… 이건 돈 N. 사빠따의 짐 나르는 가축 떼가 지나간 자국이에요…… 그 노새는 짐을 싣기 아주 좋은 놈이군요…… 이제 안장을 얹고 다니네요…… 어제 지나갔어요…….."

이 남자는 산루이스 산맥에서 오는 중이었고, 짐을 실은 그 가축 무리는 부에노스아이레스에서 돌아오는 길이었는데, 그가 털이 파르스름한 그 작은 노새를 마지막으로 본 것은 1년 전이었고, 또 이번에는 그 노새의 발자국이 너비 2피트 정도 되는 좁은 오솔길에 일행 전체의 발자국과 뒤섞여 있었다. 도저히 믿을 수 없는 이야기 같지만, 여기서는 다들 아는 기술이다. 그 길잡이는 전문 라스뜨레아도르가 아니라 일개 날품팔이 마부였다.

*[20] 라스뜨레아도르는 진지하고 용의주도한 사람으로, 그의 진술은 하급 법원에서 결정적인 증거로 채택된다. 그가 소유하고 있는 지식은 그에게 정당하고 신비로운 권위를 부여한다. 모두 그를 중요한 사람으로 대한다. 가난한 사람은 라스뜨레아도르가 자기를 중상모략하거나 고소함으로써 해코지를 할 수 있기 때문이고, 지주는 라스뜨레아도르의 증언이 자기에게 불리한 판정을 내리게 할 수 있기 때문이다. 밤사이에 도난 사건이 일어났는데 누구의 소행인지 아무도 모를 때, 도난을 당한 사람은 서둘러 도둑의 발자국을 찾으러 나서서 일단 찾아내면 바람이 발자국을 훼손하지 않도록 무엇으로 덮어놓는다. 그러고서 즉시 라스뜨레아도르를 부르는데,

∴

19) [원편집자 주] 원문은 "mulita mora"다. '몸집이 조금 작은 노새'라는 의미다.
20) * 이 부분은 1845년 5월 8일에 발행된 《엘쁘로그레소》 제774호에 연재되었다.

그는 일단 그 발자국을 보고 마치 다른 사람은 볼 수 없는 발자국이 그의 눈에는 또렷이 보인다는 듯이 가끔씩 땅을 내려다보면서 발자국을 따라간다. 계속해서 길을 따라 걷고, 채마밭을 건너고, 어느 집으로 들어가서는 마주치는 한 남자를 가리키며 냉정하게 말한다. "바로 이 사람입니다!" 이렇게 해서 범죄가 증명되는데, 범죄자가 혐의를 부인하는 경우는 드물다. 라스뜨레아도르의 증언은 치안 판사보다는 오히려 범인에게 증거 자체인 것이다. 범인이 증거를 받아들이지 않는 것은 우습고 터무니없는 짓이다. 그렇듯 다들 라스뜨레아도르를 범인을 찾아내는 하느님의 손가락으로 여기면서 이 증인의 말에 복종한다. 나는 깔리바르라는 사람을 알고 있는데, 그는 어느 지방에서 40년 동안 계속해서 라스뜨레아도르 일을 해왔다. 현재 80세 정도 된 그는 나이 때문에 등이 굽었음에도 불구하고 존경할 만하고, 품위 있는 외모를 간직하고 있다. 누군가 그의 자자한 명성에 관해 그에게 이야기하면 그는 "이제 난 아무 소용이 없고, 저기 아이들이 있어요"라고 대답한다. 아이들이란 자기 아들들을 가리키는 것인데, 그 아이들은 어느 학교에서 유명한 선생님에게서 교육을 받은 사람들이었다. 깔리바르에 관한 사람들의 이야기에 따르면, 그가 부에노스아이레스로 여행하느라 집을 비웠을 때 언젠가 가장 좋은 안장을 도둑맞는 일이 있었다. 그의 아내는 도둑의 발자국을 쟁반으로 덮어놓았다. 2개월 뒤, 집으로 돌아온 깔리바르는 이제 다 지워져버려 다른 사람의 눈에는 제대로 보이지도 않는 발자국을 보더니 그 건에 관해서는 가타부타 말이 없었다. 1년 반이라는 세월이 흐른 뒤, 깔리바르는 고개를 숙인 채 도시 외곽 지역을 걷다가 어느 집으로 들어가서는 자신의 안장을 발견했는데, 너무 많이 사용해 시꺼멓게 변해 버린 안장은 거의 쓸 수가 없는 상태가 되어 있었다. 안장을 도둑맞은 지 2년이 지난 뒤에 도둑의 발자국을 찾아낸 것이다. 1830년에 사형수 하나가 탈옥했다. 깔리바르가 탈옥수 찾는 일을 맡았다. 자신이 추적을 당할 것이라는 사실을 알고 있던 그 불행한 탈옥수는 교수대의 이미지를 떠올리면서 고안한 모든 예방 조치를 취해놓았다. 하지만 그 예방 조치는 아무 쓸모가 없었다! 예방 조치가 그를 파멸시키는 데만 소용될 것 같은 상황이었다. 왜냐하면 자신의 명성에 위기의식을 느끼던 깔리바르가 자존심이 상한 나머지 한 남자를 파멸시키는 작업 하나를 열정적으로 수행함으로써 경이로울 정도로 예리한 시력과 판단력을 증명했기 때문이다. 탈옥수는 족적을 남기지 않으려고 지형과 지세를 모두 이용했다. 몇 블록을 발끝으로만 걸어 통과하고 난 뒤 곧바로 낮은 벽을 타고 올라가서 어느 장소를 가로질러갔다가 뒤돌아왔는데, 깔리바르는 그의 흔적을 잃지 않은 채 그를 추적했다. 순간적으로 길을 놓치게 되면 "너 도대체 어디로 사라져버린 거야"라고 소리치면서 길을 되찾았다. 마침내 발자국이 도시 근교에 있는 개울에 이르렀다. 개울물이 라스뜨레아도르를 우롱하기 위해 발자국을 삼켜버린 뒤였다. 아무 소용이 없었다! 깔리바르는 차분하게, 주저하지 않고 개울가를 통해 걸어갔다. 마침내 그가 가던 길을 멈추고 잡초 몇 개를 살펴보더니 말했다. "여기서 나가버렸군. 흔적이 없어. 하지만 풀에 떨어진 이 물방울이 그를 가리키고 있지." 깔리바르는 어느 포도원으로 들어가서 포도원을 둘러싸고 있는 흙담을 살펴보고 나더니 이렇게 말했다. "안에 있어." 범인을 찾으러 나섰다가 지쳐버린 군의 수색대가 그에게 와서 수색이 실패했다고 알렸다. "그는 밖으로 나오지 않았소." 라스뜨레아도르는 전혀 동요하지 않고, 새롭게 수색하지도 않은 채 짧게 대답했다. 실제로 탈옥수는 밖으로 나오지 않았고, 다음 날 처형되었다. 1831년에 정치범 몇이 탈옥을 시도했다. 만반의 준비가 되어 있고, 외부의 도움을 받기로 예정되어 있었다. 탈옥을 시도할 순간이 되자 정치범 하나가 말했다. "그런데 깔리바르는 어떡하죠?" "그래요, 깔리바르가 있군요!" 나머지 정치범들이 기가 꺾이고, 두려움에 사로잡혀 소리쳤다. 정치범들의 친척들은 탈옥이 감행된 후 나흘 동안 깔리바르가 몸이 아파 드러누워 있도록 조치했고, 탈옥은 아무런 문제 없이 실행될 수 있었다.

라스뜨레아도르에 관한 이런 일은 아주 신비롭지 않은가? 도대체 어떤 미시적인 힘이 이들 남자의 시각 기관에 퍼져 있는 것일까? 하느님이 상상을 통해 당신과 닮게 만들어놓은 이 피조물은 참으로 숭고하도다!

바께아노

라스뜨레아도르에 이어 바께아노[21]에 관해 다루겠다. 바께아노는 재능이 아주 뛰어난 사람으로, 개인과 지방의 운명이 그의 손에 달려 있다. 바께아노는 사방 2만 레구아에 걸쳐 있는 평원, 숲, 산을 속속들이 꿰고 있는 진지하고 과묵한 가우초다. 바께아노는 가장 완전한 지형학자이고, 장군이 자기 부대의 움직임을 선도하기 위해 가지고 다니는 유일한 지도다. 바께아노는 항상 장군 곁에 붙어 있다. 담벼락처럼 겸손하고 과묵해서 부대의 모든 비밀을 알고 있다. 부대의 운, 전우의 성공, 어느 지방의 정복 등 모든 것이 바께아노에게 달려 있다. 바께아노는 거의 항상 자신의 의무를 충실하게 이행한다. 하지만 장군이 항상 바께아노를 전적으로 믿는 것은 아니다. 자기 곁에 언제든지 배신할 수 있는 사람 하나를 데리고 다니는 대

---

21) [원편집자 주] '바께아노(baqueano)'는 지형과 길을 잘 아는 사람이다. '지리에 밝다'라는 의미의 형용사 'baquia'에서 유래한 말이다. '바끼아(baquia)'에서 유래했기 때문에 '바끼아노(baquiano)'라고도 불린다.

장, 승리를 하는 데 필수적인 지식을 배신자에게 부탁할 수밖에 없도록 운명 지어진 대장의 처지가 과연 어떨지 상상을 해보시라. 바께아노는 자신이 가고 있는 길과 교차하는 작은 샛길 하나를 찾는다. 바께아노는 마실 물을 구할 수 있는 장소가 얼마나 멀리 떨어져 있는지 안다. 그는 마실 물을 구할 수 있는 장소로 가는 길을 수도 없이 찾아내는데, 어떤 길이 1백 레구아 정도 떨어진 곳에 있어도 그는 모든 길을 알고, 그 길이 어디로부터 와서 어디까지 가는지도 안다. 그는 강을 건널 때 일상적으로 건너는 곳에서 조금 위 또는 조금 아래에 숨어 있는 여울목이 어디인지도 다 아는데, 약 1백 개의 강이나 개천에 있는 여울목을 빠삭하게 알고 있다. 그는 광활한 습지를 불편하지 않게 건너다닐 수 있는 샛길 하나를 잘 알고 있는데, 이 샛길은 각기 다른 습지 1백여 곳을 통과한다.

  바께아노는 칠흑같이 어두운 한밤중에 끝없이 펼쳐진 숲이나 평원 한가운데서 동료들이 길을 잃고 헤매고 있을 때 그들 주변을 빙 돌아보면서 나무들이 있는지 살펴본다. 나무가 없으면 말에서 내린 뒤 허리를 숙여 관목들을 살펴보고, 자신의 위치가 어디인지 알아내 길을 찾는다. 그는 즉시 말에 올라 다음과 같이 말함으로써 동료들을 안심시킨다. "우리는 지금 모 장소의 곧바로 뻗어 있는 길에 있는데, 몇 레구아 떨어져 있는 곳에 집들이 있고, 우리는 남쪽으로 갈 겁니다." 그러고서 그는 침착하게, 서두르지 않고, 공포에 사로잡히거나 당황스러워하는 동료들이 반대를 해도 일절 응대하지 않은 채, 자신이 가리켰던 방향을 향해 출발한다.

  만약에 이 정도로도 충분하지 않거나, 자신이 빰빠 안에 있게 되거나, 한 치 앞도 분간할 수 없을 정도로 깜깜한 경우에 처하게 되면, 여러 지점에서 풀을 뽑아 뿌리와 흙냄새를 맡아보고 풀을 씹어보는 행위를 여러 차례 반복하고 나서, 어떤 호수나 바닷물, 또는 민물이 흐르는 시내가 가까이 있는지 확인하고, 방향을 정확하게 잡기 위해 그런 식으로 탐색을 계속한다. 로사스 장군은 부에노스아이레스 남부에 있는 각 에스딴시아[22]의 풀을 맛보고는 무슨 풀인지 알아맞힐 줄 안다는 말이 있다.

만약 바께아노가 빰빠 출신이고, 그 빰빠에 건널 만한 길이 없고, 어느 행인이 그 바께아노에게 50레구아 정도 떨어져 있는 장소로 곧장 데려다 달라고 부탁하면, 바께아노는 잠시 멈춰 서서 지평선을 바라보고, 땅바닥을 조사하고, 어느 지점에 시선을 고정시키고, 화살처럼 곧게 말을 몰아가다가 자신만이 아는 이유로 길을 바꾸고, 밤낮으로 말을 몰아 지정된 장소에 도달한다.

바께아노는 적들이 가까이 있는지 없는지도 예고해준다. 이는 적들이 10레구아 이내에 있을 때다. 그리고 타조, 사슴, 과나코[23] 같은 동물들이 도망치는 방향을 보고서 자신들이 가고 있는 방향을 알아맞힌다. 적들이 있는 곳에 가까이 다가가서는 먼지를 관찰하고, 먼지의 농도에 따라 적군의 수효를 측정한다. 바께아노는 "2천 명이군", "5백 명이군", "2백 명이군"이라 말하고, 대장은 바께아노가 제공하는 정보에 따라 작전을 펼치는데, 그 정보는 결코 틀리지 않는다. 콘도르와 까마귀들이 공중을 선회하고 있으면, 바께아노는 사람이 매복해 있거나 부대가 막 주둔지를 옮겨갔거나 단순히 죽은 동물 하나가 있다고 말할 것이다. 바께아노는 어느 한 지점에서 다른 한 지점까지의 거리가 얼마인지 알고, 그 지점까지 도달하는 데

---

22) '에스딴시아(estancia)'는 라틴 아메리카의 대지주가 소유하는 농장이나 목장을 가리킨다. 에스딴시아는 아직도 라틴 아메리카의 아르헨티나와 칠레 등지에 존재한다. 에스딴시아는 비교적 간단한 형태로 운영이 되는데, 대농장주가 토지, 기구, 씨 등 농사에 필요한 모든 것을 대여하고 농민은 노동력을 제공해 작물을 재배함으로서 농산물의 일부 또는 매상의 일부가 농민에게 돌아가는 형태다. 북아메리카의 카우보이처럼 가우초가 이런 농장을 경영한다.

23) '과나코(guanaco)'는 낙타과에 속하는 포유류 동물이다.

며칠 몇 시간이 걸릴지도 알며, 그뿐만 아니라 놀랍게도 예상 시간의 반 정도면 통과하게 되는 어느 낯선 샛길을 찾아내기도 한다. 그렇게 해서 '몬 또네라'[24] 부대들이 50레구아 정도 떨어져 있는 마을들에 기습 공격을 개시하게 되는데, 그들은 거의 항상 공격에 성공한다. 이 이야기가 과도하게 들리는가? 아니다! 반다오리엔딸[25]의 리베라[26] 장군은 우루과이 공화국 전역에 있는 각각의 나무에 관해 아는 순종 바께아노다. 리베라 장군의 도움이 없었더라면 브라질 사람들이 우루과이 공화국을 점령하지 못했을 것이다. 리베라 장군의 도움이 없었더라면 아르헨티나 사람들이 우루과이 공화국을 해방시키지 못했을 것이다.

로사스의 지원을 받은 오리베[27]는 바께아노인 리베라 장군과 3년간 싸운 뒤에 리베라 장군에게 항복했다. 오늘날 부에노스아이레스의 모든 권력은, 오늘은 놀라움에 의해, 내일은 끊어질 힘에 의해, 오리베가 적군의 후위를 공격할 수 있는 어느 길을 앎으로써 자기 것으로 만들 수 있었을 어떤 승리에 의해, 알려져 있지 않거나 무의미한 어떤 다른 상황에 의해, 우루과이의 모든 평원을 차지하고 있는 오리베의 수많은 군대와 더불어 산산조각나 사라져버릴 수 있다. 리베라 장군은 1804년에 땅에 관한 공부를 시작했고, 밀수업자로서 정부를 상대로 전쟁을 하고, 그 후 정부군 장

---

24) '몬또네라(montonera)'는 19세기의 아르헨티나 시민전쟁에 참여한 기마 부대다. 일반적으로 지역 까우디요들이 시골에서 병력을 차출해 지휘했다.
25) '반다오리엔딸(Banda Oriental)'은 우루과이 강 동쪽과 라쁠라따 강 북쪽 지역으로, 우루과이의 동부와 브라질 히우그란지두술 주에 해당한다.
26) [원편집자 주] '리베라(José Fructuoso Rivera y Toscana, 1784~1854)'는 우루과이 '꼴로라도당(Partido Colorado)'을 만들고, 1830년에 반다오리엔딸의 초대 대통령이 되었다.
27) '오리베(Manuel Ceferino Oribe y Viana, 1792~1857)'는 우루과이의 군인, 정치가로, 우루과이의 국가당(Partido Nacional)을 만들고, 대통령을 역임했다(1835~1838).

교로서 밀수업자들과 전쟁을 하고, 그 바로 뒤에 애국자로서 왕과 전쟁을 하고, 나중에는 '몬또네로'[28]로서 애국자들과 전쟁을 하고, 브라질의 수령으로서 아르헨티나 사람들과 전쟁을 하고, 아르헨티나의 장군으로서 아르헨티나 사람들과 전쟁을 하고, 대통령으로서 라바예하[29]와 전쟁을 하고, 추방당한 수령으로서 오리베 대통령과 전쟁을 하고, 결국에는 동부[30]의 장군으로서 오리베와 연합한 로사스와 전쟁을 하면서도 바께아노의 기술을 조금 배울 시간은 남아 있었다.

나쁜 가우초

가우초는 일부 지방에 있는 사람들로, '무법자(outlaw)', '불법 거주자(squatter)'이며 특히 사람을 싫어한다. 가우초는 제임스 쿠퍼의 '매의 눈', '덫 사냥꾼'[31]으로, 황야에 대한 총체적인 기술을 가지고 있으며, 백인 마을을 극도로 혐오하지만, 본래 도덕성도 없고, 야만인들과 관계도 맺지 않고 산다. 사람들은 이들을 '나쁜 가우초'[32]라 부르는데, 가우초를 총체적으로 폄하하는 별명은 아니다. 법의 정의가 여러 해 전부터 가우초를 추적하

∴

28) '몬또네로(montonero)'는 '몬또네라(montonera)'에 소속된 군인을 가리킨다.
29) '라바예하(Juan Antonio Lavalleja y de la Torre, 1784~1853)'는 우루과이의 군인, 정치가다. 1853년에 우루과이의 대통령이 되었다.
30) 여기서 언급한 '동부'는 우루과이를 말한다.
31) '매의 눈'은 미국 소설가 제임스 쿠퍼의 『모히칸족의 최후』에 등장하는 백인 캐릭터 '호크아이(Hawkeye)'를 지칭한다. 땅과 부족을 잃은 칭가치국은 웅카스와 호크아이를 데리고 허드슨 계곡에서 '덫사냥'을 한다.
32) '나쁜 가우초'의 원문은 '가우초 말로(gaucho malo)'다. '무법자 가우초'라고도 옮길 수 있다.

고 있다. 가우초라는 이름은 공포를 불러일으키고, 낮은 목소리로 불리지만, 증오를 섞어 그 이름을 부르는 것이 아니라 오히려 존경심을 드러내며 부른다. 가우초는 불가사의한 사람이다. 빰빠에 거주하고, 엉겅퀴 우거진 땅이 자신의 거주지이고, 자고새와 '고슴도치'를 먹고 산다. 그리고 자기 혀를 즐겁게 하고 싶을 때면, 암소 한 마리를 붙들어 매서 혼자 넘어뜨려 죽이고, 자신이 좋아하는 부위만 떼어낸 뒤에 나머지 부분은 썩은 고기를 먹는 새들이 먹도록 내버린다. 나쁜 가우초는 군인들이 막 떠난 마을에 갑자기 나타나 자기를 둘러싸고 감탄하는 선한 가우초들과 평화스럽게 대화를 나누고, '해로운 것들'[33]을 구입한 뒤에, 군인들의 모습이 보이면 조용히 말에 올라 뒤도 돌아보지 않은 채 천천히, 유유히 황야를 향해 말을 몬다. 군인들이 가우초를 추적하는 일은 거의 없다. 나쁜 가우초가 타는 말은 자신의 주인처럼 뛰어난 경주용 말 '빵가레'[34]이기 때문에 군인들이 섣불리 가우초를 추적했다가는 괜히 자신들의 말만 죽이게 될 것이다. 가우초가 혹시 예기치 않게 법의 손아귀에 잡히게 되는 경우에, 가우초는 군인들이 가장 빽빽하게 모여 있는 부분을 습격하고, 군인들의 얼굴이나 몸을 칼로 몇 번 베어버림으로써 그들의 포위망을 뚫고 나간다. 그리고 자기를 향해 발사된 총알을 피하기 위해 말 등에 바짝 엎드려 황야 쪽으로 달려가고, 마침내 자신과 추적자들 사이에 안심해도 될 만큼 충분한 거리가 생기면 달리는 말의 고삐를 당겨 차분하게 길을 간다. 주변의 시인들은 황야에서 살아가는 그 가우초 영웅의 전기에 이 같은 새로운 무훈을 추가하고, 영웅의 이름은 광활한 평원 전체로 퍼져 나간다. 가우초는 가끔 시골에서 열

∴

33) [원편집자 주] 시골에 사는 사람들은 담배와 알코올 음료를 '해로운 것들(vicios)'이라고 부른다.
34) [원편집자 주] '빵가레(pangaré)'는 사자와 같은 색깔을 띤 말을 가리킨다.

리는 춤 파티장의 문 앞에 자신이 훔친 아가씨를 대동한 채 나타나 짝과 함께 춤추는 곳으로 들어가서는, '시엘리또'[35] 춤판에서 스텝을 밟고 있는 사람들 틈에 뒤섞였다가 아무도 모르게 사라진다. 다음 날 가우초는 자신이 유혹했던 아가씨를 데리고 딸을 도둑맞아 모욕감에 사로잡혀 있는 가족의 집에 나타나서는 아가씨를 말 궁둥이에서 내리게 한 뒤 아가씨의 부모가 퍼붓는 욕설을 등진 채 조용히 자신의 광활한 거주지로 향한다.

사회와 결별하고, 법률의 보호 밖에 있는 이 남자, 하얀 피부의 이 남자는 마을에서 살아가는 사람들보다 실제로는 더 불량한 인간이 아니다. 분견대 하나를 통째로 공격한 과감한 탈주자도 행인에게는 덜 위험하다. 나쁜 가우초는 도둑도 강도도 아니다. 사람의 목숨을 위협하는 공격은, 도둑질이 '추리아도르'[36]의 생각 속에 들어가지 않았듯이, 가우초의 생각 속에 들어가지 않는다. 물론 가우초가 다른 사람들에게서 훔치기는 한다. 하지만 이것은 그의 직업이고, 그의 장사고, 그의 기술이다. 가우초는 말을 훔친다. 가우초가 일단 내륙에서 온 병참 부대의 야영지에 도착하면 대장이 가우초에게 털, 생김새, 성질이 아주 특이하고 어깨 부분에 하얀 별 모양 무늬가 박혀 있는 말 한 마리를 사겠다고 제안한다. 가우초는 잠시 물러서서 깊이 생각하며 침묵의 한순간을 보낸 뒤에 대답한다. "그런 말은 실제 없습니다." 그 가우초가 무슨 생각을 하고 있었을까? 그 순간 그는 빰빠에 있는 천여 개의 에스딴시아를 상상으로 돌아다니면서 그런 특징과 색깔과 특별한 생김새를 가진 말이 있는지 온 지방을 살펴보고 조사하고 난 뒤에, 어깨 부분에 하얀 별 모양 무늬가 박혀 있는 말은 단 한 마리도 없다

---

35) [원편집자 주] '시엘리또(cielito)'는 주로 시골에서 추는 춤인데, 춤을 추는 남녀는 여러 가지 스텝을 밟는다.
36) '추리아도르(churriador)'는 양을 훔치는 사람이다.

는 사실을 깨달았다. 말 몇 마리는 별 모양 무늬가 이마에 박혀 있고, 다른 말 몇 마리는 궁둥이에 박혀 있었다. 그 기억력이 정말 놀랄 만한가? 그렇지 않다! 나폴레옹은 병사 2천 명의 이름을 죄다 외웠고, 병사들을 보면 각각의 병사와 관련된 사항을 모두 기억했다. 그런 상황이었기 때문에, 만약 그 가우초가 받은 부탁이 불가능한 것이 아니라면, 선금을 받아버림으로써 약속을 어길 수 없기 때문에 정해진 날짜에 도로의 정해진 장소에서 부탁받은 조건에 부합하는 말 한 마리를 넘겨줄 것이다. 도박꾼이 빚과 관련된 명예에 민감하듯, 가우초의 명예는 이 점에 민감하다. 그 가우초는 가끔 꼬르도바의 평원이나 산따페에 간다. 그러면 그가 작은 말 떼를 앞세운 채 빰빠를 건너는 모습이 보인다. 만약 누군가 그 가우초를 만나게 되는 경우, 가우초가 특별히 부탁하지 않으면 가우초와 일정한 거리를 유지한 채 뒤따라간다.

음유 시인

여러분은 지금 저항, 문명, 야만, 위험으로 점철된 가우초의 삶을 이상화해놓은 것을 읽고 있다. '음유 시인 가우초'는 중세의 바르도, 바떼, 뜨로바도르[37]와 같은 사람으로, 도시와 농촌의 봉건 제도가 서로 싸우는 와중에, 소멸되는 삶과 다가오는 새로운 삶 사이에 있는 동일한 무대에서 움직이는 사람이다. '음유 시인'은 이 마을 저 마을로, "방치되어 폐허가 된 오두막에서 저택으로" 옮겨 다니면서 빰빠에서 살아가는 자신의 영웅들에

---
37) '바르도(bardo)', '바떼(vate)', '뜨로바도르(trovador)'는 중세의 음유 시인이다.

관해 노래한다. 그 영웅들은 법의 정의, 최근 마을과 농장에 난입해 약탈을 하는 인디오들에게 자식들을 빼앗긴 과부의 울음, 용감한 라우치[38]의 패배와 죽음, 파꾼도 끼로가 당한 재난, 그리고 산또스 뻬레스[39]가 처한 운명에 의해 괴롭힘을 당하는 사람들이었다. 음유 시인은 중세의 '바르도'가 했던 것과 마찬가지로 연대기, 관습, 역사, 전기에 관한 작업을 소박하게 하고 있다. 그리고 음유 시인의 시들은, 만약 미래의 역사가들 옆에 사건들과 관련해 더 우수한 지식을 갖춘 교양 있는 다른 사회가 없는 경우, 나중에 미래의 역사가가 도움을 받을 수 있는 문서와 자료로 수집될 것인데, 불행한 기록자인 음유 시인은 그 지식을 자신의 소박한 랩소디에 펼쳐 놓는다. 아르헨티나 공화국에서는 각기 다른 두 문명이 같은 땅 위에서 동시에 서로 만난다. 하나는 태동하는 문명인데, 이 문명은 자기 머리에 든 것 말고 다른 지식은 없이 중세의 소박하고 조야한 노력을 모방한다. 다른 문명은 자기 발에 있는 것은 신경 쓰지 않은 채 유럽 문명이 이룬 최신 결과를 이루려고 시도한다. 유럽 문명에는 19세기와 12세기가 공존하는데, 19세기는 도시에, 12세기는 평원에 있다.

 음유 시인은 정해진 거처가 없다. 그의 잠자리는 밤이 되었을 때 그가 머물러 있는 장소에 있다. 그의 재산은 그의 시와 목소리에 들어 있다. 시엘리또가 춤 파티의 짝들을 사정없이 휘감아버리는 곳이라면 어디든, 포도주 한 잔을 들이킬 수 있는 곳이라면 어디든, 파티에서 음유 시인은 자신이 좋아하는 위치와 자신이 선택한 특정 부분을 점유한다. 아르헨티나

---

38) [원편집자 주] '라우치(Federico Lauch, 1790~1829)' 대령은 라바예가 지휘하는 어느 부대의 대장이었다. 그는 로사스의 군대에 의해 죽임을 당했다.
39) [원편집자 주] '산또스 뻬레스(Santos Pérez)'는 1835년 2월 16일에 바랑까야꼬에서 파꾼도를 죽인 부대의 대장이다.

의 가우초는 음악과 시구가 자신을 자극하지 않는 경우에는[40] 술을 마시지 않는다. '뿔뻬리아'[41]마다 음유 시인의 손에 쥐어줄 기타가 보관되어 있는데, 음유 시인은 문 앞에 멈춰 서 있는 말의 무리를 멀리서 보고는 자신의 시 읊는 기술로 도와줄 필요가 있다는 사실을 알아챈다.

음유 시인은 자신이 부르는 영웅들에 관한 노래 사이에 제 무훈을 뒤섞는다. 불행하게도 음유 시인은 아르헨티나의 바르도라는 직업을 가지고 있음에도 법의 보호를 받지 못한다. 자신이 휘두른 두어 번의 칼질, 자신이 저지른 한두 번의 불행(죽음!), 자신이 훔친 어느 말 또는 어느 아가씨에 관해서도 언급해야 한다. 1840년에 웅대한 빠라나 강가에서 음유 시인 하나가 책상다리를 한 채 땅바닥에 앉아 과거에 자신이 겪은 온갖 고역과 온갖 모험에 관한 긴 이야기를 생생하게 읊어댐으로써 청중을 전율시키면서 즐겁게 만들고 있었다. 그는 사랑하는 여자를 납치함으로써 자신이 당했던 온갖 고초에 관해서는 이미 이야기해놓은 상태였다. '불행'과 그 불행을 유발한 싸움에 관한 것도 이미 이야기했다. 그리고 병사들과 맞닥뜨린 이야기와 자신을 방어하느라 휘두른 몇 번의 칼질에 관한 이야기를 하고

⁂

40) [저자 주] 여기서 아르헨티나 사람들과 아랍 사람들이 지닌 주목할 만한 유사성을 언급한다고 해도 이 글의 주제에서 크게 벗어나지는 않을 것이다. 알제, 오란, 마스카라에서, 그리고 사막의 야영지들에서, 나는 아랍인들이 술 마시는 것이 금지되어 있기 때문에 커피숍에 모여 있고, 음유 시인의 주위에 둘러앉아 있는 모습을 늘 보았다. 대개는 음유 시인 둘이 듀엣으로 비우엘라를 켜면서 앞서 언급했던 우리의 〈슬픔〉처럼 애수를 띤 국민 노래를 부른다. 아랍인들의 말고삐는 가죽끈을 엮어 만들어 우리의 것과 비슷한 채찍의 끝과 연결되어 있다. 우리가 사용하는 재갈은 아랍인의 것이고, 우리가 지닌 수많은 관습은 우리의 조상이 안달루시아의 무어인과 접촉했음을 나타낸다. 외모에 관해서는 더 말할 필요가 없다. 나는 외국에서 몇몇 사람을 만난 적이 있는데, 맹세컨대 바로 우리나라에서 그들을 본 적이 있었다.
41) [원편집자 주] '뿔뻬리아(pulperia)'는 평원에서 사는 데 필요한 술, 음료, 식품 등 생필품을 파는 가게다.

있었는데, 바로 그때 웅성거리는 소리와 병사들의 함성이 이번에는 음유 시인이 포위되었다는 사실을 알렸다. 실제로 병사들은 말발굽 형태로 음유 시인을 포위해놓고 있었다. 포위가 되지 않고 열려 있는 부분은 빠라나 강 쪽이었고, 약 20바라[42] 높이의 벼랑 아래로 강물이 흐르고 있었다. 음유 시인은 당황하지 않고 병사들의 고함 소리를 들었다. 그리고 음유 시인은 순식간에 말에 올라탔고, 거총 자세를 취한 채 둥그렇게 자신을 포위하고 있던 군인들에게 무엇을 조사하는 날카로운 시선을 던지더니 말머리를 절벽 쪽으로 돌려 말의 눈에 뽄초를 씌운 뒤 박차를 가했다. 잠시 뒤, 더 자유롭게 헤엄칠 수 있도록 재갈을 풀어놓은 말이 깊디깊은 빠라나 강 물 속에서 솟구쳐 오르는 모습이 보였는데, 음유 시인은 말의 꼬리를 붙잡고 따라 나와서는 노 여덟 개짜리 배에 타고 있는 것처럼 차분하게 고개를 돌려 자신이 방금 전에 떠난 벼랑 위의 광경을 쳐다보았다. 병사들이 쏜 총알 몇 개마저도 말과 음유 시인이 자신들의 눈에 맨 먼저 띤 작은 섬에 안전하게 도달하는 것을 막지 못했다.

　게다가 음유 시인의 원래 시는 무겁고, 단조롭고, 규율이 없기 때문에 음유 시인은 순간의 영감에 의존한다. 그들의 시는 감수성이 넘치기보다는 사설조(辭說調)로 이루어지고, 시골의 삶, 말, 황야의 풍경에서 취한 이미지로 가득 차 있는데, 이런 이미지가 시를 더 은유적이고 웅장하게 만든다. 음유 시인이 자신의 위업이나 명성이 자자한 어떤 악한이 저지른 짓에 관해 언급할 때는 나폴리의 즉흥 시인처럼 자유분방한 스타일로 변하는데, 전반적으로는 산문조로 읊다가 때때로 잠깐잠깐 시적인 높이까지 올

---

42) '바라(vara)'는 에스파냐에서 사용하는 길이 단위로 각 지역마다 조금씩 달랐다. 약 768~912 밀리미터 정도 된다.

라갔다가 다시 시적인 특징이 거의 없는 지루한 산문조로 내려온다. 이것 말고도 음유 시인은 5행, 10행, 8행 등 다양하게 구성된 8음절 시구의 대중적인 시 레퍼토리를 갖고 있다. 이런 시들 가운데는 더러 아주 뛰어난 것들도 있는데, 이들 시는 음유 시인의 영감과 감수성이 어떠했는지 보여준다.

이처럼 독창적인 형태의 것들에다 이것만큼이나 진기하고 지방적인 것을 추가할 수 있을 것인데, 뒤의 것은 앞의 것과 달리 국가적 관습을 드러내는 특징을 보여주지 않는다. 국가적 관습에 대한 지식이 없으면 우리의 정치가들에 관해서도, 아르헨티나 공화국을 분열시킨 유혈이 낭자한 전투의 근본적이고 아메리카적인 성격에 관해서도 제대로 이해하지 못한다. 이 이야기를 읽어가면서 독자는 라스뜨레아도르, 바께아노, 나쁜 가우초, 그리고 음유 시인이 어디에 위치해 있는지 스스로 발견하게 될 것이다. 그 이름이 아르헨티나의 국경을 넘어온 까우디요들에게도, 그리고 자신의 이름으로 세상에 공포를 가득 채운 그런 사람들에게도 아르헨티나 내륙 지방의 상황, 국가의 관습, 조직이 생생하게 반영되어 있다는 사실을 보게 될 것이다.

제3장
연합

> 가우초는 결핍 상태에서 살고 있으나 그가 누리는 호사는 바로 자유다. 가우초는 자신의 제한 없는 독자성에 자부심을 느끼고, 그의 감수성은 그의 삶처럼 투박하다 해도 아주 고결하고 선하다.
>
> — 헤드

뿔뻬리아

제1장에서 우리는 아르헨티나의 농부에 관해 장년기에 이른 시점까지 살펴보았는데, 그들은 자신이 살아가는 자연 환경 때문에, 그리고 진정한 사회가 부족하기 때문에 그런 특징을 갖게 된 것이다. 우리는 규칙적이고 체계적인 명령은 모두 농부에게 전혀 통하지 않기 때문에 농부를 모든 필요에서 독립된 인간, 모든 억압에서 자유롭고 무정부주의적인 관념을 가진 인간이라고 생각해왔다. 농부는 이처럼 무관심하고 독립적인 태도로 시골 삶의 또 다른 층위에 들어갈 것인데, 그 삶이 비록 비천하다고 할지라도 나중에 우리가 펼쳐 보일 예정인 모든 거대한 사건의 시발점이 된다.

독자 여러분은 내가 목축업을 본업으로 살아가는 사람들에 관해 이야기하고 있다는 사실을 잊지 말기 바란다. 그리고 나는 각 부분의 특성을 따로따로 지적하기 위해 그들이 받은 우연적인 변화들은 제외하고 그들이 지닌 근본적인 외모적 특성을 찾아내려 한다. 이제 에스딴시아들의 연합에 관해 이야기해보겠다. 각 에스딴시아는 약 4제곱레구아를 차지함으로써 한 지방의 지표면을 덮고 있다.

농사를 짓는 평원은 사회를 분리하고 분산시키는데, 이런 현상은 작은 규모로 이루어진다. 농사꾼 한 명은 다른 농사꾼을 도와주고, 농사꾼이 사용하는 농기구들과 다양한 도구, 창고, 동물, 다양한 생산품, 그리고 농사일을 돕는 데 필요한 다양한 기술은 한 분지에 속한 주민들 사이에 필요한 관계를 설정하게 해주며, 이는 그들에게 중심지 역할을 하게 될 기초적인 마을 하나가 필요하다는 사실을 부각시킨다. 다른 한편으로 농사에 필요한 보살핌과 육체적인 노동은 일정 수의 인력을 요구하는데, 여기서 태만은 불가능하고, 남자들은 물려받은 에스딴시아 내에 머물러야만 한다. 하지만 이 독특한 연합체에서는 모든 것이 반대로 일어난다. 여기서는 소유권의 경계가 드러나지 않는다. 목축하는 동물의 수가 아무리 많아도 관리하는 인력은 많이 필요 없다. 여자는 집안일을 하고 일상용품을 만드는 일을 도맡는다. 남자는 쾌락도, 취향도, 별생각도, 부지런히 일할 필요도 없이 빈둥거린다. 말하자면 가정생활이 따분하고 싫기까지 하다. 그처럼 일반화된 고립 상태를 벗어나기 위해서는 인위적인 사회 하나가 필요한 법이다. 어린 시절부터 지녀온 말 타는 습관은 가정을 떠나는 데 새로운 자극제가 된다.

아이들은 해가 뜨자마자 의무적으로 말을 우리로 몰아넣어야 한다. 어린 아이들을 포함해 사내아이들은 모두 딱히 무엇을 해야 할지 모른다 할지라도 각자의 말을 탄다. 말은 아르헨티나 농촌 사람에게는 필수적인 부분이다. 농촌 사람에게 말은 도시 사람에게 넥타이와 같은 존재인 것이다. 1841년도에 야노스의 까우디요인 '엘 차꼬'[1]가 칠레로 이주했다. "잘 지내는가, 친구?" 누군가 엘 차꼬에게 물었다. "잘 지낼 일이 뭐 있겠나!" 엘 차꼬가 비통하고 음울한 어조로 대답했다. "칠레로 가네! 걸어서 말이야!" 아르헨티나의 가우초만이 이 두 문장이 표현하는 모든 불행과 모든 고뇌를 평가할 줄 안다.

여기서 다시 아랍 종족, 즉 타르타르 종족의 삶으로 되돌아온다. 빅토르 위고의 다음과 같은 말은 빰빠에서 쓰인 것처럼 보인다.

> 그가 땅바닥에 서서 싸울 수는 없을 것이다. 그는 자기 말과 한 몸이다. 그는 말을 탄 채 산다. 그는 말을 탄 채 사람과 사귀고, 물건을 사고, 판다. 말을 탄 채 마시고, 먹고, 자고, 꿈꾼다.
>
> ―「라인 강」[2]

그렇듯 남자들은 어디로 가야 할지도 정확히 모르면서 집을 떠난다. 가축 떼가 있는 곳을 한 바퀴 둘러보고, 종축장이나 자신이 좋아하는 말이 있는 곳을 한 번 방문하는 데 하루 중 짧은 시간을 투여한다. 하루의 나머지 시간은 객줏집이나 '뿔뻬리아'에서 사람들을 만나는 데 쓴다. 그런 곳에는 인근 교구의 주민들이 모여든다. 그런 곳에서는 길을 잃어버린 동물들에 관한 정보를 주고받는다. 가축들의 자취를 땅바닥에 그리고, 어디서 호랑이를 잡아야 할지, 사자의 발자국이 발견된 곳은 어디인지 알려지게 된다. 결국 그곳에는 음유 시인이 있고, 가진 사람이 산 술과 풍부한 음식이 돌려지면서 사람들이 서로 친교를 맺는다.

---

1) [원편집자 주] 여기서 말하는 '엘 차꼬(El Chaco)'는 비센떼 뻬냘로사(Vicente Peñaloza, 1798~1863)다. 도밍고 파우스띠노 사르미엔또가 1867년에 그의 전기를 썼다.
2) '라인 강(Le Rhin)'은 빅토르 위고가 1843년에 발표한 기행문이다.

*³⁾ 감동이 전혀 없는 이 삶에서는 도박이 무기력한 정신을 흔들어대고, 술이 잠들어 있는 상상력에 불을 지른다. 우연하게 벌어지는 이런 교제는 날마다 반복됨으로써 각 개인이 속해 있는 사회보다 유대 관계가 훨씬 더 긴밀한 사회 하나를 만들게 된다. 그리고 공적인 목표가 없고 사회적인 관심사가 없는 이런 회합에서, 나중에 몇 년이 지나서 정치 무대에 등장하게 될 유명 인물들의 싹이 처음으로 형성되기 시작한다. 과연 어떻게 되는지를 보시라.

가우초는 육체적인 힘, 말을 다루는 기술, 그리고 담력을 그 무엇보다 중요하게 여긴다. 이런 모임, 매일 만들어지는 이런 '클럽'은 가우초 각자가 지닌 장점의 크기가 시연되고 평가되는 진정한 올림픽 경기장이다.

가우초는 늘 칼을 차고 다니는데, 이 칼은 에스파냐 사람들에게서 물려받은 것이다. 반도의 이런 특이한 관습, 사라고사 특유의 격정적인 표현, 즉 '혈전(血戰)'이 에스파냐보다는 이곳에서 더 생생하게 표출된다. 칼은 단순한 무기를 넘어 가우초가 모든 용도에 사용하는 도구다. 가우초는 칼이 없으면 살 수도 없다. 칼은 코끼리의 코처럼, 가우초의 팔이고, 손이고, 손가락이고, 모든 것이다. 가우초는 기병처럼 자신의 담력을 과시하고, 가우초의 칼은 최소한의 도발만 있어도, 혹은 도발이 전혀 없어도, 자신과 어느 낯선 남자의 용맹성을 비교하는 것 외에는 다른 관심이 없을 때도, 매순간 공중에서 원을 그려대면서 번쩍거린다. 가우초는 주사위 놀이를 하듯 칼을 휘두른다. 아르헨티나 가우초의 내밀한 삶에 이런 싸우기 좋아하는 습관이 아주 깊이 들어가 있기 때문에, 관습은 삶을 보장하는 결투법과 검술 하나를 만들어냈다. 그 외 다른 나라의 난폭한 사람들은

---

3) * 이 부분은 1845년 5월 9일에 발행된 《엘쁘로그레소》 제775호에 연재되었다.

사람을 죽일 때 칼을 빼들고 죽인다. 반면에 아르헨티나의 가우초는 싸우기 위해 칼을 뽑고, 상대방에게 상처만 입히고 만다. 가우초가 상대방의 목숨을 빼앗으려들 때는 술에 만취해 있거나, 진정으로 악한 본능을 지니고 있거나, 아주 심하게 분노한 상태에 있을 때임이 틀림없다. 가우초의 목적은 '상대에게 흔적을 남기고', 상대의 얼굴을 칼로 베어서 지워지지 않는 표식 하나를 남기는 것이다. 그렇기 때문에 이런 가우초들의 얼굴에는 수많은 흉터가 보이는데, 깊은 흉터는 거의 없다. 그렇듯 결투는 자신을 빛내기 위해, 승리의 영광을 누리기 위해, 명성을 좋아하기 때문에 벌인다. 구경꾼들이 결투를 하는 당사자들을 크게 원을 그리며 둘러싸고, 결투에 푹 빠져 흥분해 있는 눈들은 계속해서 끊임없이 움직이는 칼들이 내뿜는 불꽃을 따라간다. 칼에 맞은 가우초가 피를 줄줄 흘리면 구경꾼들은 결투자들을 떼어놓아야 한다는 생각을 진심으로 하게 된다. 만약 '불행한 일'이 일어나면 구경꾼들은 불행을 당한 사람을 동정한다. 가장 좋은 말 한 필을 그에게 제공해 그가 멀리 떨어진 곳으로 안전하게 몸을 피하도록 하면, 그곳 사람들은 존경심을 표하거나 연민의 정을 품고 그를 받아들인다. 만약 법의 정의가 그에게 미치면, 그가 법에 맞서는 것은 특이한 일이 아니며, '그가 병사들을 뚫고 돌진해버리면' 그때부터 그는 명성을 얻는데, 그 명성은 광범위하게 퍼져 나간다. 시간이 흘러 사건을 담당했던 치안 판사가 전근을 가버리고 그 가우초가 최근에 더 이상 추격을 당하지 않은 채 이제 마을에 다시 모습을 드러낼 수 있으면 그는 사면이 된 것이다. 죽이는 것은, 그런 행위가 썩 자주 반복되지 않고 또 살인자와 접촉할 경우 공포를 유발하지 않는다 해도, 하나의 불행이 된다. 에스딴시에로인 돈 후안 마누엘 데 로사스는 공적인 인물이 되기 전에 자기 집을 살인자들을 위한 일종의 은신처로 제공한 적이 있었는데, 도둑질을 한 사람은 절대 받아들이지 않았다. 만약 나중에 행한 그의 행위가 세상을 공포로 가득 채운 악한 특성을 드러내지 않았더라면, 도둑보다는 살인자를 더 우대한 이런 태도는 가우초 출신의 대농장 소유주인 그의 성향에 의해 쉽게 설명된다.

말타기 놀이와 관련해서는 가우초들이 행하던 많은 놀이 가운데 어떤 것을 지적하면 충분할 것인데, 이를 통해 가우초들이 그런 놀이에 몰입하기 위해서는 어느 정도의 용기가 필요한지 판단할 수 있다. 가우초 하나가 전속력으로 말을 몰아 자기 동료들 앞을 지나간다. 동료 하나가 그 가우초를 향해 볼라스를 던져 한창 달리고 있던 말의 앞다리를 감아버린다. 말이 땅바닥에 쓰러짐과 동시에 소용돌이처럼 일어나는 먼지 속에서 말 앞으로 내달리는 기사의 모습이 보인다. 달리던 말은 멈춰버렸지만 관성의 법칙에 따라 기사가 말 앞으로 튕겨 나온 것이다. 가우초들은 이런 취미 생활에 목숨을 걸고, 가끔씩은 목숨을 잃는다.

말을 다루는 데서 가우초들이 보여주는 이런 용맹성, 기술, 대담성이, 자신들의 이름으로 아르헨티나 공화국을 채우고 그렇게 함으로써 국가의 얼굴을 바꾼 위대한 공적의 토대라고 생각할 수 있을까? 이런 의구심에도 불구하고 그보다 더 확실한 것은 전혀 없다. 나는 사람들이 한 단계를 올라가는 데 살인과 범죄가 반드시 필요하다고 주장할 마음은 없다. 용맹스러운 가우초 수천 명이 무명의 악당으로 남았다. 하지만 그런 용맹스러운 행위 덕분에 자신의 입지를 구축한 가우초도 수백 명이 넘는다. 독재적인 모든 사회에서는 선천적으로 받은 위대한 선물이 범죄를 통해 소멸되어버린다. 세계를 정복할 만한 로마의 '재능'은 오늘날 뽄띠네 마르세스[4]의 공

---

[4] '뽄띠네 마르세스(Pontine Marshes)'는 이탈리아의 한 지역이다.

포가 되고, 에스파냐의 수말라까레기[5] 가문과 미나[6] 가문 사람 수백 명이 시에라리온[7]에서 만난다. 남자는 자신의 힘, 자신의 능력, 자신의 야망을 펼칠 필요가 있는데, 합법적인 수단이 부족할 때는 자신의 도덕성과 법으로 세상의 판을 짜고, 자신이 나폴레옹이나 카이사르가 되기 위해 태어났다는 사실을 과시함으로써 만족해한다.

정신문화가 무용하거나 불가능한 이 사회, 각 지방이 자체적으로 하는 일이 존재하지 않는 이 사회, 공중(公衆)이 없기 때문에 공익이 의미 없는 말에 불과한 이 사회에서 뛰어난 자질을 지닌 남자는 자신의 재능을 발휘하기 위해 노력하고, 이를 위해 자신이 발견하는 방법과 길을 채택한다. 가우초는 자신이 유명한 인물이 되는 순간에 일이 어떻게 되느냐에 따라 악인이 될 수도 있고 까우디요가 될 수도 있다.

이런 유형의 관습을 유지하는 데는 강력한 억압 수단이 필요하고, 잔인하고 비인간적인 사람들을 억누르기 위해서는 그보다 훨씬 더 잔인하고 비인간적인 치안 판사들이 필요하다. 내가 이 책의 첫 부분에 짐마차꾼들의 두목에 관해 언급한 것은 평원의 치안 판사들에게도 정확히 적용된다. 평원의 치안 판사에게는 그 무엇보다도 담력이 필요하다. 치안 판사의 이름이 유발하는 공포는 그가 부과하는 형벌 자체보다 더 강력한 것이다. 치안 판사는 자연히 과거에 어느 정도는 유명 인사였는데, 그의 나이와 그가 속한 가문이 그로 하여금 질서정연한 삶을 유지하도록 했다. 물론 치안 판사가 운용하는 정의는 아주 자의적이다. 그는 자신의 의식과 자신이 하고

---

[5] '수말라까레기(Tomás de Zumalacárregui y de Imaz, 1788~1835)'는 에스파냐의 장군이다.
[6] '미나(Francisco Espoz y Mina, 1781~1836)'는 에스파냐의 게릴라 지도자이자 장군이다.
[7] '시에라리온 공화국(Republic of Sierra Leone)'은 아프리카 대륙 서부 대서양 해안에 위치하며, 기니 및 라이베리아와 인접해 있다.

자 하는 바에 따라 행동하고, 그가 내린 판결은 항소가 불가능하다. 가끔은 이런 유의 치안 판사들이 있었다. 그들은 평생 치안 판사 일을 하고, 존경할 만한 인물로 기억된다. 하지만 이런 행정 수단, 그리고 형벌이 지닌 자의성은 사람들로 하여금 '당국'의 사법 권력에 관해 생각하도록 만들었는데, 그 사법 권력은 나중에 그 효과를 발휘하게 된다. 치안 판사는 자신의 무시무시한 대담성에 대한 명성, 권위, 비공식적인 결정, 판결, '내가 명령하는 것'이라는 말, 자신이 직접 발명한 형벌을 통해 복종을 유도한다. 이런 무질서로부터, 아마도 불가피하게 오랜 세월 동안 여러 폭동을 틈타 높은 자리에 이르게 된 까우디요는, 자기 부하들의 반항이나 의심을 받지 않은 채, 오늘날에는 아시아 국가들에서만 발견되는 그런 광범위하고 무시무시한 권력을 소유하게 된다. 아르헨티나의 까우디요는 자신의 변덕에 따라 지배적인 종교를 바꾸고 새로운 종교를 만들어낼 수 있는 메흐메트 같은 사람이다. 아르헨티나의 까우디요는 모든 권력을 가지고 있다. 그의 부정한 처사는 희생자에게는 불행이 되지만 그의 입장에서는 권력 남용이 아니다. 왜냐하면 그는 불공정한 사람이어도 되기 때문이다. 더군다나 그는 불공정한 사람이 될 필요가 있다. 그리고 항상 그런 사람으로 존재해왔다.

내가 치안 판사에 관해 언급하는 사항은 '평원[8]의 사령관'에게도 그대로 적용할 수 있다. 평원의 사령관은 치안 판사보다 더 중요한 위치에 있는 사람이다. 평원의 사령관의 경우에는 그를 두드러지게 만들어주는 명성과 그의 선조들이 더 높은 수준이어야 하고, 이 둘이 서로 합쳐져야 한다. 하나의 새로운 상황이 악을 축소시키기는커녕 훨씬 더 악화시키고 있다. 각

---

8) 여기서 '평원(campaña)'은 '지방(provincia)'과 동의어로 사용되었다. 이 책에서 언급한 아르헨티나의 지방은 거의 평원이기 때문이다. 따라서 '평원의 사령관(Comandante de Campaña)'은 '지방의 사령관'이다.

도시의 통치자가 평원의 사령관 칭호를 부여한다. 하지만 평원에 있는 도시는 영향력도, 지지자도 없기 때문에 도시의 통치자는 가장 무섭게 생각되는 남자들의 손을 잡고서 평원의 사령관 업무를 그들에게 제시함으로써 그들을 자신에게 복종하도록 만든다. 이는 힘이 약한 모든 지방 정부가 일을 처리할 때 취하는 널리 알려진 방식으로, 그 순간에만 그런 식으로 악을 멀리함으로써 나중에는 아주 엄청난 규모로 키우게 된다. 그렇듯 로마 교황청은 불한당들과 거래를 함으로써 불한당들에게 로마에서 일할 수 있게 해준다. 이런 식으로 도적들을 고무시킴으로써 로마 교황청은 자신들의 안전한 미래를 보장받는다. 그렇게 술탄[9]은 메흐메트 알리[10]에게 이집트의 파샤[11]의 임무를 부여했는데, 이는 나중에 그를 자기 대를 이을 왕으로 인정함으로써 자기 왕권을 박탈당하지 않도록 하기 위해서였다. 아르헨티나의 혁명적인 사건에 참여한 모든 까우디요가 평원의 사령관이었다는 것은 아주 특이한 일이다. 이들은 로뻬스[12]와 이바라,[13] 아르띠가스[14]와 구에메스,[15] 파꾼도와 로사스 등이다. 평원의 사령관은 모든 야망의 출

---

9) '술탄(sultan)'은 이슬람 국가의 군주로, 나중에는 오스만 제국의 황제를 이르기도 했다.
10) '메흐메트 알리'(Mehemet Ali, 1769~1849)는 1952년에 멸망한 이집트 마지막 왕조의 창건자(재위 1805~1849)다.
11) '파샤(pasha)'는 예전에 터키에서 장군, 총독, 사령관 따위의 신분이 높은 사람에게 주던 영예의 칭호다.
12) [원편집자 주] '로뻬스(Estanislao López, 1786~1838)'는 산따페 주의 까우디요로서, 산따페 주를 독립시킨 뒤 스스로 주지사로 나섰다. 1829년에는 라바예에 반대해 로사스와 연합했다. 1831년에 이른바 '연방 조약(Pacto Federal)'으로 인해 적대적인 두 세력이 만들어졌다. 즉 중앙 집권주의자들(대표자: 빠스)과 연방주의자들(대표자: 로사스와 로뻬스)이었다.
13) '이바라(Juan Felipe Ibarra, 1787~1851)'는 산띠아고델에스떼로 지방의 까우디요였다. 그는 뚜꾸만 전투에 참여했고, 1820년부터 1830년까지, 그리고 1832년부터 죽을 때까지 고향의 주지사를 지냈다. 그는 후안 마누엘 데 로사스의 정치를 추종했고, 1840년에는 아르헨티나 북부 지방에서 일어난 중앙 집권주의자들의 반란을 진압하는 데 공헌했다.

발점이다. 로사스는 그 도시를 장악했을 때, 자기를 추대했던 모든 평원의 사령관을 제거하고 이 영향력 있는 직위를, 로사스 자신이 왔던 길을 제대로 따라갈 수도 없을 법한 평범한 사람들에게 주었다. 그 사람들은 바로 빠하리또, 셀라라얀, 아르볼리또, 빤초 엘 냐또, 몰리나와 그 밖의 수많은 평원의 사령관이고, 로사스는 이들의 나라를 정화해버렸다.

나는 이런 세세한 것을 대단히 중요하게 여긴다. 왜냐하면 그런 것이 우리의 모든 사회 현상과 아르헨티나 공화국에서 일어나고 있던 혁명을 설명하는 데 유용할 것이기 때문이다. 이 혁명은 정치학 사전에 있는 용어들로 설명됨으로써 왜곡되어 있는데, 그 용어들이 혁명을 변장시키고 감추면서 그릇된 생각을 만들어낸다. 같은 식으로 에스파냐 사람들은 자신들이 아메리카에 상륙해 처음으로 만난 새로운 동물들에게 자신들이 알고 있던 유럽식 이름을 붙여버렸다. 그들은 개들이 나타나면 도망쳐버리는 퓨마라 불리는 초라한 고양이에게, 동물의 왕으로서 배짱과 힘의 상징이라는 생각을 불러일으키는 사자라는 무시무시한 이름을 붙여 인사를 했고, 우리의 숲에서 사는 재규어에게 호랑이라는 이름을 붙였다. 내가 시민전쟁의 기반이라고 주장하는 토대가 제아무리 불안정하고 비열하게 드러난다 할지라도 이 토대가 아주 견고하고 파괴될 수 없는 것이라는 사실을 보여주는 증거가 나올 것이다. 아르헨티나에서 시골의 삶은 내가 지금까지 보여주었다시피 단순히 우연적인 것이 아니다. 그것은 사물들의 질서이고, 개성 있고, 정상적이고, 내가 생각하기에는 세상에 단 하나밖에 없는 연합

∴

14) [원편집자 주] '아르띠가스(José Gervasio de Artigas, 1774~1850)'는 '우루과이 국가의 해방자이자 영웅'이라 불리는 정치가다.
15) [원편집자 주] '구에메스(Martín Güemes, 1785~1821)'는 살따 주의 까우디요이자 주지사다. 그는 다양한 군사 작전을 펼친 것으로 유명하고, 그가 지휘하던 가우초들의 선조로 추앙받는다.

체제인데, 이 체제 하나만으로도 우리의 모든 혁명을 설명하기에 충분하다. 1810년 이전에 아르헨티나 공화국에는 서로 경쟁하고 양립할 수 없는 두 개의 다른 사회가 존재했다. 그것은 두 개의 다른 문명이었다. 하나는 문명화된 유럽의 에스파냐적인 것이고, 다른 하나는 토착 원주민적이고 아메리카의 야만적인 것이다. 도시에서 일어난 혁명은, 위에서 언급한 한 국가에 존재하는 각기 다른 두 가지 존재 방식이 서로 얼굴을 맞대고, 경쟁하고, 오랜 세월 투쟁한 뒤에 하나가 다른 것을 흡수하게 만드는 원인, 동기, 추진력으로만 작용했다. 나는 평원에 사는 사람들의 연합과 분리의 통상적인 형태는 유목민의 연합과 분리보다 천 배는 더 나쁘다고 지적했다. 이 책에서 나는 나태로 인해 형성된 인위적인 연합, 가우초들 사이에서 명성을 얻게 되는 원천 — 담력, 과감성, 교묘한 솜씨, 폭력성, 보통의 법과 도시의 민법에 대한 반항심 — 이 어떤 것인지 보여주었다. 사회 조직에 관한 이런 현상은 1810년에 생겼고, 많은 점에서 변화해가면서 여전히 존재하고, 다른 한편으로는 천천히 변화하고 있으며, 여러 가지 점에서 여전히 변화하지 않고 있다. 가우초들은 용감하고 무식하고 자유롭고 한가하다는 인식이 모여 있는 이런 관점은 평원에 널리 퍼져 있었다. 1810년의 혁명은 사방에 소요와 무기를 전파시켰다. 당시까지만 해도 아랍 문화와 로마 문화가 연합되어 있는 이 사회에 부족했던 공적인 삶이 모든 객줏집으로 들어왔고, 혁명 운동은 마침내 도시의 적이자 애국 혁명군의 적인 객줏집과, 에스딴시아의 합법적인 딸인 지방의 몬또네라가 전투에서 연합하도록 만들어버렸다. 사건들이 따로따로 진행되기 때문에 우리는 각각 자신들의 까우디요를 뒤따르는 몬또네라들을 보게 될 것이다. 최근 들어 평원이 사방에서 도시들에 승리를 거둠으로써 도시들은 정신, 통치권, 문명에서 평원의 지배를 받게 되고, 결국에는 에스딴시에로인 돈 후안 마누엘 데 로사스의 독재적인 중앙 집권적 정부가 형성되었는데, 그는 교양 있는 부에노스아이레스에 가우초의 칼을 꽂고, 수세기 동안 지속되어온 작업, 즉 문명, 법률, 자유를 파괴한다.

제4장
1810년 혁명

> 전투가 시작될 때, 타르타르족은 무시무시한 함성을 질러대고, 번갯불처럼 왔다가 사라지고, 되돌아온다.
>
> — 빅토르 위고

내가 여기까지 거쳐와야 했던 모든 길은 우리의 드라마가 시작하는 바로 그 지점에 도달하기 위한 것이었다. 독립 혁명의 특징, 목적, 결말에 관해 오랫동안 생각해보았자 아무 소용이 없다. 아메리카 전 지역에서 유럽의 사상은 모두 동일한 원천에서 태동해 동일하게 전개되었다. 다른 모든 나라가 그런 경로를 따랐기 때문에 아메리카[1]도 그렇게 한 것이다. 책과 사건들, 이 모든 것은 아메리카로 하여금 미국과 미국 작가들이 프랑스에 준 자극과 교류하고, 프랑스와 프랑스에서 발간된 책들이 에스파냐에 준 자극과 교류하도록 유도했다. 하지만 내가 소기의 목적을 달성하기 위해 알아야 할 필요가 있는 것은, 혁명이 — 혁명의 외적인 상징인 왕으로부터의 독립은 제외하고 — 아르헨티나의 도시들에서만 관심의 대상이 되고 이해되었을 뿐, 평원 지역에서는 낯설고 아무런 의미가 없다는 사실이다. 도시에는 책, 사상, 도시 정신, 법원, 권한, 법률, 교육, 그리고 우리와 유럽

---

[1] '아메리카'는 중남미를 지칭한다.

인들 사이의 접촉점과 연계점이 있었다. 도시에는 아마도 불완전하고 후진적인 조직의 기반 하나가 있었을 것이다. 하지만 정확히 말해 조직의 기반이 불완전했기 때문에, 그리고 조직이 마땅히 달성할 수 있을 것이라고 알려져 있던 목표 지점에 도달하지 못하고 있었기 때문에, 열심히 혁명을 하고 있었던 것이다. 평원 지방에는 혁명이 문제였다. 왕의 권위에서 벗어나는 것이 법률적인 권위에서 벗어나는 것인 한 혁명은 즐거운 것이었다. 목축 지대 평원은 그 문제를 다른 관점으로 바라볼 줄 모르고 있었다. 자유, 권력의 책임, 그리고 혁명이 해결하고자 했던 모든 문제는, 목축 지대 평원 사람들이 살아가는 방식과 그들에게 필요한 것들과는 아주 다른 것이었다. 하지만 혁명은 이런 의미에서 평원 지방에 유용했는데, 혁명은 우리가 이미 지적한 적이 있는, 잉여적 삶에 목표와 업무를 줄 예정이었고, 평원의 모든 지역에 살고 있는 남자들이 매일 찾아가는 친목의 중심지보다 더 큰 중심지 하나를 보탤 예정이었다.

*[2] 그들의 스파르타식 조직, 강하게 발산된 물리적인 힘, 서로 칼로 찌르고 자르는 데서 소모되는 전투적인 성향, 적극적인 활동을 회복하기 위해서는 전쟁터 하나가 반드시 필요한 로마 사람들 같은 게으름, 지속적으로 상대하고 살면서 투쟁했던 당국에 대한 반감 등 그 모든 것은 결국 통로가 열리고, 드러나고, 과시되고, 풀리는 길을 찾고 있었다.

그렇게 해서 부에노스아이레스에서 혁명 운동이 시작되었고, 내륙 지방의 모든 도시가 혁명의 부름에 결연하게 응했다. 목축 지대 평원은 동요

∴

2) * 이 부분은 1845년 5월 12일에 발행된 《엘쁘로그레소》 제777호에 연재된 것이다.

했고, 혁명의 추동력에 합류했다. 부에노스아이레스에서 상당히 잘 훈련된 부대들이 결집하기 시작해 알또뻬루[3]와 몬떼비데오로 진격했는데, 그들 지역에는 비고뎃[4] 장군이 지휘하는 에스파냐 군대가 있었다. 론도[5] 장군은 정예 부대를 이끌고 몬떼비데오를 포위했다. 유명한 까우디요인 아르띠가스가 까우디요 병사 수천 명을 이끌고 포위 작전에 협력했다. 아르띠가스는 1804년까지만 해도 무시무시한 밀수업자였는데, 그해 부에노스아이레스의 행정 당국은 그를 끌어들여 평원의 사령관 임무를 맡겼고, 그는 그 행정 당국을 위해 당시까지 싸워왔다. 만약 독자 여러분이 바께아노와 평원의 사령관의 후보가 갖춰야 할 조건에 관해 잊지 않았다면, 아르띠가스의 성격과 본능을 쉽사리 이해할 수 있을 것이다. 어느 날 아르띠가스는 휘하의 가우초들을 대동한 채 론도 장군으로부터 떨어져 나와 론도 장군을 상대로 전쟁을 개시했다. 론도 장군의 처지는, 오늘날 몬떼비데오를 포위하고 후미에서 다른 적을 방어하고 있는 오리베 장군이 처한 처지와 같았다. 유일한 차이는 아르띠가스가 애국파와 왕당파의 공적이었다는 데 있었다. 나는 아르띠가스가 무슨 이유, 무슨 구실로 론도 장군과 결별했는지 알아볼 생각이 없다. 또한 이 문제에 관한 한 정치적인 언어로 규정된 그 어떤 논리도 적용하고 싶지 않다. 왜냐하면 그 어떤 것도 이 경우에 적용하기에는 적합하지 않기 때문이다. 한 국가에 혁명이 일어날 때 처음에는 두 개의 상반된 이해 집단, 즉 혁명파와 보수파가 서로 충돌하는데, 우

∴

3) '알또뻬루(Alto Perú)'는 현재의 볼리비아 지역이다.
4) '비고뎃(Gaspar de Vigodet, 1747~1834)'은 프랑스 출신의 에스파냐 장군으로, 1811년 말에 몬떼비데오의 통치자로 임명되었다.
5) '론도(José Casimiro Rondeau Pereyra, 1773~1844)'는 아르헨티나와 우루과이의 군인이자 정치가다.

리의 경우에는 각각의 당에 애국파와 왕당파라는 이름이 붙었다. 승리한 당이 그 이후 강경파와 온건파로 갈라지는 것은 자연스러운 현상이다. 한쪽은 혁명의 결말을 보고 싶어하고, 다른 쪽은 혁명을 어느 정도 선까지만 유지하려 한다. 처음에 패배한 당은 재조직되고, 나중에는 승리자 당의 분열 덕분에 승리하게 된다는 것 또한 혁명의 특징이다. 하지만 어느 혁명에서 도움을 달라고 요청받은 당들 가운데 하나가 다른 당으로부터 즉시 떨어져 나와 제3당을 만들고 경쟁 관계에 있는 다른 당파(왕당파 또는 애국파)들에 공히 적대감을 보인다. 사회에 유폐되어 있는 그 3당은 당시까지 존재가 알려지지 않고 있었는데, 혁명은 오직 그 당이 모습을 드러내고 활발하게 발전하도록 하는 데만 소용되었다.

이것이 바로 그 유명한 아르띠가스가 작동시킨 원리였다. 이것은 분별력이 없는 도구였다. 하지만 생명력이 가득 차 있고, 유럽의 문명과 모든 정규 조직에 대한 적대적인 본능으로 가득 차 있는 도구였다. 이것은 군주제에도 공화제에도 반대한다. 왜냐하면 이 두 체제는 '도시'에서 온 것이고, 적합한 질서 하나를 수립하고, 권위를 숭배하는 것이기 때문이다. 교양 있는 도시들의 수많은 정당이 이 도구를 사용하고, 특히 가장 덜 혁명적인 정당이 사용했는데, 시간이 흘러 그 도구에 도움을 의지했던 정당들은 마침내 그 도구에 굴복하고, 그 정당들과 더불어 도시가, 도시의 사상이, 문학이, 학교가, 법원이, 그리고 문명이 굴복했다.

목축 지대 평원에서 자연스럽게 발생한 이 운동은 초기에는 아주 기발한 형태로 표출되었다. 정신과 경향은 아주 독창적이었고, 표현이 아주 풍부했기 때문에 도시에 있는 정당들은 그 운동을 채택하고 운동의 명칭을 나중에 그 정당들을 분열시킨 정치가들의 이름에서 따왔는데, 그 운동은 오늘날 그 정당들의 순수성을 훼손하고 있다. 엔뜨레리오스에서 아르띠가스를 지원한 군대는 산따페에서 로뻬스를, 산띠아고에서 이바라를, 야노스[6]에서 파꾼도를 지원한 바로 그 군대였다. 개인주의가 이 군대의 근본을 이루고 있었고, 말이 독점적인 무기였으며, 광활한 빰빠가 이들의 활동 무대였다. 현재 공격적인 함성을 질러대고 약탈을 함으로써 알제리 국경 지대를 교란하는 베두인 유목민들과 비교해보면 아르헨티나의 몬또네라 부대가 어떤 것이지 정확하게 파악할 수 있는데, 그동안 영리한 사람들 또는 유명한 무법자들이 몬또네라를 이용해왔다. 도시와 사막에 존재하는 문명과 야만 사이의 투쟁과 똑같은 투쟁이 오늘날 아프리카에 존재한다. 유목민과 몬또네라 사이에는 동일한 인물들, 동일한 정신, 훈련되지 않은 동일한 전략이 존재한다. 말을 타고 사막을 떠돌아다니는 수많은 집단은 자신들의 힘이 더 우월하다고 느끼면 훈련이 잘된 도시 부대들에 선전 포고를 한다. 그들은 카자흐스탄의 구름처럼 사방으로 흩어져버리는데, 만약 정식 전투에서 승부가 나지 않으면 야간에 재집결해서 잠들어 있는 적을 기습적으로 덮쳐 말을 강탈하고, 꾸물거리는 사람과 전위 부대원을 죽여버린다. 그들은 항상 전투 태세가 되어 있고, 뿔뿔이 흩어져 있기 때문에 정확한 실체를 알 수가 없고, 정식 전투에서는 약하나 광활한 평원에서는 강하고, 결코 패배하지 않는다. 그들은 결국 정비가 잘되어 있는 군대와 전초전을 펼치고, 기습적으로 공격하고, 적을 피로하고, 쇠약해지게 만듦으로써 많은 수를 죽이고 제압한다.

몬또네라는, 공화국의 초기 단계에서 아르띠가스의 명령에 따라 그 모습을 드러냈듯이, 이미 야수처럼 잔인한 특성과 폭력주의적인 정신을 보여주었다. 그 폭력주의적 정신은, 결코 사그라지지 않는 악당들과 부에노

---

6) [원편집자 주] '야노스'는 라리오하 주를 가리킨다.

스아이레스의 에스딴시에로들을 교양 있는 사회에 적용할 법률 체제 안으로 편입시킬 준비가 되어 있었고, 그들을 아메리카의 수치를 대표하는 것으로 유럽 사람들의 눈앞에 제시할 준비가 되어 있었다. 로사스는 아무것도 발명하지 않았다. 그의 재능은 오직 자기 선조들을 모방하고, 무지한 대중의 잔인한 본능을 냉철하게 계산되고 조정된 어떤 체제에 합치는 데서 발휘되었다. 외국의 장교들은 마시엘 대령의 살가죽으로 만들어 로사스가 사용했던 '마네아'[7]를 본 적이 있었는데, 그런 야만적인 경우는 아르띠가스와 그 밖의 다른 야만적인 까우디요들, 타르타르 사람들에게서도 전례가 있었다. 아르띠가스의 몬또네라는 자기 적들을 종종 '구속복 속에 집어넣어버렸다.'[8] 이것은 적들의 몸을 짐승의 생가죽으로 둘둘 말아 꿰매서 들판에 버려두는 것이었다. 독자 여러분은 서서히 다가오는 이 죽음이 유발하는 공포가 과연 어떨지 감지할 수 있을 것이다. 이 무시무시한 징벌은 1836년에 군대의 어느 대령에 의해 반복되었다. 총으로 쏘는 대신에 칼로 '목을 자르는' 그런 처벌은, 로사스가 죽음에 무시무시한 형식을 부과하고 살인범에게 소름 끼치는 쾌감을 제공하기 위해 이용하던 도살꾼의 본능이다. 무엇보다도 로사스는 교양 있는 사회에서 '합법적'이고 수용 가능한 형식을 자신이 아메리카적인 형식이라고 부르던 다른 형식으로 바꾸기 위해 그런 본능을 이용한다. 그리고 피 보기를 즐기는 무리와 함께 이미 침략을 감행한 이 식인종 때문에 고통을 받는 브라질, 파라과이, 우루과이가 이런 고통에서 벗어나기 위해 유럽 강대국들에 도움과 연합을 호소할 때, 로사스는 아메리카 사람들더러 아메리카적인 형식에 따라 자신들을 보호하러

∴

7) [원편집자 주] '마네아(manea)'는 말의 앞 발목을 묶는 끈으로, 말을 멈추게 할 때 사용한다.
8) '구속복 속에 집어넣었다'라는 의미로 사용한 동사는 'enchalecaba'다.

나서라고 권유했다. 아프리카 내륙의 아샨티 또는 다호메이[9]에서나 참을 수 있을 정도의 살인적이고 야만적인 조직에 의해 아메리카와 유럽이 그토록 오랫동안 속임을 당할 수 있었다고 생각할 때마다 역사적 진실을 탐색하는 데 필요한 평정심을 유지할 수 없을 정도다!

몬또네라는 처음에 모습을 드러냈을 때부터 그런 특성을 지니고 있었다. 몬또네라는 아시아의 평원에서 살아가는 종족들에게만 선례가 있고, 아르헨티나의 도시들, 즉 아메리카의 모든 도시처럼 유럽과 에스파냐의 연속선상에 있는 이 도시들이 지닌 습관, 관념, 풍습과는 도저히 혼동될 수 없는 것으로, 군사적, 행정적으로 아주 특이한 조직이다. 몬또네라가 태동한 사회의 가장 내밀한 조직을 검사해봄으로써만 몬또네라에 관해 설명할 수가 있다. 바께아노이자 밀수업자로서 협상을 통해 평원의 사령관이 되고, 말 타는 사람들로 구성된 집단의 까우디요로서 시민 사회와 도시를 상대로 전투를 하는 아르띠가스의 모습은, 결국 까우디요가 될 수 있었던 평원의 사령관 각자에게서 약간의 차이를 드러내면서도 거의 동일한 모습으로 재생된다. 내부적으로 교육, 신앙, 목표의 커다란 차이가 정당들을 갈라놓는 모든 시민전쟁과 마찬가지로 아르헨티나 공화국 내부의 전쟁은 길고 끈질겼고, 결국 그 투쟁의 요소 가운데 하나가 승리했다. 아르헨티나의 혁명 전쟁은 이중적인 의미를 지니고 있었다. 첫째, 에스파냐 사람들에 대항하는 유럽 문화 속에서 시작된 도시들의 전쟁으로서, 이는 유럽 문화를 최대로 확대시키기 위한 것이었다. 둘째, 도시들에 대항하는 까우디요들의 전쟁으로서, 이는 모든 시민적 예속에서 벗어나 자신들의 특성과 문명

---

[9] '아샨티(Ashanti)'는 가나 남부, 토고, 코트디부아르 지역이고, '다호메이(Dahomey)'는 서아프리카의 베냉 남부 지역이다. 이들 왕국은 인구의 3분의 1 정도가 노예였는데, 주변을 침략해 잔인한 노예 거래를 통해 강대국이 되었다.

에 대한 자신들의 증오심을 드러내기 위한 것이었다. 도시는 에스파냐 사람을 이겨냈고, 평원은 도시를 이겨냈다. 이것이 바로 아르헨티나의 혁명에 관한 설명이다. 혁명의 첫 발은 1810년에 발사되었는데, 마지막 총성은 아직까지도 들리지 않고 있다.

혁명이라는 이 문제를 다룰 때 필요한 세부 항목을 모두 언급하지는 않겠다. 혁명을 위한 투쟁은 상당히 길게 전개되고 있다. 몇몇 도시는 애당초에 항복했고, 다른 도시들은 나중에 항복했다. 파꾼도 끼로가의 삶은 이 투쟁을 발가벗긴 듯 속속들이 볼 수 있는 기회를 우리에게 제공해줄 것이다. 내가 지금 소개할 필요가 있는 것은, 이들 까우디요의 승리와 더불어 모든 '시민적' 형식이, 에스파냐 사람들이 사용하던 형식까지도, 어떤 곳에서는 완전히 사라져버렸다는 사실이다. 다른 곳에서는 부분적으로 사라졌는데, 남아 있는 것도 확연하게 파괴의 길로 접어들어 있다. 대중 집단은 특징 시기를 다른 시기와 명확하게 비교할 능력이 없다. 그들에게는 현재 순간만이 자신들의 시야를 넓히게 되는 유일한 것이다. 그래서 그 누구도 현재까지 도시들의 파괴와 쇠퇴를 관찰할 수 없었다. 이는 내륙에 살고 있는 사람들의 눈에 띄는 진보가 온전한 야만을 향한 것이라는 사실을 알아차릴 수 없는 것과 같다. 부에노스아이레스는 유럽 문명의 요소를 아주 많이 가지고 있기 때문에 결국에는 로사스를 교육시켜 그의 잔인하고 야만적인 본능을 억제할 것이다. 로사스가 차지한 높은 자리, 유럽 정부와 맺고 있는 관계, 외국인들을 존중해주어야 할 필요성, 언론을 통해 거짓말을 할 필요성, 그를 귀찮게 하는 보편적인 거부감을 해소하기 위해 그가 저질렀던 잔학 행위를 부인할 필요성 등 이 모든 것은 결국 그 자신이 느끼고 있을 것이고, 그의 불법적인 폭력 행위를 억제하는 데 공헌할 것이다. 물론 그런 것이 부에노스아이레스가 아바나처럼 아메리카에서 가장 부유하지만 가장 예속적이고 지위가 가장 낮은 도시가 되는 것을 막지는 못할 것이다.

오늘날 로사스를 지지하는 까우디요들의 지배로 인해 피폐해진 네 도시는 산따페, 산띠아고델에스떼로, 산루이스, 라리오하다. 빠라나 강과 다른 강의 하구가 만나는 산따페는 아메리카에 있는 천혜의 입지 가운데 하나다.[10] 그럼에도 오늘날 산따페의 인구는 2천 명을 넘지 않는다. 인구가 5만인 한 지방의 수도이자 그 지방에 하나밖에 없는 도시인 산루이스는 인구가 1천 5백 명을 넘지 않는다.

문명의 폐허와 쇠퇴에 관해, 그리고 야만성이 내륙 지방에서 빠르게 확산된 현상에 관해 더욱 확실하게 파악하기 위해서는 두 도시를 예로 들어야 할 필요가 있다. 하나는 이미 피폐해진 도시이고, 다른 하나는 감지하지도 못한 채 야만의 길로 접어든 도시다. 두 도시는 바로 라리오하와 산후안이다. 라리오하는 과거에 그리 중요한 도시가 아니었다. 하지만 그 도시의 후손들조차도 현재의 도시 상태와 비교해보면 예전의 도시를 알아보지 못할 정도다. 1810년 혁명이 발발했을 때, 라리오하는 군대에서, 변호사 업계에서, 법원에서, 강단에서 두드러지게 활약해온 유명한 자본가와 인물을 많이 배출한 도시였다. 뚜꾸만 의회[11] 의원이자 저명한 신학자인 까스뜨로 바로스 박사, 1817년에 에스파냐의 권력으로부터 꼬삐아뽀를 해방시킨 다빌라[12] 장군, 차르까스[13]의 통치자인 오깜뽀[14] 장군, 아

---

10) 빠라나 강 하류는 산따페 부근에서 마지막으로 살라도(Salado) 강과 합류한다.
11) 1816년 6월 9일에 '뚜꾸만 의회(Congreso de Tucumán)'가 소집되어 에스파냐로부터 공식적으로 독립을 선언했다.
12) '다빌라(Nicolás Dávila, 1786~1876)'는 아르헨티나 군인으로, 아르헨티나의 독립전쟁과 시민전쟁에 참여했다.

르헨티나 변호사 업계에서 아주 저명한 변호사들 가운데 한 사람이자 오깜뽀, 다빌라, 가르시아 등 그 수가 늘어가고 있던 변호사들 가운데 한 사람인 가브리엘 오깜뽀 등이 라리오하 출신인데, 이런 성을 지닌 변호사들은 현재 우아스꼬에 거주하는 고르디요 박사 같은 뛰어난 사제들과 마찬가지로 칠레 영토에 퍼져 있다. 한 지방이 특정 시기에 이처럼 뛰어나거나 저명한 인사들을 배출하기 위해서는 수많은 개인에게 문화가 보급되어 존중받고 간절히 희구되어야 할 필요가 있다. 만약 혁명이 발발한 초기에 이런 일이 일어났더라면, 만약 야만으로의 무시무시한 퇴보가 그 불쌍한 사람들이 계속해서 발전하는 것을 막지 않았더라면, 오늘날 문명과 부와 인구가 늘어나 있지 않을 이유가 무엇이겠는가? 칠레의 도시들 가운데 제아무리 중요하지 않은 도시라 할지라도 10년 동안 문명, 부, 세련미에서, 지진이 파괴해버린 것들까지 포함해, 진보가 이루어지지 않은 도시가 어디 어디 있겠는가?

*[15] 그동안 내가 깊이 있게 파악하기 위해 던진 수많은 질문 가운데 어떤 질문에 대한 해답에 의거해 이제 라리오하의 상태에 관해 살펴보겠는데, 내가 갖고 있는 이론은 이런 사실들에 기반을 두고 있다. 여기에 증언을 해준 사람은 존경할 만한 인물로, 그는 불과 4개월 전에 라리오하를 떠

13) [원편집자 주] '차르까스(Charcas)'는 여덟 개 지방 가운데 하나였는데, 벨그라노(Belgrano) 장군이 알또뻬루를 분리했다.
14) '오깜뽀(Francisco Antonio Ortiz de Ocampo, 1771~1840)'는 아르헨티나 군인이자 아르헨티나 독립전쟁의 초대 장군으로, 꼬르도바와 라리오하의 주지사를 역임했다.
15) * 이 부분은 1845년 5월 13일에 발행된 《엘쁘로그레소》 제778호에 연재된 것이다.

났기 때문에 내가 그의 최근 기억력을 캐내려는 목적이 무엇인지는 전혀 모르고 있는 상태다.[16]

현재 라리오하의 인구는 어느 정도나 됩니까?
약 1천 5백 명입니다. 그 도시에는 남자들만 산다고 합니다.

라리오하에 거주하는 저명인사는 몇이나 됩니까?
도시에는 여섯 명에서 여덟 명 정도 거주하고 있습니다.

사무실을 열어놓고 있는 변호사는 몇 명이나 됩니까?
한 명도 없습니다.

환자를 치료하는 의사는 몇 명이나 됩니까? 한 명도 없습니다.

글을 읽고 쓸 줄 아는 판사는 몇 명이나 됩니까?
한 명도 없습니다.

연미복을 입는 사람은 몇 명이나 됩니까?
한 명도 없습니다.

라리오하의 젊은이들 가운데 꼬르도바나 부에노스아이레스에서 유학하

---

16) [원편집자 주] 그는 돈 마누엘 이그나시오 까스뜨로 바로스(Don Manuel Ignacio Castro Barros) 박사로, 꼬르도바 대성당의 사제다.

는 사람은 몇 명이나 됩니까?

한 명인 것으로 알고 있습니다.

학교는 몇 개이며, 아이들은 몇 명이나 학교에 다니고 있습니까?

학교도 없고, 학생도 없습니다.

그곳에 공공 자선 단체가 있습니까?

단 한 곳도 없습니다. 글자를 깨우치게 하는 초등학교조차 없습니다. 그곳 수도원에서 유일한 프란시스코파의 성직자가 아이 몇을 가르치고 있습니다.

성당은 몇 개나 폐허 상태에 있습니까?

다섯 개인데요, 마뜨리스 성당만 사목 활동을 하고 있습니다.

새로 짓는 집이 있습니까?

단 한 채도 없습니다. 허물어져가는 집을 수리하지도 않습니다.

현재 있는 집들도 허물어져가고 있습니까?

거의 모든 집이 그렇습니다. 홍수로 길거리가 자주 물에 잠기기 때문입니다.

서품을 받은 사제가 몇 명이나 있습니까?

도시에 젊은 사제가 둘 있습니다. 한 명은 재속 사제이고, 다른 한 명은 까따마르까 교구 사제입니다. 지방에 네 명이 더 있습니다.

5만 뻬소[17] 정도의 큰 재산을 가진 사람이 있습니까? 2만 뻬소 정도의 재산을 가진 사람은 몇 명이나 됩니까?

단 한 명도 없습니다. 다들 극빈자입니다.

인구가 늘어났습니까, 줄어들었습니까?
반 이하로 줄어버렸습니다.

어떤 공포가 도시를 지배하고 있습니까?
극도의 공포가 지배하고 있습니다. 전혀 해롭지 않은 말조차 하기가 겁납니다.

화폐는 합법적으로 주조하고 있습니까?
그 지방에서 발행하는 화폐는 위조되고 있습니다.

여기서 언급한 이런 사실은 그들이 처한 슬프고 무시무시할 정도로 곤궁한 상황을 잘 드러낸다. 그리스를 점령한 메흐메트의 역사만이 '야만', 즉 그토록 신속한 쇠퇴의 예를 보여준다. 그런데 이런 일이 19세기에 아메리카에서 일어나다니! 하지만 이것은 단 20년 만에 일어난 일이다. 라리오하에서 일어난 일이 산따페, 산루이스, 산띠아고데에스떼로에서도 똑같이 일어나고 있는데, 이들 지역의 도시들은 뼈만 앙상하게 남고, 쇠퇴하고, 황폐한 벽촌이 되었다. 산루이스에서는 10년 전에 사제가 단 한 명뿐이고, 학교는 단 한 개도 없으며, 연미복을 입는 사람은 단 한 명도 없었다. 아무튼

---

17) '뻬소(peso)'는 화폐 단위다.

나는 파괴는 피했지만 감지하지 못하는 사이에 점점 야만적으로 변해가는 도시들의 운명을 산후안의 경우로 판단해보겠다.

산후안은 농업과 상업에만 의존해 살아가는 지방이다. 평원이 없기 때문에 오랜 세월 까우디요들의 지배에서 벗어나 있었다. 어떤 정당이 여당이 되든지 간에 1833년까지는 교육을 받은 사람을 주지사와 공무원으로 뽑았는데, 1833년에 파꾼도 끼로가는 낮은 계급 출신 한 명을 주지사로 앉혔다. 이 사람은 권력을 가지고 있었음에도 당시 유행하던 문명화된 관습의 영향에서 벗어날 수가 없었기 때문에 문명화된 분야의 경향을 따르다가 결국 라리오하 사람들의 우두머리인 브리수엘라[18]에게 패배하고 말았다. 베나비데스[19] 장군은 브리수엘라의 뒤를 이은 사람으로, 이제는 일정 임기의 사법관이 아니라 그 지역의 소유자로서 9년 동안 지배권을 행사해왔다. 산후안은 농업이 발달해 있었기 때문에, 사람들이 굶주림과 가난을 피해 라리오하와 산루이스에서 이주해 오는 바람에 인구가 늘어났다. 산후안의 건물 수도 두드러지게 증가했다. 이는 그 지역들이 지닌 모든 부에 대해 증거하고, 또 만약 정부가 어느 지역의 수준을 높이기 위한 유일한 방법인 교육과 문화를 장려하는 데 신경을 쓴다면 그 지역이 얼마만큼 진보할 수 있는지를 증거한다.

베나비데스의 독재는 온건하고 평화적이기 때문에 사람들은 마음을 차분하고 평온하게 유지할 수 있었다. 베나비데스는 로사스의 까우디요들

∴

18) '브리수엘라(Tomás Brizuela, 1800~1841)'는 아르헨티나의 군인이자 까우디요로, 자신이 태어난 지방에서 파꾼도 끼로가의 부관을 했고, 1836년부터 1841년까지 그 지방의 주지사를 지냈다.
19) [원편집자 주] '베나비데스(Nazario Benavides, 1805~1858)' 장군은 1826년부터 산후안 주의 까우디요였다.

가운데 피를 뿌리지 않은 유일한 인물이다. 하지만 그렇다고 해서 현재 체제가 지닌 야만적인 영향을 덜 느끼게 되는 것은 아니다.

주민 4만 명이 사는 어느 지역, 특히 전 주민이 도시 하나에 모여 있는 곳에 오늘날 그 지역에서 태어난 변호사는커녕 다른 지방에서 태어난 변호사조차도 없다.

모든 법정은 법에 대해 최소한의 법률 지식도 갖추지 못한 사람들이 주도하는데, 그들은 말로 표현할 수 없을 정도로 아둔하다. 그곳에는 공공 교육 기관이 단 하나도 없다. 한 여자 학교는 1840년에 문을 닫았다. 남자 학교 세 곳도 1840년도와 1843년도에 문을 열었다가 교육에 대한 정부의 무관심, 아니 심지어는 교육에 대한 적대적인 태도 때문에 차례로 문을 닫았다.

젊은이 셋만이 그 지방 밖에서 유학 중이다.

의사는 산후안 출신의 사람 한 명뿐이다.

영어를 아는 젊은이는 세 명도 되지 않고, 프랑스어를 말할 줄 아는 젊은이는 네 명이 되지 않는다.

수학 교육을 받은 사람은 단 한 명뿐이다.

교양 있는 국가에 어울리는 교육을 받은 젊은이는 단 한 명뿐으로, 그는 바로 로우손 씨다. 그는 특별한 재능 때문에 이미 유명해져 있다. 그는 아버지가 미국인이었기 때문에 교육을 받았을 것이다.

단순히 글을 읽고 쓰는 것 이상을 할 줄 아는 주민이 채 열 명이 되지 않는다.

공화국 밖의 정상적인 군대에서 복무한 군인이 한 명도 없다.[20]

그토록 평범한 상황이 내륙 지방의 어느 도시에서는 자연스러운 것으로 간주될 수 있을까? 아니다! 그곳의 전통은 반대 사실을 증명한다. 20년 전에 산후안은 내륙 지방에서 아주 교양 있는 마을들 가운데 하나였다. 그런데 아메리카에 있는 어느 도시의 20년 전 빛나던 시기를 되돌아보면 현재 쇠퇴하고 쇠약하지 않은 것이 어디 있겠는가?

1831년에 2백여 명의 가장, 젊은이, 문필가, 변호사, 군인 등이 가족을 이끌고 칠레로 이주했다. 꼬삐아뽀, 꼬낌보, 발빠라이소와 공화국의 나머지 지역은 고상한 추방자들, 즉 몇몇 자산가, 지적인 광산업자, 수많은 상인과 농장주, 변호사, 다양한 의사로 채워졌다. 바빌로니아의 이산(離散)에서처럼 이 모든 사람은 다시는 약속의 땅을 보지 못했다. 1840년에 다른 이주자들이 다시는 되돌아오지 않을 길을 떠났다.

산후안은 당시까지만 해도 문명화된 인사들을 충분히 보유한 곳으로, 다음과 같은 인물들이 두드러졌다. 능력이 뛰어나고 신분이 높은 라쁘리다[21] 박사는 그 유명한 뚜꾸만 의회를 만들어 의장을 역임했는데, 나중에 알다오 형제[22]에게 살해당했다. 칠레의 레꼴레따 도미니까[23]의 원장 신부

------

20) [저자 주] 이 책을 쓴 1845년 이후부터 현재까지 산후안 주에는 유익한 반응이 일어났다. 현재 이곳에는 남자 학교 한 개와 여자 학교 한 개가 있다. 그리고 존경할 만한 '대표자들의 훈따(Junta de Representantes)'는 그 지방 공공 교육 기관이 남학생과 여학생에게 공히 초등 교육을 실시할 것이라고 발표했다. 스무 명이 넘는 젊은이가 장차 변호사와 의사 직업에 종사하기 위해 부에노스아이레스, 꼬르도바, 칠레 등지에서 공부하고 있다. 남자와 여자에게 음악과 그림은 현저하게 일반화되어 있고, 기술자들과 그 밖의 계급 사람들은 문명화된 복장인 외투, 저고리, 프록코트 등을 즐겨 입는데, 이는 사람들이 자신의 조건을 개선하려는 올바른 방향으로 나가고 있음을 드러낸다. 폭력적인 사람들은 세월이 흐르면서, 그리고 그 자체가 부적절하기 때문에 사라져갔다. 이때 정부는 주요 인사를 공직자에 임명했는데, 이들은 '야만적'이지 않고, 폭력과 예속을 싫어하는 사람들이다.
21) [원편집자 주] '라쁘리다(Francisco Narciso de Laprida, 1786~1829)' 박사는 뚜꾸만 의회의 의장(1816)으로서 아르헨티나의 독립을 선언한 인물이다.
22) [원편집자 주] '알다오 형제'는 펠릭스 알다오 수사(Fray Félix Aldao, 1785~1858)와 프란시스꼬 알다오(Fracisco Aldao, 1787~1829)를 가리킨다. 사르미엔또는 칠레 신문 《엘쁘로그레소》에 『파꾼도』를 연재하기 직전에 알다오 수사의 전기를 먼저 실었다.

이자 뛰어난 학자이자 애국자인 오로[24]는 나중에 산후안의 주교를 지냈다. 뛰어난 애국자인 돈 이그나시오 델라로사[25]는 산마르띤과 함께 칠레 원정을 준비했고, 자기 나라에 혁명을 통해 약속된 계급 평등의 씨앗을 퍼뜨린 인물이다. 리바다비아[26] 정부의 장관 한 명도 산후안 출신이다. 아르헨티나 공사관의 공사 돈 도밍고 오로도 있는데, 그의 외교적인 재능은 아직 충분히 평가받지 못하고 있다. 1826년 의회의 의원인 저명한 사제 베라도 있다. 산따페 의회의 의원인 장로 오로도 있는데, 그는 뛰어난 연설가다. 꼬르도바 의회의 의원인 돈 루데신도 로호도 있는데, 그는 대단한 학식뿐만 아니라 뛰어난 재능, 산업 분야에 대한 천재성으로 아주 유명하다. 그 밖의 인물로는 군대의 대령인 로호가 있다. 그는 차분하고 대담한 성격만으로 모반을 잠재움으로써 지방 두 곳을 구했는데, 그 문제를 관할한 빠스[27] 장군은 로호 대령이 공화국의 초대 장군 집단에 낄 수 있을 정도로 뛰어나다고 말했다. 당시 산후안은 극장 하나와 배우들로 이루어진 상설 극단 하

---

23) '레꼴레따 도미니까(Recoleta Dominica)'는 '도미니크회의 수도장(修道場)'이라는 의미다.
24) 오로(Fray Justo Santa María de Oro, 1772~1836)는 뚜꾸만 의회에서 뛰어난 중재를 했던 저명한 애국자다.
25) '돈 이그나시오 델라로사(Don José Igancio de la Roza, 1786~1834)'는 산후안의 대리 지사를 역임한 인물로, 그 지방의 선동가다.
26) '리바다비아(Bernardino de la Trinidad Gónzalez Rivadavia y Rivadavia, 1780~1845)'는 19세기 유럽의 자유주의적 이데올로기에 의거해 새로운 국가 아르헨티나를 발전시키고 제도화하려고 애쓴 중앙 집권주의적 정치가로, 1826년 2월 8일부터 1827년 7월 7일까지 아르헨티나의 초대 대통령을 지냈다.
27) [원편집자 주] '빠스(José María Paz, 1791~1854)' 장군은 법학을 공부했으나 독립전쟁에서 싸우기 위해 전공을 포기했다. 그는 독립전쟁에 참여해 까우디요들을 상대로 한 전투에서 전략가로서 명성을 얻었고, 특히 라따블라다와 온까띠보 전투에서 파꾼도 끼로가를 패퇴시킨 공로로 장군 직위를 받았다. 빠스 장군은 에스따니슬라오 로뻬스(Estanislao López)가 지휘하는 부대에 포로로 잡혀 8년 동안 감옥에 갇혀 지냈다. 감옥에서 보낸 시절에 관해 기록해놓은 그의 『회고록(Memorias)』은 뛰어난 문학성뿐만 아니라 기록으로서의 가치 또한 대단하다.

나를 보유하고 있었다. 개인 도서관 예닐곱 개가 아직 남아 있는데, 그들 도서관에는 18세기의 주요 작품과 그리스어와 라틴어로 쓰인 수작들의 번역본이 수집되어 있다. 1836년도까지 나는 비록 한 부분이 허물어져가긴 했지만 이 풍요로운 개인 도서관들이 내게 제공해준 교육 이외의 다른 교육은 받은 적이 없었다. 1825년에는 산후안이 위인을 많이 보유하고 있었는데, 의회[28]에는 저명한 연설가 여섯 명이 참여하고 있을 정도였다! 오늘날[29] 천박한 주민들은 산후안에 있는 그 대표자들의 집을 폄하하는데, 그곳에서 들리던 아주 웅변적인 연설과 고고한 사상이 당시 문서들의 먼지를 털어내기를 바라고, 그 천박한 주민들이 그 존엄한 성소를 통렬하게 비방하고 모욕했던 것에 부끄러움을 느껴 도망치기를 바라노라! 법정과 행정부에는 교육받은 사람들이 근무하고 있었고, 충분한 인력이 각각의 이익을 대변하기 위해 준비되어 있었다.

우아한 생활 문화, 관습의 세련미, 문학의 장려, 큰 회사들, 주민들을 고무시킨 공공의 정신 등 그 모든 것은 교양 있는 어느 사회의 존재를 외국에 알렸고, 그 사회는 높은 수준에 오르기 위해 신속하게 발전해갔는데, 이런 면모는 런던의 신문들이 산후안에 관해 다음과 같은 명예로운 견해를 아메리카와 유럽에 유포할 여지를 주었다.

(……) 그들은 문명 속에서 진보를 이루기 위해 최선의 준비를 하고 있다. 그리고 지금 이 도시는 사회 개혁의 진척도에서 부에노스아이레스를 바짝 뒤쫓는 것으로 간주되고 있다. 부에노스아이레스에서 새롭게 설립된 기관들

---

28) '의회(議會)'의 원어는 'Sala de Representantes'다. 간혹 '의사당'을 가리키기도 한다.
29) [원편집자 주] '오늘날'은 1845년을 지칭한다.

이 그곳의 지역 실정에 맞게 도입되었고, 교회의 개혁 문제에서 산후안 주민들은 모든 수도(修道) 성직자를 재속(在俗) 성직자와 합치고,[30] 수도 성직자들이 운영하던 수도원을 폐쇄함으로써 놀랄 만한 진전을 이루었다. (……)

하지만 당시의 문화에 대해 더 온전한 개념 하나를 줄 수 있는 것은 초등 교육의 상태다. 아르헨티나 공화국의 그 어떤 마을도 초등 교육을 확산시키려는 열망에서는 산후안만큼 두드러지지 않고, 다른 어떤 마을도 산후안처럼 최상의 결과를 낼 수는 없었을 것이다. 지방 사람들이 그토록 중요한 임무를 수행하는 데 적합한 능력을 갖추었다고 생각하지 않았던 중앙 정부는, 1815년에 해당 초등 교육에 높은 수준의 도덕 교육을 접목시키기 위해 부에노스아이레스로부터 담당자를 현지에 파견했다. 성이 로드리게스인 몇몇 신사가 산후안으로 왔는데, 그 3형제는 나라에서 제일가는 가문들과 관계를 맺고 교제할 정도의 사람들이었다. 그것은 그들이 지닌 장점이자 뛰어난 특질이었다. 현재 초등 교육을 감독하는 일을 하는 나는 초등 교육 과목을 공부한 적이 있기 때문에 M. 쿠쟁이 기술한 그 유명한 네덜란드 학교들과 유사한 학교가 언젠가 아메리카에서 세워지리라고 장담할 수 있다. 그곳이 바로 산후안이다. 도덕적이고 종교적인 교육은 아마도 그곳에서 이루어지고 있던 초등 교육보다 더 중요할 것이다. 그래서 나는 산후안에서 범죄가 아주 적게 발생하는 이유와 베나비데스 자신이 온건하게 행동하는 이유도 바로 여기에 있다고 생각한다. 베나비데스는 산후안

∴
30) 성직자에는 수도 성직자와 재속 성직자가 있다. 수도자는 독신을 서약하고 수도 공동체를 통해 수도 생활을 하는 수사와 수녀가 있는데, 그 가운데 서품을 받은 수사(수녀)가 있다. 재속 성직자는 세상 가운데서 교우들과 더불어 세상 사람들을 위해 일하는 교구의 주교, 사제, 부제들로, 수도원 규율에 얽매이지 않는다.

에 거주하는 대부분의 주민과 마찬가지로 특별한 열정으로 학생들에게 도덕관을 주입하던 그 유명한 학교에서 교육받았다. 만약 이 책이 돈 이그나시오[31]와 돈 로께 로드리게스[32]의 수중에 들어간다면, 두 분이 도시 전 주민의 문화와 도덕을 함양하기 위해 동생 돈 호세와 함께 뛰어난 봉사를 했다고 생각하며 삼가 작은 경의를 표하노니, 두 분이 나의 경의를 받아들이기 바란다.[33]

이것이 바로 아르헨티나 '도시'의 역사다. 이 모든 도시는 지난 영광, 문명, 특성을 되찾아야 한다. 이제 도시들은 '야만적인' 수준으로 짓눌려 있다. 내륙의 이런 야만성이 부에노스아이레스 거리에까지 뚫고 들어와버렸다. 지방들은 1810년부터 1840년까지 문명화된 도시를 많이 보유하고 있었음에도 지나치게 야만적인 상태가 됨으로써 독립을 쟁취하기 위한 혁명의 거대한 과업을 자신들의 충동으로 파괴해버렸다. 지방들이 과거에 지녔던 인물들, 문명, 각 기관들 가운데 지금 남아 있는 것은 전혀 없는 실정인데, 무엇을 할 수 있겠는가? 무지와 그것의 결과인 빈곤은 자신들의 먹이인 내륙 지방 도시들을 먹어치우고, 도시들을 들판 혹은 에스딴시아로 만들기 위해 도시들이 마지막 숨을 헐떡거리기만을 대머리 독수리들처럼 기다리고 있다. 부에노스아이레스는 다시 과거처럼 될 수 있다. 왜냐하면 유

----

31) '돈 이그나시오(Pedro Ignacio de Castro Barros, 1777~1849)'는 아르헨티나의 사제, 정치가로, 뚜꾸만 의회의 구성원으로서 1816년 7월 9일에 리오델라쁠라따 연합주의 독립을 선포했다. 파꾼도 끼로가에게 큰 영향을 끼쳤다.
32) '돈 로께 로드리게스(Roque J. Rodríguez Callejos)'는 어린 도밍고 파우스띠노 사르미엔또의 가정 교사로서 영향을 많이 끼쳤다.
33) [원편집자 주] 이 공공 교육 시설의 체제와 조직에 관한 세부 사항은 칠레 정부의 명을 받아 유럽과 미국을 시찰한 결과 도출된 것으로, 이는 이 문제에 관해 특별히 수행된 작업의 결과물인 『민중 교육(*Educación popular*)』에 실려 있다.

럽 문명이 그곳에서는 아주 강력한데, 정부의 야만성에도 불구하고 유지되어왔기 때문이다. 하지만 지방에서는 과연 무엇에 의존할 수 있다는 말인가? 현 세대가 현재 야만 상태에 처해 있는 자식들을 교육시킨다 해도 지방들이 포기했던 그 길로 지방들을 되돌려놓기에는 2세기라는 기간도 충분하지 않을 것이다. 지금 우리는 자문해야 한다. 우리는 과연 무엇 때문에 싸우고 있는가? 우리는 도시에 본래의 삶을 되돌려주기 위해 싸우고 있는 것이다.

제5장
후안 파꾼도 끼로가의 생애[1]

> 또한 이들 특성은 인간의 본성에 속한다. 자신의 열정을 억누르거나 위장하는 법을 아직 배우지 못한 자연 상태의 인간은 열정에 자신의 모든 힘을 쏟아 버리고, 충동에 스스로 굴복하고 만다.
> — 알릭스, 『오스만 제국의 역사』[2]

유년기와 청년기

산루이스에 있는 도시들과 산후안에 있는 도시들 사이에는 광활한 사막 하나가 놓여 있는데, 물이 전혀 없기 때문에 '황야'[3]라는 이름을 지니고 있다. 그 고독한 황야가 지닌 면모는 울적하고 고립무원 상태인데, 동부 지방에서 오는 사람은 평원의 마지막 '레쁘레사', 즉 저수지에까지 도달하지 못함으로써 자신의 말에 실은 치플레[4]에 충분한 물을 채우지 못하게 된다. 이 황야에서 언젠가 다음과 같은 특이한 일이 발생했다. 우리의 가우초들 사이에 자주 벌어지는 칼부림 때문에 한 가우초가 서둘러 산루이스

∴

---

1) 이 부분은 1845년 5월 14일에 발행된 《엘쁘로그레소》 제779호에 연재된 것이다.
2) 『오스만 제국의 역사(*Historie de l'empire Ottoman*)』는 프랑스 역사가 알릭스(Alexandre Louis Félix Alix)가 1822년에 출간한 책이다.
3) 여기서 말하는 '황야'는 '사막처럼 메마른 광활한 들판'으로, 원어는 'travesía'다.

시를 떠날 수밖에 없었다. 그는 법의 추적을 피하기 위해 어깨에 마구를 둘러멘 채 걸어서 황야 쪽으로 피했다. 동료 둘이 세 사람이 탈 수 있는 말 세 마리를 훔치자마자 말을 타고 그를 찾아와 합류했음이 틀림없다. 당시 사막에서 그 가우초를 기다리고 있던 위험은 배고픔이나 갈증만은 아니었다. 전에 '식인' 호랑이 한 마리가 1년 전부터 여행자들의 발자취를 쫓고 있었다. 사람 고기 맛을 좋아하는 그 호랑이에게 희생된 사람이 이미 여덟을 넘고 있었다. 그 황야 지역에서는 짐승과 사람이 자연의 지배권을 놓고 싸우는 일이 종종 발생하는데, 사람이 짐승의 피로 물든 발톱 아래로 쓰러진다. 그리하여 호랑이는 사람 고기를 좋아하게 되고, 이 호랑이가 새로운 사냥감, 즉 인간을 사냥해 먹었을 때 이를 식인 호랑이라 부른다. 이처럼 호랑이가 사람을 잡아먹는 무대와 가까운 곳에 있는 평원의 치안 판사가 지역의 날쌘 젊은이들을 불러 모아 호랑이를 뒤쫓고, 치안 판사의 권한을 행사하고 지휘를 함으로써 식인 호랑이에 대한 추격 작업이 벌어진다. 호랑이가 실정을 피하는 경우는 드물다.

 법의 추적을 피해 도망치던 우리의 가우초가 6레구아 정도 걸어갔을 때, 멀리서 호랑이가 포효하는 소리를 들었다고 생각하는 순간 그의 온몸이 바르르 떨렸다. 그 소리는 돼지가 꿀꿀거리는 소리와 비슷하게 들렸으나 더욱더 날카롭고, 더 길고, 귀를 찌를 듯 자극적이었다. 그 때문에 공포를 느낄 만한 이유가 전혀 없을 때라도 죽음이 임박했음을 알아차린 살이 홀로 파르르 떨리듯이, 온몸의 신경이 무심결에 떨리게 된다. 몇 분이 흐른 뒤 호랑이의 포효 소리가 더 명확하게, 더 가까이 들렸다. 호랑이가 이제

---

4) [원편집자 주] '치플레(chifle)'는 보통 거세한 황소 뿔로 만든 물통으로, 여행자들이 가지고 다닌다.

가우초를 추적해오고 있는 상황에서 가우초의 눈에는 멀리 떨어져 있는 곳에 작은 쥐엄나무 한 그루가 보였을 뿐이다. 그는 잰걸음으로 재빨리 도망쳐야 했다. 왜냐하면 호랑이의 울음소리가 더 자주 들리고, 마지막 울음소리는 그전 울음소리보다 더 선명하고, 울림이 더 강했기 때문이다. 마침내 가우초는 마구를 길옆에 내팽개치고 방금 전에 보아둔 나무를 향해 뛰었다. 나무는 줄기가 약했음에도 다행히 높이 치솟아 있었기 때문에 가우초는 나무 위로 기어올랐고, 끊임없이 흔들거리는 나뭇가지 속에 몸을 반쯤 숨길 수 있었다. 가우초는 나무 위에 숨은 채 길에서 일어나는 광경을 관찰할 수 있었다. 호랑이는 땅바닥에서 냄새를 맡고, 자신이 찾던 먹잇감이 가까이에 있다는 사실을 느껴감에 따라 더 빈번하게 소리를 질러대면서 서둘러 다가오고 있었다. 호랑이는 자신의 먹잇감인 가우초가 길에서 벗어난 지점을 지나쳐버리고, 가우초의 흔적을 놓쳐버렸다. 호랑이는 화를 내면서 제자리를 빙빙 돌다가 마침내 마구를 발견하고는 단번에 그것을 찢어 조각을 공중에 뿌려버렸다. 먹잇감을 놓쳐서 더욱 화가 난 호랑이는 먹잇감의 흔적을 다시 찾아보다가 마침내 자신을 이끄는 방향을 찾았다. 호랑이는 쥐엄나무 위에서 체중 때문에 나무를 흔들어대고 있는 먹잇감을 쳐다보았는데, 그 모습이 마치 연약한 갈대 끝에 새들이 내려앉은 것 같았다. 그때부터 호랑이는 더 이상 포효하지 않았다. 호랑이는 먹잇감을 향해 펄쩍 뛰었다. 그리고 눈 깜빡할 사이에 땅에서 2바라 정도 위에 있는 가느다란 가지에 거대한 두 앞발을 올려놓고 나뭇가지를 심하게 흔들어댐으로써 그 진동이 나무 위에 불안정하게 올라가 있는 가우초의 신경에 전달되도록 했다. 호랑이는 뛰어오르려고 갖은 애를 썼으나 아무 소용이 없었다. 호랑이는 피에 굶주려 충혈된 눈으로 나무의 높이를 재면서 나무 주위를 맴돌았다. 결국 분기충천한 호랑이는 포효를 하면서 땅에 드러누워 계속해서 꼬리로 땅바닥을 쳐대고, 두 눈으로 먹잇감을 뚫어지게 쳐다보았으며, 반쯤 벌린 입은 바싹바싹 타들어가고 있었다. 이 무시무시한 사투의 광경은 두 시간 동안 지속되었다. 즉 가우초의 부자연스러운 자세, 그리고 어떤 거부할 수 없는 매력 때문에 눈을 뗄 수 없어 피에 굶주린 시선을 가우초에게 고정하고 있던 호랑이의 무시무시한 집착은 가우초의 힘을 약화시키기 시작했고, 힘이 빠진 가우초의 몸이 호랑이의 쫙 벌어진 입으로 떨어질 순간이 다가오고 있을 때, 그에게 구원의 희망을 주었던 발발굽 소리가 저 멀리서 들려왔다. 실제로 가우초의 친구들은 호랑이의 자취를 보고는 친구를 구할 수 있으리라는 희망 같은 것은 품지 않은 채 그곳으로 달려왔다. 그들은 사방에 흩어져 있는 마구가 가리키는 방향 쪽에서 분노에 눈이 먼 채 땅바닥에 드러누워 꼼짝하지 않고 있던 호랑이를 보았고, 순식간에 일이 벌어졌다. 라소 두 개에 몸이 결박당해 쫙 늘어져 있는 호랑이는, 자신의 먹잇감이 될 뻔한 가우초가 기나긴 고통에 대한 복수로 여러 차례 찔러대는 칼질을 피할 수 없었다. "나는 그때 두려움을 갖는다는 게 무엇인지 알았습니다." 돈 후안 파꾼도 끼로가 장군은 한 무리의 장교들에게 이 장면에 관해 이야기할 때면 늘 이렇게 말했다.

파꾼도 끼로가 역시 '야노스의 호랑이'라 불렸고, 실제로 그런 칭호는 그에게 그런대로 잘 어울렸다. 골상학과 비교 해부학은 외형과 도덕적인 자질 사이에, 그리고 인간의 외모와 인간과 비슷한 특성을 지닌 일부 동물의 외모 사이에 실제로 어떤 관계가 존재하는지 보여준다. 내륙 지방 사람들이 오랫동안 파꾼도라 불렀지만, 나중에는 사회의 중심에 자리 잡게 되고 승리의 월계관을 쓰게 됨으로써 파꾼도 끼로가 장군이라 불리게 된 그 파꾼도는, 키가 작고 골격이 큰 남자였다. 그는 넓은 등에 짧은 목, 균형 잡힌 머리를 지녔는데, 머리는 검은 곱슬머리로 빽빽하게 뒤덮여 있었다. 약

후안 파꾼도 끼로가 '야노스의 호랑이'로 불린 그는 이 작품에서 아르헨티나의 후진성과 야만성을 상징한다.

간 타원형인 얼굴은 머리털로 이루어진 숲 한가운데에 파묻혀 있었고, 머리털처럼 빽빽하고 곱슬하고 검은 수염이 광대뼈까지 올라와 있었는데, 불룩 튀어나온 광대뼈에는 그의 확고하고 완강한 의지가 드러나 있었다. 활활 타오르는 검은 눈, 짙은 눈썹의 그늘이 드리워져 있는 눈은 언젠가 그 눈을 쳐다본 사람들에게 무의식적인 공포를 유발했다. 왜냐하면 파꾼도 끼로가는 결코 정면을 응시하지 않았고, 습관적으로, 혹은 고의로 항상 강인하게 보이고 싶어서 고개를 약간 숙인 상태로 있었고, 몽브아쟁의 알리 파샤[5]처럼 인상을 쓰고서 상대를 쳐다보았기 때문이다. 파꾼도 끼로가의 이미지는 유명한 곡예단 라벨이 공연한 연극의 카인을 닮았다는 느낌을 주는데, 카인의 예술적이고 조상(彫像) 같은 모습은 끼로가의 모습과 어울리지 않는다. 또한 끼로가의 얼굴 생김새는 보통이었고, 창백한 올리브색의 얼굴은 그 얼굴에 짙게 드리워진 음울한 분위기와 잘 어울렸다.

그의 두상은 텁수룩한 머리카락이 뒤덮고 있었음에도 불구하고, 명령을 하기 위해 태어난 남자의 특징적인 면모를 드러내었다. 파꾼도 끼로가는, 브리엔 군사 학교의 학생[6]을 프랑스의 천재로 만들고, 피라미드에서 프랑스 사람들과 싸웠던 무명의 마멜루크[7]를 이집트의 총독으로 만들었던 그 천부적인 자질을 소유하고 있었다. 그런 자질은 그들이 태어난 사회의 특

---

[5] '몽브아쟁(Raymond Monvoisin, 1790~1870)'은 프랑스의 화가다. '알리 파샤'는 몽브아쟁의 작품 〈알리 파샤와 바실리키(Ali Pacha et Vasiliki)〉에 등장하는 인물이다. 알리 파샤(1741~1822)는 오스만 제국의 유럽 지역 영토를 통치한 사람으로, 잔인한 폭군으로 알려져 있다. 바실리키(Kyra Vasiliki, 1789~1834)는 알리 파샤가 가장 총애하던 부인이다.
[6] '브리엔 군사 학교의 학생'은 나폴레옹을 가리킨다. 나폴레옹은 1779년 브리엔(Brienne) 군사 학교에 입학해 기숙사 생활을 했다.
[7] '마멜루크(Mameluke)'는 터키의 이집트 총독으로, 1798년에 이집트를 정복하러 나선 나폴레옹을 맞아 싸운 인물이다.

성에 따라 특별하게 발현되는데, 말하자면 고상하고 고전적인 지도자들은 어느 지역에서 문명화된 인간들을 선도하고, 무시무시하고 잔인하고 악한 지도자들은 다른 지역에서 불명예와 수치를 드러낸다.

파꾼도 끼로가는 산후안의 어느 가난한 집 아들로 태어났으나, 라리오하의 야노스에 거주하면서부터 목동 일을 해서 약간의 돈을 벌었다. 1799년에 파꾼도 끼로가는 학교에서 겨우 글을 읽고 쓰는 법이나 배우는 제한적인 교육을 받도록 아버지의 고향으로 보내졌다. 한 남자가 자신의 업적에 대한 명성을 나팔 수백 개를 불어대듯 떠들썩하게 자랑하고 나면, 호기심 또는 탐구심에 사로잡히게 마련인 조사자는 영웅의 일대기에 영웅의 어린 시절의 무의미한 삶을 연결시키기 위해 그 삶까지 샅샅이 캐내게 된다. 아첨하는 말로 만들어진 우화 사이에는 역사적 인물의 특성이 배아 상태로 들어 있는 경우가 종종 있다. 어린 알키비아데스[8]는 마차에 치일 수 있으니 길을 비켜달라고 주의를 주는 마부에게 항의하기 위해 자신이 놀던 포장도로에 길게 누워버렸다고 한다. 나폴레옹은 학교에 다닐 때 동급생들을 지배하고, 자신이 받은 모욕에 항거하기 위해 자기 방에 틀어박혔다고 한다. 파꾼도에 관해서는 오늘날 수많은 이야기가 전해지는데, 그 가운데 많은 것이 그의 전모에 관해 밝혀준다. 파꾼도는 자신이 숙박하던 집에서 가족의 식탁에는 결코 앉을 수가 없었다. 학교에서는 오만하고, 내성적이고, 고독한 아이였다. 교사에게 반항적인 행위를 하면서 아이들을 통솔할 때만, 또는 아이들을 두들겨 팰 때만 아이들과 뒤섞였다. '교사'는 파꾼도의 길들일 수 없는 성격과 싸우는 데 지친 나머지 언젠가 아주 단단한 새 채

---

8) '알키비아데스(Alcibiades)'는 소크라테스의 친구다. 명문가 출신의 멋지고 훤칠한 사람으로, 많은 이의 사랑을 받았다.

찍 하나를 준비해서는 겁에 질려 있는 아이들에게 보여주면서 말했다. "이건 파꾼도를 길들이기 위한 거야." 파꾼도가 이런 위협적인 말을 들은 것은 열한 살 때인데, 그는 다음 날 그 위협이 과연 어떤 것인지 실험해보았다. 파꾼도는 공부를 하지 않은 채 교사에게 가서는 조교가 자기를 싫어해서 공부를 도와주지 않는다고 말하며 교사더러 직접 가르쳐달라고 요청했다. 주임 교사는 파꾼도의 요청에 동의했다. 파꾼도는 일부러 실수를 저지르고는 그 후로도 계속해서 두 번, 세 번, 네 번 실수를 해버렸다. 그러자 교사가 그 채찍을 사용했다. 파꾼도는 용의주도하게 계산을 했는데, 교사가 앉아 있는 의자가 약하다는 것까지도 계산해두었다. 파꾼도는 교사의 뺨을 때리고, 교사를 뒤로 밀어 자빠뜨려버렸다. 이로 인해 일대 혼란이 일어난 가운데 파꾼도는 길거리로 달아났다. 그가 어느 포도원의 포도 시렁 사이에 숨어버렸기 때문에 3일 동안이나 그를 꺼낼 수가 없었다. 파꾼도는 나중에 사회 전체와 싸우게 될 까우디요가 이미 되어 있지 않은가?

사춘기에 접어들자 파꾼도의 성격은 더 개성 있는 색채를 띠게 되었다. 더욱더 음울해지고, 오만해졌으며, 거칠어졌다. 그처럼 거친 성격을 지닌 사람이 흔히 그렇듯, 열다섯 살 때부터는 도박에 대한 열정을 보였다. 잠복해 있던 에너지를 일깨우기 위해서는 그처럼 강력한 자극이 필요했던 것이다. 이로 인해 파꾼도는 그 도시에서 유명해졌다. 그리고 그에게 잠자리를 제공하는 등 환대를 해준 집에서 지내는 것이 참을 수 없게 따분한 것으로 변해버렸다. 결국 파꾼도는 호르헤 뻬냐라는 어느 남자에게 총을 쏘아 피를 흘리게 만들었는데, 이 가느다란 핏줄기는 파꾼도가 지상에서 지나갔던 곳에 남긴 피의 급류와 합쳐지게 되었다.

파꾼도가 성인이 되고 난 뒤부터 삶의 끈은 주변 지역 여러 마을 사람들과 싸움판을 벌이는 복잡한 미로 속에서 길을 잃어버렸다. 파꾼도는 가끔

몸을 숨기고, 늘 사람들의 추적을 당하면서 도박을 하고, 날품팔이로 노동을 하고, 자기 주변에 있는 모든 것을 지배하고, 칼부림을 하면서 지냈다. 오늘날 산후안에 있는 고도이 가문의 별장에는 당시 파꾼도 끼로가 발로 짓이겨 만들어놓은 진흙벽이 남아 있고, 라리오하의 피암발라에도 그가 만든 진흙벽이 남아 있다.[9] 파꾼도는 차꼰에서 항복한 장교들 가운데 스물여섯 명을 어느 날 오후 각자의 집에서 끌어내 멘도사에 있는 다른 벽으로 데려오도록 했다. 비야파녜[10]의 원혼을 달래주려고 보복 총살을 하기 위해서였다.[11] 부에노스아이레스 평원 지역에도 파꾼도가 떠돌이 날품팔이로 살아가던 시절의 일부 유적이 있었다. 점잖은 가정에서 자란 이 남자, 성실하고 평범한 한 남자의 아들이 거친 일꾼의 처지로 전락하고, 그런 상황에서 근력과 지구력만이 필요한, 정말 따분하고 야만적인 그런 일을 선택하게 된 이유가 도대체 무엇일까? 혹시 토담 기술자는 당시에 급료를 두 배로 받고, 또 파꾼도가 급하게 돈을 조금 모을 필요가 있었기 때문이었을까?

내가 파꾼도 끼로가의 이 암울한 떠돌이 생활에 관해 조사하면서 수집할 수 있었던 것 가운데 가장 타당성 있는 동기는 다음과 같다. 파꾼도는 1806년경에 부모의 심부름으로 곡물을 싣고 칠레로 갔다. 그는 도박판에서 자기 집 소유의 마차와 마부들을 판돈으로 걸어버렸다. 파꾼도 끼로가는 아버지 소유 목장의 가축 떼를 산후안과 멘도사로 몰고 다녔는데, 이것

∴

9) [원편집자 주] 파꾼도 끼로가는 진흙과 짚을 짓이겨 '초리소(chorizo)'라 불리는 벽을 만드는 일에 종사했던 것 같다.
10) '비야파녜(José Benito Villafañe, 1790~1831)'는 칠레의 독립전쟁에 참여한 아르헨티나의 군인으로, 파꾼도 끼로가의 보호하에 라리오하 주지사를 역임했다.
11) [원편집자 주] 이에 관해서는 이 책 제11장을 참조하라.

들은 늘 동일한 운명에 처해졌다. 왜냐하면 파꾼도에게 도박은 아주 격렬하고 뜨거운 열정으로, 그의 애를 태우는 것이었기 때문이다. 이처럼 파꾼도의 도박 행위는 그의 아버지의 관대함을 고갈시켜버렸다. 파꾼도가 결국 자기 가족과의 우호적인 관계를 모두 단절했기 때문이다. 파꾼도 끼로가가 이제 공화국의 공포로 변해 있었을 때, 그의 부하 하나가 물었다.[12] "장군님, 지금까지 살아오시면서 도박에 걸었던 판돈 중 가장 큰 것이 얼마였습니까?" "70뻬소야." 파꾼도 끼로가가 덤덤하게 대답했다. 그런데도 당시 그는 단번에 2백 뻬소를 벌어놓은 상태였다. 그가 나중에 설명한 바에 따르면, 그는 젊었을 때 수중에 70뻬소밖에 없었는데, 그 돈을 단 한 번에 걸어 모두 잃어버린 적도 있었다. 하지만 이런 행위에 관해서는 아주 특이한 이야기가 있다. 파꾼도는 멘도사의 쁠루메리요에 있는 어느 부인의 아시엔다[13]에서 날품팔이로 일했다. 파꾼도는 약 1년 동안 정확한 시간에 일하러 나갔을 뿐만 아니라, 그가 다른 날품팔이 일꾼들에게 미친 영향력과 권위 때문에 두드러지는 인물이었다. 당시 일꾼들은 하루 일을 하지 않고 술을 마시고 싶을 때면 파꾼도를 끌어들였고, 그러면 파꾼도는 부인에게 다음 날 모든 일꾼이 열심히 일을 하겠으니 그날은 술을 마시게 해달라고 요청했는데, 파꾼도는 그 약속을 항상 정확히 지켰다. 파꾼도가 이렇게 중재를 했기 때문에 일꾼들은 파꾼도를 '아버지'라고 불렀다. 이렇게 파꾼도는 1년

---

12) 본 번역 판본에서는 "왜냐하면 (……) 그에게 물었다" 부분에 약간의 오류가 있는 것 같다. 원래는 "Estas adquisiciones y pérdidas sucesivas debieron cansar las larguezas paternales, porque al fin interrumpió toda relación amigable con su familia. Cuando era ya el terror de la República preguntábale uno de sus cortesanos:"로 되어 있어야 한다. 앞뒤 문맥을 따져볼 때도 "Cuando era ya el terror de la República preguntábale uno de sus cortesanos:"는 반드시 필요하다.
13) '아시엔다(hacienda)'는 라틴 아메리카의 대농장이다.

동안 열심히 일한 뒤에 부인에게 급료를 달라고 했다. 급료는 70뻬소로 올라 있었다. 파꾼도는 어디로 가는지도 모른 채 말에 올랐고, 어느 뿔뻬리아에 있는 사람들을 보고는 말에서 내렸다. 그러고는 도박판에서 카드 패를 돌리는 사람 주위를 둘러싸고 있는 사람들 위로 손을 뻗쳐 단번에 70뻬소를 걸었다. 파꾼도는 돈을 모두 잃어버린 뒤 다시 말을 타고 정처 없이 길을 떠났고, 그리 멀리 가지 않았을 때 똘레도라는 이름의 치안 판사와 마주치게 되었는데, 치안 판사는 파꾼도를 불러 세워 꼰차보 증명서[14]를 보여달라고 했다. 파꾼도는 증명서를 보여주려는 동작을 취하며 치안 판사에게 말을 갖다 대고는 호주머니에서 뭔가를 찾는 시늉을 하다가 단칼에 치안 판사를 쓰러뜨려버렸다. 파꾼도가 도박판에서 돈을 잃은 것에 대한 분풀이를 치안 판사에게 한 것이었을까? 파꾼도가 오직 행정 당국에 대한 '나쁜 가우초'의 증오심을 그런 식으로 충족하고, 증대해가고 있던 명성의 화려함에 그런 행위를 보태고 싶어했을까? 두 가지 다 타당성이 있는 이유였다. 자기 앞에 나타나는 첫 번째 목표에 이런 식으로 복수하는 것은 그의 삶에서 흔한 일이었다. 파꾼도가 스스로 밝힌 바에 따르면, 그는 자신이 장군 칭호를 얻고 휘하에 대령들을 부리고 있을 때 도박판에서 자기를 속인 사람들 가운데 하나를 산후안에 있는 자기 집에 끌고 와서 채찍 2백 대를 때렸다. 파꾼도 자신이 농담을 할 생각이 없는 순간에 농담 한마디를 던진 어느 젊은이에게도 채찍 2백 대를 때렸다. 멘도사에서는 동네의 어느 남자가 용감한 데다가 진정한 가우초였을 뿐만 아니라 너무 평화롭고 현명했기 때문에 파꾼도가 그를 협박하지 못했는데, 이에 화가 난 상태로 길

---

[14] [원편집자 주] '꼰차보 증명서(papeleta de conchavo)'는 날품팔이 일꾼이 노동을 할 수 있도록 당국이 허락하는 노동 허가서 또는 신분 증명서다. 본 증명서를 제시하지 못하거나 갖고 있지 않은 일꾼은 부랑아로 간주되었다. '꼰차보'는 임시직 노동을 의미한다.

을 가던 파꾼도는 어떤 여자가 "잘 가세요, 장군님"이라고 말했다는 이유로 그 여자에게 채찍 2백 대를 때리기도 했다.

*15) 파꾼도 끼로가는 나중에 부에노스아이레스에 나타났으며, 1810년에는 그와 동향 출신이자 나중에 차르까스의 통치자가 되는 오깜뽀 장군이 지휘하던 아리베뇨스 연대16)에 신병으로 입대했다. 군대의 영광스러운 길은 5월의 첫 태양빛과 더불어 열리고 있었다. 그런 성품을 타고난 데다 파괴적이고 피 보기를 즐기는 본능이 있음이 틀림없는 파꾼도는, 어느 날 하급 병사로 군 생활을 시작한 수많은 용맹스러운 가우초들처럼, 훈육에 의해 도덕심이 고양되고, 전투의 목표가 지닌 숭고함에 의해 품위를 갖춘 아르헨티나 공화국의 장군으로서 뻬루, 칠레 또는 볼리비아에서 조국으로 돌아와 있을 것이다. 하지만 파꾼도 끼로가의 반항적인 영혼은 훈육의 굴레, 병영의 명령 체계, 더딘 승진을 견뎌낼 수 없었다. 그는 자신이 명령하고 급부상하도록 부름받았다고 느꼈고, 또 사회가 문명화되고 자신이 그 사회와 적대적인 관계였음에도 불구하고 자신이 용기와 위법, 통제와 혼란을 결합하면서 자기 방식대로 경력을 쌓아가도록 부름받았다고 느꼈다. 나중에 파꾼도는 안데스의 부대에 신병으로 입대했고, 척탄(擲彈) 기마 부대17)에 들어갔다. 이곳에서 가르시아라는 대위가 파꾼도를 조수로 삼았는데, 얼마 지나지 않아 파꾼도가 탈주를 함으로써 그 영광스러운 대오

⁝

15) * 이 부분은 1845년 5월 15일에 발행된 《엘쁘로그레소》 제780호에 연재된 것이다.
16) [원편집자 주] '아리베뇨스 연대(El regimento de Arribeños)'는 1806년에 창설된 부대로, 내륙 지방 또는 위쪽(arriba) 지방 출신 백인들(arribeños)로 구성되었기 때문에 이런 이름이 붙었다.

에 빈자리 하나가 생겼다. 나중에 끼로가는 로사스처럼, 그리고 조국의 월계관의 그늘 아래서 성장한 그 모든 독사(毒蛇)들처럼, 평생 독립파 군인들에 대한 증오를 가진 것으로 유명해졌는데, 그 독립파 군인들은 서로 잔인한 학살을 자행했다.

부에노스아이레스에서 도망친 파꾼도는 동료 셋과 더불어 내륙 지방으로 떠났다. 분견대 하나가 그를 쫓아와 따라잡았다. 파꾼도는 그 추격대와 맞서 한바탕 전투를 벌였는데, 얼마간 승부를 가릴 수 없었다. 마침내 파꾼도는 상대편 병사 네댓 명을 죽이고는 계속해서 자기 길을 가면서 산 루이스에 도달할 때까지 길을 방해하는 다른 분견대들을 칼로 물리치면서 나아갔다. 나중에 파꾼도는 바로 이 길을 소수의 부하를 이끌고 되짚어가야 했는데, 그때는 이제 분견대들이 아니라 큰 부대들을 물리쳐야 했으며, 공화국과 민병대의 마지막 흔적을 지우기 위해 그 유명한 뚜꾸만 요새까지 가야 했다.[18]

파꾼도는 야노스에 있는 자기 아버지 집에 다시 나타났다. 이 당시 아주 중요한 사건 하나가 발생했는데, 그 사건이 정말로 일어났는지 의심하는 사람은 아무도 없다. 그런데도 내가 지금 이용하고 있는 원고 가운데 이 사건을 다룬 어느 원고의 저자는 이 사건에 대한 질문을 받고 다음과 같이 대답했다. "자신이 아는 한, 끼로가가 부모의 돈을 강제로 탈취하려고 시도한 적은 결코 없었다." 그리고 나는 변함없이 구전되는 이야기와 널리 퍼져 있는 공통된 의견을 무시한 채 이런 모순적인 진술을 채택하

---

17) [원편집자 주] '척탄 기마 부대(Granaderos a caballo)'는 산마르띤 장군이 1812년에 창설한 부대로, 그 명성이 자자했다.
18) [원편집자 주] 파꾼도는 1831년 11월 4일에 뚜꾸만 요새(ciudadela)에서 라마드릿(Lamadrid) 장군을 물리쳤다. 제12장을 참조하라.

고자 한다. 그 반대의 경우를 언급한다는 것은 참으로 끔찍하다! 파꾼도가 아버지에게 달라고 했던 돈을 아버지가 주지 않자, 파꾼도는 부모가 낮잠을 자기만을 기다렸다가 그들이 잠들어 있는 방의 문을 잠그고는, 일반적으로 야노스 지방의 집을 덮는 밀짚으로 된 지붕에 불을 붙여버렸다는 것이다.[19] 하지만 그에 관해 확실하게 밝혀진 것은, 파꾼도의 아버지가 파꾼도의 과도한 짓을 억제하기 위해 라리오하의 주지사에게 파꾼도를 체포해달라고 요청했다는 것이고, 파꾼도는 야노스에서 도망치기 전에 라리오하 시로 갔는데, 그곳에 때마침 주지사가 있어서 기습적으로 주지사를 덮쳐 뺨을 후려갈기면서 이렇게 말했다는 것이다. "당신이 나를 체포하라고 명령했소? 그래, 지금 당장 날 잡으라고 명령해봐요!" 파꾼도는 그렇게 내뱉은 뒤 말을 타고 들판으로 떠나버렸다. 1년이 지난 뒤 그는 다시 아버지 집에 나타나서 노인이 되어 병든 아버지의 발밑에 엎드렸고, 아버지와 아들은 함께 흐느껴 울었다. 아버지가 아들의 지난 행실을 타이르자 아들이 개과천선하겠다고 다짐함으로써, 비록 덧없고 순간적이라고 할지라도, 두 사람 사이에는 평화가 정착되었다.

하지만 파꾼도의 종잡을 수 없는 성격과 무질서한 습성, 말달리기 경주, 도박, 들판을 쏘다니는 습관은 새로운 폭력, 새로운 칼부림과 공격의 원인이 되었으며, 마침내 그는 모든 사람이 참을 수 없어하는 존재가 되었고, 그의 위치도 불안정해졌다. 그때 아주 대단한 생각 하나가 파꾼도

---

19) [저자 주] 나는 이 사건에 관해 기술한 뒤, 파꾼도 끼로가가 뚜꾸만에서 이 화재 사건에 관한 이야기를 지금까지 생존해 있는 아주머니들 앞에서 했다는 사실을 믿을 만한 사람에게서 확실히 들었다. 이런 상황을 고려해볼 때 모든 의구심은 사라진다. 나중에 나는 파꾼도 끼로가의 친구이자 그 당시 현장에 있던 증인으로부터 당시의 상황에 관한 이야기를 들었는데, 그는 파꾼도 끼로가가 자기 아버지의 뺨을 때리고 달아나는 것을 직접 보았다고 했다. 하지만 이런 것은 다듬어지지 않은 증언이기 때문에 마땅히 간과해버리는 것이 사려 깊은 행위다.

의 마음을 사로잡았는데, 그는 스스럼없이 자기 생각을 밝혔다. 아리베뇨스 연대에서 도망친 사람이자, 차까부꼬와 마이뿌에서[20] 죽음을 불사한 척탄 기마 부대의 병사였던 그가, 아르띠가스 장군이 지휘하던 부대에서 갈라져 나온 라미레스의 몬또네라 부대에 합류하기로 작정한 것인데, 아르띠가스가 저지른 죄악상과 도시에 대한 그의 증오는 아주 유명했다. 아르띠가스는 각 도시를 상대로 전쟁을 하고, 야노스까지 이르러 각 지방의 정부를 두려움에 벌벌 떨도록 만들었다. 파꾼도는 빰빠의 도적들과 연합하기 시작했는데, 아마도 그의 동료들은 그의 성격과 본능에 대해 인지하고, 그가 파괴자들에게 주게 될 도움의 중요성을 인지함으로써 경계심을 품게 되었을 것이고, 그래서 파꾼도가 지나가기로 되어 있던 산루이스의 당국자들에게 파꾼도가 극악무도한 짓을 할 것이라고 알렸다. 당시(1818년) 산루이스의 주지사인 두뿌이가 파꾼도를 체포하도록 함으로써 파꾼도는 얼마 동안 감옥에서 죄수들과 함께 지냈다. 그런데도 산루이스에 있는 이 감옥은 파꾼도가 나중에 도달했던 높은 곳으로 그를 이끈 첫 번째 계단이었음이 틀림없다. 산마르띤은 칠레에 있는 죄수들 가운데서 뽑은 모든 계급의 에스파냐 출신 장교 다수를 산루이스에 보내도록 조치했다. 이들 죄수 무리는 자신들이 당한 굴욕과 고생 때문에 짜증이 났는지, 혹은 에스파냐 군대가 다시 소집될 가능성을 예견했는지 어느 날 봉기를 했다. 그러고는 일반 죄수들이 자신들을 도와 함께 탈주할 수 있도록 그들이 수용되어 있는 감방 문을 열어버렸다. 이들 일반 죄수 가운데 하나였던 파꾼도는 감방에서 풀려나자마자 족쇄를 단단하게 고정시키는 '모루'를 치켜들어 자신의

---

20) [원편집자 주] 산마르띤 장군은 1817년에는 차까부꼬 전투에서, 1818년에는 마이뿌 전투에서 승리함으로써 칠레를 해방시켰다.

족쇄를 풀어주었던 에스파냐 군인의 두개골을 부숴버렸는데, 그렇게 그는 반란을 일으킨 죄수들 사이를 지나가면서 자신이 가고자 했던 곳에 시체들이 깔려 있는 넓은 길 하나를 만들었다. 일부는 파꾼도가 휘둘러댄 무기가 총검이었으며, 죽은 사람도 셋이 넘지 않았다고 증언한다. 하지만 파꾼도 끼로가는 당시 자신이 족쇄를 채울 때 사용하는 큰 모루를 휘둘러 죽인 사람이 열네 명이었다고 늘 말했다고 한다. 아마도 이는 그의 야만적인 힘에 대해 감탄하던 사람들이 그 힘의 다양한 형태를 시적 상상력으로 미화하느라 꾸며낸 이야기 가운데 하나였을 수도 있다. 아마도 족쇄를 채울 때 사용하는 모루에 관한 이야기는 유대의 헤라클레스라고 할 수 있는 삼손의 나귀턱뼈에 관한 이야기[21]를 아르헨티나식으로 변형한 것일 수도 있다. 하지만 기발한 생각을 곧잘 하는 파꾼도는 그 이야기를 자신의 위업을 칭송하는 것으로 받아들였는데, 그는 족쇄를 채울 때 사용하는 모루든 총검이든 무기를 들고 스스로 본보기가 되어 다른 군인들과 죄수들의 용기를 북돋아주었고, 바로 그 군인들과 죄수들의 도움을 받아 그 반란을 진압했고, 이런 용기 있는 행동을 통해 사회와 화합했으며, 자신을 조국의 보호하에 위치시킴으로써 고상해지고, 비록 그를 더럽혔던 오점을 피로 씻었다 할지라도 깨끗한 인물이 되어 자기 이름을 사방에 떨칠 수 있었다. 파꾼도는 득의양양하게, 조국에 감사하는 마음으로, 자신의 행위가 정당하다는 것을 증명해주는 신임장 하나를 지닌 채 라리오하로 돌아왔고, 자기 이름이 유발하기 시작하는 공포를 정당화해주는 새로운 직함들을 야노스에서 가우초들에게 과시했다. 장정 열넷을 동시에 죽임으로써 보상을 받은 남

∴

21) 분노한 팔레스티아 왕이 삼손 한 사람을 죽이기 위해 군사를 일으키자, 삼손은 혼자 나귀턱뼈 한 개만 들고 나서 창과 칼로 무장한 팔레스티아 병력 1천 명을 살해했다고 한다. 성경 「사사기」 15장 15~16절에 나오는 이야기다.

자에게는 뭔가 위압적인 것이, 다른 사람을 복종시키고 지배하는 것이 있기 때문이다.

여기서 파꾼도 끼로가의 개인적인 삶에 관한 이야기가 끝나는데, 나는 파꾼도의 나쁜 성격, 질 낮은 교육, 잔인하고 피 보기를 좋아하는 타고난 본능을 두드러지게 만들 뿐인 파꾼도의 행동에 관한 일련의 긴 이야기는 생략했다. 파꾼도가 벌인 싸움의 성격을 설명할 수 있는 것만 이용했다. 그런 행동은 각각 다르지만 유사한 요소로 이루어진 것으로, 이런 행동을 통해 각 도시의 문명을 말살해 온 평원의 까우디요들이 어떤 유형의 인간들인지 설명할 수 있는데, 그 까우디요들의 유형이 최종적으로 완성되어 있는 인물은 바로 로사스였다. 이 타르타르적인 문명을 입안한 로사스는 유래를 찾을 수 없을 정도로 어리석고 잔학한 인물로, 유럽 문명에 대해 지독한 반감을 드러냈다.

하지만 아르헨티나 연방의 대들보가 될 이 인물의 성격과 정신에 관해 뭔가 언급해야 할 것이 아직도 내게 남아 있다. 글을 모르는 한 남자, 즉 파꾼도 끼로가의 어린 시절과 청년 시절의 동료는 내가 앞에서 언급했던 사항에 관해 많은 것을 제공해주었는데, 특히 끼로가의 유년 시절에 관해 기술해놓은 원고를 통해 다음과 같은 특이한 사항을 증언해주었다. "파꾼도는 공적인 인물이 되기 전에는 도둑이 아니었다. 그는 정말 긴급하게 필요한 것이 있어도 결코 도둑질을 하지 않았다. 그는 싸우기를 좋아했을 뿐만 아니라 싸움을 함으로써, 그리고 가장 솜씨가 좋은 사람을 모욕함으로써 자주 그 대가를 치렀다. 그는 점잖은 사람들에게 지독한 반감을 지니고 있었다. 그는 결코 술을 마시지 않았다. 어렸을 때는 아주 내성적인 사람이었고, 다른 사람들에게 두려움뿐만 아니라 공포를 심어주고 싶어했는데, 이를 위해 그는 자신이 예언 능력이 있는 사람 또는 점쟁이라는 사실을 친구들에게 주지시켰다. 그는 자신과 관계가 있는 사람들을 노예처럼 다루었다. 그는 절대 고백 성사를 하지 않았고, 기도도 하지 않았으며, 미사에도 참례하지 않았다. 나는 그가 장군이 된 뒤에 미사에 참례하는 것을 단 한 번 보았을 뿐이다. 그는 자신이 무신론자라고 내게 이야기했다."
이들 단어에 들어 있는 솔직함은 이 남자의 말이 진실하다는 사실을 드러낸다. 파꾼도 끼로가의 모든 공적인 삶이 이들 자료에 요약되어 있는 것처럼 보인다. 나는 이런 자료를 통해 끼로가를 위대한 인간 혹은 비상한 재주를 타고난 인간이라고 보는데, 그런데도 끼로가 자신은 그 사실을 인지하지 못하고 있다. 그는 카이사르, 타메를란,[22] 메흐메트 같은 인간이다. 그는 그렇게 태어났고, 그렇게 태어난 것은 그의 잘못이 아니다. 그는 명령하기 위해, 지배하기 위해, 도시의 권력과 사법권을 쟁취하는 투쟁을 하기 위해서라면 사회적 계급이 강등되는 것도 기꺼이 감수할 수 있는 인물이다. 만약 그에게 군대의 자리 하나가 제공된다면 그는 그 자리를 경멸할 것이다. 왜냐하면 그는 승진이 될 때까지 기다릴 만큼 인내심 많은 사람이 아니기 때문이다. 또 그 자리에 있게 되면 복종을 많이 해야 하고, 자신의 독립성을 제한하는 구속이 많아지기 때문이다. 장군들이 그를 짓누르고, 갑옷이 그의 몸을 억압하고, 전술이 그의 행보를 통제하게 된다는 것이다. 이 모든 것은 도저히 참을 수가 없다! 말을 타고 사는 삶, 온갖 위험이 상존해 있고 격한 감정을 유발하는 삶은 그의 영혼을 강철같이 만들고, 그의 심장을 굳세게 만들어왔다. 그는 자신을 박해하는 법률에 대해, 그리고 유

∵

[22] '타메를란(1336~1405, '티무르'라고도 함)'은 14세기와 15세기 중앙아시아를 지배했던 티무르 제국을 창건한 사람이다. 잔인무도하고 냉혹하면서도 뛰어난 전략 전술가이며 문화와 예술의 보호자라는 양면성을 지닌 독특한 인물이다. 유럽에서는 탬벌레인(Tamburlaine) 또는 타메를란(Tamerlane)으로 알려져 있다.

년 시절부터 자신이 피해왔고 자신을 경계하고 경멸하던 사회와 조직에 대해 억누를 수 없는, 본능적인 증오심을 가지고 있다. 이와 같은 소견은 본 장(章)의 제사(題詞)와 자연스럽게 연결된다. "그는 자신의 열정을 억누르거나 위장하는 법을 아직 배우지 못한 자연 상태의 인간으로서, 그 열정에 온 힘을 쏟아버리고, 자신의 충동에 온전히 빠져버린다. 이것은 인간의 원초적 특성이다."[23] 그리고 이런 유의 인간은 아르헨티나 공화국의 목축 지대 평원에서 나타난다. 파꾼도는 원시적인 야만성을 지닌 사람이다. 그는 그 어떤 종류의 복종도 모르는 사람이었다. 그의 격정은 야수의 그것과 같았다. 검은색 곱슬머리 타래가 그의 이마와 눈 위로 쏟아져 내렸는데, 그 모습이 마치 메두사의 머리를 한 뱀의 갈기털 같았다. 그의 목소리는 쉬어 있었고, 그의 시선은 칼처럼 날카롭게 번득였다. 그는 도박장에서 어느 남자와 싸우다가 분노에 사로잡힌 나머지 그 남자의 대갈통을 발로 차 깨뜨려서 죽여버렸다. 파꾼도는 자신의 약혼녀가 그의 동의를 받은 결혼식 비용으로 30뻬소를 요구했다는 이유로 약혼녀의 양쪽 귀를 뽑아버렸다. 그리고 자기 아들 후안의 머리를 도끼로 갈라버렸는데, 그렇게 하지 않고서는 시끄럽게 구는 후안을 막을 수 없다는 이유에서였다. 뚜꾸만에서는 어느 아름다운 아가씨를 꼬실 수도 굴복시킬 수도 없게 되자 아가씨의 뺨을 때렸다. 파꾼도의 모든 행위에서는 여전히 짐승 같은 인간의 면모가 보였는데, 그런데도 그는 우둔하지도 않았고, 추구하는 목표가 낮지도 않았다. 그는 존경이나 신임을 받을 줄도 몰랐고, 사람들에게 공포를 유발하기를 좋아했다. 하지만 이런 취향은 파꾼도 자신만의 것이었고, 일반 사람들이건, 처형을 당한 희생자이건, 자기 부인이건 자식이건, 자기 주변에 있는

---

[23] 이 구절은 이 장의 제사로 사용된 알릭스의 『오스만 제국의 역사』에서 인용한 것이다.

사람들에게 공포를 유발하기 위해 자기 삶의 모든 행위를 결정할 정도로 압제적인 인물이었다. 그는 시민 정부의 조직을 조종할 능력이 없었기 때문에 공포를 애국심과 자기희생을 고취시키는 수단으로 이용했다. 무식했기 때문에 자신을 신비에 휩싸인 인물로 만들었고, 도무지 헤아릴 수 없는 인물인 체했으며, 타고난 총명과 비범한 관찰력, 세상 사람들의 고지식한 믿음을 이용해 자신이 사안들을 예지하는 능력이 있는 것처럼 위장함으로써 권위를 유지하고 세간의 호평을 받았다.

파꾼도 끼로가에 대한 사람들의 기억으로 가득 차 있는 일화의 목록은 무진장하다. 끼로가가 한 말과 그가 취하는 수단과 방법은 독창적인 특징이 있는데, 약간은 동양적인 분위기를 풍기고, 세속적인 개념으로 볼 때 솔로몬의 지혜를 어느 정도 담고 있는 것 같다. 실제로 논쟁의 대상이 된 아이의 몸을 두 개로 나누도록 명령한 그 유명한 방식과, 도둑 하나를 찾아내기 위해 파꾼도가 채택한 다른 방식 사이에는 어떤 차이가 있을까?

어느 부대의 구성원들 사이에서 물건 하나가 분실되었는데, 물건을 훔쳐간 사람을 찾아내려고 갖은 애를 썼지만 아무 소용이 없었다. 끼로가는 병사들을 집합시켜놓고 동일한 길이의 작은 막대기를 병사들의 수에 맞게 자르라고 명령했다. 그러고서 각 병사에게 막대기 하나씩을 나눠주도록 하고는 단호한 목소리로 말했다. "내일 아침 동이 틀 무렵 자기가 가진 막대기가 다른 막대기보다 더 커지는 놈이 바로 도둑인 거야." 다음 날 병사들이 다시 집합하자 끼로가는 막대기의 길이를 재서 확인하는 작업을 개시했다. 그런데 어느 병사의 막대기가 다른 막대기들보다 더 짧아져 있었다. "이런 비열한 새끼." 끼로가가 위협적인 목소리로 소리를 질렀다. "네 놈이!······" 실제로 범인은 바로 그 병사였다. 범인이 당황함으로써 진실을 확실하게 증명한 것이다. 방법은 간단했다. 그 경솔한 가우초가 자신이 받은 막대기가 실제로 커져버릴까 두려운 나머지 막대기의 일부분을 잘라낸 것이다. 하지만 이런 수단을 이용하기 위해서는 지적인 면에서 상대보다 뛰어나야 하고, 인간의 본성에 대해 어느 정도의 지식이 필요한 법이다.

어느 병사가 말안장을 도둑맞은 일이 발생했는데, 도둑을 찾아내기 위해 온갖 조사를 해보았지만 아무 소용이 없었다. 파꾼도는 병사들을 집합시켜 자기 앞에서 행진을 하라고 명령해놓고는 자신은 팔짱을 낀 채 병사들의 행진 모습에 시선을 고정하고는 무시무시한 눈초리로 뚫어져라 쳐다보았다. 파꾼도는 범인이 부인할 여지가 전혀 없다는 듯 확신에 찬 어조로 병사들에게 미리 이렇게 말해놓았다. "나는 범인이 누군지 알아." 병사들이 행진을 시작했고, 수많은 병사가 끼로가 앞으로 지나가는 동안 끼로가는 꼼짝도 하지 않고 서 있었다. 끼로가의 모습은 유피테르 토난스[24]의 상(像) 또는 최후의 심판에 임하는 하느님 같았다. 끼로가가 갑자기 어느 병사에게 다가가더니 그의 팔을 붙잡고 쌀쌀맞은 목소리로 짧게 말했다. "안장 어딨어?"…… "저기 있습니다, 나리." 병사가 작은 숲을 가리키며 대답했다. 그러자 끼로가가 소리쳤다. "총 네 발을 쏘아버려."

어떻게 해서 범인이 스스로 자기 죄를 밝히는 것이 가능했을까? 범인은 총명한 한 남자 앞에서 공포와 죄책감을 느낀 나머지 이렇게 자기 죄를 밝힌 것이다. 언젠가 어느 가우초가 절도 혐의로 조사를 받게 되자 변명을 했다. 파꾼또가 그의 말을 자르며 말했다. "이 불량배 새끼가 거짓말을 하고 있으니, 어디 보자! 채찍 1백 대……." 죄수가 끌려 나오자 끼로가는 그곳에 있던 누군가에게 이렇게 말했다. "이봐요, 선생, 가우초가 말을 할 때

∵

[24] '우레와 같이 고함을 지르는 유피테르'라는 의미를 지닌 유피테르 토난스(Jupiter Tonans)는 유피테르 토난스 신전에 모셔져 있다.

발을 움직거리면 이는 거짓말을 하고 있다는 증표요." 그 가우초는 채찍을 맞고서야 자신의 죄를 자백했다. 황소 한 쌍을 훔쳤다고 실토한 것이다.

언젠가 끼로가는 위험한 임무를 맡길 단호하고 대담무쌍한 남자 하나가 필요했다. 사람들이 그 남자를 데려왔을 때 끼로가는 글을 쓰고 있었다. 그 남자가 왔다는 사실이 여러 번에 걸쳐 고해진 뒤에 비로소 끼로가는 얼굴을 쳐들어 그 남자를 쳐다보더니 계속해서 글을 쓰면서 이렇게 말했다. "에이! 이런 빌어먹을! 내가 원한 건 용감하고 대담한 남자였어!" 실제로 조사해보니 그 남자는 아무 쓸모도 없는 촌사람이었다.

파꾼도의 삶에는 이런 이야기가 수백 가지나 되는데, 보통 사람들은 우연히 우수한 능력을 가진 사람을 발견하게 되면 그 사람에게 초능력이 있다고 생각함으로써 그 사람이 보통 사람들 사이에서 신비로운 명성을 누리게 하는 데 효과적으로 한몫 거든다.

제6장
라리오하[1]

> 산들의 비탈은 더욱 넓어지고 동시에 더 크고 더 메마른 외양을 띤다. 그리 많지 않은 초목마저 차츰 차츰 시들어 죽는다. 그리고 이끼가 사라지고, 짙은 붉은색으로 변해간다.
>
> — 러셀, 『팔레스타인』

평원의 사령관

아주 오래전인 1560년에 발행된 어느 문서에서 나는 라리오하 분지의 멘도사라는 이름이 기록되어 있는 것을 본 적이 있다. 하지만 현재의 라리오하는 산후안의 북쪽에 위치한 아르헨티나의 한 지방으로, 여러 황무지가 띠를 이루어 산후안과 라리오하를 분리하고 있는데, 물론 사람이 사는 분지 때문에 그 띠가 끊겨 있다. 안데스 산맥에서 평행으로 분기되어 나온 산맥들이 라리오하의 서부 지역을 평행으로 자르듯 가로지르고, 그곳 분지에는 로스 뿌에블로스와 칠레시또[2]가 있다. 칠레시또라는 명칭은 파마띠나의 풍요로운 광산이 지닌 명성을 쫓아 몰려들었던 칠레의 광부들이

⋮

[1] 이 부분은 1845년 5월 16일에 발행된 《엘쁘로그레소》 제781호에 연재된 것이다.
[2] '칠레시또(Chilecito)'는 '칠레(Chile)'의 축소사(縮小詞)로, '작은 칠레'라는 의미다.

붙여준 것이다.

   동쪽으로 더 가면 모래투성이에 메마르고 태양빛에 그을린 평원이 펼쳐져 있고, 그 북쪽 끝 부분, 즉 정상이 싱싱하고 키가 큰 식물로 뒤덮여 있는 산 가까운 곳에는 주변에 마을이 없는 고독한 도시 라리오하의 잔해가 누워 있는데, 그 모습이 마치 올리브 산 아래에 있는 예루살렘처럼 시들어 있다. 이 모래투성이 평원은 저 멀리 남쪽으로는 굳은 점토로 이루어진 산들인 꼴로라도스와 접하고 있는데, 그 산의 외부 절단면이 그림처럼 환상적이다. 가끔은 앞으로 툭 튀어나온 보루가 있는 반반한 성벽처럼 보이기도 하고, 가끔은 거대한 탑들처럼, 그리고 폐허가 된 성의 총안(銃眼)이 있는 성가퀴[3]처럼 보인다는 생각이 들기도 한다. 마지막으로 넓은 황무지로 둘러싸인 남동쪽에는 야노스가 자리하고 있는데, 야노스라는 이름이 의미하는 바와는 달리[4] 지형이 울퉁불퉁한 산지인 이곳의 목초지에는 오아시스가 있어서 과거에는 수천 마리의 가축 떼에게 물을 먹일 수 있었다.

   국가의 외관은 전체적으로 황량하고, 기후는 타는 듯하고, 대지는 메마르고, 흐르는 물도 없다. 농부는 빗물을 받아 가축에게 주기 위해 저수지를 만든다. 나는 라리오하의 외양이, 즉 불그스레하거나 황토 같은 땅의 색깔, 일부 지역의 가뭄, 그리고 그 지역의 저수지들에 이르기까지 팔레스타인의 외양과 닮았다는 생각을 해왔다. 맛있고 탐스러운 과일을 생산해내는 오렌지나무, 포도나무, 무화과나무까지도 팔레스타인의 것들을 닮았는데, 팔레스타인의 그것들은 물이 혼탁하고 강폭이 좁은 요르단 강 유역에서 자란다. 그곳에는 산과 평원, 비옥함과 메마름, 타는 듯 바싹 마르고

---

3) '성가퀴'는 성 위에 낮게 쌓은 담으로, 이곳에 몸을 숨긴 채 적을 감시하거나 공격한다.
4) '야노스'는 '평원'이라는 의미다.

가시덤불로 뒤덮인 산, 그리고 레바논의 삼목처럼 높이 치솟은 식물로 뒤덮여 있는 검푸른 언덕이 특이하게 짝을 이루고 있다. 이들 동양적인 모습을 생각하다 보면 내 뇌리에 라리오하의 농부들이 지닌 진정한 족장의 모습이 강렬하게 떠오른다. 오늘날에는 패션이 아주 다양하기 때문에 수염을 평생 한 번도 깎지 않은 남자를 봐도 그리 특이하다는 생각이 들지 않은데, 이는 동양 국가들이 태곳적부터 지녀온 방식이다. 하지만 아무리 그렇다고 해도 에스파냐어를 말하는 사람들 사이에서 늘 수염을 온전하게 기르거나 지금까지 길러온 사람을 보면 놀라지 않을 수 없는데, 많은 경우는 수염이 가슴까지 닿을 정도로 길다. 이들은 침울하고, 말수가 적고, 진지하고, 의뭉스러운 면모가 있다. 이들은 엔게디[5]의 은수자(隱修者)처럼 아라비아 사람의 외모에다, 당나귀를 타고, 가끔 염소 가죽 옷을 입고 있다. 그곳에는 성 요한이 사막에서 메뚜기만을 먹고 살았듯이 야생 꿀과 쥐엄나무 열매만 먹고 사는 사람들이 있다. '야니스따'[6]는 자신이 세상에서 가장 불행하고, 가난하고, 야만적이라는 사실을 모르는 유일한 사람으로, 굶지만 않으면 이 덕분에 만족스럽고 행복하게 산다.

본 장(章)의 앞부분에서 나는 라리오하에는 멀리서 보면 거대한 탑과 중세의 허물어진 성처럼 보이는 불그스레한 산이 있다고 언급했다. 위에서 언급한 중세적인 특성이 동양적인 특성과 뒤섞여 있는데, 그 때문에 라리오하에서는 적대적인 두 영주 가문이 1세기가 넘도록 서로 싸워왔으며, 그들 서로 간의 적대감과, 계급, 명성 등은 이탈리아의 영지들을 소유했던 오르시니, 콜론나, 메디치[7] 가문의 그것에 필적한다. 라리오하의 교

----

5) '엔게디(Engedi)'는 사해 서안 중앙부에 있는 샘으로, '염소의 샘'이라는 의미를 지니고 있다. 다윗이 사울을 피해 숨었던 곳이라고 한다.
6) '야니스따(llanista)'는 '야노스'라 불리는 평원 지역에 사는 사람을 가리킨다.

양 있는 주민들의 역사는 오깜뽀 가문과 다빌라 가문 사이의 싸움으로 점철되었다. 이 유서 깊고, 부유하고, 지체 높은 두 가문은 오랜 세월 패권을 차지하기 위해 서로 싸워왔고, 공화국의 독립 혁명이 발발하기 훨씬 전에 라리오하를, 이탈리아의 겔프당과 기벨린당처럼[8], 두 파벌로 나누어놓았다. 이 두 가문에서 군대, 법조계, 산업계의 수많은 저명인사가 배출되었다. 왜냐하면 다빌라 가문 사람들과 오깜뽀 가문 사람들은 문명 사회의 인정을 받은 권력을 쟁취하기 위해 온갖 수단을 총동원해 상대를 능가하려고 늘 애를 썼기 때문이다. 세습되어 내려온 이런 적대감을 해소하려는 노력은 부에노스아이레스의 애국자들의 정책에 여러 번 반영되었다. 라우따로의 결사[9]는 오깜뽀 가문의 청년과 도리아 이 다빌라 가문[10]의 아가

∴

7) '오르시니(Orsini)' 가문은 중세 이탈리아와 르네상스 로마의 매우 유명한 제후 집안 가운데 하나로, 옛날에는 헝가리에 광범위한 토지를 보유하고 있었다. 두 명의 교황을 비롯해 정치, 종교와 관련된 인물을 다수 배출했다. '콜론나(Colonna)' 가문은 중세와 르네상스 시대 로마에서 권세를 누리던 귀족 가문으로, 교황과 그 외 많은 지도자를 배출했다. 이들 두 가문은 1511년에 교황 교서에 의해 진정될 때까지 로마의 패권을 놓고 싸웠다. 두 가문의 우두머리는 1571년에 교황 식스투스 4세의 조카딸들과 결혼했다. '메디치(Medici)' 가문은 13세기부터 17세기까지 피렌체에서 강력한 영향력을 행사한 가문이다. 세 명의 교황(레오 10세, 클레멘스 7세, 레오 11세)과 피렌체의 통치자(그 가운데서도 위대한 로렌초는 르네상스 예술의 후원자로 가장 유명함)를 배출했으며, 나중에는 혼인을 통해 프랑스와 영국 왕실의 일원이 되었다. 메디치 가문은 피렌체를 자신들의 권력 아래 두었으며, 예술과 인문주의가 융성한 환경으로 만들었다. 그들은 다른 위대한 귀족 가문과 더불어 이탈리아 르네상스의 탄생과 발전을 이끌어내는 데 큰 역할을 했다.
8) 13~14세기경에 이탈리아는 '겔프당(교황당)'과 '기벨린당(황제당)'으로 나누어져 이해관계에 따라 서로 반목을 계속했다. 봉건 귀족 계층은 기벨린당에 속한 반면, 부유한 상인 계층은 겔프당에 속했다.
9) [원편집자 주] '라우따로의 결사(La logia de Lautaro)'는 비밀 공제 조합의 논리를 모델로 삼은 비밀 집단이다. 1812년 부에노스아이레스에서 조직된 이 결사의 목표는 아메리카의 독립이었다. 회원들 가운데는 산마르면 장군이 있다. '라우따로'라는 이름은 에르시야(Ercilla)의 유명한 서사시 「아라우까노(Araucano)」에 등장하는 아라우꼬족 대장의 이름에서 따온 것이다.

씨를 맺어줌으로써 두 가문이 서로 화해하도록 애를 썼다. 이것이 이탈리아의 관습이었다는 사실을 모두 알고 있다. 하지만 이 경우에서 로미오와 줄리엣이 차라리 더 행복했다. 1817년경에 부에노스아이레스 정부는 이들 가문 사이의 증오심 역시 끝장내기 위해 바르나체아라 불리는 다른 주의 주지사 한 명을 라리오하로 파견했는데, 그가 돈 쁘루덴시오 끼로가의 지원을 받고 있던 다빌라 가문 당(黨)의 영향권에 들어가는 데는 그리 오랜 시간이 걸리지 않았다. 당시 야노스에 거주하던 돈 쁘루덴시오 끼로가는 주민들에게 사랑을 듬뿍 받음으로써 '도시'로 불려가 출납관과 시장이 되어 있었다. 독자 여러분은 목축 지대 평원이 파꾼도 끼로가의 아버지인 돈 쁘루덴시오 끼로가와 더불어, 합법적이고 고상한 방식으로, '시민' 정당들 사이에서 정치 세력으로 자리매김하기 시작했다는 사실을 알아야 한다. 내가 언급한 바 있는 야노스는 광활한 황무지의 중앙에 박혀 있는 산(山) 지형 목축 지대의 오아시스다. 목축업에만 종사하는 그곳 주민들은 애국적이고 원시적인 삶을 유지하고 있는데, 그렇게 도시로부터 떨어진 채 살아감으로써 야만적인 순수성과 도시를 적대시하는 순수성을 온전하게 보존하고 있다. 그곳에서는 친절이 공통적인 의무다. 그리고 일꾼들은 주인이 위기에 처하면 목숨을 바쳐서라도 주인을 보호해야 할 의무가 있다. 이런 관습을 통해 우리는 앞으로 살펴보게 될 현상에 관해 살짝 알게 될 것이다.

 산루이스의 사건이 발생한 뒤, 파꾼도는 최근에 세운 공적으로 명성을 얻었고, 정부의 권고를 받아 단단히 방비를 한 상태로 야노스에 나타났다.

---

10) '도리아 이 다빌라(Doria y Dávila) 가문은 1747년에 뻬뜨로닐라 데 브리수엘라 이 도리아(Petronila de Brizuela y Doria)와 돈 호세 마리아 다빌라(José María Dávila)의 결혼으로 만들어진 가문이다.

라리오하를 갈라놓고 있던 파벌들이 한 남자의 지지를 부탁하는 데는 시간이 그리 오래 걸리지 않았는데, 당시 모든 사람이 그 남자의 단호하고 과감한 행동을 존경하고 감탄하며 바라보고 있었다. 1820년에 정부를 장악한 오깜포 가문 사람들은 파꾼도에게 야노스 민병대의 '상사(上士)' 직책을 주면서 '평원의 사령관'의 영향력과 권한도 함께 부여했다.

그 순간부터 파꾼도의 공적인 삶이 시작되었다. 라리오하 지방의 목가적이고 야만적인 요소, 즉 몬떼비데오를 포위할 때 아르띠가스와 더불어 모습을 드러낸 제3의 세력이, '도시'의 어느 파벌로부터 도와달라는 요청을 받은 끼로가와 더불어 라리오하에 모습을 드러내게 될 것이다. 이는 아르헨티나 공화국의 목축업에 종사하는 모든 지방의 역사에서 중차대하고 위급한 순간이다. 이들 지방에서는 외부의 도움이 필요하기 때문이거나, 담력 있는 남자에 대한 두려움 때문에 어느 날 평원의 사령관을 선출해야 하는 날이 도래한다. 평원의 사령관은 바로 트로이 사람들이 '도시'로 서둘러 끌어들이고자 하던 그리스의 말이나 다름없다.

이 무렵 산후안에서는 안데스 제1연대에 불행한 반란이 발생했는데,[11] 그 연대는 조직을 재정비하기 위해 칠레에서 돌아와 있었다. 반란의 목적을 이루지 못하게 된 프란시스꼬 알다오와 꼬로는 살따의 까우디요인 구에르메스와 연합하기 위해 북쪽으로 비참한 퇴각을 시작했다. 라리오하의 주지사인 오깜뽀 장군은 반란군의 진로를 차단할 준비를 하고, 이를 위해 지역 내의 모든 군대를 소집해 전투 준비를 했다. 파꾼도는 수하의 야니스 따들을 데리고 나타났다. 전투가 시작되었고, 반란을 일으킨 제1연대가 전

---

11) [원편집자 주] 1820년에 알다오 형제들이 주도한 군사 반란이 일어났고, 제1연대는 비극적인 퇴각을 시작했다.

장에서 과거의 명성을 전혀 잃지 않았다는 사실을 보여주는 데는 채 몇 분이면 충분했다. 꼬로와 알다오는 도시를 향해 진격했고, 여기저기 흩어져 있던 병사들은 야노스로 향해 가면서 조직을 재정비하려 애썼으며, 야노스에서 그들은 도망자들을 뒤쫓아 산후안과 멘도사에서 온 부대들을 기다릴 수 있었다. 그 사이에 파꾼도는 집합 장소를 떠나 승리자 부대의 후위에 도달해서 그들에게 총을 쏘았고, 그들을 쉴 새 없이 공격해 애를 먹였으며, 그들을 죽이고, 낙오자들을 잡아 감옥에 집어넣었다. 파꾼도는 자신만의 삶을 부여받고, 타인의 명령을 기다리지 않고, 자기 자신이 부여한 동기에 의해서만 움직이는 유일한 사람이었다. 그는 자신이 행동을 하도록 부름받았다고 스스로 느꼈고, 타의에 의해 떠밀릴 때까지 기다리지 않았다. 그뿐만 아니라 파꾼도는 정부와 장군에 관해 경멸적으로 말했고, 앞으로는 자신의 판단에 따라 행동할 준비가 되어 있으며, 정부를 전복할 준비가 되어 있다고 밝혔다. 군대의 주요 지휘관 회의가 오깜뽀 장군에게 파꾼도를 체포해 재판에 회부해서 처형하라고 요구했다는 소문이 나돌았다. 하지만 오깜뽀 장군은 그에 동의하지 않았다. 이는 오깜뽀 장군이 온건하게 처리하고 싶어했기 때문이 아니라, 파꾼도 끼로가가 이제 자신의 부하 장교라기보다는 만만찮은 협조자라고 느끼고 있었기 때문일 것이다.

알다오와 정부 사이에 맺은 최종 협정은, 알다오가 꼬로를 추종하고 싶어하지 않았기 때문에 알다오에게 산루이스로 돌아가도록 허락해주고, 이에 정부는 알다오가 야노스를 통과하는 길을 통해 영토를 빠져나갈 때까지 적절한 수단을 알다오에게 제공해주는 식으로 정해졌다. 파꾼도 끼로가는 알다오와 정부 사이에 맺은 협정 가운데 이 부분을 실행하는 책임을 맡아 알다오와 함께 야노스로 되돌아왔다. 끼로가는 이제 자신의 힘에 대해 인식하고 있었다. 끼로가는 라리오하를 떠나게 되었을 때 라리오하를 향해 다음과 같은 작별 인사를 할 수 있었다. "오 그대, 도시여! 내 그대에게 진심으로 말하노니, 머지않아 그대에게는 돌멩이 위에 돌멩이 하나 남아 있지 않게 되리라!"

알다오는 야노스에 도착했을 때 끼로가가 불만족스러워한다는 사실을 깨닫고서, 향후에 자신이 거사를 할 때 자기를 도와준다는 조건으로 끼로가에게 라리오하를 지배할 수 있는 훈련된 장정 1백 명을 제공했다. 끼로가는 알다오의 제의를 기꺼이 받아들였고, 도시로 진격해 도시를 접수했으며, 정부 관계자들을 체포했고, 그들에게 고해 신부들을 보내 그들이 죽음을 준비하도록 명령했다. 이 혁명에서 파꾼도가 추구했던 목표는 무엇일까? 목표는 전혀 없었다. 그는 자신이 힘을 가지고 있다고 느끼고는 팔을 활짝 펴고 '도시'를 전복했다. 이것은 그의 실수일까?

칠레의 늙은 애국자들이 척탄 기마 부대의 상사 아라야의 위업을 잊은 적이 없다는 것은 틀림없었다. 왜냐하면 그 고참병들이 이룬 영광의 후광은 늘 일개 병사에게까지 비쳤기 때문이다. 안데스에서 온 사제 메네세스가 내게 알려준 바에 따르면, 아라야 상사는 깐차라야다의 패배[12] 후에 척탄 기마병 일곱 명을 데리고 멘도사로 향했다. 애국자들은 라스 에라스[13]가 여전히 휘하에 병력을 거느린 채 에스파냐 군대를 대적하고 있는 사이에 자신들의 부대에서 가장 용감한 병사들이 멀리 떠났다가 다시 안데스를 통과하는 모습을 보았을 때 가슴이 찢어질 것 같았다. 아라야 상사를

---

12) [원편집자 주] 1820년 3월 19일에 왕당파 군대가 깐차라야다(Cancha Rayada)에서 산마르띤 장군의 군대를 기습 공격해 승리했다.

13) 라스 에라스(Las Heras)는 칠레와 뻬루의 자유파 군대에 입대한 아르헨티나 출신 군인으로, 나중에 부에노스아이레스 주지사를 역임했으며, 로사스의 독재를 피해 칠레에 망명했을 때 로사스의 반대파를 이끌던 후안 구알베르토 그레고리오 델 라스 에라스(Juan Gualberto Gregorio de las Heras, 1780~1866) 장군을 가리킨다.

체포하려는 시도가 있었다. 하지만 어려운 일이었다. 누가 아라야 상사에게 접근하고 있었는가? 민병 60명으로 구성된 분견대 하나가 바로 가까이에 준비되어 있었다. 하지만 모든 병사는 도망자가 아라야 상사라는 사실을 알고 있었고, 자신들은 척탄 기마병들을 지휘하는 이 사자(獅子)보다는 에스파냐 사람들을 공격하는 것이 천 배 낫다고 생각했다. 당시 돈 호세 마리아 메네세스는 홀로 비무장 상태로 아라야를 쫓아가서 그의 길을 가로막고서 그가 과거에 누린 영광을 상기시키고, 아무런 이유도 없이 도망치는 것은 부끄러운 짓이라고 이야기했다. 그 말에 감동한 아라야는 훌륭한 이웃인 돈 호세 마리아 메네세스의 요청과 명령에 별 저항 없이 응했다. 아라야는 즉시 용기를 내어 자기보다 먼저 도망쳤던 다른 척탄 기마병 무리를 불러 세우고, 자신의 노력과 신망 덕분에 무장 병력 60명과 함께 다시 부대에 합류함으로써 자신들의 월계관을 잠시 더럽혔던 얼룩을 마이뿌에서 씻어낼 수 있었다. 이 아라야 상사, 그리고 칠레에서 용맹한 남자로 유명했던 로르까라는 이름의 남자는, 과거 알다오가 파꾼도에게 지휘권을 넘겨주었던 부대를 지휘하고 있었다. 정부의 장관을 지낸 돈 가브리엘 오깜뽀 박사를 포함한 라리오하의 죄수들은 로르까에게 자신들의 문제에 개입해 자신들을 보호해달라고 요청했다. 파꾼도는 자신의 순간적인 계급 상승을 아직 확신하지 않고 있었기 때문에 그들의 목숨을 보장하는 데 동의했다. 하지만 파꾼도는 자신의 권한이 이처럼 제한되는 것을 통해 다른 필요성을 절감했다. 이들 고참병들이 미래에 반항을 하지 못하도록 이들 부대를 장악할 필요가 있었던 것이다. 파꾼도는 야노스로 돌아와서 아라야와 서로 논의해 합의를 함으로써 알다오가 지휘하던 부대의 잔류병들을 기습적으로 공격했고, 즉시 정예 부대원 4백 명의 대장이 되었는데, 그가 처음으로 지휘한 부대들의 장교들은 나중에 이들 가운데서 배출되었다.

파꾼도는 돈 니꼴라스 다빌라가 뚜꾸만에 추방당해 있다는 사실을 상기하고는, 돈 니꼴라스 다빌라에게 라리오하 정부의 성가신 일을 맡기기 위해 그를 그곳으로 오도록 했고, 파꾼도 자신은 야노스로 가져온 실제적인 권력만 유지했다. 오깜뽀와 다빌라 가문 사람들과 파꾼도 사이의 간극은 너무 넓었고, 그들이 장악하고 있던 권력을 파꾼도 자신에게 이동시키는 것은 예기치 않은 일이어서 당시로서는 단번에 이동시키는 것이 불가능했다. 도시의 정신이 여전히 너무 강렬했기 때문에 그 위에 평원의 정신을 포개는 것은 힘들었다. 정부에게는 법학 박사 한 명이 어느 일꾼보다 여전히 더 가치 있었다. 나중에 이 모든 것은 바뀌었다.

다빌라는 파꾼도의 후원을 받아 주 정부를 맡았는데, 당시에는 문제가 발생할 여지가 전혀 없는 것처럼 보였다. 다빌라 가문의 아시엔다들과 재산은 칠레시또에서 가까운 곳에 위치해 있었고, 따라서 그곳에 있는 가문의 친척들과 친구들에게 새로운 정부를 지탱할 수 있는 물리적, 도덕적 권력이 집중되어 있었다. 게다가 이문이 많이 남는 광산 개발로 인해 칠레시또의 인구가 증가하고 많은 자금이 그곳으로 모여들자 정부는 사업을 완수하기 위해서든, 야노스로부터 멀어지기 위해서든, 끼로가가 정부를 불편하게 종속시키려는 것을 피하기 위해서든, 지방 은행 하나를 설립하고 정부 청사를 그 작은 도시로 옮겼다. 다빌라는 순전히 수세적인 이런 방법을 버리고 아주 단호하게 행동하는 데 그리 많은 시간을 지체하지 않았고, 파꾼도가 산후안에 감으로써 잠시 자리를 비운 틈을 이용해 아라야 대위와 작당해서 파꾼도가 돌아오면 체포하기로 했다. 파꾼도는 자기를 해치기 위해 준비되고 있던 방법을 미리 알아내고서 비밀리에 야노스에 잠입해 아라야를 죽이도록 명령했다. 자신의 권위를 아주 모욕적인 방식으로 도전받은 정부는 그 살인 사건에서 파꾼도가 맡은 임무가 무엇이 었는지 밝히도록 파꾼도를 소환했다. 참으로 웃기는 흉내 내기다! 이제 무기에 의존하는 수밖에, 그리고 정부와 끼로가 사이의, 혹은 도시와 야노스 사이의 시민전쟁에 불을 붙이는 수밖에 없었다. 파꾼도는 대표자들의 훈따[14]에 자신의 대리자를 보내 다빌라를 파면하라고 요구했다. 훈따는 즉각 주지사 다빌라를 소환해서는 모든 시민의 협조를 받아 곧장 야노스에 쳐들어가서 끼로가의 무장을 해제하라고 했다. 이렇게 결정한 이유는 그 지방의 이익이 걸려 있었기 때문인데, 그것은 은행을 라리오하 시로 옮기는 것이었다. 하지만 다빌라가 칠레시또에서 계속 머무르겠다고 고집을 부렸기 때문에 훈따는 끼로가의 요청을 받아들여서 다빌라의 파면을 선언했다. 주지사 돈 니꼴라스 다빌라는 돈 미겔 다빌라의 지휘 아래 알다오 휘하의 수많은 병사를 소집했는데, 그는 훌륭한 무기를, 야노스에서 일어나고 있던 까우디요의 지배로부터 지방을 구하고 싶어하는 수많은 추종자를, 그리고 군대의 지휘관으로 활용할 수 있는 여러 장교를 보유하고 있었다. 칠레시또와 야노스에서 동일한 열의로 전쟁 준비가 시작되었다. 준비되고 있던 이 불행한 사건에 관한 소문이 산후안과 멘도사에까지 퍼지고, 이들 지역의 정부는 대표를 보내 싸움의 당사자들 사이를 중재하도록 했는데, 이들 당사자들은 교전을 막 시작할 상태에 있었다. 오늘날에 로사스의 병참 부대를 맡고 있는 바로 그 꼬르발란이 파꾼도 끼로가의 병영을 찾아가 자신이 맡은 중재 임무를 수행했고, 까우디요 끼로가는 그 중재안을 수용했다. 꼬르발란은 즉시 끼로가의 적의 병영으로 건너갔고,

∴

[14] '훈따(Junta)'는 주로 중남미 국가에서 군사 쿠데타가 일어난 뒤에 결성되는 군사 정권 또는 임시 정부로, 의회, 평의회, 위원회, 협의회 등의 성격을 띤다.

그곳에서도 역시 정중한 환대를 받았다. 꼬르발란은 협상 최종안을 조율하기 위해 끼로가의 병영으로 되돌아갔으나 끼로가는 꼬르발란을 그곳에 남겨둔 채 적에 대한 공격을 감행했는데, 적군은 그 협상 중재인의 말만 믿고서 미처 전투 준비를 하지 못했기 때문에 쉽사리 패배해 흩어져버렸다. 돈 미겔 다빌라는 일부 부하를 모아서 끼로가에게 단호한 공격을 개시했는데, 그는 끼로가의 사타구니에 부상을 입히고는 자신도 손목에 총알 한 방을 맞았다. 그 후 그는 곧바로 끼로가의 병사들에게 포위당해 죽임을 당했다. 이 사건에는 가우초 정신의 아주 독특한 면모 하나가 들어 있다. 어느 병사는 자신의 흉터를 즐겨 보여주는 데 반해, 가우초는 자신의 흉터가 백병전에서 칼로 인한 것이라면 이는 자신의 솜씨가 부족하다는 것을 입증하기 때문에 숨기고 위장한다. 그리고 명예에 관한 이런 관념에 충실한 파꾼도는 다빌라가 죽기 전에 자기에게 입힌 상처를 결코 기억하지 않았다.

여기서 오깜뽀와 다빌라 가문의 이야기가 끝나고 라리오하의 이야기도 끝난다. 이어지는 이야기는 파꾼도 끼로가에 관한 것이다. 그날은 목축업이 중심인 도시에 불길한 날 가운데 하나였다. 그 불길한 날이 드디어 도래했다. 그날은 바로 부에노스아이레스의 역사에서 아주 중요한 1835년 4월의 어느 날이었다. 이날 부에노스아이레스의 '평원의 사령관'이자 '사막의 영웅'은 부에노스아이레스 시를 자기 것으로 만들었다.[15]

여기서 1823년에 발생한 아주 특이한 상황 하나는 생략하지 말아야 하는데, 그 이유는 그 상황이 파꾼도 끼로가의 명예가 되었기 때문이다. 우

---

15) [원편집자 주] 이는 1835년 4월 13일에 발생한 일로, 이날 로사스는 두 번째로 부에노스아이레스의 주지사직을 맡게 되었다.

리가 통과하게 될 이 어두운 밤에는 극도로 희미한 불빛 하나라도 놓치지 말아야 한다. 파꾼도는 승리자가 되어 라리오하로 들어가자마자 승리의 종소리를 울리지 말라고 조치했고, 다빌라 장군의 미망인에게 애도를 표하라고 한 뒤에 장군의 주검에 성대한 장례식을 치러주라고 명령했다. 파꾼도는 에스파냐 출신의 하층 계급 백인을 주지사로 임명하고는, 그와 더불어 자신이 구상했던 정부의 아름다운 이상을 실현할 수 있도록 사안을 정리하는 일을 주도했다. 끼로가는 여러 도시를 정복하는 기나긴 과정에서 새로 조직되는 정부를 결코 자신이 떠맡지 않고 다른 사람들에게 양보하는 식이었다. 그 도시에 위대한 순간, 혹은 관심을 끌 만한 순간은 늘 강력한 손 하나가 도시의 운명을 독점하는 바로 그때다. 기존의 제도는 결과가 더 풍요롭거나 당시의 지배적인 사상에 더 부합하는 새로운 제도를 인정하거나, 자신의 자리를 이들 새로운 제도에 넘겨주었다. 이처럼 중요한 지점에서 자주 다양한 실마리가 분기되어 나오는데, 그런 실마리는 세월의 흐름과 더불어 서로 짜여서 역사라는 천으로 변하게 된다. 그러나 아틸라[16])가 로마를 점령하고, 타메를란이 아시아의 황무지를 가로지를 때처럼, 낯선 힘 하나가 문명을 지배하게 될 때는 그렇지 않다. 이때는 옛것

∴

16) '아틸라(Attila, 406~453)'는 훈족 최후의 왕으로, 유럽 훈족 가운데 가장 강력한 왕이었다. 434년부터 죽을 때까지 유럽에서 최대의 제국을 지배했는데, 그의 제국은 중부 유럽부터 흑해, 그리고 도나우 강부터 발트 해까지 이어졌다. 아틸라는 서로마 제국과 동로마 제국의 최대 적이었으며, 발칸 반도를 두 번 침공했는데, 두 번째 침공에서는 콘스탄티노폴리스를 포위했다. 현재의 프랑스로 진격해 오를레앙까지 나아갔으나, 샬롱의 전투에서 뒤로 물러섰다. 452년에는 서로마의 발렌티아누스 3세 황제를 수도 라벤나에서 몰아내기도 했다. 아틸라의 제국은 그의 죽음과 함께 소멸했으며, 의미 있는 유산도 남아 있지 않다. 아틸라는 유럽 역사에서 전설적인 인물로 여겨져, 역사가들은 아틸라를 위대하고 고귀한 왕으로 묘사하며, 세 편의 노르드 사거(saga : 영웅 전설)에서 중요한 역할을 부여하기도 했다. 그러나 대부분의 경우에서는 중세 그리스도교의 영향 때문에 잔혹한 야만인 왕으로 기억되고 있다.

들이 찌꺼기처럼 남아 있게 되는데, 나중에 철학의 손이 그 찌꺼기 밑에서 인간의 피를 비료로 먹고 자라게 될 왕성한 식물을 찾기 위해 그 찌꺼기를 치우려고 하지만 소용이 없을 것이다. 야만적인 천재 파꾼도가 자기 나라를 장악했다. 통치의 전통은 사라지고, 기존에 설정된 형식은 가치가 떨어지고, 법률은 우둔한 손에서 놀아나는 장난감이 되었다. 이처럼 모든 것이 말발굽에 짓밟혀 파괴됨으로써 아무것도 유지되지 않고, 아무것도 제정되지 않았다. 해방된 상태, 한가로운 상태, 태만은 가우초가 향유하는 최상의 선이다. 만약 라리오하에, 박사들이 있었다시피 상(像)들이 있었더라면, 그 상들은 말을 매어놓는 데나 소용되었을 것이다.

파꾼도는 수입을 창출할 수 있는 조직을 소유하고 싶어했으나, 그런 조직을 만들 수 없기 때문에 우둔하거나 바보 같은 정부들이 늘 이용하던 것을 이용했다. 하지만 여기서 독점하는 것은 목축 생활, 약탈, 폭력이 위주가 될 것이다. 당시 라리오하의 1할세(一割稅)는 1년에 1천 뻬소였다. 이 액수는 평균치였다. 언젠가 파꾼도가 경매장에 나타났는데, 그가 이렇게 직접 참석하는 것은 예사롭지 않은 일로, 그 자체가 목자들을 위압했다. "나는 2천 뻬소를 내겠소." 파꾼도가 말했다. "그리고 최고 입찰가가 얼마든 1뻬소를 더 내겠소." 서기는 파꾼도가 제시한 금액을 세 번이나 반복해서 알렸으나 그 누구도 더 높은 금액을 제시하지 못했다. 경매에 참가한 사람들은 끼로가의 심술궂은 시선을 읽고는 모두 하나하나 자리를 떴는데, 그 시선 자체가 바로 끼로가의 최종 입찰가였다. 그 이듬해에 끼로가는 다음과 같은 내용을 적은 문서 하나를 경매장에 보냄으로써 만족감을 표시했다.

"2천 뻬소를 내겠소. 그리고 최고 입찰가가 얼마든 1뻬소를 더 내겠소. — 파꾼도 끼로가."

3년째 되던 해에는 경매 행사가 열리지 않았고, 1831년에도 여전히 끼로가는 라리오하에 2천 뻬소를 보냈는데, 이는 1할세의 고정 액수였다.

[17] 하지만 파꾼도 끼로가의 1할세가 1백 배의 이익을 지속적으로 얻기 위해서는 또 하나의 과정이 필요했다. 파꾼도는 2년째부터 동물로 바치는 1할세를 받으려 하지 않고, 대신 자신의 검인을 모든 농장주에게 분배해서 1할세로 바치는 동물의 몸에 각인해두었다가 파꾼도 자신이 달라고 요청할 때까지 각 에스딴시아에 보관해두도록 조치했다. 농장의 가축 수가 늘어남에 따라 새로운 1할세 동물들의 무리가 많아졌고, 10년이 지난 뒤에 계산해보니 목축을 주업으로 삼는 어느 지방의 에스딴시아들에 있는 가축의 절반이 '군대 총사령관'에게 속하게 되어 그의 검인을 지니게 되었다.

라리오하의 태곳적 관습에 따라 '무소속'인 가축들, 또는 나이가 어느 정도 되어도 직인이 찍히지 않은 가축들은 법에 따라 국가 재정에 속하게 했고, 국가 재정부는 직원들을 보내 이런 잃어버린 이삭들을 줍게 했는데, 그 직원들은 설사 그들의 세금 징수가 에스딴시에로들에게는 참을 수 없는 것이었다 할지라도 자신들이 모아놓은 것들로부터 무시할 수 없는 액수의 이익을 뽑아냈다. 파꾼도는 자신이 그 도시를 침범하면서 든 비용에 대한 변상 조로 이들 가축을 달라고 요구했다. 민병대를 소집하는 데 비용이 들었다는 것인데, 사실 민병들은 각자의 말을 타고 모여들었고, 늘 눈에 보이는 것이면 무엇이든 취해서 자발적으로 생계를 유지하는 사람들이었다. 파꾼도 끼로가는 이제 1년에 수송아지 6천 두를 벌어들

∵

17) * 이 부분은 1845년 5월 17일에 발행된 《엘쁘로그레소》 제782호에 연재되었다.

이는 사람이 되어 각 도시의 우시장에 소를 공급하기 위해 자신의 판매원들을 보냈다. 그와 경쟁하려드는 사람은 참으로 불행했다! 파꾼도는 시장에 쇠고기를 공급하는 이 사업을 산후안이건, 멘도사건, 뚜꾸만이건, 자신이 무기로 지배하는 곳이면 어디에서든 벌였다. 그는 자신의 독점 사업에 관해 포고를 하거나 단순히 알리는 것으로 늘 신경을 썼다. 사실 기억할 만한 가치도 없는 이런 시시콜콜한 것을 언급한다는 것은 구역질 나고 부끄러운 일임이 틀림없다. 하지만 달리 방도가 있겠는가? 장군에게 도시의 문을 열어주었던 피비린내 나는 전투가 끝나자마자 장군이 내린 첫 번째 명령은 그 누구도 쇠고기를 시장에 공급하지 못한다는 것이었으니까! …… 장군은 뚜꾸만에 거주하는 어떤 사람이 명령을 어겨가며 자기 집에서 소를 잡는다는 사실을 알아차렸다. 시우다델라[18] 전투의 승리자인 안데스 부대의 장군[19]은 그처럼 무시무시한 범죄에 대한 수사는 그 누구에게도 맡길 수 없다고 생각했다. 그는 몸소 그곳으로 찾아가서 그 남자의 닫혀 있는 집 대문을 세게 두드렸는데, 그 소리가 귀를 먹먹하게 만들 정도였기 때문에 집 안에 있는 사람들은 감히 문을 열지 못했다. 그 저명한 장군이 발길질을 한 번 하자 집 대문이 넘어가버렸고, 장군의 눈에는 다음과 같은 장면이 나타났다. 집 주인이 죽은 소의 가죽을 벗기고 있었는데, 그 주인 역시 분노한 장군의 소름 끼치는 모습을 보고는 쓰러져 죽었다.[20]

　내가 이처럼 세세한 사항을 다루는 데는 무슨 의도가 있는 것이 아니

∴

18) '시우다델라(ciudadela)'는 광장 안에 설치되어 있는 요새로, 광장을 점유하고 지배하기 위해 사용되거나 광장 수비대의 은신처 역할을 했다.
19) [원편집자 주] 사르미엔또는 여기서 비꼬는 말투를 사용했다. 파꾼도 끼로가는 안데스 부대에서 도망친 탈영병이었던 것이다.

다. 내가 생략하는 것이 얼마나 많겠는가! 부당하다고 판명되는 것이 얼마나 많으며, 다들 알고 있는 사실임에도 내가 입을 다물어야 할 것이 얼마나 많겠는가. 하지만 나는 지금 그 야만적인 정부에 관해 이야기하고 있고, 또 그 정부의 정책에 관해 알려야 할 필요가 있다. 파꾼도 끼로가와 동일한 수단을 동원해 이집트의 주인이 된 메흐메트 알리[21]는 터키에서조차 유례를 찾을 수 없을 정도의 탐욕을 부렸다. 그는 모든 업종에서 독점권을 행사했고, 그 독점권을 이용해 자기 이익을 챙겼다. 하지만 메흐메트 알리는 야만적인 어느 국가의 중심에서 벗어나서 유럽의 문명을 원했고, 자신이 억압하는 사람들의 혈관에 유럽의 문명을 주입할 수준까지 올라갔다. 반면에 파꾼도는 이미 널리 알려져 있는, 문명화된 모든 수단을 거부하고 파괴하고 엉망으로 만들어버렸다. 통치를 한다는 것은 이제 다른 사람들의 이익을 위한 일이기 때문에 파꾼도 자신은 통치를 하지 않고 대신에 과도하고 파렴치한 탐욕의 본능에 몸을 내맡겼다. 역사에 등장하는 거의 모

---

20) [저자 주] 본 법의 결과로 지방 정부는 1833년 9월 14일자로 돈 후안 파꾼도 끼로가 장군 각하의 문서에 적힌 바에 따라 다음 조항에 대해 장군의 동의를 얻었다.
　첫째, 후안 파꾼도 끼로가가 상기 아시엔다들에 투자한 금액을 부에노스아이레스 정부에 맡긴다.
　둘째, 후안 파꾼도 끼로가는 평원에 있는 부대에 급히 보충해줄 돈 5천 뻬소를 지방에 무이자로 지급한다. 3천 뻬소는 현금으로 나머지 금액은 가축으로 대신 지불하되, 지불은 도살업자들만이 집행할 수 있다.
　셋째, 현재 고기 1아로바(11.502킬로그램)당 6레알에 거래되고 고기의 질도 낮은 실정인바, 후안 파꾼도 끼로가에게 쇠고기 독점 공급권을 허용함으로써 일반 주민에게는 1아로바당 5레알씩 공급한다. 국가에서 쓸 고기는 현재 가격인 3레알에 공급한다.
　넷째, 금월 8일부터 1월 10일까지 후안 파꾼도 끼로가에게 면세 도살권을 부여하고, 10월 1일부터 매월 소 한 마리당 2레알을 지불하는 조건으로 국가 소유 목초지의 사용권을 부여한다.
　　— 산후안, 1833년 9월 18일, 루이스 비우엔떼 아띠엔소
　　(산후안 지방 공증사무소장)

21) '메흐메트 알리(1769~1849)'는 이집트의 왕이다.

든 위대한 인물은 기본적으로 이기심을 갖고 있다. 이기심은 모든 위대한 행위를 가능하게 만드는 중심 태엽이다. 끼로가는 이런 정치적 재능을 현저한 수준으로 갖고 있었고, 자신을 둘러싸고 있는 조잡한 사회에 퍼져 있는 모든 것을 자기 주위로 집중시켰다. 그래서 재산, 권력, 권위 같은 모든 것이 그와 함께 있었다. 그가 얻을 수 없는 것은 품위, 교육, 진정한 존경심이었다. 그는 그런 것을 소유한 사람들에게서 그런 것을 박해하고 파괴해버렸다.

'점잖은' 사람들과 '도시'에 대한 파꾼도 끼로가의 적대감은 날이 갈수록 두드러졌고, 그가 앉혀놓은 라리오하의 주지사는 매일 곤란한 일을 당하자 결국 사임해버렸다. 어느 날 기분이 좋아진 끼로가는 마치 고양이가 겁 많은 암쥐를 가지고 놀 듯 젊은이 하나를 데리고 장난을 쳤다. 그 젊은이를 죽일 것인가 말 것인가 장난을 친 것이었다. 희생물인 그 젊은이가 표출하는 공포가 너무 웃겼기 때문에 사형 집행인은 기분이 좋아져서 평소와 다르게 박장대소를 했다. 그의 좋은 기분은 무시되어서는 안 되었고, 지표면에 널리 퍼질 필요가 있었고, 널리 퍼뜨릴 필요가 있었다. 그리하여 라리오하에 집합 나팔 소리를 울렸고, 시민들은 경계 경보를 듣고 무장을 한 채 거리로 뛰쳐나왔다. 파꾼도는 재미로 경계 경보를 울렸고, 밤 열한 시에 시민들을 광장에 소집했다가 오합지중(烏合之衆)을 대열에서 빼내 돌려보내고, 부유한 계층의 가장들과 교양이 있어 보이는 젊은이들만 남게 했다. 파꾼도는 남아 있는 사람들에게 밤새 분열(分列) 연습을 시켰다. 사람들은 앞으로 갔다 뒤로 갔다를 반복하고, 멈춰 서고, 대오를 맞추고, 앞으로 옆으로 행진했다. 파꾼도는 신병 훈련을 담당하는 하사관처럼 행동했는데, 하사관의 지휘봉이 우둔한 신병들의 머리통을 갈겨댔고, 줄을 잘 못 맞추는 신병들의 가슴을 찔러댔다. 다들 뭘 원하는 거야? 그렇게 해서 배우는 거야! 그렇게 해서 아침이 되었고, 신병들의 창백한 얼굴, 피로, 쇠약해진 몸은 밤 동안의 훈련이 어떠했는지 생생하게 보여주었다. 마침내 파꾼도가 신병들에게 휴식 시간을 주었고, 엠빠나다[22]를 사서 각자에게 나눠주는 관대함을 보여주기까지 했으며, 신병들은 엠빠나다를 후딱 먹어치웠는데, 파꾼도가 이렇게 한 이유는 이 또한 즐거움의 일부였기 때문이다.

이런 종류의 교육은 도시에서도 무용하지 않다. 부에노스아이레스에서 이런 교육 방법을 체계화해 수준을 올려놓은 숙련된 정치가는, 이 방법을 잘 다듬어서 멋진 효과를 생산해내는 것으로 만들었다. 예를 들어, 1835년부터 1840년까지 부에노스아이레스 시민 거의 전부가 감옥을 거쳐갔다. 가끔은 1백 5십 명의 시민이 2, 3개월씩 감옥에 갇혀 있었고, 그들이 출감하면 다른 시민 2백 명이 6개월 동안 수감되었다. 무엇 때문에? 도대체 그들이 무슨 잘못을 했기에?…… 그들이 무슨 말을 했기에?…… 바보들 같으니! 이렇게 해서 '도시'가 길든다는 사실을 여러분은 모르는가? 여러분은 로사스가 끼로가에게 한 말, 즉 전례가 없었기 때문에 공화국을 건설하는 것은 불가능하다는 말을 기억하지 못하는가? 그러니까 로사스는 도시를 통치하기 쉽도록 만들어가고 있는데, 그는 그 작업을 끝마칠 것이고, 1844년에는 로사스 개인과 자신의 의지를 위해 단 하나의 생각, 단 하나의 의견, 단 하나의 목소리를 지닌 사람들을 세상에 소개할 수 있을 것이다! 그래, 이제 비로소 공화국 하나가 건설될 수 있다!

이제 다시 라리오하에 관해 말해보자. 영국에서는 아메리카의 에스파냐계 신생 국가들의 광산 개발 사업에 참여하는 운동이 뜨겁게 달아오른

---

[22] '엠빠나다(empanada)'는 만두처럼 생긴 음식이다.

적이 있었다. 힘 있는 회사들이 멕시코와 뻬루의 광산을 개발하겠다고 나섰다. 당시 런던에 거주하고 있던 리바다비아는 영국의 기업가들에게 아르헨티나 공화국에 투자하라고 권했다. 파마띠나의 광산들은 거대한 회사들에게 투자 기회를 제공했다. 동시에 부에노스아이레스의 투기 자본가들은 나중에 영국 회사들에 거액에 팔아넘길 생각으로 광산 독점 개발권을 획득했다. 이들 두 투기 자본, 즉 영국의 투기 자본과 부에노스아이레스의 투기 자본이 각자의 계획을 수행하는 과정에서 서로 맞부딪쳤고, 양측은 서로 이해하지 못했다. 마침내 다른 영국 회사와 거래가 성사되어 그 회사가 자금을 투자했고, 실제로 영국인 감독관들과 광산업자들을 파견했다. 나중에는 라리오하에 은행 하나를 설립하는 데도 돈을 투자했는데, 그 은행은 중앙 정부가 수립되면 비싼 값에 팔리게 되어 있었다. 투자 권유를 받은 파꾼도는 다량의 주식을 매입함으로써 은행 설립에 참여했는데, 그는 자신의 장군 '급료' 대신에 받아 챙긴 꼴레히오 헤수이따[23]를 지불하고 주식을 매입했다. 부에노스아이레스의 주주단이 사업을 성사시키기 위해 라리오하로 왔고, 즉시 끼로가를 만나고 싶다는 의향을 피력했다. 당시 불가사의하고 소름 끼치는 파꾼도의 이름은 사방에 울려 퍼지기 시작했다. 파꾼도는 고급 비단으로 엉성하게 만든 헐렁한 바지를 입고 싸구려 천으로 만든 뽄초를 두른 채 자신의 거처에서 주주단을 만났다.[24] 그런데도 파꾼도의 기괴한 차림새를 본 부에노스아이레스의 우아한 시민

∴

23) '꼴레히오 헤수이따(Colegio Jesuita)'는 '예수회에 속한 학교'다.
24) [원편집자 주] 우리는 사르미엔또가 의상을 특정 사실의 지시체(예를 들어 뽄초/연미복), 특정 사실의 분류 방식으로 간주하고서 중요성을 부여하고 있다는 사실에 주목해야 한다. 여기서 파꾼도는 비단 바지와 뽄초를 착용함으로써, 즉 가우초의 의상인 뽄초와 연미복에 어울리는 비단 바지라는 서로 상반되는 요소를 결합함으로써 기괴한 분위기를 유발해 그 방식을 위반한다. 이런 위반 역시 공격적이다("그는 교양 있는 사람들을 모욕하고 싶어했고……").

들 가운데 그 누구도 웃어야겠다는 생각을 하지 않았다. 왜냐하면 주주들은 아주 영리한 사람들이어서 파꾼도가 낸 수수께끼를 못 풀 수는 없었기 때문이다. 파꾼도는 교양 있는 사람들을 모욕하고 싶어했고, 자신이 그들의 유럽식 의상을 마음대로 입는다는 사실을 그들에게 보여주고 싶었던 것이다.

결국 파꾼도 끼로가가 통치하는 지방에서 설정된 행정 체계는, 파꾼도의 소유가 아닌 소를 수출할 때는 과도한 관세를 부과하는 것으로 완성되었다. 하지만 이런 직접적인 재산 축적 방법 외에도 파꾼도의 공적인 삶 내내 지속된 방법 하나가 더 있는데, 나는 이에 관해 단번에 속 시원하게 털어놓고 싶다. 그것은 바로 도박이다! 어떤 사람은 술을 탐닉하고, 어떤 사람은 담배를 탐닉하듯이, 파꾼도는 도박을 광적으로 좋아했다. 그는 아주 강한 마음을 소유한 사람이었으나 사상을 광범위하게 수용할 능력이 없었기 때문에 이런 허위적인 일이 필요했는데, 이런 것에는 모순적이면서 동시에 진정제 같은 열정이, 즉 화를 돋우고, 흥분시키고, 고통스럽게 만드는 열정이 계속해서 작용하게 된다. 나는 도박에 대한 열정은 대부분의 경우에 정신의 좋은 자질이 한 사회의 잘못된 조직 때문에 타락하고 무기력해져버린 탓이라고 늘 믿어왔다. 도박이 요구하는 이런 의지력, 자신을 통제하는 능력, 항상심을 유지할 수 있는 능력은 진취적인 사업가, 은행가, 제국을 얻고자 전투를 하는 정복자들이 행운을 만들어낼 때 사용하는 능력과 동일한 것이다. 파꾼도는 어린 시절부터 도박을 해왔다. 도박은 그의 유일한 즐거움이자 휴식이자 삶의 전부였다. 하지만 여러분은 도박판에서 패를 돌리는 사람이 함께 도박을 하는 동료들의 능력, 공포, 목숨을 자기 마음대로 조절할 수 있다는 사실을 알고 있는가? 이것은 20년 동안 파꾼도를 지켜보지 않았다면 그 누구도 생각할 수 없었던 것이다. 파꾼도의 적수들은 파꾼도가 부정한 방법으로 도박을 한다고 말한다……. 나는 이런 비난이 타당하다고 생각하지 않는다. 왜냐하면 파꾼도는 도박을 하면서 속임수를 쓸 필요가 없었고, 또 누군가 속임수를 쓰면 파꾼도가 몹시 괴롭혔기 때문이다. 하지만 파꾼도는 무한한 자금을 가지고 도박을 했다. 누구든 판돈을 들고 도박판에서 일어나는 것은 결코 용납되지 않았다. 파꾼도가 그만하자고 하기 전에는 도박을 끝내는 것이 불가능했다. 파꾼도는 한번에 40시간 이상을 계속해서 도박했다. 파꾼도는 두려움 때문에 마음을 졸이지도 않았고, 함께 도박을 하는 사람이 자기를 화나게 하면 상대를 채찍으로 때리거나 총을 쏘아 죽이게 했는데, 이들은 대부분 궁핍한 처지에 있는 사람들이었다. 끼로가가 도박판에서 돈을 따는 비밀은 바로 여기에 있었다. 도박을 하면서 어느 순간에는 끼로가에게서 딴 동전을 자기 앞에 피라미드처럼 쌓아놓은 사람이 많다 할지라도 최종적으로 많은 돈을 딴 사람은 드물었다. 돈을 딴 사람은 자리를 털고 일어날 수 없었기 때문에 도박은 계속되었고, 결국 그 사람에게는 많은 돈을 땄다가 금방 잃어버렸다는 생각을 할 수 있는 영광만 남아 있었다.

그렇기 때문에 끼로가에게 도박은 하나의 즐거운 오락이고, 착취의 한 방법이었다. 라리오하에서는 그 누구도 끼로가에게서 돈을 받지 않았고, 금방 도박판에 끌려들어가 그 까우디요에게 돈을 잃어버리지 않고서는 돈을 소유하지도 못했다. 라리오하의 상인들 대부분은 그들의 돈이 결국 그 장군의 호주머니로 들어가기 때문에 파산하고 사라져버렸다. 파꾼도가 그들에게 신중하게 행동하라는 교훈을 주지 않기 때문이 아니다. 한 젊은 남자가 파꾼도에게서 4천 뻬소를 땄는데, 파꾼도가 도박을 그만하자고 했다. 그 젊은이는 그것이 자기에게 던져진 그물이며, 자신의 목숨이 위태롭다고 생각했다. 파꾼도는 도박을 더는 하지 않겠다고 재차 말했다. 분별없는 그 젊은이는 도박을 계속하자고 우겼고, 파꾼도는 젊은이의 말을 받아들여 4천 뻬소를 딴 뒤에 젊은이의 '무례함'에 대한 대가로 채찍 2백 대를 때리도록 했다.

나는 내가 구해본 모든 원고에 실려 있는 수치스러운 사건과 증언을 질리도록 읽고 있다. 나는 작가로서 공명심이 있고 또 내 작품이 문학적 허세를 추구하기 때문에 이 책에는 그런 내용을 밝히지 않겠다. 한마디 덧붙이자면, 내 그림들은 색깔이 너무 진하고, 상스럽고, 혐오스러울 것 같다는 생각이 든다.

'평원의 사령관'이 '도시'를 없애고 억압한 뒤의 삶은 여기까지다. 여기까지는 파꾼도가 소유한 에스딴시아의 규모가 로사스가 소유한 것과 같다. 물론 그가 도박을 했다는 사실도, 그가 욕망하던 바를 모두 갑자기 충족했다는 사실도 그가 권력에 도달하기 전에 그의 품위를 썩 많이 떨어뜨리지는 않았다. 하지만 파꾼도는 새로운 국면으로 들어가게 될 것이고, 나중에 우리는 그를 뒤따라 공화국 전체를 돌아다녀야 할 것이고, 전쟁터에서 그를 찾아야 할 것이다.

'시민적인' 질서가 붕괴함으로써 라리오하에는 어떤 결과가 나타났는가? 이에 관해서는 타당한 설명도 추론도 불가능하다. 이들 사건이 상연된 무대를 보아야 할 것이고, 그 무대로 시선을 돌려야 할 것이다. 그러면 답을 찾게 될 것이다. 라리오하의 야노스는 오늘날 황무지 상태다. 주민들은 산후안으로 이주했고, 수천 마리의 가축이 물을 마시던 저수지들은 말라버렸다. 20년 동안 수천 마리의 가축이 풀을 뜯던 그들 야노스에는 예전의 왕국을 재건한 호랑이가 조용히 돌아다니고 있다. 걸식을 하는 몇몇 가족이 먹고살기 위해 쥐엄나무 열매를 모으고 있다. 이렇듯 야노스는 자신들이 공화국에 퍼뜨린 악에 대한 대가를 갚아나갔다. 오 그대, 벳새다[25]와 고라신[26]이여! 내 진정 그대들에게 말하노니, 소돔과 고모라는 그대들이 받아야 했던 대우보다 더 좋은 대우를 받았노라!

∵

25) '벳새다(Bethsaida)'는 '어부의 집'이라는 의미다. 갈릴리 호 북쪽에 위치한 곳이다. 성경에는 예수의 제자 빌립, 안드레, 베드로의 출신지이자(「요한복음」, 1:44), 예수가 5천 명을 먹인 곳으로 기록되어 있다(「누가복음」, 9:10~17).
26) '고라신(Chorazin)'은 '나무가 많은 곳'이라는 뜻이다. 가버나움 북쪽 4킬로미터 지점, 요단 강 서쪽 갈릴리 호 북쪽에 있는 성읍이었다. 성경에는 예수가 전도를 하고 이적도 많이 행했으나 사람들이 믿지 않으므로 책망한 곳으로도 기록되어 있다(「마태복음」, 11:21, 「누가복음」, 10:13). 탈무드 시대에는 양질의 밀 생산지로도 유명했다.

제7장
사회 생활(1825)[1]

> 중세 사회는 다른 수천 개 사회의 파멸을 기반으로 만들어졌다. 그 사회에서는 모든 형태의 자유와 예속이 발견되었다. 그것은 바로 왕의 절대적인 자유, 사제의 개인적인 자유, 시민들의 특권적인 자유, 국가의 대표자로서의 자유, 로마의 노예 제도, 야만적인 농노 제도, 외인 소유 재산의 몰수형이다.
>
> — 샤토브리앙

이제 파꾼도 끼로가는 라리오하를 심판자이자 절대적인 주인이나 되는 것처럼 소유했다. 라리오하에는 그의 목소리 이외의 목소리는 더 이상 없었고, 그의 이익 이외의 이익도 더 이상 없었다. 문예가 없기 때문에 의견도 없고, 다양한 의견이 없기 때문에 라리오하는 데려가는 대로 끌려가는 전쟁 기계나 다름없었다. 그런데도 파꾼도는 지금까지 새로운 것을 전혀 한 적이 없다. 이는 프란시아 박사,[2] 이바라, 로뻬스, 부스또스[3]가 한 것과 동일했다. 이것은 구에메스와 아라오스[4]가 북부에서 시도한 것이다. 이는 자신들의 목적을 실현하기 위해 현존하는 모든 권리를 파기하는 것이다. 하지만 각종 이상(理想)과, 모순적인 이익으로 이루어진 세계 하나가 라리

⁙

1) 이 부분은 1845년 5월 19일에 발행된 《엘쁘로그레소》 제783호에 연재되었다.

오하 밖에서 요동치고 있었고, 저 멀리서 언론과 정당에 관해 토론하는 소리가 야노스에 있는 파꾼도 끼로가의 거처에까지 아득히 들려왔다. 한편으로 파꾼도가 문명의 건축물을 파괴함으로써 생긴 소음이 멀리까지 퍼져나가지 않고서는, 그리고 이웃 사람들이 그에게 시선을 고정하지 않고서는 그가 권력에 도달하는 것은 불가능했다. 그의 이름은 라리오하의 경계 밖으로 퍼져나갔고, 리바다비아[5]는 그더러 공화국을 조직하는 데 공헌하라고 권유했다. 부스또스와 로뻬스는 그더러 공화국 조직에 반대하라고 권유했다. 산후안의 정부는 파꾼도를 자신들의 친구라고 의기양양하게 말했고, 낯선 사람들이 파꾼도에게 인사를 하기 위해, 그리고 그더러 이 정당 또는 다른 정당을 지원해달라고 요청하기 위해 야노스로 모여들었다. 아르헨티나 공화국은 당시 살아 있는 것 같은 그림, 아주 흥미로운 그림 하나를 제공했다. 모든 관심, 모든 사상, 모든 열정이 동요와 분란을 일으키기 위해 모여 있었다. 여기서는 까우디요 한 사람이 공화국의 나머지 문제는 전혀 고려하지 않고 있었다. 저기서는 지역 사회 하나가 고립 상태에서

∴

2) '프란시아 박사(Dr. José Gaspar Rodríguez de Francia y Velasco, 1766~1840)'는 파라과이를 에스파냐로부터 독립시키는 데 기여한 지도자다. 그는 파라과이의 초대 집정관(초기 파라과이는 대통령제 대신 집정관제를 잠시 도입했다)을 맡았으며, 1814년부터 1840년까지 나라를 운영하면서 외세 배격과 고립을 기조로 하는 쇄국 정책을 실시했다.
3) [원편집자 주] '부스또스(Juan Bautista Bustos, 1779~1830)'는 꼬르도바 주지사를 지냈고, 1826년의 헌법을 수용하지 않은 첫 번째 까우디요다.
4) [원편집자 주] 살따에서 활동한 구에메스(Güemes)뿐만 아니라 뚜꾸만에서 활동한 베르나베 아라오스(Bernabé Araoz, 1782~1824)는 자신들의 지방을 온전한 자치 지역으로 조직했다. 아라오스는 자신이 '뚜꾸만 공화국(República de Tucumán)'이라 명명한 나라를 위해 헌법을 제정하기에 이르렀다.
5) [원편집자 주] '리바다비아(Bernardino Rivadavia, 1780~1845)'는 아르헨티나 연합주(Provincias Unidas)의 초대 대통령을 지냈는데(1826~1827), 내륙의 까우디요들 — 부스또스, 끼로가, 로뻬스, 이바라 — 은 리바다비아의 정부와 1826년의 헌법을 거부했다.

벗어나겠다고만 요구하고 있었다. 그곳에서는 정부 하나가 유럽을 아메리카로 운반해오고 있었다. 다른 곳에서는 다른 정부가 문명이라는 이름까지도 증오하고 있었다. 어떤 곳들에서는 종교 재판소가 되살아나고 있었다. 다른 곳들에서는 양심의 자유가 인간의 권리 가운데 첫 번째라고 선포했다. 일부는 연방을 부르짖고, 일부는 중앙 집권적인 정부를 세우자고 했다. 이처럼 다양한 국면들 각자가 강렬하고 억누를 수도 없는 관심과 열망의 지원을 받고 있었다. 나는 끼로가가 맡아야 할 역할과 실행해야 할 큰 과업이 과연 무엇인지 보여주기 위해서는 이런 혼돈 상태에 관해 어느 정도는 밝힐 필요가 있다고 생각한다. 도시를 장악하고 결국은 조직을 와해해버리는 '평원의 사령관'의 면모를 그리기 위해 아르헨티나의 땅이 지닌 면모, 그 땅이 만들어내는 관습, 그리고 그 땅이 드러내는 특성이 어떠한지 기술할 필요성을 느껴왔던 것이다. 이제 나는 끼로가가 자신의 힘을 자신의 지방 너머로 확산시키고, 하나의 원칙, 하나의 사상을 천명하고, 그 원칙과 사상을 총검을 들이대며 사방으로 가져가는 것을 보여주기 위해, 도시에서 들끓고 있던 사상과 관심사에 관한 지리적 분포도를 그려야 할 필요성을 느끼고 있다. 이런 목적을 달성하기 위해 나는 두 개의 도시를 조사해볼 필요가 있다고 느낀다. 각 도시마다, 1825년까지 꼬르도바와 부에노스아이레스에서 그랬듯이, 상반되는 사상이 지배하고 있었다.

꼬르도바

꼬르도바가 아메리카에서 가장 매력적인 도시라는 말은 하지 않겠다. 왜냐하면 에스파냐적인 엄숙주의가 그 매력을 깎아내릴 것이기 때문이다.

하지만 꼬르도바는 아메리카 대륙에서 아주 아름다운 도시들 가운데 하나다. 꼬르도바는 '로스알또스'[6]라 불리는 높은 지대의 어느 분지에 위치해 있는데, 분지가 주름처럼 접혀서 비좁았기 때문에 비슷하게 생긴 건물들이 빽빽하게 모여 있다. 하늘은 맑기 이를 데 없고, 겨울에는 건조하고 상큼하며, 여름에는 뜨겁고 강한 바람이 분다. 동쪽으로는 마술 같은 경치에 변화무쌍한 외양을 하고 있는, 정말 아름다운 산책길이 하나 있다. 그 산책길에는 넓은 보도(步道)로 둘러싸인 네모꼴 연못이 있고, 기나긴 세월을 살아온 거대한 버드나무들이 연못에 그림자를 드리우고 있다. 연못의 한 변 길이는 1꾸아드라[7]인데, 중앙에 거대한 문이 달린 쇠 울타리로 네 변이 둘러쳐져 있기 때문에 산책길은 그리스풍의 아름답고 화려한 정자 주위를 맴돌게 되는, 멋진 감옥 같은 것이다. 시내의 대광장에는 고딕풍의 장려한 주교좌 성당이 있는데, 성당의 거대한 돔 지붕은 아라베스크 문양으로 치장되어 있다. 내가 알기로 그 성당은 남아메리카에서 중세 건축 양식을 따른 유일한 건축물이다. 다른 구역에는 예수회의 성당과 수도원 건물이 있고, 그 건물의 성단소(聖壇所)에는 뚜껑처럼 생긴 문 하나가 있어서 도시 밑으로 퍼져 있는 지하층으로 들어가게 되는데, 지하층이 어디까지 퍼져 있는지는 현재까지 알려져 있지 않다. 예수회가 죄수들을 산 채로 매장했던 지하 감옥 또한 발견되었다. 여러분이 중세의 기념물을 보고, 그 유명한 예수회 교단의 권력과 구조가 어떠했는지 조사하려고 한다면 꼬르도바에 가면 되는데, 꼬르도바에는 아메리카 예수회의 핵심이 되었던 거대한 시설들 가운데 하나가 있었다.

⁂

[6] '로스알또스(Los Altos)'는 '높은 곳'이라는 뜻이다.
[7] '꾸아드라(cuadra)'는 길이 단위로, 나라마다 약간씩 다른데, 약 100~150미터에 해당한다.

건물이 빽빽하게 들어찬 그 도시의 각 구역마다 소박한 수녀원이나 수도원[8] 또는 신앙심 깊은 여자들이 기거하거나 종교적인 수련을 하는 집이 있었다. 당시에 각 가정의 가족 중에는 사제, 수사, 수녀, 또는 남자 성가대원이 한 명 정도는 있었다. 가난한 사람들은 가족 가운데 베뜰레미따,[9] 평수사, 성구(聖具) 보관인 또는 복사(服事)가 한 명 정도 있으면 만족스러워했다.

각 수녀원 또는 수도원 옆에는 오두막집들로 이루어진 촌락이 있어서 교단 소속 노예 8백 명이 그곳에서 살면서 육성되고 있었는데, 그들은 흑인, 삼보, 물라또, 그리고 눈이 파랗고, 머리가 황금색이고, 활기가 넘치고, 다리가 대리석처럼 윤기 있는 물라띠야들이었다.[10] 모든 매력을 다 부여받은 진정한 체르케스[11] 여자들로서 아프리카 인종의 구강 구조를 지니고 있는 이 물라띠야들은, 인간의 육체적 욕망의 미끼인데, 이들 후리[12]가 지닌 이 모든 면모는 이들이 소속된 수녀원의 큰 영광이자 이익이었다.

이 도시를 방문할 경우 조금 더 돌아다녀보면 1613년에 설립된 꼬르도바 대학을 보게 되는데, 일반법과 교회법의 박사들, 궤변론자들, 저명한

----

8) 원문에는 'convento(꼰벤또)'와 'monasterio(모나스떼리오)'라는 용어가 함께 실려 있다. 일반적으로 '꼰벤또'는 도시 안에 있는 수도원 혹은 수녀원이고, '모나스떼리오'는 도시 밖에 있는 수도원인데, 이 부분에서는 '꼰벤또'를 '수녀원', '모나스떼리오'를 '수도원'이라고 옮겼다.
9) [원편집자 주] '베뜰레미따(betlemita)'는 17세기에 과테말라에서 뻬드로 데 베땅꾸르(Pedro de Bethencourt)가 설립한 교단이다. 베뜰레미따는 원래 벨렌(베들레헴) 사람을 가리킨다.
10) 백인과 흑인의 혼혈을 가리키는 '물라또(mulato)'의 여성형 축소사인 '물라띠야(mulatilla)'는 백인과 흑인의 혼혈 아가씨를 가리킨다.
11) '체르케스(Circassia)'는 흑해와 카스피 해 사이에 있는 지역으로, 체르케스인은 아디게, 체르케스, 카바르다 민족을 통칭한 것이다.
12) '후리(houri)'는 이슬람이 말하는 천국의 정원에서 경건한 이슬람교도를 기다리고 있는 아름다운 처녀를 말한다. 『코란』에는 순교자는 천국에서 72명의 후리를 얻게 될 것이라고 기록되어 있다. '천국의 미희(美姬)', '극락의 천녀', '매혹적이고 요염한 미인'을 가리키기도 한다.

주석자들, 결의론자(決疑論者)들이 이 대학교 회랑에서 8대에 걸쳐 젊은 시절을 보냈다. 2세기 동안 아메리카 대부분의 지역에 신학자들과 박사들을 제공해온 이 유명한 대학의 교육과 정신에 관해 저명한 '지구장(地區長) 푸네스'[13]가 기술한 것을 들어보도록 하자. "신학 과정은 5년 반이다. 신학은 철학의 부패에 동참해왔다. 신학에 적용된 아리스토텔레스의 철학은 신성 모독적인 것과 정신적인 것을 혼합시켜왔다. 순전히 인간 중심적인 논법, 기만적인 정치(精緻)함과 궤변, 경솔하고 부적절한 질문이 난무했는데, 이들 학부는 이런 것들을 주로 향유해왔던 것이다." 만약 독자 여러분이 이런 가르침이 제시하는 정신에 관해 조금 더 깊이 천착하고 싶으면 '지구장 푸네스'의 말을 더 들어보시라. "본 대학은 오직 예수회원들에 의해 탄생하고 육성되었는데, 예수회원들은 꼬르도바 시에 위치한 '막시모'라는 학교에 본 대학을 세웠다." 아주 뛰어난 변호사들이 그 대학에서 배출되었으나, 문학가들은 부에노스아이레스에서 현대적인 책으로 다시 공부하지 않은 사람이 없었다.

이 교육 도시는 오늘날까지도 공용 극장 하나 없고, 오페라를 공연한 적도 없으며, 여전히 신문도 없는데, 인쇄업은 이곳에 뿌리를 내릴 수 없는 산업이다. 1829년까지 꼬르도바의 정신은 수도원적이고 스콜라 철학적이었다. 이 도시의 사교계에서 오가는 대화는 항상 종교 행렬, 성인들의 축일, 대학 시험, 수녀라는 직업, 박사 학위 휘장 수여 등에 관한 것이었다.

2세기 동안 이런 관념에 사로잡혀 있던 한 도시의 정신이 미치는 영향이 어느 정도가 될 것인지 정확히 말할 수 없다. 하지만 독자 여러분도 이미

---

[13] [원편집자 주] '지구장 푸네스(El deán Gregorio Funes, 1749~1829)'는 꼬르도바 대학에서 수학하고 철학 박사 학위를 받았다. 그는 혁명을 적극적으로 옹호했고, 첫 번째 '3집정관' 시기에 집정관의 규정을 제정했다. 식민지 역사와 대학 조직에 관한 글을 썼다.

아시다시피 꼬르도바의 주민들이 자기 주변을 주의 깊게 살펴보지만 자신이 있는 곳을 제대로 파악하지 못하는 것으로 봐서는 어느 정도 영향을 미쳐왔음이 틀림없다. 광장에서 네 개의 구역을 지나면 지평선이 있다. 사람들은 오후에 산책을 하러 나가는데, 그들은 사람의 마음을 키워주고 생기를 불어넣어주는 도로나, 포플러나무가 있는 도로나, 산띠아고[14]의 산책로처럼 넓고 긴 도로를 오가는 대신에, 물이 정체되어 움직이지도 않고 죽어 있는 인공 호수, 한가운데에 꼼짝도 않고 정체되어 있는 장엄한 정자가 있는 인공 호수 주변을 뱅뱅 돌기만 한다. 도시는 협곡으로 둘러싸인 회랑(回廊) 같은 형태다. 산책길은 철책으로 둘러싸인 회랑이다. 시가의 각 구획에는 수녀들과 수사들의 회랑이 있다. 학교도 회랑이다. 그곳에서 가르치는 법학, 신학, 중세의 스콜라 학문 전부는 일종의 정신적인 회랑으로, 그 안에 갇혀 있는 지성인들은 책과 주석서에서 나오는 모든 것으로부터 차단되어 있다. 꼬르도바는 지상에 꼬르도바 이외의 다른 것이 존재한다는 사실을 알지 못한다. 꼬르도바는 부에노스아이레스가 그곳에 있다는 사실에 대해 들은 적이 있지만 부에노스아이레스가 그곳에 있다는 것이 확실하다는 생각을 늘 하는 것은 아닌데, 혹 그런 생각을 하게 될 때면 이렇게 묻는다. "부에노스아이레스에는 대학이 있나요? 하지만 그건 과거 일이었을 거예요. 수도원은 몇 개나 있을까요? 이런 산책로가 있을까요? 그렇다면 별것도 아니네요."

"여러분은 거기서 어떤 법률가가 쓴 책으로 법률을 공부하나요?" 진지한 히헤나 박사가 부에노스아이레스의 어느 젊은이에게 물었다.

∴

[14] [원편집자 주] 여기서 말하는 '산띠아고'는 칠레의 산띠아고를 가리키는데, 『파꾼도』는 산띠아고에서부터 쓰였다.

"벤담[15]의 책으로 공부하는데요."

"그 조무래기 벤담 말인가요?" 히헤나 박사는 벤담이 쓴 책의 규격인 12절판[16]의 크기를 손가락으로 가늠해 가리키면서 말했다. "(……) 그 조무래기 벤담의 책으로 공부하다니! 내가 쓴 어느 글에는 이 메모장에 쓰여 있는 것보다 더 많은 학설이 담겨 있어요. 참으로 한심한 대학에 한심한 박사들이군!"

"선생들께서는 어떤 분의, 어떤 책으로 가르치십니까?" 그 젊은이가 물었다.

"루카의 추기경[17]이 쓴 책이오……."

"뭐라고요? 2절판에 총 열일곱 권이나 되는데요!……"

꼬르도바에 가까이 다가가는 그 여행자가 성스럽고 신비로운 그 도시, 박사들의 붉은색 모자와 휘장이 있는 그 도시를 지평선에서 찾아보지만 찾지 못한다는 것은 사실이다. 결국 그 여행자를 태워 가던 마부가 그에게 말한다. "저기…… 저 아래…… 잔디밭 사이를 보세요." 그리고 여행자가 실제로 땅바닥을 보았을 때 가까운 곳에서 하나, 둘, 셋, 열 개의 십자가가

∴

15) '벤담(Jeremy Bentham, 1748~1832)'은 영국의 법학자, 철학자, 변호사다. 옥스퍼드 대학에서 법학을 공부하고 변호사가 되었으나 철학에 몰두했다. 그는 당시의 법률을 모두 비판하고, 평생토록 이치에 맞는 성문법을 만드는 운동을 벌였다. 정치에서는 급진주의를 옹호했고, 영국 법철학에 큰 영향을 끼쳤다. "최대 다수의 최대 행복"을 추구하는 공리주의를 표방했다. 자유 경제, 정교 분리, 표현의 자유, 양성 평등, 동물의 권리 등을 주장했다. 또한 법과 도덕은 쾌락을 늘리고 고통을 감소시켜야 한다고 주장했다. 보통 선거, 비밀 투표 등을 주장해 세계 각국의 법률에 큰 영향을 미쳤다. 그는 영국의 판례법주의를 통렬히 비판하고 상세한 법전 편찬의 필요를 역설했다.
16) '12절판'은 대략 4·6판, B6판에 해당한다. '4·6판'이라는 명칭은 책의 크기가 가로 4치 2푼, 세로 6치 2푼인데, 푼 단위를 떼어버리고 간단하게 부른 것이다.
17) '루카의 추기경(Antonio Saverio De Luca, 1805~1883)'은 이탈리아의 고위 사제다.

연달아 보이고, 그 뒤로 '중세' 에스파냐의 이 폼페이를 꾸며주는 수많은 성당의 돔 지붕과 탑이 보인다.

그건 그렇다 치고, 직인(職人)들로 구성된 도시민들은 상류층의 정신을 소유하고 있었다. 구두 장인도 구두 공장 안에서는 박사 같은 분위기를 풍겼는데, 신중한 태도로 손님의 발 크기를 재면서 라틴어 경구 하나를 손님에게 읊어주었다. 스콜라 학파의 '궤변'이 부엌에서 들리고, 도시를 떠돌아다니는 거지들과 미친 자들의 입에서 나왔으며, 짐꾼들 사이에서 오가는 모든 논쟁은 철학적 논증을 할 때 사용하는 특유의 어조와 형식을 띠고 있었다. 혁명기 내내 꼬르도바는 온갖 종류의 박해를 당하던 에스파냐 사람들의 은신처였다는 말도 덧붙여야겠다. 예수회원들이 교육을 담당하는 어느 도시에서, 자연과 교육과 예술에 둘러싸여 있던 어느 도시에서 1810년의 혁명은 과연 무슨 효과가 있었을까? 루소, 마블리,[18] 볼테르의 사상에 기반을 둔 혁명 사상은 운 좋게 빰빠스를 건너 퍼져나가서 이른바 에스파냐의 카타콤[19]으로 내려갔다. 새로운 사상을 총체적으로 거부하기 위해 아리스토텔레스의 철학에 따라 교육받은 그 두뇌들, 즉 자신들의 머릿속에 부동의 관념 하나를 갖고 있는데 산책길의 죽어 있는 호수 같은 것이 그 관념을 둘러싸고 있기 때문에 관념을 제대로 이해하지 못하는 그 지식인들에게서 이 혁명 사상은 어떤 대답을 구하려 했을까?

∴

18) '마블리(Gabriel Bonnet de Mably, 1709~1785)'는 프랑스 역사가, 사회 사상가다. 리옹의 예수회 대학, 파리의 생 셰르피스 신학교에서 신학을 공부했다. 정치에도 참여해 1743년에는 반(反)오스트리아 조약을 체결하는 데 큰 역할을 했다. 루소의 사상을 계승함으로써 낙천적인 진보주의에 반대했고, 문예, 학문, 공업 등이 사회를 타락시키는 원천이라고 공격했다. 나중에는 소유권을 비판하는 등 공산주의로 기울어졌으며, 프랑스 혁명의 급진적인 측면에 이론을 제공하고 사회주의 사상을 선도한 사람으로 인정받고 있다.
19) '에스파냐의 카타콤'은 '라리오하'를 가리킨다.

1816년경에 저명한 자유파 '지구장 푸네스'는 당시까지 아주 경원시되던 학문, 즉 수학, 당시 사용하던 언어, 공법(公法), 물리학, 미술, 음악 등을 그 유서 깊은 대학교에 도입했다. 그 이후로 꼬르도바의 젊은이들은 자신들의 사상을 새로운 길로 접어들게 하기 시작했고, 썩 오랜 시간이 지나지 않아 그 효과를 느꼈는데, 이에 관해서는 다른 곳에서 다루기로 하겠다. 왜냐하면 지금은 당시에 지배적이던 원숙한 정신, 전통적인 정신의 특징에 관해서만 다루고 있기 때문이다.

1810년의 혁명[20]을 통해 발견한 사실은 모든 지방들이 동시에 '무기를 들자!', '자유를 위해!'라는 절규에 동조하고 있을 때 꼬르도바는 귀를 닫고 있었다는 것이다. 리니에르스[21]가 부에노스아이레스로 가서 혁명을 진압하기 위해 군대를 일으킨 곳도 바로 꼬르도바였다. 훈따는 에스파냐 세력을 몰아내기 위해 꼬르도바에 훈따의 의원을 보내고 군대를 파견했다. 모욕적인 공격을 받은 꼬르도바는 결국 복수와 배상을 기다리면서 대학교의 유식한 손을 빌려, 일과(日課) 기도서와 주석서에 사용하는 언어로, 조국의 제단에 바쳐진 첫 왕당파들의 무덤을 그 여행객에게 가르쳐주는, 그 유명한 이합체(離合體) 시(詩)[22]를 썼다.[23]

```
C  L     A      M     O        R
oncha
   llende
         iniers
                oreno
                      rellana
                              odríguez
```

1820년에 한 부대가 아레끼또에서 반란을 일으키고, 꼬르도바 출신의 반란군 대장[24]은 조국의 국기를 버리고는 조용히 꼬르도바에 와서 정착했다. 이에 꼬르도바는 자신들이 국가로부터 군대 하나를 탈취한 것에 즐거위했다. 부스또스는 무책임한 식민 정부 하나를 만들어 궁정의 예법과 수백 년 동안 지속되어온 에스파냐의 무위주의(無爲主義)를 도입했다. 꼬르도바는 그런 식으로 준비를 한 상태에서 1825년을 맞이했는데, 그해는 공화국 체제가 만들어지고, 혁명의 모든 결과를 반영한 혁명 체제가 확립되었다.

부에노스아이레스

이제 부에노스아이레스에 관해 살펴보기로 하자. 부에노스아이레스는 오랜 시간 동안 자신을 지상에서 쓸어내 없애려는 인디헤나[25]와 싸워 재건되었다가 즉시 몰락했고, 마침내 1620년경에는 당시까지 속해 있던 파라과이 총사령부에서 분리되어, 독립 총사령부로 승격되기에 충분한 수준에 이르러 이제 에스파냐의 식민지 지도에 등재되었다. 1777년에는 부에노스

---

20) [원편집자 주] '1810년 혁명'으로 탄생한 초대 정부, 즉 쁘리메라 훈따(Primera Junta: 초대 훈따)는 오르띠스 데 오깜뽀의 지휘하에 알또뻬루에 원정대를 파견했다.
21) '리니에르스(Santiago de Liniers y Bremond 또는 Jacques de Liniers, 1753~1810)'는 프랑스 출신 군인인데, 에스파냐 왕국의 식민지 행정가로서 리오델라쁠라따 부왕청의 부왕을 역임했다(1809~1809).
22) '이합체 시'는 에스파냐어로는 'anagrama', 영어로는 'acrostic'인데, 흔히 각 행의 처음(과 끝) 글자를 맞추면 하나의 어구가 된다.
23) 가로말인 'CLAMOR'는 '절규'를 의미하고, 세로말인 꼰차(Concha), 리니에르스(Liniers), 아옌데(Allende), 모레노(Moreno), 오레야나(Orellana), 로드리게스(Rodríguez)는 조국의 제단에 바쳐진 첫 왕당파의 이름이다.
24) 이 '반란군 대장'이 바로 부스또스(Juan Bautista Bustos, 1779~1830) 장군이다. 그는 독립전쟁과 1820년의 시민전쟁에 참전했고, 꼬르도바 지방의 초대 입헌 주지사를 지냈다.
25) '인디헤나(indigena)'는 중남미 원주민인 '인디오(indio)'를 가리키는 말이다. 현대적인 의미로 후자가 원주민에 대해 비하적인 의미를 표출하는 반면에, 전자는 객관화된 학술적인 용어라 할 수 있다.

아이레스가 아주 현저하게 성장했기 때문에 식민지의 행정 지리를 다시 만듦으로써 식민지를 통치하기 위해 일부러 만들었던 부왕령에 포함시켜야 할 필요가 있었다.[26]

1806년에는 영국의 투기적인 눈이 아메리카 지도를 훑다가 유독 부에노스아이레스와 부에노스아이레스의 강, 그리고 부에노스아이레스의 미래를 주시했다. 1810년에 부에노스아이레스에는 반에스파냐주의, 친프랑스주의, 친유럽주의 등 온갖 이념에 경도된 혁명가들이 우글거렸다. 라쁠라따 강 동부 연안에서는 어떤 진보적인 운동이 일어나고 있었는가? 에스파냐의 식민지 개척은 상업이나 항해를 위한 것이 아니었다. 라쁠라따 강은 에스파냐에 그리 중요하지 않았다. '공식적인' 에스파냐는 어느 해변과 어느 강을 경멸적인 시선으로 바라보았다. 시간이 흘러가면서 강은 자신으로부터 창출되는 부의 침전물을 유역에 쌓아갔다. 하지만 에스파냐의 정신과 에스파냐식 통치 방식은 아주 보잘것없었다. 상업 활동은 아르헨티나에 유럽의 정신과 보편적인 관념을 유입시켰다. 아르헨티나의 바다를 항해하는 배들은 사방에서 책을 가져오고, 세계의 각종 정치적 사건에 관한 소식을 가져왔다. 에스파냐가 이전까지는 대서양에 다른 상업 도시를 갖고 있지 않았다는 사실을 주지해야 한다. 영국인들과의 전쟁[27]은 아르헨티나 사람들에게 에스파냐로부터 해방해야겠다는 의지를 더욱더 강하게 다지는 계기가 되었고, 자신들이 중요하다는 생각을 일깨웠다. 부에노스아이레스는 어느 거인을 이기고, 의기양양하고, 자신을 영웅이라고 믿고, 큰

---

26) 리오델라쁠라따 부왕령은 1776년 8월 1일에 임시로 설립되었고, 1777년 10월 27일에 정식으로 설립되었다.

27) [원편집자 주] 영국 군대가 2년(1806~1807) 동안 리오델라쁠라따를 두 번 침략한 것을 가리킨다. 침략군은 두 번 다 참패했다.

일을 해내겠다며 모험을 하는 어린이와도 같았다. 이런 자만심에 사로잡힌 부에노스아이레스는 전례 없이 무모할 정도로 혁명을 시작해 사방으로 확산시켰고, 어떤 위대한 사업을 실현하기 위해 숭고한 것을 떠맡고 있다고 믿었다. 『사회 계약론』[28]이 사람들의 손에서 손으로 날아다니듯 유포되었다. 맬비[29]와 레이날[30]은 언론의 철인(哲人)이다. 로베스피에르[31]와 국민공회[32]는 입증된 모델이다. 부에노스아이레스는 스스로 유럽의 연장이라 간주했고, 설사 자신의 정신과 경향이 프랑스적이고 북아메리카적이라고 솔직하게 고백하지는 않는다 할지라도 자신이 에스파냐의 혈통임을 부정했다. 그 이유는 부에노스아이레스가 충분히 성장한 뒤에야 에스파냐 정부가 비로소 부에노스아이레스를 지원했기 때문이라고 말했다. 혁명은 군대와 영광, 승리와 불운, 반란과 폭동을 유발한다. 하지만 부에노스아이레스는 이 모든 흥망성쇠가 발생하는 과정에서 과거 자신들이 부여받았던 혁명의 힘을 과시했다. 볼리바르는 모든 것이었고, 베네수엘라는 그 위대한 인

----

28) 『사회 계약론』(1762)은 장 자크 루소의 대표적인 저술 가운데 하나다. 총 4부로 구성되었는데, 이론적인 기본은 '일반 의지론'과 '사회 계약론'이다. '일반 의지'란 자유와 평등을 지향하는 인민(people)의 의지를 말한다. 루소는 사회 상태에서 그것을 실현하려 했고, 그것을 인민의 의지 속에서 발견했다. 인민의 일반 의지야말로 주권의 기초이며, 법이나 정부도 여기서 나온다. 이 인민의 일반 의지는 절대적이어서 변하지 않고 예외도 없으며, 타인에게 양도하거나 분할하는 것이 불가능하다. 따라서 주권 또한 절대적이다. 루소의 인민 주권론은 가장 철저한 인민 주권론으로, 그는 거기서 인민 주권의 절대성이라는 결론을 끌어냈다. 따라서 루소가 구상한 국가는 의회주의 국가가 아니라 직접 민주제 국가다. 인민의 일반 의지에 바탕을 둔 국가를 형성하는 과정을 제시한 것이 '사회 계약론'이다. 각 개인은 자유와 평등을 최대한으로 확보하면서 공동 이익을 지키기 위해 하나의 약속을 하고 국가를 형성한다. 이 약속이 바로 사회 계약이다. 그것은 주권자 개개인 상호 간의 약속으로, 지배자에 대한 국민의 복종을 뜻하는 것이 아니다. 한마디로 『사회 계약론』은 국민 주권을 주장하고 혁명 내지 저항권을 정당화하는 혁명적인 고전이다.

29) '맬비(Sir Nicholas Malby, 1530?~1584)'는 아일랜드에서 활동한 영국의 군인, 정치가다.

30) '레이날(Guillaume Thomas Raynal, 1713~1796)'은 계몽주의 시대의 프랑스 작가, 문필가다.

물의 디딤돌이었다. 부에노스아이레스는 온전히 혁명가들의 도시였다. 벨그라노,[33] 론도,[34] 산마르띤, 알베아르[35] 같은 혁명가와 자신들의 군대를 지휘하는 1백여 장군들은 부에노스아이레스의 도구이고 팔이지, 머리나 몸통이 아니었다. 아르헨티나의 혁명에서 특정 장군이 나라를 해방시켰다고는 말할 수 없지만, 특정 시기의 특정한 훈따, 디렉또리오,[36] 의회, 정부가 특정한 장군에게 특정한 일을 하라고 명령했다고 말할 수는 있다. 아르헨티나가 유럽의 모든 국가와 처음부터 아주 활발하게 접촉하기 시작했고, 부에노스아이레스에서는 10년 만에 '탈에스파냐화'와 '유럽화' 작업을 아주 과격하게 진행했는데, 이는 이스파노아메리카 대륙의 그 어떤 지역에서도 유례를 찾기가 어려운 일이다.

∴

31) '로베스피에르(Maximilien François Marie Isidore de Robespierre, 1758~1794)'는 프랑스 혁명을 주도한 혁명 정치가로, 법학자이기도 했다. 공포 정치를 시행하다가 오히려 테르미도르의 쿠데타로 반대파에 의해 처형당했다. 로베스피에르는 루소의 이상을 목표로 한 자코뱅파의 지도자이자 사실상 독재자로서, 프랑스를 지배하고 숙청을 통한 공포 정치로 많은 반대파를 단두대에 보냈기 때문에 '루소의 피로 물든 손'이라 칭해졌다. 결국 자신도 1794년 단두대의 희생양이 되었다.
32) '국민 공회(Convention nationale)'는 1792년 9월 20일부터 1795년 10월 26일까지 프랑스 혁명 기간 동안 존속한 프랑스의 입법 기관이다. 1795년 11월 2일에 시작된 총재 정부가 이를 이었다. 국민 공회의 참가자로는 자코뱅파의 로베스피에르, 장 폴 마라, 조르주 자크 당통 등이 있었다.
33) '벨그라노(Manuel José Joaquín del Corazón de Jesús Belgrano, 1770~1820)'는 아르헨티나의 경제학자, 법률가, 정치가, 군사 지도자다. 그는 아르헨티나 독립전쟁에 참여했고, 아르헨티나 국기를 제작했다. 아르헨티나의 주요 해방자들 가운데 하나로 꼽힌다.
34) '론도(José Casimiro Rondeau Pereyra, 1773~1844)'는 아르헨티나와 우루과이의 군인, 정치가다.
35) '알베아르(Carlos María de Alvear, 1789~1852)'는 아르헨티나의 군인, 정치가로, 1815년에 국가 지휘부 회의를 주재했다. 19세기 아르헨티나에서 최대 논쟁의 대상이 되는 인물 가운데 하나다.
36) '디렉또리오(directorio)'는 일종의 '훈따 디렉띠바(Junta directiva: 지휘부)'다. '집정부(執政部)'로도 번역된다.

부에노스아이레스 주민들의 명부를 뽑아보기만 해도 부에노스아이레스의 자식들 중에는 영국, 프랑스, 독일, 이탈리아의 성을 가진 이가 아주 많다는 사실을 확인할 수 있다. 1820년에는 부에노스아이레스 사람들에게 주입된 새로운 사상에 따라 사회가 조직되기 시작했다. 이런 운동은 리바다비아가 정부의 우두머리가 될 때까지 지속되었다. 이 순간까지 로드리게스와 라스 에라스가 여러 자유 정부의 일반적인 기초를 다져왔다. 사면법, 사유 재산에 관한 개인의 안전, 당국의 책임, 권력의 균형, 공공 교육 등 모든 것은 결국 토대가 만들어지고 평화적으로 구축되었다. 유럽에서 돌아온 리바다비아는 유럽적인 것에 경도되어 있다. 하지만 유럽은 여전히 평가 절하되고 있었다. 부에노스아이레스(물론 아르헨티나 공화국을 지칭한다)는 프랑스 공화정이 실행할 수 없었던 것, 영국 귀족이 원하지 않은 것, 전제적인 유럽이 그리워하는 것을 실행할 것이다. 이것은 리바다비아의 환상이 아니라, 부에노스아이레스라는 '도시'의 총체적인 생각이고, 그 도시의 정신이고, 경향이었다.

*37) 부에노스아이레스의 정당들은 서로 근본적으로 대립하는 사상 때문이 아니라, 자신들이 추구하는 목적의 크고 작은 차이 때문에 분리되어 있었다. 불과 14년 만에 영국의 과오를 깨우쳐주고, 대륙의 절반을 철환(轍環)하고, 군대 열 개를 만들어내고, 1백여 차례의 혈전을 치르고, 사방에서 승리하고, 모든 사건에 개입하고, 모든 전통을 갈아엎고, 모든 이론을 실험해보고, 모든 것을 감행하고, 모든 것에서 성공한 어느 국민에게 그 밖의

---

37) * 이 부분은 1845년 5월 20일에 발행된 《엘쁘로그레소》 제784호에 연재되었다.

다른 것이 어찌 일어날 수 있었겠는가? 그런데 그 국민들은 살아가고, 부유해지고, 문명화되고 있었는가? 그 나라의 정치가들이 유럽의 위대한 인물들보다 더 많이 알아야 할 의무를 지지 않고, 그때까지 정치 조직에 관한 것을 전혀 알지 못했기 때문에, 정부의 기초와 유럽이 그들에게 가져다준 정치적 믿음이 각종 오류와 터무니없고 거짓된 이론과 그릇된 원칙으로 오염되어 있을 때, 과연 어떤 일이 일어났을까? 이것이 바로 내가 세상에 알리고자 하는 심각한 사실이다. 오늘날 헌법, 인종, 신앙, 즉 역사에 관한 연구는 '선험적(先驗的)으로' 인지된 이론의 광휘를 무시하고서 우리에게 가르침을 주는 실용적인 지식 몇 가지를 널리 유포시켜왔다. 그러나 이런 것이 1820년[38] 이전의 유럽 세계에서는 전혀 중요하게 여겨지지 않았다. '사회계약' 사상의 모순 때문에 프랑스는 봉기했다. 부에노스아이레스도 동일한 논리로 봉기했다. 몽테스키외[39]는 삼권(三權)을 구분했다. 그리고 우리는

---

[38] 경제사적으로 볼 때 1820년은 큰 의미를 지닌다. 경제사가들의 연구에 따르면, 1000년경까지 거의 제로 상태를 유지하던 경제 성장은 그 후 5백 년간 미미한 증가세를 보이다가 1820년 이후 비약적인 성장세를 나타내기 시작했다. 재산권 보장, 과학적 합리주의, 활기 있는 자본 시장, 수송과 통신의 발달이 경제 성장에 기여했다. 특히 무역을 통해 새로운 상품과 기술, 제도가 세계 각지로 전파되었다. 따라서 일부 경제학자들은 1820년 이후를 진정한 산업 혁명이라 불러야 한다고 주장한다.

[39] '몽테스키외(Charles-Louis de Secondat, Baron de La Brède et de Montesquieu, 1689~1755)'는 계몽주의 시대의 프랑스 정치 사상가다. 그는 권력 분립론에 관해 명확하게 설명한 것으로 유명한데, 이 권력 분립론은 정부에 대한 근대의 논쟁에서 허용되었고, 전 세계 많은 헌법에서 이를 규정하고 있다. 몽테스키외는 자유주의 입장에서 권력 분립에 의한 법치주의를 제창했다. 법학과 관련해서는, 토머스 홉스와 스피노자의 사회 물리학(social physics)의 영향을 받은 저서 『법의 정신(Esprit des Lois)』(1748)을 남겼다. 『법의 정신』은 두 가지 취지를 가지는데, 하나는 법 규범의 형식적인 껍질 아래서 법 규범과 통치 형태와의 관련성과 여러 정치적 집단과의 관련성을 탐구하려는 것이며, 다른 하나는 여러 종류의 정치-법적 유형의 발생을 다른 여러 사회 현상과 관련지어 설명해주는 자연적 법칙을 정립하려는 것이다. 그는 『법의 정신』에서 '여러 사물의 본성으로부터 발생하는 여러 관계'를 법이라 규정하는 인과적, 합리적 방법을 사용했다.

즉시 그 삼권을 갖게 되었다. 뱅자맹 콩스탕[40]과 벤담은 정부를 폐기하고자 했다. 그들은 정부에 부여된 권력이 원천적으로 무효라고 주장했다. 장 바티스트 세[41]와 애덤 스미스[42]는 자유 무역을 설파했고, 우리는 그 자유 무역을 따라 했다. 부에노스아이레스는 유럽의 식자들이 믿고 인정한 모든 것을 인정하고 믿었다. 프랑스에서 1830년 혁명이 발발하고,[43] 혁명의 결과가 미완인 상태에서 비로소 사회과학은 새로운 방향을 설정하고, 각종 환상이 사라지기 시작했다. 그 이후로 볼테르는 썩 옳지 않았고, 루소는 궤변가이며, 맬비와 레이날은 무정부주의자고, 삼권도 사회 계약도 존재하지 않는다는 사실 등을 우리에게 보여주는 책들이 유럽에서 우리에게 도달하기 시작했다. 그 순간부터 우리는 인종, 경향, 국가적인 관습, 역사적 선례에 관한 어떤 것을 알게 되었다. 토크빌은 북아메리카의 비밀을 처음으로 우리에게 가르쳐주었다. 시스몽디[44]는 우리에게 헌법의 공허함을

---

40) '뱅자맹 콩스탕(Henri-Benjamin Constant de Rebecque, 1767~1830)'은 스위스 태생의 프랑스 소설가, 사상가, 정치가다. 나폴레옹은 콩스탕에게 신헌법 초안을 만들게 하고 이원제(二院制) 의회에 의한 내각 책임제를 설립했다.
41) '장 바티스트 세(Jean-Baptiste Say, 1767~1832)'는 프랑스의 경제학자, 실업가다. 자유주의적 관점을 정식화했으며, 경쟁, 자유 무역의 활성화와 경제적 규제 철폐를 주장했다.
42) '애덤 스미스(Adam Smith, 1723~1790)'는 스코틀랜드 출신의 정치 경제학자, 윤리 철학자다. 후대의 여러 분야에 큰 영향을 미친 『국부론(An Inquiry into the Nature and Causes of the Wealth of Nations)』을 썼다. 고전 경제학의 대표 이론가인 애덤 스미스는 일반적으로 경제학의 아버지로 여겨지며, 자본주의와 자유 무역에 대한 이론적 기초를 제공했다.
43) 1830년 7월에 프랑스에서 혁명이 일어나 루이 필리프가 프랑스 왕위(시민의 왕)에 올랐다.
44) '시몽드 드 시스몽디(Simonde de Sismondi, 1773~1842)'는 스위스의 경제학자이자 역사가로, 급속한 산업화가 초래한 위험과 함정에 대해 사람들의 주의를 환기시키고자 많이 노력했다. 경제 위기의 성격과 무제한적 경쟁이 초래할 위험, 과잉 생산, 과소 소비 등에 관한 선구적인 연구를 함으로써 훗날 카를 마르크스나 케인스와 같은 경제학자들에게 주목을 받았다. 시스몽디의 기념비적 저작은 1809~1818년에 걸쳐 완성한 총 열여섯 권의 『중세 이탈리아 공화국의 역사(Histoire des républiques italiennes du moyen âge)』다. 중세 이탈리아의 자유 도시를 근대 유럽의 기원으로 간주한 이 책은 이탈리아 통일 운동의 지도자들을 고

폭로했다. 티에리,[45] 미슐레,[46] 기조 씨는 역사의 정신이 무엇인지 보여주었다. 1830년의 프랑스 혁명은 뱅자맹 콩스탕의 헌법주의가 완전히 사기라는 사실을 일깨워주었다. 에스파냐 혁명은 우리 인종이 지닌 모든 불완정성과 후진성을 드러냈다. 그렇다면 무엇 때문에 리바다비아와 부에노스아이레스에게 잘못을 돌리는가? 그들이 자신들을 그릇되게 인도하는 유럽의 학자들보다 더 많이 알지 못하기 때문인가? 또 혁명을 널리 보급하는 데 아주 크게, 대단히 잘 공헌한 사람들의 보편적인 사상을 열정적으로 포용하지 않을 수 있겠는가? 반대편 강변이 보이지 않는 어느 강과 접할 뿐 끝없이 펼쳐진 평원에서, 유럽에서 떨어져 있는 곳에서 사는 사람들, 즉 새로운 국민, 즉흥적으로 결성된 국민, 요람에서부터 자신들이 위대한 민족

무시켰다. 경제학자로서의 시스몽디는 처음에는 자유방임주의 경제학을 제창한 애덤 스미스의 충실한 추종자였다. 그러나 『정치 경제학의 새로운 원리(*Nouveaux Principes d'economie politique*)』(1819)에서는 스미스와의 단절을 선언하고 경제적 경쟁에 대한 정부 규제를 옹호하면서 생산과 소비의 균형을 주장했다. 그는 부르주아지와 노동 계급 사이의 점증하는 대립을 예견하고 노동 계급의 생활 조건을 개선하기 위한 사회 개혁을 요구했지만, 사유 재산에 대한 비판으로까지 나아가지는 않았다.

45) '티에리(Jacques Nicolas Augustin Thierry, 1795~1856)'는 프랑스의 역사가로, 생생하고 극적인 용어를 통해 역사를 제시함으로써 탁월한 낭만주의 역사가가 되었다. 생시몽의 이상적인 미래 사회의 모습에 감동해 1814년 그의 비서가 되었고, 언제나 자신을 공상적 사회주의자의 '양자'라 칭했다. 티에리가 주로 다룬 주제는 게르만족의 침입, 중세 코뮌의 형성, 자유 정부를 향한 점진적인 발전, 의회 제도 등이다. 1830년 7월 혁명과 자유주의 사상을 열렬히 지지했던 그는 몇몇 저서에서 분명히 드러난 것처럼 항상 부르주아의 운명에 관심을 가졌다.

46) '미슐레(Jules Michelet, 1798~1874)'는 프랑스의 역사가다. 소년기에 나폴레옹의 언론 탄압으로 집에서 운영하던 인쇄소가 문을 닫음으로써 시련을 겪었다. 국립고문서보관소에서 근무하고 고등사범학교와 콜레주 드 프랑스 교수를 역임했다. 30여 년에 걸쳐 저술한 기념비적인 저작 『프랑스 역사(*Histoire de France*)』(1833~1867)를 비롯해 대작 『프랑스 대혁명사』 등 수많은 걸작을 남겼다. 프랑스를 한 사람의 인격처럼 다룸으로써 프랑스 민족주의 역사의 거장으로 통한다. 또한 중세사와 여성사 연구의 선구자로서 역사에서 정치사 등 남성적 성향을 지양하고 자연사를 개척해 양성의 조화를 꾀했다. 르네상스, 잔 다르크 등을 되살렸고, 독창적인 문체로 역사를 쉽고 재미있는 이야기로 풀어냄으로써 역사 대중화에 크게 이바지했다.

이라는 인사말을 듣는 국민이, 자신들의 전통에 대한 의식도 없이, 그 전통을 실행하지도 못한 채, 환상의 날개를 꺾어버리는 것이 어떻게 가능하겠는가?

그렇게 교육받고, 당시까지 운에 의해 치켜세워지던 부에노스아이레스는, 단호하게, 발뺌하지 않은 채, 온갖 장애에도 아랑곳하지 않고서 자신과 아메리카를 해방시키는 데 몰두했듯이, 자신과 공화국을 조직하는 작업에 헌신했다. 리바다비아는 그렇듯 시적이고 숭고한 정신의 살아 있는 화신이었고, 그런 정신이 부에노스아이레스 사회 전체를 지배하고 있었다. 그래서 그는 거대한 아메리카 국가, 즉 공화국 하나를 만드는 데 필요한 큰 틀에서 라스 에라스의 과업을 계승하고 있었다. 유럽의 학자들을 언론계 인사와 대학 교수로 초빙하고, 황무지에 마을을 건설하고, 강에 배를 띄우고, 모든 종교에 대한 관심과 자유를 보장하고, 산업을 장려하기 위해 세금 따위를 공제해주고, 국립 은행을 설립했다. 당대의 위대한 사회학 이론은 모두 자신의 정부를 만들어내기 위한 것이었다. 한마디로 말해 리바다비아는 아메리카에 제2의 유럽을 설립하기 위해 유럽식 모델을 가져왔고, 과거에는 완수하는 데 수세기가 필요했을 과업을 10년 만에 완수했다. 그런데 이 계획이 한낱 망상이었을까? 나는 망상이 아니라고 공언한다. 그가 만들어낸 행정적인 계획은, 야만적인 로사스가 자신이 불법 행위를 실행하는 데 불편하다고 여기던 것을 제외하고는 모두 지속되고 있다. 부에노스아이레스의 고위 성직자가 지원했던 신앙의 자유는 제한받지 않았다. 유럽에서 들어온 사람들은 전국의 에스딴시아에 흩어지고, 그곳 땅이 그들에게 제공하는 축복을 박탈하는 유일한 장애를 혁파하기 위해 자발적으로 무기를 집어 들었다. 강들은 선박들의 항해를 방해하는 당국의 규제를 철폐해달라고 소리 높여 요구하고 있으며,[47] 국립 은행은 워낙 뿌리 깊게 자리 잡고 있는 기관이기 때문에 리바다비아는 그 폭군이 이끌었을 빈곤으로부터 사회를 구해냈다. 무엇보다도 현재 아메리카의 모든 사람이 향해 가고 서둘러 만들어내는 그 거대한 통치 체계가 제아무리 몽상적이고 시대 착오적이었다고 할지라도, 국민들에게는 적어도 쉬운 것이고 참을 만한 것이었다. 그리고 의식이 없는 사람들이 매일 그에 관해 제아무리 큰소리로 떠든다 해도 리바다비아는 대통령 권좌에서 자발적으로 내려와 망명자의 고매하고 누추한 가난을 선택함으로써 피를 결코 단 한 방울도 흘리지 않았으며, 그 누구의 재산도 파괴하지 않았다. 리바다비아를 그토록 비방하던 로사스는 자신이 흘린 피로 만들어진 호수에 빠져 질식하게 될 것이다. 로사스가 자신의 야만성이 불을 지른 끝없는 전쟁을 계속하기 위해 10년 동안 국고에서 충당한 4천만 뻬소 푸에르떼[48]와 개인들에게서 충당한 5천만 뻬소 푸에르떼는 바보 '몽상가' 리바다비아의 손에서라면 항해가 가능한 수로들을 만들고, 도시를 건설하고, 크고 다양한 공익 설비를 건설하는 데 사용되었을 것이다. 조국을 위해 죽은 이 남자가 유럽 문명의 가장 고매한 열망을 대표하는 영광을 누리게 하고, 그의 반대편 사람들이 가장 가증스럽고 혐오스러운 형식으로 아메리카의 야만성을 보여준 대가를 치르도록 하자. 왜냐하면 로사스와 리바다비아는 아르헨티나 공화국의 양극단이었기 때문인데, 아르헨티나 공화국은 빰빠스를 통해 야만인들과, 라쁠라따 강을 통해 유럽인들과 연계되어 있다.

 내가 리바다비아와 그의 정당에 대해 하는 것은 찬사가 아니라 미화인데, 그와 그의 정당은 아르헨티나 공화국의 정치적 요소가 되기 위해 죽었

---

47) [원편집자 주] 강을 통한 선박의 운항에 관한 법은 로사스가 실각한 뒤에 집행되었다.
48) '뻬소 푸에르떼(peso fuerte)'는 무게 1온스에 8레알의 가치를 지닌 은화다.

다. 그런데도 로사스는 자신의 현재 적들을 공연히 의심하고 지속적으로 '중앙 집권주의자들'[49]이라 부른다. 지롱드당[50]과 같은 과거의 중앙 집권주의 정당은 여러 해 전에 해산되었다. 하지만 그 당이 온갖 오류를 저지르고 환상 같은 꿈을 가졌음에도 불구하고 아주 고상하고 위대했기 때문에 당의 후속 세대는 그 당에 가장 장려한 애도와 경의를 표한다. 그 당 사람들 가운데 많은 이가 여전히 우리 사이에 끼어 있지만 이제는 조직화된 정당원으로서가 아니다. 그들은 나폴레옹 제국의 유물처럼 아주 존경스럽고 고상한 유물이다. 1825년도의 이들 중앙 집권주의자는 다른 사람과 구분되는 특징이 있기 때문에 우리는 그들의 외모, 태도, 음조, 사고방식 등을 통해 그들을 구분할 수 있다. 아르헨티나 사람 1백 명이 모여 있으면 나는 "이 사람이 바로 '중앙 집권주의자'입니다"라고 말할 수 있을 것 같다. 중앙 집권주의자는 고개를 꼿꼿하게 쳐들고 똑바로 걷는다. 설사 건물이 곧 무너져 내릴 것이라고 느낀다 해도 다른 곳으로 돌아가지 않는다. 그들은 거만한 태도로 말한다. 사람을 깔보는 것 같은 표정과 단호한 태도로 말을 맺는다. 확고부동한 생각을 지니고 있다. 전투를 벌이기 전날 밤에도 규정 하나를 만들기 위해 온갖 형태의 토론을 하거나 법률상의 새로운 절차 하나를 수립하는 데 몰두한다. 왜냐하면 법률적인 규정은 중앙 집권주의자

---

49) '중앙 집권주의자들'의 원어는 'unitarios(우니따리오스)'로, 강력한 중앙 정부 지지자들을 일컫는다.
50) '지롱드당(Girondins)'은 프랑스 혁명 시기에 활동한 프랑스 정치 파벌 가운데 하나다. 주요 지도자들은 베르니오, 브리소, 그리고 '지롱드파의 여왕'이라는 별명을 가진 마담 롤랑 등이 있다. 지롱드 지방 출신의 부르주아 계급이 다수를 차지했던 보르도, 자코뱅 클럽 소속 의원(베르니오 등)이 핵심 구성원이었기 때문에 지롱드당이라 불렸다. 혁명 당시 '지롱드파'라는 것은 존재하지 않았다. 역사 용어로 정착한 것은 1847년에 라마르틴의 『지롱드당사』가 출판된 이후다. 명확한 당파가 아니라 중산층 부르주아, 개신교 등 온건 공화파 계열의 여러 파벌의 집합체이며, 자주 연방주의자라고도 불렸다.

들이 자신의 우상, 즉 헌법과 개인의 권리에 바치는 외면적인 경배 의식이기 때문이다. 그의 종교는 공화국의 미래인데, 그 공화국의 이미지는 거대하고 정확하게 규정할 수 없다. 하지만 웅대하고 장엄하기 때문에 항상 지난 역사의 망토에 둘러싸인 것처럼 보이고, 자신이 참여하는 사안에 지속적으로 개입한다. 그토록 따지기 좋아하고, 그토록 추론적이고, 그토록 진취적이고, 그만큼 높은 수준의 실용적인 감각을 추구하는 어느 세대를 상상한다는 것은 불가능한 일이다. 그의 적들이 거둔 어느 승리에 관한 소식이 도착한다. 모든 사람이 이구동성으로 그 승리에 관해 이야기한다. 그 승리에 관한 자세한 사항이 공식적으로 알려진다. 사방으로 흩어져 본대에서 연락이 두절되었던 병사들이 부상당해 돌아온다. 어느 중앙 집권주의자는 그런 승리를 믿지 않고, 아주 확고한 이유를 갖고 있기 때문에 여러분이 두 눈으로 보고 있는 것조차 여러분 스스로 의심하게 만든다. 그들은 자신의 주장이 우월하다는 믿음이 아주 강하고, 자기 목숨을 바칠 정도로 강한 지조와 인내심을 지니고 있기 때문에 추방도, 빈곤도, 심지어는 몇 년의 세월도 그의 열정을 조금도 미적지근하게 만들지 않을 것이다. 중앙 집권주의자들이 마음을 차분하게 유지하고 기를 다스리는 데서는 후속 세대보다 훨씬 더 뛰어나다. 무엇보다도 그들이 우리와 유독 다른 점은 그들이 세련된 태도, 격식 있는 예의, 눈부실 정도로 교양 있는 몸가짐을 지녔다는 것이다. 그들은 연단에서 연설을 하는 데는 필적할 만한 상대가 없음에도 불구하고, 이제는 나이 때문에 연단에서 내려온 상태이지만, 자기 자식들보다는 숙녀들에게 더 멋지고, 더 수선스럽고, 더 쾌활한 모습을 보여준다. 오늘날 민주화 운동이 더욱 진전될수록 우리 사이에서 기존의 관례는 더욱 경시되고, 1828년까지는 부에노스아이레스에서 문화에 관해 인식하고 사회를 세련되게 만드는 일이 쉽지 않았다. 그곳으로 온 모든 유럽인은 자신들이 여전히 유럽에, 파리의 살롱에 있다고 믿었다. 부족한 것이 전혀 없었고, 프랑스적인 우쭐거리기도 유행했는데, 이런 태도는 당시 부에노스아이레스의 세련된 시민들에게서도 드러났다.

나는 그 시대가 어떤 특징을 지녔는지 보여주기 위해 이런 세세한 점을 언급했는데, 당시 그곳에서는 공화국이 수립되는 중이었고, 다양한 요소가 각축을 벌이고 있었다. 문학 교육과 종교 교육에 의해 에스파냐식으로 변한 꼬르도바는 혁명적인 쇄신에는 보수적이고 적대적이었으며, 완전히 새로운 모습의 부에노스아이레스에서는 혁명적인 변화와 발전을 위한 운동이 아주 활발하게 전개되었는데, 이 두 도시가 표방하는 것은 모든 도시를 갈라놓고 있던 두 정당의 두드러진 양상을 대변한다. 이들 도시 각각에서 서로 다른 이 두 가지 요소가 싸우고 있었는데, 이런 요소는 교양 있는 모든 나라에 내재되어 있다. 아메리카에 이런 것과 동일한 현상이 발생하는지는 잘 모르겠다. 다시 말해 두 정당은, 반동적인 정당이든 개혁적인 정당이든, 보수적인 정당이든 진보적인 정당이든, 한 정당이 각각 독특한 방식으로 문명화된 한 도시를 확실히 대표하고 있었고, 각 도시는 서로 다른 출처에서 나온 사상 가운데 하나씩을 영양소로 섭취하고 있었다. 꼬르도바는 에스파냐, 심의회, 주석자, 법률집을 영양소로 섭취하고 있었고, 부에노스아이레스는 벤담, 루소, 몽테스키외, 프랑스 문학 전반을 영양소로 섭취하고 있었다.

이런 대립적인 요소에 제법 심각한 다른 요인이 첨가되었다. 에스파냐로부터 독립하기 위한 혁명 때문에 국내 각 지역 간의 유대가 느슨해져버린 것이다. 통치권을 어느 중심에서 뽑아 다른 곳으로 옮길 때, 그 통치권이 그곳에서 뿌리를 내리기까지는 많은 시간이 걸린다. '공화파'는 언젠가 "통치권은 통치자와 피통치자 사이에 맺은 협약에 불과하다"고 말했다. 여기에는 여전히 수많은 '중앙 집권주의자'가 있다! '권력은 한 국가가 어떤 항구적인 사실에 대해 우연스럽게 동의하는 데서 나온다.' 사람들이 숙고해서 협의하고 각자 의지를 갖고 있는 곳에는 권력이 없다. 그런 과도기 상태를 '연방주의'[51]라 부른다. 그리고 모든 국가는 각자 혁명을 거치고, 곧이어 권력의 변화를 겪음으로써 자신들의 사상과 '연방'의 형식을 갖게 된다.

이에 관해 설명해보겠다. 페르난도 7세가 에스파냐에서 추방당하자 권력, 즉 '항구적인 사실'은 더 이상 존재하지 않게 되었다. 그리고 에스파냐는 각 주 훈따들의 연합체로 이루어졌는데, 이들 훈따는 왕의 이름으로 통치하는 사람들의 권위를 부정했다. 이것이 바로 '에스파냐 연방(federación de España)'이다. 그 소식이 아메리카에 도달하자 아메리카는 에스파냐에서 벗어나 여러 지역으로 분리되었다. 이것이 바로 '아메리카 연방(federación de América)'이다.

싸움이 끝나고 부에노스아이레스 부왕령에서 네 개의 국가가 나왔다. 볼리비아, 파라과이, 반다오리엔딸, 아르헨티나 공화국이 그것이다. 이것이 바로 '부왕령 연방(federación del Virreinado)'이다.

아르헨티나 공화국은 여러 주(州)로 나누어졌는데, 예전의 인뗀덴시아스[52]가 아니라 도시별로 나누어진 것이다. 이것이 바로 '도시 연방(federación de las Ciudades)'이다.

'연방'이라는 단어가 분리를 의미하지는 않는다. 이미 분리된 상태에서 각기 다른 부분이 결합하는 것을 나타낸다. 아르헨티나 공화국은 이런 사회적 위기를 겪고 있었는데, '도시'의 수많은 저명인사와 선의를 가진 사람

---

51) 여기서 '연방주의'에 해당하는 원어는 'federalismo(페데랄리스모)'다.
52) '인뗀덴시아(Intendencia)'는 에스파냐가 식민지에 하나 또는 그 이상의 주(州)를 모아 만든 행정 단위로, 행정 기관의 장은 왕이 직접 임명했다.

들은 한 개인 또는 한 지역 사회가 유명무실한 권력, 혹은 단순한 협약에 의해 창출된 권력에 대해 존경심을 느끼지 않을 때면 연방을 결성할 수 있다고 믿었다. 그렇듯 아르헨티나 공화국에는 또 다른 불화의 사과[53]가 있었고, 정당들은 '현실주의자'와 애국주의자, '의회주의자'와 행정주의자, '뻴루꼬네스'[54]와 자유주의자로 불린 뒤, 결국 '연방주의자'와 중앙 집권주의자로 불렸다.[55] 아니, 내가 착각했다. 정당들의 명칭을 열거하는 파티는 아직 끝나지 않았다. 그러니까 돈 후안 마누엘 데 로사스는 자신의 현재와 미래의 적들을 '야만적이고 천박한 중앙 집권주의자들'[56]이라 부르고 싶어 했던 것이다. 그리고 20년 이내에 진부한 '야만인'이 태어날 것인데, 돈 후안 마누엘 데 로사스가 씌워준 가면을 쓴 사람은 오늘날 모두 연방주의자가 되는 것과 같은 식이다.

하지만 '비록 병 라벨에 쓰여 있는 내용이 병 속 내용물과 다를 수 있다 할지라도' 아르헨티나 공화국은 지리학적으로 그렇게 형성되어 있기 때문에 항상 중앙 집권적인 나라가 되어야 한다. 아르헨티나 공화국의 평원, 강 하구에 있는 단 하나의 항구로 흘러나가는 강들은 아르헨티나 공화국

∙∙

53) 그리스 신화에서 트로이 전쟁의 원인이 된 패리스의 황금사과를 '불화의 사과'라 부른다. '불화(분쟁)의 씨앗'이라는 의미다.
54) '뻴루꼬네스(pelucones)'는 '뻴루꼰(pelucón)'의 복수로, '가발 쓴 귀족들'이라는 의미다. 19세기 초엽에 칠레에서 보수적인 정치인 무리를 비하적으로 지칭할 때 사용했다. 한편 '뻴루꼬네스(보수주의자들)'는 경쟁자인 자유주의자들을 '삐삐올로스(pipiolos: 애송이, 신출내기)'라 불렀다.
55) [원편집자 주] '의회주의자(Congresista: 꽁그레시스따)'는 뚜꾸만 의회를 계승하자는 데 찬성하는 사람들이었고, 의회 없이 행정권을 옹호하는 사람들을 '행정주의자(ejecutivista: 에헤꾸띠비스따)'라 불렀다. 칠레에서 자유주의자의 반대, 즉 귀족화된 보수주의자를 '뻴루꼰(pelucón)'이라 불렀다.
56) 원문은 다음과 같다. "salvajes, inmundos unitarios."

을 숙명적으로 '분리할 수 없는 하나'로 만들어주고 있기 때문이다. 국가에 필요한 것이 무엇인지 그 누구보다 잘 알고 있던 리바다비아는 각 지방 사람들에게 공동의 헌법 아래 서로 합쳐서 부에노스아이레스 항구를 국가 항구로 만들라고 권고했다. 의회에서 리바다비아의 메아리 역할을 했던 아구에로[57]는 부에노스아이레스 시민들에게 우렁차고 중앙 집권주의자적인 어조로 말했다. "지방 사람들이 나중에 무기를 들고 요구하게 될 것을 우리가 먼저 자발적으로 줘버립시다."

*[58] 그 예언은 한마디 말 때문에 들어맞지 않았다. 지방 사람들은 무기를 이용한 것이 아니라 파꾼도와 로사스가 통치하는 부에노스아이레스에 '야만성'을 드러내며 부에노스아이레스의 항구를 요구했다. 부에노스아이레스는 그 야만성의 영향을 받았고, 항구는 지방들이 아니라 로사스에게만 쓸모가 있게 되었다. 그래서 부에노스아이레스와 지방들은 어떤 이익도 챙기지 못한 채 서로 해를 끼쳐버렸다.

나는 후안 파꾼도 끼로가의 생애에 관한 이야기를 계속하기 위해 이 모든 선례를 설명할 필요가 있었다. 왜냐하면 이런 말을 한다는 것이 우습게 보인다 할지라도 파꾼도가 리바다비아의 경쟁자이기 때문이다. 이 두 사람과 관계가 없는 것은 죄다 일시적인 매개물이고, 감동도 없다. 도시들이 연합해 생긴 연방주의 당은 평원 지역들의 야만적인 당과 연계된 고리였다. 중앙 집권주의적인 두 세력이 공화국을 장악하려 경쟁하고 있었다. 한

---

57) '아구에로(Julián Segundo de Agüero, 1776~1851)'는 아르헨티나의 사제, 정치가로, 1820년대에 중앙 집권주의당(Partido Unitario)에 적극적으로 참여했다.
58) * 이 부분은 1845년 5월 21일에 발행된 《엘쁘로그레소》 제785호에 연재되었다.

세력은 부에노스아이레스에서 생긴 것으로, 내륙 지방 자유주의자들의 지원을 받고 있었다. 다른 세력은 평원 지방에서 생긴 것으로, 이미 도시들을 지배하던 까우디요들의 지원을 받고 있었다. 한 세력은 문명화되고, 입헌주의적이고, 유럽적이었으며, 다른 세력은 야만적이고, 전제적이고, 아메리카적이었다.

이 두 세력은 세를 최대로 확장시켰고, 한 세력이 말 한마디만 던져도 서로 싸움을 시작할 태세였다. 그리고 혁명적인 정당이 '중앙 집권주의자 정당'으로 불렸기 때문에 반대당이 그 의미를 채 이해하지도 못한 채 자신들의 이름을 '연방주의자 정당'으로 부르는 데는 별 문제가 없었다.[59]

하지만 그 야만적인 세력은 공화국 전역에 확산되어 각 지방에, 원주민 까시께[60]의 통치 지역에 각각 포진하고 있었다. 야만적인 세력을 융합해 아주 균일한 모습으로 드러내기 위해서는 강력한 손 하나가 필요했고, 후안 파꾼도 끼로가가 이 거대한 작업을 실현하기 위해 자신의 팔을 제공했다.

아르헨티나의 가우초인 파꾼도 끼로가는 비록 목동들의 공통적인 본능을 소유하고 있었다 할지라도 지방색이 아주 두드러진 사람이었다. 물론 그런 지방색은 부에노스아이레스에도, 산따페에도, 꼬르도바에도, 야노스 등지에도 있다. 파꾼도 끼로가의 모든 야망은 자기 지방에 국한되어 있었다. 그리고 그 밖의 다른 지방은 적이거나 낯선 것이었고, 서로 간에 싸움을 벌이는 각기 다른 종족이었다. 산따페 지역을 지배하고 있던 로뻬스는 사람들이 졸라대면 말을 타고서 침입자들을 쫓아내는 것 말고는 자기 주변에서 일어나는 일에는 전혀 신경을 쓰지 않았다. 하지만 이들 지방이 사

---

59) 중앙 집권주의자는 '우니따리오(unitario)', 연방주의자는 '페데랄(federal)'이라 불렀다.
60) '까시께(cacique)'는 원주민(인디오) 거주 지역의 족장, 지도자다.

방에서 서로 접촉할 수 있는 가능성은 자신들의 손에 달려 있었기 때문에 이들 지방은 결국 공통 관심 사안에 대해서는 연합할 수밖에 없었고, 결국 자신들이 그토록 막으려고 투쟁했던 그 '연합'이 이루어지게 되었다.

파꾼도 끼로가의 젊은 시절을 훑어보고 탐사해보는 것은 파꾼도 끼로가가 미래에 지니게 될 야망을 이해하는 데 바탕이 된다는 말을 내가 했다는 사실을 독자 여러분은 상기하시라. 실제로 파꾼도 끼로가는 가우초일망정 특정 장소에 집착하지 않는 사람이었다. 그는 라리오하 출신이지만 교육은 산후안에서 받았고, 멘도사에서 살았으며, 부에노스아이레스에 머문 적도 있다. 그는 공화국을 속속들이 알았고, 그의 시야는 거대한 지평선으로 퍼져 있었다. 그가 라리오하의 주인으로서 자신이 글 읽는 법을 배운 마을, 담 쌓는 일을 했던 도시, 체포되었다가 멋지게 탈출한 또 다른 도시에 권력의 옷을 입고 나타나는 것을 바라는 것은 당연한 일이었을 것이다. 만약 그런 사건이 그가 자신의 지방을 떠나도록 이끈다면 주저없이 당당하게 떠나버릴 것이다. 파꾼도 끼로가는, 자신의 영역 안에서 자기 것을 지키기만을 좋아하는 이바라나 로뻬스와는 딴판으로, 이웃의 영역을 공격해 자기 것으로 만들어버릴 것이다. 그런 식으로 신의 섭리는 무의미하고 감지할 수 없는 수단을 통해 위대한 일을 실현하고, 공화국의 야만적인 '연합'은 '나쁜 가우초' 하나가 담을 쌓고 칼을 휘두르며 이 지방 저 지방으로 돌아다녔기 때문에 이루어지기 시작할 것이다.

제8장
여러 가지 시도

> 하루가 길고도 길도다! 내일은 십 리에 걸쳐 시체가 뿌려져 있는 어느 들판을 말 타고 달리고 싶은데 말이다.
>
> — 셰익스피어

1825년의 공화국 정세에 관해 우리가 이미 묘사한 바 있듯이, 당시 부에노스아이레스 정부는 일반 정부의 형태를 만들기 위한 의회에 각 주(州)를 초대했다. 이런 구상은 사방에서 호의적으로 받아들여졌다. 왜냐하면 이를 통해 각 까우디요가 자기 지방에서 합법적인 까우디요로 자리매김 될 수 있고, 부에노스아이레스가 내뿜는 빛이 모든 시선을 흐릿하게 만들어버릴 수 있고, 또 대단히 중요한 국가적 계획을 부정한다는 것은 물의를 일으킬 수 있을 것이기 때문이었다. 부에노스아이레스 정부는 이런 구상을 제안한 것이 실수라는 이유로 비난을 받았고, 이 구상에 대한 해결책은 부에노스아이레스 정부 자신과 문명에 아주 불행한 것이었음이 틀림없다. 사실 문명은 종교처럼 퍼지기 쉽고 선동적인데, 어떤 사람이 모든 이들이 문명을 자기처럼 믿는 것을 원하지 않는다면 이는 그가 문명을 불신하기 때문이다.

파꾼도 끼로가는 라리오하에서 그 초대장을 받고 그 구상을 열렬히 환영했는데, 이는 아마도 천성적으로 고매한 정신을 소유한 사람이 본질적으로 좋은 것들에 대해 호감을 갖게 되듯이, 그 구상에 호감을 갖고 있었기 때문이었을 것이다.

1825년에 공화국은 브라질과의 전쟁[1]을 준비하고 있었고, 정부는 공화국의 군대를 구성할 연대 하나씩을 각 주별로 조직하라고 요구했다. 마드리드[2] 대령이 이런 임무를 띠고 뚜꾸만에 파견되었다. 그는 병사들을 징발하고 연대를 출범시키는 데 필요한 것을 마련하려는 성급한 마음에 사로잡혀, 자신의 과업을 달성하는 데 유용한 법령을 발효하기 위해 의무를 다하지 않는 기존의 공공 기관들을 주저 없이 폐지하고, 서둘러 뚜꾸만 주 정부를 장악해버렸다. 마드리드 대령의 이런 체제 전복적인 태도는 부에노스아이레스 정부의 처지를 아주 난처하게 만들었다. 각 주의 정부들 사이에 불신이 생기고 지방이 질시를 했는데, 부에노스아이레스에서 온 마드리드 대령이 어느 지방 정부를 전복한 것은 국가의 시각에서 보면 선동적인 반란 행위였다. 부에노스아이레스 정부는 이런 우려를 불식하기 위해 파꾼도더러 뚜꾸만을 침공해 지방 통치권을 재수립하라고 요청했다. 마드리드는 자신이 그렇게 처리하게 된 동기를 부에노스아이레스 정부에 설명했는데, 비록 동기가 아주 하찮다는 것이 확실하다 할지라도 그를 움직이게 했고, 그는 부에노스아이레스 정부에 대한 변함없는 지지를 천명했다. 하지만 때는 너무 늦었다. 파꾼도 끼로가는 이미 행동을 개시한 상태에 있었기 때문에 마드리드를 격퇴할 준비를 하는 수밖에 없었다. 마드리드는 부

⁂

1) [원편집자 주] '브라질과의 전쟁'은 아르헨티나 동부의 시스쁠라띠나(Cisplatina) 주가 브라질에 합병됨으로써 발발했다. 시스쁠라띠나 주는 포르투갈의 식민지였다가 오늘날의 우루과이에 해당하는 반다오리엔딸의 영토가 되었다.
2) [원편집자 주] 도밍고 파우스띠노 사르미엔또는 『파꾼도』에서 라마드리드(Gregorio Aráoz de Lamadrid, 1795~1857)를 당시의 관행에 따라 마드리드(Madrid)라고 불렀는데, 오늘날에는 그렇게 부르지 않는다.

대 하나를 준비해 살따로 진격시킬 수 있었다. 하지만 성격이 예민한 마드리드는 자신에게 가해지던 부담을 가중하지 않겠다는 생각에 총기 50정과 군도 50여 개를 보유하는 데 만족했다. 침략 세력을 무찌르는 데 그 정도 무기면 충분하다고 생각했던 것이다.

마드리드 장군은 아르헨티나 땅에서 태어나 살아온 전형적인 아르헨티나 사람이다. 14세 때부터 에스파냐 사람들과의 전쟁에 참가하기 시작했는데, 로마인 같은 그의 용맹성이 어찌나 대단한지 도저히 믿을 수 없을 정도였다. 140번의 교전을 치렀고, 매번 칼에 피를 묻히며 칼날의 이가 빠질 정도로 치열하게 싸웠다. 그는 화약 연기와 군마들의 울부짖는 소리 가운데 극도로 흥분된 상태에서 말이건, 대포건, 보병이건 자기 앞에 닥치는 것은 모두 칼로 찌를 수만 있다면 전투에서 패배하는 것도 썩 중요하게 여기지 않았다. 나는 그가 아르헨티나의 전형적인 인물이라고 말했는데, 그 이유는 그가 엄청난 용기를 지녔기 때문이 아니라 기마 부대 장교이면서 시인이기 때문이다. 마드리드 장군은 수많은 격전가(激戰歌)로 병사들의 사기를 진작시킨 아르헨티나의 티르타이오스[3]였고, 내가 제1장에 언급한 바 있는 바로 그 음유 시인이다. 그는 가우초 정신을 소유한 문명화된 인물이자 자유를 위해 헌신한 사람이다. 그는 나폴레옹이 요구한 '균형 감각이 있는 사람'은 아니었다. 그의 용맹성이 워낙 뛰어났기 때문에 용맹성과 다른 자질의 비율은 100대 1이었다. 만약 여러분이 그렇지

---

3) '티르타이오스(Tyrtaeos)'는 B.C. 650년 무렵에 스파르타에서 활동한 그리스 시인이다. 아테나이의 지극히 평범한 학교 교사이던 그는 신탁으로 스파르타에 초빙되어 메세니아 전쟁에 참가했다. 전쟁에서 그는 지쳐 있던 스파르타군을 지휘하면서 승리를 비는 시를 지어 군대의 사기를 고무함으로써 전투에서 승리했다고 한다. 그는 조국을 지키는 전사, 시민으로서의 의무와 영예를 노래했으며, 조국을 위해 용감하게 싸우는 것을 시민의 덕(아레테)으로 보았다. 그의 시는 스파르타군의 행진곡으로 후세에까지 불렸다고 한다.

않다고 생각한다면 그가 뚜꾸만에서 행한 일을 보시라. 마드리드 장군은 충분한 세력을 모을 수 있었지만 모으지 않은 채 소수의 병력을 이끌고 전투에 참가했는데, 물론 용맹성에서 그에 필적하는 디아스 벨레스[4] 대령이 그를 따랐다. 파꾼도 끼로가는 2백 명의 보병과 자신이 양성한 붉은기병대를 이끌고 있었다. 마드리드는 50명의 보병과 의용군으로 구성된 기병 부대 몇 개를 보유하고 있었다. 마드리드는 전투를 개시해 파꾼도 끼로가의 기병대를 무찔렀는데, 파꾼도는 전투가 완전히 끝날 때까지 전장으로 돌아가지 않았다. 그 사이 파꾼도의 보병은 대오를 단단히 정비했다. 마드리드는 부하들에게 파꾼도의 보병을 공격하라고 명령했으나, 부하들이 명령에 따르지 않자 혼자서 공격했다. 확실하다. 마드리드 혼자서 그 보병 부대를 향해 돌진한 것이었다. 말에서 굴러떨어져도 일어나 말을 타고 다시 공격을 감행했다. 적군을 죽이고 부상을 입히는 등 자기 앞에 있는 모든 것을 칼로 찔렀다. 마침내 말과 기수가 수많은 탄환을 맞고 여러 곳을 총검에 찔린 상태로 함께 쓰러졌고, 그렇게 됨으로써 승리는 파꾼도의 보병에게 돌아갔다. 마드리드가 여전히 땅바닥에 쓰러져 있는 상태에서 어느 총에 꽂힌 검이 그의 등을 찔렀고, 총알이 그에게 발사되었고, 총알과 총검이 그의 몸을 관통한 뒤, 화염이 그의 몸을 불태웠다. 파꾼도는 결국 과거에 잃어버렸던 자신의 검은 깃발[5]을 되찾았고, 전투에서 승리했으며, 마드리드는 죽은, 완전히 죽은 상태가 되었다. 그의 옷은 그 전쟁터에 있었다. 그의 검과 말도 고스라니 그대로 있었는데, 그의 시체만 없었다. 팔다리가 잘리고 옷이 벗겨진 채 들판에 널려 있는 수많은 시체

---

4) '디아스 벨레스(Eustoquio Antonio Díaz Vélez, 1782~1856)'는 아르헨티나의 군인으로, 독립전쟁과 시민전쟁에 참가했다.

5) [원편집자 주] 파꾼도 끼로가의 검은 깃발은 '종교냐 죽음이냐'라는 모토를 과시했다.

사이에서 그의 시체를 알아볼 수 없었기 때문이다. 포로가 된 디아스 벨레스 대령은 자신의 동맹자인 마드리드가 다리에 자상(刺傷)을 입었다고 증언했다. 하지만 그곳에는 그런 상처를 입은 시체가 없었다.

열한 군데나 칼에 찔린 마드리드는 어느 수풀까지 질질 끌려갔고, 마드리드의 조수는 그곳에서 마드리드를 발견했는데, 그는 전쟁에 관해 헛소리를 하고, 자기에게 다가오고 있던 발걸음 소리에 다음과 같이 대답하고 있었다. "나는 항복하지 않아!" 당시까지 마드리드 대령은 단 한 번도 항복한 적이 없었다.

이것이 바로 파꾼도 끼로가가 자신의 지방 밖에서 벌인 첫 번째 전투인, 그 유명한 엘딸라 전투[6]다. 파꾼도 끼로가는 그 전투에서 용맹한 자들 중 가장 용맹한 자에게 승리를 거두었고, 자신의 검을 승리의 트로피처럼 간직했다. 그런데 파꾼도 끼로가가 그곳에 머무를까? 하지만 우리는 제15연대의 마드리드 대령에게 반기를 들었던 세력을 보아야 하는데, 그 대령은 자신의 부대에 장비를 갖추기 위해 주 정부 하나를 전복했다. 파꾼도는 엘딸라에서 아르헨티나 것이 아니라 자신이 직접 고안한 깃발 하나를 나무에 내걸었다. 해골 밑에 두 개의 대퇴골을 열십자로 짝지은 그림[7]이 한가운데에 그려진 검은 천이었다. 이것은 파꾼도 끼로가가 전투 초기에 잃어버린 깃발인데, 그는 여기저기 흩어져 있는 병사들 가운데 하나에게 말했다. "깃발이 지옥문에 있었을지라도 기필코 찾아내고 말았을 거야." 죽음, 공포, 지옥은 국기에도, '야노스의 장군'의 이 선언에도 나타난다. 여러분은 사제가 '지옥문'[8]을 노래할 때 죽은 자들의 관 위에 놓인 이와 동일한

∴

6) [원편집자 주] '엘딸라(El Tala) 전투'는 1826년 10월 27일에 일어났다. 파꾼도 끼로가는 이바라와 연합해 라마드리드에게 승리를 거두었다.
7) 이 그림은 '죽음', '위험'을 상징한다. 주로 해적의 깃발이나 독약을 표시하는 깃발에 사용된다.

천을 본 적이 있는가?

  그렇지만 여기에는 여전히 더 많은 무엇이 있다. 이것은 그때부터 아라비아, 타르타르 같은 초원 세력의 정신을 드러내는 것인데, 이 초원 세력이 도시를 파괴할 것이다. 아르헨티나의 색깔은 파란색과 하얀색이다. 그것은 청명한 날의 투명한 하늘색이고, 둥그런 태양의 선명한 빛 색이다. 이 두 색은 각각 모든 사람을 위한 평화와 정의를 의미한다. 우리의 깃발과 무기는 독재와 폭력을 증오하는 힘으로 전쟁의 문장(紋章)과 갑주(甲冑)를 추방한다. 연합의 상징인 두 개의 손이 자유를 찾은 사람들의 프리지아 모자[9]를 떠받치고 있다. 이 상징이 의미하는 바는 연합된 도시들이 획득된 자유를 지탱한다는 것이다. 태양은 이 맹세를 한 무대를 비추기 시작하고, 밤은 차츰차츰 사라져간다. 그 빛의 도래를 더욱더 효과적으로 만들고, 그 군대의 방패가 뿜어내는 아우라를 한낮의 빛으로 바꾸기 위해 사방에서 전쟁을 일으키는 공화국의 군대는, 감청색 제복을 입고, 옷에 다양한 액세서리를 달고, 유럽식으로 입는다. 이제 공화국의 중심에서, 공화국의 내부로부터 '빨간색'이 나타나고, 군인의 제복, 군대의 깃발, 마지막으로 국가의 꽃 모양 술[10]이 만들어지는데, 아르헨티나 사람은 모두 삶의 형극(荊棘)

⁝⁝

8) '지옥문'의 원어는 'A Porta Inferi'다. 라틴어 기도문의 첫 부분으로, '지옥문으로부터 우리를 구해주소서'라는 의미가 있다.
9) '프리지아 모자'는 머리에 꼭 눌러 쓰는 원추형 모자로, 부드러운 펠트나 양모로 만들며, 앞으로 접히는 뾰족한 관이 특징이다. 소아시아의 고대 국가인 프리지아에서 유래했으며, 고대 그리스 미술에서는 동양인들이 착용하는 모자로 표현되어 있다. 로마에서는 자유의 몸이 된 노예들이 자유의 상징으로 이 모자를 썼고, 11, 12세기에 많은 사람이 다시 착용하기 시작했다. 프랑스 혁명 중인 18세기에 혁명가들이 빨간색의 프리지아 모자를 자유의 모자로 채택하면서 또다시 자유의 상징이 되었다. 더 나아가 국가적인 자유를 뜻하는 우의적인 상징으로 인식되었다.
10) '꽃 모양 술(cucarda: 꾸까르다)'은 원래 칠레의 국가 상징물이었다. 국기, 국가의 문장과 더불어 국가의 상징물로 인정받는다.

을 헤쳐 나가야 한다.

여러분은 빨간색[11]이 무엇을 의미하는지 아는가? 나는 아직 그 의미를 잘 모르지만 몇 가지 기억을 합쳐볼까 한다.

내 눈 앞에는 세계 모든 나라의 국기가 그려져 있는 그림 하나가 놓여 있다. 유럽에는 문명화된 나라가 단 하나 있다. 그 나라에서는 빨간색이 지배적임에도 불구하고 국기의 색깔은 조잡하다. 하지만 다른 빨간색도 있다. 그것은 바로 사자의 색깔이다. 알제리의 국기는 해골 밑에 두 개의 대퇴골을 열십자로 짝지은 그림이 그려진 빨간색이다. 튀니지의 국기도 빨간색이다. 몽골의 국기도 똑같이 빨간색이다. 터키의 국기는 초승달이 그려진 빨간색이다. 모로코와 중국의 국기는 사람을 죽이는 칼이 그려진 빨간색이다. 시암[12]과 수라트[13] 등의 국기도 같은 색이다.

나는 아프리카 중앙으로 들어가려고 시도하는 여행자들이 검은 왕자들의 비위를 맞추기 위해 빨간색 천을 바친다는 사실을 기억하고 있다. 라드너의 형제[14]는 "엘베의 왕[15]이 빨간색 천으로 만드는 에스파냐식 수르투[16]와 같은 색의 바지를 입고 있다"고 말했다. 나는 칠레 정부가 아라우꼬[17]

---

11) 도밍고 파우스티노 사르미엔또는 '빨간색'을 표현하는 데 '꼴로라도(colorado)'라는 어휘를 사용했다. 뒤에 나오는 '꼴로라도 델 라스 꼰차스(Colorado de las Conchas)'와 연계할 필요가 있다.
12) '시암(siam)'은 타이 왕국의 옛 이름이다. '샴'이나 '사이암'이라 부르기도 한다.
13) '수라트(Surat)'는 인도 뭄바이 북쪽 약 200킬로미터 지점 탑티 강 하류에 인접한 도시로, 차례로 포르투갈, 무굴, 영국의 지배를 받았다. 영국의 인도 지배 초기의 근거지이기도 했다.
14) 여기서 말하는 '라드너 형제'는 영국 출신의 광산업자, 농부, 정치가로 브리티시 콜롬비아(British Columbia)를 세운 윌리엄 헨리 라드너(William Henry Ladner, 1826~1907)와 토머스 엘리스 라드너(Thomas Ellis Ladner, 1836~1922)를 가리킨다.
15) '엘베의 왕'은 작센 왕국의 초대 왕이며, 폴란드 바르샤바의 공작인 프리드리히 아우구스트 1세(Friedrich August Ⅰ, 1750~1827)다.
16) '수르투(surtú)'는 일종의 외투다.

까시께들에게 보낸 선물이 빨간색 만따[18]와 옷이라는 사실을 기억하고 있다. 그렇게 하는 이유는 야만인들이 빨간색을 좋아하기 때문이다.

로마 황제들의 외투는 독재자를 상징하는 자주색이었는데, 이 또한 빨간색의 일종이다.

유럽 야만족들의 왕이 입는 망토도 늘 빨간색이었다.

에스빠냐는 빨간색을 혐오하던 유럽의 마지막 나라였는데, 사람들은 불그스레한 양홍(洋紅)색 외투를 입었다.

에스빠냐의 돈 까를로스[19]는 확실한 왕위 계승자로, 빨간색 깃발 하나를 내걸었다.

제네바 왕의 칙령[20]은 원로원 의원들이 자줏빛, 즉 빨간색 도포를 입어야 한다고 알렸다. 특히 이 옷은 "원로원 의원들이 범죄자들에게 선고를 내릴 때 입어야 하는데, 그 이유는 범죄자들에게 공포와 불안감을 심어주어야 하기 때문"이라고 주의시켰다.

∴

17) '아라우꼬(Arauco)'는 잉카인들이 복속시킬 수 없었던 부족 '마뿌체(Mapuche)'를 가리킨다. 1980년대까지만 해도 마뿌체 원주민들을 '아라우꼬 사람들'이라는 뜻의 '아라우까노(araucano)'로 부르는 경우가 많았으나, 현재는 마뿌체라는 이름으로 불린다.
18) '만따(manta)'는 양모 또는 면으로 짠 사각형 피륙을 말하는데, 시골 사람들이 추위를 피하기 위해 걸치는 것이다. 일부 지역에서는 의복으로 간주되어 사람들이 늘 입고 다닌다.
19) '돈 까를로스(Carlos María Isidro Benito de Borbón y Borbón-Parm, 1788~1855)'는 까를로스 4세의 둘째 아들이다. 그의 형인 페르난도 7세가 1833년에 세상을 떠나면서 여자가 왕위를 계승할 수 없는 법령을 개정해 어린 딸 이사벨 2세에게 양위하면서 어머니인 마리아 끄리스띠나(María Cristina)로 하여금 섭정을 맡게 했다. 이에 선왕의 동생인 돈 까를로스가 왕권을 주장하며 봉기를 일으켜 제1차 까를로스 전쟁(1834~1840)이 발발했다. 까를로스파는 이후로도 두 차례에 걸쳐 내전을 일으킴으로써 19세기 내내 에스빠냐의 정치 상황을 불안하게 만들었다.
20) [원편집자 주] 알베르디(Juan Bautista Alberdi, 1810~1884) 씨가 자신의 이탈리아 기행에 관한 이 정보를 내게 제공해주었다. 알베르디는 문인이자 법학자로, 아르헨티나 공화국 최초의 헌법을 만든 사람이다. 부에노스아이레스에서 '1837년 세대' 그룹과 함께 문예 동아리 '5월 협회'를 결성했다. 로사스 독재 정권을 비판하고 1838년 우루과이로 망명했으며, 그 뒤 칠

유럽 모든 국가의 사형 집행인은 지난 세기까지도 빨간색 옷을 입었다.

아르띠가스는 아르헨티나 국기에 빨간색 사선 띠 하나를 첨가했다.

로사스의 군대는 빨간색 옷을 입는다.

로사스의 초상화는 빨간색 리본에 박혀 있다.

무슨 신비한 이유가 있기에 이 모든 사실이 서로 연계되는 것일까? 알제리, 튀니지, 일본, 모로코, 터키, 시암, 그리고 아프리카 사람들, 미개인들, 로마의 네로 같은 왕들, 야만족 왕들, 공포와 불안감을 유발하는 자, 사형 집행인과 로사스가 오늘날 기독교 사회, 문명화된 사회에서 금지되어 있는 색깔의 옷을 입는다는 것은 과연 우연일까? 빨간색이 폭력, 피, 야만성을 표현하는 상징이 아닐까? 그렇지 않다면 왜 이런 반감이 생기는 것일까?

아르헨티나 독립 혁명은 두 개의 하늘색 띠와 하나의 하얀색 띠로 상징된다. 마치 다음과 같은 것을 의미한다는 듯이. 정의, 평화, 정의!

파꾼도 끼로가가 지휘하고 로사스가 이용한 반동(反動)은 빨간색 띠 하나에 상징되어 있는데, 그 의미는 다음과 같다. 공포, 피, 야만!

인류는 씨앗처럼 불그스레한 색, 빨간색, 자주색에 늘 이런 의미를 부여해왔다. 여러분은 이 색깔을 과시하는 지역들의 정부에 관해 연구해보시라. 그러면 여러분은 로사스와 파꾼도를 만나게 될 것이다. 매일 공포, 야만, 피가 넘쳐흐르고 있다. 모로코에서는 황제가 직접 범죄자를 죽이는 독

레와 유럽에서 로사스 정권을 비판하는 문필 활동을 전개했다. 콩트를 존경한 실증주의자로, 1852년 『아르헨티나 공화국 건설의 기초와 출발점(*Bases y puntos de partida para la organización política de la República Argentina*)』을 출간했는데, 이 책에 의거해 공화국 1853년 헌법을 기초했다. 유럽 이민자 수용과, 외국 자본과 기술 도입의 중요성을 강조했다. 로사스가 실각한 후 우르끼사(Urquiza) 정권(1854~1860)에서 프랑스, 영국, 미국 등의 전권공사를 지냈다. 정치, 문학, 음악에 이르는 저작물 스물네 권을 남겼다.

특한 권한을 가지고 있다. 나로서는 이 점에 관해 언급해둘 필요가 있다. 모든 문명은 옷에서 드러나고, 각각의 옷은 사상 체계 하나를 총체적으로 드러낸다. 요즘 우리는 왜 수염을 기르는가? 중세에 관한 최근 연구를 통해 보자면, 로마 문학에 설정된 방향성은 옷에 반영되어 있다. 왜 옷은 매일 바뀌는가? 유럽인들의 자유로운 생각 때문이다. 여러분은 생각을 정체시켜 노예로 삼으시라. 그러면 늘 같은 옷을 입게 될 것이다. 그렇듯 사람들이 로사스 정부 같은 정부 아래서 살아가는 아시아에서는 아브라함의 시대부터 동일한 형태의 옷을 입고 있다.

*[21] 예로 들 수 있는 경우가 아직도 더 많이 남아 있다. 모든 문명은 고유의 의상을 가지고 있고, 사상이 변하거나, 제도가 혁신될 때마다 옷 입는 방식에 변화가 생겼다. 로마 문명은 한 가지 의상 형식을 지니고 있었고, 중세는 다른 의상 형식을 지니고 있었다. 프록코트는 과학이 부흥된 이후에야 비로소 유럽에서 입기 시작했는데, 패션은 가장 문명화된 나라가 나머지 세계에 퍼뜨린 것이다. 모든 기독교 국가는 프록코트를 입고, 터키의 술탄인 압둘 메지드[22]는 유럽 문명을 자기 영토에 도입함으로써 국민이 터번, 카프탄,[23] 자루처럼 불룩한 바지 대신에 프록코트, 서양식 바지를 입고 넥타이를 차기를 원했다.

∴

21) * 이 부분은 1845년 5월 22일에 발행된 《엘쁘로그레소》 제786호에 연재되었다.
22) '압둘 메지드(Abdul Medjid I, 1823~1861)'는 오스만 제국의 제31대 술탄으로, 오스만 제국의 영광을 회복하려고 애썼다. 그는 '하티 후마윤 칙령'을 공포했고, 돌마바흐체 궁전을 건축했다.
23) '카프탄(captan)'은 동정이 없이 앞이 트이고 옷자락이 길고 낙낙한 겉옷으로, 외투처럼 입는다.

아르헨티나 사람들은 로사스와 파꾼도가 프록코트와 문명화된 나라의 패션에 대해 집요하게 벌인 투쟁에 관해 알고 있다. 1840년에 한 무리의 마소르께로[24]가 밤의 어둠에 휩싸인 부에노스아이레스의 거리에서 프록코트를 입은 남자 한 명을 둘러쌌다. 칼들이 그 남자의 목에 닿을 듯 말 듯 겨냥되어 있는 가운데 남자가 "나는 시몬 뻬레이라예요"라고 소리를 질렀다. "이보세요, 이렇게 옷을 입으면 눈에 띄잖아요." 남자들이 말했다. "바로 그런 이유로 내가 이런 옷을 입는단 말이에요. 나 말고 누가 이런 프록코트를 입겠어요? 사람들이 멀리서도 나를 알아보도록 프록코트를 입는다고요." 이 남자는 바로 돈 후안 마누엘 데 로사스의 사촌이자 사업 동료다. 하지만 나는 파꾼도에 의해 시작된 빨간색에 관해 설명하는 작업과, 아르헨티나 시민전쟁의 각종 상징을 통해 시민전쟁의 성격을 보여주는 작업을 마치기 위해, 여기서 요즘 자랑스럽게 밖으로 드러나는 빨간색 리본의 역사에 관해 언급해야겠다. 1820년에 로사스는 자신의 꼴로라도스 델 라스 꼰차스[25]를 대동하고서 부에노스아이레스에 나타났다. 지방에서 그 부대원들을 보낸 것이다. 로사스는 20년이 지난 뒤 결국 집, 문, 벽지, 그릇, 태피스트리, 커튼 등 '그 도시'를 온통 빨갛게 물들여버렸다. 마지막으로 그는 이 색깔을 국가의 공식 색깔로 지정하고, 이 색깔 사용 여부를 국가에 대한 충성심의 척도로 삼았다.

빨간색 리본의 역사는 아주 특이하다. 처음에 빨간색 리본은 열성분자

---

[24] '마소르께로(mazorquero)'는 부에노스아이레스의 통치자인 후안 마누엘 데 로사스가 복수를 하기 위해 비밀리에 만든 조직 '마소르까(mazorca)'에 속한 사람을 가리킨다.

[25] [원편집자 주] 로사스는 1820년에 도레고(Dorrego)의 도움을 받아 빨간색 옷을 입은 남부 지방 농민들로 구성된 기병 연대를 이끌고 부에노스아이레스로 들어갔다. 여기서 '꼴로라도 델 라스 꼰차스(Colorado de las Conchas)'는 '빨간색 옷을 입은 지방 의용군'을 의미한다.

들이 채택한 상징물이었다. 나중에는 여론이 '일치되었다는 증거'로 모든 사람에게 빨간색 리본을 착용하라는 명령이 시달되었다. 명령에 복종하라는 의무가 부과되었으나 옷이 바뀌자 빨간색 리본은 잊혔다. 경찰은 기억의 도움에 의존했다. 거리마다, 특히 성당의 출입구에는 마소르께로들이 진을 치고 있었는데, 그들은 부인들이 외출할 때면 황소 음경으로 만든 채찍을 무자비하게 휘둘러댔다. 하지만 규제할 것이 여전히 많이 남아 있었다. 만약 리본을 허술하게 매고 있으면? 이런, 채찍을 맞아도 싼 인간이야! 중앙 집권주의자로군. 그렇게 작은 리본을 매고 있다고? 이런, 채찍을 맞아도 싼 인간이야! 중앙 집권주의자로군. 리본을 매고 있지 않으면? 명령 불복종 죄로 목이 잘려야 했다. 정부의 적극적인 관심은 거기서 멈추지 않았고, 공공 교육 또한 마찬가지였다. 연방주의자가 되고, 리본을 매고 있어도 충분하지 않았고, '열렬한' 사랑의 증표로서 '빛나는 복구자'[26]의 초상과 "야만적이고 추잡한 중앙 집권주의자들은 죽어라"[27]라는 글귀를 박아 가슴에 차고 다녀야 할 필요가 있었다. 이렇게 함으로써 교양 있는 어느 국민을 천하게 만들고, 개개인이 자신의 품격을 총체적으로 포기하도록 만드는 그 작업이 끝났다고 믿을 수 있는가? 아하! 국민들은 아직 온전하게 훈육되지 않았다. 어느 날 이른 아침, 우스꽝스러운 인물 형상 하나가 그려진 종이가 약 반 바라 길이의 나풀거리는 리본을 단 채 부에노스아이레스의 길모퉁이에서 발견되었다. 그것을 처음 본 누군가가 공포에 질려 뒷걸음질을 쳐서 달아난 뒤 사방에 알리고 다녔다. 그는 눈에 띄는 첫 가게로 들어가 반 바라 길이의 나풀거리는 리본을 사들고 나

26) '빛나는 복구자(Ilustre Restaurador)'는 로사스를 가리킨다.
27) 원문은 다음과 같다. " ! Mueran los salvajes inmundos unitarios!"

왔다. 10분이 지나자 도시의 모든 사람들이 각자 반 바라 길이의 나풀거리는 리본을 가슴에 매단 채 거리로 나왔다. 며칠 뒤 리본에 약간의 변형이 가해진 그 형상이 다시 나타나 같은 효과를 거두었다. 만약 어떤 아가씨가 깜빡 잊고서 그 빨간색 매듭을 차지 않고 밖에 나오면 경찰은 아가씨의 머리에 자기 '마음대로' 녹인 역청을 붙여버렸다! 그렇게 함으로써 여론을 획일화할 수 있었다. 자신이 연방주의자가 아니라고 주장하거나 아니라고 믿는 사람이 아르헨티나 공화국에 한 명이라도 있는지……. 독자 여러분은 물어보시라. 거리를 청소하라는 명령이 떨어지자마자 누군가 자기 집 문 밖으로 나가서 집 앞 거리를 말끔하게 청소하면 이웃집 사람이 그를 따라하는 식으로, 반 시간 안에 거리 전체가 말끔하게 청소되는 일이 다반사로 일어났는데, 이는 경찰의 명령이 있었기 때문이라고들 믿었다. 어느 식료품 가게 주인이 관심을 끌기 위해 깃발 하나를 내걸었다. 그것을 본 옆집 사람은 자신이 굼뜨게 행동하면 정부로부터 트집을 잡힐까봐 두려워 그 또한 깃발을 내걸었다. 앞집 사람들도 깃발을 내걸었고, 그 거리에 있는 모든 사람이 깃발을 내걸었고, 이렇게 해서 다른 거리로 퍼져나가서 순식간에 부에노스아이레스는 깃발로 뒤덮이게 되었다. 깜짝 놀란 경찰은 사람들이 도대체 얼마나 대단한 소식을 들었기에 그러는지 조사했다. 자신들도 모르는 소식을……. 거리에서 영국인 1만 1천 명을 굴복시킨 국민들이 바로 이들이었는데, 이들은 나중에 아메리카 대륙에서 에스파냐 사람들을 사냥하기 위해 군대를 다섯 번이나 보냈다!

사실 공포는 치명적인 콜레라, 천연두, 성홍열처럼 사람들을 괴롭히는 정신병이다. 결국 그 누구도 공포의 전염성에서 자유로울 수 없다. 그 전염성을 치료하기 위해 10년 동안 계속해서 노력을 하는데도 결국 예방 접종을 받은 사람조차도 견디지 못한다. 그러니 여러분, 이스파노아메리카 사람들이여, 그런 퇴보를 목격하시고도 웃지 마시라. 여러분이 바로 에스파냐 사람들이고, 종교 재판이 에스파냐를 그렇게 교육시켰다는 사실을 직시하시라! 우리가 바로 이 병을 핏속에 지니고 있는 것이다!

우리, 이야기의 실마리를 다시 잡아보자. 파꾼도 끼로가는 승리자로서 뚜꾸만에 들어갔다. 그런데 헌법에 대한 리바다비아의 방침이 국민들에게 단번에 무시될 수는 없는 공공 의식을 형성시켜놓았기 때문에 파꾼도는 뚜꾸만에서 두드러지는 폭력을 저지르지도 않고 세금을 걷지도 않은 채 며칠이 지난 뒤 라리오하로 돌아갔다.

파꾼도 끼로가는 자신이 비록 대통령제의 적이었다 할지라도 라리오하로 돌아갔다. 파꾼도 끼로가 장군은 자신이 대통령제에 그토록 반대하는 이유가 무엇이라고 확실히 말할 수 없었는데, 그것은 아주 자연스러운 현상이지만, 그 자신도 그 이유를 알 수 없었다. "나는 연방주의자가 아니야." 파꾼도 끼로가는 늘 이렇게 말했다. "그렇다면 내가 바보인가? 자네는 ― 파꾼도 끼로가가 언젠가 돈 달마시오 벨레스[28]에게 말했다 ― 내가 전쟁을 벌인 이유가 무엇인지 아는가? 바로 이것 때문이야!" 그리고 파꾼도 끼로가는 금 1온사[29]를 꺼냈다. 파꾼도 끼로가는 거짓말을 했다.

그는 몇 번인가는 다음과 같이 말했다. "산후안의 주지사 까릴은 내가 까리따를 추천했을 때 거들떠보지도 않음으로써 나를 함부로 대했다. 그래서 나는 의회에 반대하는 것이다." 그는 또 거짓말을 했다. 그의 적들은

∙∙
28) '달마시오 벨레스(Dámaso Simón Dalmacio Vélez Sarsfield, 1800 또는 1801~1875)'는 아르헨티나의 변호사, 정치가로, 1868년에 아르헨티나 민법 초안을 썼다. 그 법의 일부는 현재까지도 유효하다.
29) '온사(onza)'는 약 1온스의 무게에 해당하는 금으로 주조된 금화다. 에스파냐의 펠리뻬 3세부터 페르난도 7세까지 주조되었다. 약 329레알의 가치가 있다.

이렇게 말했다. "파꾼도 끼로가는 은행에 많은 주식을 보유하고 있었고, 사람들은 그 주식을 국가 정부에다 30만 달러에 팔라고 제의했다. 리바다비아는 이 제의를 거부했는데, 그 이유는 파꾼도가 불명예스러운 도적이었기 때문이고, 파꾼도는 그때부터 리바다비아의 적이 되었다."

위에서 언급한 것은 확실한 사실이나, 이것이 파꾼도가 리바다비아의 적이 된 진짜 이유는 아니었다.

사람들은 파꾼도 끼로가가 리바다비아에게 반대하기 위해 부스또스와 이바라의 제안을 수용했다고들 믿는다. 하지만 이와 반대되는 사실을 증명해주는 기록 하나가 있다. 파꾼도는 1832년에 마드리드 장군에게 쓴 편지에서 다음과 같이 말했다. "내가 아주 무능하고 저급한 인간인 부스또스와 이바라의 초대를 받았을 때, 나는 그들이 독재자 대통령 돈 베르나르디노 리바다비아에 대한 반대를 성공할 수 있을 것이라고 생각하지 않음으로써 그들과 함께하기를 거부했습니다. 하지만 부스또의 전속 부관인 돈 마누엘 델 까스띠요 대령이 알려준 말을 듣고 마음을 바꾸었습니다. 당신이 과거에 이 일에 참여했고 가장 깊은 관심을 갖고 있었다고 대령이 내게 확신을 주었기 때문에, 나는 단 한순간도 망설이지 않고서 아무런 조건 없이 합류하겠다고 결정했던 것입니다. 행복한 결말을 기다리기 위해 오직 당신의 칼에 의존하면서 말입니다……. 그렇게 우롱을 당한 내 실망이 얼마나 컸겠습니까!" 등등.

파꾼도 끼로가는 연방주의자가 아니었다. 결코 연방주의자가 될 수 없었다. 그렇다면 무엇이 되어야 하는가! 공화국에 더 유리한 정부 형태에 관해 속속들이 알기 위해서는 시골의 까우디요처럼 아주 무식한 사람이 될 필요가 있다! 교육을 덜 받은 한 인간이 고차원 정치의 난해한 문제에 관해 판단할 능력을 더 많이 가지고 있는 것인가? 로뻬스, 이바라, 파꾼도 같은 사상가들은 자신들의 역사, 사회, 지리, 철학, 법률 공부와 더불어 한 국가에 적합한 조직의 문제를 풀려고 한 것인가? 에헤!…… 부주의한 사람들이 아주 신중하지 못하게 조롱하는 데 사용하던 그런 쓸데없는 말은 한쪽으로 치워버리자. 그런데 파꾼도는 자신을 뚜꾸만으로 보낸 바로 그 정부에 반대했는데, 이는 자기를 라리오하로 보낸 알다오에 반대할 때와 동일한 이유 때문이었다! 파꾼도 끼로가는 자신이 강하다고, 그리고 임무를 수행할 의지가 있다고 느꼈다. 맹목적이고 막연한 본능이 그를 밀어붙였고, 그는 본능에 복종했다. 그는 시골의 사령관이었고, '나쁜 가우초'였고, 시민적 정의, 시민적 질서, 교육받은 인간, 현자, 프록코트의 적이었고, 한마디로 말해 '도시'의 적이었다. 파꾼도 끼로가는 이 모든 것을 파괴하라는 임무를 저 높은 곳으로부터 받았고, 그는 그 임무를 포기할 수가 없었다.

이 시기에 특이한 문제 하나가 발생해 일을 복잡하게 만들어버렸다. 바다로 통하는 항구 부에노스아이레스에는 외국인 1만 6천 명이 거주하고 있었는데, 정부가 이들 외국인에게 양심의 자유를 허용하겠다고 하자 최고위 성직자들은 법을 받아들이고 승인해주었다. 예전에 수도원들은 억압을 받았고, 사제들은 자급자족을 했다. 부에노스아이레스에서 이 일은 소란을 일으키지 않았는데, 왜냐하면 여론이 이에 동조했고, 법 제정의 필요성 또한 명백했기 때문이다. 양심의 자유는 아메리카에서 정치적이고 경제적인 문제다. 양심의 자유를 말하는 사람은 유럽인의 역내 이주와 거주를 말하는 것이다. 이 문제가 부에노스아이레스에서 온전하게 인정받았기 때문에 로사스도 당시에 합의된 자유의 법에 손을 댈 엄두를 내지 못했다. 로사스가 손을 댈 시도를 하지 않는다는 것은 상상할 수 없을 정도로 터무니없는 것이라 할 수 있다.

그런데도 각 지방에서는 이것이 종교의, 구원의, 천벌의 문제였다. 꼬르도바에서는 그것이 어떻게 받아들여졌을지 상상해보시라! 꼬르도바에서 심리가 열렸다. 산후안은 '가톨릭적' 반란을 겪었는데, '가톨릭적'이라 부른 이유는 자신들의 당파를 적(敵)인 '자유주의자'들과 구분하기 위해서였다. 산후안에서 이 반란은 진압되었고, 어느 날 파꾼도가 핏빛 선연한 십자가가 중앙에 그려져 있고 가장자리에는 "종교냐 죽음이냐!"라는 표어가 쓰여 있는 검은 깃발 하나를 든 채 도시의 출입구에 있다는 사실이 알려졌다.

독자 여러분은 파꾼도 끼로가 '결코 고백 성사를 하지 않고, 미사에 참석하지도 않고, 기도도 하지 않고, 자신은 아무것도 믿지 않는다고 말했다'는 말을 내가 어느 기록에서 그대로 인용했다는 사실을 기억하는가? 그런데 파꾼도 끼로가는 당파 정신으로 충만한 나머지 '하느님의 사자(使者)'라 불리는 어느 저명한 설교자에게 군중이 파꾼도 자신의 깃발을 따르도록 사주해달라고 부탁했다. 이 사제가 눈을 뜨고 현실을 직시하면서 전에 자신이 선전해주었던 그 범죄적인 성전(聖戰)에서 몸을 빼버리자 파꾼도는 사제를 붙잡아다가 채찍 6백 대를 때려야 했는데 그렇게 하지 못해 정말 아쉬웠다고 말했다.

파꾼도 끼로가가 산후안에 도착하자 그 도시의 주요 인사들, 도망가지 못한 치안 판사들, 파꾼도 끼로가의 그런 종교적인 도움에 기뻐하는 사제들이 그를 맞이하기 위해 거리로 나와 두 줄로 늘어섰다. 하지만 파꾼도는 그들을 거들떠보지도 않은 채 지나가버렸다. 마중 나온 사람들은 다들 굴욕감을 느끼고 황당하다는 듯 서로 쳐다보면서 약간의 거리를 두고 파꾼도를 뒤따라갔다. 마침내 그들은 어느 알파파 목장 한가운데에 도착했다. 그곳은 그 목부(牧夫) 장군, 즉 현대적인 '힉소'[30)]가 도시의 세련된 건물들보다 더 좋아하는 숙소다. 파꾼도가 어렸을 때 그를 키워준 흑인 여자가 그를 만나러 나타나자, 파꾼도는 그녀를 자기 옆에 앉히고 그녀와 다정하게 이야기를 나누었다. 그 사이 그 도시의 사제들과 주요 인사들은 선 채로 있었는데, 그들 가운데 그 누구도 파꾼도와 흑인 여자에게 말 한마디 건네지 못했고, 우두머리 파꾼도 끼로가는 그들에게 그만 가보라는 말도 꺼내지 않았다.

'가톨릭교도들'은 전혀 기대하지 않고 있던 차에 자신들에게 찾아온 도움의 중요성과 적절성에 대해 약간의 의구심이 있었음이 틀림없다. 채 며칠이 지나지 않았을 때, 파꾼도 끼로가는 꼰셉시온의 그 본당 신부가 '자유주의자'라는 사실을 알고서 병사들에게 그를 체포해 데려와서 고문을 하고 족쇄를 채우라고 명령했고, 그 사제에게는 죽을 준비를 하라고 했다. 내 책을 읽는 칠레 독자들은 당시 산후안에 자유주의자 사제들, 대통령의 정당에 속해 있는 본당 신부들, 사제들, 수사들이 있었다는 사실을 알아야 한다. 특히 신부 센떼노는 다른 신부 여섯과 더불어 산띠아고에서 아주 유명한 인물이었는데, 그는 교회 개혁 작업을 열심히 한 신부들 가운데 한 명이다. 하지만 그 깃발에 적힌 표어를 정당화하기 위해서는 종교에 호의적인 뭔가를 할 필요가 있었다. 이처럼 상찬할 만한 목적을 지닌 파꾼도는 자신의 정당을 따르는 어느 사제에게 짧은 편지 한 통을 써서 자신이 취한 결정에 관해 자문해달라고 부탁했다. 파꾼도는 사제들이 소속 종교 단체 소유의 재산을 반납해야 한다는 포고를 아직 내리지 않은 당국자들을 모조리 총살해버리겠다고 결정해놓고 있었다.

하느님의 이름으로 범죄를 조장하는 것이 얼마나 심각한 것인지 예견한

---

30) '힉소(Hykso)' 또는 '히스코'는 이집트의 나일 강 델타 지역의 동부를 침략해 고대 이집트의 제2중간기를 개창한 아시아계 인종이다. 그들은 기원전 17세기에 세력을 키웠고, 하(下)이집트와 중(中)이집트를 108년간 통치했다. 이들은 이집트에 새로운 활과 말이 끄는 전차 등 신무기를 들여왔다.

적이 없던 그 선량한 사제는, 배상이 이루어지는 형식에 관해서만은 신중한 자세를 취함으로써, 배상을 합법적인 절차에 따라 해달라고 요청하고 명령하는 공식 문서 하나가 당국자들에게 시달되도록 할 수 있었다.

아르헨티나 공화국에 어떤 종교적인 문제가 있었는가? 한 나라의 국민이 야만적일수록, 그리고 그에 따라 신앙심이 없을수록 편견이 더 많아지고 광신적이 되기 쉽다는 사실을 내가 알지 못했더라면 나는 종교적인 문제가 없을 것이라고 노골적으로 부정했을 것이다. 하지만 대중은 자발적으로 자신을 지키는 사람들이 아니었고, 그 표어, 파꾼도, 로뻬스, 부스또스 등을 수용한 이들은 아주 평범한 사람들이었다. 바로 이 점이 중요하다. 15세기에 유럽에서 일어난 종교 전쟁은 양측의 신앙심 깊은 신자들, 열정적인 신자들, 광적인 신자들, 그리고 순교를 자청할 정도로 단호한 신자들에 의해 지탱되었는데, 그들에게는 어떤 정치적인 목적도 야망도 없었다. 청교도들은 전투를 개시하기 전에 성경을 읽고, 기도를 했으며, 단식과 참회를 함으로써 마음의 준비를 했다. 무엇보다도 각 당파의 정신은 거짓 없이 드러나게 되는데, 그들이 승리를 하게 될 때, 그리고 그들이 싸움을 하기 전에 장담했던 것을 넘어서는 승리를 하게 될 때, 그들의 의도가 실현된다. 이런 결과가 일어나지 않을 때, 말은 신뢰를 잃게 된다. 아르헨티나 공화국에서는 가톨릭의 이념을 표방한 정당이 승리를 거둔 뒤에 종교를 위해 또는 성직의 이익을 위해 무엇을 한 적이 있는가?

[*31)] 내가 알 수 있는 유일한 것은, 예수회가 추방되었고,[32)] 존경받는 네 사제가 산또스루가레스에서 산 채로 머리 가죽과 손 가죽이 벗겨진 뒤 참수당했는데,[33)] 당국은 그들을 참수한 뒤에 성체 옆에 로사스의 초상화를

놓고는 캐노피를 씌워 거리를 행진하게 했다는 것이다! '자유주의' 정당이 그처럼 무시무시한 신성 모독을 저지른 적은 결코 없었지 않은가?

하지만 이 문제에 관해서는 이제 충분히 다루었다. 파꾼도는 산후안에서 지내는 동안 도박을 하면서 시간을 보냈고, 그가 그 지역을 수호하는 데 필요한 돈을 충당하는 일은 당국자들에게 맡겨버렸다. 파꾼도는 그곳에 머무는 동안 알파파 목장에 텐트를 쳐놓고 살면서 치리빠[34]를 입은 모습을 과시했다(이런 과시는 미리 계산된 것이었다). 시민 대다수가 영국식 말안장을 사용하고, 시골 가우초풍의 야만적인 의상과 관습을 싫어하던 어느 도시에서 파꾼도는 싸움질을 하고, 사람들을 모욕했다. 그것도 온전한 농촌 지역의 어느 도시에서 말이다!

이 목동들의 족장은 뚜꾸만에서 마드리드 장군에 대항하는 출정을 한 차례 더 함으로써 '데뷔' 또는 공개를 완성했다. 마드리드 장군은 뚜꾸만 지방 전체 주민의 지원을 받아 뚜꾸만 정부를 차지했고, 파꾼도는 마드리

---

31) * 이 부분은 1845년 5월 24일에 발행된 《엘쁘로그레소》 제788호에 연재되었다.
32) '예수회(Jesuíta)'는 각국에서 몰락해가는 로마 가톨릭의 권위를 다시 세우고, 가톨릭 내에서 교황청의 권력을 옹호하며, 기독교를 핍박하고 견제하기 위해 1540년 성 이그나티우스 데 로욜라(Ignatius de Loyola, 1491~1556)가 사비에르 등과 함께 파리에서 창설한 가톨릭 남자 수도회를 말한다. 1540년 9월 27일에 로마 교황청의 정식 인가를 받았다. 예수회는 각국에서 로마 교황청의 권력을 공고히 하기 위해 정치, 사회, 종교, 사회 조직 등에 침투했는데, 자신들의 목적을 달성하기 위해 음모, 암살 등을 자행했다는 이유로 중남미를 비롯한 여러 나라에서 추방된 경험이 있다. 아르헨티나에서는 1767년에 추방되었다.
33) [원편집자 주] 이들 사제는 뚜꾸만 지방의 비야파녜(Villafañe)로, 76세였다. 프리아스(Frias)라는 성을 가진 두 본당 신부는 산띠아고델에스떼로에서 쫓겨나 뚜꾸만의 시골에 정착한 사람들로, 한 사람은 64세, 다른 사람은 66세였다. 꼬르도바 주교좌성당의 수도참사회의원(修道參事會議員) 까브레라(Cabrera)는 60세였다. 이 네 사제는 부에노스아이레스로 끌려왔다가 산또스루가레스(Santos Lugares)에서 본문에 언급한 신성 모독 죄를 지었다는 이유로 참수당했다.
34) '치리빠(chiripá)'는 아르헨티나, 브라질의 히우그란지두술, 파라과이, 우루과이 등지의 가우초들이 입는 헐렁한 사각형 반바지다.

드 장군을 몰아내는 것이 자신의 의무라 생각했다. 파꾼도는 새로운 원정(遠征)을 개시해 전투에서 다시 승리했다.[35] 그 과정의 자세한 내용은 썩 중요하지 않은 자잘한 것이기 때문에 생략하겠다. 그런데도 예로 들 만한 사건 하나가 발생했다. 마드리드는 린꼰의 전투에서 보병 110명을 지휘했다. 전투가 끝났을 때, 전선에서는 단 한 명을 제외한 60명이 전사하고, 나머지 50명은 부상을 입었다. 이튿날 마드리드가 다시 전장에 모습을 드러내자 파꾼도 끼로가는 조수 하나를 나체 상태로 마드리드에게 보내 다음 사항을 통보하도록 했다. 자신이 포로 50명을 무릎 꿇려놓고 병사 한 부대로 하여금 총을 겨냥하게 해놓았는데, 그 포로들을 처형하는 것으로 전투를 개시하겠다는 것이었다. 통지를 받은 마드리드는 저항을 계속하겠다는 시도를 완전히 포기하고 말았다.

파꾼도는 이 세 번의 원정에서 자신의 병력을 시험했는데, 아직까지는 유혈이 낭자하지 않았고, 무도한 행위도 많지 않았다. 그는 뚜꾸만에서 주민들의 가축, 짐승들의 가죽, 무두질한 소가죽을 빼앗았으며, 주민들에게 과도한 세금을 현금으로 받았다. 하지만 시민들에게 아직 채찍질은 하지 않았고, 여자들을 욕보이지도 않았다. 주민들을 채찍으로 때리고 여자들을 욕보이는 행위는 정복 시대에 자행되던 악행이지만 그에 대한 공포는 여전히 남아 있다. 목축 시스템은 나중에 그 시스템을 특징짓게 될 억제 수단의 총체적인 결여와 특유의 천진난만성을 아직은 드러내지 않았다.

파꾼도가 행한 여러 차례의 원정에서 라리오하의 합법적인 정부는 어떤 역할을 했는가? 오호! 합법적인 정부는 형식상으로는 여전히 존재하지만, 실제적인 권력은 모두 '평원의 사령관' 손에 달려 있었다. 라리오하의 주지

---

35) [원편집자 주] 파꾼도는 1827년 7월 6일 린꼰에서 라마드리드 장군에게 승리를 거두었다.

사 블랑꼬[36]는 굴욕감을 이기지 못해 세상을 등졌고, 아구에로가 주 정부를 떠맡게 되었다. 어느 날 파꾼도 끼로가가 자기 말을 타고 아구에로의 집 대문 앞에 나타나 아구에로에게 말했다. "주지사님, 내가 내 호위 부대원들과 함께 여기서 2레구아 떨어진 곳에 진을 치고 있다는 사실을 주지사님께 알려주기 위해 왔습니다." 아구에로는 곧 사임했다. 새로운 정부가 선택되고, 주민들의 부탁을 받은 파꾼도는 주민들에게 갈반[37]을 주지사로 지명했다. 갈반은 주지사직을 받아들였는데, 그날 밤 한 무리의 병사들에게 공격을 받았다. 갈반은 도망쳐버렸고, 파꾼도 끼로가는 갈반의 행위를 몹시 비웃었다. 당시 대표자들의 훈따는 글을 읽을 줄도 모르는 사람들로 구성되어 있었다.

후안 파꾼도 끼로가는 제1차 뚜꾸만 원정에 돈이 필요했고, 은행의 회계원에게 자신의 주식을 담보로 8천 뻬소를 요구해 받아냈으나 결코 갚지 않았다. 뚜꾸만에서 파꾼도 끼로가는 병사들의 급료로 2만 5천 뻬소를 요구해 받아 챙겼으나, 정작 병사들은 급료를 한 푼도 받지 못했다. 그 후 파꾼도 끼로가는 부에노스아이레스 정부의 명령에 따라 자신이 행한 원정 비용으로 1만 8천 뻬소짜리 청구서를 도레고[38]에게 보냈다. 도레고는 즉시 파꾼도의 요구를 정확히 들어주었다. 파꾼도는 이 돈을 자신과 라리오하

∴

36) '블랑꼬(Juan Manuel Blanco)'는 1825년 7월 24일부터 단 며칠 동안 주지사를 지냈다.
37) '갈반(Silvestre Galbán)'은 1825년 7월 23일 하루 동안 주지사직을 맡은 뒤 물러났고, 그 뒤를 이어 후안 마누엘 블랑꼬(Juan Manuel Blanco)가 며칠 동안 주지사직을 맡았다. 그 후 갈반이 다시 지사직을 맡아 1827년 9월까지 재임했다.
38) [원편집자 주] '마누엘 도레고(Manuel Dorrego, 1787~1828)'는 부에노스아이레스의 주지사로서 지방들의 자치를 선도했다. 그는 리바다비아의 반대파였다. 도레고 정부는 1828년 9월 5일 브라질과의 평화 협정을 체결하는 것과 같은 흥미로운 수완을 발휘했다. 도레고는 라바예에게 총살당했다.

의 주지사인 모랄[39]과 분배했는데, 모랄이 파꾼도에게 돈을 받아 나눠 갖자는 아이디어를 제공했다. 6년 뒤 파꾼도는 모랄이 은혜를 모른다는 이유로 멘도사에서 모랄에게 채찍 7백 대를 때렸다.

블랑꼬가 통치하는 동안 어느 도박장에서 싸움이 벌어졌다. 파꾼도가 상대방의 머리채를 휘어잡고 어찌나 세게 흔들어댔는지 상대방의 목덜미가 부러지고 말았다. 시체는 매장되었고, 사망 확인서에는 '자연사(自然死)'로 기록되었다. 파꾼도 끼로가는 뚜꾸만을 향해 떠나면서 성격이 온화하지만 용맹스럽고 파꾼도 자신을 업신여긴다고 알려져 있던 재산가 사라떼의 집으로 한 무리의 병사를 보냈다. 사라떼가 아내와 아이들을 떼어놓고 문 앞에 나타나자 파꾼도 끼로가의 병사들이 그에게 총을 쏘아 죽여버린 뒤 미망인은 그를 매장하도록 남겨두었다. 원정에서 돌아가는 길에 파꾼도는 까따마르까의 전임 주지사이자 의회파인 구띠에레스[40]를 만나서 그더러 안전이 보장되는 라리오하에 가서 살라고 권유했다. 파꾼도 끼로가와 구띠에레스는 한동안 아주 친하게 지냈으나, 파꾼도 끼로가는 어느 날 구띠에레스가 가우초 친구들에게 둘러싸여 걸어가는 것을 보고는 그를 체포하도록 해서 한 시간을 줄 테니 죽을 준비를 하라고 했다. 공포가 라리오하를 지배한다. 구띠에레스는 모든 사람의 존경과 사랑을 받고 있던 인물이었다.

신부인 꼴리나 박사, 본당 신부 에레라, 주교좌성당 신부 따리마, 산프란시스꼬파 수도원장 세르나다스 신부, 산또도밍고파의 장상 신부가 모여 파꾼도에게 체포된 사람이 유언을 하고 고백 성사를 할 수 있는 시간을 달

---

[39] '모랄(José Patricio del Moral)'은 1827년 9월부터 1830년 4월까지 라리오하의 주지사를 역임했다.
[40] '구띠에레스(Manuel Antonio Gutiérrez, 1825~1827)'는 아르헨티나의 군인이다.

라고 요청했다. "보아하니 구띠에레스가 여기에 동조자를 많이 가지고 있군. 자, 이건 명령이다! 이자들을 감옥에 처넣어서 구띠에레스 대신에 죽도록 해라." 그들은 실제로 끌려갔다. 두 사람은 대성통곡을 하고 목숨을 구하기 위해 도망쳤다. 어떤 사람은 실신해 죽을 지경에 이르렀다. 다른 사람들은 장례식 예배당으로 끌려갔다. 파꾼도는 그들의 이야기를 듣고는 폭소를 터뜨리며 그들을 풀어주라고 명령했다. 사제들과 '신의 사자(使者)' 사이의 이런 장면은 심심찮게 벌어졌다. 파꾼도는 산후안에서 사제의 검은 제복을 입고 지냈다. 꼬르도바에서는 까스뜨로 바로스 박사만 받아들였다. 그와 계산할 것이 있었기 때문이다. 멘도사에서는 사형 선고를 받은 어느 죄수 사제와 함께 사형장에 있었는데, 그 사제는 총살형을 당하기 위해 벤치에 앉아 있었다. 아띨레스에서는 역시 사형당할 처지에 있는 본당 신부 알기아와 함께 지냈다. 뚜꾸만에서는 동일한 처지에 처한 어느 수도원의 원장 신부와 함께 있었다. 파꾼도 끼로가가 아무도 총살시키지 않았다는 것은 사실이다. 총살을 시키지 않겠다는 사실은 로사스도 보장한 것이었는데, 로사스 역시 '가톨릭적' 정당의 당수였다. 하지만 파꾼도는 그 사제들을 박해하고, 굴욕을 주고, 욕을 보였다. 그런데도 모든 노인과 신앙심 깊은 여자들이 파꾼도의 군대가 승리하도록 하늘에 끊임없이 기도했다.

구띠에레스에 관한 이야기는 여기서 끝나지 않는다. 구띠에레스는 15일이 지난 뒤 추방 명령을 받고 호위병들과 함께 떠났다. 어느 숙소에 도착한 뒤 저녁 식사 준비를 위해 불을 지폈는데, 호위병들이 구띠에레스더러 입으로 바람을 불어 불길을 살리라고 했다. 구띠에레스가 그렇게 하자 어느 장교가 그를 몽둥이로 한 번이 아니라 여러 번 침으로써 구띠에레스의 머리가 깨져서 골수가 사방으로 튀었다. 차스께[41] 한 명이 즉시 나와 주지사 모랄에게 죄수가 도망치려 했다고 알렸다.

이것이 바로 파꾼도가 공화국의 융합을 위한 첫 시도를 행할 때 일어난 주요 사건이다. 그 융합은 단순한 시도에 불과했다. 사실 공화국이 투쟁을 통해 새롭게 조직되도록 하기 위해, 목축 지역의 모든 세력이 동맹을 맺을 순간에는 아직 이르지 않았다. 로사스는 이미 부에노스아이레스 주에서 큰 인물이 되어 있었으나 이름이 널리 알려지지도, 특정한 직함을 갖지도 않은 상태였다. 그런데도 로사스는 작업을 하고, 부에노스아이레스 지방을 선동하고 궐기시켰다. 의회가 제안한 헌법은 까우디요들이 영향력을 행사하고 있는 모든 마을에서 거부되었다. 산띠아고델에스떼로에 예복을 갖춰 입은 사절이 나타나자 이바라는 반팔 셔츠에 치리빠를 입은 상태로 사절을 맞이했다. 리바다비아는 "국민의 의지가 자신과 다르기 때문에 대통령직을 사임한다."[42] 리바다비아는 하야를 한 뒤 그곳을 떠나면서 "하지만 만행이 여러분을 집어삼킬 것이다"라는 말을 덧붙였다. 사임한 것은 참 잘한 일이었다! 리바다비아는 뱅자맹 콩스탕의 헌법주의를 완전히 공허한 말로, 현혹하는 말로, 웃기는 말로 우리에게 소개하는 임무를 지니고 있었다. 리바다비아는 어느 국민의 문명과 자유를 다룰 때, 정부는 하느님과 후세대들 앞에서 실행해야 할 힘든 임무를 지니고 있다는 사실을 몰랐다. 그리하여 어느 국가를 30년 동안이나 황폐화하고 갈기갈기 찢어놓고 목을 자를 첫 번째 칼에 나라를 넘기는 데는 자비심도 동정심도 없었다. 지역 사회가 미발달기에는 아무것도 예견하지 못하고, 아무것도 모르는 어린 아이들과 같기 때문에, 선견지명과 이해력이 탁월한 사람들이 지역 사회를 이끄는 스승의 역할을 할 필요가 있다. 만행이 실제로 우리를 집어삼켜버

∴

41) [원편집자 주] '차스께(chasque)'는 께추아어로, 긴급한 사안을 전하는 전령을 가리킨다. '차스끼(chasqui)'라고도 불린다.
42) [원편집자 주] 리바다비아는 1827년 6월 27일에 대통령직을 사임했다.

렸는데, 리바다비아가 만행을 큰소리로 예언하면서도 만행을 막으려는 최소한의 노력도 기울이지 않은 것은 참으로 서글픈 자랑거리다.

제9장
라따블라다 전투

> 네 번째 요소가 도래하고 있다. 그것은 바로 온전히 신선한 태도와 영혼과 정신을 가지고 낡은 사회에 자신들을 투사하는 야만인들, 새로운 유랑민들이다. 그들은 아직 해놓은 것이 전혀 없으나, 가장 유순하고 천진난만한 무지의 성향을 가지고 모든 것을 받아들일 준비가 되어 있다.
>
> — 레르미니에[1]

라따블라다

대통령은 반대파들의 휘파람 소리와 야유 소리가 들리는 가운데 실각했다. 부에노스아이레스에서 대통령에게 반대하던 파의 유능한 지도자인 도레고는 내륙의 각 지방을 통치하는 사람들의 친구였다. 각 지방의 통치자들은 도레고가 승리를 거두었던 지방 의원 선거에서 도레고를 후원하고 지지한 사람들이었다. 외면적으로는 그 승리가 공화국과 결별한 것처럼 보인다. 비록 그의 무기들이 브라질에서는 참화를 겪지 않았다 할지라

---

1) '레르미니에(Félix Louis L'Herminier, 1779~1833)'는 파리에서 화학과 자연사를 전공한 프랑스 약리학자, 박물학자로, 1798년에 과달루프(Guadeloupe)로 가서 1829년까지 그곳의 동식물을 연구한 뒤 프랑스로 돌아왔다.

도 평화의 필요성이 사방에서 감지되었다. 내륙 지방 지도자들의 반대는 군대의 힘을 약화시켰고, 군대를 강력하게 만들었을 동조자들을 무력하게 만들거나 부정해버렸다. 내륙 지방에서는 명백한 고요가 지배하고 있었다. 하지만 땅은 움직이고 있는 것처럼 보이고, 이상한 소문이 차분한 표면을 어지럽혔다. 부에노스아이레스의 신문들은 불길한 빛을 내뿜었고, 반대파와 도레고 행정부가 매일 서로에게 던지는 기사들의 밑바닥에는 위협이 도사리고 있었다. 도레고 행정부는 자기 주변이 비어가기 시작한다는 사실을 느꼈고, 연방주의적 정당이라 명명되고 도레고를 대통령 반열에 올려놓았던 '도시'의 정당은 정권을 빼앗긴 뒤에 스스로를 산뜻하게 지탱할 만한 요소를 가지고 있지 않았다. 도레고 행정부는 공화국을 갈라놓고 있던 문제를 전혀 해결하지 못했고, 반대로 연방주의의 총체적인 무능력을 보여주었다. 도레고는 무엇보다도 '뽀르떼뇨'[2]였다. 그렇기 때문에 그에게 내륙 지방의 문제가 썩 중요했을까? 도레고가 자신의 관심사에 몰두하는 것은 자신이 '중앙 집권주의자'라는 사실을 드러내는 것이었을 테다. 도레고는 까우디요들에게는 영원히 까우디요가 되는 것을 보장하겠다고 약속했고, 각 지방에는 그들의 이익을 보장하겠다고 약속했다. 하지만 도레고는 정부의 수반 자리에 오르자 자신의 패거리들에게 둘러싸여 이렇게 말했다. "그 폭군들이 지방에서 전횡을 저지른다고 우리에게 뭐가 중요해?" "우리에게는 항구와, '어리석은' 리바다비아가 국가 수입으로 잡으려 했던 150만 뻬소의 이익을 주는 세관이 있는데, 로뻬스에게 매년 주는 4천 뻬소며 끼로가에게 주는 1만 8천 뻬소가 우리에게 무슨 대단한 가치가 있겠어?" 사실 고립

---

[2] '뽀르떼뇨(porteño)'는 에스파냐어 'puerto(항구)'의 지명(地名) 형용사로, '항구에 사는 사람'을 가리킨다. 여기서는 항구인 부에노스아이레스 사람을 가리킨다.

의 시스템은 다음과 같은 아주 짧은 문장 하나로 번역된다는 사실을 우리는 잊지 말아야 한다. "각자 자기 것을!" 도레고와 그의 패거리는 지방들이 자신들의 교화력을 거부한 부에노스아이레스를 응징하기 위해 어느 날 도래할 것이라는 사실을 예견할 수 있었는가? 그래서 부에노스아이레스 사람들이 자신들의 퇴보와 야만성에 무관심한 사실 때문에, 바로 그 퇴보와 야만성이 부에노스아이레스의 거리로 들어가서 그곳에 자리를 잡고, 성채에 자신들의 진지를 구축했다는 사실을 예견할 수 있었는가?

하지만 도레고는 그런 현상을 볼 수 있었는데, 아마도 도레고나 그의 동료들의 눈이 아주 좋았기 때문일 것이다. 지방들은 도시로 들어갈 기회를 호시탐탐 노리며 도시의 문 앞에 머물러 있었다. 도레고가 대통령직에서 물러난 뒤, 시민 당국의 법령들은 도시의 변두리 지역에 도저히 넘을 수 없는 장벽 하나가 있다는 사실을 발견했다. 과거에 도레고는 이런 외부적인 저항을 자신이 하는 반대의 도구로 삼았다. 그리고 자신의 정당이 승리를 거두었을 때, 그는 담장 너머에 있던 동맹자에게 '평원의 총사령관'이라는 칭호를 부여했다. 이처럼 어느 까우디요가 평원의 사령관 자리에 오르는 것은, 그 까우디요가 반드시 올라가야 할 계단이라는 논리가 강철처럼 강한 것인가? 당시에 부에노스아이레스에서는 종종 이런 일이 일어났는데, 이렇듯 이런 발판이 존재하지 않는 곳에는 발판이 일부러 만들어졌다. 마치 늑대를 양 우리에 집어넣기 전에 일단 모든 사람의 시선에 노출시킨 뒤에 방패로 가려줄 필요가 있다는 듯이 말이다.

나중에 도레고는, 대통령의 지위를 흔들어대고 대통령직을 전복하는 데 아주 강력하게 공헌한 그 사령관이 바로 정부에 지속적으로 작용하던 하나의 지렛대라는 사실을 발견했다. 또 리바다비아가 하야하고 그 자리를 도레고 자신이 차지했을 때도 그 지렛대가 정부 전복 작업을 계속하고 있었다는 사실을 발견했다. 도레고와 로사스는 서로 주시하고, 서로 위협하면서 얼굴을 맞대고 있었다. 도레고의 패거리는 모두 도레고가 좋아하는 문장을 기억하고 있다. "'망나니 가우초 자식!' 계속해서 문제를 일으키고 다니라지. 그러면 아무도 생각하지 못한 어느 날 그 자식을 총으로 쏘아버릴 거야." 오깜뽀 가문 사람들도 자신들의 어깨 위로 파꾼도 끼로가의 억센 손아귀를 느꼈을 때 역시 그렇게 말했다!

내륙 지방 사람들에게는 무관심한 상태였고, 그 '도시'의 연방주의적 정당과의 관계는 취약한 상태였으며, 자신이 도움을 요청한 적이 있던 지방의 권력과는 이미 적대적인 관계에 있던 도레고는, 의회의 반대를 무릅쓰고 수많은 논쟁을 통해 정권을 잡은 뒤, 자신이 패배시켰던 중앙 집권주의자들을 끌어당기려 애썼다. 중앙 집권주의자들은 득의의 미소를 머금은 채 서로 맹세하고 대화했다. 그들은 말했다. "그 사람이 비틀거리고 있는데, 쓰러지도록 가만 내버려두자고요." 중앙 집권주의자들은 자신들과 지방 사이의 중재자가 되기를 원하던 사람들이 도레고와 함께 퇴각했다는 사실을 이해하지 못하고 있었다. 그리고 중앙 집권주의자들 자신들이 무서워 피했던 그 괴물[3]이 도레고를 찾는 대신에 그들이 옹호하던 그 '도시'를, 시민적인 제도를, 그리고 중앙 집권주의자 자신를 찾고 있었다는 사실도 이해하지 못하고 있었다.

*[4] 상황이 이런 식으로 진행되고, 브라질과의 평화 협정이 체결된 상태에서 라바예가 지휘하던 군대의 제1사단이 해체되었다. 도레고는 독립전

---

[3] '그 괴물(el monstruo)'은 바로 파꾼도 끼로가를 가리킨다.

쟁의 베테랑들이 소유한 정신이 어떤 것이지 잘 알고 있었다. 독립전쟁의 베테랑들은 온몸이 상처로 뒤덮이고 관모의 무게 아래로 백발이 늘어갔지만, 그런데도 계급은 겨우 대령, 소령, 대위였다. 고맙게도 이들 가운데 두세 명은 장군이 되기도 했다. 한편으로 공화국의 중심에는 국경을 넘어본 적도 없는 까우디요 수십 명이 있었는데, 그들은 4년 이내에 '나쁜 가우초'에서 사령관으로 올라갔고, 사령관에서 장군으로, 장군에서 각 지방의 정복자로 올라갔으며, 결국에는 각 지방의 절대 군주로 올라갔다. 그 베테랑들의 흉갑 아래서 들끓고 있던 누그러뜨릴 수 없는 증오의 다른 원인을 찾을 이유가 있을까? 자신들의 관모가 브라질 제국의 수도 거리에서 물결치도록 하겠다는 베테랑들의 의도가 사물들의 새로운 질서 때문에 막혀버린 뒤에 그 베테랑들을 기다리고 있던 것은 무엇이었을까?

 12월 1일[5] 새벽에 빅또리아 광장에는 전투 준비가 되어 있는 중앙 집권주의파 상비군이 정렬해 있었다. 통치자 도레고는 전투를 지휘하러 떠나버렸고, 중앙 집권주의자들은 만세 소리와 승리의 함성으로 공기를 가르며 대로를 채우고 있었다. 며칠 뒤 흉갑 기병(胸甲騎兵) 7백 명이 장군들의 명령을 받아 빰빠로 가서 도레고와 로사스의 지휘를 받고 있는 수천 명의 가우초, 인디오 친구들, 정규 군인들과 합류하기 위해 뻬루 거리를 통해 나오고 있었다. 곧이어 나바로의 들판은 시체로 가득 찼고, 그 다음 날 현재는 칠레군에 복무하고 있는 어느 용감한 장교가 총지휘부에 포로 도레고를 인계했다. 한 시간 뒤에 총알 여러 방에 몸이 꿰뚫린 도레고의 시체가

∴

4) * 이 부분은 1845년 5월 26일에 발행된 《엘쁘로그레소》 제789호에 연재되었다.
5) [원편집자 주] 1828년 12월 1일에 라바예 장군이 지휘하는 사단 하나가 반란을 일으켰다. 통치자 도레고는 로사스를 만나러 나가나 라바예에게 붙잡혀 나바로(Navarro)에 있는 라바예의 병영에서 총살당했다.

쓰러져 있었다. 도레고에 대한 총살형을 명령했던 대장[6]은 그 사실을 간략하고 오만스러운 말투로 그 도시에 알렸다.

본인은 대령 돈 마누엘 도레고가 본인의 명령에 따라 이 사단 소속 연대들 앞에서 막 총살형에 처해졌음을 대리 주지사님께 통고합니다.
대리 주지사님, 도레고 씨가 죽었어야 마땅한지 아닌지, 그리고 도레고 씨 때문에 슬픔에 젖어버린 어느 도시의 평화를 위해 도레고 씨를 희생시킴으로써 내가 공공의 선을 추구한다는 느낌 말고 다른 느낌을 가질 수 있었겠는지는 역사가 공정하게 판단할 것입니다.
대령 도레고의 죽음은 내가 부에노스아이레스 시민들을 위해 선물할 수 있는 최선의 희생이었다는 사실을 부에노스아이레스 시민들이 이해해주길 바랍니다.
대리 주지사님께 심심한 경의를 표하며 작별 인사를 보내는 바입니다. 라바예.

라바예가 잘못한 것인가?…… 사람들은 수없이 이 말을 되풀이했는데, 이 사건의 결과가 확연하게 드러난 뒤에 라바예의 동기를 비판하는 쉬운 길을 택한 사람들을 지원하기 위해 '그래, 라바예가 잘못했다'는 긍정적인 대답을 덧붙이는 것은 불쾌한 일일 것이다. "악이 존재한다면 악은 인간에게 있는 것이 아니라 사물에 있기 때문에 악은 사물에서만 찾아야 한다. 만약 한 '인간'이 악을 대표하면서 자신의 몸이 사라지게 만들면 그 악은 부활하게 된다. 살해당한 카이사르는 옥타비아누스에게서 더 무시무시

---

[6] 그 '대장'은 라바예다.

하게 태어났다." 전에 레르미니에를 비롯해 수많은 사람이 표현하고, 역사를 통해 수없이 검증된 루이 블랑[7]의 이 말의 의미를 우리 정당들에 적용하는 것은 시대착오적일 것이다. 우리 정당들은 맬비, 레이날, 루소의 과장된 사상과 더불어 폭군과 폭정에 관해, 그리고 15년 뒤에 신문, 잡지 등의 주요 기사거리가 됨으로써 우리가 여전히 보고 있는 수많은 다른 사안에 관해 1829년까지 배워왔기 때문이다. 당시에 라바예는 몸을 죽인다고 해도 영혼은 죽지 않는다는 사실을 알지 못했고, 정치가들이 자신들의 성격과 존재를 자신들이 대표하는 정당의 사상, 관심사, 목적의 기반으로부터 가져온다는 사실을 알지 못하고 있었다. 만약 라바예가 도레고 대신에 로사스를 총살시켰더라면 세상에 그토록 엄청난 추문은 없었을 것이고, 인류에게 치욕 하나는 없었을 것이고, 공화국에 많은 피와 눈물은 없었을 것이다. 하지만 설사 로사스가 총살을 당했다 하더라도 '지방'에는 대표자들이 부족하지 않았을 것이고, 역사의 그림 하나가 다른 그림으로 바뀔 뿐이었을 것이다. 하지만 오늘날 사람들이 잊고자 하는 것은, 바로 라바예의 행위가 순전히 개인적인 책임감에서 비롯되었음에도 불구하고 도레고의 죽음은 당시의 지배적인 사상의 필요에 따른 결과였고, 또 두려움을 모르는 그 군인은 이 작업을 완수함으로써 역사의 결정에 도전하기까지 하

∴

[7] '루이 블랑(Louis Blanc, 1811~1882)'은 에스파냐에서 태어난 프랑스의 정치가, 역사가, 공상적 사회주의자다. 1830년 7월 혁명 뒤 북프랑스의 공업가의 집에서 가정 교사로 있으면서 공장 노동자의 실태를 목격하고 사회 개혁의 필요성을 인식했다. 1834년부터 파리에서 저널리스트로 활동했고, 1839년 《르뷔 뒤 프로그레(Revue du progres)》지를 창간해 보통 선거를 비롯한 정치 개혁을 주장했다. 같은 해, 그의 이름을 유명하게 만든 『노동 조직론(L'Organisation du travail)』을 발표했다. 1848년 2월 혁명 때, 임시 정부의 일원이 되어 전 시민의 노동권과 생활권을 보장한다고 선포했다. 그해 5월 15일의 의회 난립 사건의 책임을 추궁받고 영국으로 망명해 그곳에서 열두 권짜리 대작 『프랑스 혁명사(Histoire de la Revolution Française)』(1847~1862)를 완성했다.

면서 자신이 시민으로서 고백하고 천명한 의지를 실현했을 뿐이라는 사실이다. 라바예가 형식이 아니라 내용에서 가장 덜 실질적이라 할 수 있는 행위, 다시 말해 모든 사람이 그렇게 되기를 바라던 행위를 해줌으로써 살아남게 된 사람들을 내가 희생시켜가면서 죽은 사람을 정당화하겠다는 계획을 갖고 있다고는 그 누구도 생각하지 않을 것이다. 그런데 1826년에 공포된 헌법이 무엇을 방해했다는 말인가? 헌법이 방해를 한 것이 아니라, 각자 주 하나를 통치하고 또 몇몇은 다른 주에 영향을 미치려 했던 이바라, 로뻬스, 부스또스, 끼로가, 오르띠스,[8] 알다오 형제의 헌법에 대한 적개심이 바로 방해를 하지 않았을까? 그렇다면, 그 당시에, 그리고 문학 교육을 통해 완전히 이성적인 인간이 된 그 남자들에게 무엇이 가장 논리적으로 보였겠는가? 그들에 의하면 가장 논리적인 것은 자신들이 원하는 공화국을 조직하는 데 장애가 되는 유일한 것을 제거하는 것이 아니었을까? 그런데도 한 남자에게 속해 있는 것이 아니라 한 시대에 속해 있는 이런 정치적 오류에 관해서는 깊이 생각해볼 필요가 있다. 왜냐하면 수많은 사회 현상에 대한 설명은 그런 정치적 오류를 기반으로 해야 가능하기 때문이다. 라바예는 부스또스, 로뻬스, 파꾼도와 그 밖의 더 많은 까우디요를 총살시키려고 했던 것처럼, 도레고를 총살시킴으로써 자신이 속한 시대와 자신의 정당의 요구에 부응했던 것이다. 심지어는 1834년에도 프랑스에는 루이 필리프를 사라지게 함으로써 프랑스 공화국이 지난 시대처럼 영광스러운 자리에 오르고 위대해질 것이라고 믿는 사람들이 있었다. 아마도 도레고의 죽음 역시 그런 숙명적이고, 미리 예정된 사건, 역사 드라마의 매듭이

∴

[8] '오르띠스(Francisco Antonio Ortiz de Ocampo, 1771~1840)'는 아르헨티나 독립전쟁의 최고위 장군으로, 꼬르도바와 라리오하 주의 주지사를 역임했다.

제9장 라따블라다 전투 | 231

되는 사건 가운데 하나였을 것인데, 그런 사건이 없다면 그 역사 드라마가 불완전하고, 감동적이지 않고, 터무니없게 되어버린다. 공화국에는 오래 전부터 시민전쟁이 계획되고 있었다. 리바다비아는 시민전쟁이 어슴푸레하게, 광증에 사로잡혀, 횃불과 칼을 치켜든 채 다가오고 있는 모습을 보았다. 가장 젊고 가장 진취적인 까우디요인 파꾼도는 부하들을 안데스 산자락에 모아놓고는 자신의 보금자리에서 인내하며 시민전쟁이 일어나기를 기다리고 있었다. 로사스는 부에노스아이레스에서 이미 숙성시켜놓은 자신의 작업을 드러낼 준비가 되어 있었다. 그 작업은 바로 가우초의 화롯불 주변에서, 뿔뻬리아의 음유 시인 옆에서 10년 동안 준비한 것이었다. 도레고는 모든 사람들을 위해, 즉 도레고 자신을 폄하하던 중앙 집권주의자들을 위해, 그에게 무관심하던 까우디요들을 위해, 그리고 결국은 기다리는 데 지치고 그 '도시' 정당들의 그늘 밑에서 고생하는 데 지쳐 있던 로사스를 위해 넘치도록 준비를 하고 있었다. 로사스는 빨리, 즉시 통치를 하고 싶어했다. 로사스는 한마디로 말해, 될 수가 없었기 때문에 되지 않았던 것, 즉 정확하게 말하자면 연방주의적인 요소가 만들어지도록 애를 쓰고 있었다. 그것은 바로 활기와 힘으로 가득 찬 세 번째 사회적 요소였다. 그 요소는 바로 아르띠가스에서 파꾼도에 이르기까지 환기시키고 선동하고 있던 것이며, 도시들과 유럽 문명과 비교해 측정함으로 숨김없이 드러내고자 조바심을 내고 있던 것이었다. 만약 여러분이 역사에서 도레고의 죽음을 삭제해버린다면, 파꾼도는 자신의 영혼 속에서 요동치던 그 팽창력을 상실한 채 조용히 지냈을 것이며, 로사스는 1820년에 지방의 모습이 구체적으로 드러나기 훨씬 이전부터 쉬지도 멈추지도 않고 계속해오던 그 구체화 작업을 중단했을 것이며, 아르띠가스가 시작해 공화국의 혈액 순환에 이미 들어가 있는 그 모든 운동도 중단되지 않았을까? 아니다! 라바예는 아르헨티나의 모든 집단의 이해가 얽히고설켜 있는 그 고르디우스의 매듭9)을 칼로 베어내고자 했던 것이다. 라바예는 피를 뽑아냄으로써 천천히 생기는 암, 즉 울체(鬱滯)를 없애고자 했다. 오래전에 준비된 중앙 집권주의자들과 연방주의자들의 손이 광산을 폭파하도록 자신이 도화선에 불을 붙여주고자 했다.

이 순간부터 비겁한 사람들에게는 자신의 귀를 막고 눈을 감는 것 외에는 할 일이 전혀 남아 있지 않게 되었다. 그 밖의 사람들은 무기를 든 채 사방으로 날뛰었고, 말의 무리가 빰빠를 진동시켰으며, 대포는 도시의 출입문을 향해 자신의 시꺼먼 포문을 향해 놓고 있었다.

이제 부에노스아이레스에서 일어난 일에 관한 이야기는 잠시 접어두고 그 밖의 다른 지방에서 무슨 일이 준비되고 있었는지 그 내막을 살펴보는 일로 돌아가는 것이 좋겠다. 지나가는 김에 한 가지 언급할 것이 있는데, 로뻬스가 여러 번 전투에서 패배하더니 적당한 평화를 요구했고 로사스는 브라질로 옮길 생각을 진지하게 하고 있었다는 것이다.10) 라바예는 모든 거래를 거부한 채 항복했다.11) 가우초 로사스에 대한 라바예의 이런 경멸

∴

9) B.C. 333년, 고르디우스는 전차에 묶여 있는 산수유나무 껍질로 만든 매듭을 푸는 사람이 장차 세계의 왕이 될 것이라 예언했다. 당시 고르디움 사람들은 그것을 신의 뜻이라 믿고 매듭 풀기에 도전하나 모두 실패했다. 밧줄의 끝이라 생각한 부분에 또 다른 끝이 이어져 있었기 때문이다. 이를 본 알렉산드로스 장군이 잠시 생각하다 칼을 뽑아 밧줄을 잘라버림으로써 매듭을 풀었고, 그 후 그는 왕이 되었다. 여기서 말하는 '고르디우스의 매듭'은 풀기 어려운 문제를 가리킨다.
10) [저자 주] 나는 도밍고 데 오로(Domingo de Oro)에 관한 이런 사실들을 알고 있다. 도밍고 데 오로는 당시 로뻬스 편에 있으면서 로사스의 대부 역할을 했는데, 그 당시 로뻬스에게 로사스는 썩 의지할 수 없는 사람이었다.
11) [원편집자 주] 라바예는 먼저 라스비스까체라스(Las Vizcacheras)에서 패배하고 나중에 뿌엔떼데마르께스(Puente de Márquez)에서 패배한 뒤에 로사스에게 평화 협정을 요구하겠다고 작정했다.

적인 태도에는, 그리고 그 도시가 승리할 것이라는 이런 확신에는 진정한 중앙 집권주의자의 모습이 보이지 않는가? 하지만 이에 관해서는 앞서 내가 이미 언급했다. '몬또네라'는 전쟁터에서 늘 약했지만, 장기간의 야전에서는 무시무시했다. 만약 라바예가 다른 행동 노선을 취했더라면, 그리고 그 도시 사람들의 손에 그 항구를 보존시켜주었더라면 무슨 일이 일어났을까?…… 빰빠의 피를 지닌 정부가 생겨날 수 있었을까?

파꾼도는 자신의 영역 안에서 활동하고 있었다. 군사적인 행동이 시작되어야 했고, 차스께들이 사방으로 왔다갔다 했으며, 봉건제적 고립 상태는 전투적 연합체로 바뀔 예정이었다. 모든 것은 다가오는 군사적인 행동에 필요한 것으로 준비되어 있었다. 전쟁터 하나를 만나기 위해 라쁠라따 강 유역까지 갈 필요가 있다는 것은 아니다. 그렇다. 빠스 장군은 베테랑 전사 8백 명을 이끌고 꼬르도바로 와서 부스또스를 무너뜨리고 격파했으며, 야노스에서 한 발짝 떨어져 있는 도시를 점령했는데, 이제 그들은 함성을 지르며 시에라 데 꼬르도바의 몬또네라들을 포위해서 괴롭혔다.

파꾼도는 전쟁 준비를 독려했다. 어느 외팔이 장군[12]과 한판 붙겠다고 열이 올라 있었지만, 그 장군은 칼을 휘두를 수도 찌를 수도 없는 사람이다. 파꾼도가 마드리드에게 이긴 사람인데, 외팔이 빠스가 파꾼도와 붙어 무엇을 할 수 있겠는가! 파꾼도는 멘도사에서 온 돈 펠릭스 알다오와 합치기로 되어 있었다. 완벽하게 '꼴로라도'화[13]되어 있는 돈 펠릭스 알다오는 훈련이 잘된 지원 연대 하나를 이끌고 있었다. 산후안의 병사 7백 명이 아직 전선에 배치되지 않은 상태에서 파꾼도는 2사단 소속 흉갑 기병들과,

∴

12) '외팔이 장군(general manco)'은 빠스를 가리키는데, 뒤에서 구체적으로 언급된다.
13) 앞에서 언급한 대로 '꼴로라도(colorado)'는 '빨간색'을 의미하기 때문에, 빨간색을 추종하는 집단이 되어 있다는 의미다.

전선의 기고만장한 장교들과 더불어, 자신들의 무기를 시험해보고자 조바심에 사로잡혀 있는 병사 4천 명을 이끌고 꼬르도바로 향했다.

라따블라다의 전투는 워낙 유명하기 때문에 그것에 관해 자세하게 언급할 필요는 없을 것이다. 이에 대한 것은 《두 세계에 대한 보고서》[14]에 멋지게 기술되어 있다.[15] 하지만 여기서 언급해둘 만한 것이 있다. 파꾼도는 자신의 부대를 총동원해 그 도시를 공격했다. 하루 밤낮 동안 공격을 시도한 끝에, 엉성하게 만든 도랑 뒤에 포 네 문만을 설치해 방어를 하던, 상업에 종사하는 젊은 종업원 1백 명, 가내 수공업자들로 구성된 포병 서른 명, 퇴역 군인 열여덟 명, 병든 흉갑 기병 여섯 명에게 격퇴당하고 말았다. 파꾼도가 그 아름다운 도시를 불태워버리겠다는 생각을 밝혔을 때야 비로소 그는 자신의 수중에 있지 않던 유일한 장소인 그 도시의 공동 광장을 넘겨받는 데 성공했다. 파꾼도는 빠스 장군이 가까이 오고 있다는 사실을 알고 자신의 보병은 쓸모없다며 내버려둔 채 적군의 수보다 세 배가 많은 기병 부대를 이끌고 빠스 장군과 조우하러 떠났다. 그곳에서 격렬한 전투가 벌어졌고, 그곳에 기병 부대가 계속해서 투입되었지만 전혀 소용이 없었다!

전투 베테랑 8백 명을 에워싸고 빙빙 돌면서 공격해 들어가려던 파꾼도의 거대한 기병 무리는 매순간 뒤로 물러나야 했고, 다시 공격을 개시해보았지만 또다시 물러나야 했다. 파꾼도 끼로가는 자신의 퇴각하는 후위 부대원들에게 무시무시한 창을 휘둘러 인명 피해를 유발했다. 이뚜사잉고[16]의

---

14) '《두 세계에 대한 보고서(*Revista de Ambos Mundos*)》'는 에스빠냐에서 발행되던 잡지다.
15) [원편집자 주] 장 테오도르 라코르데르(Jean Théodore Lacordaire, 1801~1870)는 《두 세계에 대한 보고서》에 라따블라다 전투(1829년 6월 23일)에 관한 기사 하나를 썼다. 장 테오도르 라코르데르는 아르헨티나, 브라질, 칠레, 우루과이 등지를 여행하고 탐사한 프랑스의 동물학자다.

대포와 칼은 파꾼도 끼로가의 전위 부대원들을 죽이고 전열을 흐트러뜨려 놓았다. 하지만 소용없다! 마치 사나운 바다의 거센 파도가 밀려와 꿈쩍도 하지 않는 울퉁불퉁한 바위에 부딪쳐 산산이 부서지는 것과 같은 형국이었다. 그 바위는 가끔 파도의 소용돌이에 파묻히기도 하고, 파도에 부딪히기도 했다. 하지만 잠시 후 바위의 시꺼먼 꼭대기는 일렁이는 파도의 분노를 조롱하면서 꿈쩍도 하지 않고 있다가 조용하게 다시 나타났다. 4백 명의 지원군 가운데 70명만 남았다. 6백 명의 '꼴로라도' 가운데 채 3분의 1도 살아남지 못했다. 나머지 이름 없는 병사들은 전열이 흐트러지고, 결국은 형태도 규율도 없는 군중으로 변해 들판으로 뿔뿔이 흩어져 사라져버렸다. 파꾼도는 도시로 돌아갔고, 그 다음 날 새벽에 자신의 대포, 보병과 함께 무언가를 노리는 호랑이 같은 태도를 취했다. 그런데도 모든 것은 순식간에 끝났고, 시체 1천 5백 구가 패배자들의 분노와 승리자들의 굳건함을 증명해주었다.

유혈이 낭자한 이 며칠 동안 두 가지 사건이 일어났고, 이들 사건은 나중에 반복되었다. 파꾼도의 부대는 그 도시에서 직조(織造) 장인(匠人) 하나를 죽였는데, 그의 손에는 의회파의 깃발이 들려 있었다. 둘째 날의 전투에서 빠스 장군 휘하의 어느 대령은 포로로 잡혀 있던 장교 아홉 명을 총살했다. 이제 우리는 그 결과를 보게 될 것이다.

이렇듯 꼬르도바의 따블라다에서 지방과 도시의 군대가 각자의 가장 고상한 영감, 즉 공화국의 지배권을 놓고 서로 다투게 될 두 가지 경향을 대표하는 인물들인 파꾼도와 빠스의 지휘 아래 서로의 힘을 겨루었던 것이

16) [원편집자 주] '이뚜사잉고(Ituzaingó)'의 전투(1827년 2월 20일)에서 아르헨티나군이 독일 보병의 지원을 받아 브라질 제국의 군대에 승리를 거두었다.

다. 무식하고 야만적인 파꾼도는 오랜 세월 방랑하는 삶을 살아가면서 자신이 휘두르는 칼의 사악한 광채를 가끔 발할 뿐이었다. 용감하다 못해 무모하기까지 하고, 헤라클레스 같은 괴력을 소유하고 있고, 말 타기의 명수인 가우초로서 폭력을 휘두르고 공포를 조장함으로써 모든 것을 지배하는 파꾼도는 야만적인 힘으로 행사하는 권력 외에 다른 권력은 알지 못했고, 말을 타고 있을 때만 자신감을 갖는 사람이었다. 그는 모든 것을 자신의 용맹성, 창술(槍術), 자신이 지휘하는 기병의 무시무시한 돌파력에 의존하는 사람이었다. 여러분은 '나쁜 가우초'의 가장 완벽한 이상형으로 파꾼도만 한 인물을 아르헨티나 공화국 어디에서 찾을 수 있겠는가? 여러분은 파꾼도가 자신의 보병과 포병을 그 '도시'에 남겨두는 것이 아둔한 짓이라고 생각하는가?[17] 아니다. 그것은 본능이다. 그것은 가우초의 자랑거리다. 보병이 승리를 훼손하게 된다면 그 승리의 월계관은 말을 탄 채 잡아채야 한다.

반면에 빠스는 도시의 적자(嫡子)이고, 문명화된 국민의 권력을 가장 완벽하게 대표하는 사람이다. 라바예, 마드리드, 그리고 그들과 같은 다른 사람들은 영원히 아르헨티나 사람들이고, 기병들이고, 아마도 조아생 뮈라처럼 재기 넘치는 사람들일 것이다. 하지만 가우초의 본능은 그들이 착용한 흉갑과 견장 사이로 드러난다. 빠스는 유럽적인 군인이다. 그는 용맹성이 전술, 전략, 훈련에 종속되지 않을 때는 그 용맹성을 신뢰하지 않았다. 그는 겨우 말을 탈 줄 안다. 게다가 그는 외팔이고, 창 하나도 제대로 다룰 줄 모른다. 그는 군대의 수가 많다고 허세를 부리는 것을 불편하게

---

17) [원편집자 주] 파꾼도는 보병과 포병이 불필요하다면서 꼬르도바에 남겨두고 꼴로라도 기병부대만 이용했다.

빠스 중앙 집권주의 세력을 대표하는 장군.

여겼다. 그가 보유한 병사는 그 수가 많지는 않았지만 훈련은 잘되어 있었다. 여러분은 빠스가 군대 하나를 조직하도록 내버려두어야 한다. 빠스가 "이제 군대는 전투를 할 수 있는 상태가 되어 있다"라고 여러분에게 말할 때까지 기다리시라. 그리고 빠스 자신이 전투를 해야 할 곳을 고르도록 허용해주면 여러분은 공화국의 운명을 그에게 맡길 수 있을 것이다. 그것은 유럽의 전쟁 정신이고, 이 정신은 그가 사용하는 무기에까지 들어 있다. 그는 포병 장교이기 때문에 수학적이고, 과학적이고, 계산적이다. 전투는 여러분에게 미지의 것, 즉 승리를 줄 때까지 방정식을 통해 풀어야 하는 문제다. 빠스 장군은 '툴롱의 포병'[18]만큼 천재는 아닌데, 나는 빠스 장군이 천재가 아니라는 사실이 반갑다. 자유가 천재에게 고마워할 일은 그리 많지 않은 법이기 때문이다. 그는 재주 있는 군인이고, 유럽의 전통과 시민의 전통을 보존할 줄 아는 정직한 행정가로서, 다른 사람들이 야만적인 힘을 사용하는 곳에 과학을 적용했다. 그는 한마디로 말해 '도시들'과 유럽 문명의 정통적인 대표자였는데, 우리는 유럽 문명이 우리 조국에서 중단되어 있는 모습을 보게 되어 우려스럽다. 불쌍한 빠스 장군! 그대의 반복되는 불행 가운데서도 영광이 있으라! 아르헨티나 공화국의 수호신이 그대와 함께하노라! 운명은 아직 그대와 로사스 사이에서, '도시'와 빰빠 사이

∴

[18] '툴롱의 포병'은 나폴레옹 1세(Napoléon Bonaparte, 1769~1821)를 가리킨다. 나폴레옹은 평범한 포병 장교로 8년을 보낸 후, 1793년 프랑스 혁명 초기에 프랑스 남부 항구 도시 툴롱에서 발발한 반란을 진압하는 전투에 참전했다. 당시 툴롱은 프랑스 왕당파를 지원하는 영국, 에스파냐 등의 부대에 의해 점령되어 있었다. 나폴레옹은 포병 장교로 도시의 항구를 제압하기 위한 이상적인 포병 진지의 위치를 찾아내서 이름을 올렸다. 영국 측도 위협이 될 것으로 보고 있던 그 지점을 그가 격렬하게 공략함으로써 후드 제독이 지휘하는 영국 함대는 항구에서 탈출할 수밖에 없었고, 반란은 진압되었다. 불과 5천 명의 군사로 영국과 왕당파의 연합군 2만 명을 격퇴한 것이다. 그 공적으로 24세의 나폴레옹은 단번에 포병대 지휘관(준장)이 되어 국제적인 주목을 받게 되었다.

에서, 하늘색 띠와 '빨간색' 리본 사이에서 결정되지 않았노라! 그대는 야만적인 세력의 저항을 이길 수 있는 정신의 유일한 자질을 갖추고 있고, 그런 정신적 자질이 순교자들의 힘을 만들었노라! 그대는 믿음을 갖고 있다. 그대는 결코 회의를 품은 적이 없노라! 그 믿음이 그대를 구할 것이고, 문명은 그대를 믿노라!

*19) 빠스 장군에게는 뭔가가 예정되어 있었음이 틀림없다. 12월 1일의 혁명처럼 잘못 논의된 어느 혁명의 중심에서 떨어져 나온 상태인 빠스는 승리로써 그 혁명을 정당화할 줄 알았던 유일한 사람이었다. 로뻬스[20)]의 항거할 수 없는 힘에 의해 자기 군대의 수장 자리를 탈취당한 빠스는 10년 동안 이 감옥 저 감옥을 전전하는데, 마치 수호천사 하나가 빠스 장군의 목숨을 보호해주고 있었다는 듯이 로사스조차도 그를 감히 죽이지 못했다. 그는 폭풍우가 몰아치는 어느 날 밤에 기적같이 도망쳐서 라쁠라따 강의 거센 파도에 실려 결국 라쁠라따 강 동쪽 강변에 도착했다. 그는 여기서 거부당하고 저기서 무시당하면서 결국은 부대 두 개를 패배시켰던 어느 지방의 약화된 군대를 인계받았다. 그는 인내를 가지고 끈덕지게 모아들인 이들 잔류병들을 기반으로 저항의 수단을 만들어냈다. 로사스의 부대들이

∵

19) * 이 부분은 1845년 5월 28일에 발행된 《엘쁘로그레소》 제791호에 연재되었다.
20) [원편집자 주] 사르미엔또는 여기서 로뻬스의 부하 몇 명이 자행한 그 유명한 빠스 장군 납치 사건에 관해 암시한다. 엘띠오(El Tío)라 불리는 곳에서 1831년 5월 1일 로뻬스의 부하들이 빠스 장군의 말을 붙잡아 빠스 장군을 생포했다. 그 후 빠스 장군은 8년 동안 투옥되었다가 마침내 도망쳐 어느 선박으로 피신했다. 그 배는 빠스 장군을 리오델라쁠라따를 봉쇄하고 있던 프랑스 해군의 어느 배로 데려다 주었고, 그는 1840년 4월 5일에 우루과이의 꼴로니아(Colonia)에 도착했다.

사방에서 승리를 거두고 공포와 위협을 공화국의 모든 경계 지역까지 전파했을 때, 말을 탄 채 사로잡힌 외팔이 빠스 장군은 까아과수 늪지대로부터 다음과 같이 절규했다. "공화국은 여전히 살아 있다!" 외팔이 장군은 자신이 구해준 사람들의 손에 의해 승리의 월계관을 약탈당한 채, 그리고 굴욕적으로 자기 부대의 수장 자리에서 쫓겨나 엔뜨레리오스에서, 적들 사이에서 은신처를 찾았다. 왜냐하면 하늘이 외팔이 장군을 보호하기 위해 자신의 분대원들을 풀어놓았고, 또 몬띠엘 숲의 그 가우초[21]가 사람을 아무도 죽이지 않은 그 선량한 외팔이를 감히 죽일 수 없었기 때문이다. 외팔이 장군은 몬떼비데오에 도착해서 리베라가 패배했다는 사실을 알게 되었다. 사실 리베라는 자신의 책략으로 적을 체포할 처지에 있지 않았다. 소스라치게 놀란 '도시' 사람은 모두 외팔이 장군의 누추한 은신처로 우르르 몰려와 자신들에게 위로의 말 한마디를 해주고, 희망의 빛 한 줄기를 달라고 요청했다. "만약 내게 20일 정도의 시간을 준다면 그들이 광장을 점령하지는 못할 것입니다." 이것은 외팔이 장군이 그들에게 차분하게 해준 유일한 대답이었지만, 수학적인 인간으로서의 확실성을 담보한 대답이었다. 우루과이의 오리베는 빠스가 요구한 것을 주었고, 그리고 몬떼비데오가 망연자실한 그날로부터 3년의 세월이 흘렀다. 광장이 안전한 상태에 있게 되고, 즉흥적으로 만들어진 수비대는 싸우는 것이 마치 살아가면서 하게 되는 직업이나 된다는 듯이 매일 전투를 하는 데 익숙해지게 되자, 빠스는 브라질로 가서 자신의 동료들이 원하는 시간보다 더 많은 시간을 수도에서 머물렀다. 제국 경찰의 경호를 받으며 빠스를 만나기 위해 기다리고 있던 로사스는 빠스가 꼬리엔떼스에서 장정 6천 명을 훈련시키고 있다

∴

21) '몬띠엘 숲의 그 가우초'는 로사스를 가리킨다.

는 사실을 알게 되었는데, 빠스는 이미 파라과이와 동맹을 맺은 상태였다. 그리고 나중에 로사스의 귀에는 브라질이 전쟁에 프랑스와 영국을 끌어들였다는 소식이 들렸다. 그래서 목가적인 '평원'과 '도시' 사이의 문제는 결국 수학적이고 과학적인 외팔이 빠스와 야만적인 가우초 로사스 사이의 문제로 변해버렸다. 다시 말해 한편의 빰빠와 다른 편의 꼬리엔떼스, 파라과이, 우루과이, 브라질, 영국, 프랑스 사이의 문제가 되어버린 것이다. 빠스 장군을 더욱더 명예롭게 만든 것은, 바로 장군이 싸웠던 적들이 장군에게 분노도 두려움도 갖고 있지 않았다는 사실이다. 로사스의 《가세따 메르깐띨》[22]은 자주 타인을 비방하고 명예를 훼손했지만, 빠스에 대한 욕은 대놓고 할 수 없었는데, 그 이유는 빠스를 비방하던 사람들이 시간이 흐를수록 빠스에 대한 존경심을 갖게 된다는 사실을 발견했기 때문이다. 《가세따 메르깐띨》은 빠스를 말에 탄 채 사로잡힌 외팔이, 고자(鼓子)라고 불렀다. 사실 당시 아르헨티나에는 카리브의 잔인한 목소리와 뒤섞인 야만성과 아둔함이 늘 존재했다. 만약 로사스를 따르는 사람들의 가슴속에 들어가보게 된다면 모든 이들이 빠스 장군에게 가지고 있는 애정이 드러나게 될 것이다. 옛 연방주의자들은 빠스 장군이 옛 중앙 집권주의자들이 표출하는 분노로부터 항상 그들을 보호해주고 있었다는 사실을 잊은 적이 없었다. 국가들의 운명을 손에 쥐고 있는 하느님께서, 방종 없는 자유를 가능하게 하고, 어리석은 자들이 명령을 하기 위해 필요로 하는 공포와 폭력을 무용하게 만드는 법의 제국 아래서 공화국을 재건하기 위해 파괴적인 위험을 수차례 감수했던 이 남자를 도와주기를 원했다는 사실을 누가 알겠는가? 빠스는 지방 출신이었고, 바로 그런 연유로 빠스는, 오늘날 로사

..

22) [원편집자 주] '《가세따 메르깐띨(*Gaceta Mercantil*)》'은 로사스의 편을 들던 경제 신문이다.

스가 내륙 사람들을 가난하고 야만적인 사람으로 만듦으로써 수백만 뻬소를 갖기 위해 지방들을 희생시키는 것과는 달리, 그리고 도시의 연방주의자들이 1826년의 의회를 비난하는 것과 달리, 지방들이 부에노스아이레스와 그 항구에게 희생되지 않도록 보장할 수 있는 인물이었다.

라따블라다의 승리는 꼬르도바 시에 새로운 시대를 열어주었다. 빠스 장군이 지방의 대표자들에게 보낸 서신에 따르면, 꼬르도바 시는 당시까지 "아르헨티나 지방들 가운데 가장 밑자리를 차지하고 있었"다. 빠스 장군의 서신은 계속된다. "여러분은 꼬르도바가, 여러 방법론이 서로 각축을 벌이고, 연방주의 체제를 따르건 중앙 집권주의 체제를 따르건, 이 나라 또는 이 꼬르도바 지방을 건설하려는 의도를 지녔던 모든 것에 대한 방해물이 놓여 있던 곳이라는 사실을 기억하시기 바랍니다."

꼬르도바는 아르헨티나의 모든 도시와 마찬가지로 자체의 자유주의적 요소를 지니고 있었는데, 그 자유주의적 요소는 당시까지 부스또스 정부 같은 독재적이고 수구적인 정부에 의해 질식 상태에 처해 있었다. 빠스가 그 도시로 입성한 뒤부터 그동안 억눌려 있던 이런 요소가 표면으로 드러났고, 꼬르도바는 그 에스파냐식 정부가 통치하던 9년 동안 자신이 얼마나 강해졌는지 보여주었다.

나는 꼬르도바가 사상적인 면에서 부에노스아이레스와 대립하고 있었다는 점을 앞에서 묘사한 적이 있다. 하지만 꼬르도바에는 미래의 발전에 호의적인 어떤 상황이 있다. 과학은 꼬르도바 사람들이 여러 학문 가운데 가장 중요하게 여긴 것이다. 2세기의 역사를 갖는 대학이 꼬르도바 사람들의 의식에 문명에 대한 이런 관심을 불어넣었는데, 이런 관심은 국내의 다른 지방에서는 그리 깊숙하게 뿌리를 내리지 못한 상태다. 그래서 학문 연구의 방향성과 내용이 그리 많이 바뀌지 않았음에도 불구하고 이제 꼬르도바는 문명을 지지하는 많은 사람들을 가질 수 있었고, 그 결과 지성이 지배하고, 지성을 함양하는 풍조가 생겼다. 지적인 깨달음에 대한 이런 존경, 대학 분과 학문에 부여된 그런 전통적인 가치는 꼬르도바에서 사회의 하층 계급에까지 하달되었는데, 왜 시민 대중이 향후 10년이 지난 뒤에도 누그러지지 않은 열정으로, 그리고 '마소르께로'의 질서정연하고 냉혹한 분노에 대해 수공업자들과 프롤레타리아 계급에서 수천 명의 희생자를 만들어왔던 열정으로, 빠스가 일으킨 시민 혁명을 포용했는지 그 이유가 무엇인지는 다른 방식으로 설명될 수 없다. 빠스는 자신의 사상과 목적을 꼬르도바의 대중에게 인지시키기 위해 그것을 해석해줄 사람 한 명을 몸소 데려왔다. 그는 바로 영광스럽게도 브라질에서 혁혁한 공을 세운 흑인 대령 바르깔라[23]로, 군대의 고위 지휘관들과 대등한 지위에 있었다. 과거 노예 신분에서 해방된 자유민이었던 바르깔라는, 수공업 기술자들에게 좋은 길을 보여주었고, 그들의 공훈을 보상하는 데는 피부색도 계급도 구분하지 않는 어느 혁명을 사랑하는 방법을 가르쳐주는 데 오랜 세월을 헌신했다. 바르깔라는 꼬르도바에서 이루어진 사상과 관점의 변화를 널리 보급하는 임무를 맡고 있었는데, 자신이 기대할 수 있으리라 믿고 있던 것보다 훨씬 더 성과가 좋았다. 그 후 꼬르도바의 시민들은 도시에, 시민적 질서에, 문명에 속하게 되었다.

현재의 전쟁에서 꼬르도바 젊은이들이 보여준 공평무사한 헌신성과 지조가 돋보이는데, 전쟁터에서 전사하고 '마소르까'[24]가 자행한 학살에서

∴

23) '바르깔라(Barcala Lorenzo, 1793~1835)'는 아르헨티나 시민전쟁에 중앙 집권주의당 부대의 지휘관으로 참전했다. 아르헨티나군의 대령이 된 소수의 흑인 가운데 하나다.
24) '마소르까(mazorca)'는 후안 마누엘 데 로사스가 비밀리에 복수를 하기 위해 만든 조직 '인민 재건단(Sociedad Popular Restauradora)'의 별칭이다.

죽은 젊은이는 이루 헤아릴 수 없으며, 조국으로부터 추방되는 악행으로 고통 받는 젊은이의 수는 이를 훨씬 더 능가한다. 산후안에서 여러 차례 벌어진 전투에서는 꼬르도바의 그 '박사들'[25]의 시체가 거리에 뿌려져 있었다. 적을 섬멸하고자 했던 대포들이 이들을 휩쓸어버린 것이다.

한편으로 의회와 헌법에 대한 반대 운동을 그토록 강력하게 선동했던 그 성직자[26]는 파꾼도, 로뻬스, 그리고 그 밖의 인물들에 대한 '배타적 숭배'의 수호자들이 문명을 이끌던 그 깊은 혼돈 상태가 어떤 것이었는지 평가할 시간을 충분히 가졌고, 그래서 주저하지 않고 빠스 장군 편에 서기로 결정했다.

이렇게 해서 젊은이들뿐만 아니라 박사들, 일반 대중뿐만 아니라 성직자들은 한마음 한뜻으로 단결해서 사안들의 새로운 질서에 의해 주창된 원칙을 지지할 준비를 한 채 모습을 드러냈다. 이제 빠스는 지방을 재조직하고, 다른 지방들과 우호 관계를 맺을 수 있게 되었다. 빠스는 산따페의 로뻬스와 협정을 체결했는데, 로뻬스는 도밍고 데 오로[27]가 빠스 장군[28]과 연맹을 맺도록 설득한 사람이었다. 살따와 뚜꾸만은 라따블라다 전투 이전에 이미 빠스 편에 섰기 때문에, 이제 동부의 몇 주만이 빠스와 적대 관계에 있게 되었다.

∴

25) 원문에는 "doctor"라고 표기되어 있어서 '박사'라고 옮겼는데, 한국의 언어적 감성을 투여하자면 '공부 박사들' 정도가 될 것이다.
26) 여기서 말하는 '그 성직자'는 돈 펠릭스 알다오 수사를 가리킨다.
27) '도밍고 데 오로(Francisco Domingo de Oro Zavalla, 1800~1879)'는 아르헨티나의 정치가로, 중앙 집권주의와 연방주의 사이에서 오랫동안 우왕좌왕했는데, 나중에 삶의 모든 것을 포기하고 로사스의 반대편에 섰다.
28) 나중에 아르헨티나 공화국의 부통령이 된 빠스 장군은 그해에 콜레라로 사망했다.

제10장
온까띠보 전투

> 당신은 무엇을 찾으시나요? 만약 당신이 공포의 해악이 끔찍하게 조합된 모습을 보고 싶어 안달이라면 당신은 이미 그것을 발견했는걸요.
>
> — 셰익스피어

온까띠보[1]

그 사이에 파꾼도 끼로가에게는 무슨 일이 일어났을까? 파꾼도 끼로가는 라따블라다에 모든 것을 놓아두었다. 무기도, 장교도, 병사도, 명성도. 분노와 용기 말고는 모두. 라리오하의 주지사인 모랄은 파꾼도의 대패배 소식에 놀라 그럴싸한 핑계를 대고 그 도시를 빠져나와 뿌에블로스로 향했다. 모랄은 파꾼도 끼로가가 그곳에 도착한다는 사실을 알고서 사뇨가스따에서 파꾼도 끼로가에게 긴급 전갈을 보내 그 지방의 자원을 제공해 주겠다고 제안했다. 꼬르도바로 원정을 떠나기 전 그 지방의 두 대장, 즉 유명무실한 통치자와 까우디요, 집사와 주인의 관계는 냉각되어 있는 것처럼 보였다. 파꾼도는 당시 그 지방에 있던 병력을 더하고, 뚜꾸만, 산후

---

[1] [원편집자 주] 빠스 장군은 1830년 2월 25일에 '온까띠보(Oncativo)'에서 파꾼도에게 승리를 거두었다.

안, 까따마르카 등지에서 데려온 병력까지 포함해 계산으로 산출할 수 있었던 수만큼의 병력을 부리고 있지 못했다. 다른 상황이 파꾼도 끼로가가 주지사 모랄에 대해 지니고 있던 강한 의구심을 더욱 악화시켰다. 사뇨가스따는 파꾼도의 적인 도리아 이 다빌라 가문의 장원에 부속된 집이 있는 곳이다. 그리고 주지사 모랄은 자신이 전갈을 보낸 바로 그날과 그 장소에 대해 파꾼도가 추론해낸 의구심의 결과가 어떨 것인지를 예측하고는, 그 전갈을 사뇨가스따로부터 4레구아 정도 떨어져 있는 우안친에서 보낸 것으로 설정했다. 그런데도 파꾼도 끼로가는 모랄이 자기에게 전갈을 써 보낸 곳이 사뇨가스따라는 사실을 알았고, 자신의 모든 의구심이 확실하다고 믿었다. 파꾼도가 꼬르도바에서 얻은 가증스러운 학살 도구인 바르세나와 폰따넬은 한 무리의 병력을 이끌고 마을들을 수색하고 다니면서 그 지역 주민들을 눈에 띄는 대로 잡아들였다. 그런데도 사냥감 몰이 작업은 행복하지 않았다. 사냥감들이 사냥개의 냄새를 맡고서 공포에 질려 사방으로 도망쳐버린 것이었다. 수색대는 겨우 주민 열한 명을 붙잡아 돌아와 즉석에서 총살해버렸다. 주지사 모랄의 삼촌인 돈 이노센시오 모랄, 그의 열네 살짜리와 스무 살짜리 두 아들, 아스꾸에따, 고르디요, 깐또스(칠레 사람), 소또마요르, 바리오스, 고르디요라는 이름의 또 다른 남자, 산후안을 돌아다니고 있던 꼬로, 그리고 빠소스가 그날 희생된 사람이었다. 마지막으로 언급한 돈 마리아노 빠소스는 다른 경우에 이미 파꾼도의 앙심을 산 적이 있는 사람이었다. 파꾼도가 초기의 원정 가운데 어느 원정을 떠날 때 돈 마리아노 빠소스가 무기력하고 무질서한 파꾼도의 부대를 보고는 동료 상인인 린꼰이라는 남자에게 다음과 같이 말한 것이었다. "저런 사람들이 전투를 하러 가다니 원!" 이 사실을 알게 된 파꾼도 끼로가는 자기 부대에 대해 혹평한 그 두 사람을 불러오라 해놓고는 돈 마리아노 빠소스를 까빌도[2] 건물의 기둥에 매달아 채찍 2백 대를 때리도록 했다. 한편 돈 마리아노 빠소스의 동료에게는 은전을 베풀어 바지를 벗고 서 있는 것으로 벌을 대신하게 했다. 파꾼도의 은전을 받은 이 남자는 나중에 라리오하의 주지사가 되었고, 파꾼도 장군의 열광적인 지지자가 되었다. 주지사 모랄은 자기를 기다리고 있는 것이 무엇인지 알아채고서 그 지방에서 도망쳤는데, 나중에 붙잡혀 배은망덕한 인간이라는 이유로 채찍 7백 대를 맞았다. 이 사람이 바로 도레고에게서 1만 8천 뻬소를 강탈해 착복한 그 모랄이었기 때문이다.

내가 앞서 언급했던 바르세나는 영국 광산 회사의 감독관을 암살하는 임무를 맡았던 사람이다. 나는 바르세나가 자기 집에서 저지른 암살의 무시무시한 장면에 관해 바르세나 자신으로부터 직접 상세하게 들은 적이 있는데, 당시 그는 아내와 자식들이 자신의 총알질과 칼질을 막지 못하도록 그들을 다른 곳에 떼어놓았다. 바로 이 바르세나가 오리베를 꼬르도바에 데려갔던 '마소르까'의 대장이고, 라바예에게 거둔 승리[3]를 축하하는 어느 춤 파티에서 파티에 참석한 가족들이 지켜보는 가운데 청년 세 명의 목을 잘라 피가 질질 흐르는 머리를 무도장에 내던져 굴려버린 사람이다. 왜냐하면 라바예를 추격해 꼬르도바에 온 부대가 마소르께로 한 무리를 데려왔고, 그들은 작은 언월도(偃月刀)처럼 구부러진 칼을 왼쪽 옆구리에 차고 있었는데, 그 칼은 사람의 목을 솜씨 좋게 자르기 위해 로사스가 부에노스아이레스의 칼 공장에 일부러 주문해 만든 것이었기 때문이다.

후안 파꾼도 끼로가는 도대체 무슨 이유로 이렇게 잔인하게 사람을 죽

---

2) '까빌도(cabildo)'는 지방의 시청, 군청 등에 해당하는 행정 기관이다.
3) [원편집자 주] 오리베는 1840년 11월 28일에 께브라초 에라도(Quebracho Herrado)에서 라바예에게 승리를 거두었다.

였을까? 파꾼도 끼로가가 멘도사에서 도밍고 데 오로에게 했다는 말에 따르면, 파꾼도 끼로가의 유일한 목적은 공포를 유발하는 것이었다. 사람들의 말에 따르면, 파꾼도 끼로가가 자기 부대의 본부가 있는 아띨레스로 가는 길에 평원에서 불쌍한 농민들을 대상으로 학살을 계속하고 있을 때, 빌라파녜스 형제들 가운데 하나가 연민과 공포와 간청이 뒤섞인 목소리로 파꾼도에게 말했다. "장군님, 도대체 언제까지 이러실 겁니까!" 그러자 파꾼도 끼로가가 대답했다. "바보 같은 소리 하지 마라. 이게 아니면 내가 어떻게 활기를 찾을 수 있겠느냐?" 이것이 바로 파꾼도 끼로가 특유의 방식이다. 즉 그는 시민들이 자기 재산을 포기하도록 시민들에게 공포를 조성했다. 가우초들이 개인적인 이익을 바라지 않은 대의(大義)를 자신들의 손으로 떠받치도록 가우초들에게 공포를 조성했다. 공포는 활동의 부족과 경영을 하는 데 필요한 일손의 부족을 보충해주고, 열의를 보충해주고, 전략을 보충해주고, 모든 것을 보충해준다. 그런 공포를 무시할 수 없다. 공포는 애국심과 자발성보다 더 큰 결과를 초래하는 통치 수단이기 때문이다. 러시아는 이반[4] 시대부터 공포를 사용했고, 미개한 나라들을 모두 정복했다. 숲속의 도적들은 가장 뻣뻣한 목들을 길들이는 이런 고삐를 손에 쥔 두목에게 복종하는 법이다. 공포는 인간의 품성을 타락시키고, 인간을 곤궁하게 만들며, 마음의 융통성을 제거해버리고, 어느 날에는 결국 국가가 10년 동안 줄 수 있는 것을 단 하루 만에 빼앗아버린다. 하지만 이 모든

──

[4] 여기서 말하는 '이반(Ivan)'은 이반 4세 바실리예비치(Ivan IV Vasilievich, 1530~1584)를 가리킨다. 그는 '차르(tsar)'라는 호칭을 사용한 첫 번째 러시아 통치자였다. 세 살에 즉위해 어머니 엘레나 글린스카야가 섭정을 했으나, 어머니가 독살된 뒤 17세부터 직접 통치했다. 이반 4세는 '이반 그로즈니'라고 불렸는데, 이 말은 '잔혹한 이반' 혹은 '폭군 이반(Ivan the Terrible)'이라는 뜻이다. 본래는 유능한 황제였으나, 신경질이 심하고 남을 잘 믿지 못하는 잔인한 사람이 되었다. 노년에는 반쯤 미쳐 며느리를 유산하게 만들고, 아들을 때려죽이기도 했다.

것이 러시아의 차르에게, 또는 도적의 두목에게, 또는 아르헨티나의 까우디요에게 뭐 그리 중요하다는 말인가?

파꾼도는 포고령을 내려 라리오하 시의 모든 주민들에게 죽음을 무릅쓰더라도 야노스로 이주하라고 명령했고, 이 명령은 그대로 시행되었다. 그 도시의 무자비한 적인 파꾼도는 주민을 하나씩 하나씩 죽이면서 갈 시간이 충분하지 않을까 봐 걱정했고, 결국 그 도시에 최후의 일격을 가했다. 파꾼도 끼로가는 무엇 때문에 이처럼 쓸데없이 주민을 이주시켰을까? 파꾼도 끼로가가 두려움에 사로잡혀 있었기 때문인가? 오호, 그렇다, 그 순간에는 두려워하고 있었다! 멘도사에서 주 정부를 차지했던 중앙 집권주의자들이 군대 하나를 일으켰다. 뚜꾸만과 살따는 북쪽에 위치해 있었고, 꼬르도바, 라따블라다, 빠스 장군은 동쪽에 위치해 있었다. 그래서 파꾼도는 포위된 형국이었고, 총체적인 사냥감 몰이 작전을 통해 결국 그 야노스의 호랑이를 '궁지에 몰아넣을 수' 있었다. 비야파녜가 알다오를 도와주기 위해 병력을 이끌고 멘도사로 가고 있는 사이에 파꾼도는 자기 가축을 산맥 쪽으로 이동시켜 떨어져 있게 했고, 아띨레스에서 새로운 병사들을 모으고 있었다. 이들 폭력주의자들은 공포를 유발할 순간이 언제인지 또한 안다. 로사스 역시 어린 아이처럼 울었고, 차스꼬무스에서 혁명이 일어났다[5]는 소식을 듣고서는 어찌할 바를 모른 채 안절부절못했다. 그는 알바레스의 승리 소식이 전해지기 한 시간 전에 집을 떠나기 위해 커다란 여행용 가방 열 개를 쌌다. 하지만 제발! 여러분은 폭력주의자들을 놀라게 만들지 마시라. 그런 대립과 충돌의 순간이 지나간 뒤 사람들이 당할 고통

---

5) [원편집자 주] '차스꼬무스의 혁명(La revolución de Chascomús)'은 1829년 10월에 로사스에 반대해 궐기한 것이다.

은 얼마나 클까! 그러고서 '9월의 학살' 사건이 일어났고, 시장과 광장에는 인간의 머리가 피라미드처럼 쌓이게 되었도다!

　모두 이주하라는 파꾼도의 명령이 내려졌음에도 불구하고 라리오하에는 아가씨 하나와 사제 하나가 남아 있었다. '세베라'[6]라 불리는 아가씨와 꼴리나 신부였다. 세베라 비야파녜 아가씨에 관한 이야기는 애잔한 소설이다. 그리고 어느 무시무시한 거인, 어느 잔혹한 '파란 수염'[7]의 매복을 피하기 위해 당시 세상에서 가장 아름다운 공주가 가끔은 소녀 목동으로 변장하고, 가끔은 도움과 빵 한 조각을 구걸하면서 이곳저곳을 방랑하면서 도망쳐 다니는 요정 이야기다. 세베라는 그 폭군의 육욕을 자극하는 불행한 아가씨였기 때문에 폭군의 가혹한 괴롭힘으로부터 그녀를 자유롭게 해줄 사람이 아무도 없었다. 그녀가 폭군의 유혹을 거부하도록 만드는 것은 단지 정조만이 아니었다. 그것은 극복하기 어려운 혐오감이고, 야만적인 힘을 가진 남자들이 자기의 아름다움을 훼손할 수도 있다고 두려워하기 때문에 그런 남자들을 싫어하는 섬세한 여성의 아름다운 본능이다. 아름다운 여자는 유명한 남자를 둘러싸고 있는 약간의 명성 때문에 자주 약간의 불명예를 감수할 수도 있을 것이다. 하지만 아름답기로 명성이 자자한 여자는 남자들보다 뛰어나려고 하는데, 땅에 바짝 붙어 있는 수많은 덤불 너머로 가시 많고 빛바랜 관목을 보려고 남자들을 꼽추로 만들 필요도, 비열하게 만들 필요도 없다. 자비심 많은 마담 드 맹트농[8]이 연약한 모습을

∴

6) '세베라(Severa)'라는 이름에는 '엄격한 여자', '가혹한 고통을 당하는 여자'라는 의미가 중첩되어 있다.
7) '잔혹한 파란 수염(Barbazul)'은 미국의 잔혹 동화 『파란 수염』에 등장하는 잔혹한 남자에 빗댄 것이다.
8) '마담 드 맹트농(Madame de Maintenon, 1635~1719)'은 프랑스의 '태양왕'이라 불리는 루이 14세의 두 번째 왕비다. 미모가 아니라 똑똑한 머리, 뛰어난 대화술, 사려 깊고 신중한 성격으

보인 이유는 다른 것이고, 마담 롤랑[9]과 빛나는 이름을 얻기 위해 자신의 명성을 희생한 수많은 다른 여자도 그런 이유를 가지고 있었다. 세베라 아가씨는 몇 년 동안 줄곧 유혹을 거부했다. 한 번은 어느 무화과나무 숲 터널에서 야노스의 호랑이 파꾼도 끼로가에게 몸을 망치게 될 뻔했다가 도망친 적도 있다. 또 언젠가는 파꾼도 끼로가가 좌절감을 느낀 나머지 스스로 목숨을 끊기 위해 양귀비를 먹기도 했다. 어느 날 세베라 아가씨는 장군 부관들의 손아귀를 벗어났는데, 그들은 그녀의 수치심을 자극하기 위해 그녀를 벽에 세워둔 채 팔과 가랑이를 벌려놓을 예정이었다. 어느 날인가는 파꾼도 끼로가가 갑자기 그녀의 집 마당으로 들어와서는 그녀의 팔을 붙잡고 뺨을 수없이 때려서 그녀의 온몸을 피범벅이 되도록 만들어놓았고, 그녀를 땅바닥에 내동댕이쳐 장화 뒷굽으로 머리를 박살내버렸다. 하느님 맙소사! 이 불쌍한 아가씨를 도와줄 사람이 아무도 없는가? 친척도 친구도 없는가? 그래, 그럴 수도 있다! 세베라 아가씨의 집안은 라리오하의 최고 명문가였다. 비야파녜 장군이 그녀의 삼촌이고, 형제자매 몇이 있었는데, 그들은 그녀가 당한 고초를 목격했다. 그녀가 정조를 지키고자 성소로 찾아왔을 때 문을 닫아버린 본당 신부도 있다. 세베라는 결국 까따마르까로 피신해 어느 여성 수도자의 집에 은둔했다. 2년이 지난 뒤 파꾼

⁘

로 바람둥이 루이 14세를 완전히 사로잡았다.
9) '마담 롤랑(Madame Roland, 1754~1793)'은 프랑스 혁명의 지도자로, 지롱드파의 흑막 같은 존재였기 때문에, '지롱드파의 여왕'이라는 별칭을 얻었다. 본명은 라 플라티에르 자작 부인 잔느 마리 오 마농 플리퐁 롤랑(Jeanne Marie ou Manon Phlipon Roland, vicomtesse de La Platière)이며, 남편은 내무장관이었던 장 마리 롤랑(Jean-Marie Roland, 1734~1793)이다. 뛰어난 미모와 지성, 교양을 가지고 있었지만, 평민 출신이었기 때문에 귀족에게 받아들여지지 못하고 공화주의자가 되었다. 1793년 11월 8일 공포 정치로 인해 39세의 젊은 나이로 단두대의 이슬로 사라졌다.

도가 그곳을 지나가다가 그 은신처의 문을 열게 한 뒤 여자 원장에게 은수자 여성들을 자기 앞으로 데려오라고 명령했다. 은수자 여성 하나가 파꾼도를 보고는 비명을 지르며 혼절해버렸다. 참으로 멋진 소설이 아닌가? 그녀가 바로 세베라였던가?

하지만 이제 우리는 라따블라다에서 잃어버린 명성을 회복하기 위해 군대 하나를 준비하고 있는 아띨레스[10]로 가보자. 그 이유는 바로 그 저돌적인 가우초[11]의 명성이 어느 정도였는지 여기서 살펴보아야 하기 때문이다. 산후안에 있던 중앙 집권주의자 두 명이 그 폭군의 손에 잡혔다. 칠레 출신인 까스뜨로 이 깔보라는 젊은이와 알레한드로 까릴이라는 남자다. 파꾼도 끼로가가 알레한드로 까릴에게 목숨 값으로 얼마를 지불하겠느냐고 물었다.

"2만 5천 뻬소요." 알레한드로 까릴이 벌벌 떨면서 대답했다. "그럼 자넨 얼마를 줄 건가?" 파꾼도가 까스뜨로 이 깔보에게 물었다. "저는 4천 뻬소밖에 못 드립니다. 저는 장사꾼이라서 더 이상은 없습니다." 두 사람은 그 돈을 가져오라고 산후안으로 사람을 보냈다. 이제 별다른 힘도 들이지 않고 전쟁 비용 3만 뻬소에 이르는 돈이 모아졌다. 그 사이에 돈이 도착하자 파꾼도는 돈을 쥐엄나무 아래에 보관해놓고 두 사람을 고용해 하루 2레알[12]을 지불하기로 하고 탄약통을 만들라고 시켰다.

산후안 주 정부는 알레한드로 까릴의 몸값을 보내기 위해 까릴 집안이 애를 썼다는 사실을 알게 되자 그 소식을 이용했다. 시민들의 정부는 비록 연방주의 정부였다 해도 감히 시민들을 총살하지 못하고, 자신들이 중앙

10) [원편집자 주] '아띨레스(Atiles)'는 파꾼도 끼로가의 주둔지였다.
11) '그 저돌적인 가우초'는 바로 파꾼도 끼로가를 가리킨다.
12) '레알(real)'은 1881년까지 아르헨티나에서 통용되던 화폐인데, 1뻬소는 약 8레알에 해당했다.

집권주의자들에게서 돈을 뽑아내는 데는 무기력하다는 사실을 감지했다. 정부는 감옥에 있는 죄수들을 아띨레스로 이송하라는 명령을 시달했다. 죄수들의 어머니와 부인들은 자식과 남편들이 아띨레스로 이송되는 것이 무엇을 의미하는지 알고 있기 때문에 돈을 빚진 자식과 남편을 그 호랑이의 굴로 가는 길에서 되돌리기 위해 다들 앞서거니 뒤서거니 정부가 요구하는 돈을 모으게 되었다. 그래서 파꾼도 끼로가는 공포를 유발하는 자기 이름만으로 산후안을 통치하게 되었다.

알다오 형제가 멘도사에서 힘을 갖추게 되고, 라리오하에는 늙은 남자건 젊은 남자건, 미혼 남자건 기혼 남자건 무기를 들 만한 사람이 단 한 명도 남아 있지 않게 되었을 때, 파꾼도 끼로가는 산후안으로 옮겨갔다. 당시 부유한 중앙 집권주의자들이 많이 있던 그곳에 자신의 본부를 세우기 위해서였다. 그곳에 도착한 그는 영향력이 세고, 다재다능하고, 재산이 많기로 유명한 한 시민에게 채찍 6백 대를 때리도록 명령했다. 파꾼도는 죽어가는 희생자를 싣고 가는 수레 옆을 따라 광장의 네 모퉁이를 돌아다녔다. 왜냐하면 파꾼도는 이런 일을 집행하는 데 아주 용의주도한 사람이기 때문이다. 파꾼도 끼로가는, 자기 응접실 상석에서 '마떼'를 마시면서 나중에 인류를 전율케 한 온갖 잔학 행위를 동원해 불쌍한 주민들의 '연방주의적 열정'을 분쇄하기 위해 마소르까에게 수행 명령을 내리는 로사스와는 달랐다. 이전의 방식과는 완전히 다른 방식을 사용하기 전에 미리 시험해본 이런 행위가 아직은 충분하지 않다고 생각한 파꾼도는, 어느 절름발이 노인을 잡아오도록 했다. 그러고는 그 노인이 혐의를 인정하든 인정하지 않든, 탈옥해 도망한 사람들 몇 명에게 바께아노[13] 역할을 했다는 혐의

---

13) 제2장 '바께아노(Baqueano)' 편을 참조하라.

를 씌우고는 노인에게 고백 성사를 할 기회도, 최후 변론 한마디 할 기회도 주지 않은 채 즉석에서 총살시켰다. 그 이유는 '신의 사자(使者)'는 자신의 희생물이 고백 성사를 하든 말든 전혀 신경을 쓰지 않기 때문이었다.

*14) '여론'이 그런 식으로 형성되고, 산후안 '시'가 연방을 수호할 준비가 되어 있지 않은 상태에서는 더 이상의 희생이 없었다. 기부받은 물품은 불평하는 사람이 없이 공평하게 분배되었고, 무기들은 땅 밑에서 나왔다. 파꾼도 끼로가는 자기에게 총, 칼을 가져온 사람들에게서 총, 칼을 샀다. 알다오 형제가 뻴라르 협정15)을 방해하지 못한 중앙 집권주의자들에게 승리를 거두자 파꾼도 끼로가는 멘도사로 떠났다. 멘도사에서는 파꾼도 끼로가의 공포도 아무 쓸모가 없었다. 펠릭스 알다오 수사가 획책한 매일매일의 폭력은 도시를 시체처럼 마비시켜버렸는데, 나는 그 수사에 관한 자세한 사항을 그의 전기16)에서 밝혀놓았다. 하지만 파꾼도는 자신의 이름이 사방에 유포시킨 그 공포를 그곳에서 확인할 필요가 있었다. 산후안의 일부 젊은이는 투옥되었고, 그렇게 됨으로써 그들은 적어도 파꾼도에게 속하게 되었다. 파꾼도는 투옥된 젊은이들 가운데 하나에게 이렇게 물어보라고 시켰다. "4일 이내에 무기 몇 개를 넘겨줄 수 있나?" 그러자 그 젊은이는 자신이 칠레로 사람을 보내 무기를 구하고, 자기 집으로 사람을 보내

---

14) * 이 부분은 1845년 5월 29일에 발행된 《엘쁘로그레소》 제792호에 연재되었다.
15) [원편집자 주] '뻴라르 협정(Los tratados de Pilar)'(1820년 2월 23일)은 사라떼아(Sarratea), 로뻬스(López), 라미레스(Ramírez) 사이에 체결된 것으로, 협정에 참여한 지방들은 다른 지방들이 의회(Congreso)에 대표를 파견해 연방 체제에 찬성하도록 하기로 합의했다.
16) [원편집자 주] 사르미엔또는 1845년 2월에 펠릭스 알다오 수사의 전기를 출간했다.

자금을 모을 시간을 준다면 최선을 다해볼 것이라고 대답했다. 파꾼도가 그 젊은이더러 솔직하게 대답해보라면서 재차 물었다. "단 한 개도 못 넘깁니다." 1분 뒤에 파꾼도의 부하들은 그 젊은이의 시체를 묻으러 갔고, 산후안의 젊은이 여섯 명이 더 짧은 간격을 두고 그 시체와 같은 운명에 처해졌다. 그 질문은 멘도사의 죄수들에게 말이나 서면으로 던져졌고, 죄수들의 대답은 어느 정도 만족스러웠다. 지위가 가장 높은 죄수 한 명이 나타났다. 체포된 알바라도[17] 장군이다. 파꾼도는 알바라도 장군을 자기에게 데려오라고 했다. "앉으시오, 장군." 파꾼도가 알바라도 장군에게 말했다. "며칠 이내로 당신 목숨 값 6천 뻬소를 내게 넘겨줄 수 있겠소?" "언제가 됐든 넘겨줄 수 없습니다, 나리. 제겐 돈이 없습니다." "에헤! 하지만 당신에게도 친구는 있을 것이고, 그 친구들은 당신이 총살당하게 가만 놔두지 않을 거잖소." "이곳에는 친구가 없습니다, 나리. 나는 사람들이 하도 권유해서 주지사 역할을 맡으러 잠시 이 지방에 와 있을 뿐입니다." "주지사직을 물러나면 어디로 갈 생각이오?" 파꾼도는 잠시 침묵을 지킨 뒤 질문을 계속했다. "고명한 나리께서 명령하시는 데로 갈 겁니다." "어디로 가고 싶은지 말해보시오." "다시 말하지만 나리께서 제게 명령하는 데로 갈 겁니다." "산후안으로 가면 어떻겠소?" "좋습니다, 나리." "돈이 얼마나 필요하오?" "감사합니다, 나리, 하지만 돈 같은 건 필요 없습니다." 파꾼도는 어느 책상으로 가서 황금이 가득 찬 서랍 두 개를 열고, 책상에서 되돌아와 알바라도 장군에게 말했다. "필요한 만큼 가지시오, 장군." "감사합니

---

[17] '알바라도(Rudecindo Alvarado, 1792~1872)'는 아르헨티나 독립전쟁에 참전한 군인으로, 영웅이자 애국자다. 벨그라노의 명령에 따라 뚜꾸만, 살따, 시뻬시뻬(Sipe Sipe) 전투에 참가했다. 안데스 부대에 참여해 호세 데 산마르띤의 지휘하에 칠레와 뻬루를 해방시켰다. 척탄 기마 부대의 연대장이었다. 1829년 9월부터 10월까지 멘도사 주의 주지사를 역임했다.

다만, 전혀 필요 없습니다, 나리." 한 시간 뒤에 알바라도 장군의 짐을 실은 마차가 그의 집 문 앞에 도착했고, 비야파녜 장군 또한 도착했다. 비야파녜 장군은 알바라도 장군을 산후안까지 데려가기로 되어 있었는데, 그는 알바라도 장군을 데리고 산후안에 도착한 뒤 끼로가 장군이 준 것이라며 금 1백 온사[18]를 알바라도 장군에게 넘기면서 거절하지 말라고 간청했다.

보다시피 파꾼도의 영혼이 고결한 영감에 완전히 닫혀 있지만은 않았다. 알바라도는 옛 군인으로, 진지하고 사려 깊은 장군이었기 때문에 파꾼도에게 썩 나쁜 인상을 주지 않았던 것이다. 파꾼도는 나중에 알바라도 장군에 관해 다음과 같이 평가했다. "이 알바라도라는 장군은 좋은 군인이지만, 우리가 치르고 있는 이 전쟁에 관해서는 전혀 이해하지 못한다."

산후안에서 사람들이 프랑스 출신 남자 바로를 파꾼도에게 데려왔다. 바로는 프랑스 작가만이 쓸 수 있는 필치로 파꾼도 끼로가에 관해 쓴 적이 있는 사람이었다. 파꾼도는 프랑스 출신 작가 바로에게, 그가 자기에게 그토록 많은 상처를 준 글을 쓴 당사자인지 묻자 바로는 그렇다고 대답했다. "그렇다면, 이제 당신은 무엇을 원하오?" 파꾼도 끼로가가 물었다. "죽여 주십시오, 나리." "당신, 이 금화를 받아서 당장 꺼지시오."

뚜꾸만에서 파꾼도 끼로가는 탁자 위에 누워 있었다. "장군은 어디 있소?" 에스파냐 남자 하나가 명예 결투를 신청하기 위해 약간 취한 상태로 파꾼도에게 물었다. "저 안에 있는데요, 장군에게 뭘 주려고요?" "장군이 내게 부과한 기부금 4백 뻬소를 지불하러 왔소. 그 짐승 같은 인간은 너무나 쉽게 살아요!" "이봐요, 형씨. 당신 장군과 아는 사이요?" "그런 인간은 알고 싶지도 않아요, 마을에 발도 못 붙일 무법자라고요!" "들어와요. 우리

⁂

18) '온사(onza)'는 약 1온스의 무게에 해당하는 금으로 주조된 금화다.

사탕수수 술이나 한잔합시다." 이 특이한 대화가 더 진행되고 있을 때 파꾼도 끼로가의 조수 하나가 나타나 대화를 나누던 두 사람 가운데 한 사람에게 갔다. "장군님, 장군님께 드릴 말씀……" "장군님!……" 그 에스파냐 남자가 일을 쫙 벌리며 조수의 말을 따라했다…… "그래, 뭐라고요?…… 당신이 바로 그 장군이라고요?…… 내 참 얼치기같이!" 에스파냐 남자가 무릎을 꿇으며 계속했다. "장군님, 저는 불쌍하고 못난 생선 장수인데요…… 뭘 원하시는지요, 나리…… 나리께서 저를 파산시키실 수도…… 하지만 돈은 곧…… 자 자…… 화를 내실 필요는 없잖아요!" 파꾼도는 너털웃음을 터뜨리고는 그를 일으켜 세우고 진정시켰다. 그리고 파꾼도는 그 에스파냐 남자가 가져온 기부금 가운데 2백 뻬소만 빌리는 것으로 하고 나머지는 그에게 돌려주고, 빌린 돈은 나중에 정확하게 갚았다. 2년이 지난 뒤 부에노스아이레스에서 반신불수가 된 거지 하나가 파꾼도를 소리쳐 불렀다. "잘 가세요, 장군님. 저는 뚜꾸만에서 뵌 적이 있던 그 에스파냐 사람이에요. 지금은 반신불수가 되어 있지요." 파꾼도는 그에게 금화 6온사를 주었다.

이런 면모는 현대의 극적인 사건이 그토록 재기발랄하게 드러났다는 이론을 증명한다. 다시 말하면 가장 음험한 역사적 인물들에게조차도 미덕의 불꽃이 늘 있는데, 그 미덕은 순간순간 빛을 냈다가 사라진다. 그건 그렇다 치고 자신의 격정을 제어할 제동 장치를 갖지 못한 사람이 선을 행하지 못하는 이유는 무엇일까? 이것이 바로 권력의 특징인데, 다른 것도 이와 마찬가지다.

하지만 이제 공적인 사건에 관한 실마리를 다시 잡아보도록 하자. 파꾼도 끼로가는 멘도사에서 아주 엄숙하게 공포를 유발한 뒤에 레따모로 돌아갔는데, 알다오 형제가 공포에 사로잡힌 중앙 집권주의자들에게서 강탈한 기부금 10만 뻬소를 레따모로 가져갔다. 그곳에는 끼로가가 늘 판을 벌리던 도박판이 있었고, 시합을 좋아하는 사람들이 늘 모여들었으며, 그곳에서는 결국 희미한 횃불에 의지해 밤을 지새웠다. 공포와 참화가 난무하는 가운데 황금이 격류처럼 오갔고, 파꾼도는 보름 만에 기부금 10만 뻬소, 그의 연방주의자 친구들이 보관하고 있는 수천 뻬소, 그리고 한 번의 내기에 거는 판돈까지도 모두 따버렸다. 그런데도 전쟁은 기부를 요구했고, 사람들은 이미 털을 깎아버린 양들의 털을 다시 깎았다.

레따모에서 벌어진 이 유명한 야바위 도박판에서 어느 밤에는 판돈 13만 뻬소가 탁자 위에 놓이기도 했는데, 이 이야기는 파꾼도 끼로가의 전 생애에서 가장 큰 도박에 관한 것이다. "도박을 참 잘하십니다, 장군님." 파꾼도가 뚜꾸만에서 마지막 원정을 할 당시 이웃 사람 하나가 파꾼도에게 말했다. "에헤, 이건 판도 아니오! 멘도사와 산후안에서는 아주 재미있게 놀 수 있었소! 거기서는, 그래, 돈이 돌았어요! 그 수사에게서 하룻밤에 5만 뻬소를 땄고, 고위 사제인 리마에게서는 2만 5천 뻬소를 땄어요! 하지만, 이 정도는……! 이런 도박은 피시……!"

이처럼 전쟁 준비를 하느라 1년이 지나가고, 결국 1839년에 라리오하, 산후안, 멘도사, 산루이스에서 징발한 사단들로 구성된 가공할 만한 신설 부대가 꼬르도바를 향해 출발했다. 빠스 장군은 비록 자신의 이마를 둘러싸고 있던 월계관에 새로운 월계관을 덧씌울 수 있다는 확신에 차 있었다 해도 피를 흘리는 일은 피하고 싶었기 때문에 아주 신중하고, 힘이 넘치고, 명민하기 이를 데 없는 빠우네로[19] 소령을 파꾼도 끼로가에게 보내 평

∴

19) '빠우네로(Wenceslao Paunero, 1805~1871)'는 아르헨티나의 군인으로, 중앙 집권주의당(Partido Unitario)의 핵심 멤버였다. 그는 빠스 장군의 부대에 합류해 꼬르도바를 침공했고, 산로께(San Roque), 라따블라다, 온까띠보에서 벌어진 전투에 개입했는데, 이들 전투에서 후안 바띠스따 부스또스와 파꾼도 끼로가가 패배했다. 빠우네로는 라따블라다와 온까띠보 전투

화 협정뿐만 아니라 동맹까지 제안하도록 했다. 빠스 장군은 끼로가가 협상의 기회라면 무엇이든 수용할 태세가 되어 있다고 생각한 것이었다. 하지만 모든 협상을 피하는 것 외의 다른 목적을 지니고 있지 않은 부에노스아이레스 중재위원회의 제안 때문에, 그리고 첫 번째 부대보다 더 강력하고 훈련이 더 잘되어 있는 신설 부대의 수뇌부에게 파꾼도 끼로가 자신이 보이던 자만과 오만 때문에, 파꾼도 끼로가는 겸손한 빠스 장군의 평화 협정 제안을 거부해버렸다. 파꾼도는 이번에 출정 계획처럼 보이는 뭔가를 이미 준비해놓은 상태였다. 시에라 데 꼬르도바에서 열린 비밀 회담이 목축 지대 사람들의 반란을 사주했다. 비야파녜 장군은 까따마르까의 사단 하나를 이끌고 북부 지역으로 다가오고 있었고, 그 사이 파꾼도는 남부 지역으로 내려오고 있었다. 빠스 장군이 파꾼도 끼로가의 의중을 파악해서 농락해버리는 데는 그리 큰 노력이 필요하지 않았다. 어느 날 밤 빠스 장군의 부대는 꼬르도바 근교에서 사라졌다. 그 부대가 어디로 가버렸는지 알 수 있는 사람은 아무도 없었다. 수많은 사람이 그 부대를 본 적이 있는데, 여러 곳에서 동시에 보았다는 것이다. 만약 보나파르트 나폴레옹이 이탈리아 원정에서 사용한 복잡한 전술적 결합과 유사한 뭔가가 아메리카에서 실행된 적이 있었다면, 그것은 바로 이번에 빠스 장군이 보병 중대 40개로 하여금 시에라 데 꼬르도바를 횡단하도록 시킨 것이었다. 그렇게 함으로써 어느 전투에서 도망친 병사들이 적재적소에 효과적으로 배치된 다른 군대의 손아귀에 떨어지게 한다는 것이었다. 파꾼도 끼로가의 몬또네라 부대는 정신이 멍해졌고, 전후좌우 사방으로 적군의 부대에 둘러싸인 상태에서 자신들을 잡기 위해 쳐놓은 그물에 걸려들 수밖에 없었다. 그 그물

∴ 에서 공을 세워 소령으로 승진한 뒤 빠스의 명을 받아 파꾼도 끼로가와 협상하러 갔다.

의 끈은 빠스 장군의 막사로부터 시시각각 정확하게 조종되고 있었다. 온까띠보 전투가 벌어지기 전날 밤, 보름 동안의 이 멋진 군사 작전에 참여한 모든 사단이 아직 전선에 진입하지 않은 상태였는데, 1백 레구아 정도 떨어져 있는 어느 전선에서는 이미 연합 작전이 수행된 적이 있었다. 오랫동안 기억에 남을 만한 그 전투에서 빠스 장군은 자신이 거둔 승리의 가치를 과시하기 위해 자신의 부하 70명이 전사했다는 소식을 공보(公報)에 실었는데, 그런데도 병사 8천 명과 대포 20문이 투입된 어느 전투에서 잃은 병력이라고는 불과 열두 명뿐이었다는 사실에 관해서는 자세히 언급하지 않았다. 단순한 작전 하나가 용맹스러운 파꾼도 끼로가를 물리쳤으며, 그 부대를 만들기 위해 조장한 엄청난 공포와 흘린 수많은 눈물은 결국 파꾼도 끼로가에게는 야바위 도박을 할 수 있는 기간을 주었고, 빠스 장군에게는 아무 소용이 없는 수천 명의 포로들을 선사했다.

제11장
차꼰 전투[1]

> 말 한 마리, 말 한 마리!…… 말 한 마리를 위해 내 왕국을.
>
> — 셰익스피어

차꼰[2]

야노스의 '나쁜 가우초' 파꾼도 끼로가는 이번에는 자기 마을로 돌아가지 않고 부에노스아이레스로 갔다. 그가 피신하는 방향을 이렇게 갑작스럽게 결정한 이유는 자신이 추적자들의 손아귀에 떨어지는 것을 방지하기 위해서였다. 파꾼도는 내륙 지방에서는 할 일이 아무것도 없다는 사실을 깨달았다. 이번에 그는 그 지역 주민들이 자기에게 자금을 바치도록 그들을 괴롭히고 쥐어짤 시간을 갖지 못했다. 왜냐하면 파꾼도를 패배시킨 승리자가 사방에서 그들을 방어할 태세를 갖추고 있었기 때문이다.

온까띠보 또는 라구나라르가에서 벌어진 이번 전투의 결과는 아주 풍성했다. 꼬르도바, 멘도사, 산후안, 산루이스, 라리오하, 까따마르까, 뚜

---

1) 이 부분은 1845년 5월 30일에 발행된 《엘쁘로그레소》 제793호에 연재되었다.
2) [원편집자 주] 파꾼도가 비델라 까스띠요(Videla Castillo, 1792~1832) 대령을 물리친 차꼰 전투는 1831년 3월 28일에 일어났다. 비델라 까스띠요는 아르헨티나 군인으로, 독립전쟁에 참여했고, 나중에는 중앙 집권주의파에 속해 시민전쟁에 참여했다.

꾸만, 살따, 후후이는 전쟁을 통해 까우디요들의 지배에서 벗어날 수 있었다. 리바다비아가 의회를 통해 제안한 공화국의 단결은 무기를 통해 꼬르도바에서부터 실행되기 시작했다. 그리고 빠스 장군은 실제로 국가의 각종 제도를 만드는 데 어떤 것이 가장 바람직한지 토의할 각 주의 대의원 회의를 소집했다. 라바예는 부에노스아이레스에서 가장 운이 좋지 않은 사람이었고, 아르헨티나 역사에서 가장 우울하고 무시무시한 역할을 맡기로 되어 있던 로사스는 공적인 문제에 영향력을 행사하기 시작해 부에노스아이레스를 통치하고 있었다. 상황이 그러했기 때문에 공화국은 두 개로 나누어져 있었다. 내륙에 있던 한쪽 편은 부에노스아이레스가 연방국의 수도가 되기를 바라고 있었다. 부에노스아이레스에 있던 다른 편은 부에노스아이레스가 유럽 문화와 시민적 질서를 버리지 않는 한, 공화국의 수도가 되는 것을 바라지 않은 것처럼 꾸미고 있었다.

그 전투는 또 다른 중요한 사실을 드러내주었다. 다시 말해 '몬또네라' 부대가 원래의 힘을 잃어버렸기 때문에 도시들의 부대가 몬또네라 부대와 대결해 몬또네라 부대를 패배시킬 수 있었다는 사실이다. 이것이 바로 아르헨티나 역사에서 의미 있는 사건이다. 세월이 흘러감에 따라 목축 지대 도적떼들이 지녔던 원래의 자발성은 상실되어갔다. 파꾼도는 그 도적떼들을 움직이기 위해 이제 공포를 필요로 했고, 도적떼들은 유럽의 기술이 '도시들'의 군인들에게 가르쳐준 전술적 규칙에 따라 훈련받고 지도받은 부대들 앞에서 불안해하고 동요하는 것처럼 행동했다. 그런데도 부에노스아이레스에서는 다양한 결과가 나왔다. 라바예는 뿌엔떼데마르께스[3]를 비롯해

---

3) '뿌엔떼데마르께스'는 부에노스아이레스 주의 라스꼰차스 강(Río de las Conchas)에 있던 다리다. 1829년 4월 26일 뿌엔떼데마르께스에서 중앙 집권주의자들과 연방주의자들 사이에 전투가 벌어져 산따페의 주지사인 로뻬스와 연방주의자 주지사인 로사스의 군대가 라바예 장군의 군

제11장 차꼰 전투 | 263

곳곳에서 과시하던 자신의 용맹성에도 불구하고, 그리고 수많은 부대를 전선에 투입했음에도 불구하고 결국 전투에서 패했고, 로사스와 로뻬스가 규합한 가우초 수천 명에 의해 부에노스아이레스에 감금되었다. 실제로 항복하는 것과 같은 효과를 지닌 어느 협정을 통해 라바예는 자신의 권한을 포기했고, 로사스는 부에노스아이레스에 입성했다. 그런데 라바예가 패배한 이유는 무엇일까?[4] 내가 판단하기에 그 이유는 다름 아니라 아르헨티나 공화국이 보유한 가장 용감한 기병대 장교는 아르헨티나 장군이지 유럽 장군이 아니었기 때문이다. 사실 라바예는 자신이 이끌던 기병 부대의 기습 공격을 통해 소설에서처럼 유명해질 수 있었다. 또라따에서인지 모께구아에서인지는 잘 기억나지 않지만, 아무튼 전투에서 패배했을 때[5] 라바예는 퇴각하는 부대를 지원하느라 하루 반 만에 총 40번의 공격을 감행함으로써 결국 그에게는 다른 공격을 감행하는 데 필요한 병사가 채 20명도 남아 있지 않게 되었다. 나는 조아생 뮈라의 기병대가 라바예와 동일한 기적을 행한 적이 있는지 기억하지 못한다. 하지만 여러분은 이런 사건이 공화국에 미친 불행한 결과가 어떤 것이었는지 보시라. 라바예는 몬또네라가 1830년에 자기를 패배시킨 적이 있다는 사실을 1839년에 기억하고서 자신이 받았던 유럽식 전투 교육을 온전히 포기한 채 몬또네라 부대의 체제를 채택했다. 라바예는 기마 4천 기를 준비해 휘하의 우수한 병력을 이끌고 부에노스아이레스 외곽에 도착했고, 같은 시기에 빰빠의 가우초로서 1830년에 라바예를 패배시킨 로사스는 자신의 몬또네라적인 본능을 버리고 자기 부대에 승리를 거두었다.

4) [원편집자 주] 라바예는 1829년 4월 26일 뿌엔떼데마르께스에서 패배했다.
5) [원편집자 주] 1822년, 산마르띤 장군은 뻬루 원정 기간에 사단 하나를 라빠스(La Paz)로 진격시켰다. 발데스(Valdés) 장군이 또라따(Toratá)와 모께구아(Moqueguá)에서 그 사단을 격퇴했다.

에서 기병을 폐지시키고 보병과 포병만으로 전투를 승리로 이끌 수 있다고 믿었다. 그들의 역할이 서로 바뀐 것이었다. 가우초는 '승마용 저고리'를 입고, 독립전쟁에 참전한 군인은 '뽄초'를 입은 것이다.[6] 그런데 로사스는 승리하고, 라바예는 몬또네라가 쏜 총알 한 방을 맞고 죽게 되었다. 확실히 매서운 가르침이었다! 만약 라바예가 1840년의 원정을 영국식 의자에 앉아 프랑스식 긴 외투를 입고 수행했더라면, 오늘날 우리는 라쁠라따 강가에서 강을 오가는 증기선이나 수리하면서, 그리고 유럽에서 이민 온 사람들에게 토지나 분배하면서 살게 되었을 것이다. 빠스는 목가적인 요소에 대해 승리를 거둔 첫 번째 시민 장군이다. 그 이유는 그가 수학적인 수장(首將)이 지휘하는 유럽 군사 기술의 모든 수단을 목가적 요소와 싸우는 데 사용했기 때문이다. 지성이 물질을 이기고, 예술이 숫자를 이기는 법이다.

　빠스가 꼬르도바에서 행한 작전의 결과가 아주 풍성하고, 2년 동안에 도시에 미친 영향력이 아주 높이 올라갔기 때문에, 파꾼도 끼로가는 까우디요로서 자신의 권력을 복구하는 것이 불가능하다고 느꼈다. 자신의 권력을 안데스의 전 유역으로 이미 확산시켜놓은 상태였음에도 불구하고 문명화되고 유럽화되어 있는 부에노스아이레스만이 그의 야만성을 도피시킬 수 있는 곳으로 이용할 수 있을 것이다. 당시 꼬르도바의 신문들은 유럽의 소식과 프랑스 의회의 회의록을 베껴 쓰고 있었다. 카시미르 페리에,[7] 라마르틴,[8] 샤토브리앙[9]의 초상화는 꼬르도바 주 소재 학교의 미술 수업에서

---

6) [원편집자 주] 사르미엔또는 유럽식 군사 전략을 구사한 로사스를 '가우초'와 '뽄초'로 표현하고, 독립전쟁의 군인인 라바예를 '몬또네라 부대원'처럼 행동한 '승마용 저고리'를 입은 사람으로 표현했다.
7) '카시미르 페리에(Casimir Pierre Perier, 1777~1832)'는 프랑스 정치인으로, 7월 왕정(Monarchie de Juillet) 동안 평의회 의장을 지냈다.

모델로 사용되었다. 유럽에 대한 관심이 그 정도였기 때문에 꼬르도바는 유럽적인 추세를 추구하고 있었다. 여러분은 《가세따 메르깐띨》을 읽으시라. 그러면 당시부터 부에노스아이레스의 언론이 취한 반(半)야만적인 노선이 어떠했는지 판단하게 될 것이다.

파꾼도 끼로가는 부에노스아이레스로 피신했는데, 피신하기 전에 자신을 수행하던 사람들의 질서를 유지하기 위해 부하 장교 두 명을 총살시켰다. 파꾼도의 '공포' 이론은 결코 속이는 법이 없고, 그 이론은 그의 부적이며, 수호신이고, 페나테스[10]다. 그는 자신이 좋아하는 이 무기를 제외하고는 모든 것을 버릴 수 있었다.

파꾼도 끼로가는 부에노스아이레스에 도착해 로사스 정부를 방문했고, 정부 청사의 방들을 돌아다니며 기도[11] 장군을 만났다. 기도 장군은 궁의 대기실에서 예의를 차리며 경력을 쌓아온 장군들 가운데 가장 정중하고

∴

8) '라마르틴(Alphonse Marie Louis de Prat de Lamartine, 1790~1869)'은 프랑스의 작가, 시인, 외교관, 정치가로, 제2공화국 설립에 기여해 외무대신을 지냈다. 많은 시와 정치적 논설, 문학적 산문을 발표했다.
9) '샤토브리앙(François-René de Chateaubriand, 1768~1848)'은 프랑스의 소설가이자 외교 정치가다. 루소, 밀턴에게서 영향을 받았다. 그는 1791년에 아메리카 대륙을 여행했는데, 이는 훗날 저술하는 데 밑바탕이 되는 중요한 경험이었다. 프랑스 대혁명 때 반혁명군에 참가했다가 1793년부터 영국에서 혹독한 망명 시절을 보냈다. 샤토브리앙은 왕정파의 일원으로서 장관직과 대사직을 여러 차례 역임했다. 1848년 80세의 나이로 사망하기까지 루이 16세 치하, 프랑스 대혁명, 나폴레옹 치하, 왕정복고 등의 극심한 정치적, 사회적 변화 속에서 정치가로, 작가로 파란만장한 인생을 살았다. 빅토르 위고가 "샤토브리앙처럼 될 것, 그렇지 않으면 아무것도 아니다"라고 말했을 정도로 당대의 젊은이와 후대에 많은 영향을 주었다.
10) '페나테스(Penates)' 또는 '디 페나테스(Di Penates)'는 로마인을 비롯한 라틴 민족들이 섬기는 집안의 수호신으로, 가족의 행복과 번영을 지켜주는 신들로 간주되었다. 그들의 이름은 '페누스', '펜트리', 즉 식료품을 넣는 찬장이라는 의미를 지녔다. 식량을 간수해두는 광 또는 곳간의 수호신에서 유래했다고 한다.
11) '기도(Tomás Guido, 1788~1866)'는 아르헨티나 독립전쟁에 장군으로 참전한 군인이자, 외교관, 정치가였다.

예의 바른 사람이다. 기도 장군이 환하게 웃으며 끼로가를 맞이했다. "아니, 당신은 마치 내가 개새끼나 되는 것처럼 웃으며 맞이하는군요." 파꾼도가 귀도 장군에게 퉁명스럽게 말했다. "당신들은 내가 빠스 장군과 문제를 일으키도록 박사들(까비아와 세르나다스) 무리를 내게 보냈는데, 빠스가 병법에 의거해 나를 공격함으로써 나를 이겨버렸다고요." 파꾼도는 자신이 빠우네로 소령의 제안에 귀를 기울이지 않았던 것을 나중에 자주 한탄했다.

파꾼도 끼로가는 그 거대한 도시의 소용돌이 속에 파묻혔다. 파꾼도에 관해서는 그가 도박을 했다는 소식만이 드물게 들릴 뿐이었다. 언젠가 만시야 장군이 촛대를 들고 파꾼도를 위협하면서 이렇게 말했다. "그러니까, 당신이 아직도 그 촌구석에 있다고 생각하는 거요?" 파꾼도의 지방색 물씬 풍기는 가우초 복장은 사람들의 관심을 끌었고, 뽄초의 깃, 자신이 라따블라다의 오점을 씻을 때까지 깎지 않겠다고 약속했던 길고 덥수룩한 턱수염은 한동안 우아하고 유럽적인 도시 부에노스아이레스 사람들의 관심을 받았다. 하지만 나중에 그 누구도 파꾼도에게 관심을 두지 않았다.

그때 꼬르도바에 대한 대대적인 원정이 준비되고 있었다.[12] 그 원정 사업을 위해 부에노스아이레스와 산따페에서 장정 6천 명이 징병되었다. 로뻬스는 원정 부대 사령관을 맡은 장군이었다. 발까르세,[13] 엔리께 마르띠네스,[14] 그리고 다른 지휘관들이 로뻬스의 명령을 받아 임무를 수행했다.

∴

12) [원편집자 주] 이 원정은 빠스 장군을 공격하는 전투였다.
13) '발까르세(Juan Ramón González de Balcarce, 1773~1836)'는 아르헨티나의 정치가이자 군사 지도자로, 아르헨티나의 독립전쟁과 시민전쟁에 참여한 뒤에 부에노스아이레스 주지사를 세 차례 역임했다.
14) '엔리께 마르띠네스(Enrique Martínez, 1789~1870)'는 아르헨티나 리오델라쁠라따 출신의 군인으로, 아르헨티나 독립전쟁과 우루과이 대전에 참여했다.

이제 목가적인 요소가 지배하기 시작했다. 하지만 목가적인 요소는 도시와 연방주의 당과 동맹을 맺었다. 도시와 연방주의 당에는 여전히 장군들이 있다. 파꾼도는 라리오하 또는 멘도사에 기습 공격을 개시했다. 파꾼도는 이들 지역을 기습적으로 공격하기 위해 중형에 처해진 죄수 2백 명을 모든 감옥에서 빼내 받아들이고, 레띠로에서 장정 60명을 더 끌어오고, 수하에 있던 장교들 몇을 모아 진군할 채비를 갖추었다.

빠본에서는 로사스가 '꼴로라도' 기병대를 모으고 있었다. 그곳에는 산따페의 로뻬스도 있었다. 파꾼도 끼로가는 다른 지휘관들과 합의를 하기 위해 빠본에 머무르고 있었다. 가장 유명한 까우디요 세 명이 빰빠에 모여 있었던 것이다. 아르띠가스의 제자이자 후계자인 로뻬스, 내륙 지방의 야만인인 파꾼도, 그리고 아직 성장하고 있는 새끼 늑대로 하루만 지나면 혼자서 사냥을 개시할 수 있게 되는 로사스였다. 고전 작가들은 이들 인물을 각각 고대 로마의 삼두(三頭) 정치가 레피두스, 마르쿠스 안토니우스, 옥타비우스와 비교하는데, 이들은 로마 제국을 나누어 가졌다. 아르헨티나의 옥타비우스[15]가 비천함과 잔인성에서까지 유사하다는 점에서 이런 비교는 정확할 것 같다.

이들 세 명의 까우디요는 자신들이 중요한 인물이라는 사실을 검증하고

∵

15) '아르헨티나의 옥타비우스'는 로사스를 가리킨다. 흔히 아우구스투스라 불리는 옥타비우스는 고대 로마의 초대 황제(재위 B.C. 27~A.D. 14)로, 본명은 가이우스 옥타비우스다. B.C. 44년 카이사르가 암살된 후에 그의 유언장에 자신이 양자 및 후계자로 지명되어 있음을 알고, 가이우스 율리우스 카이사르 옥타비아누스로 개명했다. 카이사르의 유병(遺兵)을 장악해 B.C. 43년에 안토니우스, 레피두스와 제2회 삼두 정치를 시작하면서 반대파를 추방했다. B.C. 42년에는 필립피 전투에서 카이사르 암살자인 브루투스와 카시우스를 격파하고 로마 세계를 삼분해서, 안토니우스는 동방을, 옥타비아누스는 서방을, 그리고 레피두스는 아프리카를 각각 장악했다. 그러나 레피두스를 탈락시킨 뒤부터는 안토니우스와의 대립이 격화되었고, B.C. 31년에 안토니우스와 클레오파트라의 연합군을 악티움 해전에서 격파한 후 패권을 잡았다.

과시했다. 그들이 어떤 식으로 행동했는지 여러분은 아시는가? 이들 셋은 매일 아침에 말을 타고 나가 빰빠 지역에서 '가우초 행위를 한다'.[16] 그들은 볼레아도라스[17]로 말을 잡고, 말들을 비스까차[18] 굴로 몰아가고,[19] 말을 앞으로 거꾸러지게 하고, 말 가슴치기를 하고,[20] 말타기 시합을 한다. 셋 가운데 누가 이런 것을 가장 잘하는가? 가장 뛰어난 말잡이는 바로 로사스로, 그가 결국 이긴다. 어느 날 아침 로사스가 로뻬스에게 달리기 시합을 하자고 청했다. 그러자 로뻬스가 대답했다. "안 할 거네, 친구. 사실 자네는 몹시 거칠거든." 사실 로사스는 매일 그 두 사람을 혼내주었다. 매일 두 사람의 온몸에 멍과 타박상을 입혔다. 아로요데빠본에서 벌어진 이런 시합은 공화국 전체에서 대단한 유명했는데, 그것은 시합에서 이긴 사람에게 권력의 길을 평탄하게 만들어주는 데 공헌했다. '말을 가장 잘 타는 사람에게' 제국을!

파꾼도 끼로가는 20년 전 자신이 단지 '나쁜 가우초'였을 때, 아리베뇨[21]

∴

16) [원편집자 주] '가우초 행위를 한다(gauchear)'는 것은 가우초가 고유의 재주와 용맹성을 과시하는 것이다.
17) '볼레아도라스(boleadoras)'는 돌멩이 또는 쇳덩이 같은 무거운 물건 두세 개를 가죽에 싼 뒤 노끈에 매달아 동물의 목이나 다리에 던져서 동물을 포획하는 데 사용하는 도구다.
18) '비스까차(vizcacha)'는 뻬루의 산이나 아르헨티나의 빰빠스에 사는 토끼만 한 크기의 설치류 동물이다. 귀가 크며 모양은 토끼 같고, 몸길이는 약 35센티미터, 검은 꼬리는 25센티미터다. 부드러운 털은 양모와 섞여서 직물 제조에 사용하는데, 빛깔은 황갈색이거나 회색이며, 흔히 정중앙선에 검은 줄이 하나 있다. 이들은 주행성이고 군집성이며, 굴이나 바위틈에 보금자리를 만든다.
19) [원편집자 주] '비스까차 굴로 몰아가다(aputar a las vizcacheras)'는 말은, 비스까차의 굴이 있는 곳까지 말을 달려가는 승마 기술을 자랑할 때 쓰는 것이다. 그 이유는 지하에 이들 비스까차 굴이 있는 곳에서는 승마를 하기가 어렵고 위험하기 때문이다.
20) [원편집자 주] '가슴치기 하다(pechar)'는 말을 탄 사람이 자기 말의 가슴(pecho)으로 다른 동물을 쳐서 그 동물이 특정 방향으로 굴러가게 만드는 기술을 가리킨다.

들의 대열에서 빠져나와 부에노스아이레스로 도망치면서 걸었던 바로 그 길을 통해 추종자 3백 명을 대동한 채 빰빠를 통과했는데, 추종자 대다수는 정의의 힘에 매혹되어 있었다.

파꾼도 끼로가는 리오꾸아르또 마을에서 집요한 저항을 받았고, 수비대에게 방어막 역할을 하는 습지 몇 곳 때문에 그곳에서 3일 동안 머물며 지체했다. 이제 파꾼도가 퇴각하려 할 때 건장한 사내 하나가 파꾼도 앞에 나타나 포위된 적들에게 탄약이 떨어졌다는 사실을 밝혔다. 이 배신자는 누구인가? 1818년 3월 18일 오후에 칠레-아르헨티나 연합군의 기병 대장 사뻬올라[22] 대령은 딸까의 이쪽[23]에 있는 어느 아름다운 평원에서 에스파냐 사람들을 앞에 두고 애국자들의 기병대가 지닌 힘을 과시하고자 했다. 그 멋진 시위 행진에 참여한 장정은 6천 명이었다. 기병 대원들은 탄환을 장전하고, 마치 적군의 세력이 아주 약소하다는 듯 행렬을 이루어 에스파냐 사람들을 향해 공격적으로 압박을 가하다가, 멈춰 서고, 결국에는 흩어졌다. 그 순간 에스파냐 사람들이 움직이기 시작했고, 그 거대한 규모의 기병대는 패배할 기색이 역력해졌다. 사뻬올라가 마지막으로 말을 돌려 퇴각할 때 가까운 거리에서 쏜 총알 한 방을 맞았다. 사뻬올라는 하마터면 적군의 손에 붙잡힐 뻔했는데, 척탄 기마병 하나가 말에서 뛰어내리더니 사뻬올라를 깃털처럼 가볍게 들어 올려 자기 말안장에 태운 뒤 기병도(騎兵刀)로 말을 치자 말이 쏜살같이 달려갔다. 또 부상병 하나가 말을 타고

∴

21) '아리베뇨(Arribeño)'는 주로 강변, 해변 등 저지대에 사는 사람들이 고지대에 사는 사람들을 가리킬 때 사용한다.
22) '사뻬올라(José Matías Zapiola, 1780~1874)'는 아르헨티나의 군인, 정치가로, 독립전쟁에 참여했다. 칠레 북부의 차까부꼬 전투에 척탄 기마 부대 연대장으로 참여했다.
23) '딸까(Talca)'는 칠레의 중앙부에 있는 도시로, '딸까의 이쪽'은 아르헨티나를 의미한다.

지나가자 자기 말에서 내려 있던 그 척탄 기마병은 그 말의 꼬리를 붙잡아 달리던 말을 세워놓고는 말 궁둥이로 뛰어올라 말을 몰아감으로써 결국 그 준마와 병사의 목숨을 구해냈다. '보예로'[24]라 불리는 그 척탄 기마병은 이 같은 행동을 함으로써 그에게 지위가 올라가는 길이 열렸다. 1820년에는 칼로 자신의 양 팔을 찔러버린 남자 하나가 구출되었는데, 라바예는 그 남자를 용맹성의 상징으로 자기 옆에 두었다. 그 남자는 오랫동안 파꾼도에게 봉사했고, 칠레로 이민을 갔으며, 전쟁 모험을 찾아 칠레에서 몬떼비데오로 가서는 광장을 지키기 위해 싸움으로써 리오꾸아르또에서 저지른 실수를 씻고 영광스럽게 죽었다. 만약 독자 여러분이 앞서 내가 그 '짐마차들의 십장(什長)'[25]에 관해 언급한 것을 기억한다면 보예로의 성격, 용기, 힘이 어느 정도인지 알게 될 것이다. 자신이 속해 있던 부대의 지휘관들에 대한 원한과 개인적인 복수심이 보예로를 나쁜 길로 접어들게 했고, 파꾼도는 보예로의 시의적절한 출현 덕분에 리오꾸아르또 마을을 점령하게 된 것이다.

파꾼도 끼로가는 리오낀또 마을에서 용감한 쁘린글레스[26]를 만났다. 독립전쟁에 군인으로 참여했던 쁘린글레스는 어느 비좁은 길에서 에스파냐 사람들에게 포위되자 말을 탄 채 바다로 뛰어들었고, 해변에 부딪치는 파

---

24) '보예로(Boyero)'는 원래 '소몰이꾼'인데, 아르헨티나에서는 까우디요들의 수하에 있던 전사를 가리킨다.

25) 여기서 말하는 '짐마차들의 십장(capataz de carretas)'은 바로 '보예로'를 가리킨다. 독자는 이 책의 제2장에서 아르헨티나 빰빠스의 다양한 인간 유형에 관해 읽으면서, 이들 유형에 반영된 아르헨티나 평원의 상황, 관습, 사회 조직 등에 관해 살펴볼 수 있었을 것이다. 더 구체적으로 말하면, '바께아노(El baqueano)'는 아르띠가스(Artigas)가, '나쁜 가우초(El gaucho malo)'는 파꾼도가, '음유 시인(El cantor)'은 라마드리드(La Madrid)가 될 수 있는 것이다.

26) '쁘린글레스(Juan Pascual Pringles, 1795~1831)'는 아르헨티나 독립전쟁과 시민전쟁에 참여한 군인으로, 리오낀또(Río Quinto)에서 사망했다.

도 소리 사이로 사방이 쩌렁쩌렁 울리도록 고함을 쳤다. "조국 만세!"

불멸의 쁘린글레스는 부왕 뻬수엘라[27]로부터 선물을 잔뜩 받아 자기 부대로 되돌아갔다. 산마르띤은 쁘린글레스의 영웅적인 행위를 기리는 상으로 "찬까이에서 패배한 사람들에게 명예와 영광을!"이라는 글귀를 새긴 메달을 주조해주었다. 결국 쁘린글레스는 파꾼도 끼로가가 억류해놓은 죄수들의 손에 죽는데, 끼로가는 쁘린글레스의 시체를 쁘린글레스 자신이 두르고 있던 만따로 감싸도록 했다.

파꾼도 끼로가는 예기치 않은 이 승리에 고무되어 산루이스 쪽으로 진격했는데, 저항도 거의 받지 않았다. 산루이스에 다다를 무렵, 세 갈래 길이 나타났다. 그 가운데 파꾼도 끼로가는 어떤 길을 선택할까? 오른쪽으로 난 길은 파꾼도 끼로가의 고향이고, 자신이 세운 무훈의 무대이며, 자신의 권력이 태동한 요람인 야노스로 가는 길인데, 그곳에는 그의 힘보다 더 센 힘은 존재하지 않으나 자원도 별로 없다. 가운데에 있는 길은 산후안으로 가는 것인데, 산후안에는 무장한 장정 천여 명이 있으나 끼로가가 무시무시한 창을 흔들어대며 선두에 서게 될 기병대의 공격을 막아낼 수는 없다. 마지막으로 왼쪽으로 난 길은 멘도사로 가는 것인데, 비델라 까스띠요[28] 장군이 지휘하는 꾸요[29] 지역의 진짜 군대가 있다. 그곳에는 장정 8천 명으로 구성된 부대가 있는데, 바르깔라 대령이 지휘하는 그 부대는 강하고 훈

∵

27) '뻬수엘라(Joaquín de la Pezuela Griñán y Sánchez Muñoz de Velasco, 1761~1830)'는 에스파냐의 귀족, 군인, 정치가로, 1816년 7월부터 1821년 1월까지 뻬루 부왕청의 36대 부왕을 역임했다.
28) '비델라 까스띠요(José Videla del Castillo, 1792~1832)'는 아르헨티나의 군인으로, 독립전쟁에 참여했고, 나중에는 중앙 집권주의파에 가담해 시민전쟁에 참여했다.
29) '꾸요(Cuyo)'는 아르헨티나 중서부의 산악 지대로, 포도주 생산지다. 과거에는 산후안 주, 산루이스 주, 멘도사 주가 꾸요에 속해 있었다.

련이 잘되어 있다. 체나우뜨 중령이 지휘하는 훈련 중인 흉갑 기병 대대도 하나 있다. 끝으로 민병대도 있고, 경기병(輕騎兵)과 경비대의 흉갑 기병으로 구성된 제2특수정예 부대도 있다. 끼로가는 이 세 가지 길 가운데 어느 것을 선택하게 될까? 그의 휘하에는 훈련이 되어 있지 않은 장정 3백 명밖에 없고, 그는 병이 들고 위축된 상태로 오고 있으니……. 파꾼도는 멘도사로 가는 길을 선택해서 '도착하고, 보고, 이겼다.' 왜냐하면 일이 아주 신속하게 진행되었기 때문이다. 그런데 도대체 무슨 일이 일어난 것일까? 배반한 자가 있었나, 아니면 비겁한 자가 있었나? 이 모든 일은 전혀 일어나지 않았다. 한편으로는 유럽식 전술의 부적절한 모방과 고전적인 오류 때문에, 다른 한편으로는 아르헨티나적인 편견과 낭만적인 오류 때문에 비델라 까스띠요 군대는 전투에서 가장 수치스러운 방식으로 패배하게 되어 있었다. 여러분은 패자가 전투에서 어떻게 패배했는지를 보시라.

비델라 까스띠요는 끼로가가 가까이 다가오고 있다는 사실을 시의적절하게 알아차렸다. 그는 끼로가가 멘도사를 침범하리라고는, 그 어떤 장군도 믿을 수 없었다시피, 믿지 않고서 베테랑 전사들로 구성된 특수 정예 부대원들을 라구나스[30]로 파견했다. 이 특수 정예 부대원들은 산후안의 몇 지대(支隊)와 함께 까스뜨로 소령의 지휘하에 어떤 공격을 막아낼 수 있는 힘과 끼로가로 하여금 야노스로 가는 길을 선택하도록 강제할 수 있는 힘을 지니고 있었다. 여기까지는 잘못되지 않았다. 하지만 파꾼도 끼로가는 멘도사로 가는 길을 선택했고, 전 부대원이 파꾼도를 맞으러 나왔다. 차꼰이라 불리는 곳에는 넓은 벌판 하나가 있어 진격 중인 까스띠요의 부대는 이곳에 후위대를 남겨두었다. 하지만 불과 몇 블록 떨어져 있지 않은

---

30) '라구나스(Lagunas)'라는 지명은 이 지역이 '습지대'임을 나타낸다.

곳에서 교전을 벌이면서 퇴각하는 그 부대의 총소리를 들은 까스띠요 장군은 자기 부대원들에게 오던 길을 신속하게 되돌아가 차꼰의 벌판을 차지하라고 명령했다. 여기서 이중 오류가 발생했다. 첫째, 무시무시한 적군이 가까이 있는 곳에서 퇴각한다는 사실이 그 군사 작전의 이유를 이해하지 못하고 있던 신참병들의 사기를 떨어뜨렸기 때문이다. 두 번째 실수는 첫 번째 실수보다 훨씬 더 크다. 그 이유는 지형이 더 험하고 길이 더 거친 곳이 소수의 특수 정예 보병 부대밖에 없는 끼로가를 물리치기에는 더 좋은 곳이었기 때문이다. 여러분, 상상을 해보시라. 통행이 불가능할 정도로 험한 땅에서 보병 6백 명, 엄청난 화력을 지닌 포병 부대, 기마 1천 기와 맞닥뜨렸더라면 파꾼도가 어떻게 했을 것인가? 이런 상황은 흡사 여우가 두루미를 식사에 초대한 것과 같지 않은가? 그런데 모든 지휘관이 아르헨티나 사람이고 기병인 상황이기 때문에 칼로 승리를 거두지 않으면 진정한 영광이 없다. 무엇보다도 그곳은 기병을 이용해 공격하기에 좋은 벌판이었는데 패배했다니, 여기에 바로 아르헨티나적인 전략의 오류가 있는 것이다.

*31) 전선은 적합한 장소에 형성되었다. 파꾼도 끼로가는 하얀 말을 타고 사람들 눈 앞에 등장했다. 사람들이 보예로를 알아보았는데, 그는 그곳에서 자신의 옛 전우들에게 위협을 가했다. 전투가 시작되고 몇 의용군 기병대대에게 공격을 개시하라는 명령이 내려졌다. 아르헨티나 사람들이 저지른 또 다른 오류는 기병 부대의 공격 개시와 더불어 전투를 시작했다는 것이고, 또 다른 오류는 아르헨티나 사람들이 1백 번의 전투에서 공화국을

---

31) * 이 부분은 1845년 5월 31일에 발행된 《엘쁘로그레소》 제794호에 연재되었다.

잃어버렸다는 것이다. 왜냐하면 빰빠의 정신은 모든 사람의 가슴속에 들어 있기 때문이다. 독자 여러분이, 일반적으로 아르헨티나 사람이 그렇듯, 속내를 감추고 싶을 때 프록코트의 깃을 살짝 세우게 되면 여러분은 어느 정도는 문명화된 가우초를 만나게 될 테지만, 가우초는 영원히 가우초다. 이런 국가적 오류에다 유럽식 전술을 표절한 오류가 첨가된다. 병정 수가 많은 거대한 부대들이 줄을 지어 있고, 전장에 크고 작은 다양한 마을이 포함되어 있는 유럽에서 '엘리트' 부대는 그 부대를 필요로 하는 곳으로 달려가기 위해 예비되어 있다. 아메리카에서 야전은 벌판에서 벌어지는데, 부대의 수는 적고 격렬한 전투는 짧게 끝나며, 그렇기 때문에 전투를 하는 사람들은 늘 우세한 상태에서 전투하기를 원한다. 현재의 경우 가장 좋지 않았던 점은 기병대가 공격을 개시한 것이었고, 만약 공격을 하고 싶었더라면 전투에 참여해서 예비 부대로 남아 있는 적군 3백 명을 단번에 물리치기 위해 가장 훌륭한 부대를 투입해야 했다. 하지만 이렇게 하는 대신에 수많은 의용군을 보내는 것 같은 고루한 방식을 계속해서 채택했는데, 이들 의용군은 전선으로 나가 파꾼도의 얼굴을 쳐다보기 시작해서 파꾼도의 창을 보기만 해도 한결같이 벌벌 떨었고, "공격 개시"라는 고함 소리를 듣게 되면 바닥에 못이 박힌 듯 서서 꼼짝도 하지 않고, 후퇴하고, 적군에게 공격당하고, 퇴각함으로써 가장 훌륭한 부대들을 곤경에 빠뜨렸다. 파꾼도는 후방에 남겨둔 장군들, 보병들, 대포들을 챙기지 않은 채 계속해서 멘도사로 진격했다. 이것이 바로 차꼰에서 벌어진 전투의 결과인데,[32] 꼬르도바의 부대는 막 부에노스아이레스로 떠나려는 순간에 측면 공격을 받았다. 파꾼도 끼로가는 도저히 상상할 수 없을 정도로 대담하게 움직임으

32) 1831년 멘도사 주의 차꼰에서 중앙 집권파와 연방파 사이에 전투가 벌어져, 연방파에서 가장

로써 온전한 승리의 관을 쓸 수 있었다. 끼로가를 멘도사로부터 몰아내는 것은 이제 아무 소용이 없었다. 승리의 명성과 공포는 끼로가에게 저항 수단을 제공해줄 것이고, 동시에 그의 적들은 기가 꺾여 있었다. 파꾼도 끼로가는 서둘러 산후안으로 갈 것인데, 그곳에서 전쟁 물자와 무기를 발견하게 될 것이고, 끝나지 않는 전쟁, 승리자가 없는 전쟁 하나를 시작할 것이다. 지휘관들은 꼬르도바로 떠났고, 보병 부대는 멘도사의 장교들과 함께 그 다음 날 항복해버렸다. 산후안의 중앙 집권주의자들 2백 명은 꼬낌보로 가버렸고, 끼로가는 꾸요와 라리오하를 차지한 채 차분하게 있었다. 끼로가가 직접 행한 악행뿐만 아니라, 아르헨티나 사회의 부유층이 대규모로 이주함으로써 모든 거래가 중단되고 혼란스러워졌음에도 불구하고, 그 두 지역 사람들은 결코 동일한 참사를 겪지 않았다.

하지만 악은 '도시'의 정신이 경험한 퇴보적인 양상 안에서 더 커졌는데, 나는 이에 관해 언급하는 데 흥미를 느낀다. 앞서 몇 번 언급했지만, 이번에도 다시 언급해야겠다. 내륙 한가운데에 위치한 지리적 요인 때문에 멘도사는 당시까지 박식한 사람들이 사는 문명화되고 부유한 도시이자, 아르헨티나 공화국에서 유례를 찾아 볼 수 없을 정도로 모험적이고 진취적인 정신을 지닌 도시가 되어 있었다. 한마디로 말해 멘도사는 내륙의 바르셀로나[33]였다. 이런 정신은 비델라 까스띠요가 행정을 펼치는 동안[34]에 완전히 절정에 이르렀다. 그는 멘도사 남부 지역에 요새들을 설치했다. 그 지방의 경계를 더 멀리 확장하고, 야만인들의 침입에 대비해 항상 안전을 도모하기 위해서였다. 그리고 인접한 습지에서 물을 제거하기 시작했다.

∴

힘세고 유명한 까우디요들 가운데 하나인 후안 파꾼도 끼로가가 승리했다.
33) 에스파냐의 바르셀로나는 지중해의 항구 도시다.
34) [원편집자 주] 멘도사에서 비델라 까스띠요 장군이 통치하던 시기(1830~1831)를 가리킨다.

도시는 치장이 되고, 농업인 집단, 산업인 집단, 광업인 집단, 공공 교육인 집단이 형성되었는데, 이들 집단은 모두 지식인들, 열정적인 사람들, 진취적인 사람들에 의해 지도되고 후원되었다. 마포와 모직을 제조하는 공장 하나를 세워 군인들의 옷과 천막을 만드는 데 사용하는 천을 공급했다. 무기 공장 하나를 세움으로써 외국에서 제조된 대포를 제외하고는 검, 군도, 갑옷, 창, 창검, 총 등을 만들었다. 금속을 녹여 대포 탄피를 만들고 인쇄 활자를 주조했다. 프랑스 출신 화학자 샤롱이 대포 탄피와 인쇄 활자 제작을 지휘하고 그 지방의 여러 금속에 관해 연구했다. 한 국가에 있는 모든 문명화된 세력 가운데 이처럼 빠르고 광범위하게 발전한 경우는 상상할 수 없다. 칠레나 부에노스아이레스에서라면 이 모든 제품의 제작이 사람들의 관심을 썩 많이 받지는 않았을 것이다. 하지만 어느 내륙 지방에서 국내 기술자들의 도움만으로 이런 성과를 거두었다는 것은 경이로운 노력의 결과라 할 수 있다. 인쇄기는 신문과 정기 간행물의 무게에 눌려 신음했고, 정기 간행물에 갑자기 시가 실렸다. 내가 알고 있는 그 지역 사람들의 성향을 통해 판단해보건대, 멘도사는 10년 안에 거대한 사회가 되었을 것이다. 하지만 나중에 파꾼도의 말발굽이 이 생기 넘치는 문명의 싹을 짓밟아버리기 위해 이곳에 왔고, 알다오 수사[35]는 10년 동안 이 땅에 쟁기질을 해서 피의 씨앗을 뿌리게 했다. 그러니 무엇이 남아 있을 수 있었겠는가!

당시의 사상에 자국을 남긴 그 운동은 끼로가가 그곳을 점령한 뒤에도 완전히 멈추지는 않았다. 칠레에서 이주해 온 광산업협회의 회원들은 그곳에서 화학, 광물학, 금속학 연구에 헌신했다. 고도이 끄루스, 꼬레아, 비

---

35) [원편집자 주] 수사인 펠릭스 알다오 장군이 멘도사에서 명령함으로써 집행한 사형과 고문은 유명했다.

야뉴에바, 돈셀, 그리고 그 밖의 수많은 회원이 이들 학문에 관한 서책을 닥치는 대로 모았고, 아메리카 전역에서 다양한 금속 표본을 수집했으며, 우스빠야따[36] 광물의 역사를 알기 위해 칠레에 있는 문서를 조사했다. 그들이 애를 쓴 덕분에 그들은 그곳에서 일자리를 만들어낼 수 있었고, 이미 취득한 과학적 지식의 도움을 받아 그 지역 광산에 매장되어 있던 소량의 유용한 금속으로부터 이윤을 창출해냈다. 멘도사 광산의 새로운 발굴 역사는 바로 이 시기부터 시작되었는데, 멘도사 광산은 오늘날에도 이윤을 창출하면서 채광되고 있다. 아르헨티나인 회원들은 이런 결과에 만족하지 못하고서 칠레 영토로 뿔뿔이 흩어졌는데, 그로 인해 그들은 자신들의 과학적 지식을 시험해볼 수 있는 훌륭한 강의실 하나를 제공받을 수 있었고, 그들이 꼬뻬아뽀에서 거둔 성과, 개발과 채광과 야금에서 거둔 다른 성과, 그리고 광산업에 새로운 기계와 도구를 도입하는 데 기여한 점은 적지 않았다. 고도이 끄루스는 광산업에 실망한 나머지 자신의 연구 방향을 다른 데로 돌려 뽕나무를 재배함으로써 산후안과 멘도사 지방의 미래 문제를 해결할 수 있을 것이라고 믿었다. 그 해결책이라는 것은 적은 양으로 고 부가가치를 창출해내는 것을 발견하는 데 있었다.

 명주(明紬)가 바로, 항구들과 엄청나게 멀리 떨어져 있고, 그렇기 때문에 운송비가 많이 드는, 그 중부 내륙 지방들에 부과된 이런 조건을 충족시키는 것이다. 고도이 끄루스는 칠레에서 뽕나무 재배, 누에고치와 깍지벌레 기르기에 관해 완성도 높은 긴 팸플릿 하나를 발행한 것에 만족하지 않고, 그 팸플릿을 그들 지방에 무료로 배포함으로써 10년 동안 쉼 없이 사람들을 부추기고, 뽕나무 재배를 장려하고, 모든 사람에게 뽕나무 농사를 지으

----

36) '우스빠야따'는 멘도사와 칠레의 산띠아고 사이에 위치한 아르헨티나의 안데스 지역 도시다.

라고 자극하고, 뽕나무 농사의 장점을 과장해서 설명했다. 그 사이 고도이 끄루스는 여기서 유럽과 관계를 유지하면서 명주의 현 시세를 파악하고, 자신이 생산한 명주 견본을 유럽으로 보내고, 자신이 생산해낸 명주가 지닌 결함과 뛰어난 점을 실제적으로 파악할 줄 아는 능력을 기르면서, 한편으로 실을 짜는 법을 배우고 가르쳤다. 이 위대하고 애국적인 작업의 결실은 이 고귀한 장인의 희망에 부응했다. 작년까지 멘도사에는 이제 수백만 그루의 뽕나무가 있게 되었고, 낀딸[37] 단위로 수집된 누에고치는 실로 만들어지고, 실이 꼬아지고, 명주가 만들어져 부에노스아이레스와 산띠아고에서 리브라[38]당 5뻬소, 6뻬소, 7뻬소에 유럽으로 수출되었다. 멘도사에서 생산된 그 매끄러운 천은 빛과 광택과 우아함이 에스파냐나 이탈리아에서 생산된 가장 유명한 제품에 비해 손색이 없었다. 이 가련한 늙은이[39]는 사업에서 가장 풍요로운 변화를 실현하는 데 헌신했던 그 도시 전체의 장관을 보고 즐기기 위해 자기 고향으로 돌아갔다. 그리고 수많은 세기 동안 중국을 부자로 만들고, 오늘날 레온, 파리, 바르셀로나, 그리고 이탈리아 전역의 공장들이 서로 경쟁하는 그 귀한 제품을 가득 실은 대상(隊商)이 아메리카 깊숙한 곳에서 부에노스아이레스를 향해 떠나는 모습을 보기 전에는 죽어도 눈을 감지 않겠다고 다짐했다. 중앙 집권주의적 정신, 도시와 문명에서 비롯된 온전한 영광이여! 멘도사는 자체의 추진력으로 에스파냐어권 아메리카 전체에서 가장 먼저 이 유용한 산업을 대규모로 개발했노라![40]

∴

37) '낀딸(quintal)'은 100리브라(libra)로, 약 46킬로그램에 해당하는 무게 단위다.
38) '리브라(libra)'는 무게 단위로, 1리브라는 약 460g에 해당한다.
39) [원편집자 주] 고도이 끄루스(Godoy Cruz)를 가리킨다.
40) [원편집자 주] 명주 산업이 마지막으로 성공했지만 전망은 썩 밝지 않았다. 명주 산업은 요즘 멘도사에서 쇠퇴했고, 육성책의 미비로 사라지게 될 것이다.

여러분은 파꾼도와 로사스더러 공공의 선을 위해 최소한의 관심이라도 가져보라고, 어떤 유용한 목적에 조금이라도 헌신하겠다는 마음을 가져보라고 요구해보시라! 그들을 쥐어짜보시라. 피와 온갖 범죄만 나오게 될 것이다! 이 점에 관해 자세하게 기술해보겠다. 그 이유는 내가 기술할 수밖에 없는 무시무시한 공포심에 사로잡혀 있는 상황에서, 우리가 빰빠스의 미개한 야만인들에 의해 짓밟힌 모습을 본 적이 있는 그 아름다운 초목들을 잠시 관조하는 것이 즐거운 일이기 때문이다. 나는 기쁜 마음으로 이 점에 관해 자세하게 기술해보겠다. 비록 로사스의 체제에 대한 저항이 방법에서 취약점을 보여왔다고 할지라도, 지금까지 자기 피를 뿌렸거나 추방의 슬픔을 맛본 사람들은 유럽 문명을 수호하고 유럽 문명의 결과와 형식을 수호하겠다는 의지 때문에 15년 동안 엄청난 희생과 인내심을 갖게 되었다는 사실을 여전히 의심할 사람들에게 이 초목들이 확신을 줄 것이기 때문이다. 바로 거기에 막 새롭게 펼쳐지려 하는 새로운 세계가, 자신의 멋진 모습을 드러낼 때가 곧 올 것이라 기대하고, 운 좋은 장군 하나가 오늘날 아르헨티나 국민의 지성을 억압하는 그 무쇠다리를 치우기만을 기대하는 세계가 있다. 한편으로 이야기는 범죄만으로 이루어진 것이 아니고, 피에 물들어 있지만도 않다. 길을 잃고 헤매는 사람들 눈 앞에 지난 시대의 거의 지워져버린 페이지를 괜히 가져오는 것은 아니다. 최소한 그들은 자신들이 보내고 있는 세월보다 더 좋은 세월을 자식들이 향유하기를 원할 수도 있는데, 사실 부에노스아이레스의 그 식인종[41]이 오늘날 피를 뿌리는 데 지쳐버리는 것도 그리 중요하지 않고, 식인종 자신이 예속시킨 사람들, 불행과 추방에 찌든 그 사람들이 다시 자기 집을 볼 수 있도록 허용해주는 것

∴

41) '부에노스아이레스의 그 식인종'은 후안 마누엘 데 로사스를 가리킨다.

도 그리 중요하지 않다. 그런데 이런 해악은 한 국가의 발전에 전혀 중요하지 않다. 제거해야 할 필요가 있는 악은 바로, 사상가들과 박식한 사람들이 나타나는 것에 두려움을 느낀 나머지 자신이 살아남기 위해 그런 사람들을 추방하거나 죽일 필요가 있는 어느 정부로부터 나오는 것이다. 또한 그 악은 '단 한 남자'에게 모든 의지와 모든 기능이 집중되는 어느 체제에서 나오는데, 그 남자는 선을 행하지 않을 것이다. 그 남자가 선을 행할 생각을 품지 않거나, 선을 행할 수 없거나, 선을 행하고 싶어하지 않기 때문이다. 그리고 그 폭군의 의심 많은 시선을 끄는 것이 두려운 나머지 그 누구도 감히 선을 행할 준비를 하려들지 않기 때문이다. 그리고 행동하고 생각할 자유가 없어 사람들의 정신이 메말라버리고, 우리 자신에게 집중되는 이기주의가 타인에게 관심을 갖게 되는 마음을 모조리 질식시키기 때문이다. "모든 사람은 각자 자신을 위해서. 사형 집행인의 채찍은 모든 사람에게." 이는 노예로 전락한 국민의 삶과 정부를 함축하는 말이다.

내가 전개한 이런 논조에 독자 여러분이 짜증을 낸다면 독자 여러분에게 무시무시한 범죄 행위에 대한 이야기를 해주겠다. 멘도사의 주인인 파꾼도는 자금과 병력을 조달하기 위해 우리가 익히 알고 있는 방법을 동원했다. 어느날 오후 파꾼도의 부하들이 차꼰에서 항복한 장교들을 눈에 띄는 대로 체포해 어느 올리브 밭으로 끌고 가느라 그 도시를 사방에서 가로지르고 있었다. 그들이 무엇을 하려는 것인지는 아무도 몰랐는데, 장교들은 항복할 때 체결된 협정을 믿었기 때문에 전혀 두려워하지 않았다. 그런데도 사제 여러 명이 그 장교들과 동일하게 출두하라는 명령을 받았다. 충분한 숫자의 장교들이 모이자 사제들에게 장교들의 고백 성사를 받으라는 명령이 하달되었다. 고백 성사가 끝나자 파꾼도의 지시에 따라 장교들을 한 줄로 서게 한 다음 한 사람 한 사람 총살했는데, 파꾼도는 총을 맞고도 아직 목숨이 붙어 있는 것처럼 보이는 장교를 지적하면서 목숨을 완전히 끊어놓기 위해 총을 쏘아야 할 부위를 손가락으로 가리켰다. 천천히 차분하게 진행되었기 때문에 무려 한 시간 동안이나 지속된 학살이 끝나자, 끼로가는 협정의 정신을 그토록 잔혹하게 위반한 이유를 몇 사람에게 설명했다. 파꾼도는 중앙 집권주의자들이 비야파녜 장군을 죽였기 때문에 그에 대한 보복 조치를 취하는 것이라고 말했다. 그런 행위를 함으로써 파꾼도 끼로가가 얻은 만족감이 약간은 저속했다 할지라도 그들이 죗값을 치르는 데는 이유가 있었다. 파꾼도는 언젠가 이렇게 말했다. "빠스가 내 부하 장교 아홉 명을 총살했기 때문에 내가 그의 부하 아흔여섯 명을 총살해버린 거지." 빠스는 자신이 그런 행위를 한 것에 대해 깊이 애석해했는데, 그 행위에 대한 책임이 빠스 자신에게 있지는 않았다. 사실 그가 그렇게 한 이유는 휘하에 있던 어느 의원이 죽었기 때문이었다. 하지만 로사스가 그토록 집요하게 따라 하던, 패배자를 인정사정없이 해치우는 방식, 그리고 화약(和約), 협약, 협정 등 모든 형태의 관습을 위반하는 방식은 까우디요들의 개인적 특성에 속하지 않은 원인의 결과다. 개인의 권리에 대한 인식이 전쟁의 공포를 완화시켰는데, 이는 몇 세기에 걸쳐 이루어낸 문명의 결과물이다. 자신의 포로를 죽이는 미개인은 협약을 어김으로써 이익을 얻게 되는 경우라면 늘 협약을 존중하지 않는다. 문명화된 도시에서 살아가는 사람들의 권리를 인정하지 않는 그 아르헨티나 미개인을 제어할 방도가 있을까? 그 미개인은 인권에 대한 인식을 어디서 얻었을까? 빰빠에서?

비야파녜의 죽음은 칠레 영토에서 발생했다. 비야파녜를 죽인 사람은 '눈에는 눈, 이에는 이'라는 탈리오 법칙[42]에 의해 이미 앙갚음을 받았다. 인간의 정의는 충족되었다. 하지만 내가 유혈이 낭자한 그 드라마를 행한 사람의 성격을 기술하는 것은 내게 너무 중요하기 때문에 내가 그것을 소개하는 데서 얻을 수 있는 기쁨을 내게서 앗아가지 못한다. 산후안을 떠나 꼬낌보로 이주해 간 사람들 사이에는 빠스 장군의 부대에 속한 소령 하나가 있었는데, 그는 아르헨티나의 삶이 잘 보여주는 독특한 성격을 부여받은 사람이다. 이름이 나바로[43]인 그 소령은 산후안의 저명한 가문 출신으로, 체구가 작고 몸이 가냘프고 약해 보이는데, 그 부대에서는 엄청난 배짱을 지닌 사람으로 유명했다. 그는 1820년에 안데스 군대의 제1대대가 모반을 일으켰을 당시 밤에 의용군 소위로 보초를 섰다. 보병 네 개 중대가 위병소 앞에서 진을 치고서 시민 의용군에게 항복할 것을 요구했다. 나바로 소위는 혼자서 위병소 출입문을 살짝 열어놓고 선 채 펜싱용 검을 들고 출입구를 방어했다. 나바로 소위의 몸은 기병대와 총검의 공격으로 열네 군데나 상처를 입었다. 그는 한 손으로는 가랑이에 가까운 부위의 넓적다리에 총검으로 찔린 상처 세 군데를 누르고, 다른 손으로는 가슴에 난 자상 다섯 군데를 감싼 채 머리에서 콸콸 흘러내리는 피로 눈이 가려지는 가운데 자기 집으로 갔고, 살아날 가망이 거의 없는 절망적인 상황에서 6개월간 치료를 한 끝에 목숨을 부지하고 건강을 회복할 수 있었다. 시민 의용군이 해체되는 바람에 군에서 나온 나바로 소위는 장사를 하기 시작했다. 하지만 장사를 하면서 온갖 위험과 뜻하지 않은 사건과 맞닥뜨리게 되었다. 처음에는 꼬르도바에 밀수품을 들여왔다. 그러고서 인디오들과 함께

∴

42) 라틴어로 '렉스 탈리오니스(lex talionis)'라고 하는 이 법을 서양에서는 그냥 '탈리온(talion)'이라 표기하기도 한다. '반좌법(反坐法)' 또는 '동해 보복법(同害報復法)'이라고도 번역된다. 응보(應報) 원칙의 가장 소박한 형태로, 원시 미개 사회 규범들 가운데서 볼 수 있는 정의 관념의 원시적 표현인데, 무제한 복수를 허용하던 단계에서 동해 보복의 정도까지 보복을 제한해 권력적 질서하에 둔 것은 큰 진보라 할 수 있다.
43) '나바로(Antonio Navarro, 1792~1839)'는 에스파냐 출신의 아르헨티나 군인으로, 아르헨티나 독립전쟁과 시민전쟁에 참여했다.

꼬르도바에서 물건을 가져다 다른 곳으로 파는 장사를 했다. 마지막으로는 어느 까시께의 딸과 결혼해 성실한 결혼 생활을 유지하다가, 야만인 부족들이 벌이는 전투에 여러 번 참여해 말 도살장에서 생고기를 먹고 피를 마시는 데 익숙해졌고, 마침내 4년 만에 명실공히 온전한 야만인이 되었다. 그곳에서 나바로는 브라질 전쟁이 시작될 것이라는 사실을 알게 되었고, 자신이 사랑하던 야만인들 곁을 떠나 소위 계급으로 입대해 절묘한 전략을 구사하고 수없이 기병도를 휘두른 끝에 전투가 끝났을 때는 대위 겸 명예 소령이 되었으며, 용감한 사람을 가려낼 줄 아는 라바예의 총애를 받는 부하가 되었다. 뿌엔떼마르께스에서는 대담무쌍한 활약으로 전 부대원들을 깜짝 놀라게 만들었고, 원정이 모두 끝난 뒤에는 라바예의 다른 장교들과 더불어 부에노스아이레스에 머무르게 되었다. 아르볼리또, 빤초 엘 냐또,[44] 몰리나 같은 고위 장교들, 그리고 부대의 다른 지휘관들이 카페와 객줏집에서 자신들의 용맹성을 과시했다. 나바로와 부대의 장교들 사이에는 적대감이 갈수록 깊어졌다. 꼬메디아[45] 카페에서 당대의 영웅 몇이 라바예 장군의 죽음을 위해 건배를 했다. 그들의 말을 들은 나바로가 그들에게 다가가더니 그들 가운데 어떤 사람의 술잔을 빼앗아 술을 따라주고 자기 잔에도 술을 채운 뒤 그에게 말했다. "이봐요, 라바예의 건강을 위해 건배!" 칼들이 뽑히고, 나바로의 칼이 그를 쓰러뜨렸다. 나바로는 목숨을 구해 그곳을 빠져나와 전투를 승리로 이끌고, 적의 부대들 사이를 통과해 꼬르도바에 도착할 필요가 있었다. 나바로는 다시 부대로 가기 전에 내륙 지방으로 가서 가족과 의붓아버지를 만났고, 아내가 이미 죽었다는 사실을

⁝

44) '아르볼리또(Arbolito)'는 '작은 나무'를, '빤초 엘 냐또(Pancho el ñato)'는 '낮은 코 배불뚝이'를 의미한다.
45) '꼬메디아(Comedia)'는 '코미디'를 의미한다. 아마도 코미디물을 공연하는 카페였을 수 있다.

알고 낙담했다. 나바로는 가족들과 헤어져 젊은 친지 두 명, 그러니까 사촌 남동생과 사내 조카를 데리고 부대로 돌아갔다.

나바로는 차꼰의 전투에서 관자놀이에 총알 한 방을 맞고는 털이 다 타 버리고 얼굴은 화약 범벅이 되어 새까맣게 변했다. 몸이 이런 상태에 처해 있던 젊은 나바로는 부하들과 그리고 창과 볼라스를 쓰는 기술이 주인 못지않게 뛰어나고 영락없이 가우초 성향을 지닌 영국인 조수 한 명과 친척들을 데리고 꼬낌보로 옮겨갔다. 그렇게 한 이유는 나바로가 젊은 데다 아주 교양 있게 말을 하고, 여성 취향의 최고 멋쟁이처럼 행동거지가 아주 멋졌기 때문이다. 나바로는 암소 한 마리가 쓰러지는 것을 보면 암소의 피를 마시고 싶은 욕망을 제어할 수 없는 사람이었다. 나바로가 매일 전쟁터로 돌아가고 싶어했기 때문에 가지 말라는 친구들의 요청도 그를 붙잡아 두는 데 썩 충분하지 않았다. 언젠가 나바로는 진지하고 우렁찬 목소리로 이렇게 말했다. "나는 화약의 자식이야. 전쟁이 나의 본령이라니까." 또 언젠가는 다음과 같이 말했다. "시민전쟁에서 처음으로 흘린 피 한 방울은 바로 나의 이 핏줄에서 나온 것이기 때문에 마지막 피 한 방울도 바로 이 핏줄에서 나와야 한다니까." 나바로가 말을 멈춰 세우고 반복했다. "나는 더 이상 나갈 수 없어. 장군 견장을 내 어깨에 차는 꿈을 실현하고 싶으니까." 그러고서 다시 큰 소리로 말했다. "내 동료들이 내가 창을 쓸 준비가 되어 있는 작은 부대 하나 없이 낯선 땅을 밟았다는 사실을 알게 되면 뭐라고들 하겠어?"

나바로 일행은 산맥을 넘어가던 날 안타까운 일을 겪었다. 이제 다들 무기를 버릴 필요가 있었는데, 손에 무기를 들고 돌아다니는 것이 허용되지 않는 나라들이 있다는 사실을 인디오들에게 납득시킬 방법이 없었다. 나바로는 인디오들에게 다가가 인디오 말로 설명했다. 나바로는 차츰차츰 고무되고 있었다. 그의 두 눈에서 굵은 눈물이 흘러내렸고, 인디오들은 아주 고민스럽다는 표정을 지으며 자신들의 창을 땅에 꽂았다. 나바로 일행이 그곳을 떠나 길을 재촉하고 있을 때, 나바로의 말들이 다시 그곳으로 돌아가 무기들에게 영원한 작별 인사를 하듯이 무기들 주위를 뱅뱅 돌았다.

*46) 나바로 소령은 이런 마음 상태로 칠레로 가서 구안다에 숙소를 정했다. 구안다는 산맥으로 들어가는 협곡 입구에 위치해 있다. 나바로 소령은 그곳에서 비야파녜가 다시 파꾼도와 합쳤다는 사실을 알고서 비야파녜를 살해하겠다는 의도를 공공연하게 밝혔다. 나바로와 함께 그곳에 와 있던 사람들은 나바로 소령의 입에서 나온 말이 얼마나 심각한 문제를 유발할 것인지 알고서 나바로 소령을 말리려 했지만 아무 소용이 없게 되자 다들 그곳을 떠나버렸다. 나바로 소령이 자기를 죽이려 한다는 사실을 알게 된 비야파녜가 당국에 도움을 요청하자 당국은 비야파녜에게 의용군 몇 명을 지원해주었다. 의용군들은 그 사안에 대해 알고 나서 비야파녜 곁을 떠나버렸다. 하지만 완벽하게 무장한 비야파녜가 라리오하 사람 여섯을 데려왔다. 비야파녜가 구안다를 지나갈 때, 나바로가 비야파녜를 맞으러 나왔다. 두 사람이 시내 하나를 사이에 두고 대치한 상태에서 나바로가 근엄하고 명확한 목소리로 비야파녜를 죽이겠다는 의사를 밝혔다. 그러고서 나바로는 조용히 집으로 돌아가 점심 식사를 했다. 비야파녜는 아주 경솔하게도 두 사람 사이에 결투가 있던 곳으로부터 불과 4레구아 떨어진 띨로에 숙소를 잡았다. 그날 밤 나바로는 무장을 한 채 수행원 아홉 명을 데

――
46) * 이 부분은 1845년 6월 3일에 발행된 《엘쁘로그레소》 제796호에 연재되었다.

리고 나가서 띨로 근처의 적당한 장소에 수행원들을 떨쳐놓고는 달빛을 받으며 혼자서 나아갔다. 문이 열려 있는 집 마당으로 조용히 들어가서 부하들과 함께 복도에서 자고 있던 비야파녜에게 소리를 질렀다. "비야파녜, 일어나거라. 내가 널 죽이러 왔다. 적이 있는 사람은 자지 않는 법이다." 비야파녜가 창을 집어 들자 나바로는 말에서 내려 칼을 빼들고 비야파녜에게 다가가 그를 찔러버렸다. 그러고서 권총 한 방을 쏘았다. 권총 소리는 나바로가 부하들에게 지시한 진격 신호였다. 나바로의 부하들은 죽은 비야파녜의 수행원들에게 뛰어들어 일부를 죽이고, 일부를 쫓아내버렸다. 나바로 일행은 비야파녜의 동물들을 끌어오도록 해서 자신들의 짐을 싣고는 비야파녜 대신 아르헨티나 공화국의 군대에 합류하기 위해 아르헨티나 공화국을 향해 떠났다. 그런데 길을 잘못 드는 바람에 리오꾸아르또에 도착하게 되었고, 그곳에서 적들에게 쫓기고 있는 에체베리아[47] 대령을 만났다. 나바로는 날듯이 그를 도우러 갔는데, 친구인 에체베리아 대령의 말이 죽어 넘어지자 에체베리아더러 자기 말 뒤에 타라고 청했다. 하지만 에체베리아는 나바로의 호의를 거절했다. 나바로는 친구 에체베리아를 구하지 않고서는 자신이 도망칠 수 없다고 고집을 부렸고, 마침내 말에서 뛰어내려 말을 죽이고 자신도 에체베리아와 함께 나란히 죽었다. 하지만 나바로의 가족은 3년이 지난 뒤에야 비로소 슬프기 이를 데 없는 그 이야기를 알게 되었는데, 두 사람을 죽인 바로 그 사람이 그 비극적인 이야기를 나바로의 가족에게 전해주면서 불행한 두 친구의 유골을 파내 증거로 내놓았

---

[47] '에체베리아(Juan Gualberto Echeverría, 1794~1831)'는 아르헨티나의 군인으로, 독립전쟁과 시민전쟁에 참여했다. 1820년에 후안 바우띠스따 부스또스가 그를 경비대장에 임명했다. 그는 1820년대 대부분을 리오꾸아르또(Río Cuarto)에서 군인과 정치가로 머무르면서 주 정부가 자치권을 유지하는 데 기여했다.

다. 이 불행한 젊은이의 삶에는 이토록 독특한 점이 있기 때문에 그를 기억하는 의미에서 여담 삼아 애써 언급할 필요가 있었다.

나바로 소령이 잠시 옮겨 다니는 동안 공적인 사안들의 양상을 총체적으로 바꾸어버린 사건이 일어났다. 볼라스 한 방에 군대의 지휘권을 박탈당한 빠스 장군을 체포한 사건은 아주 유명한데, 그 사건이 공화국의 운명을 결정해버렸다. 그 특이한 사건 때문에 당시 공화국 헌법이 제정되지 못했고, 각종 법률도, 도시들도 각각의 지배력을 공공연하게 행사할 수 없었다고도 말할 수 있을 것이다. 왜냐하면 완벽하게 훈련된 장정 4천 5백 명으로 구성된 군대 하나와 빈틈없이 짜인 작전 계획을 가지고 있던 빠스가 부에노스아이레스의 군대를 격파해버리겠다고 확신했기 때문이다. 빠스 장군이 사방에서 승리를 거두는 것을 본 사람들은 빠스 장군이 그토록 행복한 기대를 한 것은 지나친 낙관이 아니었다고 판단할 것이다. 우리는 그토록 우연한 사건으로 인해 제국의 운명이 바뀔 수 있다고 평가하는 도덕주의자들의 견해에 동의할 수 있을 것이다. 하지만 만약 볼라스를 던져 어느 적장을 사로잡아버린 것이 우연한 일이라면, 도시들을 공격했던 사람들이 바로 정치적인 요소로 변해버린 빰빠의 가우초들이었다는 사실은 우연이 아니었다. 그렇기 때문에 그때는 문명이 '볼라스에게 사로잡혔다'고 말할 수 있을 것이다.

파꾼도는 비야파녜 장군의 죽음에 대해 아주 잔인하게 복수를 한 뒤에 뚜꾸만으로 원정을 떠날 준비를 하기 위해 산후안으로 갔다. 꼬르도바의 군대는 자신들의 장군을 잃은 뒤에 산후안에 와 있었고, 그로 인해 침략군의 의도가 전혀 실현될 수 없었다. 파꾼도가 산후안에 도착하자 연방주의자 시민 모두가 1827년처럼 파꾼도에 맞서 싸우러 나왔다. 하지만 파꾼도는 예전과 같은 일을 반복하고 싶어하지 않았다. 그래서 파꾼도는 자신들이 모여 있는 곳에서 작은 부대 하나를 먼저 떠나보내고, 그 부대를 뒤따라 다른 부대를 보내 모든 대로를 경비하도록 조치한 뒤에, 자신은 쓸데없이 참견하기 좋아하는 손님들을 거리에서 포로로 잡으면서 다른 길을 통해 도시로 들어갔다. 그날의 나머지와 그날 밤을 통째로 길거리에서 보낼 수밖에 없었던 그 손님들은 말들의 다리 사이에 자리를 잡은 채 쪽잠을 자야 했다.

그 도시의 광장에 도착한 파꾼도는 광장 한가운데서 자신의 마차를 멈추게 한 뒤, 울려 퍼지던 종소리를 그치라고 명령한 뒤에, 도시 당국이 그를 맞이하기 위해 준비해두었던 집의 가구를 모두 거리로 꺼내라고 명령했다. 카펫, 커튼, 거울, 의자, 탁자 등 모든 가구가 광장에 어지럽게 쌓였다. 파꾼도는 집 안에 작은 탁자, 의자 하나, 침대 하나를 제외하고는 깨끗한 벽만 남아 있게 되었다는 사실을 확인하고서야 비로소 마차에서 내렸다. 이런 작전이 진행되고 있는 사이에 파꾼도는 자기 마차 옆을 지나가던 소년 하나를 불러 세워 그의 이름을 물었는데, 로사라는 소년의 성을 듣고는 소년에게 말했다. "네 아버지 돈 이그나시오 로사[48]는 위대한 분이었단다. 내가 치하하노니, 네 어머니께 전해드리렴."

그 다음 날 아침에 광장에는 길이 6바라[49]짜리 총살형 집행대 하나가 준비되었다. 누가 희생당할 것인가? 중앙 집권주의자들이 집단으로 도망쳤고, 심지어는 중앙 집권주의가 아니면서 겁을 먹은 사람들까지 도망쳐버린 것이다! 파꾼도는 남편, 부모, 형제자매가 없는 여자들에게도 공물을 부

..
48) '이그나시오 로사(José Ignacio de la Roza, 1786~1834)'는 아르헨티나의 변호사, 정치가로, 산후안 주의 부지사였다.
49) '바라(vara)'는 에스파냐에서 사용되는 길이 단위로 각 지역마다 조금씩 달랐는데, 1바라는 약 768~912밀리미터 정도 된다.

과했는데, 그런데도 결과가 덜 만족스럽지는 않았다. 나는 이 시기에 일어난 모든 사건에 관해 시시콜콜 언급하지는 않겠지만, 이들 사건은 총살형 집행대로 데려가겠다는, 채찍을 때리겠다는 위협을 받는 여자들의 눈물과 비명 소리를 계속해서 들려줄 것이다. 두세 사람이 총살을 당했고, 네댓 사람은 채찍을 맞았으며, 한두 여자는 군인들에게 먹을 것을 준비해주라는 명령을 받았고, 그 밖에도 일일이 열거할 수 없는 폭력이 행사되었다. 하지만 내가 침묵하고 넘어가지 않아야 할 섬뜩한 공포로 점철된 날이 있었다. 바로 파꾼도가 뚜꾸만으로 원정을 떠나는 순간이었다. 사단들이 차례차례 행진을 하기 시작했다. 광장에서는 노새 몰이꾼들이 짐을 싣고 있었다. 그때 노새 한 마리가 달아나 산따아나 성당으로 들어가버렸다. 파꾼도는 노새를 잡아 오라고 명령했다. 노새 몰이꾼이 맨손으로 노새를 잡으러 성당으로 들어갔는데, 그 순간 장교 하나가 끼로가의 명령을 받고 성당으로 들어가 노새와 노새 몰이꾼을 붙잡아 밧줄에 함께 묶어서 성당 밖으로 꺼냈다. 불쌍한 노새 몰이꾼은 노새의 발에 짓밟히고, 발길질에 두들겨 맞고 차이는 고통을 당했다. 하지만 그 순간에 뭔가 제대로 준비되어 있지 않았다. 파꾼도는 게으른 당국자들을 출두시키라고 했다. 그 지방의 주지사이자 총사령관이 파꾼도에게 뺨을 한 대 얻어맞았다. 경찰 총수는 총알을 피해 간신히 도망쳤다. 두 당국자는 자신들이 잊고 실행하지 않은 명령을 시달하기 위해 각자의 사무실이 있는 거리에 도착했다.

잠시 후 파꾼도는 부하 장교 하나가 싸우고 있는 두 병사를 칼등으로 때리는 것을 보고는 장교를 불러 창으로 찌르려 했다. 그러자 장교가 목숨을 구하기 위해 자기 창을 집어들었다. 두 사람이 승강이를 하다가 결국 장교가 끼로가의 창을 빼앗아 끼로가에게 공손하게 건네주었다. 끼로가가 다시 장교를 창으로 찌르려 했고, 다시 두 사람 사이에 싸움이 붙었고, 다시 장교가 승리해서 창을 끼로가에게 건네주었다. 그러자 파꾼도는 분노를 억누르고 도움을 청했다. 부하 여섯 명이 운동선수처럼 몸집이 건장한 장교를 붙잡아서 팔다리를 쫙 벌려 어느 창틀에 매달고 팔과 다리를 단단히 묶어두자 파꾼도는 장교가 두 번이나 자기에게 되돌려주었던 그 창으로 장교의 몸을 여러 차례 찔러댔고, 결국 서둘러 장교의 목숨을 끊었다. 마침내 장교가 고개를 떨구고, 시체는 뻣뻣해져서 움직이지 않았다. 분노가 폭발한 파꾼도는 우이도브로[50] 장군을 창으로 위협했고, 우이도브로 장군은 칼을 뽑아 목숨을 방어할 준비를 했다.

 이 모든 것에도 불구하고 파꾼도는 잔인한 사람이 아니고, 피에 목말라 있는 사람이 아니다. 그저 자신의 열정을 억누르지 못하기 때문에 열정이 격앙되면 통제가 되지도 않고 한계도 없는 야만인일 뿐이었다. 어느 도시에 들어가면 누군가를 총으로 쏘아 죽이고 또 누군가를 채찍으로 때리는 폭력주의자. 하지만 절제를 하고 많은 경우 신중하게 행동했다. 총을 맞아 죽는 사람은 소경이거나, 반신불수거나, 성당 관리인이다. 불행하게도 파꾼도가 휘두르는 채찍질의 희생자가 되는 사람은 저명한 시민이거나 그 도시의 최고 가문의 청년이다. 파꾼도가 여자들을 무자비하게 다루는 이유는 그가 연약한 여자들이 마땅히 받아야 할 섬세한 관심에 대한 의식을 지니고 있지 않기 때문이다. 파꾼도가 시민들에게 수치스러운 모욕을 주는 이유는 그가 거칠고 투박한 시골 사람인 데다, 바로 그런 사실로 인해 자기를 무시한다고 생각하는 사람들의 자존심과 품격에 함부로 상

---

50) '우이도브로(José Ruiz Huidobro, 1802~1842)'는 에스파냐 출신의 아르헨티나 군인이다. 아르헨티나의 시민전쟁에 참여했다. 그는 파꾼도 끼로가가 리오꾸아르또를 점령할 때 도왔고, 두 사람은 나중에 산루이스로 들어가 그곳에서 후안 빠스꾸알 쁘린글레스를, 멘도사에서 호세 비델라 까스띠요를 물리쳤다.

처를 입히는 것을 좋아했기 때문이다. 공포를 조성하는 것은 어떤 통치 체제를 다지기 위한 것과 다름없다. 과거의 부에노스아이레스 사회 같은 어느 사회에서 로사스가 공포를 조장하지 않고 무엇을 할 수 있겠는가? 지적인 사람들은 천박하고 멸시해도 좋을 만한 로사스에게 존경심을 보이지 않는데, 지적인 사람들의 양심이 거부하는 존경심을 유발할 수 있는 다른 방법이 무엇이겠는가? 돈 후안 마누엘 데 로사스가 한 국가의 국민을 나쁜 길로 이끌기 위해 차곡차곡 쌓을 필요가 있던 흉악함이 어느 정도였는지는 알 수 없다. 그리고 로사스가 6년 만에 공정한 것과 좋은 것에 대한 의식을 전도시키고, 결국은 사람들의 강건한 정신을 깨뜨림으로써 정신에 멍에를 씌우는 그 마술적인 영향력 아래에 그 도시를 종속시키기 위해 온갖 책략을 구사하고, 연구하고 관찰하고, 빈틈 하나 없이 머리를 썼는지는 그 누구도 모른다. 1793년[51]에 프랑스에서 발생한 공포는 나름대로 효력을 발휘했지만 도구는 아니었다. 로베스피에르가 명성을 얻기 위해, 그리고 자신이 쌓은 시체들 위에 자신을 올려놓기 위해 귀족들과 사제들을 기요틴에 희생시킨 것은 아니었다. 로베스피에르는 혁명을 확고하게 만들기 위해서는 프랑스에서 귀족을 모두 제거해야 할 필요가 있다고 믿을 정도로 엄격하고 모진 영혼을 소유한 사람이었다. 당통[52]이 말했다. "후대

---

51) '1793년'은 프랑스 혁명이 일어난 해다.
52) '당통'(Georges Jacques Danton, 1759~1794)은 프랑스 혁명기의 정치가로, 로베스피에르, 마라와 함께 '프랑스 대혁명의 3거두'라 불린다. 법률을 공부해 변호사가 되었다가 혁명이 일어나자 지도자로 활약했다. 웅변가로서도 알려졌으며, 특히 "적을 쳐부수기 위해서는 첫째도 용기, 둘째도 용기다"라고 한 연설은 유명하다. 1790년 자코뱅당에 가입해 혁명재판소를 설치하고 왕당파를 처형했다. 그러나 로베스피에르와 불화하는 일이 잦았고, 결국 1794년에 전세가 호전되기 시작하자 3월부터 시작된 혁명 세력 내의 좌, 우파에 대한 탄압 중에 '외국인과 결탁해 뇌물을 받고 반혁명 세력을 도와준 혐의'로 단두대에서 처형당했다.

가 우리의 이름을 비난할 것이나, 우리는 공화국을 구하게 될 것이다." 우리 사이의 공포는 도시의 모든 양심과 정신을 질식시키기 위해, 그리고 그렇게 함으로써 결국은 사람들이 자신들의 목줄을 짓누르는 다리가 누구의 다리인지 그들의 생각하는 머리를 이용해 인식하도록 하기 위해 정부가 만들어낸 것이다. 이것은 어리석은 사람이, 자신보다 한량없이 뛰어난 어느 국민이 그가 필요 없는 인간이라고 생각한다는 사실을 알게 됨으로써 자신이 무시당한 것에 대한 복수를 하기 위해 칼을 든 채 행하는 앙갚음이다. 그렇듯 우리는 일상에서 칼리굴라[53]의 과도한 행위가 반복되는 것을 본 적이 있는데, 칼리굴라는 자신을 신처럼 숭앙하도록 만들었고, 제국을 통치하는 데 자신의 말[馬][54]을 끌어들였다. 칼리굴라는 자신이 로마 사람들 가운데서 맨 꼴찌임에도 불구하고, 자신의 발아래에 로마 사람들을 놓았다는 사실을 알고 있었다. 파꾼도는 사람들에게 영향을 미치는 자신의 천성적인 무능력을 보충하기 위해 스스로를 영감을 받은 사람이고 예지력을 지닌 사람이라는 분위기를 풍겼다. 로사스는 교회에서 자신을 숭배하게 만들고, 자신이 고대하던 명성을 만들어내기 위해 자기 마차에 자기 초

∵

53) '칼리굴라(Caligula)'는 제3대 로마 황제(37~41)다. 본명은 가이우스 율리우스 카이사르 게르마니쿠스(Gaius Julius Caesar Augustus Germanicus, A.D. 12~A.D. 41)다. 소년 시절 부모와 함께 라인 강변 주둔군 진영에서 지냈는데, 이 무렵 애용하던 유아용 군화('칼리굴라') 때문에 '칼리굴라'는 별명으로 불리게 되었다. 치세 초기에는 명문가의 품위를 유지해 인망(人望)을 모았으나, 중병으로 쓰러진 뒤 정신 분열증을 나타냈다. 시기심 때문에 유력자를 처형하고, 원로원을 무시했으며, 자신에 대한 신격화를 요구하는 등 전제 군주 정치로 나아갈 것을 제시했다. 특히 황제에 대한 예배 강요는 예루살렘과 알렉산드리아에서 유대인 저항의 원인이 되었다. 낭비와 잔학성이 거듭되고, 39~40년 가을과 겨울에 갈리아, 라인 강변 진군에서 돌아온 뒤 음모의 불안에 시달리다 41년 1월 아내와 어린 딸과 함께 암살되었다.
54) 칼리굴라에게는 아끼던 말 한 마리가 있었는데, 그는 이 말에게 상아로 만든 여물통, 황금 물그릇, 노예 등을 선물로 주고, 심지어는 말을 집정관에 임명하기도 했다.

상화를 실은 뒤 장군들과 여자들에게 마구를 채워 마차를 끌게 했다. 하지만 파꾼도는 자기 머리와 눈에 피가 몰려들어 모든 것이 빨갛게 보일 때만 잔인하게 변했다. 그의 냉정한 계산법은 한 남자를 총살하고, 한 시민을 채찍으로 때리는 것으로 제한되었다. 로사스는 결코 화를 내지 않고, 자기 집무실에 조용히 처박혀 계산을 한다. 그가 고용한 살인자들에게 내리는 명령은 바로 그 방에서 나온다.

제12장
시우다델라 전투

> 뚜꾸만 주민들은 전원에서 회합을 하며 하루 일과를 끝냈다. 그들은 아름다운 나무 그늘 아래서 투박한 기타 소리에 맞춰 비르길리우스나 테오크리토스 풍의 아름다운 노래들을 즉석에서 지어 불렀다. 그리스어 이름에 이르기까지 그 모든 것은 놀랍게도 여행자의 눈에 고대 아카디아 지방을 상기시켰다.
> — 말테 브룬[1]

시우다델라[2]

파꾼도 끼로가의 원정대가 떠나자 산후안의 연방주의자들과 그들의 부인과 어머니들은 비로소 무시무시한 악몽에서 깨어났다는 듯이 안도의 한숨을 내쉬었다. 파꾼도 끼로가는 이번 출정에서 질서 의식을 고취시키고 빠른 진군을 실행했는데, 이런 것은 그가 다양한 불행을 겪으면서 얼마나 많은 것을 배웠는지 보여주는 사례다. 파꾼도 끼로가는 군대를 이끌고 24일 만에 관할 구역을 3백 레구아 가까이 행군했고, 그렇게 함으로써 적군의 기병 대대 근처에 이를 수 있었다. 적군은 파꾼도가 가까이 다가와 있다는 예기치 않은 소식을 들었고, 마침내 파꾼도가 과거에 벨그라노의 명령에 따라 조국의 군대가 주둔했던 시우다델라에 나타나는 것을 보았다. 뚜꾸만에서 파견한 군대처럼 참으로 용맹스러운 지휘관들과 역전(歷戰)의 용사들로 구성된 그런 군대를 이끌던 마드리드 장군이 어떻게 해서 전투에서 패배할 수 있었는지 이해하기란 어렵다. 이 특이한 수수께끼에 대한 답은 도덕적인 이유와 반전술적인 편견이 제공해줄 수 있을지도 모르겠다.

군대의 총사령관인 마드리드 장군은 로뻬스 장군을 휘하에 거느리고 있었는데, 뚜꾸만의 까우디요라 할 수 있는 로뻬스 장군은 마드리드 장군에게 개인적인 악감정을 가지고 있었다. 그런 사실 말고도 퇴각한다는 사실이 장병들의 사기를 꺾었는데, 마드리드 장군은 휘하 지휘관들의 정신을 지배하기에 가장 적합한 인물은 아니었다. 마드리드 장군의 군대는 반은 '연방주의자화'가 되어 있고, 반은 '몬또네라화'가 되어 있는 상태로 전투에 참가했다. 반면에 파꾼도의 군대는 '주의(主義)'가 아니라 구체적인 '인물'인 어느 까우디요에 대한, 즉 각자의 자유의지를 꺾고 개인성을 완벽하게 억누르는 어느 까우디요에 대한 공포와 복종심이 만들어내는 단결심을 지니고 있었다. 로사스는 자신의 위성들처럼 포진해 있는 부하들을 모두 수동적인 전쟁 도구로, 자신의 최고 의지를 맹목적으로 수행하는 사람들로 만드는 이런 강철 같은 '단결심'을 통해 적들에게 승리를 거두어왔다. 전투를 개시하기 전날 발마세다 중령은 자신이 첫 번째로 공격할 수 있게 해달라고 총사령관 마드리드 장군에게 부탁했다. 기병의 공격으로 전투를 개시

∴

1) '말테 브룬(Conrad Malte-Brun, 1775~1826)'은 덴마크에서 태어난 프랑스의 지리학 저술가다. 몇 권의 지리서를 단독 또는 공동으로 집필했으며, 최초의 근대 지리학회를 창설했다. 1800년의 프랑스 혁명을 지지하는 시와 팸플릿을 썼다는 이유로 덴마크에서 추방된 뒤 파리로 가서 언론인 겸 지리학 저술가로 활동했다. 말테 브룬의 작품들은 『세계 지리학 개요(*Précis de la géeographie universelle*)』(전 6권, 1810~1829)에 수록되어 있다.
2) [원편집자 주] 1831년 11월 4일, 파꾼도는 뚜꾸만의 '시우다델라(Ciudadela)'라 불리는 곳에서 라마드리드 장군을 격퇴했다.

하는 것은 전투 수칙에 부합하고, 또 부하 지휘관 하나가 그 정도의 요청은 자유롭게 할 수도 있는 문제이기 때문에 만약 발마세다 중령의 요구대로 실행했더라면 그들은 전투에서 승리했을 것이다. 왜냐하면 흉갑 기병대 제2연대의 경우, 브라질에서도 아르헨티나 공화국에서도 그들의 공격을 막아낼 수 있는 적을 만날 수 없었기 때문이다. 마드리드 장군은 제2연대의 발마세다 중령의 요구를 받아들였다. 그런데 어느 대령이 자신의 가장 훌륭한 부하들이 차출당하는 사실을 알고서 반대를 했다. 원래 로뻬스 장군이 맡고 있던 그 '엘리트' 부대들은 교전 수칙에 따라 예비 부대에 편입되게 약속이 되어 있었다. 총사령관 마드리드 장군은 이런 논쟁을 중지시킬 수 있는 권위를 충분히 갖고 있지 못한 상태였기 때문에 용감한 대장이 지휘하던 그 무적의 기병 대대를 예비 부대로 보내버렸다.

앞서 언급했다시피 파꾼도는 적군과 가까운 거리에서 전투를 개시해 바르깔라가 지휘하는 보병의 공격을 막아내고, 또 영리한 아렌그렌[3]이 지휘하는 대포 8문을 갖춘 포병 부대의 세력을 약화시켰다. 그런데 파꾼도는 적들이 어떻게 할 것인지를 미리 알고 있었다는 것인가? 소규모 전투가 있었고, 그 전투에서 파꾼도 끼로가의 분견대가 뚜꾸만 부대의 사단을 패배시켰다. 파꾼도는 전투에서 승리한 지휘관을 불러 물었다. "자네 왜 돌아왔나?" "왜냐하면 제가 적군을 산꼭대기까지 물리쳤기 때문입니다." "왜 칼로 쑤시면서 산속으로 들어가지 않았나?" "왜냐하면 그곳에는 저희보다 더 뛰어난 부대들이 있었기 때문입니다." "자! 이자를 총살할 병사 네 명을 준비시켜!" 그리고 그 지휘관은 처형되었다. 파꾼도 끼로가의 부대가 배치

---

3) '아렌그렌(Juan Arengreen, 1791~1831)'은 스웨덴 출신의 군인으로, 나폴레옹 전쟁에 참가했다가 나중에 남아메리카에 정착했다. 뻬루와 칠레의 독립전쟁, 브라질 전쟁에 참가했고, 아르헨티나 시민전쟁에서 사망했다.

된 전선의 한쪽 끝에서 다른 쪽 끝까지, 적군에 대한 두려움 때문이 아니라 부대 후위에서 자루를 흑단(黑檀)으로 만든 창을 휘두르며 왔다 갔다 하는 무시무시한 지휘관에 대한 두려움 때문에 벌벌 떨고 있는 병사들의 박차와 총이 텅텅거리는 소리가 들리고 있었다. 병사들은 적군을 공격하라는 명령이 내려짐으로써 자신들을 억누르는 공포감이 줄어들거나 떨어지기를 기다리고 있었다. 그들은 적군을 산산이 격파해버릴 것이고, 또 자신들 사이에 뭔가를, 성난 유령처럼 그들을 따라다니는 파꾼도의 초상화를 갖다 놓기만 해도 총검을 든 적들의 전열을 파괴하게 될 것이다. 그렇게 함으로써, 주지하다시피, 한편에는 공포가, 다른 편에는 무질서가 지배했다. 첫 번째 공격에 마드리드 장군의 기병들이 뿔뿔이 흩어져버렸다. 예비 부대가 뒤따르고, 말을 탄 지휘관 다섯 명만이 포병 부대와 함께 남았는데, 포병은 연신 포를 쏘아댔고, 보병은 적군에게 총검을 겨누며 돌진했다. 더 자세한 내용을 기술한들 무엇하랴? 전투에 관한 자세한 사항은 승리자가 언급해야 하리라.

뚜꾸만 사람들은 망연자실해 집단으로 도시를 떠났다. 왜냐하면 그 도시에서는 연방주의자들의 수가 적었기 때문이다. 이번이 파꾼도 끼로가의 세 번째 뚜꾸만 방문이다![4] 다음 날, 세금 한 가지가 부과될 예정이다. 끼로가는 어느 성당에 값비싼 물건들이 숨겨져 있다는 사실을 알고서 성당 관리인 앞에 나타나 그 값비싼 물건들이 어디 있는지 심문했다. 바보나 다름없는 성당 관리인이 씩 웃으며 대답했다. "그래, 웃었어?" "자!…… 이자를 총살할 병사 네 명을 준비시켜!……" 성당 관리인을 그곳에 놔둔 채 한

∴

---

4) [원편집자 주] 파꾼도가 뚜꾸만에 처음으로 간 것은 엘딸라 전투(1826)가 끝난 다음이었고, 두 번째 방문은 엘린꼰 전투(1827)가 끝난 다음이었으며, 세 번째 방문은 시우다델라 전투가 끝난 다음이었다. 이 세 번의 전투에서 파꾼도는 라마드리드 장군을 물리쳤다.

시간 만에 공물 목록이 작성되었다. 장군의 궤들이 황금으로 가득 찼다. 설령 누군가가 상황을 제대로 이해하지 못했다 해도 산프란시스꼬파 수도원장과 신부 꼴롬브레스가 채찍을 맞으러 잡혀 끌려가는 모습을 보게 되면 아무런 의구심도 갖게 되지 않을 것이다. 파꾼도는 즉시 죄수들의 창고에 나타나서 장교들을 분리시켜 놓은 뒤, 모든 죄수를 총살시키라고 명령해놓고는 너무너무 피곤했기 때문에 쉬려고 물러났다.

뚜꾸만은 자연이 가장 화려한 장관을 뽐내는 열대 지역이다. 아메리카의 에덴동산이라 할 수 있는 뚜구만과 대적할 곳은 둥근 지구 전체에 없다. 여러분, 상상해보시라. 안데스는 광대한 초목의 검푸른 망토로 뒤덮여 있고, 이 망토 가장자리 아래로 강 열두 개가 같은 거리를 평행으로 흘러가다가 마침내 모든 강이 하나의 진로를 향해 흘러가기 시작하고, 배가 다닐 수 있을 정도로 넓은 어느 수로에서 합쳐져 아메리카의 심장에 도달한다. 강의 지류와 수로로 이루어진 지역의 총 길이는 50레구아에 이른다. 그 지역의 지표면을 덮고 있는 숲은 원시적이지만, 그 숲이 지닌 인디아[5]의 화려함에는 그리스의 우아함이 덧씌워져 있다.

호두나무의 넓적한 가지들이 마호가니나무와 흑단나무와 뒤섞여 있다. 삼목은 자기 옆에서 우아한 월계수가 자라도록 하는데, 이들 나무는 자기 잎사귀 아래로 비너스에게 바쳐진 도금양(桃金孃)을 보호해준다. 게다가 감송향(甘松香)과 들판의 나리가 줄기를 뻗칠 수 있는 공간도 남겨둔다.

향기 그윽한 삼목 지대는 테두리를 이루어 그곳에서 숲으로 들어가는 통로를 만들어주는데, 다른 곳에서는 가시 많은 두툼한 장미나무 가지들이 빽빽하기 때문에 숲으로 들어갈 수가 없다. 수령이 오래된 나무의 몸통

---

[5] 여기서 말하는 '인디아(India)'는 아메리카를 가리킨다.

은 다양한 꽃이끼들이 살 수 있는 터전을 제공해주고, 메꽃과 덩굴풀이 이처럼 다양한 모든 식물종을 장식하고, 헝클어뜨리고, 뒤섞어놓는다.

다양하고 풍부한 색이 조화를 이루는 환상적인 팔레트를 가득 채울 이 모든 식물상 위로 무수한 황금빛 나비, 칠보단장을 한 것 같은 벌새, 에메랄드빛 앵무새, 파란 까치, 오렌지빛 큰부리새 수백만 마리가 어지럽게 날아다닌다. 이들 새들이 시끄럽게 재잘거리는 소리는 포효하는 폭포 소리처럼 매일 독자 여러분을 멍하게 만든다.

그처럼 경이로운 자연 현상을 여행기의 여러 쪽에 걸쳐 기술한 영국 출신 여행가 앤드루 소령은 매일 아침 밖으로 나와 그 멋진 자연 경관을 관조하는 즐거움을 향유했다고 말한다. 앤드루 소령은 종종 향기로운 숲 속으로 깊이 들어갔다. 제정신을 차릴 수 없을 정도로 그를 지배하던 황홀경에 빠진 채 넋이 나간 상태가 되어 빽빽한 식물로 인해 사방이 어두침침한 곳까지 들어갔다가 마침내 집으로 돌아왔는데, 집에 도착해서야 옷이 찢겨져 있고, 얼굴은 긁히고 상처가 나 있다는 사실을 알 수 있었다. 가끔씩은 그 자신도 모르는 사이에 얼굴에서 피가 흐르고 있기도 했다. 도시는 찻종지 모양으로 뾰족뾰족 솟아 있는 동일한 키의 오렌지나무만으로 이루어진 수십 레구아의 숲으로 둘러싸여 있기 때문에, 그 모습이 흡사 반들반들하고 둥글둥글한 기둥 수백만 개가 지탱하는 끝없이 넓은 돔형 지붕처럼 보였다. 끝없이 펼쳐진 그 차양 아래 땅을 뒤덮고 있는 녹색 카펫에 펼쳐진 장면을 작열하는 태양빛도 결코 비출 수 없었다. 참으로 멋진 장면이다! 일요일이면 뚜꾸만의 아름다운 아가씨들이 끝없이 펼쳐진 그 화랑으로 소풍을 가서 하루를 보낸다. 가족마다 각자 적당한 장소를 선택한다. 가을철이면 사람들은 통행을 방해하는 오렌지나무들의 사이를 벌린다. 두꺼운 카펫처럼 땅에 깔려 있는 오렌지나무 꽃잎 위에서 쌍쌍이 춤을

춘다. 오렌지 꽃향기와 더불어 기타 연주에 맞춰 부르는 구슬픈 노래의 아름다운 선율이 저 멀리 희미하게 퍼져나간다. 여러분은 이런 묘사가 『천일야화』나 동양의 요정 이야기를 모방한 것이라고 믿으시는가? 여러분은 그 여자들의 관능미와 아름다움에 대해 내가 언급하지 않은 부분을 서둘러 상상해보시라. 작열하는 태양의 열대 지방에서 태어난 그 여자들은 도금양과 월계수 그늘 아래로 낮잠을 자러 가서 나른한 몸을 살포시 기댄 채, 그런 분위기에 적응되어 있지 않은 사람을 질식시켜버리는 온갖 향기에 취해 단잠에 빠져든다.

[6] 파꾼도 끼로가는 우거진 나무가 만들어내는 응달 속으로 들어간 적이 있었다. 아마도 사자의 발톱에 걸린 다람쥐 같은 처지로 전락한 어느 가련한 도시를 어떻게 처리해야 하는지 궁구해보기 위해서였을 것이다. 그 사이 그 가련한 도시는 천진난만한 아양으로 가득 찬 계획 하나가 실행되는 것에 대해 걱정을 하고 있었다. 청순함과 아리따움이 철철 넘치는 아가씨들로 구성된 대표단이 파꾼도가 뽄초 위에 비스듬하게 누워 있는 곳으로 향했다. 가장 대담하고 열정적으로 보이는 아가씨가 앞장서 가는데, 그녀가 잠시 머뭇거리거나 멈춰 서면 뒤따라가는 아가씨들이 그녀를 앞으로 밀어붙였다. 그녀들은 모두 공포에 사로잡혀 멈춰 섰다. 수줍은 얼굴을 돌리고, 서로 용기를 북돋우고, 가던 길을 멈춰 섰다가 소심하게 다시 길을 가면서 서로를 밀고, 그렇게 해서 결국은 파꾼도 앞에 모습을 나타냈다. 파꾼도는 친절한 태도로 아가씨들을 맞이했다. 파꾼도는 아가씨들을 자기

---

6) * 이 부분은 1845년 6월 5일에 발행된 《엘쁘로그레소》 제798호에 연재되었다.

주위에 둘러앉히고 마음을 가라앉힌 뒤 마침내 그토록 기분 좋게 자기를 방문해준 이유가 무엇인지 물었다. 아가씨들은 총살형을 당하게 된 장교들의 목숨을 살려달라고 청원하기 위해 왔노라고 대답했다. 대표로 선발되어 온 겁에 질린 아가씨들 사이에서 울음소리가 들렸고, 일부 아가씨의 얼굴에는 희망의 미소가 번졌으며, 아가씨들 자신이 제안한 자비로운 목적을 달성하기 위해 여자 특유의 온갖 가녀린 유혹이 행해졌다. 파꾼도는 깊은 관심을 보이며, 빽빽하게 자란 검은 수염 사이로 흐뭇하고 만족스러운 표정을 드러냈다. 하지만 파꾼도는 아가씨들 한 명 한 명에게 돌아가며 질문을 했고, 가족 관계가 어떻게 되는지, 사는 집이 어디에 있는지 알아보는 등 재미있고 유쾌한 자잘한 것에 관해 이것저것 꼬치꼬치 캐물을 필요가 있었는데, 질문하고 대답하는 시간이 한 시간이나 지속되었고, 아가씨들은 기대와 희망을 유지했다. 마침내 파꾼도가 아주 친절한 태도로 아가씨들에게 말했다. "아가씨들은 이 총소리가 들리지 않나요?"

이제 시간이 없다! 장교들은 이미 총살을 당했다! 아가씨들이 천사의 합창단처럼 공포의 비명소리를 터뜨렸고, 매에 쫓기는 비둘기들처럼 도망쳤다. 실제로 장교들이 총살을 당했다! 하지만 어떻게 그럴 수가! 대령 이하 장교 서른두 명이 광장에 모여, 옷을 모두 벗은 상태로, 선 채로 총을 맞고 죽었다. 부에노스아이레스의 저명한 가문의 어린 아들 둘은 죽기 전에 서로 부둥켜안았는데, 한 형제는 다른 형제가 총을 맞지 않도록 몸을 감쌌다. "나는 자유다!" 살아남은 형제가 소리쳤다. "법에 의해 나는 살았어!" 가련하게도 속아 넘어간 사람! 살아남기 위해 얼마나 많은 대가를 치렀을까! 그는 신부에게 고백 성사를 할 때 입에서 반지 하나를 꺼냈다. 사람들이 훔쳐가지 않도록 입 속에 숨겨놓은 것이었는데, 그는 그 반지를 신부에게 건네면서 아름다운 약혼녀에게 전해주라고 부탁했다. 약혼녀는 반지를 받고 정신이 돌아버렸는데, 그 불쌍한 아가씨는 오늘날까지 정신이 돌아오지 않고 있다!

기병대 병사들이 각자 시체 하나씩을 맡아서 질질 끌어 공동묘지로 가져갔다. 두개골 파편들, 팔 하나, 그리고 다른 신체 기관들이 뚜꾸만의 광장에 남겨져 개들의 먹이가 되었다. 얼마나 많은 명예가 진흙탕에 끌려다녔을까? 돈 후안 마누엘 데 로사스는 산니꼴라스델로스아로요스에서 파꾼도와 같은 방식으로, 거의 같은 시각에 장교 스물여덟명을 죽이도록 했고, 그 밖에도 1백 명이 넘는 사람이 비밀리에 죽었다.[7] 차까부꼬, 마이뿌, 후닌, 아야꾸초, 이뚜사잉고! 그대들의 월계관을 쓰고 있던 모든 사람에게 그 월계관이 저주인 이유는 무엇인가!

이런 장면이 유발한 공포에 뭔가를 덧붙일 수 있다면, 그것은 바로 자식 여덟을 둔 존경스러운 아라야 대령의 운명이 될 것이다. 등에 채찍을 맞아 세 군데 상처가 있는 죄수인 그는 벌거벗은 몸으로 피를 흘리며, 여덟 정을 걸머진 채 걸어서 강제로 뚜꾸만으로 들어갔다. 그는 피로에 지쳐 쇠잔한 상태였기 때문에 어느 가정집의 침대 하나를 그에게 허용해줄 필요가 있었다. 그를 광장에서 사형하기로 한 시각에 저격병 몇이 그의 방으로 잠입해서 침대에 누워 있는 그에게 총을 발사함으로써 불타오르는 침대 시트의 불길 속에서 죽도록 해버렸다.

저명한 흑인인 바르깔라 대령은 이 살육에서 제외된 유일한 지휘관이었다. 바르깔라는 꼬르도바와 멘도사의 주인으로서, 그곳 '시민'들이 그를 우상처럼 떠받들었기 때문이다. 바르깔라는 미래를 위해 보존될 수 있었던

⁝

[7] [원편집자 주] 로사스는 산니꼴라스의 주둔지에서 시우다델라의 죄수들을 자기에게 데려오라고 요구했다. 5개월 뒤 그 죄수들은 목이 잘려 죽었다.

하나의 도구였다. 하지만 미래에 어떤 일이 일어날지는 그 누가 알겠는가?

그 다음 날 도시 전체에서 '납치'라고 불리는 작전 하나가 개시되었다. 그것은 모든 가게와 상점의 문 앞에, 가죽을 파는 노점들에, 쇠가죽 무두질 공장들에, 담배 가게들에 보초를 배치하는 것이었다. 실제적으로 모든 장소에 보초를 배치했는데, 그 이유는 뚜꾸만에는 연방주의자가 없었기 때문이다. 이런 연방주의적 기획은 끼로가의 발밑에 세 번에 걸쳐 피가 흥건하게 고인 뒤에, 그리고 오리베가 끼로가에게 이 세 번의 학살을 합쳐놓은 것보다 더 큰 학살을 허용해준 뒤에야 비로소 성장할 수 있었다.

이제 자신이 연방주의자임을 보증해주는 리본을 차고 다니는 연방주의자들이 있다고들 하는데, 그 리본에는 다음과 같은 문구가 쓰여 있었다. "야만적이고 추잡한 중앙 집권주의자들은 죽어라!"

어떻게 한순간이라도 그 사실을 의심할 수 있겠는가! 그 지방들의 모든 동산(動産)과 목장은 파꾼도의 권리에 속했다. 각각 황소 열여섯 마리를 실은 마차 250대가 지방에서 생산된 물건을 싣고 부에노스아이레스를 향해 출발하기 시작했다. 유럽산 제품들은 싸구려로 물건을 공급하는 어느 창고에 있었는데, 그 창고에서 사령관들이 싸구려 물건 장수를 하고 있었다. 그 창고에서는 모든 것을 헐값에 팔았다. 그뿐만이 아니다. 파꾼도는 셔츠, 여성용 치마, 어린이 옷을 팔았다. 파꾼도는 그것들을 펼쳐놓고 수많은 사람에게 흔들어 보이면서 사라고 권했다. "자, 반 레알,[8] 1레알, 물건이 모두 좋아요." 물건들이 팔려나가고, 장사는 성공적이었다. 일손이 부족하고, 사람들이 몰려들고, 입추의 여지가 없을 정도로 사람들이 많아 숨이 막혔다. 그런데 며칠이 지나자 손님들이 뜸해지고 있다는 것이 역력해

---

[8] '레알(real)'은 1881년까지 아르헨티나에서 통용되던 화폐인데, 1뻬소는 약 8레알에 해당했다.

지기 시작했고, 수를 놓은 손수건을 4레알에 팔아도 사는 사람이 하나도 없었다. 도대체 무슨 일이 일어난 걸까? 사람들이 파꾼도에게 물건을 산 것을 후회한 것인가? 그런 것은 전혀 아니다. 그 지역 사회에서 회전하던 돈이 바닥나버린 것이다. 한편으로는 세금을 내야 하고, 다른 한편으로는 납치 사건이 일어난 데다, 싸구려 판매가 그 지역에서 땡전 한 푼까지 쓸어 간 것이다. 만약 노름꾼들이나 장교들의 수중에 얼마간의 돈이 남아 있는 경우라도 그곳에는 사람들의 지갑을 완전히 비워버리는 도박판이 있다. 파꾼도 끼로가 장군의 집 대문간에는 돈이 가득 든 가죽 부대들이 햇빛을 받으며 열을 지어 서 있었다. 그 가죽 부대들은 밤에는 지키는 사람도 없이 그곳에 놓여 있는데도 행인들은 감히 그것에 눈길 한 번 주지 못했다.

그 도시가 약탈을 하도록 방치되었다거나 군인들이 그 막대한 약탈 행위에 참여했다고는 믿지 마시라! 그렇지 않다. 끼로가는 나중에 부에노스 아이레스에서 '동료들'의 모임에 참가해 이렇게 말했다. "나는 병사들이 도둑질하는 데 동의한 적이 결코 없어. 나는 도둑질이 비도덕적이라고 생각하거든." 파꾼도가 그 지방에 도착한 지 며칠이 지났을 때 농부 하나가 파꾼도에게 와서는 병사들이 자기 과일을 훔쳐갔다고 불평했다. 파꾼도는 병사들을 집합시켜놓고 농부의 과일을 훔쳐간 병사들을 찾아냈다. 도둑질을 한 병사들은 각각 채찍 6백 대를 맞았다. 깜짝 놀란 동네 사람 하나가 채찍을 맞는 병사들을 용서해달라고 요청했는데, 그는 똑같은 벌을 받고 싶어서 그러느냐는 위협을 받았다. 왜냐하면 그렇게 하는 것이 바로 아르헨티나의 가우초다운 행위이기 때문이다. 다시 말해 가우초들은 자신들의 까우디요들이 명령하면 사람을 죽이고, 까우디요들의 명령이 없으면 도둑질을 하지 않는다. 도대체 어떤 이유 때문에 이 남자들은 자신들의 피와 용맹성에 대한 대가로 자신들에게 아무것도 주지 않는 사람에 대항해 반역을 획책하지도 않고, 그에게 대들지도 않으며, 반란을 일으키지도 않는지 독자 여러분이 알고 싶으면, 공포를 이용해 실행할 수 있는 모든 기적에 대해 돈 후안 마누엘 데 로사스에게 물어보시라. 돈 후안 마누엘 데 로사스는 그에 대해 많은 것을 알고 있다! 초라하고 볼품없는 가우초뿐만 아니라 저명한 장군과, 화려한 것을 좋아하고 거드름을 피우는 시민에게 여러 가지 기적이 행해진다! 공포가 애국주의보다 더 큰 결과를 초래한다고 내가 독자 여러분에게 말하지 않았는가? 칠레군의 대령 출신으로, 산후안의 전임 연방주의자 지사이자 끼로가 휘하 부대의 지휘관인 돈 마누엘 그레고리오 끼로가[9]는 50만 레알에 달하는 그 약탈품이 오직 파꾼도 끼로가 장군의 것이라는 사실을 알고, 또 파꾼도 끼로가 장군이 손수건을 판 돈 몇 레알을 착복했다는 이유로 어느 지휘관의 뺨을 때렸다는 사실을 알고서 중앙 창고에 쌓여 있는 귀금속들 가운데 값이 나가는 것 몇 개를 빼내 자신의 급료로 벌충하겠다는 계획을 짰다. 그 절도 사건의 전모가 밝혀지고, 파꾼도 끼로가 장군은 절도범을 기둥에 묶어 사람들에게 보여줌으로써 창피를 주라고 명령했다. 부대가 산후안으로 돌아가자 산후안의 주지사를 지내고 현재는 파꾼도 끼로가 휘하 부대의 지휘관인 칠레군의 대령은 '송아지' 한 마리와 함께 목에 굴레가 채워진 상태로 사람들이 겨우 다닐 수 있는 거친 길을 걸어 떠났다. 송아지와 함께 떠난 대령은 까따마르까에서 숨을 거두었는데, 송아지가 산후안에 도착했는지는 알려져 있지 않다!

∙∙

9) '돈 마누엘 그레고리오 끼로가(Manuel Gregorio Quiroga del Carril, ?~?)'는 아르헨티나의 군인으로, 18세기 말에 산후안의 귀족 가문에서 태어나, 1815년에 군인이 되었다. 1827년 1월 중순부터 1828년 11월 말까지 산후안의 초대 연방주의자 지사를 역임했다. 1831년에 후안 파꾼도 끼로가 장군의 총지휘하에 라시우다델라에서 보병 대대를 지휘했고, 몇 년 뒤 산후안에서 사망했다.

최근에 파꾼도는 뚜꾸만에서 가장 명민하고 박식한 청년 로드리게스가 도망자들로부터 편지를 받은 적이 있다는 사실을 알게 되었다. 파꾼도는 로드리게스를 체포하게 해서 몸소 광장으로 끌고 가 기둥에 매달아놓고는 채찍 6백 대를 때리도록 했다. 하지만 병사들은 그 죄인의 죄에 합당한 채찍질을 할 줄 몰랐다. 그러자 끼로가가 형을 집행할 때 쓰는 굵은 채찍을 손에 쥐더니 헤라클레스처럼 강인한 팔로 채찍을 공중에 휘두르며 시범으로 50대를 때렸다. 채찍질이 끝나자 파꾼도는 몸소 소금물 통을 가져와 채찍을 맞은 사람의 엉덩이를 소금물로 문지르고, 너덜거리는 살점들을 떼어낸 뒤, 살점이 떨어져 나감으로써 생긴 홈에 주먹을 집어넣어 후볐다. 자기 집으로 돌아온 파꾼도는 전달 과정에서 압수된 편지들을 읽었다. 그 편지들에서 파꾼도는 남편이 부인에게 지시하는 임무, 상인들의 약속어음들, 부인에게 남편 걱정은 하지 말라고 부탁하는 말 등을 발견했다. 하지만 정치와 관련된 단어는 하나도 없었다. 그 뒤 파꾼도가 정치에 관심을 갖고 있었을 젊은이 로드리게스에 관해 묻자 사람들은 그 젊은이가 죽어가고 있다고 말해주었다. 파꾼도는 이내 도박을 시작해 수천 레알을 벌었다. 돈 프란시스꼬 레또와 돈 N. 루고네스가 자신들이 보고 겪은 그 공포에 관해 입 속으로 뭐라 중얼거린 적이 있었다. 두 사람은 각각 채찍 3백 대를 맞았고, '완전히' 벌거벗은 몸으로 두 손을 머리 위로 올린 채 궁둥이에서는 피가 줄줄 흐리는 상태로 도시를 가로질러 각자의 집으로 돌아가라는 명령을 받았다. 무장한 병사들은 명령이 정확하게 수행되도록 지켜보면서 거리를 두고 두 사람을 뒤따라갔다. 독자 여러분은 비행(非行)이 추앙받을 때, 혹은 사람을 죽이는 백정 같은 인간들에 대항해 호소할 사람이 이 지구상에서 단 한 명도 없을 때, 인간의 본성이 어떻게 발현되는지 알고 싶은가? 심술궂은 성격을 지닌 돈 N. 루고네스가 체형(體刑)을 받은 자기 동료에게 몸을 돌려 아주 차분하게 말했다. "이봐 친구, 우리 함께 담배나 피우게 내게 그 담뱃갑 좀 주시게!" 마침내 뚜꾸만에 이질(痢疾)이 퍼졌다. 의사들은 그 병이 정신적인 이유로, 공포로 인해 발병하는 것이기 때문에 치료법이 없다고 확실하게 말했는데, 아르헨티나 공화국에서는 아직까지 치료법이 발견되지 않고 있다. 파꾼도가 어느 날 어느 집에 나타나서 호두를 가지고 노는 한 무리의 어린아이에게 엄마에 관해 물었다. 꼬맹이들 가운데 파꾼도를 가장 유심히 살펴보던 아이 하나가 엄마가 없다고 대답했다. "내가 여기 왔다 갔노라고 엄마께 말씀드려라.""그런데 아저씨는 누구세요?""나는 파꾼도 끼로가다……." 아이는 그 이름을 듣자 정신이 돌아버렸는데, 지난 해에야 비로소 정신을 약간 차린다는 징후가 나타나기 시작했다. 다른 아이들은 소리를 질러대며 울기 시작했고, 어느 아이는 나무로 올라갔고, 또 어느 아이는 담을 뛰어넘다가 심하게 떨어지고……. 그런데 파꾼도 끼로가는 이 아주머니에게 무슨 볼 일이 있었던 것일까?…… 그녀는 아름다운 과부로, 파꾼도의 눈에 들었기 때문에 파꾼도가 그녀를 자기 여자로 삼으려고 찾아왔던 것이다! 왜냐하면 뚜꾸만에서는 큐피드[10]나 사티로스[11]가 게으름을 피우지 않았기 때문이다. 파꾼도 끼로가는 어느 아가씨가 마음에 들자 그녀에게 말을 걸고, 그녀를 산후안으로 데려가겠다고 제의했다. 독자

---

10) '큐피드(Cupid)'는 로마 신화에 등장하는 사랑의 신이다. 그리스 신화에서는 '에로스(Eros)'라고도 한다.
11) '사티로스(Satyros)'는 로마의 '파우누스(Faunus)'와 동일시되는 농경의 신이다. 몸과 팔과 얼굴이 인간이며 하반신은 염소인 괴물이다. 머리에는 두 개의 뿔과 뾰족한 귀가 달려 있고, 메부리 코 아저씨 같은 얼굴을 하고 있다. 그리스 신화의 사티로스는 술의 신 디오니소스를 수행하는 반신반인(半身半人)이며, 여자와 술을 좋아한다고 한다. 음악도 좋아해서 항상 '참(Charm: 매력)'의 마법과 함께 움직이는 악기를 가지고 다닌다. 로마에서는 사티로스가 '파우누스'나 '판(Pan)' 등으로 불렸다. 사티로스가 여자를 너무 좋아했기 때문에 사티로스로부터 '호색의(Satyric)'라는 형용사가 나왔다.

여러분은 어느 호랑이의 이런 수치스러운 제의에 어느 가련한 아가씨가 어떻게 대답했을지 상상해보시라. 아가씨는 얼굴을 붉히고 말을 더듬거리며 그렇게 할 수 없다고 대답했다……. 그러니까 그녀의 아버지가……. 파꾼도는 그녀의 아버지를 찾아갔다. 괴로운 아버지는 공포를 숨긴 채, 혹 나중에 자기 딸이 버림을 받게 된다면 누가 보살피겠느냐며 반대했다. 파꾼도 끼로가는 아가씨의 아버지가 반대하는 이유를 다 충족시켜주겠노라 했고, 그 불행한 아버지는 시중에 떠도는 소문에 대해서는 잘 알지 못한 채, 그리고 그 혐오스러운 인신매매를 근절시키겠다고 확신하고서, 문서 하나를 만들어 서로 서명하자고 파꾼도 끼로가에게 제안했다……. 파꾼도 끼로가는 먼저 펜을 집어 아가씨의 아버지가 요구한 문서에 서명하고 나서 아가씨의 아버지가 협정에 서명하도록 문서와 펜을 건넸다. 그런데 아가씨의 아버지는 역시 아버지였고, 부성을 지닌 아버지로서 이렇게 말했다. "서명하지 않을 테니, 날 죽이시오!" "에헤! 이런 더러운 영감탱이!" 끼로가는 이렇게 대꾸하고 분노에 사로잡혀 그 집을 떠났다…….

그곳에서 '국민들이 따르겠다고 맹세한 대의(大義)'를 옹호하는 사람으로 불리는 파꾼도 끼로가는 야만적이고, 탐욕스럽고, 음탕한 사람으로, 아무런 거리낌 없이 자신의 욕심을 채웠다. 하지만 파꾼도 끼로가의 후계자[12]는 사람들을 착취하지도 않았는데, 이는 사실이다. 그는 여자들의 정조를 유린하지도 않았으며, 하나의 욕망, 하나의 필요성, 즉 '인간의 피'에 대한 갈증과 폭정에 대한 갈증만을 지니고 있다. 반면에 그 후계자는 자기에게 냉담한 사람들의 요구를 충족시켜주는 말과 방식이 무엇인지 알고 있다. 그런 말은 바로 '야만스러운' 자들, '피에 굶주린' 인간들, '부정한' 자들, '추잡한'

---

[12] '파꾼도 끼로가의 후계자'는 바로 후안 마누엘 데 로사스다.

중앙 집권주의자들 등이다. 더 구체적으로 '피에 굶주린' 아브란떼스의 공작,13) 브라질의 '부정한' 각료, 연방!, 아메리카적 '감정!', 프랑스의 더러운 황금, 영국의 간악한 의도, 유럽 '정복!', 이런 단어들은 19세기에 일어난 가장 소름 끼치고 가장 긴 범죄를 은폐하기에 충분한 것이다. 로사스! 로사스! 로사스! 나는 그대의 강력한 지성 앞에서 무릎을 꿇고 스스로를 낮추겠다! 그대는 라쁠라따 강처럼, 안데스 산맥처럼 위대하다! 인류가, 인류의 자유가, 인류의 학문이, 인류의 자만심이 얼마나 경멸할 만한 것인지는 당신만이 이해했어! 그 모든 것을 짓밟아버려라! 문명화된 모든 나라는 그대가 철면피가 되어갈수록 그대를 존경할 것이다! 그 모든 것을 짓밟아버려라! 그대에게는 그대가 던져주는 빵 부스러기를 집어먹고 전쟁터에서 피를 흘리거나 아메리카의 모든 나라의 수도에서 그대의 빨간색 표시를 가슴에 달고 자랑하게 될 그 충성스러운 개들이 필요하게 될 것이다!

*14) 뚜꾸만, 살따, 후후이에서는 끼로가의 침략에 의해 산업 발전과 진보를 위한 거대한 운동이 중지되거나 약화되었는데, 이 운동은 우리가 앞서 언급한 멘도사에서 일어난 운동에 비해 작지 않은 것이었다. 파꾼도

∵

13) '아브란떼스의 공작(Jean-Andoche Junot, duque de Abrantes, 1771~1813)'은 '폭풍우'라는 별명으로 유명한 군인이다. 에스파냐에서 태어나 프랑스에서 사망했다. 아브란떼스 공작의 직위는 원래 에스파냐의 펠리뻬 4세가 1642년에 포르투갈의 주앙(Juan) 2세의 증손자인 알퐁소 데 랑까스떼르 이 랑까스떼르(Alfonso de Láncaster y Láncaster)에게 내린 칭호로, 계속해서 다른 사람들에게 이어져왔다.
14) * [원편집자 주] 보충된 이 부분은 신문 《엘쁘로그레소》의 형식상의 변화에 따라 추가되었다. 6월 21일자 813호에 실렸다. 4단으로 편집된 2쪽 분량이다. 이 2쪽을 보충함으로써 연재 소설 『파꾼도』의 집필이 완료되었다.

가 몇 번 구속시킨 꼴롬브레스 박사는 사탕수수 농법을 도입하고 장려했다. 그 지역의 기후가 사탕수수 재배에 아주 적합했는데, 꼴롬브레스 박사는 대규모 제당 공장 열 군데가 작동하게 되기까지 자신의 작업에 만족하지 않았다. 꼴롬브레스 박사는 쿠바의 아바나로부터 공장 설비를 들여오고, 브라질의 제당 공장에 사람을 보내 설탕 제조 공정과 기계 다루는 기술을 배워오도록 했다. 그렇게 해서 당밀을 추출했는데, 모두 열심히 작업해 성공을 거두었을 때 파꾼도가 말 떼를 몰고 가 사탕수수밭을 짓밟았고, 제당 공장 상당수를 파괴해버렸다. 농업계는 이제 자신들의 작업 성과를 발표하고, 다양한 색소를 얻기 위해 쪽[藍][15]과 선인장[16]을 재배할 준비를 했다. 양모를 짜고 모직물을 축융(縮絨)[17]하는 기계와 기술자, 카펫을 만들고 모로코 가죽을 무두질하기 위한 짚 매트리스를 유럽과 북아메리카로부터 살따에 도입했다. 이 모든 작업은 만족할 만한 결과를 가져왔다. 하지만 그 지방 사람들이 가장 깊은 관심을 가지고 있기 때문에 그들을 가장 걱정스럽게 만들고 있는 것은, 상업의 대동맥인 베르메호 강을 통해 항해하는 문제다. 베르메호 강은 이들 지방을 처음부터 끝까지 통과해 빠라나 강과 합쳐지고, 그 열대의 나라가 사방에 퍼뜨린 엄청난 부에 출구를 열어준다. 그 아름다운 지방들의 미래는 강을 통한 상업의 활성화에 달려 있다. 내륙의 가난하고 인구가 적은 도시들은 발전을 가로막는 가벼운 장애

∴
15) '쪽'은 마디풀과의 한해살이 풀이다. 높이는 50~60센티미터이며, 잎은 염료로 쓴다. 중국, 인도차이나가 원산지로 아시아, 유럽에 분포한다.
16) 중남미 사막의 선인장에 기생하는 곤충인 깍지벌레의 암컷에서 뽑아 정제하면 붉은 색소가 만들어지는데, 이 색소를 카민 또는 양홍(洋紅)이라 한다.
17) '축융'이란 비누 용액과 알칼리 용액을 섞은 것에 서로 겹쳐진 양모를 적셔 열이나 압력을 가하고 마찰한 뒤에, 털을 서로 엉키게 해서 조직을 조밀하게 만드는 모직물 가공의 한 공정으로, 모포, 플란넬 따위의 방모 직물에 쓴다.

물들을 수완 좋은 정부의 후원을 받아 제거할 수 있게 된다면 10년 이내에 문명과 부의 핵심으로 바뀔 수 있을 것이다. 이런 꿈은 실현 가능성은 있지만 멀리 떨어져 있는 어느 미래의 망상이 아니다. 정말 아니다. 북아메리카에서 미시시피 강과 그 강 지천들의 유역은 10년 이내에 인구가 많은 도시 수백 개뿐만 아니라 합중국의 일부로 편입된 새로운 주들로 뒤덮였다. 미시시피 강은 빠라나 강보다 더 유리한 조건을 지니고 있는 강이 아니다. 오하이오의 강도, 일리노이스의 강도, 또는 알칸사스의 강도 뻴꼬마요 강, 베르메호 강, 빠라구아이 강, 그리고 그 지방이 나중에 아르헨티나 합중국의 새로운 국민들이 가야 할 길을 우리에게 가르쳐주기 위해 우리 사이에 놓았던 수많은 거대한 강 유역보다 더 비옥하지 않고, 지방들이 더 광대하지도 않다. 리바다비아는 자신의 책상보에 강들의 내륙 수로를 그려놓아 둘 정도로 중요하게 다루었다. 살따와 부에노스아이레스에서는 50만 뻬소의 경비를 출자해 거대한 협회 하나가 만들어졌고, 저명한 솔라는 여행을 하고 강의 지도를 출판했다. 1825년부터 1845년까지 참으로 많은 세월을 허송했다! 하느님께서 빰빠의 그 괴물[18]을 죽일 때까지 얼마나 많은 시간이 걸리게 될까! 로사스는 강을 자유롭게 통행하는 것을 아주 집요하게 반대하고, 유럽의 침입에 대한 두려움을 표출하고, 내륙 지방의 도시들에 대한 반감을 드러내고, 그 도시들이 자체의 힘으로 유지되도록 방치했다. 그럼으로써 외국인들을 반대하는 귀족적인 편견에 단순하게 빠지지도 않고, 그 나라 전체의 문명과 부를 발전시키는 데 관심을 두지도 않은 채, 자신들의 항구가 내륙 지방의 산물을 실은 배들로 가득 차고, 그들의 세관이 물건들로 가득 차도록 하기 위해 항구와 공화국의 세관 본부를 소유한 부

---

18) '빰빠의 그 괴물' 바로 후안 마누엘 데 로사스를 가리킨다.

에노스아이레스의 무식쟁이들의 제안을 단순히 수용하지도 않았다. 로사스는 물을 공포 어린 시선으로 바라보고, 배들을 경멸하고, 한곳에서 다른 곳으로 옮기기 위해 좋은 말 한 마리를 타는 것보다 더 큰 행운도 행복도 알지 못하는 자신들, 즉 빰빠 가우초의 본능을 주로 따랐다. 로사스에게 뽕나무, 설탕, 쪽[藍], 강 항해, 유럽인의 유입이나, 혹은 자신이 성장했던 그 좁은 사상계(思想界)로부터 빠져나오는 것이 뭐 그리 중요하겠는가? 만약 과거의 중앙 집권주의자들에 의해 아주 강력하게 시작되었지만, 그런데도 아주 풍요로운 씨앗들을 남긴 그 산업 운동, 문명화 운동이 계속되었더라면 살따, 후후이, 뚜꾸만, 산따페, 꼬리엔떼스, 엔뜨레리오스는 오늘날 다른 수많은 부에노스아이레스가 되었을 것이다. 뚜꾸만은 거대한 제당 공장과 양조장을 가지고 있기 때문에, 이들 생산품이 적은 운임으로 해안까지 운송되어 화물 마차를 통해 은혜도 모르고 재치도 솜씨도 없는 부에노스아이레스에 옮겨질 수 있다면 뚜꾸만은 부유해질 수 있을 것이다. 그러나 빨간색 표시를 한 그 가우초[19]에 의해 주도된 그 야만적인 운동이 오늘날 부에노스아이레스에서 뚜꾸만으로 오고 있다. 하지만 나쁜 일이 영원히 지속되지는 않는 법이다. 거주 이전의 자유가 전혀 허용되지 않고 유능하고 지적인 사람들을 모두 빼앗긴 가난한 사람들이 어느 날 두 눈을 뜨게 될 것이다. 유능하고 지적인 사람들은, 오늘날 정체되어 있고 가난해져 있고 황폐해진 이 지방들에게 자연의 섭리에 따라 몇 년 안에 번영된 미래를 실현시켜주는 작업을 수행할 수 있을 것이다. 왜 그들은 사방에서 박해를 당했는가? 더 정확히 말해 왜 그들은 자신들의 시간을 다양한 사회적

---

19) 이 책의 앞부분에 나와 있는 "파꾼도 끼로가가 지휘하고 로사스가 이용한 반동(反動)은 빨간색 띠 하나에 상징되어 있"다는 표현을 상기해보면, '빨간색 표시를 한 그 가우초'는 바로 후안 마누엘 데 로사스를 가리킨다.

문제를 개선하기 위해 쓰던 활기차고 진취적인 연방주의자가 아니라 '야만적인' 중앙 집권주의자들이었을까? 이 연방주의자는 공공 교육을 활성화하는 데 자신의 시간을 쓰고, 저 연방주의자는 뽕나무 재배법을, 또 다른 연방주의자는 사탕수수 재배법을 도입하는 데 자신의 시간을 쓰고, 또 다른 연방주의자는 거대한 강의 뱃길을 개척하는 데 자신의 시간을 쓴다. 이들은 모두 국가의 이익만을 추구하고, 자신의 동료 시민들에게 봉사함으로써 만족하고 기뻐하는 것 말고는 다른 보상도 없이 스스로 헌신한다. 왜 이런 운동과 이런 관심과 배려가 중단되었는가? 과거에는 비록 미약했을망정 아르헨티나 공화국에서 빛을 발휘하던 유럽 문명의 정신이 다시금 발현되는 것을 우리가 보지 못하는 이유는 무엇인가? 오늘날의 '중앙 집권주의' 정부가, 리바다비아조차도 결코 시도해본 적이 없듯이, 어느 은혜로운 땅에 다른 사람의 손을 타지 않은 채 보존되어 있는 무궁무진한 자원을 조사하는 데 눈길 한 번 주지 않은 이유는 무엇인가? 부모를 죽이고 많은 것을 말살하는 전쟁에 열렬히 참여하는 수백만 명의 20분의 1에 해당하는 사람이 공공 교육을 활성화하고 공공의 행복을 증진시키는 데 헌신하지 않은 이유는 무엇인가? 자신들을 희생하고 고생시킨 사람들에 대한 대가로 무엇을 주었는가? 빨간색 헝겊 한 장이다. 이것이 바로 15년 동안 정부가 보인 관심과 배려의 크기다. 이것이 바로 국가 경영의 유일한 수단이다. 주인과 종이 만나는 유일한 지점이다. 그것은 바로 목장에 표시를 하는 것이다!

제13장
바랑까야꼬!

> 알바니아를 아주 오랫동안 불태운 화재는 이제 꺼졌다. 빨간 피는 모두 깨끗하게 치워졌으며, 우리 자식들의 눈물도 닦였다. 이제 우리는 동맹과 우정으로 서로 연대한다.
> — 콜든, 「여섯 나라의 역사」

시우다델라의 승리자[1]는 중앙 집권주의 체제를 지탱하던 사람들을 공화국 경계 밖으로 내몰았다. 대포의 심지는 꺼져 있고, 말발굽 소리가 빰빠의 적막을 깨버렸다. 파꾼도 끼로가는 산후안으로 돌아와 자신의 부대를 해산시켰다. 물론 뚜꾸만 시민들에게 폭력을 행사해 착취한 것들은 현금으로 바꾸어놓았다. 그곳에서 파꾼도가 할 일이 뭐가 더 있는가? 예전에는 공화국에서 영원한 소요와 전쟁의 상태가 정상적인 상황이었다면, 이제는 평화가 정상적인 상황이다.

파꾼도 끼로가가 행한 여러 차례의 정복 때문에 지방에서는 독립에 대한 감정이며, 행정에서의 모든 규칙성이 완전히 파괴되어버렸다. 파꾼도 끼로가라는 이름이 법의 빈 곳을 채웠고, 자유와 도시의 정신은 더 이상

---

[1] '시우다델라의 승리자'는 파꾼도 끼로가다. 그는 1831년 11월 4일, 뚜꾸만의 시우다델라에서 라 마드리드 장군을 격퇴했다.

존재하지 않게 되었으며, 지방의 까우디요들은 공화국의 일정 부분을 차지하기 위해 하나로 모였다. 후후이, 살따, 뚜꾸만, 까따마르까, 라리오하, 산후안, 멘도사, 산루이스는 파꾼도 끼로가의 영향력 아래서 움직인다기보다는 차라리 쉬고 있었다. 그에 관해서는 모든 것을 한꺼번에 이야기하겠다. 즉 연방주의는 중앙 집권주의자들과 함께 사라져버렸고, 더 온전한 중앙 집권적 융합이 공화국의 내륙 지방에서 정복자 개인에 의해 막 작동되었다. 그래서 리바다비아가 공화국에 부여하고자 했고 투쟁을 유발하던 중앙 집권적인 기구는 내륙 지방으로부터 실현되고 있었다. 우리가 이런 사실에 대해 의구심을 갖지 않으려면, 이미 자발성을 완전히 상실해버려 현재는 한 까우디요에 의해 좌우되는 도시들의 연방이 존재할 수 있다는 사실을 받아들이면 된다. 하지만 흔히 사용하는 말을 잘못 적용했음에도 불구하고 사실들은 너무 명확해서 의심할 여지가 전혀 없다. 파꾼도 끼로가는 뚜꾸만에서 연방의 꿈에 관해 경멸적으로 말했다. 파꾼도는 자기 친구들에게 자신들이 어느 지방 사람을 공화국의 대통령으로 선택하자고 제안했다. 파꾼도는 대통령 후보로 산루이스의 전임 주지사이자 자기 친구이고 비서인 돈 호세 산또스 오르띠스[2] 박사를 지명했다. "그는 나처럼 무식한 가우초가 아니지. 박사인 데다 진실하고 훌륭한 사람이야." 그리고 다음과 같이 덧붙였다. "무엇보다도 그는 자기 적들을 공정하게 다룰 줄 아는 사람으로, 아주 신뢰할 만한지."

파꾼도는 중앙 집권주의자들을 격퇴하고 박사들을 분산시킨 뒤에 자신이 투쟁에 돌입하기 전에 가졌던 첫 번째 생각과, 대통령직에 대한 자신의

∴

[2] '호세 산또스 오르띠스(José Santos Ortiz, 1784~1835)'는 아르헨티나의 목장주, 군인, 정치가, 주지사로, 까우디요 파꾼도 끼로가의 비서였는데, 파꾼도 끼로가에 의해 살해당했다.

결정, 그리고 공화국의 여러 사업에 질서를 부여할 필요성을 자신이 인지한 사실 등을 회고해보았다. 그런데도 파꾼도는 갑자기 어떤 의구심에 사로잡혔다. 누군가 파꾼도에게 말했다. "장군님, 이제 국가는 연방주의 체제로 이루어질 것입니다. 중앙 집권주의자들은 그림자도 남아 있지 않다고요." "흠!" 파꾼도가 고개를 가로저으면서 대답했다. "'두드려야 할 옷'이 아직 남아 있어."[3] 그러고서 파꾼도는 의미심장한 표정을 지으며 다음과 같이 덧붙였다. "저 아래[4] 친구들은 헌법을 원하지 않아." 파꾼도는 이 말을 뚜꾸만에서부터 생각하고 있었다. 각종 서신, 그리고 꼬르도바에서 소득도 없는 전투를 지휘했던 사령관들의 승진에 관한 기사가 실린 신문들이 부에노스아이레스로부터 도착했다. 파꾼도 끼로가가 우이도브로 장군에게 말했다. "보시게, 우리가 이 모든 것을 이루어냈기 때문에 내 장교들에게 상을 주기 위해서는 그 친구들이 내게 백지사령장(白紙辭令狀) 두 개를 보내야 했는데 보내지 않았어. 뭔가를 얻으려면 그 장교들이 뽀르떼뇨[5]가 되어야 했어!" 파꾼도 끼로가는 로뻬스가 아라비아산 말을 갖고 있으면서도 말을 자기에게 보내지 않는다는 사실을 알게 되었다. 그는 그 소식을 들었을 때 화를 냈다. "암소 도둑 가우초!" 그러고서 큰소리로 말했다. "너 같은 놈은 소를 타는 즐거움에 대한 대가를 호되게 치러야 할 거야!" 끼로가의 위협과 욕설이 계속되자 우이도브로와 다른 지휘관들은 끼로가가 공공연하게 저지르는 경솔한 짓에 경계를 하고 있었다.

 파꾼도 끼로가가 비밀스럽게 품고 있는 생각은 무엇일까? 그때부터 어

⁂

3) [원편집자 주] "'두드려야 할 옷'이 아직 남아 있다"는 말은 서민들이 옷을 방망이로 두드려서 빠는 방식에서 차용한 속담이다. 다시 말하면 아직 해결해야 할 문제가 많이 남아 있다는 의미다.
4) [원편집자 주] '아랫'지방은 부에노스아이레스 등이고, '윗'지방은 뚜꾸만 등을 가리킨다.
5) '뽀르떼뇨(porteño)' 부에노스아이레스 사람을 가리킨다.

떤 사상이 끼로가의 마음을 사로잡았을까? 끼로가는 그 어떤 지방의 주지사도 지내지 않았고, 무장한 군대를 유지하고 있지도 않았다. 파꾼도 끼로가에게는 여덟 곳의 지방에서 악명이 자자하고, 공포를 유발하는 자신의 이름과 무기만이 남아 있었다. 끼로가는 자신이 정복하고 다닌 여덟 개의 도시에서 수집한 총, 칼, 창을 라리오하를 통과면서 숲 속에 숨겨두었다. 무기는 1만 2천 점이 넘었다. 그는 라리오하 시내에 대포 스물여섯 문을 보관한 병기창 하나를 두고 있었는데, 그곳에는 탄약과 병사들이 사용하는 가죽 제품, 탄약통 등 전리품이 풍부하게 보관된 창고들이 있었다. 1만 6천 필의 말이 협곡으로 둘러싸인 우아꼬 계곡에서 풀을 뜯고 있었다. 더욱이 라리오하는 끼로가의 권력의 요람이자, 그의 영향 아래 있는 여러 지방의 중심 지역이었다. 그 병기창은 최소한 장정 1만 2천 명을 무장시킬 수 있는 장비를 갖추고 있었다. 숲 속에 무기를 감춰두었다는 이야기가 시적(詩的)인 허구라고는 생각하지 마시라. 1841년까지 무기 저장소들이 발견되었고, 비록 근거는 없다 할지라도 당시 땅속에 묻어놓은 모든 무기가 발굴되지는 않았다고 여전히 믿어지고 있다. 1830년에 마드리드 장군은 끼로가가 소유하고 있던 3만 뻬소의 가치를 지닌 보물을 차지했고, 시간이 많이 흐른 뒤에 1만 5천 뻬소의 가치를 지닌 보물 하나가 적발되었다. 나중에 파꾼도 끼로가는 마드리드 장군에게 편지를 써서 3만 9천 뻬소를 맡아달라고 부탁했는데, 끼로가가 밝힌 바에 따르면 그 돈은 끼로가가 두 군데에 매장해놓은 것이었다. 물론 온까띠보 전투가 일어나기 전부터 파꾼도 끼로가가 라리오하의 다른 곳에도 돈을 묻어놓았다는 것은 의심할 여지가 없다. 당시 끼로가는 전쟁에 쓸 돈을 시민들에게서 강탈하기 위해 수많은 시민을 죽이고 고문했다. 파꾼도 끼로가가 땅속에 묻은 돈의 정확한 액수에 관해 마드리드 장군은 나중에 끼로가가 인정한 액수가 정확할 것이라고 생각했다. 왜냐하면 그 돈을 찾으려던 사람이 투옥되어 풀려나는 대가로 1만 뻬소를 제의했지만 결국 자유를 찾지도 못하고 목이 잘려 목숨을 잃은 일이 있었기 때문이다. 이런 사건은 예증으로서 너무나 확실하기 때문에 내가 새삼스럽게 언급할 필요가 없다.

내륙 지방에는 지배자가 있었다. 온까띠보 전투에서 패배한 사람[6]은 부에노스아이레스에서 죄수 몇 백 명을 맡은 것 말고는 다른 부대들을 맡지 못한 상태였기 때문에, 이제 자신이 권력 면에서 첫째가 아니라 둘째라는 사실을 깨달을 수 있었다. 공화국이 둘로 갈라지는 것을 더욱더 현명하게 처리하기 위해 라쁠라따 강 연안 지방들이 협정 또는 동맹 관계를 체결했는데, 각 지방은 그런 협정이나 동맹 관계를 통해 상호 간에 독립과 자유를 보장했다. 봉건주의적 연방주의는 자신들이 통치하던 사람들로부터 탄생한 지배자들인 산따페의 로뻬스, 페레,[7] 로사스라는 인물에게 강력하게 존재하고 있다. 왜냐하면 로사스가 이미 공적인 사업에 심판관으로서 영향력을 행사하기 시작했기 때문이다. 로사스는 라바예를 격퇴함으로써 부에노스아이레스 주 정부의 부름을 받아서 이전의 다른 사람들과 마찬가지로 1832년까지 부에노스아이레스를 정확하고 조직적으로 통치했다. 나는 사실 하나를 생략하지 않고 기술하겠다. 그것은 언급할 필요가 있는 선례이기 때문이다. 로사스는 처음부터 자신에게 '특별한 권한'을 달라고 요구했다. 나는 그 도시에 있던 로사스의 동지들이 로사스의 의도에 저항했다는 내용을 자세하게 소개할 수는 없다. 그런데도 로사스는 꼬르도바에서

⁂

6) 파꾼도 끼로가는 1830년 2월 25일에 온까띠보에서 빠스 장군에게 패배했다. 이로 인해 지방 주 정부들의 연합이 끝났다.
7) '페레(Pedro Ferré, 1788~1867)'는 아르헨티나의 군인, 정치가로, 고향 꼬리엔떼스의 주지사를 네 차례 역임했다.

전투가 벌어지고 있는 동안 그들에게 간청하고 그들을 유혹함으로써 '특별한 권한'을 부여받을 수 있었다. 꼬르도바 전투가 종결되자 사람들은 로사스더러 무한 권력을 내놓으라고 다시 요구하기 시작했다. 부에노스아이레스 시민들은 당시에 정치가들을 갈라놓는 정당의 이념이 무엇이든 간에 어떻게 절대 권력을 지닌 정부가 존재할 수 있는지 이해하지 못했다. 그런데도 로사스는 부드럽고 교묘하게 저항했다. 로사스가 말했다. "내가 단순히 정당의 이념을 이용하기 위해서가 아니라 ― 내 비서인 가르시아 수니가 말했다시피 ― 학교에서 학생들이 학칙을 따르도록 회초리를 들고 있는 교사처럼 할 필요가 있기 때문이다." 로사스는 이 비유가 나무랄 데 없이 적절하다고 생각하고서 끊임없이 반복해서 말했다. 시민들은 어린이였고, 주지사는 남자이고, 선생님이었다. 그런데도 그 전임 주지사는 일반 시민들과 혼돈될 만큼 추락하지는 않았다. 그가 수년 동안의 인고와 행동을 통해 수행해온 작업이 막 종결될 시점에 있었다. 그는 자신이 지휘권을 행사한 법적 기간 동안 시우다델라의 모든 비밀을 엿볼 수 있었다. 그는 자신이 살아온 길과 자신이 강화하지 못한 약점에 대해 잘 알고 있었는데, 만약 그가 주 정부에서 퇴임하게 된다면 그것은 그가 그 어떤 헌법적인 제약도 받지 않고, 차꼬가 채워지지도 않고, 책임을 지지도 않은 채, 외부에서 습격을 함으로써 권력을 쟁취하도록 하기 위해서일 뿐이었다. 로사스는 지휘봉을 놓았으나 나중에 검을 들고 오기 위해 검으로 무장했다. 그리고 이것들을 놔두고 도끼와 옛 로마 황제들의 표장(標章)인 지팡이를 집어 들었다. 그가 스스로 지배자라 부르는[8] 계기가 되었던 어느 강력한 원정은,

---

[8] [원편집자 주] 로사스는 인디오들을 격파하기 위해 벌인 이른바 어느 '사막 원정(expedición al desierto)'에서 자신을 '대장(Jefe)'이라고 칭했다.

그가 자신의 정부에서 재직하던 말기에 야만인들의 빈번한 침입의 무대였던 그 지방의 경계를 남쪽으로 넓히고 강화하기 위해 스스로 조직한 것이었다. 광범위한 계획 아래 총추격을 해야 했다. 세 개의 사단으로 구성된 군대 하나가 부에노스아이레스에서부터 멘도사까지 4백 레구아 정도 떨어진 어느 전선에서 작전을 개시할 것이다. 끼로가는 내륙의 군대를 보내야 했고, 로사스는 자신이 지휘하는 사단과 더불어 대서양 해안을 따라갈 것이다. 군의 원정 계획이 워낙 거대하고 유용했기 때문에 평범한 사람들의 눈에는 아주 두꺼운 베일 속에서 위장되어 있던 극히 정치적인 생각이 보이지 않았다. 실제로 거대한 강 하나를 인디오들과의 경계로 채택하고, 사슬처럼 연결된 요새들을 이용해 공화국을 보호하면서 공화국의 경계를 남쪽으로 확실하게 정하는 것보다 더 멋진 것이 무엇이 있겠는가? 이것은 실행이 결코 불가능하지 않은 의도로서, 끄루스[9]가 꼰셉시온[10]에서부터 부에노스아이레스까지 여행하는 과정에서 찬란하게 발전된 것이다. 하지만 로사스는 공화국의 복지에만 몰두하는 그 계획에 개입하고 싶은 생각이 거의 없었다. 로사스의 군대는 리오꼴로라도까지 행군했다. 천천히 행군하면서 자신들이 지나가는 지방의 지형, 기후, 그리고 그 밖의 환경 등을 관찰했다. 인디오들의 오두막 몇 개를 부숴버렸고, 인디오 몇을 포로로 잡았다. 그 대장정의 결과는 이 정도로 제한되었고, 결국 국경은 예전처럼, 현재와 마찬가지로 무방비 상태로 남게 되었다. 한편 멘도사와 산루이스의 사단들은 로사스의 사단보다 훨씬 덜 행복한 결과를 거두고 남부의 사

---

9) [원편집자 주] '끄루스(Luis de la Cruz, 1768~1828)'는 칠레의 군인, 탐험가로, 대서양으로 통하는 길을 열기 위해 1806년에 아르헨티나를 방문했다. 끄루스의 여행에 관한 사항은 사르미엔또가 언급한 책에 실려 있다.
10) '꼰셉시온(Concepción)은 칠레 남부의 도시로, 농산물의 집산지다.

막 지대를 침략한 뒤에 별 소득 없이 회군했다. 로사스는 처음으로 알제리 또는 일본 국기와 모든 면에서 유사한 자신의 붉은 깃발을 내걸었고, 자신에게 '사막의 영웅'이라는 칭호를 붙였다. 이 별명은 그가 바로 그 법의 토대를 흔들어버릴 생각을 지니고 있었음에도 불구하고, 그가 이미 획득한 '법의 빛나는 복구자'[11]라는 별명에 대한 확증이었다.[12]

∴

11) '법의 빛나는 복구자'의 원어는 'Ilustre Restaurador de las Leyes'다.
12) [원편집자 주] 부에노스아이레스 남부의 에스딴시에로(대농장인 '에스딴시아' 소유주)들은 나중에 내게 그 원정이 거친 야만인들을 멀리 내쫓고 수많은 인디오 부족을 복종시킴으로써 국경을 확고하게 설정했다고 확인했는데, 인디오 부족들은 남부의 에스딴시에로들의 침범으로부터 그 지역 에스딴시아들을 보호하는 장벽 역할을 해왔고, 이런 이점과 더불어 마을은 남쪽으로 확장될 수 있었다. 지리학 역시 당시까지 모르고 있던 영토를 발견하고 많은 의구심을 해소하면서 중요한 정복을 몇 차례 행하는 데 이용되었다. 빠체꼬(Ángel Pacheco, 1793~1869) 장군은 리오네그로(Río Negro)를 발견했는데, 그곳에서 로사스는 초엘레첼(Choelechel) 섬을 할당했고, 멘도사의 사단은 우레 라우껜(Lauquenes) 석호로 빠지는 리오살라도(Río Salado) 전체를 탐사하고 밝혀냈다. 하지만 영리한 어느 정부는 부에노스아이레스 남부의 경계를 이제부터 영원히 확실하게 결정해버릴 것이다. 리오꼴로라도(Río Colorado)는 끄루스 장군이 강을 건넜던 꼰셉시온으로부터 40레구아 정도 떨어져 있는 꼬부세부(Cobu-Sebu)의 약간 아래쪽에서부터 배를 타고 갈 수 있는 곳으로, 안데스 산맥에서부터 대서양까지 인디오들이 쉽게 통과할 수 없는 경계를 이룬다. 그렇듯 부에노스아이레스 주는 구아미니(Guaminí) 시내가 흘러드는 엘몬떼(El Monte) 석호에 세워진 요새가 주 경계를 이루고, 부에노스아이레스의 남쪽에 있는 살리나스(Salinas) 석호와 인접한 다른 요새, 그리고 바이아블랑까(Bahía Blanca: 블랑까 만)에 있는 푸에르떼아르헨띠노(Fuerte Argentino)까지 퍼져 있는 벤따나(Ventana) 산에 있는 다른 요새가 보조 경계를 이룬다. 이들 요새는 이 마지막 지점과 부에노스아이레스 남쪽 마을의 경계인 한딜(Jandil) 산맥에 있는 인데뻰덴시아(Independencia) 요새 사이에 펼쳐진 거대한 영토에 주민이 거주하는 것을 허용해주었을 것이다. 주민들을 거주하게 만드는 이런 체제를 완성하기 위해서는 그 외에도 바이아블랑까와 리오꼴로라도의 하구에 농업에 기반을 둔 거류지를 조성할 필요가 있었는데, 그렇게 함으로써 이들 거류지는 주변 지역에서 생산된 산물을 수출하기 위한 시장으로 기능하도록 했다. 왜냐하면 부에노스아이레스에 이르기까지의 전 해변에는 항구가 부족해서 남쪽으로 멀리 떨어져 있는 에스딴시아들에서 생산된 것들이 쉽게 상해버리기 때문이다. 특히 양모, 동물의 지방, 가죽, 뿔 등은 제시간에 운송되지 못함으로써 운송 과정에서 가치가 손실된다. 리오꼴로라도에 배를 운항시키고 강 유역에 주민을 거주시킴으로써 생산되는

파꾼도 끼로가는 대장정의 목적에 스스로 현혹되기에는 지나치게 예리한 사람이었기 때문에 내륙의 사단들이 돌아올 때까지 산후안에 머물렀다. 산루이스 앞을 통과해 사막으로 들어갔던 우이도브로의 사단은 곧장 꼬르도바를 떠나왔는데, 그 사단이 다가가자 까스띠요 형제들이 지휘하던 혁명 하나가 수그러들었다. 그 부대는 레이나페 형제들[13]로부터 통치권을 빼앗는 것이 목표였다. 레이나페 형제들은 로뻬스의 영향을 받고 있었다. 이 혁명은 이익 때문에 파꾼도의 영감을 받아 일어난 것이었다. 혁명의 지도자들은 산후안에서, 그러니까 파꾼도 끼로가가 거주하는 곳에서 나왔는데, 아레돈도, 까마르고 등 끼로가를 후원하던 사람들은 모두 끼로가의 동지들이었다. 그런데도 당시의 신문들은 그 혁명 운동과 파꾼도 끼로가의

물건을 더 많이 들여올 수 있게 될 것이고, 또 수가 그리 많지 않은 야만인을 쫓아내서 북쪽에 격리시킨다는 장점이 있고, 그렇게 함으로써 그 야만인들이 리오꼴로라도 남쪽에 자신들의 거주지를 찾도록 만들 수 있다.

경계가 항구적으로 설정되기 전에 야만인들은 원정의 시대부터 남쪽을 침범함으로써 꼬르도바와 산루이스의 시골 전역이 텅 비어버렸다. 꼬르도바에서부터 꼬르도바와 동일한 위도에 있는 산호세델모로(San José del Morro)에 이르기까지 모든 시골이 텅 비어버린 것이다. 그 후로 이들 두 지방은 계속해서 경계 태세를 취하고 군대를 늘 무장시킨 상태에서 살고 있는데, 그렇게 되자 주지사들에 대한 평가는 낮아지고, 야만인들의 침략보다 더 시끄러운 재해가 유발되었다. 목축업은 거의 소멸되었고, 에스딴시에로들은 한편으로는 주지사들의 과도한 세금 징수로부터, 다른 한편으로는 인디오들의 약탈로부터 벗어나 자유를 찾기 위해 목축업을 서둘러 소멸시켰다.

설명할 수 없는 어떤 정치 체제를 통해 로사스는 국경 지방의 정부들이 인디오에 대한 정벌을 행하지 못하도록 함으로써 인디오들이 주기적으로 국가를 농락하고 국경으로부터 2백 레구아 이상 떨어져 있는 지역을 쑥대밭으로 만들어버리게 했다. 이것은 로사스가 남부에 대한 떠들썩한 원정에서 해야 했지만 하지 않았던 것인데, 남부에 대한 원정의 결과는 덧없는 것이었기 때문에 결과로 악이 남게 되었다. 그 악은 예전보다 훨씬 더 심각하게 증대되었다. 빠체꼬는 아르헨티나의 군인으로, 호세 데 산마르띤처럼 장교 교육을 받았고, 후안 마누엘 데 로사스의 집권기에 아르헨티나 연방군의 주요 지휘관으로 활동했다. 그는 아르헨티나 역사상 가장 뛰어난 장군들 가운데 하나로, 그가 지휘하는 부대는 전투에서 결코 패한 적이 없었다.

관련설에 관해서는 아무런 보도도 하지 않았다. 우이도브로가 자신의 숙영지로 물러나고, 아레돈도와 다른 까우디요들이 총살을 당하고, 그 혁명운동에 관해서는 할 일도 할 말도 전혀 없게 된 상태가 되었다. 왜냐하면 공화국의 두 분파 사이에, 그리고 아무 소리도 나지 않게 지휘권을 다투던 두 까우디요 사이에 일어나야 했던 전쟁은 매복과 속임수와 배신으로 이루어질 수밖에 없었기 때문이다. 그것은 조용한 전투였는데, 서로 힘겨루기를 하지 않고 한편에서는 대담성을, 다른 한편에서는 교묘하고 약삭빠른 솜씨를 자랑했다. 끼로가와 로사스 사이에 벌어진 이 싸움에 관해서는 잘 알려져 있지 않은데, 그런데도 싸움은 5년이라는 세월을 잡아먹었다. 두 사람은 서로 혐오하고, 서로 무시하고, 서로 단 한 순간도 감시의 눈길을 거두지 않았다. 왜냐하면 두 사람 모두 각각 자신들의 삶과 미래는 이 무시무시한 시합의 결과에 따라 달려 있다고 느꼈기 때문이다.

당시에 작동하기 시작하던 운동에 관해 독자가 더 잘 이해하도록 1822년 이후로 공화국에 형성된 정치적 지형을 도표를 통해 살펴보는 것이 좋다고 생각한다.

∴

13) [원편집자 주] '레이나페의 4형제'는 산따페의 주지사인 에스따니슬라오 로뻬스의 명령에 따르고 있었다. 1831년부터 꼬르도바의 주지사였던 호세 비센떼 레이나페는 자기 형제들을 끼로가 살해 혐의로 기소했다. 2년의 재판 끝에 호세 비센떼와 기예르모는 사형 선고를 받고 총살형에 처해졌다. 레이나페 4형제는 호세 비센떼(José Vicente, 1782~1837), 프란시스꼬 이시도로(Francisco Isidoro, 1796~1840), 호세 안또니오(José Antonio, 1798~1837), 기예르모(Guillermo, 1799~1837)로서, 이들은 꼬르도바 주 출신의 정치가, 군인이다.

아르헨티나 공화국

안데스 지역	라쁠라따 강 유역
끼로가의 영향력 아래에 있던 단일체	라쁠라따 강 연안의 연맹 조약 아래에 있던 연방
후후이 살따 뚜꾸만 까따마르까 라리오하 산후안 멘도사 산루이스	꼬리엔떼스: 페레 엔뜨레리오스, 산따페, 꼬르도바: 로뻬스 부에노스아이레스: 로사스
봉건적인 도당 이바라의 지배하에 있던 산띠아고델에스떼로	

산따페의 로뻬스는 역시 산따페 출신인 아들 에차구에의 중재를 통해 엔뜨레리오스에 대한 영향력을 확대했고, 레이나페 형제들의 중재를 통해 꼬르도바에 대한 영향력을 확대했다. 독립적이고 지방 분권주의적인 정신을 소유한 남자였던 페레는 1839년까지 꼬리엔떼스가 싸움의 소용돌이에 휘말리지 않도록 했다. 페레는 베론 데 아스뜨라다[14]의 통치 아래서 총구를 로사스에게 돌렸는데, 로사스는 자신의 권력을 강화해가면서 연맹 조약(pacto de la Liga)을 허망하게 만들어버렸다. 페레라는 인물은 편협한 지방 분권주의적 정신에 이끌려 1840년에 라바예를 이탈자로 선언했다. 라바예가 꼬리엔떼스의 군대와 함께 빠라나 강을 건넜기 때문이다. 까아과수 전투가 끝난 뒤 페레는 전투에서 승리를 거둔 군대를 빠스 장군에게서

---
14) '베론 데 아스뜨라다(Genaro Berón de Astrada, 1804~1839)'는 꼬리엔떼스 출신인 아르헨티나의 정치가, 군인이다. 후안 마누엘 데 로사스의 체제에 반대하는 꼬리엔떼스 주를 통치했다. 빠고라르고(Pago Largo) 전투에서 꼬리엔떼스 주 군대의 선봉에 섰다가 전사했다.

빼앗아버렸고, 그로 인해 그 승리가 유발할 수 있었던 중요한 이익을 얻지 못했다.

이런 과정에 있던 페레는, 몇 년 후에 태동한 라쁠라따 강 연안의 연맹(Liga Litoral)에서도 그랬던 것처럼, 독립과 고립의 지방 분권주의 정신에 고무되어 있었는데, 그런 정신은 에스빠냐에 대한 독립전쟁이 모든 사람에게 일깨운 것이었다. 그렇듯 페레가 1826년의 중앙 집권주의적 헌법에 반대해 꼬리엔떼스에 투여했던 것과 동일한 감정은, 1838년부터 페레로 하여금 권력을 집중시키고 있던 로사스에 반대하도록 만들었다. 여기서 그 까우디요[15]의 실수가 발생하고, 까아과수 전투[16] 이후의 불행이 태동하는데, 까아과수 전투는 전반적으로 공화국을 위해서뿐만 아니라 꼬리엔떼스 주 자체를 위해서도 아무 소득이 없는 것이었다. 그 이유는 국가의 나머지 지역이 로사스에 의해 하나로 합쳐진다면 꼬리엔떼스가 봉건주의적이고 연방주의적인 독립을 유지할 수 없게 되기 때문이었다.

남부에 대한 원정이 끝나자, 아니 더 정확히 말하면, 진정한 계획도 없고 실제적인 끝도 없었기 때문에 원정이 흐지부지되자, 파꾼도 끼로가는 경호원들과 바르깔라를 데리고 부에노스아이레스로 떠났고, 번거로워질까 봐 자신의 도착을 그 누구에게도 알리지 않은 채 부에노스아이레스로

∴

15) '그 까우디요'는 바로 페레를 가리킨다.
16) [원편집자 주] 빠스 장군은 까아과수(Caaguazú) 전투(1841년 11월 28일)를 통해 에차구에 장군에게 승리를 거두었고, 그 승리로 인해 꼬리엔떼스 주는 로사스의 영향력으로부터 자유로워졌다. 에차구에(Pascual Echagüe, 1797~1867)는 아르헨티나의 군인, 정치가로, 엔뜨레리오스와 산따페의 주지사를 역임하고, 후스또 호세 데 우르끼사(Justo José de Urquiza) 장군의 정부에서, 그리고 산띠아고 데르끼(Santiago Derqui)의 정부에서 군사·해양 장관을 역임했다. 아르헨티나 시민전쟁과 우루과이에서 벌어진 대전쟁(Guerra Grande)에서 두드러지게 활약했다.

들어갔다. 이처럼 일반적인 절차와 형식을 완전히 뒤엎어버리는 이런 행위가 역시 파꾼도 끼로가답게 조직적이고 특이했기에 망정이지, 그렇지 않았더라면 그 이유를 아주 길게 설명할 필요가 있었을 것이다. 이번에 파꾼도 끼로가는 부에노스아이레스에 어떤 목적을 가지고 가는가? 그가 멘도사에 침입할 때처럼 자기 경쟁자의 권력의 중심에 또 한 번 침입한 것인가? 문명의 풍경이 결국 그의 밀림적인 거칢을 정복함으로써 그가 아주 호사스럽고 편안하게 살고 싶어한 것일까? 나는 이런 모든 이유가 합쳐졌기 때문에 파꾼도가 무분별하게 부에노스아이레스로 가버렸다고 믿는다. 권력은 교육을 시키는 법인데, 파꾼도 끼로가는 한 남자가 자신의 새로운 지위가 제아무리 높다 할지라도 그 지위에 적응하도록 만들어주는 높은 정신적 자질을 모두 소유하고 있었다. 파꾼도는 부에노스아이레스에 정착했고, 곧 가장 유명한 사람들에게 둘러싸였다. 또한 60만 뻬소에 달하는 공채를 매입해 큰 도박판을 벌였다. 파꾼도 끼로가는 로사스에 대해 경멸적으로 말했다. 스스로 중앙 집권주의자들 중에서 최고 중앙 집권주의자라고 천명했고, 그의 입에서는 헌법이라는 말이 떠날 줄 몰랐다. 부에노스아이레스에는 썩 알려져 있지 않은 파꾼도 끼로가의 과거 삶과 그의 야만적인 행위는 그가 승리할 필요성에 따라, 즉 자기 자신을 보존하기 위한 필요성에 따라 당시에 설명이 되고 정당화가 되었다. 그의 행위가 신중하게 절제되어 있고, 그의 태도가 고상하고 당당했음에도 불구하고 그는 여전히 '차께따',[17] 즉 줄무늬가 있는 뽄초를 입고, 수염과 머리카락을 수북하게 기르고 다녔다.

∴

17) '차께따(chaqueta)'는 소매가 달린 앞트임 상의다. 즉 '저고리', '재킷'인데, 파꾼도 끼로가는 '줄무늬가 있는 뽄초'를 차께따라고 불렀다. 참고로 '뽄초(poncho)'는 비꾸냐, 야마, 알파까 같은 동물의 털로 짜서 어깨에 둘러메는 사각형 천 모양의 옷을 가리킨다.

파꾼도 끼로가는 부에노스아이레스에 거주하면서 개인적인 힘을 몇 번 과시했다. 언젠가 남자 하나가 손에 칼을 든 채 야간 순찰대원에게 체포되기를 거부하고 있었다. 그때 파꾼도 끼로가는 늘 그렇듯 뽄초로 몸을 감싼 채 우연히 그곳을 지나가다 그 장면을 보게 되었다. 파꾼도 끼로가는 걸음을 멈추어 그 장면을 보고는 갑자기 뽄초를 벗어던지고 남자를 힘껏 껴안아버림으로써 꼼짝 못하게 만들어버렸다. 끼로가는 남자에게서 칼을 빼앗은 뒤 자신이 직접 남자를 경찰서로 끌고 갔는데, 야간 순찰대원에게도, 경찰에게도 자기 이름을 밝히려 하지 않았다. 그런데도 끼로가는 경찰서에 있던 어느 장교에 의해 정체가 밝혀지고 말았다. 그 다음 날 신문들은 끼로가의 대담한 행위를 보도했다. 어느 날 파꾼도 끼로가는 자신이 내륙 지방에서 행한 야만적인 행위에 관해 어떤 약제사가 경멸적으로 말했다는 사실을 알게 되었다. 파꾼도는 그 약제사의 약국으로 가서 그에게 그런 사실이 있는지 심문했다. 약제사는 파꾼도에게 당당하게 맞서면서 부에노스아이레스는 촌구석이 아니므로 파꾼도가 여러 지방에서 행한 것처럼 다른 사람을 함부로 대할 수는 없다고 파꾼도에게 말했다. 이 재미있는 사건에 대한 소식은 부에노스아이레스 시에 쫙 퍼졌다. 불쌍한 부에노스아이레스여, 자신의 관습을 아주 순진하게 따르고, 자부심이 아주 강하도다! 1년만 더 지나면 부에노스아이레스는 내륙 지방이 끼로가로부터 받은 것보다 더 야만적인 대우를 받게 될 것이다! 언젠가 파꾼도 끼로가를 추적하던 경찰이 그를 잡기 위해 그가 살고 있는 집으로 형사들을 보내서 방에 들어가도록 했다. 파꾼도는 형사들이 자신을 함부로 다루려고 하자 손을 뻗쳐 칼을 집어 들고 누워 있던 침대에서 몸을 일으켜 세우더니 즉시 상체를 구부리고 천천히 그 흉기를 내려놓았다. 파꾼도는 그곳에 자기 힘보다 더 센 힘이 있기 때문에 자신을 스스로 정당화하려 하면 투옥될 수도 있겠다고 느겼던 것이다. 파꾼도 끼로가의 자식들은 가장 좋은 학교에서 공부한다. 파꾼도는 자식들이 연미복이나 프록코트 이외의 옷은 절대 입지 못하게 했고, 자식들 가운데 하나가 공부를 그만두고 군사 학교에 가려고 시도하자, 아들이 자신의 미친 짓을 후회할 때까지 어느 부대의 북치기 병사로 앉혀 버렸다. 어느 대령이 파꾼도 끼로가에게 자식 하나를 자기 부대에 장교로 입대시켜보겠느냐고 제의하자 파꾼도는 이렇게 조롱하듯 대답했다. "라바예가 지휘하는 연대라면 그렇게 하겠네. 하지만 이런 군대라면……!" 작가들에 관해 언급해보면, 사람들이 바렐라[18]에 관해 악평을 했건만, 파꾼도 끼로가는 바렐라에 필적할 만한 작가는 아무도 없다고 생각했다. 공화국에서 유일하게 정직한 사람은 리바다비아와 빠스다. 두 사람은 가장 건전한 의도를 가지고 있었다. 파꾼도 끼로가는 중앙 집권주의자들에게 오직 오깜뽀 박사 같은 비서 한 명만을 요구했는데, 오깜뽀 박사는 헌법 하나를 편집하게 되었다. 그리고 그는 그 헌법의 인쇄본 한 부를 들고 산루이스로 떠날 것이고, 산루이스에서 어느 창끝에 걸려 있는 공화국 전체에 그 헌법을 보여줄 것이다. 파꾼도 끼로가는 공화국을 재조직하려는 새로운 시도의 중심 인물로 등장했다. 이 모든 의도, 그 모든 허장성세를 구체화하는 데 필요한 실제 사건이 부족했기 망정이지, 그렇지 않다면 파꾼도가 드러내놓고 음모를 꾸민다고 말할 수도 있을 것이다. 파꾼도 끼로가의 노동 습관 결핍, 목동 특유의 나태, 공포를 조성하면 모든 것이 이루어질 것이라고 기대하는 습관, 그리고 아마도 자신이 행동하게 될 그 환경이 지닌 새로움은 파꾼도 끼로가의 생각을 마비시키고, 그를 결국 위험에 빠뜨리

⁂

[18] '바렐라(Florencio Varela, 1807~1848)'는 아르헨티나의 작가, 기자, 정치가, 교육자다. 젊었을 때는 시인으로서 많은 시와 극작품 하나를 썼다. 후안 마누엘 데 로사스에 대한 투쟁으로 망명 중일 때 중앙 집권주의자들의 이익을 위해 외교관으로 활동했다.

고 그의 손발을 묶어 교활한 경쟁자에게 넘기게 될 것이라는 불길한 예상을 하도록 만들었다. 파꾼도 끼로가가 내륙 지방의 주지사들과 서로 교감했다는 사실과 중앙 집권주의자들과 연방주의자들이 되풀이하던 그 경솔한 말을 파꾼도 끼로가가 했다는 사실을 제외하면 파꾼도 끼로가가 즉시 작업을 개시하기로 작정했다고 보증하는 증거는 전혀 남아 있지 않았는데, 중앙 집권주의자들은 파꾼도 끼로가의 손과 동일한 손에 자신들의 운명을 의탁하기로 결정하지 않았고, 연방주의자들은 파꾼도 끼로가를 자신들의 노선을 이탈해 도망친 사람이라고 거부하지 않았다. 파꾼도 끼로가가 그렇게 어느 위험천만한 무감각에 자신을 방치하는 동안, 그는 강력한 주름이 잡힌 위 속에 그를 집어넣어 질식시킬 보아뱀[19]이 날이 갈수록 더 가까이 다가오는 것을 보고 있었다. 1833년에 로사스는 자신의 멋진 장정에 몰두해 있었고, 그의 부대는 부에노스아이레스의 남부에서 작전을 수행하고 있었다. 로사스는 그곳에서 발까르세의 주 정부[20]를 지켜보고 있었다. 잠시 후 부에노스아이레스 주는 아주 독특한 장면 하나를 보여주었다. 나는 강력한 혜성 하나가 지구에 접근하면 지구에 무슨 일이 일어날 것인지 상상해본다. 처음에는 총체적인 불안감이 지배할 것이고, 나중에는 귀를 먹먹하게 만들고 알아들을 수 없는 소문이 가득 찰 것이다. 그 즉시 궤도 밖으로 이끌린 지구는 벌벌 떨 것이다. 마침내 지구가 경련하듯 흔들릴 것이고, 산들은 허물어질 것이고, 재난이 발생함으로써 혼돈이 일어날 것이다. 그 혼돈은 우리의 지구가 증인으로 지켜보는 가운데 계속해서 수행될 창조 행위들 각각이 일어나기에 앞서 발생할 것이다. 1834년경에 로사

---

19) 여기서 말하는 '보아뱀'은 파꾼도 끼로가를 살해할 집단 또는 사람을 가리킨다.
20) '발까르세의 주 정부'는 부에노스아이레스의 주 정부를 가리킨다. 발까르세는 부에노스아이레스 주지사를 세 차례 역임했다.

스가 행사하던 영향력은 그 정도로 강력했다. 부에노스아이레스의 정부는 자신의 행위가 갈수록 더 제한되고, 자신의 행보가 갈수록 더 곤경에 빠지고, '사막의 영웅'[21]에게 갈수록 더 의존적이 된다고 느꼈다. 로사스가 발표한 것은 각각 자기 정부를 향한 비난이었고, 군대에 대한 과도한 요구였으며, 유례가 없는 어떤 요구였다. 그러고서 시골은 도시에 복종하지 않게 되었다. 로사스 일당의 이런 무례에 대한 불평을 로사스에게 제기할 필요가 있었다. 그 후 그런 불복종은 도시[22] 자체로 들어왔다. 종국에는 무장한 장정들이 말을 타고 거리를 싸돌아다니면서 총을 쏘아대서 행인 몇을 죽이는 일까지 있었다. 이처럼 사회를 해체하는 작업은 암 덩어리처럼 커져가면서 매일매일 진행되어 그 암 덩어리가 심장까지 가 닿았는데, 로사스가 시골에 미친 영향력의 궤적을 로사스의 막사에서 따라가보는 것은 어려운 일이 아니었다. 그 영향력은 시골에서 도시의 어느 동네까지, 도시의 어느 동네에서 어떤 종류의 사람들, 즉 정육점 주인들에게까지 미치고 있었다. 정육점 주인들이 주요 선동자들이었다. 1833년에 발까르세의 정부는 도시에 대한 시골의 넘치는 압력에 굴복했다. 로사스의 당은 '사막의 영웅'에게 멀고 시원시원한 길을 터주기 위해 열심히 작업했는데, '사막의 영웅'은 당연히 받을 갈채, 즉 정부를 받기 위해 다가오고 있었다. 하지만 '도시'의 연방주의 당은 로사스 당이 사막의 영웅을 맞이하기 위해 하는 노력을 심하게 조롱했다. 발까르세가 사임함으로써 정부의 수뇌가 없어지도록 만드는 투쟁의 와중에 대표자들의 훈따가 모였다. 훈따의 부름을 받은 비아몬떼[23] 장군은 집에서 입는 평상복 차림으로 서둘

⁂

21) '사막의 영웅(El Héroe del Desierto)'은 바로 후안 마누엘 데 로사스를 가리킨다.
22) '도시'는 부에노스아이레스를 가리킨다.
23) '비아몬떼(Juan José Viamonte, 1774~1843)'는 아르헨티나의 군인, 정치가다. 비아몬

러 나타나서 감히 정부를 떠맡게 되었다. 잠시 질서가 잡히는 것처럼 보였고, 그 불쌍한 도시는 한숨을 돌렸다. 하지만 이내 똑같은 동요가 발생했고, 똑같은 공작이 획책되어 사람들이 무리를 지어 거리를 돌아다니며 행인들을 채찍으로 때렸다. 어느 도시의 주민 전체가 이 특이하고 조직적인 전복(顚覆) 상황에서 2년 동안 겪은 불안과 공포 상태는 필설로 형용할 수 없을 정도다. 갑자기 거리에서 총을 쏘아대는 사람들이 보이고, 문들이 닫히는 소리가 이 구역에서 저 구역으로, 이 거리에서 저 거리로 반복되고 있었다. 사람들은 무엇으로부터 도망치고 있었는가? 사람들은 무엇 때문에 대낮에 집에 틀어박혀 있었던 것일까? 그 이유를 누가 알겠어! 누군가 말했다. 오고 있는 것은……, 보이는 것은 한 무리의…… 떠들썩한 발 발굽 소리가 들렸다.

　이런 가운데 한번은 파꾼도 끼로가 조수 한 명을 데리고 어느 거리를 통과하고 있었다. 파꾼도 끼로가는 프록코트를 입은 채 보도를 뛰어가는 남자들과 무엇 때문인지도 모른 채 도망치는 부인들을 보고서 걸음을 멈추고는 그 남녀 무리를 경멸적인 시선으로 쓱 훑어보더니 조수에게 말했다. "이 마을은 다들 미쳐버렸군!" 파꾼도는 발까르세가 하야한 지 채 얼마 되지 않아 부에노스아이레스에 도착해 있었다. "만약 내가 여기에 있었더라면 이런 일은 생기지 않았을 텐데." 파꾼도가 말했다. "그렇다면 무슨 일을 하셨을 겁니까, 장군님?" 파꾼도의 말을 듣고 있던 사람들 가운데 하나가 되물었다. "각하께서는 부에노스아이레스의 이들 평범한 시민들에게 영향력을 행사하지 못하시잖습니까." 그러자 파꾼도 끼로가는 고개를 뺏

∴

떼(Viamont)라고도 불린다. 그는 영국군의 침입에 대항하는 전투에 참여했고, 5월 혁명(Revolución de Mayo)의 정치적 과정, 아르헨티나 독립전쟁, 그리고 아르헨티나 시민전쟁에 참여했다.

뻣하게 쳐들더니 검은 머리를 흔들어대면서, 그리고 눈으로 광채를 뿜어내면서 짧고 건조하게 그에게 말했다. "이봐요, 당신! 나는 거리로 나가서 처음으로 만나는 사람에게 '나를 따라오시오!'라고 말했을 것이오. 그러면 그 남자가 나를 따라왔을 것이오……!" 그렇듯 파꾼도 끼로가의 말에는 사람을 압도하는 기력이 넘쳐흘렀고, 그의 외모가 아주 위압적이었기 때문에 방금 전까지만 해도 파꾼도 끼로가의 말을 믿지 못하고 있던 그 사람은 공포에 질려 눈을 내리깔았다. 오랫동안 그 누구도 함부로 입을 떼지 못했다.

비아몬떼 장군은 결국 사임했다. 제대로 통치할 수가 없었고, 게다가 행정의 바퀴를 붙들고 있는 강력한 손 하나가 있었기 때문이다. 비아몬떼 장군을 대신하고자 하는 누군가를 찾는 작업이 진행되었다. 권력을 맡을 의지가 가장 강력한 사람들에게 부탁을 했지만 아무도 원하지 않았다. 모두 어깨를 움츠린 채 겁을 집어먹고 자기 집으로 돌아가버렸다. 결국 정부의 수뇌에 로사스의 스승이자 조언자이자 친구인 마사[24] 박사를 앉혀놓고는 자신들을 힘들게 만들었던 악에 대한 해결책을 마련했다고들 믿었다. 하지만 그것은 헛된 희망이었다! 불안감이 작아지기는커녕 점점 커져가고 있었다. 안초레나가 주지사 앞에 나타나 무질서를 다스려 바로잡으라고 요청했다. 안초레나는 자기 능력 범위 안에서는 대책이 없고, 경찰력은 복종을 하지 않으며, 진짜 명령은 외부로부터 받고 있다는 사실을 알고 있었다. 기도 장군과 알꼬르따 박사[25]는 대표자 훈따에서 부에노스아이레스 시가 당면한 그 발작적인 소요를 막아야 한다고 열정적으로 항의함으로써 대표자들이 자기 말을 확실히 듣도록 만들었다. 하지만 악은 계속되었다.

∴

[24] '마사(Manuel Vicente Maza, 1779~1839)'는 아르헨티나의 변호사, 연방주의 정치가다. 후안 마누엘 데 로사스를 죽이려는 음모가 발각된 뒤에 살해당했다.
[25] '알꼬르따(Amancio Jacinto Alcorta, 1805~1862)'는 아르헨티나의 정책가, 정치가다.

로사스는 그 악을 더 심각하게 만들기 위해 자신이 조성한 무질서에 대한 책임을 자신의 주둔지에서 정부에게 전가하며 정부를 질책했다. 이 남자가 원하는 것은 도대체 무엇인가? 통치를 하는 것인가? 대표단이 로사스에게 정부를 맡아달라고 제의할 것이다. 로사스만이 2년 동안 지속된 그 고생과 고통을 끝낼 수 있을 것이라고 말했다. 하지만 로사스는 통치하는 것을 원치 않는다고 말했고, 그러자 새로운 대표단이 찾아와 새롭게 간청했다. 결국 로사스는 모든 것을 해결할 방도를 발견했다. 로사스는 현재 3년으로 되어 있는 주지사의 법정 임기를 5년으로 연장해주고, 자신에게 공권력을 모두 넘겨주는 조건이라면 주지사의 임무를 받아들이겠다고 대표단에게 말했다. 그 말은 로사스 자신만이 그 의미를 이해할 수 있는 새로운 것이었다.

부에노스아이레스 시와 로사스가 이런 변화를 겪고 있을 때, 살따 주 정부, 뚜꾸만 주 정부, 산띠아고 주 정부 사이에 불화가 생겼다는 소식이 전해졌는데, 이런 불화는 전쟁을 유발할 수도 있는 것이었다. 중앙 집권주의자들이 정치 무대에서 사라진 지는 5년이 흘렀고, 도시의 연방주의자들, 즉 '로모스 네그로스'[26]가 정부에서 영향력을 완전히 상실한 지는 2년이 흘렀다. 항복을 견딜 수 있도록 만들어주는 일부 조건을 요구하기 위해서는 더 많은 용기가 필요한 때였다. '도시'가 각종 제도, 시민들의 개인적인 삶 보장, 주 정부가 떠맡은 책임감을 헤아리느라 신중한 태도를 취하고 있는 사이에, 로사스는 부에노스아이레스 밖에서 상당히 복잡한 다른

---

26) '로모스 네그로스(lomos negros: '검은 등')'는 아르헨티나의 독립전쟁과 시민전쟁에 참여한 뒤 부에노스아이레스 주지사를 세 차례 역임한 정치가이자 군사 지도자인 발까르세를 지지하던 세력으로, 자유주의, 입헌주의, 포퓰리즘 성향을 지니고 있었다. 로모스 네그로스 다수는 몬떼비데오로 이주해 로사스에 대항하는 투쟁에서 중앙 집권주의자들과 연합했다.

음모를 꾸미고 있었다. 산따페의 로뻬스와 로사스 사이에 활발하게 서신이 오갔을 뿐만 아니라, 이들 두 까우디요가 만나서 회담을 했다. 꼬르도바 정부는 로뻬스의 영향력 아래에 있었고, 로뻬스는 꼬르도바 정부의 수뇌부에 레이나뻬 형제들을 앉혔다. 공화국의 북부에서 발생한 불꽃을 끄는 데 파꾼도 끼로가가 자신의 영향력을 발휘할 수 있도록 초대되었다. 파꾼도 외에는 그 누구도 평화를 유지하는 이 임무를 수행하는 데 부름을 받지 못했다. 처음에 파꾼도는 부름을 거부하고 망설였다. 하지만 결국 결정했다. 1835년 12월 18일, 파꾼도는 부에노스아이레스를 떠나 사륜마차에 오르고, 수많은 친구가 환송을 하는 가운데 그 도시와 작별을 고했다. "만약 내 일이 잘되면 자네들을 다시 보게 될 것이나, 만약 그렇지 않는다면 영원히 작별일세!" 파꾼도가 손을 흔들며 말했다. 그 순간 두려움을 모르는 이 남자의 마음속에 찾아온 불길한 예감이 창백한 얼굴을 통해 드러나고 있었다! 나폴레옹이 워털루에서 끝장을 내야 할 전투에 참가하기 위해 툴롱을 떠날 때 표정을 통해 드러낸 것과 유사한 뭔가를 독자 여러분은 기억하지 못하는가?

파꾼도 끼로가가 여정을 겨우 반쯤 소화했을 무렵, 파꾼도의 사륜마차는 진흙투성이 시내에 빠져 꼼짝도 하지 않았다. 가까운 역마차의 역장[27]이 와서 마차를 진흙투성이 시내에서 빼내기 위해 애를 썼다. 말을 새롭게 교체하고, 온갖 애를 써보았지만 사륜마차는 도통 나아갈 기미를 보이지 않았다. 그러자 파꾼도 끼로가가 화를 내며 마차 전문가에게 멍에를 씌우라고 명령했다. 파꾼도가 시골에 있게 된 순간부터, 시골의 자연과 반쯤

---

[27] '역마차의 역장'은 말의 교체, 우편물이나 여행객, 목축을 인도하는 사환의 임명 같은 것을 관장하는 사람이다.

야만적인 사회에 파꾼도의 야만성과 공포가 다시 드러나게 되었다. 첫 번째 장애가 제거되자 사륜마차는 광선처럼 빠르게 빰빠를 가로질렀다. 파꾼도는 매일 새벽 두 시까지 길을 재촉한 뒤 잠시 쉬었다가 네 시가 되면 다시 길을 떠나기 시작했다. 파꾼도 끼로가의 비서인 오르띠스 박사와 파꾼도가 잘 알고 있는 청년이 파꾼도를 수행하고 있었는데, 그 청년은 여행을 떠나자마자 그의 마차 바퀴들이 부서지는 바람에 여행을 계속할 수가 없었다. 각각의 역마차 역에 도착할 때마다 파꾼도는 즉시 다음과 같이 물어보도록 시켰다. "부에노스아이레스에서 온 차스께가 몇 시에 지나갔나요?" "한 시간 전인데요." "말을 준비해!" 파꾼도 끼로가는 그 말을 듣자마자 소리를 질렀다. 그리고 노정이 계속되었다. 상황을 더욱 고통스럽게 만들려고 그러는지 하늘에서 폭포가 떨어지듯 비가 억수같이 쏟아졌다. 비는 사흘 내내 한순간도 멈추지 않았고, 길은 급류가 흐르는 시내로 변해버렸다. 산따페 관할 구역에 들어서자 파꾼도 끼로가의 불안감은 증폭되었고, 잠시 후 그가 괴로워하는 모습이 눈에 띌 정도였다. 빠본 역마차 역에 도착한 파꾼도 끼로가는 그곳에 말도 없고 역장도 없다는 사실을 알게 되었다. 마차를 끌 새로운 말들을 구하기 위해 애를 쓰기 전에 흘러간 시간은 파꾼도 끼로가에게 극도로 괴로운 시간이었고, 끼로가는 계속해서 고래고래 소리를 질렀다. "말! 말!" 그와 함께 가고 있던 사람들은 끼로가가 이토록 특이하게 힘들어하며 소란을 피우는 이유를 이해하지 못한 채, 사람들에게 공포의 대상인 이 남자가 현재 겁에 질린 채 터무니없이 공포에 사로잡혀 있는 모습을 보고는 깜짝 놀랐다. 마침내 파꾼도 끼로가의 사륜마차가 다시 갈 수 있게 되었을 때 끼로가는 혼잣말을 하듯이 낮은 목소리로 뭐라 중얼거렸다. '내가 산따페의 관할 구역을 벗어나게 되면 더 이상 조심할 것이 없겠지.' 떼르세로 강을 건너고 있을 때 그 지역 가우초들이 그 유명한 파꾼도 끼로가를 보러 와서는 사륜마차 곁에 어깨가 닿을 정도로 바짝 달라붙어 따라갔다. 마침내 파꾼도 끼로가는 밤 아홉 시 반에, 즉 부에노스아이레스로부터 차스께가 도착한 지 한 시간 뒤에 꼬르도바에 도착했다. 그러니까 끼로가는 부에노스아이레스를 출발한 이후부터 계속해서 그 차스께의 뒤를 따라왔던 것이다. 레이나페 형제들 가운데 하나가 파꾼도가 말을 구해달라고 요청하면서 여전히 마차에 앉아 있는 그 역마차 역에 도착했다. 하지만 그 순간 그곳에는 말이 없었다. 레이나페 형제는 파꾼도 끼로가에게 경의를 표하고, 감정을 분출하면서 인사했다. 레이나페 형제는 그곳의 주지사가 끼로가를 품위 있게 맞이해 유숙시킬 준비가 되어 있으니 그 도시에서 밤을 보내라고 끼로가에게 간청했다. "나는 말만 있으면 돼!" 레이나페 형제의 간청에 끼로가가 짧게 대답했다. "말!" 레이나페 형제가 관심 또는 간청을 새롭게 표현할 때마다 파꾼도 끼로가는 이렇게 대꾸했다. 그러자 레이나페 형제는 무안한 듯 끼로가의 면전에서 물러났고, 파꾼도 끼로가는 밤 열두 시에 목적지를 향해 출발했다.

그 사이 꼬르도바 시는 가장 특이한 소문으로 인해 동요하고 있었다. 우연히 파꾼도 끼로가를 따라와 고향인 꼬르도바 시에 머물고 있던 그 청년의 친구들이 청년을 찾아 우르르 몰려왔다. 친구들은 청년이 살아 있는 것을 보고 깜짝 놀라며 청년더러 하마터면 죽을 뻔했는데 용케도 살아남았다고 말했다. 파꾼도 끼로가가 모 지점에서 살해당했어야 했다는 것이다. 살인자들은 N과 N이라고 했다. 그들이 모 상점에서 권총을 구입했다는 것이다. N과 N이 파꾼도 끼로가를 살해하는 임무를 맡기 위해 모습을 나타냈는데 실패했다고 했다. 파꾼도 끼로가는 놀랄 만큼 재빠르게 그곳을 떠나버림으로써 살인자들을 놀라게 했다. 왜냐하면 차스께가 그곳에 도착해 파꾼도 끼로가가 곧 도착한다는 사실을 채 알리기도 전에 끼로가 자신이 직접 나타나 살인자들이 준비해놓은 것을 모두 무산시켜버렸기 때문이다. 어떤 불법 행위를 그토록 뻔뻔스럽게 미리 준비하는 법은 결코 없었다. 꼬르도바의 모든 시민은 정부가 시도한 범죄 행위의 전모를 아주 세밀하게 알고 있었다. 그리고 파꾼도 끼로가의 죽음은 모든 시민의 대화에 오르내리는 사건이었다.

그 사이 파꾼도 끼로가는 목적지에 도착해서 서로 적대적인 주지사들 사이의 냉담한 관계를 수습한 뒤, 산띠아고와 뚜꾸만의 주지사들의 반복되는 간청을 거부하고 꼬르도바로 돌아갔는데, 이들 주지사들은 파꾼도 끼로가더러 꾸요를 거쳐 돌아가라고 충고하면서 경호원 여럿을 붙여주겠노라고 제의했다. 도대체 파꾼도 끼로가가 어떤 복수심에 사로잡혀 있었기에 마음과 귀를 닫고, 경호원도 없이, 적절한 방어책도 없이 적들을 다시 상대하겠다고 고집을 부렸을까? 파꾼도 끼로가가 꾸요를 거쳐 라리오하에 들러 엄청난 무기를 묻어놓은 수많은 저장소에서 무기를 꺼내 자신의 영향력 아래에 있던 여덟 개 지방의 병력을 무장시킬 수도 있었는데, 그렇게 하지 않은 이유는 과연 무엇일까? 파꾼도 끼로가는 그 모든 것을 알고 있었고, 산띠아고델에스떼로에서 계속해서 통지를 받고 있었다. 끼로가는 자신이 부지런히 움직임으로써 살해당할 위험에서 벗어났다는 사실을 알고 있었고, 자신의 적들이 원래의 계획을 포기하지 않고 있었기 때문에 새롭고 더 긴박한 사건이 그를 기다리고 있다는 사실도 알고 있었다. "꼬르도바로 가자!" 파꾼도 끼로가는 꼬르도바가 여행의 종착지라는 듯이 출발하면서 마차의 기수들에게 소리를 질렀다.[28]

일행이 오호델아구아[29]의 역마차 역에 도착하기 전에 청년 하나가 숲에서 나와 파꾼도 끼로가의 사륜마차를 향해 가더니 기수에게 마차를 멈추라고 요구했다. 그러자 끼로가가 마차 문 밖으로 고개를 내밀고는 청년에게 무슨 일인지 물었다. 그러자 청년이 대답했다. "오르띠스 박사와 이야기를 하고 싶습니다." 오르띠스 박사가 마차에서 내렸고, 박사는 다음과 같은 사실을 알게 되었다. 바랑까야꼬[30]라 불리는 곳 근처에 산또스 뻬레스가 분견대를 배치해놓고 있다. 파꾼도 끼로가의 사륜마차가 도착하면 양쪽에서 사륜마차를 향해 총을 발사해서 사륜마차를 인도하는 기수들을 즉시 죽여야 한다. 그 누구도 도망치게 하지 말아야 한다. 이것은 명령이다. 과거에 오르띠스 박사로부터 호의를 입은 그 청년은 오르띠스 박사를 구출하러 왔고, 오르띠스 박사가 말을 타고 도망칠 수 있도록 그곳에 말을 준비해두고 있었다. 청년의 농장이 아주 가까운 곳에 있었다. 깜짝 놀란 비서가 방금 전에 들은 사실을 파꾼도에게 알렸고, 파꾼도더러 안전 조치를 취하라고 주장했다. 파꾼도는 다시 산디바라스라고 하는 청년에게 꼬

⁝

28) [원편집자 주] 끼로가를 죽이기로 공모한 사람들이 범죄 동기를 밝히는 글에서 범인 까바니야스(Cabanillas)는 (로사스의 요원들에게 목이 잘려 죽은) 마사 박사 앞에 무릎을 꿇은 채 감흥에 사로잡힌 순간에 자신은 차라리 끼로가를 살려주자고 제의한 적이 있다고 밝혔다. 까바니야스는 12월 24일에 자신의 프랑스인 친구에게 자신이 정부의 명령에 따라 끼로가를 살해하려고 장정 스물다섯 명과 함께 산뻬드로(San Pedro) 산에서 끼로가를 기다리고 있으니 끼로가더러 그 산을 통과하지 말라고 말해달라고 부탁하는 편지를 보냈다. 또리비오 훈꼬(Toribio Junco)라는 가우초가 있었는데, 산또스 뻬레스(Santos Pérez)는 그 가우초에 관해 다음과 같이 말했다. "나처럼 용감한 사람이 하나 더 있는데, 그가 바로 또리비요 훈꼬입니다." 그런데 또리비오 훈꼬가 까바니야스에게 말하기를, 산또스 뻬레스의 행동에 뭔가 혼란스러운 점이 있어 자신이 그를 염탐하기 시작했는데, 마침내 어느 날인가는 그가 성처녀 뚤룸바(Tulumba)의 예배당에서 무릎을 꿇은 채 눈물을 철철 흘리고 있었다는 것이다. 또리비오 훈꼬가 산또스 뻬레스에게 그토록 고통스러워하는 이유가 무엇인지 묻자 산또스 뻬레스가 대답했다. "사람들은 내가 명령에 따라 끼로가를 죽이는 것이 산따페의 주지사 로뻬스와 부에노스아이레스의 주지사 로사스 사이에 맺은 협정에 따른 것으로, 공화국을 구할 수 있는 유일한 수단이라고 말하기 때문에, 지금 나는 성처녀더러 내게 혜안을 달라고 빌고 있다오."
29) '오호델아구아(Ojo del Agua)'는 멘도사 주에 있는 마을 이름이다. '물의 눈'이라는 의미를 지니고 있다.
30) [원편집자 주] '바랑까야꼬'는 꼬르도바 시 북쪽으로 90킬로미터 정도 떨어져 있는 곳이다.

치꼬치 묻고는 그의 선행에 고마움을 표했다. 하지만 파꾼도는 말을 엄하게 하면서도 청년을 진정시켰다. "나 파꾼도 끼로가를 죽일 수 있는 남자는 아직 세상에 태어나지도 않았네." 파꾼도는 아주 박력 있는 목소리로 말했다. "내가 고함을 한 번 치면 그 분견대가 내일 내 명령에 따를 것이고, 나를 꼬르도바까지 경호해줄 것이네. 이봐 친구, 아무 걱정 말고 어서 가게."

이 순간까지 내가 잘 알지 못하고 있었던, 파꾼도 끼로가의 이 말은 그가 죽음에 맞서겠다고 특이하게도 고집을 부린 이유를 설명해준다. 파꾼도 끼로가를 떠받들고 있는 두 가지 큰 동인인 자만심과 공포 정치는, 파꾼도 끼로가 자신의 삶을 끝장낼 유혈이 낭자한 재난에 그의 손발을 묶은 채 데려가게 되었다. 파꾼도 끼로가는 위험으로부터 도피하는 것을 경멸했고, 자기 머리를 내려치려는 칼마저도 떨어뜨릴 수 있는 자기 이름으로부터 비롯되는 공포에 의존하고 있었다. 나 자신은 이렇게 이해했는데, 나중에 파꾼도 끼로가의 말 자체가 내가 이해한 바를 아무 소용없게 만들었다.

여행자들이 오호데아구아 역마차 역을 지나간 날 밤은 그 불행한 비서에게 아주 큰 고통이었다. 확실하고 불가피한 어느 죽음을 향해 가고 있던 비서에게는 파꾼도 끼로가를 고무시킨 그런 용기와 대담성이 결여되어 있었다. 나는 그 비서에 관한 세부 사항은 단 하나도 생략하지 말아야 한다고 생각한다. 더욱이 다행스럽게도 그 사항이 진정으로 믿을 만하기 때문에 그것들을 보존하지 않는 것은 부주의한 범죄 행위가 될 것이다. 한 남자가 죽음이 유발하는 고통의 찌꺼기를 언젠가는 모두 털어버렸을 것이고, 언젠가는 죽음이 무시무시하게 보였을 것이다. 그런데 죽음을 회피한다는 것이 불명예스럽지도 치욕적이지도 않게 되었는데도 어떤 서글픈 의무, 즉 겁을 모르는 어느 친구를 따라 죽어야 할 때 바로 죽음이 무시무시

하게 보인다.[31]

　오르띠스 박사는 역장을 따로 불러내 자신들이 받았던 그 특이한 정보에 관해 자세하게 물으면서 비밀을 누설하지 않겠노라고 다짐했다. 오르띠스 박사가 어떤 자세한 사항을 듣게 되었을까? 역장의 말에 따르면, 오르띠스 박사가 그곳에 도착하기 한 시간 전에 산또스 뻬레스가 부하 병사 30명을 데리고 그곳에 있었다고 한다. 병사들은 모두 기총(騎銃)과 군도로 무장한 채 지정된 장소에 배치되어 있었다. 파꾼도 끼로가를 따라온 사람은 모두 죽어야 했다. 이는 산또스 뻬레스 자신이 역장에게 직접 한 말이었다. 사전에 소식을 받아 사실을 확인했음에도 불구하고 파꾼도 끼로가의 결심은 전혀 변화하지 않았는데, 끼로가는 늘 그렇듯 초콜릿 한 잔을 마신 뒤에 깊은 잠에 빠져들었다. 오르띠스 박사 역시 잠자리에 들었지만 잠을 자기 위해서라기보다는 살아생전에 더 이상 보지 못하게 될 부인과 자식들을 생각하기 위해서였다. 그런데 이 모든 것이 그렇게 되는 이유는 무엇일까? 이는 무시무시한 어느 친구의 분노와 맞서지 않기 위해서다. 친구에게 불충의 과오를 저지르지 않기 위해서다. 자정 무렵이 되자 오르띠스 박사의 고통스러운 불안감은 계속해서 침대에 누워 있지 못할 정도에 이르렀다. 그는 침대에서 일어나 자신과 비밀을 나눈 그 역장을 찾아 나섰다. "친구, 자는 거요?" 오르띠스 박사가 낮은 목소리로 역장에게 물었다. "선생님, 이처럼 무시무시한 일을 앞에 두고 누군들 잠이 오겠어요?" "그러니까 그게 정말 틀림없다는 거요? 참으로 괴롭군요!" "생각해보세요, 선

----

31) [원편집자 주] 삐녜로(Piñero) 박사는 그 불행한 비서 오르띠스 씨에 관한 이런 사실을 자세하게 알고 있었다. 1846년에 칠레에서 사망한 삐녜로 박사는 오르띠스 씨의 친척이자 부에노스아이레스에서 꼬르도바까지 파꾼도 끼로가를 따라왔던 사람이다. 죽은 사람들에 관한 사항을 사실에 근거해 기술해야 한다는 것은 정말 서글픈 일이지만 반드시 필요하다.

생님. 죽을 줄 뻔히 아는데 내가 기수 두 명을 보내야 한다면 내 심정이 어떻겠어요? 정말 죽고 싶은 심정이네요. 여기 소년 하나가 있어요. 분견대 상사의 조카인데요, 난 그 애를 보낼까 생각하고 있어요. 하지만 다른 아이는…… 아무 죄도 없이 죽게 될 텐데 내가 누구를 보내겠어요?" 오르띠스 박사는 자신과 자기 동료인 역장의 목숨을 구하기 위해 마지막 애를 써보았다. 오르띠스 박사는 파꾼도 끼로가를 잠에서 깨운 뒤 방금 전에 들은 무시무시한 이야기를 자세하게 들려주면서 파꾼도가 헛되이 목숨을 버리려고 고집한다면 파꾼도를 따라가지 않겠노라고 알렸다. 파꾼도는 화가 난 표정을 짓고 지나치게 투박하고 힘 있는 소리로 말하면서, 그곳에서 자기의 뜻에 거슬리는 것은 바랑까야꼬에서 오르띠스 박사를 기다리고 있는 것보다 훨씬 더 위험하다고 오르띠스 박사에게 인식시켰다. 끼로가는 용맹스러운 흑인인 자기 부관에게 사륜마차에 실려 있는 총 몇 정을 소제한 뒤 총알을 장전해놓으라고 명령했다. 파꾼도의 모든 예방책은 이런 식으로 제한되었다.

결국 그날이 도래했고, 파꾼도 끼로가의 사륜마차는 길을 떠났다. 마차를 끄는 말에 탄 기수 말고도, 분견대 상사의 조카인 소년, 우연히 합류하게 된 우편배달부 둘, 그리고 말을 탄 흑인 부관이 파꾼도와 함께 가고 있었다. 그들은 운명적인 장소에 도착했다. 길 양편에서 발사한 총알 두 방이 사륜마차를 꿰뚫고 지나갔지만 부상자는 아무도 없었다. 병사들이 군도를 빼들고 사륜마차를 덮치고, 순식간에 말을 꼼짝 못하게 제압하고, 기수와 우편배달부, 그리고 부관을 난도질해버렸다. 그러자 끼로가가 사륜마차의 문 밖으로 고개를 내밀고, 그로 인해 병사들이 잠시 멈칫거렸다. 끼로가는 병사들의 대장을 찾아 가까이 다가오도록 해놓고는 다음과 같이 물었다. "이게 무슨 짓거리냐?" 파꾼도는 대장의 대답을 대신한 총알

파꾼도의 최후 살따 주와 뚜꾸만 주 사이의 갈등을 중재하고 돌아오던 파꾼도는 바랑까야꼬에서 살해당했다.

한 방을 한쪽 눈에 맞고 죽었다. 그러고서 산또스 뻬레스는 그 불운한 사절(使節)의 몸을 여러 차례 칼로 찔렀다. 학살이 다 끝나자 대장은 시체들이 가득 차 있는 그 사륜마차를, 난자당한 말들과 두개골이 벌어진 채 여전히 말 위에 놓여 있는 기수와 함께 숲 속에 버리라고 명령했다. "그런데 이 소년은 뭐냐?" 산또스 뻬레스는 유일하게 살아남은 역마차 역의 소년을 보더니 이렇게 물었다. "이 애는 제 조카입니다. 제 목숨을 걸고 조카를 책임져야 합니다." 분견대의 상사가 대답했다. 산또스 뻬레스는 상사에게 다가가 그의 가슴에 총알 한 방을 발사하고, 즉시 말에서 내려 소년의 팔을 잡아 땅바닥에 패대기친 뒤에, 위험에 빠진 소년이 살려달라고 울부짖고 있는데도 소년의 목을 베어버렸다. 소년의 마지막 울부짖음은 산또스 뻬레스를 괴롭히는 유일한 고통이 되었다. 그 후 산또스 뻬레스는 분견대를 탈영하고, 자기를 쫓아오는 병사들을 피해 바위 틈이나 빽빽하게 우거진 숲 속에 숨었는데, 소년의 애간장을 끊어놓는 울부짖음이 바람에 실려와 그의 귓전을 때렸다. 혹 산또스 뻬레스가 반짝거리는 별빛에 의지해 은신처에서 과감하게 나오게 되면, 체구가 작은 소년의 희뿌연 몸이 어디에 있는지 확인하기 위해 불안한 눈초리로 어둑어둑한 나무들의 어둠 속을 뚫어지게 응시하지만, 소년의 모습은 어디에도 보이지 않았다. 두 갈래 길에 이른 산또스 뻬레스는 자신이 선택하지 않은 다른 길로 말을 채근해 다가오고 있는 소년의 모습을 보고는 겁을 내며 잠시 주춤했다.

파꾼도 역시 자신이 행한 행동 가운데 단 한 가지 후회스러운 행동이 자신을 괴롭힌다고 종종 말했다. 그것은 바로 멘도사에서 장교 스물여섯 명을 총살시킨 것이다.

그렇다면 이 산또스 뻬레스는 어떤 인물인가? 그는 꼬르도바 시골의 나쁜 가우초이자, 수많은 사람을 죽이고, 비범한 용기를 지니고, 전대미문의 모험을 함으로써 산지와 도시에서 아주 유명해진 인물이었다. 빠스 장군이 꼬르도바에 머물고 있을 때, 산또스 뻬레스는 산에서 활동하던 가장 무법적이고 실체를 파악할 수 없는 몬따네라들을 이끌었는데, 이들의 활동무대인 산따까딸리나의 '빠고'[32)]는 오랜 세월 동안 숙련된 군인들조차도 침투할 수 없었던 하나의 레뿌블리께따[33)]였다. 산또스 뻬레스가 더 고상한 이상을 지녔더라면 끼로가에게 대적할 만한 적수가 되었을 것이다. 하

∴

32) '빠고(Pago)'는 '마을', '지역' 등을 가리킨다.
33) '레뿌블리께따(republiqueta)'는 일반적으로 성급하게 조직화된 영토를 일컫는다. 정부에 속해 있지만 제도가 제대로 정비되어 있지 않는 상태에 있다. 다른 맥락에서는 1811년과 1825년 사이에 '아우디엔시아 데 차르까스(Audiencia de Charas: 현재의 볼리비아)에서 급조된 미발달 상태의 나라들(estados)을 지칭한다.

지만 산또스 뻬레스는 자신의 못된 행위로 끼로가를 죽인 사람이었을 뿐이다. 산또스 뻬레스는 키가 크고 얼굴이 잘생겼으며, 창백한 얼굴에 곱슬곱슬한 검은 수염을 기르고 있었다. 그는 오랫동안 사법 당국의 추적을 받았고, 그를 찾는 데 4백 명이 넘는 요원이 동원되었다. 처음에 산또스 뻬레스는 레이나페 형제들의 부름을 받고 주지사 관저에서 환대를 받았다. 레이나페 형제들을 만나고 나오는 길에 산또스 뻬레스는 뱃속이 꼬이는 것 같은 특이한 느낌이 들어 친구인 의사에게 진찰을 받아볼 생각을 했다. 산또스 뻬레스가 건배 제의를 받고 술 한 잔을 마셨다는 이야기를 들은 의사 친구는 산또스 뻬레스에게 묘약을 처방해주었고, 산또스 뻬레스는 시의적절하게도 술에 들어 있던 비소를 토해냈다. 그 후 산또스 뻬레스가 가장 극심한 추적을 받고 있을 때, 그의 옛 친구인 까사노바 사령관이 그에게 뭔가 아주 중요한 것을 알려주겠다는 연락을 했다. 어느 날 오후, 까사노바 사령관이 지휘하는 기병대가 그의 집 앞에서 훈련을 하고 있을 때였다. 그의 집 앞에 가 있던 산또스 뻬레스가 말에서 내려 까사노바 사령관에게 말했다. "나 여기 있네. 도대체 내게 무슨 말을 하고 싶은 건가?" "어이! 산또스 뻬레스, 이리 와서 앉게나." "됐네! 그런데 뭣 때문에 나를 불렀는가?" 까사노바 사령관은 그 말에 놀란 듯, 머뭇거리면서 잠시 할 말을 잊고 있었다. 까사노바 사령관의 교활하고 대담한 상대는 까사노바 사령관의 의도를 눈치 채고는 까사노바 사령관에게 경멸하는 시선을 보내고 돌아서면서 말했다. "자네가 나를 배신하고 체포하려 한다는 걸 아주 잘 알고 있네! 나는 단지 그 사실을 확인하기 위해서 여기로 온 거야." 까사노바 사령관이 수하 대대에 산또스 뻬레스를 추적하라는 명령을 내렸을 때는 산또스 뻬레스가 이미 사라져버린 후였다. 마침내 어느 날 밤 산또스 뻬레스는 여자의 복수에 의해 꼬르도바 시내에서 체포되었다. 당시 산또스 뻬레스는 함께 자던 애인을 두드려 패버렸다. 산또스 뻬레스의 애인은 그가 깊이 잠들었을 때 조심스럽게 일어나 그의 권총과 군도를 집어 들고는 거리로 나와서 순찰대원에게 알렸다. 산또스 뻬레스가 잠에서 깨어났을 때는 수많은 총구가 그의 목을 겨누고 있었고, 그는 권총을 집으러 손을 뻗쳤지만 권총이 없었다. "항복하겠다. 내 권총을 빼앗아 가버렸군!" 산또스 뻬레스는 차분하게 말했다. 산또스 뻬레스가 부에노스아이레스로 끌려온 날, 엄청난 군중이 주지사 관저 문 앞으로 모여들었다. 군중이 산또스 뻬레스를 보더니 소리를 질렀다. "산또스 뻬레스를 죽여라!" 그는 경멸하는 표정을 지은 채 고개를 가로저으며 군중을 쭉 훑어보더니 단지 이 말만 중얼거렸다. "내가 지금 내 칼만 갖고 있어도!" 감옥으로 이송하는 마차에서 그를 내려놓자 군중이 반복해서 소리를 질렀다. "저 포악한 인간을 죽여라!" 산또스 뻬레스가 교수대를 향해 걸어갔을 때 당통처럼 큰 그의 체구는 군중을 위압했고, 그의 시선은 건축가들이 설치해놓은 비계 하나를 응시하듯이 가끔씩 교수대를 응시했다.

《엘쁘로그레소》에 실린 연재소설[34]의 결말

부에노스아이레스 정부는 후안 파꾼도 끼로가를 살해한 자들의 처형식을 근엄하게 거행했다. 피에 물들고 총알 자국이 무수하게 박힌 파꾼도 끼로가의 마차는 오랫동안 군중에게 전시되었다. 파꾼도 끼로가의 초상화

---

34) 도밍고 파우스띠노 사르미엔또는 이 작품을 칠레에서 발행되던 신문 《엘쁘로그레소(El Progreso)》('진보'라는 뜻)에 1845년 5월 2일부터 '연재소설' 형식으로 게재했다.

뿐만 아니라 파꾼도 끼로가 살해범들과 그들이 처형당한 교수대의 그림은 석판화로 인쇄되어 수천 부가 배포되었고, 파꾼도 끼로가 살해범들의 재판 과정을 요약한 것도 2절판 책으로 출간되었다. 하지만 공정한 역사는 파꾼도 끼로가를 살해하도록 사주한 주인공을 역사의 손가락으로 가리키기 위해 여전히 데이터와 폭로를 기다리고 있다.

제14장
중앙 집권주의 정부

>'통치하고 싶어하는' 이유가 도대체 무엇인지는 잘 알려져 있지 않다. 단 한 가지 사실만이 알려져 있는데, 그것은 통치하고 싶어하는 사람은 자신을 괴롭히는 어떤 분노에 사로잡혀 있다는 것이다. 그 분노가 바로 '통치하고 싶다!'이다. 통치하고 싶어하는 사람은 자신이 갇혀 있는 우리의 천장을 부숴버린 곰과 같은 존재인데, 그는 '자기 정부'를 수중에 넣는 순간부터 모든 사람을 쫓아버리게 될 것이다. 그의 수중에 떨어지는 사람은 '그의 정부' 아래서 죽을 때까지 그 정부를 멀리할 수 없을 것이다. 그 정부는 피로 배가 차지 않는 한 떨어지지 않는 찰거머리이기 때문이다.
>
> — 라마르틴[1]

나는 별로 중요하지 않은 이 기록의 서문에서, 후안 파꾼도 끼로가는 아르헨티나 공화국에서 일어난 시민전쟁의 핵심이라고 이해했고, 30년 동안 다양한 이름을 가지고 싸워온 세력 가운데 한 세력에 관한 사실적이고 솔직한 표현이라고 이해했다는 사실을 밝힌 바 있다.[2] 끼로가의 죽음은 별개의 사건이 아니고, 결과가 없는 사건도 아니다. 내가 앞서 밝힌 바 있는 그 사회적인 선례가 끼로가의 죽음을 거의 불가피하게 만들었다. 그것은 하나의 정치적 결말로서, 어느 전쟁이 만들어낼 수 있는 결말과 같다. 후안 파꾼도 끼로가를 죽인 그 폭력 사태를 실행할 임무를 떠맡았던 꼬르도바 주 정부는 아르헨티나에서 설립된 다른 주 정부들에 비해 수준이 너무 낮았다. 만약 꼬르도바 주 정부가 폭력 사태의 결과물을 수확하고자 했던 다른 주 정부들의 도움을 받지 못했더라면 그 임무를 그토록 뻔뻔스럽게 실행할 수는 없었을 것이다. 파꾼도 끼로가를 살해하는 것은 여러 주 정부가 장기간의 토의를 거쳐 사전에 만반의 준비를 하고, 국가가 수행하는 어느 계획처럼 집요하게 실행한 '공식적인' 행위였다. 내가 정리하기로 작정했던 일련의 사건은 파꾼도 끼로가의 죽음과 더불어 끝나지 않았는데, 그 사건이 마디가 단절되고 불완전한 상태로 남아 있지 않도록 하기 위해 나는 내가 가고 있는 길을 따라 계속해서 조금 더 앞으로 나아갈 필요가 있다. 이는 공화국의 내부 정치에서 만들어지는 결과가 과연 어떤 것인지를 조사하기 위해서인데, 오솔길을 덮은 시체들의 수가 이미 너무 많기 때문에 세월과 비바람이 시체들을 훼손함으로써 앞으로 나아가는 길이 트이게 될 때까지 기다리면서 그 문제에 관해 천착할 것이다. 바랑까야꼬에서 일어난 파꾼도 끼로가 살인 사건이 열어놓은 문을 통해 나는 유혈이 낭자한 그 드라마가 아직도 공연되고 있는 어느 극장으로 독자들과 함께 들어갈 것이다.

파꾼도 끼로가는 2월 18일에 살해당했다. 파꾼도의 죽음에 대한 소식은

∴

1) '라마르틴(Alphonse Marie Louis de Prat de Lamartine, 1790~1868)'은 프랑스 낭만파 시인이다. 그는 외교관과 정치가로서도 활약하면서 『지롱드당사(黨史)』(1847)를 발표해 민중에게 호소했고, 1848년에는 프랑스 임시 정부의 외무대신까지 지냈다.
2) [원편집자 주] 사르미엔또는 아르헨티나 역사에 내재한 대립 관계, 즉 첫째, 사아베드라(Saavedra)와 모레노(Moreno) 사이의 대립(1810), 그 후 리바다비아와 까우디요들 사이의 대립(1820), 그리고 마지막으로 로사스와 5월 연합 사이의 대립에 관한 그의 생각을 명확하게 보여준다.

24일 부에노스아이레스에 도달했고, 3월 초순경에는 '평원의 총사령관'[3]이 통치하게 되는 필수적이고 불가피한 정부의 모든 토대가 마련되었다. 평원의 총사령관은 1833년부터 부에노스아이레스에 고문을 가해 도시를 피곤하고 고통스럽고 절망적으로 만듦으로써 시민들이 흐느끼고 신음 소리를 내는 가운데, 마침내 그 도시로부터 '공권력의 총체'[4]를 뽑아냈다. 공권력의 총체라고 한 이유는, 후안 마누엘 데 로사스가 이번에는 독재나 특별 권한 등을 요구하는 데만 만족하지 않았기 때문이다. 그는 만족하지 않았다. 그가 요구하는 것은 공권력의 총체라는 문장에 담겨 있는 전통, 관습, 관례, 담보, 법률, 종교 의식, 사상, 양심, 삶, 재정, 선점권 등을 망라한다. 권력이 사회에 대해 지닌 모든 것을 독자 여러분이 합쳐보면 결과는 로사스가 요구한 공권력의 총체가 될 것이다. 4월 5일 대표자들의 훈따는 협정을 준수하기 위해 '사막의 영웅'이자 '법의 빛나는 복구자'이자 '공권력의 총체'의 보관인(保管人)인 돈 후안 마누엘 데 로사스 장군을 5년 임기의 부에노스아이레스의 주지사로 선택했다.

하지만 로사스는 대표자들의 훈따가 실시한 선출에 만족하지 못했다. 로사스가 생각한 것은 아주 거대하고, 아주 새롭고, 결코 본 적이 없는 것이었다. 그는 자신이 상상한 모든 안전 장치를 사전에 모색해둘 필요가 있었다. 나중에 부에노스아이레스 시민들이 그에게 공권력의 총체를 위임하지 않았다고 말할지도 모른다고 생각했기 때문만은 아니었다. 통치자 로사스는 주지사 선거위원회에 다음 사안을 제안했다. "후안 마누엘 데 로사스가 공권력의 총체를 가진 5년 임기의 주지사가 되는 데 동의하십니까?"

---

[3] '평원의 총사령관'은 바로 후안 마누엘 데 로사스를 가리킨다.
[4] 도밍고 파우스띠노 사르미엔또는 '공권력의 총체'에 해당하는 원문을 다음과 같이 대문자로 썼다. 'SUMA DEL PODER PÚBLICO'.

나는 그 문제를 역사적 진실의 선물로서 말해야 하는데, 로사스 정부보다 더 대중적이고, 시민이 원하고, 더욱이 여론에 의해 지탱되는 정부는 결코 없었다. 아무 데도 참여하지 않았던 중앙 집권주의자들은 그 정부를 적어도 무관심하게는 받아들였고, '로모스 네그로스'라 불린 연방주의자들은 그 정부를 멸시하며 받아들였지만 반대는 하지 않았다. 평화적인 시민들은 그 정부를 하나의 축복이라고 여기고 기나긴 2년 동안의 동요가 종결되리라 기대했다. 결국 원정은 정부 권력의 상징이었고, 오만하고 잘난 체하는 사람들에게는 굴욕이었다. 아주 행복한 계획하에 그 도시의 모든 구역에서 주지사 선거 또는 비준이 시작되었고, 투표 결과는 공권력의 총체를 위임하는 문제에 반대하는 세 표를 제외하고는 만장일치나 다름없었다. 경제지《가세따 메르깐띨》이 확인한 바에 따르면, 인구 40만 명에 이르는 어느 지방에서 정부에 반대표를 던진 사람이 단 세 명에 불과했는데, 어떻게 해서 이런 일이 일어날 수 있었다고 생각하겠는가? 혹시 정부의 결정에 반대하는 사람들이 투표를 하지 않은 것일까? 결코 그런 일은 없었다! 투표를 하러 가지 않은 주민이 있었다는 소식은 아직까지 없다. 병자들까지도 혹여 투표를 하지 않았다가는 자신들의 이름이 요시찰 인명부에 올라갈까 두려운 나머지 찬성표를 던지기 위해 침대에서 일어났다. 왜냐하면 투표를 하지 않은 사람의 이름이 요시찰 인명부에 올라갈 수도 있다는 사실이 은근히 암시되었기 때문이다.

이미 사방에 공포가 퍼져 있었고, 비록 아직 천둥이 치지는 않았다 할지라도 모든 사람은 2년 전부터 하늘을 뒤덮고 있던 사나운 먹구름을 보고 있었다. 그런 투표는 문명화된 사람들의 연보(年報)들에서 유일한 것이었고, 그 미치광이 세 명, 즉 기백 좋은 반대자들의 이름은 부에노스아이레스 시민의 전통에 보존되었다.

세계의 모든 국민의 역사에는 치명적인 순간이 하나 있다. 그것은 바로 정당들이 싸우는 데 지쳐버림으로써 자신들이 꿈꾸던 자유 또는 목적을 포기하면서까지, 무엇보다도 수년 동안 취하지 못했던 휴식을 요청하는 순간이다. 이 순간이 바로 왕국과 제국을 창건한 폭군들이 궐기하는 순간이다. 마리오와 실라의 싸움,[5] 귀족과 평민의 싸움에 지친 로마는 황제들의 명단 첫 자리를 차지하는 아우구스투스의 달콤한 폭정에 기꺼이 의탁해버렸다. 프랑스는 공포 정치 이후 집정부가 무능해지고 사기가 저하된 뒤에 나폴레옹에게 넘겨졌는데, 나폴레옹은 월계수 잎사귀가 뿌려진 길을 통해 프랑스를 동맹국들에게 복속시켰고, 동맹국들은 프랑스를 부르봉 왕조에 되돌려주었다. 로사스는 피로를 가중시키는 재주를 지니고 있었다. 아니 휴식을 불가능하게 만드는 힘을 통해 피로를 생산해내는 재주를 지니고 있었다. 그가 절대 권력의 주인이었는데, 나중에 누가 로사스에게 그 권력을 달라고 요구할 수 있었겠으며, 지배를 하는 문제에서 누가 감히 로사스와 높이를 겨룰 수 있었겠는가? 로마 사람들은 특별한 경우에 일정 기간 짧게 독재를 허용했다. 그런데도 그처럼 제한적인 독재 허용이 공화국을 파괴시키고 결국은 제국의 총체적인 방종을 초래했던 영원한 독재를 인정해주었다. 로사스는 주지사 임기가 끝날 무렵 자신은 개인적인 삶으로 은퇴하겠다는 단호한 결심을 보여주었다. 사랑하는 부인과 아버지의 죽음은 로사스의 가슴에 상처를 남겼다. 로사스는 원 없이 울어버림으로써 자신의 고통스러운 마음을 달래기 위해 혼란스러운 공공 업무에서 멀리 떨어져 있을 필요가 있었다. 독자 여러분은 로사스의 입에서 이런 말

∴

5) 마리오는 호민관이면서 평민들의 대표로서 원로원과 귀족에 대항해 봉기했지만, 실라에게 패배해 죽음을 당했다. 실라는 이에 만족하지 않고 독재자가 되어 시민 2만여 명을 죽였다.

을 들었을 때, 로사스가 청소년기부터 아버지를 만나지 못하고 지냈으며, 매일 부인을 매우 힘들게 했다는 사실을 기억해야 한다. 이는 티베리우스[6]가 로마의 원로원 앞에서 했던 위선적인 항변과 상당히 유사하다. 부에노스아이레스의 법원은 로사스더러 조국을 위해 계속해서 희생해달라고 부탁하고 간청했다. 로사스는 법원의 간청을 받아들여 단 6개월만 더 통치를 지속했다. 6개월이 지나자 로사스는 선거의 광대 짓을 그만두었다. 그런데 실제적으로 권력이 자신으로부터 나오는 어떤 지배자가 구태여 선거를 통해 선출될 필요가 있을까? 그 지도자가 모든 사람에게 불어넣은 공포 때문에 몸을 벌벌 떨면서 지도자에게 시시비비를 따질 사람이 어디 있겠는가?

베네치아의 귀족 정치는 1300년에 티에폴로[7]의 반란을 진압한 뒤에 권력 중심부에 임의 재량권을 부여받은 개인 열 명을 임명했는데, 그들은 음모에 가담한 사람들을 추적해서 벌을 가했다. 하지만 자신들의 통치권은 단 10일로 제한했다. 다루 백작[8]이 명저 『베네치아의 역사』에서 그 사건에 관해 다음과 같이 언급했다. 한 번 들어보자.

"위험이 곧 닥쳐올 것이라 믿었기 때문에 승리를 쟁취한 이후에 독재 정권 하나가 만들어졌다. 국가를 수호하는 데 망을 보기 위해 위원 열 명으로 구성된 심의회 하나가 만들어졌다. 심의회는 모든 방법을 동원했다. 심의회에는 모든 절차적 형식과 모든 책임이 면제되었고, 모든 기관의 장들이 심의회에 복종했다."

---

6) '티베리우스(Tiberius Julius Caesar Augustus, B.C. 42~B.C. 37)'는 로마 제국의 제2대 황제다.
7) '티에폴로(Bajamonte Tiepolo, ?~1329년 이후)'는 베네치아의 귀족으로, 1310년 5월 15일 베네치아 공의회를 전복하기 위해 반란을 시도했으나, 배신, 잘못된 계획, 대중의 지원 미비, 폭풍우 때문에 실패하고 말았다.
8) '다루 백작(Pierre Antoine Noel Bruno Daru, 1767~1829)'은 프랑스의 군인이자 의원이다. 1819년에 명저 『베네치아의 역사(Histoire de Venise)』를 출간했다.

"실제로 심의회의 임기는 10일을 넘기지 않아야 했다. 그런데도 임기를 10일 더 연장할 필요가 있었고, 그 후에는 20일을, 그리고 즉시 2개월을 연장할 필요가 있었다. 하지만 결국 이 2개월이라는 기한은 여섯 번이나 계속해서 연장되었다. 심의회는 1년 동안 존속된 뒤에도 5년이나 계속해서 존속했다. 5년이 지나자 심의회의 힘이 너무 세져서 스스로 임기를 10년 더 연장했다. 그리고 결국 그 무시무시한 재판소는 영구적으로 존속한다고 선언되었다."

"그 심의회가 자신의 임기를 연장함으로써 하고자 했던 바는 자신의 권한을 확대하는 것이었다. 국가가 저지른 범죄를 파악하기 위한 목적으로만 설립된 본 재판소는 국가의 행정권을 점유해버렸다. 본 재판소는 공화국의 안전을 지키기 위해 망을 보겠다는 의도하에 평화와 전쟁의 문제에 개입하고, 정부의 수입을 사용하고, 결국에는 절대 권력을 부적절하고 과도하게 탈취해버렸다."[9]

아르헨티나 공화국에서 절대적인 권한을 그런 식으로 점유해버린 것은 심의회가 아니라 지위에 걸맞지 않은 한 인간이었다. 그 인간은 임시로 외교 문제를 떠맡은 뒤, 자기에게 임무를 맡긴 지방의 주지사들을 자리에서 끌어내리고 총을 쏘아 죽이거나 다른 방식으로 살해해버렸다. 그는 1835년에 단 5년 동안만 공권력의 총체를 떠맡기로 했는데, 1845년에도 여전히 공권력의 총체를 장악하고 있다. 오늘날 로사스가 공권력의 총체를 포기할 것이라고 믿는 순진한 사람은 아무도 없으며, 국민들은 그에게 공권력의 총체를 놓아달라고 부탁할 수조차 없다. 로사스는 죽을 때까지 정부를 장악하게 되는데, 만약 하느님의 섭리가 로사스로 하여금 프란시아 박사

---

9) [원편집자 주] 『베네치아의 역사』, 제2권, 7번 책, 84a쪽.

처럼 평화롭게 죽는 것에 동의해주었더라면 그 불행한 국민은 그동안 오랜 세월의 고통과 불행을 견뎌내고, 오늘날 자신들을 한순간의 '피로의 희생자'로 간주할 것이다.

1835년 4월 13일, 로사스는 정권을 이양받았다. 그가 취임식에서 보여준 거칠 것 없는 태도와 거드름은, 가우초의 상규(常規)를 벗어난 행위와 '가우초스러움'[10]을 구경하면서 잠시 즐길 수 있을 것이라 믿었던 순진하고 우직한 사람들을 여지없이 놀라게 만들었다. 로사스는 장군복 상의의 단추를 잠그지 않은 모습으로 취임식장에 나타났고, 그로 인해 그가 상의 속에 입은 돋을무늬 무명 조끼가 드러나 보였다. 이처럼 특이한 의상을 입은 로사스의 정신 세계를 이해하지 못하는 사람들에게는 미안한 일이지만, 그의 의상은 당시의 상황이 어떠했는지를 상기시켜줄 수 있을 것이다.

어찌 되었든 결국 정부는 로사스의 수중에 들어오게 되었다. 파꾼도는 몇 개월 전에 사망했다. 부에노스아이레스 시는 로사스의 판단과 결정에 따라 좌우되었다. 국민들은 로사스에게 이렇듯 모든 것을 보장해주고, 모든 관습과 법령에 대한 권한을 로사스에게 확실하게 넘겨주는 데 동의했다. 로사스에게 국가는 하나의 반반한 탁자 같은 역할을 했고, 로사스는 그 탁자 위에서 새롭고 독창적인 것 하나를 기술하게 될 것이다. 로사스는 시인이다. 로사스는 자신의 이상적인 공화국을 실현하게 된 한 명의 플라톤이고, 자기 나름대로 그 공화국을 고안해놓고 있었다. 이것은 로사스가 20년 동안 숙고해온 작업이다. 로사스는 케케묵은 전통, 당대의 관심사, 유럽을 모방하는 것, 개인들이 믿고 있던 것, 현재의 제반 관습이 로사스

---

10) '가우초스러움(gaucherie)'은 투박하고, 세련되지 않고, 눈치 없이 행동하는 것을 가리킨다.

후안 마누엘 데 로사스 지방 출신에 야만적이고 용맹스럽고 대담한 파꾼도 끼로가는 로사스로 대체되었다.

자신이 실현하려고 하는 바를 방해하지 않게 하면서 작업을 수행했다. 로사스는 자신이 살고 있는 세기의 오류에 대해 애석해하고, 그런 오류를 일거에 타파하기 위해 노력하는 천재다. 모든 것은 새로워질 것이고, 그의 작업이 될 것이다. 우리는 이처럼 독특한 천재를 보게 될 것이다.

로사스는 통치자의 지팡이를 받았던 의사당을 나온 뒤, 그 의식을 위해 미리 '빨갛게' 색칠해놓은 마차를 타고 떠났다. 마차에는 '빨간색' 비단을 꼬아 만든 밧줄을 묶고, 1833년부터 부에노스아이레스를 공격함으로써 그 도시에 계속해서 불안과 공포를 유발했지만 처벌을 받지 않았던 남자들에게 굴레를 씌워 밧줄을 끌도록 했다. '인민단'[11]이라 불리는 그들은 허리에 칼을 차고, '빨간색' 조끼를 입고 다니고, "중앙 집권주의자들은 죽어라"[12]라고 쓰인 '빨간색' 띠를 차고 다녔다. 이 사람들은 로사스의 집 문에서 '명예의 경비'를 섰다. 우선은 시민들이, 이어 장군들이 로사스의 집으로 갔다. '복구자'의 '페르소나'에 대한 무한한 지지를 그런 식으로 드러낼 필요가 있었기 때문이다.

그 다음 날 담화문과 추방자 명단이 각각 공포되었다. 명단에는 로사스의 동서인 알시나 박사의 이름이 들어 있었다. 담화문은 로사스가 썼던 소수의 담화문 가운데 하나였는데, 그것은 애석하게도 현재 내 수중에 없는 귀한 문서다. 그것은 감추는 것도 없고 에둘러 표현한 것도 없는, 로사스의 '정부 운영 계획' 문서였다.

∴

11) [원편집자 주] '인민단(Sociedad Popular)'은 로사스 체제의 마소르까, 경찰, 기동 타격대와 로사스를 추종하는 전통적인 단체들의 일부 집단으로 이루어져 있다. 마소르까가 '인민재건단(Sociedad Popular Restauradora: 약칭 '인민단')'의 주축을 이루었기 때문에 인민재건단을 흔히 마소르까라 불렀다.
12) 원문은 다음과 같다. "Mueran los unitarios."

나와 함께하지 않는 사람은 나의 적이다.

이 담화문에 표현된 정치적 원칙은 바로 이것이었다. 유혈이 낭자할 것이라고 알리고, 다만 개인의 소유권에 대한 공격은 하지 않겠다고 약속한 것이다. 아이쿠, 로사스의 화를 돋우다니!

4일 후, 산프란시스꼬 본당은 전지전능한 하느님께 감사를 드릴 겸 특별 미사와 〈테데움〉[13]을 봉헌하겠다는 의도를 드러내면서, 다들 참석해서 행사를 엄숙하게 축하해달라고 주민들을 초대했다. 본당 주변 거리는 온갖 천으로 장식되었고, 카펫이 깔리고, 융단으로 만든 벽걸이들이 걸리고, 온갖 것으로 치장되었다. 일종의 동양풍 자선 시장이 열려 다마스크 천, 진홍빛 모직, 황금빛 천, 보석들이 형형색색 자태를 뽐내며 장식되어 있었다. 사람들이 거리를 가득 채우고, 젊은이들은 온갖 새로운 것에 심취되어 찾아다니고, 부인들은 본당을 오후의 산책 장소로 이용했다. 〈테데움〉이 하루를 지나 다음 날까지 계속되고, 도시가 온통 요동을 치고, 사람들이 오가고, 모두 흥분에 들떠 있고, 사람들은 너댓새 동안 일을 멈추었다. 《가세따 메르깐띨》은 그 화려한 행사의 이모저모를 계속해서 아주 상세하게 보도했다. 8일이 지난 뒤 다른 본당이 자신들도 〈테데움〉을 거행하겠다고 알렸다. 그 지역 주민들은 자신들도 열심히 경쟁하겠노라고, 이전의 다른 본당에서 거행한 행사의 빛을 바래게 만들어버리겠노라고 다짐했다. 온갖

∙∙

13) '〈테데움(Te Deum)〉'(Thee, O God, we praise)은 '거룩한 삼위일체의 찬가(Hymnus in honorem Trinitatis)'라고도 불린다. 교황 암브로시우스 또는 성 아우구스티누스가 지은 것으로 알려져 있는 매우 오래된 전례문인데, 기원후 500년 무렵부터 로마 가톨릭의 성무일과(聖務日課)나 축일, 또는 전승과 같은 국가적 기념의 노래로 만과(晚課) 예전(禮典)의 마지막에 불렸다. 영국 국교회인 성공회의 조도(朝禱, Morning Service)에서도 〈테데움〉을 불렀다. 그리고 16세기부터는 축일이나 추수 감사절 전례에서 〈테데움〉을 불렀다.

화려한 장식에, 온갖 화려하고 값진 물건과 장신구가 자태를 뽐내고 있었다! 복구자의 초상은 '빨간색' 융단에 길고 가느다란 조각들과 황금색 노끈으로 치장되어 있는 천개(天蓋)에 안치되어 거리에 놓여 있었다. 며칠이 지나도 행사는 계속해서 진행되었다. 다들 거리에서, 특권을 부여받은 본당에서 살아가고 있었다. 며칠이 지나면 다른 교구의 본당에서 또 다른 축제가 열렸다. 그런데 언제까지 그런 축제가 열리게 될까? 이 사람들은 그런 구경거리에 질리지도 않는 것일까? 도대체 열정이 얼마나 대단하기에 한 달 내내 식지도 않는 것일까? 교구의 모든 본당이 한꺼번에 그런 행사를 거행하지 않는 이유가 무엇일까? 행사는 한꺼번에 거행되지 않았다. 행사는 차츰차츰 체계적이고, 조직적이고, 관리되는 열정이 되어가고 있었다. 1년이 지나도 축제를 하고 있는 본당들이 끊이지 않았고, '공식적인' 열광은 도시에서부터 지방으로 이전되고, 이 열광은 결코 끝나지 않을 것 같았다. 당시의 《가세따 메르깐띨》은 1년 반 동안 그 연합 축제를 보도하는 데 몰두해 있었다. 로사스의 '초상화'[14]는 그 모든 축제에 어김없이 등장했고, 초상화를 안치하기 위해 특별히 제작된 마차를 장군들, 부인들, 순수 열성 연방주의자들이 끌었다. "그런 연극에 매혹당하고, 노트르담 대성당에서 멋들어지게 불린 〈테데움〉에 열광한 대중은, 자신들이 아주 비싼 대가를 치르고 있다는 사실을 잊어버린 채 아주 즐거워하며 축제장을 떠났다."[15]

1년 반이 지난 뒤 마침내 그들 축제로부터 '빨간색'이 '대의'를 추종하는 상징색으로 출현하게 되었다. 처음에 재단에 안치되었던 로사스의 초상화가 나중에는 사람들 각자가 갖추어야 할 비표가 되었는데, 사람들은 이 비

---

14) 사르미엔또는 '초상화'를 다음과 같이 대문자로 표기해 놓았다. 'El RETRATO.'
15) [원편집자 주] 『중세의 연대기(Chronique du moyen aye)』에 실린 내용이다.

표를 복구자의 '페르소나'에 대한 '강렬한 사랑'의 증표로 가슴에 차고 다녀야 했다. 마지막으로 이들 축제로부터 마침내 무시무시한 마소르까가 태동했는데, 마소르까는 연방주의적 성향을 지닌 열성주의자 경찰 조직으로, 우선은 불평불만자들에게 마늘과 테레빈유[16]를 섞은 관장제(灌腸劑)를 뿌리고, 그 관장제를 맞는 사람의 피부에 염증을 유발하는 이런 조치가 충분하지 않을 때는 지명받은 사람들의 목을 치는 임무를 맡았다.

아메리카 전체가 부에노스아이레스에서 열린 그 유명한 축제를 비웃으면서 그 축제가 한 국민의 타락의 절정이라고 여겼다. 하지만 나는 그들 축제에서 무엇보다도 결과가 훨씬 풍성한 어떤 정치적인 기획을 본다. 왕정을 전혀 경험하지 못한 어느 공화국에서 정부를 한 개인과 동일시한다는 생각을 어떻게 구체화할 수 있을까? 빨간색 띠는 공포를 실체화한 것인데, 그 공포는 거리에서든 가정에서든 여러분을 늘 따라다닌다. 옷을 입을 때건 옷을 벗을 때건 그 공포를 생각해야 한다. 관념이라는 것은 늘 연상 작용을 통해 우리에게 각인된다. 들판에 있는 나무 한 그루에 대한 시각적 이미지는 우리가 10년 전에 그 나무 근처를 지나가면서 나눈 대화를 우리에게 상기시켜주는 법이다. 여러분은 빨간색 띠 자체가 연상시켜주는 관념과 빨간색 띠가 로사스의 이미지에 연결시켜줄 수밖에 없는 지울 수 없는 인상이 과연 어떤 것인지 생각해보시라. 그렇듯 당시 로사스 정부의 고위직 인사가 쓴 편지에서[17] 나는 다음과 같은 말을 읽은 적이 있다. "빨

---

16) '테레빈유'는 송진을 수증기로 증류해 얻는 정유다. 맛이 시고 특이한 향기가 나는 무색 또는 연한 노란색의 끈끈한 액체로, 용제, 페인트, 구두약 따위를 만드는 데 쓰인다.

17) [원편집자 주] 그는 바로 발도메로 가르시아(Baldomero García, 1799~1870) 박사로, 변호사이자 외교관이었다. 로사스는 아르헨티나에서 정치적인 이유로 망명한 사람들의 본국 송환 문제를 처리하기 위해 발도메로 가르시가 박사를 칠레로 보냈다. 그가 칠레에 도착한 것은 후안 도밍고 파우스띠노 사르미엔또가 『파꾼도』를 출간하게 된 여러 계기 가운데 하나가 되었다.

간색 띠는 로사스의 정부가 공무원들에게 화해와 평화의 표시로 차고 다니라고 명령한 기호입니다." "야만적이고 추잡한 중앙 집권주의자들은 죽어라!"는 말은 확실히 아주 회유적인데, 어찌나 회유적인지 추방을 당한 사람이나 무덤 속에 들어가 있는 사람만이 그 말의 효과를 감히 부정할 수 있을 것이다. 마소르까는 화해와 평화의 강력한 도구였는데, 혹 여러분이 그 결과를 보지 못하게 된다면 부에노스아이레스보다 더 화해적이고 더 평화적인 도시가 이 지구상에 있는지 찾아보시라. 로사스는 아내가 죽자 서둘러 억지스러운 익살을 부리며 아내를 총사령관으로 예우하라고 명령했고, 부에노스아이레스와 지방의 시골 지역에서 그녀의 죽음을 2년 동안 애도하라고 명령했는데, 애도의 표시는 넓은 크레이프[18]를 빨간색 띠로 모자에 고정하고 쓰고 다니는 것이었다. 여러분은 문명화된 어느 도시, 남자들과 여자들이 유럽식 옷을 입고, 만 2년 동안 모든 사람이 똑같이 모자에 빨간색 장식끈을 두르고 다니는 어느 도시를 상상해보시라! 여러분이 보기에도 웃기지 않은가? 아니다. 모든 사람이 예외 없이 그런 터무니없는 짓거리에 참여할 때, 그리고 무엇보다도 만약 여러분이 그런 짓거리에 웃고 싶은 유혹을 느끼게 된다면, 여러분을 상(像)처럼 진지하게 만들어버리기 위해 그곳에 채찍이나 마늘과 테레빈유를 섞은 관장제가 있게 될 때는 전혀 웃기지 않은 법이다. 무사태평한 사람들은 15분마다 다음과 같은 구호를 재창했다. "저명한 복구자 만세, 도냐 엔까르나시온 에스꾸라[19] 만세! 불경한 중앙 집권주의자들은 죽어라!"[20] 군대의 상사는 자기 부대원들의 명단을 부르면서 위의 구호를 제창했다. 아이는 아침에 잠에서 깨어나

---

18) '크레이프(crepe)'는 강연사를 평직으로 해서 겉면에 오글오글한 잔주름을 잡은 직물을 통틀어 이르는 말이다. 실을 꼰 정도나 끝 손질 방식에 따라 여러 종류가 있다. 주로 상복용의 검은 것을 일컫는다.

침대에서 일어나면서 그 신성한 문장으로 아침 인사를 했다. 채 1개월도 되지 않은 과거 어느 날, 칠레의 어느 객줏집에 머물고 있던 아르헨티나 출신 어머니는 아들 가운데 하나가 잠에서 깨어나자마자 "연방주의자 만세!" "야만적이고 추잡한 중앙 집권주의자들은 죽어라!"라는 구호를 큰소리로 외치는 것을 보고는 다음과 같이 말했다. "조용히 해라, 아들아. 그런 말은 하지 말거라. 여기서는 그런 말을 사용하지 않으니, 더 이상 하지 말거라! 사람들이 네 말을 들을까 봐 두렵다!" 어머니의 두려움은 다 이유가 있는 것이었다. 과연 사람들이 그 아들의 말을 들어버린 것이다! 그런데 유럽은 정부 수반의 '성격'에 관한 아이디어를 만들어낼 수단을 갖고 있는 어떤 정치가를 배출해낸 적이 있을까? 유럽이 그런 성격을 만들기 위해 15년 동안 숙고할 만큼 끈질기지 않을 뿐만 아니라, 그렇게 하기 위해 다양한 방식이나 더 직접적인 방식을 사용했을 리가 없다. 그런데도 우리는 여기서 유럽이 아메리카의 그 천재[21]에게 본보기 하나를 제공했다는 사실로 위안을 삼을 수 있을 것이다. 동일한 특성을 가진 동일한 남자들로 구성된 마소르까는, 중세 프랑스에서 아르마냑 가문을 지지하는 당파들과 부르고뉴의 공작을 지지하는 당파들 사이의 전쟁[22]이 벌어지던 시기에 존재했다. G. 퓨

∵

19) '도냐 엔까르나시온 에스꾸라(Doña Encarnación Ezcurra de Rosas, 1795~1838)'는 1813년에 후안 마누엘 데 로사스와 결혼했다. 대단히 명민하고 재치 있고 큰 비전을 가지고 있던 그녀는, 남편 후안 마누엘 데 로사스의 가장 열렬한 조언자, 협조자로서 아주 민감하고 난감한 정치적 상황에서 빛나는 활약을 펼쳤다. 비천하고, 힘없고, 가진 것 없는 사람들을 집으로 초대하는 등 많은 호의를 베풀어 큰 인기를 얻었다. 그녀의 장례식에는 주민 6만 명 가운데 2만 5천 명이 함께했다. 로사스는 그녀를 "내 결혼 생활의 고귀한 동반자였다. 나의 최고 부인이자 친구였다"고 회고했다. 그녀는 민중으로부터 '성스러운 연방의 영웅'이라는 칭송을 들었다.
20) 원문은 다음과 같다. "¡Viva el ilustre Restaurador, Viva Doña Encarnación Ezcurra! ¡Mueran los impíos unitarios!"
21) '그 천재'는 바로 후안 마누엘 데 로사스를 가리킨다.

샤르 라 포스가 쓴 『파리의 역사』에서 나는 다음과 같은 특이한 사항을 발견했다. "살인을 선동한 이 사람들은 어디서든 부르고뉴 출신 사람들을 알아보기 위해 부르고뉴 출신 사람들더러 옷에 부르고뉴 지방 문장(紋章)의 주 상징인 성 안드레스의 십자가를 차고 다니라고 명령했고, 같은 당원들끼리 유대감을 강화시키기 위해 성 안드레스로부터 영감을 받아 즉시 형제단(兄弟團) 하나를 만들어볼 생각을 했다." "형제단의 각 단원은 단원임을 드러내기 위해 십자가 외에도 장미 관…… 등을 쓰고 다녀야 했다. 참으로 혼란스럽도다! 목을 자르는 살인자들의 머리에 천진난만함과 다정함의 상징을 올려놓다니!…… 장미와 피!…… '카보쉬앵들'[23]의 증오에 사로잡힌

∴

22) '아르마냑(Armagnacs)파'는 백 년 전쟁 후기의 프랑스에서 부르고뉴파와 항쟁한 귀족 당파다. 1392년에 샤를 6세가 미쳐버리자 오를레앙공 루이와 부르고뉴공 장(Jeans sans Peur)이 실권을 잡고 서로 싸웠는데, 1407년 루이 암살 후에도 그의 아들 샤를이 아르마냑 백작의 딸과 결혼해 부르고뉴공에 대항하자 이를 '아르마냑파'라 불렀다. 이 싸움에는 프랑스의 귀족, 시민 계급까지도 휩쓸려 들어갔다. 아르마냑파는 아쟁쿠르 싸움에서 영국군에 패한 뒤(1415) 몰락하기 시작해, 부르고뉴공 암살(1419)을 계기로 북프랑스에서 세력을 잃었고, 비운의 왕 샤를 7세를 옹립해 황태자파라 불리게 되었다. '부르고뉴(Bourguignons)파'는 파리를 비롯한 북프랑스 여러 도시의 지지를 얻고, 영국과 내통해 헨리 5세의 프랑스 침략을 도왔으나, 1419년에 장이 암살된 뒤에는 공공연히 영국과 동맹해 헨리 6세의 영, 프 복합 왕국(複合王國)을 승인하고, 공동으로 북프랑스를 지배했다. 그러나 결국 1435년에 아르마냑파가 지지하는 샤를 7세와 화약(和約)을 맺음으로써 양파의 항쟁은 종식되었다.
23) 1413년에 왕국의 개혁을 요구하는 정육업자들을 중심으로 파리 시민이 반란을 일으켰다. '카보쉬앵(Cabochiens) 반란'이라고 불린 이 반란은 왕국의 개혁을 원하던 파리 자치 정부와 파리 대학의 인사들이 삼부회에 개혁 진정서를 제출한 것이 발단이 되었다. 정육업자들은 유력한 부르주아들의 만류에도 불구하고 개혁을 촉구하기 위한 무력 시위를 진행했다. 그런데 시위에 참여한 인원이 순식간에 불어나면서 사태의 주도권이 정육업자들에게 넘어가고 말았다. 이들은 파리를 장악하고 왕세자를 위협하는 지경에 이르렀다. 카보쉬앵의 폭력이 장기화되면서 상거래는 사실상 마비되고, 생업에 지장을 받게 된 주민들 사이에서는 불만이 높아졌다. 그러나 카보쉬앵의 지배에 위협과 염증을 느낀 것은 누구보다도 파리의 유력한 부르주아들과 대학 인사들이었다. 이 부르주아들은 오래전부터 비밀 회합을 통해 정육업자들을 제거할 방안을 논의해왔다. 이들은 시민들을 조직해 시위를 벌임으로써 카보쉬앵을 축출했다. 한마디

사회다. 다시 말해 백정들과 목을 자르는 살인자들의 무리가 굶주린 호랑이처럼 그 도시에 풀어졌고, 이들 무수한 사형 집행인은 사람의 피로 목욕을 했다."[24]

여러분은 성 안드레스의 십자가 대신에 빨간색 띠를, 빨간색 장미 대신에 빨간색 조끼를, 카보쉬앵들 대신에 마소르께로들을, 그 사회의 1418년 대신에 이 다른 사회의 1835년을,[25] 파리 대신에 부에노스아이레스를, 부르고뉴 공작 대신에 로사스를 선택하십시오. 여러분은 우리 시대에 행해진 표절(剽竊)을 갖게 될 것입니다. 마소르까는 카보쉬앵들처럼 부에노스아이레스의 백정들과 목을 자르는 살인자들에 기원을 둔 사람들로 이루어졌다. 역사는 참으로 교훈적이다! 어떻게 해서 어떤 것이 매 순간 그렇게 반복되는 것일까!…….

그 시대에 창조된 것 또 하나는 바로 '여론 조사'였다. 이것은 진정 독창적인 제도다. 로사스는 도시와 지방의 치안 판사들을 통해 도시와 지방에서 기록부를 만들라고 명령했는데, 기록부에는 주민 개개인을 중앙 집권주의자, 무관심자, 연방주의자, 골수 연방주의자로 분류해서 이름을 등재하게 되어 있었다. 학교에서는 교장 선생님이 그 임무를 맡았고, 기록부에 등재하는 업무는 사방에서 훨씬 더 엄격하게 시행되어 나중에 확인 작업을 하고, 느슨하게 시행됨으로써 유발되는 항의가 수용되었다. 나중에 정부 청사 사무실에서 취합된 이들 기록부는 7년 동안 마소르까의 지칠 줄 모르는 칼에 사람들의 목을 제공하는 역할을 담당했다.

∴

로 말해, 카보쉬앵 반란은 아르마냑파와 브루고뉴파의 사이의 내전이다.
24) [원편집자 주] 『파리의 역사(*Histoire de Paris*)』, 제3권, 176a쪽.
25) 1418년은 프랑스에서 부르고뉴파 군대가 수도 파리를 점령한 해고, 1835년은 아르헨티나에서 파꾼도 끼로가 암살당하고, 로사스가 정권을 장악한 해다.

주민 전체의 여론에 관한 통계를 만들고, 그 여론을 중요도에 따라 특성을 부여해 분류하고, 기록부 제작과 더불어 로사스 정부에 반대하는 지표를 모두 배제해버리는 작업을 즉시 시행해 10년 동안 지속시킴으로써 '페르소나'[26)]에게서 적대감의 싹을 파괴해버린 것은 의심할 바 없이 공포감을 유발했다. 나는 과거에 종교 재판소에서 행한 그런 분류 말고는 역사에서 이와 비슷한 전례는 전혀 없었다고 생각하는데, 종교 재판소는 좋지 않은 소리를 내는 여론, 신심이 깊은 사람들의 귀에 거슬리는 여론과 이단에 가까운 것, 이단, 사악한 이단을 구별했다. 하지만 결국 종교 재판소는 에스파냐에서 종교 재판에 회부되기 전에는 특정 가문이나 개인의 토지를 조사하기 위한 토지 대장을 만들지는 않았다.

내 의도는 우리가 유럽의 것에서 베끼고 있는 제도를 대체할 제도의 새로운 질서를 보여주기 위한 것만이 아니기 때문에, 나는 제도가 만들어져 적용된 시기는 고려하지 않고서 중요한 제도 자체만을 축적할 필요가 있다. 우리가 '총살형'이라고 부르는 처형은 나중에 '참수형'으로 대체되었다. 학살을 함으로써 모든 사람이 공포에 사로잡혀 몸과 마음이 굳어지도록 하기 위해 하루아침에 부에노스아이레스의 어느 광장에서 인디오 마흔네 명을 총살시킨 것은 사실이고, 비록 이런 학살이 인간의 야만성에 기인한 것이기는 했지만 차츰차츰 없어지고 '칼'이 정의를 실현하는 도구가 되어갔다.

무시무시하게 엉뚱한 이 남자 로사스는 부에노스아이레스 주 정부가 지닌 그처럼 진기한 생각을 도대체 어디서 취하는 것일까? 이에 관해 나는 몇 가지 자료를 동원해볼까 한다. 로사스는 독립 혁명이 일어나고 있는 동

---

26) '페르소나(persona)'는 지혜와 자유의사를 갖는 독립된 인격적 실체를 가리킨다.

안에 고도족[27]의 박해를 받던 어느 가족의 후예다. 로사스의 가정 교육은 로사스에게 옛날의 봉건주의적 전통이 지닌 가혹함과 완고함에 대한 반감을 갖게 만들었다. 앞서 언급했다시피 그의 어머니는 강인하고 음울한 성격을 지닌 여자로, 최근 몇 년까지도 무릎을 꿇고 시중을 들었다. 로사스의 유년 시절은 침묵에 휩싸여 있는데, 권위와 예속의 장면이 그에게 오래 지속되는 인상을 남겼음이 틀림없다. 어머니의 성격에는 뭔가 과장된 것이 들어 있었고, 이것이 돈 후안 마누엘[28]과 두 남동생에게 재현되었다. 후안 마누엘 데 로사스는 사춘기에 접어들어 가족을 몹시 힘들게 만들었고, 그래서 그의 아버지는 로사스를 어느 에스딴시아로 보내버렸다. 로사스는 30년 가까운 세월을 잠깐잠깐 부에노스아이레스의 시골에서 살았다. 스물네 살이었을 때, 그는 이미 목축 에스딴시아 간에 이견이 발생하거나 협의할 일이 생기면 목축업자 협회들이 자문을 구하는 사람이 되어 있었다. 그는 아르헨티나 공화국의 첫 번째 기수(騎手)였는데, 내가 아르헨티나공화국에서 최초라고 말할 때는 전 세계에서 최초라고도 할 수 있지 않을까 생각한다. 왜냐하면 그 어떤 아라비아 사람도 빰빠의 야생마를 다루는 데서는 아르헨티나의 기수를 대적하지 못하기 때문이다. 이것은 한마디로 육체 활동의 경이라 할 수 있다. 로사스는 힘이 과도하게 넘치는 신경증 증세를 앓고 있었고, 그래서 말을 타고 뛰어다니고, 빰빠를 달리고, 난폭하게 소리를 지르고, 말을 타고 가다가 땅바닥으로 구를 필요가 있었고, 마침내 말이 지쳐서 땀을 비처럼 흘리는 상태가 되면, 비로소 상쾌한 기분으로 일할 준비가 되어 방으로 돌아왔다. 나폴레옹과 로드 바이런도 이런 자아

---

27) '고도족'은 이베리아 반도 출신의 부유한 권력자 집안을 가리킨다.
28) '돈 후안 마누엘(Don Juan Manuel)'은 후안 마누엘 데 로사스를 가리킨다. 에스파냐권에서 '돈'이라는 존칭어는 성을 제외한 이름에 붙인다.

도취에 빠지는 증세, 과도한 힘 때문에 걱정에 사로잡히는 증세를 겪었다.

　로사스는 일찍이 수평방 레구아에 이르는 밀밭에 파종을 하는 임무를 성공적으로 수행함으로써, 또 무엇보다도 엄격한 관리와 그가 자기 에스딴시아들에 도입한 강철 같은 규율로 인해 평원에서 두각을 나타냈다. 이것이 그의 걸작이고, 그의 통치 형태였는데, 나중에 그는 그 '도시' 부에노스아이레스에 이를 적용해 시험해보게 되었다. 아르헨티나의 가우초, 가우초들의 타고난 성향, 고질적인 관습 등에 관해 알아볼 필요가 있다. 설령 아르헨티나의 가우초가 빰빠 지역을 돌아다니고 있을 때, 여러분이 그를 부유한 에스딴시아의 소유자로 만들어줄 수 있는 가축들과 더불어 에스딴시아 하나를 그에게 주겠다고 제의한다고 해도, 그리고 그가 사경을 헤매고 있는 자기 어머니나 사랑하는 아내를 살리기 위해 여의사를 찾아 주변 지역을 돌아다니고 있을 때라 해도, 그가 가고 있는 길 앞으로 타조 한 마리가 가로질러 간다면 그는 여러분이 그에게 제공하는 부(富)도 죽어가는 아내나 어머니도 잊은 채 타조를 뒤쫓아갈 것이다. 그리고 이런 본능에 사로잡힌 사람은 비단 그 가우초뿐만이 아니다. 그가 타고 가는 말 자신도 타조 뒤를 날듯이 쫓아가고 싶은 나머지 울부짖고, 머리를 흔들어대고, 조바심에 사로잡혀 자기 재갈을 깨물어 부숴버릴 것이다. 만약 그 가우초가 자기 방에서 10레구아 정도 떨어져 있는 곳에 있게 되었을지라도 자기 칼을 가져와야겠다고 생각하게 되면, 자신이 목적지에 도달하려면 단 한 구역만 더 가면 되는 상황이라고 해도, 기필코 칼을 가지러 돌아가버린다. 왜냐하면 칼은 가우초에게 숨을 쉬는 것이고, 삶 자체이기 때문이다. 그렇듯 로사스가 '로스 세리요스'[29]에서부터 까차구알레푸 시내[川]에 이르기

---

[29] '로스 세리요스(Los Cerrillos)'는 지형학적 특성이 드러난 명칭으로, '언덕배기', '구릉'을 가리킨다.

까지 다양한 이름을 가지고 모여 있는 자신의 에스딴시아들에서 타조들이 떼를 지어 돌아다니게 놔두면서도 결국은 가우초에게서 가까운 곳으로는 도망치지 못하게 했기 때문에, 타조들은 로사스가 소유한 영토에서 안전하고 자유롭게 풀을 뜯고 있다. 로사스가 소유한 에스딴시아들 인근에 있는 평원 전체에서 타조는 이미 사라지고 없었음에도 로사스의 영토 안에서 이런 일이 생긴 것이다. 칼에 관해 말해보자면, 로사스가 부리는 그 어떤 일꾼도 칼을 들지 않았음에도 일꾼들 대부분은 당국의 추격을 받는 살인자들이었다.

언젠가 로사스가 무심결에 칼을 허리에 차는 일이 발생하자 로사스의 집사가 로사스에게 그 사실을 상기시켜주었다. 로사스는 바지를 내려 엉덩이를 까더니 자기 소유 에스딴시아 내에서 칼을 들고 다니면 부과되는 형벌인 채찍 2백 대를 자신에게 때리라고 집사에게 명령했다. 로사스 자신이 실토하고 널리 알린 이런 일이 과연 실제로 일어날 수 있었을까 의구심을 표명하는 사람도 있을 것이다. 하지만 이는 확실히 믿을 만한 근거가 있는 사실이었다. 이처럼 터무니없는 일, 살벌하고 특이한 일은 실제로 일어났고 확실한 근거가 있었건만, 문명화된 사람들은 10년 동안 이를 집요하게도 믿으려 하지 않았다. 무엇보다도 당국이 그 사실을 믿으려 하지 않았다. 사실 비록 웃기는 일이거나 엉터리 같은 일이라 할지라도 일단 명령이 내려진 사항은 존중해야 했기 때문이다. 로사스는 빨간색 띠가 사람의 심장처럼 각 개인의 존재의 일부가 될 때까지 10년 동안 부에노스아이레스뿐만 아니라 공화국 전체에서 채찍질을 하고 사람의 목을 자르게 될 것이다. 로사스는 모든 사람이 보는 앞에서 공식적인 발표를 할 때마다 결코 주민들의 비위를 맞추지 않은 채 이런 행동을 반복하게 될 것이다. "역겹고, 야만적이고, 추잡한 중앙 집권주의자들은 죽어라!"[30] 모든 사람이 완전하게 교육되고, 이 살벌한 고함소리를 아무런 물의를 일으키지 않고 변변한 항의 한 번 못한 채 듣는 데 익숙해질 때까지. 우리는 칠레의 어느 치안 판사가 로사스의 이런 행위에 경의와 묵시적인 동의를 표하는 것을 본 적이 있는데, 결국 그 누구도 그의 행위에 관심을 갖지 않았다.

그런데 이 남자 로사스가 자기 정부에 도입하고, 상식과 전통과 양심과 문명화된 주민들의 태곳적 관습을 무시하는 그 혁신적인 계획을 어디서 배웠을까? 만약 내 생각이 틀렸다면 하느님께서 나를 용서해주시기를 바란다. 하지만 이런 생각은 오래전부터 나를 지배하고 있다. 로사스는 자신이 평생을 보냈던 '목축 에스딴시아'에서, 그리고 그가 교육을 받았던 '종교 재판'의 전통에서 그 계획을 배웠던 것이다. 지역 본당들이 개최한 축제는 달군 쇠로 가축에 표시하는 것을 모방한 것으로, 모든 주민이 그 축제에 참여한다. 남녀노소를 불구하고 모든 사람이 차고 있는 '빨간색 띠'는 가축의 소유자가 자신의 가축을 인식하는 데 사용하는 '표식'과 같다. 사람을 공개 처형하는 것을 통해 기반이 마련된, 칼로 사람의 목을 자르는 행위는 평원에서 목축을 하는 사람이면 누구나 자기 소유 소의 목을 자르는 데서 비롯되었다. 시민 수백 명씩을, 알려진 동기도 없이, 수년 동안 계속해서 감옥에 가두는 것은 가축을 매일 울타리 안에 가둠으로써 유순하게 만드는 로데오라고 할 수 있다. 길거리에서 채찍으로 사람을 때리는 행위, 마소르까, 그리고 조직적으로 행하는 학살 행위는 '도시를 다스리기' 위한 또 다른 수단인데, 이런 수단을 동원함으로써 결국 도시를 세상에서 가장 유순하고 질서 정연한 가축과 같은 상태로 만들어버린다. 후안 마누엘 데 로사스가 이렇게 섬세하고 오지랖 넓게 신경을 쓰고 조정함으로써 그는

⁖

30) 원문은 다음과 같다. "¡Mueran los asquerosos, salvajes, inmundos unitarios!"

개인적인 삶에서도 눈에 띄는 인물이 되었는데, 그의 에스딴시아들은 일꾼들을 훈육하고 가축들을 유순하게 만드는 본보기로 언급되었다. 만약 나의 이런 설명이 어처구니없고 터무니없다면 여러분이 내게 더 적확한 다른 설명을 해주기 바란다. 후안 마누엘 데 로사스가 에스딴시아 하나를 운영할 때 사용한 책략과 관리법이 로사스가 정부를 운영할 때 사용한 책략과 통치술과 그토록 놀랄 정도로 일치하는 이유가 무엇인지를 내게 보여주기 바란다. 당시 후안 마누엘 데 로사스가 사유 재산을 존중해준 것까지도 가우초 통치자는 '소유자다!'라는 인식의 결과다. 파꾼도 끼로가는 재산을 목숨보다 덜 존중했다. 로사스는 중앙 집권주의자들을 추적할 때만큼 집요하게 가축 도둑을 추적했다. 로사스 정부는 평원에서 남을 헐뜯는 사람을 가차 없이 응징하고, 그런 사람 수백 명의 목을 잘랐다. 이것은 의심할 바 없이 칭찬을 받을 만하다. 나는 로사스에 대한 반감의 기원이 무엇인지만 설명하겠다.

하지만 사회에는 교화를 시키고, 복종하는 법을 가르칠 필요가 있는 다른 부분이 있다. 감격해야 할 때는 감격하는 법을 가르치고, 박수를 쳐야 할 때는 박수 치는 법을 가르치고, 입을 다물어야 할 때 입을 다무는 법을 가르칠 필요가 있다. 로사스가 '공권력의 총체'를 소유함으로써 의회는 이제 아무 쓸모가 없게 되었다. 왜냐하면 법이 공화국의 수장 개인으로부터 직접 나오기 때문이다. 그런데도 의회의 형태는 보존되고, 거래를 잘하는 개인 30여 명이 15년 동안에 재선출되었다. 하지만 전통은 의회에 다른 역할을 부여해놓았다. 그곳에서 알꼬르따와 기도 장군, 그리고 다른 사람들은, 발까르세와 비아몬떼의 시대에 자유를 부르짖는 말과, 무질서를 유발하는 사람들을 비난하는 말을 들려주었다. 이런 전통을 타파하고 미래를 위해 진지한 교훈을 주는 것이 필요하다. 의회의 의장이자 재판소장이자 로사스의 고문관이며 로사스를 높이 올리는 데 크게 공헌한 돈 비센떼 마사 박사는, 법정에 걸려 있던 자신의 초상화가 마소르까의 파견대에 의해 떼어져버렸다는 사실을 어느 날 알게 되었다. 밤에는 돈 비센떼 마사 박사가 은신해 있던 집의 창문 유리창을 누군가 깨버렸다. 그 다음 날 돈 비센떼 마사 박사는 과거 한때는 자신이 보호해주었고 자신의 정치적 대자(代子)이던 로사스에게 편지를 써서 그동안 일어난 특이한 일에 관해 설명하고, 자신은 모든 범죄와 무관하다고 알렸다. 3일째 되던 날 돈 비센떼 마사 박사는 의사당으로 가서 서기(書記)에게 자신의 사직서를 구술했는데, 인후부가 칼에 잘리는 바람에 구술이 중단되었다.[31] 의원들이 도착하기 시작했다. 카펫은 피로 물들어 있었다. 의장의 시체는 여전히 카펫 위에 드러누워 있었다. 이리고옌 씨는 다음 날 그 저명한 희생자의 장지에 당연히 따라가야 했기 때문에 최대한 많은 수의 마차를 소집하라고 제안했다. 돈 발도메로 가르시아[32]가 말했다. "좋다고 생각하는데. 하지만…… 그렇게 많은 마차는…… 뭐 하려고요?……" 그때 기도 장군이 들어왔고, 그곳에 있던 사람들이 기도 장군에게 상황을 설명하자 기도 장군은 눈을 똥그랗게 뜬 채 그들을 뚫어지게 한 사람 한 사람 번갈아가며 쳐다보면서 대답했다. "마차라고요? 따라간다고요? 경찰 마차를 가져와서 지금 당장 시체를 치워 가라고 하세요." 가르시아가 말을 받았다. "그게 바로 내가 말했던 바요. 그 마차들은 뭐에 쓰게요!……" 그 다음 날 《가세따 메르깐띨》은 냉혹한 중앙 집권주의자들이 마사를 죽였다고 보도했다. 내륙 지방의 어느 주지사는 그 참사 소식을 듣고는 질겁하며 말했다. "로사스가 마사를 죽이라

31) [원편집자 주] 1839년 7월 27일이었다.
32) '발도메로 가르시아(Baldomero García, 1799~1870)'는 아르헨티나 정치가로, 아르헨티나 연방 시기에 중요한 역할을 담당했다.

고 시켰을 리가 만무해!" 그 말을 들은 주지사의 비서가 덧붙였다. "그리고 만약 로사스가 그렇게 시켰다면 그건 타당한 일이지요." 주변에 있던 모든 사람이 그 말에 동의했다.

실제적으로 타당한 이유가 있었다. 돈 비센떼 마사의 아들인 마사 대령은 모든 군대가 참여한 음모 하나를 꾸며놓고 있었다. 나중에 로사스는 돈 비센떼 마사가 사랑하는 아들의 죽음을 목격하는 애통함을 돈 비센떼 마사에게 주지 않기 위해 마사 대령의 늙은 아버지를 죽였다고 말했다.

하지만 나는 공화국 전체와 관련해서 로사스의 광범위한 일반 정치 영역으로 들어가볼 필요성을 여전히 느끼고 있다. 로사스는 이제 자기 '정부'를 가지고 있다. 파꾼도는 자신의 영향을 받아 중앙 집권주의적 성향을 지니게 된 여덟 개의 주를 자신의 죽음을 통해 고아 상태로 만들어버렸다. 공화국은 평원 지방들이, 공화국의 유일한 항구[33]가 단일 정부를 선언하도록 하기 위해 눈에 띄게 단일 정부를 향해 전진했다. 공화국은 연방주의적이라고 말해지고 아르헨티나 연방으로 불리나, 모든 것이 더욱 절대적인 일치를 향한 길을 따라가고 있었다. 1831년부터는 형식, 관습, 영향력 등에서 내륙 지방들로부터 융합이 이루어지고 있었다. 1835년에 로사스가 정부를 막 인수했을 때 어느 담화문을 통해 '불경한 중앙 집권주의자들'이 저명한 끼로가 장군을 배신해 살해했다고 천명하고는, 그리고 그토록 무시무시한 폭력 행위를 벌하겠다는 계획을 세우고 있다고 선포하고는, 연방의 가장 강력한 축을 연방에게서 빼앗아버렸다. "뭐라고!……" 불쌍한 중앙 집권주의자들은 그 담화문을 읽고서 입을 쫙 벌리며 말했다. "뭐라고!…… 레이나페 형제가 중앙 집권주의자라고?" 레이나페 형제들은 로

---

33) '유일한 항구'는 부에노스아이레스를 가리킨다.

뻬스의 작품이 아니고, 빠스의 군대를 뒤쫓아 꼬르도바에 들어간 것이 아니며, 로사스와 적극적이고 우호적인 관계를 맺고 있지 않았다! 파꾼도 끼로가가 로사스의 부탁으로 부에노스아이레스를 떠난 것이 아니다! 차스께 한 명이 끼로가를 앞서 가서 레이나페 형제들에게 끼로가가 곧 도착할 것이라고 알리지 않았는가? 레이나페 형제들이 끼로가를 죽일 분견대를 미리 준비해 두지 않았는가?…… 전혀 그렇지 않다. 불경한 중앙 집권주의자들은 살인자들인데, 그 사실을 의심하면 참 못난 사람이다. 로사스는 파꾼도 끼로가의 소중한 유해와 끼로가가 살해당한 현장에서 타고 있던 사륜마차를 보내달라고 요청하기 위해 꼬르도바에 사람을 보내고, 끼로가에게 당시까지 유례를 찾을 수 없을 정도로 성대한 장례식을 베풀어주고, 전 시민에게 애도를 표하라고 명령했다. 동시에 아르헨티나 공화국의 모든 지방 정부에 서한을 보내서 끼로가를 살해한 불경한 중앙 집권주의자들을 색출해 재판하기 위해 자신을 단독 재판관으로 임명해달라고 요청했다. 로사스는 자기를 단독 재판관으로 승인하는 절차와 형식을 이들 지방 정부의 통치자에 지시하고, 그들에게 특별 서한을 보내 그런 수단의 중요성을 강조하고, 그들의 노고를 칭찬하고, 그들을 유혹하고, 그들에게 간청했다. 로사스를 단독 재판관으로 승인하는 문제는 만장일치로 결정되었고, 레이나페 형제는 파면되었으며, 끼로가를 살해하는 범죄를 미리 알았거나 범죄에 가담한 사람은 모두 체포되어 부에노스아이레스로 압송되었다. 레이나페 형제 가운데 한 명은 도망쳤으나, 볼리비아 영토에서 체포되었다. 다른 형제는 어느 배의 선장의 도움을 받아 추적을 피해 몬떼비데오에서 도망쳤다가 빠라나 강[34]을 건넜지만 나중에 로사스의 수중에 떨어졌다. 로사스와 돈 비센떼 마사 박사는 문을 걸어 잠근 채 야간 심리(審理)를 계속했다. 감보아 박사는 어느 부하 죄수를 옹호하는 자유를 약간 향유함으로써 로사스가 만든 어느 법령에 의해 불경한 중앙 집권주의자로 낙인 찍혔다. 결국 체포된 모든 범죄인은 사형에 처해졌고, 두꺼운 심리 조서 한 권이 빛을 보게 되었다. 2년 뒤에 산따페의 로뻬스는, 로사스가 의사를 보내 보살피라고 했건만 노환으로 죽는데, 그 의사는 정부에 대한 봉사의 보상으로 나중에 시청으로부터 집 한 채를 받았다. 파꾼도 끼로가가 죽었을 당시 로뻬스의 비서였고, 로뻬스가 죽고 나서 고인 로뻬스의 유언에 따라 산따페의 통치자가 된 꾸옌[35]은, 로사스에 의해 파면당했고, 결국에는 그동안 격리되어 있던 산띠아고델에스떼로에서 축출되었다. 로사스는 산띠아고델에스떼로의 후임 주지사더러 만약 자기 친구인 꾸옌을 넘겨주면 온사 금화 한 자루를 보낼 것이고, 그렇지 않으면 전쟁을 선포하겠다고 말했다. 그 주지사는 온사 금화를 좋아하는 사람인지라 꾸옌을 로사스에게 넘겨주었고, 꾸옌은 부에노스아이레스의 접경 지대에 다다랐을 때 분견대 하나를 만났는데, 그 부대의 장교 하나가 꾸옌을 말에서 끌어내려 총살해버렸다.[36] 부에노스아이레스의 《가세따 메르깐띨》은 꾸옌이 로사스에게 보낸 편지를 나중에 출간했는데, 그 편지에는 파꾼도 끼로가를 살해하는 문제에서 산따페 정부에 복잡한 사정이 있었음을 드러내는 명확한 흔적이 있다. 《가세따 메르깐띨》에 따르면, 고인이 된 로뻬스는 자기 비서를 완전히

∙∙

34) '빠라나 강(Río Paraná)'은 브라질에서 발원해 파라과이와 아르헨티나를 거치는 강으로, 길이는 2,570킬로미터다. 상류의 빠라나이바(Paranaíba) 강에서부터 거리를 재면 길이는 3,998킬로미터로 늘어난다. 남아메리카에서 아마존 강 다음으로 길다. 우루과이 강과 합류해 라쁠라따 강을 이루며, 290킬로미터를 더 흘러 대서양에 흘러든다. '빠라나 강을 건넜다'는 말은 우루과이의 몬떼비데오에서 빠라나 강을 건너 아르헨티나로 왔다는 의미다.
35) '꾸옌(Domingo Cullen, 1791~1839)'은 1938년에 산따페 주의 주지사를 역임했다.
36) [원편집자 주] 도밍고 꾸옌은 1839년 6월 28일에 아로요델메디오(Arroyo del medio)에 도착해서 총살당했다.

신뢰했기 때문에 비서가 준비하고 있던 잔학한 범죄를 알지 못하고 있었다. 당시에 로뻬스가 그 사실을 몰랐다는 것에 대해서는 그 누구도 반론을 제기할 수 없었다. 로사스는 그 사실을 알고 있었다. 그 편지가 로사스에게 갔기 때문이다. 마지막으로 로사스의 비서이자 죄수들을 재판했던 돈 비센떼 마사 박사 또한 재판소에서 목이 잘려 죽었다. 그렇듯 끼로가, 끼로가를 살해한 사람들, 끼로가를 살해한 사람들을 재판한 사람들, 그리고 그 범죄를 사주한 사람들은 모두 2년 안에 끼로가의 무덤이 경솔한 폭로자에게 채운 재갈을 물었다. 여러분은 지금 누가 끼로가를 죽이라고 명령했는지 물어보러 가시라. 로뻬스일까? 알 수 없는 일이다.

지원 부대의 소령인 무슬레라는 몬떼비데오에서 언젠가 많은 사람 앞에서 다음과 같이 말했다. "나는 후안 마누엘 데 로사스 장군이 나를 체포해 2년 반 동안 감금해놓은 이유가 무엇이었는지 지금까지도 알 수 없었습니다. 내가 감옥에 갇히기 전날 밤 나는 후안 마누엘 데 로사스의 집에 있었습니다. 그의 여동생과 나는 어느 소파에 앉아 있었고, 그 사이 그는 뭔가 불만이 가득 한 태도를 드러내며 거실을 왔다 갔다 하고 있었습니다. '무슨 이유로 후안 마누엘이 저러고 있는지 알고 싶지 않아요?' 그 부인이 말했습니다. '왜냐하면 후안 마누엘이 지금 내가 손에 들고 있는 이 푸른 나뭇가지를 보고 있기 때문이죠. 이제 어떻게 될 것인지 보게 될 겁니다.' 그 부인이 나뭇가지를 바닥에 던지면서 덧붙였습니다. 아니나 다를까, 돈 후안 마누엘이 몇 걸음을 걷다가 멈추더니 우리에게 다가와 친근한 어조로 내게 말했습니다. '산루이스에서는 끼로가의 죽음에 뭐라고들 말하는가?' '나리, 사람들은 끼로가를 죽이도록 시킨 사람은 바로 나리라고들 합니다.' '그래?' '그런 소문이 돌지요…….' 후안 마누엘 데 로사스는 계속해서 거실을 왔다 갔다 했습니다. 나는 잠시 후 후안 마누엘 데 로사스와 헤어졌고,

그 다음 날 체포되었고, 융가이의 승리에 대한 소식이 도달한 날까지 감금되어 있다가 승전보가 도달한 날 수감자 2백 명과 함께 풀려났습니다."

무슬레라 소령 역시 로사스에 대항해 싸우다 죽었는데, 비록 무슬레라 소령이 죽고 없다 할지라도 그가 들었던 것과 동일한 이야기가 오늘날까지 계속해서 인구에 회자되고 있다.

하지만 일반 사람들은 끼로가의 죽음과 끼로가를 죽인 사람들에 대한 재판에서 무시무시한 하나의 범죄 이상은 보지 못했다. 역사는 다른 것을 볼 것이다. 다시 말해 역사는 끼로가의 죽음에서 공화국이 하나의 꽉 짜인 단위로 융합되는 것을 보게 될 것이다. 그리고 끼로가를 죽인 사람들에 대한 재판, 즉 한 지방의 통치자들이었던 레이나페 형제에 대한 재판에서는 로사스가 독재적이고 중앙 집권주의적인 정부의 수장이 되게 하고, 그 날부터, 그리고 그 행위를 통해, 로사스가 아르헨티나 공화국이 되게 하는 한 '사건'을 보게 될 것이다. 다른 주지사를 재판할 권력을 지니게 된 로사스는 다른 사람들의 의식에 로사스 자신이 최고 권력을 지니고 있다는 사실을 심어주었다. 로사스는 수사가 진행된 어느 범죄 사건을 통해 레이나페 형제들을 재판했다. 하지만 곧 레이나페 형제들의 뒤를 이어 꼬르도바의 주지사가 된 로드리게스[37]를, 로사스 자신의 지시를 복종하지 않았다는 이유로, 정당한 사전 절차도 밟지 않은 채 총살하도록 명령했다. 이어서 로사스는 자신만이 아는 이유로 산따페의 통치자인 꾸옌을 총살했다. 그리고 마지막으로는 법령 하나를 공포했는데, 로사스는 그 법령에 의거해 국가의 통치자가 내리는 인가를 얻지 않으면 각 지방의 그 어떤 통치자

---

37) '로드리게스(Pedro Nolasco Rodríguez, 1805~1839)'는 아르헨티나의 군인, 정치가로, 1835년 8월 7일부터 10월 27일까지 꼬르도바 주의 주지사를 역임했다.

도 정당성을 인정받지 못할 것이라고 선언했다. 만약 로사스가 최고 통수권을 취득했다는 사실에 대해, 그리고 그 밖의 주지사들은 단순한 통치자에 불과하다는 사실에 대해 여전히 의구심을 표하면서 로사스 자신의 명령에 따르지 않는 통치자가 있으면, 로사스는 그에게 자주색 띠[38]를 보낼 수 있다. 그리고 국가 의회에서 제정한 것이든, 합법적인 어느 기관에서 제정한 것이든, 1810년부터 공화국에 존재했던 모든 법률을 폐기할 수 있는 다른 법령을 공포할 것이다. 이 외에도 로사스는 이들 법률의 결과로, 그리고 이들 법률을 지킴으로써, 당시까지 이루어질 수 있었을 모든 것이 무효라고, 아무 가치도 없다고 선언할 것이다. 나는 어떤 입법자라 할지라도, 모세나 리쿠르고스[39]라 할지라도, 어떤 새로운 계획하에 어느 사회를 재조직하려는 시도를 진척시킬 수 있었을까 자문해본다. 1810년의 혁명[40]은 이 법률을 통해 정식으로 폐기되었다. 그 법률에 따르면 그 어떤 협정도 유효하지 않다. 개혁해야 될 분야는 손바닥처럼 깨끗하게 처리되고, 공화국 전체가 전쟁 한 번 치르지 않은 채 까우디요들에게 협의도 하지 않은 채 복종하게 되었다. 후안 마누엘 데 로사스는 오직 부에노스아이레스만을 위해 자신이 갖게 된 공권력의 총체를 공화국 전체에 확산시켰다. 전국으로

---

[38] '자주색 띠(cordón morado)'에 대한 의미는 이 책 제8장에 다음과 같이 언급되어 있다. "로마 황제들의 외투는 독재자를 상징하는 자주색이었는데, 이 또한 '빨간색'의 일종이다."
[39] '리쿠르고스(Lycourgos, B.C. 800?~B.C. 730)'는 스파르타의 전설적인 입법자로, 델포이의 아폴론 신탁에 따라 스파르타 사회를 군국주의로 개혁했다. 리쿠르고스의 모든 개혁은 스파르타 사람의 세 가지 덕목인 '(시민 간의) 평등', '군사적 적합성', '엄격성'을 지향했다. 고대 역사가 헤로도토스, 크세노폰, 플라톤, 플루타르코스가 그에 대해 언급했다. 리쿠르고스가 역사적으로 실존한 인물인지는 분명하지 않으나, 고대의 역사가들은 리쿠르고스가 공동체적이고 군국주의적인 개혁으로 스파르타 사회를 바꾸었다고 여겼다.
[40] 여기서 말하는 '1810년의 혁명'은 1810년 5월 25일 아르헨티나인들이 리오델라쁠라따의 부왕을 퇴위시켜 축출함으로써 독립을 선언하고, 첫 자치 정부의 건립을 선포한 혁명을 가리킨다.

확산시킨 이유는, 로사스라는 개인을 중심으로 설립된 그 체제는 중앙 집권주의적인 체제가 아니기 때문이기도 하고, 또 아주 집요하게도 "연방 만세, 중앙 집권주의자들은 죽어라!"[41]라는 말을 부르짖기 때문이기도 하다. '중앙 집권주의적'이라는 성질 형용사[42]는 더 이상 어느 정당의 특징을 드러내는 말이 아니고, 혐오스럽고 거부감이 드는 모든 것을 표현하는 말이 되어버렸다. "끼로가를 죽인 사람들은 중앙 집권주의적이다", "로드리게스는 중앙 집권주의적이다", "꾸옌은 중앙 집권주의적이다", "뻬루-볼리비아 연방을 결성하려 애쓰는 산따 끄루스[43]는 중앙 집권주의적이다". 로사스가 특정 단어들의 의미에 집착하고, 그 단어들을 집요하게 반복하는 데서 보여주는 특유의 끈기는 참으로 감탄할 만하다. 10년 동안 아르헨티나 공화국에서 다음과 같은 말이 3천만 번은 쓰였을 것이다. "연방 만세!", "빛나는 '복구자' 만세!", "야만적인 중앙 집권주의자들은 죽어라!"[44] 기독교도 마호메트주의도 각각 자신들의 상징인 십자가와 초승달을 로사스만큼 그렇게 번식시키지는 않았는데, 이는 물질적이고 실체적인 외형에 자신들의 도덕적인 믿음을 담음으로써 그 믿음을 진부하게 만들어버리지 않기 위해서였다. 중앙 집권주의자라는 모욕적이고 공격적인 어휘는 더욱 적합하게 조정할 필요가 여전히 있었다. 처음에는 그저 단순하게 중앙 집권주

---

41) 원문은 다음과 같다. "¡Vivan la fedración, mueran los unitarios!"
42) '성질 형용사(epíteto)'는 사물의 성질이나 상태를 나타내는 형용사인데, 여기서 '중앙 집권주의적'이라는 형용사의 원어는 'unitario'이다.
43) '산따 끄루스(Andrés de Santa Cruz y Calahumana, 1792~1865)'는 알또뻬루, 즉 현재의 볼리비아의 라빠스에서 태어난 뻬루-볼리비아의 군인, 정치가다. 뻬루의 대통령(1827), 볼리비아의 대통령(1829~1839)을 역임했고, 뻬루-볼리비아 연방의 최고 보호자(1836~1839)를 역임했다.
44) 이들 구호의 원문을 차례로 살펴보면 다음과 같다. "¡Viva la confederación! ¡Viva el ilustre Restaurador! ¡mueran los salvajes unitarios!"

의자들이었다가 나중에는 '불경스러운' 중앙 집권주의자들이 되었는데, 이렇게 한 이유는 로사스를 높이는 작업을 지원해주는 극단적인 가톨릭 당의 우려에 호의를 표하기 위해서였다. 로사스가 이 불쌍한 가톨릭 정당으로부터 해방되고, 로사스의 칼이 본당 신부들과 수도참사회원의 목에 닿았을 때는 '불경한'이라는 명칭을 버릴 필요가 있었다. 우연이 어느 중대한 상황을 지원했던 것이다. 몬떼비데오의 신문들이 로사스를 '야만인'이라 부르기 시작했다. 어느 날 부에노스아이레스의 《가세따 메르깐띨》은 통상적으로 사용하던 구호에 '야만적인'이라는 말을 첨부한 채 모습을 나타냈는데, 새로워진 구호는 다음과 같다. "'야만적인' 중앙 집권주의자들은 죽어라." 이 구호를 마소르까가 반복하고, 공식적인 보도 기관들이 모두 반복하고, 내륙의 주지사들이 반복함으로써 이 구호를 채택하는 일은 최고조에 이르게 되었다. "야만적인이라는 단어를 물릴 때까지, 짜증날 때까지, 피곤할 때까지 반복해서 사용해보세요." 로사스가 로뻬스에게 썼다. "친구여, 나는 내가 귀하에게 하고 있는 말의 의미를 잘 알고 있답니다." 나중에는 '추잡한'이라는 말이, 그리고 더 나중에는 '역겨운'이라는 말이 더해져, 결국은 돈 발도메로 가르시아가 칠레 정부에 보내는 서한에서 이 말을 사용했는데, 그 서한은 베도야를 재판에 회부하는 데 주도적인 역할을 했다. 그 상징과 그 표어는 화해와 평화의 표시였다. 왜냐하면 모든 시스템은 오직 상식을 조롱하기 위한 것이었기 때문이다. 공화국의 단결은 그 표시를 거부함으로써 실현되었다. 모든 사람이 연방을 이야기하면서부터 물론 단결이 이루어졌다. 로사스가 자신을 공화국의 대외 관계 책임자라 부르고, 국가의 융합이 이루어지고, 그것이 전통으로 자리를 잡았을 때야 비로소, 즉 10년 뒤에 돈 발도메로 가르시아는 칠레에서 '공화국의 대외 관계 책임자'라는 칭호를 '공화국 국정의 최고 지도자'[45]로 바꾸었다.

이처럼 중앙 집권화된 공화국은 전체가 로사스의 전횡에 종속되었다. 그것은 바로 권리를 빼앗긴 도시의 정당들이 지닌 오래된 문제였다. 단어들의 의미가 바뀌었고, 가장 호전적이고, 자유의 문제에 관해서는 가장 열성적이고, 자유를 얻기 위해 가장 많은 희생을 치른 공화국의 행정에 목축 에스딴시아의 체제가 도입되었다.

로뻬스의 죽음으로 인해 산따페가, 레이나페 형제들의 죽음으로 인해 꼬르도바가, 파꾼도의 죽음으로 인해 안데스 산맥 자락에 위치한 여덟 개 주가 로사스에게 넘어갔다. 로사스가 그 모든 주를 수중에 넣기 위해서는 그 지역 통치자들에게 개인적으로 선물을 보내고, 우정이 넘치는 편지 몇 통을 쓰고, 약간의 국고를 지원하는 것만으로도 충분했다. 산루이스에 배치된 지원군들은 최고급 제복을 받았고, 그들의 급료는 부에노스아이레스의 금고에서 지급되기 시작했다.

알다오 신부는 일정액의 돈 말고도 자신의 장군 급료마저도[46] 로사스의 수중에 있는 돈에서 받기 시작했다. 뚜꾸만의 에레디아[47] 장군은 파꾼도 끼로가의 죽음을 당한 뒤 친구에게 편지를 썼다. "오 친구여! 끼로가의 죽음과 더불어 공화국이 무엇을 잃어버렸는지 자네는 모르네! 인간의 미래는 얼마나 창창하며, 인간의 생각은 얼마나 원대한가! 끼로가는 공화국을 조직하고자 했고, 외국에서 온 모든 이민자를 불러 자신들의 지혜를 공헌하고자 했고, 이 위대한 작업이 어떻게 되는지 알고자 했다네!" 에레디아 장군은 '불경한 중앙 집권주의자' 산따끄루스에 대한 전쟁을 준비하기 위해

∴

---

45) 원어는 다음과 같다. "Director Supremo de los asuntos de la República."
46) 펠릭스 알다오는 가톨릭 사제이자 장군이었다.
47) '에레디아(Alejandro Heredia, 1788~1838)'는 아르헨티나의 군인, 정치가다. 아르헨티나 독립 전쟁에 참여했고, 뚜꾸만 주의 까우디요로서 주지사를 역임했다.

무기와 전비를 받았고, 파꾼도 끼로가가 죽기 전에 그와 함께 회의를 했을 때 파꾼도 끼로가가 그의 면전에 펼쳐놓았던 원대한 그림에 관해 이내 잊었다.

온 나라에 영향을 미치고 있던 행정적인 수단 하나가 이런 중앙 집권주의적 융합과 로사스에 대한 절대적 예속의 시도와 증표로 이용되기에 이르렀다. 리바다비아는 부에노스아이레스와 각 지방 간에 편지가 1주일 만에 오가는 우체국들을 설립했고, 아르헨티나와 칠레, 볼리비아 사이에 편지가 오고 가는 데 각각 한 달이 걸리는 우체국 하나를 설립했는데, 사람들은 공화국 내에 설립한 이 두 개의 총괄적인 통신망을 '리바다비아 우체국'이라 불렀다. 세계의 문명화된 정부들은 오늘날 엄청난 돈을 들여 우체국을 증설하는 데 모든 열망을 쏟아붓는데, 각 동네에도 우체국을 설립함으로써 매일, 매 시각 어느 도시에서 다른 도시로 우편물을 운송할 뿐만 아니라, 대도시들 내에서도 우편물을 운송한다. 그리고 대서양을 건너거나 지중해 연안을 도는 정기 증기선을 통해 지구의 모든 지점을 연결한다. 왜냐하면 국민의 부, 무역 투자의 안전성 등 이 모든 것은 정보를 획득하는 솜씨에 따라 달려 있기 때문이다. 칠레에서 우리는 우체국 수를 늘려달라고 요구하는 국민의 열망을, 바다건 육지건 우체국 수를 늘리기 위한 정부의 열망을 매일 접한다. 국민의 소통을 활성화하기 위해 이런 운동이 전 세계에서 총체적으로 벌어지고 있는 상황에서 돈 후안 마누엘 데 로사스는 자신의 지방들을 더 잘 통치하기 위해 우체국을 폐지했는데, 그래서 14년 전에는 공화국 전체에 우체국이 존재하지 않았다. 그 대신에 로사스는 정부에 소속된 차스께 제도를 만들어 자신의 하급자들에게 보낼 명령이나 소식이 있을 때는 그들을 통해 보냈다. 점차 쇠퇴해가던 이 무시무시한 소통 수단은, 그런데도 로사스의 체제에 더 유용한 결과를 만들어냈다. 기대감, 의구심, 불안감 등이 아르헨티나의 내륙 지방에 지속되었다. 각 지방 정부들은 부에노스아이레스로부터 아무런 통보도 받지 못한 채 3, 4개월을 보내기 때문에 부에노스아이레스에서 일어난 일을 입소문으로만 들었다. 하나의 투쟁이 지나갔을 때, 어떤 유리한 사안이 생겼을 때, 《가세 따 메르깐띨》, 보고서, 회보를 친구나 동료, 또는 통치자에게 보내는 편지 와 함께 짊어진 차스께들이 내륙 지방으로 떠남으로써 차스께들은 야만적 인 중앙 집권주의자들이 패배했다는 사실을 널리 알렸다. 신의 섭리가 공 화국을 보존하기 위해 불철주야 작동한다고 알렸다.

  1843년에 부에노스아이레스에서 밀가루 값이 천정부지로 오르는 일이 발생했는데, 내륙 지방들은 그 사실을 모르고 있었다. 지인들로부터 개인 적으로 소식을 들은 일부 지방 사람들은 부에노스아이레스 사람들에게 풍 부한 생필품을 화물로 보내주었다. 당시 산후안과 멘도사 같은 지방은 대 대적으로 밀가루 투기에 나섰다. 화물 수천 개가 빰빠를 건너 부에노스아 이레스에 도착했는데……. 약 2개월 전에 밀가루 값이 떨어지는 바람에 운 임도 채 못 치를 형편이 되어버렸다. 그 후 부에노스아이레스에서 밀가루 값이 회복되었다는 소식이 산후안에 전해지고, 밀가루 생산업자들은 가 격을 올렸다. 제시하는 가격을 올리고, 엄청난 밀이 구매되어 여러 사람의 손에 쌓였다. 마침내 밀가루를 실은 말 한 무리가 도착해보니 시장에는 가 격 변동이 전혀 일어나지 않은 상태였고, 구매자가 전혀 없었기 때문에 말 에 실려 있는 밀가루를 내려놓을 수밖에 없게 되었다. 엄청나게 먼 거리에 떨어져 있는 마을들이 그런 식으로 통치되었다니, 여러분은 상상할 수 있 다면 상상해보시라!

  최근 몇 년 동안에도 돈 후안 마누엘 데 로사스의 폭력적인 행위의 결과 가 로사스가 중앙 집권주의적 작업을 완수하는 데 소용되었다. 칠레 정부는 자기 국민에게 가해진 해악에 대한 정의를 요구하는 자신들의 항의가 묵살되자, 꾸요 지방들과의 무역 거래 관계를 단절하는 것이 좋겠다고 생각했다. 로사스는 그런 방침에 박수를 보내고는 입을 다물어버렸다. 칠레는 로사스가 감히 시도해본 적이 없던 것을 로사스에게 제의했는데, 그것은 바로 부에노스아이레스에 속해 있지 않은 모든 상업적인 통로를 폐쇄하는 것이었다. 목축, 제분, 비누, 그리고 칠레 북부 지방에게 유용한 다른 산물들의 생산을 주업으로 삼고 있던 멘도사와 산후안, 라리오하와 뚜꾸만은 이들 통로를 통해 이루어지던 상업 거래를 포기했다. 아르헨티나의 사절단 하나가 칠레로 와서는 안데스 산맥의 통로가 닫히기 전까지 멘도사에서 6개월을 기다렸고, 3개월 전부터는 이곳에 와 있는데, 그들은 무역을 재개하겠다는 말을 현재까지 해본 적이 없다.

　결과 면에서 아주 효율적인 연합으로부터 탄생한 어느 계획하에 공화국이 조직되자, 로사스는 부에노스아이레스에서 자신의 권력을 체계화하는 데 몰두하면서 그 권력 체계에 지속적인 토대를 마련했다. 평원이 로사스를 그 도시 위로 밀어 올려놓은 것이다. 하지만 그는 엘푸에르떼 부근의 에스딴시아를 포기하고, 이 지방의 주인으로서 지방을 교화하고, 지방의 다른 지휘관들이 그의 발자국을 따라가는 길을 지울 필요를 절감하며, 군대 하나를 봉기시키는 데 헌신했다. 그 군대는 날이 갈수록 증강되고, 공화국을 복종시키는 데 소용되고, 성스러운 대의를 지닌 깃발을 주변의 모든 마을로 가져가는 데 소용되어야 했다. 군대가 단지 지방의 지지와 도시의 여론을 대신한 힘이었던 것만은 아니다. 다양한 인종으로 구성된 각기 다른 두 마을이 군대를 돕겠다고 나섰다. 부에노스아이레스에는 수많은 흑인이 있다. 이들은 브라질 전쟁 동안에 해적들이 탈취해 데려온 흑인 수천 명이었다. 이들은 자신들이 속해 있는 아프리카 공동체 사람들과 친밀한 관계를 유지하고, 공적인 모임을 갖고, 지역 금고를 운용하고, 백인들 사이에서도 자신을 지탱할 정도의 육체적인 활력을 지니고 있다. 아프리카를 여행한 모든 사람은 아프리카 사람들이 다음과 같은 종족이라고 알고 있다. 아프리카 사람들은 호전적이고, 상상력과 열정이 충만하며, 비록 흥분을 하면 사나워진다 할지라도 원래 유순하고, 진실하고, 주인에게 또는 자신들을 맡아주는 사람을 충실히 따른다. 아프리카 내부로 들어간 유럽 사람들은 흑인들을 데려다 시중을 들게 하는데, 그 흑인들은 유럽인들을 다른 흑인들로부터 보호해주고, 또 유럽인들 때문에 자신들이 큰 위험에 노출되기도 한다.

　　로사스는 자신에게 우호적인 여론을 얻고, 부에노스아이레스의 흑인 거주 지역에 거주하는 흑인들의 추종을 받았는데, 딸 도냐 마누엘리따[48]에게 자신이 통치하는 흑인 지역을 맡겼다. 도냐 마누엘리따를 위한 흑인들의 감응력과 정부에 대한 흑인들의 호의는 늘 한이 없었다. 산후안 출신의 청년 하나가 부에노스아이레스에 있을 때였다. 1849년에 라바예가 부에노스아이레스로 다가오고 있었다. 부에노스아이레스의 특정 구역 밖으로 벗어나는 사람은 사형에 처해졌다. 과거에 라바예 가족의 소유였다가 부에노스아이레스에서 팔린 흑인 노파 하나가 라바예를 알아보았다. 그녀는 라바예가 억류되어 있다는 사실을 알고 있었다. "도련님, 어떻게 제게 알리지도 않으신 거예요? 즉시 제가 도련님 여권을 구해보겠어요." 그녀가 라바예에게 말했다. "당신이?" "그래요, 도련님. 마누엘리따 아가씨가 제 청을

∴
[48] '마누엘리따(Manuela Rosas de Terrero, 1817~1898)'는 후안 마누엘 데 로사스와 엔까르나시온 에스꾸라의 딸이다. 1883년에 어머니 엔까르나시온이 사망할 때까지 마누엘리따는 아버지 로사스가 통치하던 부에노스아이레스 주에서 정치적, 사회적으로 중요한 영향력을 발휘했다. 흔히 '마누엘리따 로사스(Manuelita Rosas)'라 불린다.

거절하지 않으실 겁니다." 15분 정도 지난 뒤, 흑인 노파는 라바예를 자유롭게 놔두라고 분견대들에게 명령하는 글귀와 더불어 로사스의 서명이 쓰인 여권을 가지고 돌아왔다.

그렇듯 정부 편이 된 흑인들은 각 가정 안에 하인들을 통하든 노예들을 통하든 열의가 넘치는 밀정 하나를 두어 로사스의 수중에 각종 정보를 바쳤다. 그 외에도 다른 언어를 사용하고 또 야만적인 종족 출신의, 뛰어나고 부패하지 않은 군인들을 로사스에게 제공했다. 라바예가 부에노스아이레스에 접근하고 있을 때, 요새와 산또스 루가레스[49]에는 군인들이 부족했기 때문에 병력의 숫자가 많아 보이도록 하기 위해 남자 옷을 입은 열성적인 흑인 여자들이 가득 차 있었다. 흑인 여자들의 지지는 로사스의 권력에 파괴할 수 없는 토대를 제공했다. 연속되는 전쟁으로 인해 이 흑인 부락의 남자들 상당수가 죽었는데, 행복하게도 이들 흑인은 자신들이 섬기던 주인에게서 자신들의 조국과 통치 방법을 발견했다. 로사스는 전투에서 상대방을 겁주기 위해 야만적인 부족들을 남부의 요새로 데려왔는데, 그 야만인들의 까시께는 로사스의 명령에 따르고 있었다. 일단 이런 주요 사항이 확실하게 정해지자, 로사스가 범죄 행위를 통해 착수했던 중앙 집권주의적 조직화 작업이 견고하게 진행되어 갈 것인데, 도처에 속임수와 교묘한 술책이 만연해 있었다. 그렇게 해서 공화국은 재건되었고, 각 지방의 연방주의는 질식했으며, 각 지방의 정부는 자신들의 편의를 위해서건 두려움 때문이건 부에노스아이레스로부터 설득을 통해 자신들에게 가해지는 압력에 굴복해야 했고, 로사스는 외부로 자신을 과시하기 위해, 그리고 자신의 재주와 책략으로 만들어낸 작업을 공공연하게 드러내기 위해

---

49) '산또스 루가레스'는 '성스러운 장소들'이라는 의미를 지니고 있다.

자기 나라의 경계 밖으로 나올 필요가 있었다. 만약 로사스가 결국에는 프란시아 박사[50]처럼 외부에 빛을 발휘하지도 못하고, 주변 국가의 국민들과 접촉하지도 못하고, 그들에게 영향력도 행사하지 못하는 처지에 머무르게 된다면 그 지방들을 흡수하는 것이 로사스 자신에게 무슨 소용이 있었을까? 공화국에 부여된 강한 연대는 로사스가 더 높은 무대로 자신을 내던져 스스로를 내세우기 위해 필요한 확고한 바탕일 뿐인데, 그 이유는 로사스가 자신의 가치에 대한 의식을 지니고 있고, 또 어떤 불후의 명성을 기대하기 때문이다.

로사스는 칠레 정부의 초청을 받고서 이 나라가 산따 끄루스를 위해 벌이는 전쟁에 참여했다. 도대체 무슨 이유로 로사스가 저 멀리 떨어진 곳에서 벌어지고, 또 그로서는 전례가 없는 어느 전쟁을 그토록 열정적으로 껴안게 된 것일까? 로사스가 공화국의 최고 통치권을 행사하기 오래전부터 그를 지배하던 확고한 생각 하나는 다음과 같다. 즉 부에노스아이레스의 과거 부왕령을 재건하는 것이다. 당시 로사스는 볼리비아를 차지할 생각을 품었기 때문이 아니라, 국경에 관한 현안이 있었기 때문에 볼리비아에 따리하 주[51]를 내달라고 요구했다. 그 이외의 것은 세월이 흐르고 여러 가지 상황이 조성되면서 로사스가 얻게 될 것이다. 라쁠라따 강 반대편에도 라쁠라따 부왕령으로부터 떨어져 나간 한 부분, 즉 오리엔딸 공화국[52]이 있다. 로사스는 오리엔딸 공화국에서 오리베 정부와 더불어 자신의 영

---

50) 파라과이의 독재자 '프란시아 박사'가 1814년부터 1840년까지 나라를 운영하면서 외세 배격과 고립을 기조로 하는 쇄국 정책을 실시한 것을 가리킨다.
51) '따리하(Tarija)'는 볼리비아 남부에 아르헨티나와 접하고 있는 주다.
52) '오리엔딸 공화국(República Oriental)'은 우루과이(Uruguay)를 가리킨다. 우루과이의 공식 이름은 '레뿌블리까 오리엔딸 델 우루과이(República Oriental del Uruguay)'다.

향력을 행사할 수단을 발견했는데, 만약 로사스가 적의 공격을 막지 못하게 되면 신문들이 나서서 적어도 평화적인 리바다비아와 아구에로 형제들, 바렐라스,[53] 그리고 다른 저명한 중앙 집권주의자들을 오리엔딸 공화국 영토에서 쫓아내버렸다. 그때부터 로사스의 영향력은 공화국에서 점점 더 구체화되었고, 마침내 우루과이의 전임 대통령 오리베는 로사스 휘하의 장군이 되었고, 아르헨티나에서 이주해 간 사람들은 그럴싸한 이름들로 위장된 이 정복에 반대하는 저항 운동에서 자국민들과 혼동되었다. 나중에 프란시아 박사가 죽었을 때, 로사스는 자신이 좋아하는 생각, 즉 옛 부왕령을 재건하겠다는 생각에 몰두해 있었기 때문에 파라과이의 독립을 인정하려 들지 않았다.

하지만 아르헨티나 연방에서 나타난 이런 모습은 아르헨티나 연방을 온전하게 드러내기에는 충분하지 않다. 더 넓은 땅, 더 강력한 반대자들, 더 화려한 문제가 필요하고, 마지막으로는 힘도 한 번 겨뤄보고, 또 아메리카의 독창적인 국가 하나가 어떤 모습을 갖고 있는지 보여줄 유럽의 강대국 하나도 필요하다. 이번에는 아르헨티나 동맹이 자신을 드러낼 수 있는 행운이 도망치지는 않는다.

당시 부에노스아이레스에 영사 대리국으로 주재하던 프랑스는 따스한 마음을 소유하고, 능력이 있고, 문명과 자유를 위해 뜨거운 가슴을 가지고 있는 젊은 국가였다. 로제[54] 씨는 부에노스아이레스의 문학 청년들

---

53) '바렐라스(Florencio Varela, 1807~1848)'는 아르헨티나의 작가, 기자, 정치가, 교육자다. 젊었을 때는 시인으로도 활동했다. 외교관으로서 후안 마누엘 데 로사스의 정부에 반대해 망명 중일 때 중앙 집권주의자들의 이익을 위해 일했다.
54) '로제(Aimé Roger)'는 19세기 프랑스의 외교관으로, 아르헨티나에서 부영사로 재직했다. 1838년에 프랑스와 후안 마누엘 데 로사스의 아르헨티나 연방 사이에 발생한 갈등 국면에서 중요한 역할을 담당했다.

과 관계를 맺고 있었다. 그는 부도덕한 행위, 정의의 모든 원칙에 대한 거부, 그 자신이 높게 평가하던 어느 부족의 노예화를 프랑스적인 젊은 마음에서 비롯되는 의분을 가지고 바라보았다. 나는 프랑스의 봉쇄[55]를 유발한 두드러진 동기에 대한 평가에는 개입하지 않고, 로사스와 유럽 강대국들의 대리인들 사이에 준비되어오던 어느 동맹의 원인을 파악하는 데 개입하고 싶다. 프랑스 사람들은 무엇보다도 1828년부터는 대의에 대한 열정적인 결단력을 지닌 사람들로 인식되고 있었는데, 그런 대의는 옛 중앙 집권주의자들이 유지하던 것이었다. 기조 씨는 의회 본회의에서 자신의 동포들이 참견하기를 아주 좋아하는 사람들이라고 밝힌 적이 있다. 나는 그토록 합법적이고 유능한 공공 기관에 의구심을 표명하지는 않겠다. 내가 확인했던 유일한 것은, 우리 사이에서, 이곳에서 거주하는 프랑스 사람들이 변함없이 프랑스인들이고, 유럽인들이고, 따스한 마음을 지닌 사람들임을 스스로 보여주었다는 것이다. 만약 1828년도에 발생한 사건[56]과 같은 일이 나중에 몬떼비데오에서 일어났다면, 그것은 프랑스 사람들이 매번 참견하기를 좋아하는 사람들이었다는 사실을 증명하거나, 그들이 아주 가까운

∴

55) [원편집자 주] '프랑스의 봉쇄'는 1838년 3월 28일에 선포되었다. 봉쇄의 이유는 로사스가 리오델라쁠라따의 프랑스 함대 사령관 르블랑(Leblanc) 제독의 요구를 들어주지 않았기 때문일 수 있다. 당시 르블랑이 부에노스아이레스에 정착한 프랑스의 석판 인쇄 기술자 세자르 이뽈리토 바클레(César Hipólito Bacle)의 투옥에 대한 설명을 요구했던 것이다. 로사스가 아르헨티나에 거주하는 프랑스 사람들에게 국가 수비대에서 복무하라고 강요한 것 또한 원인일 수 있다.
56) 1828년 12월 1일, 중앙 집권주의자 후안 라바예 장군이 군대를 이끌고 부에노스아이레스 시를 점거하는 쿠데타를 일으켰다. 주지사 도레고는 '평원의 사령관'인 후안 마누엘 데 로사스의 도움을 받기 위해 평원으로 나왔다. 로사스는 도레고더러 산따페로 가서 로뻬스에게 도움을 청해보라고 말했으나, 도레고는 라바예 장군과 싸우러 나갔다. 라바예 장군은 도레고를 생포해 같은 달 13일에 총살했다.

곳에서 접했던 리오델라쁠라따의 정치적인 문제에 무언가가 있다는 것을 증명하게 될 것이다. 그런데도 나는, 프랑스 이민자들은 어느 가톨릭 국가에서 자기 자식과 재산을 갖고, 그 국가가 자신들의 최종적인 조국이 될 것이라 기대하는데, 봉기를 함으로써 문명화된 사회들이 보장해주는 것을 모두 파괴해버리고, 그 나라를 유럽의 거대 가족과 연계시켜주는 모든 전통과 교의와 원칙을 버리는 정부 체제 하나를 확립하게 될 사람을 프랑스 이민자들이 무관심하게 바라보는 것을 기조 씨가 어떻게 받아들이는지는 알 수 없다. 만약 그런 일이 터키나 페르시아에서 일어났더라면, 그 나라 국민의 싸움에 끼어드는 외국인들이 이런 프랑스 사람들보다는 훨씬 더 남의 일에 간섭하기 좋아하는 사람들일 것이라는 사실을 나는 아주 잘 이해한다. 그런 문제들이 우리 사이에서 일어나는 것이고, 또 그곳에서 해결되는 문제들과 같은 종류의 문제들일 때, 나는 기조 씨 자신이 그 대의의 승리를 전혀 원하지 않기 때문에 극도로 절제된 태도를 유지하리라 믿기는 어렵다고 생각한다. 기조 씨는 자신이 받은 교육, 자신의 습관, 유럽적인 사상이 더 옳다고 생각한다. 무엇이든 간에, 유럽인들이 어느 나라 출신이든 간에, 유럽인들은 정당 하나를 따스하게 포용했다. 따라서 이런 일이 일어나도록 하기 위해, 아주 깊이 있는 사회 운동이 외국인에 대해 갖게 되는 자연스러운 이기주의를 타파하도록 하기 위해 적극적으로 투쟁해야 한다는 사실은 확실하다. 그런데 아메리카인 자신들은 늘 더 무관심한 모습을 보여주었다. 로사스의 《가세따 메르깐띨》은 퍼비스[57]와 자신들의 정부가 내린 명령에 반기를 들어가면서까지 로사스의 적들에게 호의를 베푸는 유럽의 대리인들의 순전히 개인적인 적대감에 대해 오늘날까지도 불평

---

57) '퍼비스(John Child Purvis, 1746~1825)'는 영국 해군 제독이다.

을 해댄다. 문명화된 유럽인들이 지닌 이런 개인적인 반감 때문에 그들은 바클레[58]를 죽이고, 그것도 모자라 아르헨티나를 봉쇄할 준비를 했다. 젊은 로제는 로사스가 파괴하고 있던 그 문명화된 유럽적 정당이 자신의 무게를 충분히 실을 수 없었던 균형추에 프랑스가 지닌 무게를 싣고 싶어했고, 젊은 로제처럼 열정적이던 마르티니[59] 씨는 우리로 하여금 프랑스 문학을 사랑하도록 만들었던 그 이상적인 프랑스가 행한 가장 고귀한 작업에서 로제를 지지했는데, 진정한 프랑스는 오늘날 고매한 이상을 추구하지 않는 야비한 사건과 관련된 모든 문제에 끌려다니고 있다.

로사스가 프랑스와 불화한 것은 로사스에게는 자신의 정부가 추구하던 아름다운 이상이었다. 혹 로제 씨가 그 야만적인 독재자를 쓰러뜨리기를 원하고 그 독재자의 하야를 요구했는지, 혹 로사스가 그 외국인들과 그들의 제도, 의상, 그리고 통치 이념에 깊은 원한을 갖고 있었는지, 그 토론을 격하게 만든 사람은 누구였는지에 관해서는 알려지지 않았을 것이다. 로사스는 만족스럽고 고무된 상태로 손을 비비면서 말했다. "이 봉쇄 조치로 인해 내 이름이 사방으로 퍼질 것이고, 아메리카는 나를 아메리카의 수호자로 바라볼 것이다." 로사스의 예상은 그 자신이 약속할 수 있었던 것보다 더 멀리 가버렸고, 메흐메트 알리[60]도 압델 카데르[61]도 오늘날 지구상에서 로사스보다 더 떠들썩한 유명세를 향유하지 못하고 있다는 사실은

∴

58) '바클레(César Hipólito Bacle, 1794~1838)'는 스위스 출신의 프랑스 석판 인쇄 기술자로, 만년에 10년 동안 부에노스아이레스에서 수많은 삽화집을 출간했다. 바글레는 후안 마누엘 데 로사스의 정적들, 그리고 아르헨티나 연방에 반대하는 외국 정부들과 결탁함으로써 투옥되었다가 출감하기 얼마 전에 죽었는데, 이 사건은 프랑스가 리오델라쁠라따 지역을 봉쇄하는 데 빌미를 제공했다.
59) '마르티니(Enrique Bouchet de Martigny)'는 프랑스의 외교관으로, 1837년에 부에노스아이레스의 영사로 부임했다.

의심할 여지가 없다. 로사스 스스로 자신에게 붙인 '아메리카 독립의 수호자'[62]라는 명칭에 관해 오늘날 아메리카의 저명인사들의 의견이 분분해지기 시작했다. 그리고 혹시 그런 사실은 로사스만이 유럽을 아메리카로 끌어당겨서, 대서양 이쪽 편에서 요동치는 사안에 유럽이 개입할 수 있도록 강제할 수 있었다는 사실을 슬프게 보여줄 수도 있을 것이다. 예고된 그 삼중 개입은 아메리카의 신생 국가들에서 일어난 개입 가운데 첫 번째 것이다.

프랑스의 봉쇄는 공공연한 경로였는데, 말 그대로 '아메리카니즘'[63]이라고 불리는 감정이 그 경로를 통해 숨김없이 드러났다. 우리가 지닌 야만적인 모든 것, 우리를 문명화된 유럽과 분리시키는 모든 것은, 시스템이 정비되어 있고 유럽에서 온 사람들과 별도로 우리만의 자주적인 실체 하나를 구성할 준비가 되어 있던 아르헨티나 공화국에서 당시부터 드러났다. 우리가 유럽을 모방하려고 사방에서 애를 쓰고 있는 그 모든 제도가 파괴

∴

60) '메흐메트 알리(Mehemet Ali, 1769~1849)'는 오스만 제국의 이집트 총독으로, 이집트 마지막 왕조인 메흐메트 알리 왕조의 창시자다. 오스만 제국 영내의 마케도니아에서 출생했고, 군대에 입대해 이집트에서 나폴레옹의 군대와 싸웠으며, 이어 알바니아인 부대의 지휘관이 되어 이집트의 봉건적 영주 맘루크를 눌러 민심을 획득함으로써 1805년에 술탄에게서 이집트 태수의 지위를 승인받았다. 1810년대부터 아라비아와 수단 등 인접 지대에 세력을 확대했으며, 그리스 독립전쟁 때는 술탄을 원조함으로써 공을 인정받아 크레타 섬, 키프로스 섬을 획득했다. 그러나 시리아 통치권을 요구해 투르크와 대립했고, 1831년부터 소위 동방 문제를 일으켰다. 이 분쟁으로 열국의 간섭을 초래해 1840년의 런던 4개국 조약에 의해 이집트와 수단의 세습적 영유가 결정되었다. 알리는 또 프랑스의 후원을 받아 토지 개혁, 근대적 군대 창설 등을 통해 이집트의 근대화에 주력했다.
61) '압델 카데르(Abdel Kader, 1807~1883)'는 알제리의 국민 영웅으로 추앙받는 인물이다. 프랑스가 알제리를 점령한 뒤에 오라의 아랍 부족이 그를 '에미르(emir: 족장)'로 선출했고, 장기간 프랑스에 대항해 아주 집요하게 투쟁했다(1832~1847). 결국 그는 패배해 모로코로 피신했고, 이슬람의 적에 대한 원정을 시작했으나 1844년에 이슬리(Isly)에서 패배했다.
62) 원어는 "Defensor de la Independencia Americana"다.
63) '아메리카니즘(americanismo)'는 '아메리카주의', '아메리카의 것에 사랑, 애착' 등으로 옮길 수 있다.

되고, 이와 더불어 연미복, 복식, 구레나룻, 팬티스타킹, 조끼의 컬러 형태, 그리고 패션 모델의 머리 모양이 박해를 받았다. 넓고 헐렁한 바지, 빨간색 조끼, 짧은 저고리, 뽄초 같은 국민 의상, 즉 현저하게 아메리카적인 의상이 이런 유럽식 외관을 대체했다. 오늘날 칠레에 있는 우리에게[64] "야만적이고, 구역질 나고, 천박한 중앙 집권주의자들 죽어라"라는 말을 "화해와 평화의 상징"처럼 들여온 돈 발도메로 가르시아는, 어느 날 고귀한 사람을 알현하면서 그의 오른손에 입을 맞추는 치안 판사처럼 연미복을 입고 나타났다. 돈 발도메로 가르시아는 구역질 나고 천박한 야만성을 가졌다는 이유로 어느 날 엘푸에르떼로부터 떠밀려 쫓겨났다.

그때부터 《가세따 메르깐띨》은 독자들의 마음에 유럽인들에 대한 증오와 우리를 정복하고자 하는 유럽인들의 경멸감을 키우고, 확산시키고, 휘저어대고, 풀어놓았다. 사람들은 프랑스 사람들을 인형극의 조종자라고라고 부른다. 루이 필리프 왕을 돼지, 중앙 집권주의자라고 경계하고, 유럽 정치를 야만적이고, 구역질 나고, 거칠고, 피를 좋아하고, 잔인하고, 비인간적이라고 경계한다. 봉쇄가 시작되자 로사스는 봉쇄에 저항하는 수단을 선택했는데, 프랑스와 일전도 불사하겠다는 태도를 취했다. 로사스는 대학 교수들에게서 그들의 수입을 빼앗고, 남녀 초등학교들로부터는 리바다비아가 약정했던 기부금을 빼앗았다. 로사스는 자선 단체들을 모두 폐쇄했다. 정신병자들은 거리로 내팽개쳐졌고, 주민들은 불행에 처한 그 위험한 사람들을 자기 집에 들이는 일을 떠맡았다. 이런 수단들이 무엇인지 절묘하게 통찰할 수 있는 방법은 없을까? 그것은 바로 계몽적인 측면에서 유럽의 선두에 있는 나라인 프랑스와 진짜 전쟁은 일으키지 않으면서 공

---

64) 당시 도밍고 파우스티노 사르미엔또는 칠레에서 활동하고 있었다.

공 교육에서 프랑스를 공격하는 것일까? 로사스의 교서는 매년 발표되고, 시민들의 열의가 로사스 정부의 공공 기관들을 지탱하고 있다. 참으로 야만적이기도 하군! 이 도시가 만약 자신을 문명화된 세계와 연계해주는 교육을 포기해버린다면 빰빠로 변해버릴 텐데, 그렇게 되지 않으려고 애들을 쓰는군! 실제로 알꼬르따 박사와 다른 젊은이들은 강좌들이 폐지되지 않도록 여러 해 동안 대학에서 무료 강의를 하고 있다. 학교 선생님들은 계속해서 학생들을 가르치면서 교육을 계속하고 싶기 때문에 자신들이 살아남기 위해 학부모들에게 후원금을 달라고 요청한다. 자선 협회는 은밀하게 각 가정을 돌아다니며 후원자들을 모집하고, 그 영웅적인 여교사들이 굶어 죽지 않도록 즉석에서 후원금을 모집함으로써 여교사들은 학교 문을 닫지 않겠다고 맹세했다. 매년 5월 26일에 그 여교사들의 제자들인 여학생 수천 명이 하얀 옷을 입고 나타난다. 정기 일제고사에 대한 자신들의 권리를 주장하기 위해!…… 아아! 그 마음이 바위처럼 단단하도다! 독자 여러분은 우리가 투쟁하는 이유가 무엇인지 아직도 우리에게 물을 것이다!

파꾼도 끼로가의 생이 끝남으로써 일어난 역사적인 사건과 아르헨티나 공화국의 정치에서 비롯된 파꾼도 끼로가의 죽음의 결과가 무엇이든 간에, 설사 내가 여기서 이 글을 마친다고 해도, 평원 지역 지방들이 도시와 투쟁함으로써 유발된 도덕적인 결과에 관해 ― 그 투쟁이 공화국의 미래를 위해 만들어낸 결과가 호의적이든 불리하든 ― 아직은 내가 평가할 처지에 있지 않은 것 같다.

제15장
현재와 미래

> 정복자가 된 뒤에, 자신이 가진 모든 것을 쏟아부은 뒤에 그는 기진맥진한 상태로 생을 마감했다. 자기 자신에 의해 정복당한 것이다. 바로 그날 그는 세상이라는 무대를 떠났다. 자신이 인류에게 쓸모가 없어졌기 때문이다.
>
> — 쿠쟁[1)]

    프랑스의 봉쇄는 2년 동안 지속되었고, '아메리카'의 정신에 고무된 그 아메리카 정부는 프랑스에, 즉 유럽적인 원칙에, 유럽의 의도에 대항했다. 그런데도 프랑스의 봉쇄는 아르헨티나 공화국이 풍부한 사회적 결과를 얻게 하는 데 소용되었고, 아르헨티나의 정신 상태를 드러내고, 그 괴물 같은 정부의 몰락과 더불어 끝장날 수 있을 뿐인 처참한 전쟁을 촉발시킨 투쟁의 새로운 요소를 숨김없이 드러내는 데 소용되었다.
    후안 마누엘 데 로사스의 개인 정부는 부에노스아이레스에 계속해서 해를 끼쳤고, 국내적으로는 중앙 집권적 융합을 계속해나갔으며, 이와 더불어 국외적으로는 어느 유럽 강국의 의도에 명예롭게 항거하고, 모든 침략 시도에 대항해 아메리카의 힘을 과시하면서 모습을 드러내고 있었다. 자신의 권리를 유지하고자 하는 어느 아메리카 국가를 정복하기에는 유럽이 너무 허약하다는 사실을 로사스가 증명했다는 소문이 아메리카 전역에 퍼졌고, 오늘도 그렇게들 말하고 있다. 나는 의심할 바 없는 이런 진실을 부정하지 않으며, 또 로사스가 유럽인들이 지닌 극도의 무지를 세상에 알렸다고 믿는다. 그 무지한 유럽인들은 자신들이 아메리카에서 얻은 이익을 기반으로, 그리고 아메리카의 독립을 손상하지 않은 채 자신들을 번영시킬 수 있는 진정한 수단을 기반으로 유럽에서 살아가고 있다. 더욱이 최근 몇 년 동안 로사스는 아르헨티나 공화국에 자신의 이름을, 자신의 투쟁을, 문명화된 세계에 대해 지니고 있던 자신의 관심을 가득 채워 넣음으로써 아르헨티나 공화국이 유럽과 더 밀접하게 접촉하도록 했고, 자국의 현자들과 정치가들이 대서양 너머의 이 세계에 관한 연구를 하도록 했다. 이는 이 세계가 미래의 세상에서 제대로 자리를 잡을 수 있도록 부름받게 하는 데 아주 중요한 역할을 한다. 나는 아르헨티나 현자들과 정치가들이 지식을 얻는 데서 많은 진전을 이루었을 것이라는 말을 하는 것이 아니라, 그들이 이미 실험을 하고 있는 중이고, 그리고 진실은 결국 알려질 것이라는 사실을 말하는 것이다. 독자 여러분은 물질적인 측면에서 프랑스의 봉쇄를 보시라. 그런 봉쇄는 그 어떤 역사적인 결과도 도출해내지 못할 정도로 모호한 사건이다. 로사스는 자신의 의도를 포기했고, 프랑스는 자신의 배들을 라쁠라따 강물에서 썩혔다. 이것이 바로 프랑스가 행한 봉쇄의 전

∴

1) '쿠쟁(Cousin, Victor 1792~1867)'은 프랑스의 철학자, 교육 개혁가, 역사가다. 1840년 기조가 총리가 되자 공립 교육부장관에 임명되었다. 강의와 공직 활동을 하면서도 많은 글을 썼고, 프랑스 철학의 초점을 유물론에서 관념론으로 바꾸어놓았다. 신을 창조자로 설정하고 세계의 분열된 측면을 통일하기 위해 신개념을 사용했지만, 세계 속에서 신이 이룩한 업적의 증거를 찾기 위해 역사적 사건에 관심을 기울였다. 그 결과 특히 로마 가톨릭으로부터 신의 계시를 부정한다는 비판을 받았다. 또 철학 전체를 감각론, 관념론, 회의주의, 신비주의의 네 가지 체계 유형으로 나눈 것은 자의적이고 단순한 분류라는 비판을 받았다. 그는 이 유형이 모두 어느 정도 진실을 가지고 있다고 보았다. 쿠쟁은 감각, 이성, 감정의 영역을 포괄할 필요가 있다고 강조하면서 이 목적에 가장 적합한 요소를 다른 사람들에게서 빌려왔다.

말이다.

　로사스가 새로운 체제를 적용하자 독특한 결과가 도출되었다. 다시 말해 부에노스아이레스의 시민들이 도시를 빠져나가 몬떼비데오에 모인 것이다. 실제적인 것을 추구하는 남자들과 여자들이 라쁠라따 강 왼쪽 연안에 모인 것은 사실인데, 그들은 "그 어떤 폭군이 지배할지라도 자신들의 빵을 먹는 사람들"이었고, 결국 그 사람들에게는 자유, 문명, 조국의 존엄성에 대한 관심이 잘 먹고 잘 자는 것보다 우선하지 않았다. 하지만 우리 사회에서, 그리고 인류의 모든 사회에서 부족한 바로 그 부분이 모두 몬떼비데오에 모여 있었다. 바로 그 부분을 이루기 위해 어떻게 해서든 합리적이고 이성적인 어느 정부 아래서 살아야 하고, 사회는 자신들의 미래 운명을 준비하는 것이 삶의 과정에서 필요하다. 부에노스아이레스와 달리 프랑스의 봉쇄가 이루어지지 않았고 개인의 안전이 어느 정도는 보장되어 있던 몬떼비데오에 부에노스아이레스의 상업과 외국인들의 저택들이 이주해 와 있었다.

　그렇게 해서 몬떼비데오에는 옛 중앙 집권주의자들이 리바다비아의 정부의 모든 인력, 정부를 지탱하던 핵심 인사들, 공화국의 장군 열여덟 명, 공화국의 문필가들, 전직 의회 의원들 등과 함께 이주해 있었다. 더욱이 몬떼비데오에는 1833년 이후로 부에노스아이레스 '시'에서 이주해 온 연방주의자들도 있었다. 다시 말해 그들은 1826년의 헌법에 적대적인 태도를 견지함으로써 로사스가 붙여준 '로모스 네그로스'라는 별명을 달고 추방당한 모든 저명인사들이었다. 그 후 과거에 로사스를 지지하던 사람들이 몬떼비데오로 왔다. 그들은 로사스의 손이 행한 작업을 공포감 없이는 볼 수 없었거나, 자신들을 죽이는 칼이 목에 가까워지는 것을 느꼈다. 그 때문에 자신들이 만들어낸 것을 파괴함과 동시에 자신들의 목숨과 조국을 구하려고 시도하면서 탈리엔[2]에 와 있는 것처럼, 그리고 테르미도르의 반란자들[3]처럼 몬떼비데오에 와 있었다. 마지막으로 중앙 집권주의자도, 연방주의자도, 과거 로사스를 지지하던 사람들도 아닌 제4의 집단이 몬떼비데오에 도착했다. 그 세 집단 가운데 어느 집단에게도 호의적이지 않았던 그들은 옛날의 질서를 파괴하고 새로운 질서를 수립하는 과정에서 왕성한 활력을 보여준 새로운 세대였다. 로사스가 오늘날 자신의 적은 1826년에 만들어진 중앙 집권주의자들이라는 사실을 세상 사람들이 믿도록 아주 용의주도하고 집요하게 처신했기 때문에, 나는 공화국을 뒤흔든 견해의 이 마지막 국면에 관한 일부 사항을 언급하는 것이 적합하다고 생각한다.

리바다비아가 설립한 '인문학 학교'[4]가 전국에서 모아놓은 수많은 젊은이들, 그리고 순진하게도 어느 날 자신이 아메리카의 아테네로 불리기를 바라던 그 도시[5]에 모여 있던 대학과 연구 과정들 등 많은 교육 기관이 공적인 삶을 위해 준비해놓은 수많은 젊은이들은, 공개 토론장도, 학보(學報)도, 강단도, 공적인 삶도, 젊고 활력 넘치는 지성의 힘을 시연할 극장도 없는 상태에 처해 있었다. 한편으로 아르헨티나의 젊은이들은 유럽과 더불어 이루어졌던 독립 혁명과 상업에 관한 연구를, 그리고 리바다비아의 명백하게 유럽적인 행정부와 즉각적으로 접함으로써 유럽, 특히 프랑스의 정

---

2) '탈리엔(Talien)'은 중국 랴오닝성(遼寧省) 랴오둥(遼東) 반도에 있는 항구 도시, 행정 중심지다. '다롄(大連)' 또는 '다이렌'이라고도 불린다.
3) '테르미도르의 반동' 또는 '테르미도르의 쿠데타'는 프랑스 대혁명 이후 권력을 잡게 된 로베스피에르가 반대파를 무자비하게 숙청하는 공포 정치 끝에 결국 살해당한 사건이다. 쿠데타가 혁명력(革命曆)에 의한 테르미도르(熱月) 9일(7월 27일)에 일어났으므로 이런 이름이 붙었고, 따라서 '테르미도르'는 혁명을 종결시키는 '반동'을 뜻하게 되었다. 이 사건으로 인해 프랑스 혁명은 실질적으로 끝나게 되었고, 시민 혁명은 종말을 고했다.
4) '인문학 학교(Colegio de Ciencias Morales)'는 1823년에 설립되었다.
5) '그 도시'는 부에노스아이레스를 가리킨다.

치, 문학적 운동에 관한 연구를 하게 되었다. 낭만주의, 절충주의, 사회주의, 그리고 다양하기 이를 데 없는 그 모든 사상 체계는 열정적인 지지자들을 지니고 있었고, 순수 사회학적 이론에 관한 연구는 이들 사상이 온전하게 펼쳐지는 것에 가장 적대적이었던 독재의 그림자에 묻혔다.

알시나 박사는 대학에서 입법부에 관해 강의하면서 독재가 어떤 것인지를 설명한 뒤에 마지막으로 이런 말을 덧붙였다. "여러분, 결론적으로 말해 여러분은 독재에 관한 핵심적인 생각 하나를 갖고 싶으십니까? 그렇다면 여러분은 정말 특이한 기능을 지닌 돈 후안 마누엘 데 로사스의 정부를 보시면 됩니다." 불순하고 적대적인 박수 소리가 이 과감한 교수의 목소리를 묻어버렸다.

마침내 이들 젊은이는 자신들의 책을 가지고 자신들이 좋아하는 시스몽디, 레르미니에, 토크빌, 그리고 그들이 글을 발표한 잡지들, 『브리태니커 백과사전』, 《암보스 문도스》, 《르뷔 앙시클로페디크》,[6] 주프루아,[7] 쿠쟁, 기조 등에 관한 공부를 숨어서 했는데, 공부한 것에 관해 서로 질문하고, 서로 감동하고, 서로 소통하고, 결국은 순수하게 문학적이라고 믿는 어떤 충동에 이끌려 과연 무엇을 위한 것인지 확실하게 알지도 못한 채, 별 생각 없이 서로 교류했다. 마치 문학이라는 것이 그 야만적인 세계에서는 사라져버릴 위험에 처해 있다는 듯이, 또 마치 표면에서는 박해를 받는 훌륭한 교리들이 나중에 권력에 대항해 싸우기 위해 단단해지고 강건해진 상태

⁂

6) '《암보스 문도스(*Ambos Mundos*)》'는 에스파냐에서 발행되던 잡지다. '《르뷔 앙시클로페디크(*Revue Encyclopdique*)》'는 프랑스에서 출간되던 잡지다.
7) '주프루아(Théodore Simon Jouffroy, 1796~1842)'는 프랑스의 철학자로, 1828년부터 파리 대학교에서 강의했다. 스코틀랜드의 철학을 프랑스에 소개하고 유심론적(唯心論的) 심리학을 전개했다.

로 카타콤[8]의 지하 은신처를 나올 수 있도록 일단 카타콤의 지하 은신처에 몸을 숨길 필요가 있다는 듯이 말이다.

부에노스아이레스의 '문학 살롱'[9]은 이런 새로운 정신이 처음으로 발현된 것이었다. 유럽의 교리들이 여전히 제대로 소화되지 않은 채 실려 있는 일부 정기 간행물과 브로슈어는 그 문학 살롱의 첫 번째 시도였다. 당시까지는 정치나 정당에 관한 것은 전혀 다루지 않고 있었다. 나는 이런 연구가 진정으로 중요하다고 높이 평가할 생각도 없고, 그런 문학 운동이 드러내고 있던 불완전하고, 과장되게 허세를 부리고, 웃기고 어리석기까지 한 면모를 높이 평가할 생각도 없다. 만약 이런 연구가 결과에서 더 풍요로운 어느 운동의 선구자가 아니었다면, 기억할 만한 가치조차 없는 미숙하고 초보적인 힘을 시험해본 것이었다. 지적인 머리를 소유한 한 무리의 젊은이가 이 문학 살롱의 중심부로부터 배출되었는데, 그들은 서로 비밀스럽게 교류하면서 까르보나리스모[10]를 결성하려고 시도했다. 이들은 새롭게 정권을 잡은 야만적인 정부에 대한 시민적인 반항의 토대를 공화국 전체에 마련해야 했다.[11]

나는 다행스럽게도 이 연합의 헌장 원본을 열람할 수 있고, 이 연합에 가입한 회원들의 이름을 모두 댈 수 있다. 현재 그 이름들은 전장에서 명

---

8) '카타콤(Catacomb)'은 초기 그리스도 교도의 지하 묘지로, 피난처를 겸한 예배 장소로도 이용되었다.
9) '문학 살롱(Salón Literario)'은 부에노스아이레스의 서점 마르꼬스 사스뜨레(Marcos Sastre)에 마련된 것으로, 에스떼반 에체베리아(Esteban Echeverría)와 후안 바우띠스따 알베르디(Juan Bautista Alberdi) 같은 작가들이 자신들의 에세이를 강독하던 공간이었다.
10) 원래 '까르보나리스모(Carbonarismo)'는 19세기 초에 이탈리아와 프랑스에서 활동하던 자유주의적 부르주아 이데올로기를 지닌 비밀 정치 연합이다. 나폴레옹 통치기에 공제 비밀 결사(프리메이슨 조직)의 한 분파로 탄생했다.
11) [원편집자 주] 이들의 모임은 '5월 연합(Asociación de Mayo)'(1837)이라 불렸다.

예롭게 죽음으로써 자신의 공물을 조국에 바친 일부를 제외하고는, 유럽과 아메리카에 퍼져 있다. 살아남은 사람은 현재 거의 모두 저명한 문필가가 되어 있다. 어느 날 지적인 능력을 지닌 사람들이 아르헨티나 공화국을 운영하는 집행부에 참여한다면, 이들의 다양한 재능, 연구, 여행, 그리고 이들 자신이 보여주었거나 저질렀던 오류와 실수로 인한 불행과 비참한 광경에 의해 오랜 세월 동안 준비되고 선정된 이 플레이아드[12]에서 완벽한 도구들을 많이 발견하게 될 것이다.

이 연합의 헌장은 다음과 같다.

아르헨티나의 젊은 세대로 구성된 본 연합의 모든 회원들 각자는 하느님과 조국, 아메리카 독립의 영웅과 순교자들의 이름으로, 우리의 시민전쟁에서 이분들이 흘린 피와 눈물의 이름으로.

믿는다.

모든 사람은 평등하다.
모든 사람은 자유롭고, 모든 사람은 형제이고, 권리와 의무에서 평등하다.
모든 사람의 선을 위해 자신의 재능을 자유롭게 행사한다.
그 선을 실현하기 위해, 그리고 인간의 운명을 충만하게 만족시키기 위해 진군하는 형제들이다.

∴
[12] '플레이아드(La Pléiade: 칠성)'는 16세기 프랑스에서 혁신적인 시적 경향을 주장한 시파다. 옛날 알렉산드리아에서 활동한 일곱 명의 고대 그리스 시인들을 본떠서 이 유파를 '플레이아드'라 부르게 되었다. 플레이아드의 목표는 고대의 운문과 어깨를 나란히 할 수 있는 프랑스 시를 짓는 것이었다.

믿는다.

인류의 발전을 믿고, 미래에 대한 믿음을 갖고 있다.
단결이 힘을 만든다는 사실을 인지하고 있다.
원칙에 부합하지 않으면 형제애도 단결도 있을 수도 없다.
'조국의 자유와 행복'[13]을 위해, 그리고 아르헨티나 사회의 온전한 쇄신을 위해 각자의 노력을 바치기를 원한다.

맹세한다.

첫째, 동맹 협정의 토대를 이루는 '상징적인 말'에 공식화되어 있는 원칙들의 실현을 위해 각자의 지성, 재산, 그리고 온 힘을 바친다.
둘째, 본 연합의 회원들 각자에게 어떤 위험이 닥치더라도 본 연합의 사업을 거부하지 않겠다고 '맹세한다'.
셋째, 어떤 대가를 치르더라도 본 연합의 원칙을 견지하고, 본 연합의 원칙을 확산시키고, 선전하기 위해 각자가 갖고 있는 모든 수단을 사용할 것을 맹세한다.
넷째, 본 연합의 존재를 위태롭게 할 수 있는 사안에 관해서는 철저하게 함구하고, 상호 간에 형제애를 유지하고, 철통같은 단결을 유지하기로 맹세한다.

---

13) '조국의 자유와 행복'은 본문 글자보다 큰 대문자로 다음과 같이 쓰여 있다. 'LA LIBERTAD Y FELICIDAD DE SU PATRIA.'

이 '상징적인 말'[14]은 제목의 상징적인 모호함에도 불구하고 기독교적 세계가 인식하고 고백하는 신앙 고백의 정치적인 형태인데, 이 정치적인 신앙 고백에는 과거에 중앙 집권주의자와 연방주의자를 분리하던 사상과 관심사를 회원들에게서 없애버리는 내용이 추가되어 있을 뿐이다. 왜냐하면 회원들이 중앙 집권주의자들, 연방주의자들과 조화를 이룰 수 있었기 때문인데, 이렇게 조화를 이룰 수 있었던 이유는 그들이 추방지에서 겪은 공통의 불행이 그들을 단합시켰기 때문이다.

공화국과 유럽 문명의 이들 새로운 사도들이 자신들의 맹세를 검증할 준비를 하고 있는 사이에, 로사스의 박해는 과거에 애국주의자들을 겪고, 연방주의자들인 '로모스 네그로스'를 겪고, 옛 중앙 집권주의자들을 겪은 후 다른 선배를 가지고 있지 않던 그 새로운 사도들에게 미치고 있었다. 그렇기 때문에 새로운 사도들이 과거에 아주 현명하고 분별력 있게 설정해놓았던 그 교리들과 더불어 자신들의 목숨을 구하는 것은 합당한 일이었다. 몬떼비데오는 라쁠라따 강 동쪽 연안에서 지원 거점 하나를 찾기 위해, 그리고 시체들을 쌓아 방책으로 삼고 합법적으로 구성된 살인자 부대 하나를 전위에 위치시켜놓은 그 음침한 권력을 가능하다면 타도하기 위해, 젊은이 수백 명이 가족과 공부와 일을 버리고 앞서거니 뒤서거니 몬떼비데오 자신에게로 오는 것을 보았다.

나는 당시에 몬떼비데오에서 행해지던 운동, 즉 로사스가 자신의 정부와 자신의 '아메리카적인' 원칙을 강건하게 만들도록 강력한 도덕적 무기 하나를 로사스에게 줌으로써 아메리카를 모욕해버린 어느 거대한 운동의

---

14) 여기에 실린 '상징적인 말'은 에스떼반 에체베리아가 아르헨티나 낭만주의의 진정한 발현인, 자신의 '사회주의 도그마(Dogma Socialista)'를 위한 토대로 쓴 것이다.

특징을 기술하기 위해 이런 자잘한 사항에 관해 언급할 필요를 느꼈다. 로사스의 적들이 부에노스아이레스를 봉쇄하고 있던 프랑스 사람들과 맺은 동맹에 관해 말하고자 하는데, 로사스는 중앙 집권주의자들에게 엄청난 모욕을 주고 비난한 적이 있다. 나는 그런 경우가 일어난다는 사실을 밝히고, 또 1829년까지 활동하던 진정한 중앙 집권주의자들은 그 동맹에 대해 책임이 있는 사람들이 아니라는 사실을, 역사적 진실과 정의를 기리기 위해 밝혀야겠다. 아메리카니스모를 훼손한 범죄를 저지른 사람들, 라쁠라따 강변에서 유럽 문명과 제도와 관습과 사상을 구하기 위해 프랑스의 품에 안긴 사람들은 바로 젊은이들이었다. 한마디로 말해 우리였다! 나는 아메리카의 국가들에서, 심지어는 이 민감한 문제에 관해서는 자유주의적인 입장을 견지하는 아주 교양 있는 사람들 사이에서도 로사스의 메아리가 울려 퍼진다는 사실을 아주 잘 알고 있다. 또 어느 독재자를 타도하기 위해 아르헨티나 사람들이 '외국인들'과 제휴했다는 사실은 많은 사람들에게 여전히 하나의 터무니없는 오류라는 사실을 잘 알고 있다. 하지만 사람은 각자 자신의 신념에 따라야 하고, 자신이 확고하게 믿는 바를 어겨가면서까지 스스로를 정당화하지는 말아야 한다. 그리고 자신의 신념을 따르는 사람은 자신의 말과 작업을 유지한다. 그래서 나는 그 독재자가 누구이든지 간에 그에 관해 악의적으로 말할 것인데, 그렇게 함으로써 로사스의 적들과 유럽의 문명화된 강대국들 사이에 긴밀한 동맹이 있었다는 사실을 이해하는 기쁨은 온전히 우리 것이 되는 것이다. 가장 뛰어난 중앙 집권주의자들은 아메리카 사람들처럼, 혹은 로사스와 그의 심복들처럼, 국민성에 관한 그런 관념에 지나치게 몰두해 있었는데, 그 국민성은 인간이 야만적인 종족이었던 시절부터 내려온 인간의 유산이고, 또 그 인간으로 하여금 전율하며 외국인을 바라보도록 만드는 것이다. 까스떼야노[15]를 사용하는 국민들에게서는 이런 감정이 엄청난 행위, 난폭한 범죄 행위를 할 수 있고 살인을 할 수 있는 야만적인 격정으로 변하기도 했다. 부에노스아이레스의 젊은이들은 자신들이 관심을 갖고 있던 형제애에 관한 풍부한 생각을 바탕으로 프랑스, 영국을 형제국으로 인식하고 있었다. 그 젊은이들은 유럽 사람들에 대한 사랑을 지니고 있었다. 유럽 사람들에 대한 이런 사랑은 유럽이 우리에게 유산으로 물려주고, 로사스가 아메리카의 이름으로 파괴함으로써 유럽의 의복을 다른 의복으로, 유럽의 법률을 다른 법률로, 유럽의 정부를 다른 정부로 대체해버린 그 문명과 제도와 문학에 대한 사랑과 연계되어 있었다. 교양을 함양시켜주는 유럽 문학의 관념에 흠뻑 젖어 있던 이 젊은이들은, 로사스의 적인 유럽 사람들에게서 자신들의 선조를, 자신들의 부모를, 자신들의 본보기를 찾아보고, 로사스가 소개하던 아메리카, 아시아처럼 야만적인 아메리카, 터키처럼 전제적이고 피 보기를 즐기는 아메리카에 대한 원조(援助)를 모색함으로써 지성을 마호메트주의처럼 박해하고 폄하했다. 그리고 그 결과가 자신들의 경험과 일치하지 않을 때는 자신들 잘못이 아니었다. 그 젊은이들의 동맹을 비판하는 사람들도 자신들이 더 잘했다고 자부할 수는 없다. 설령 프랑스 사람들이 결국 그 폭군과 협정을 체결했다 해도 프랑스 사람들은 아르헨티나의 독립에 반하는 시도는 전혀 하지 않았고, 프랑스 사람들은 잠시 마르띤가르시아 섬[16]을 점령하고 나중에는 아르헨티나의 어느 정치 지도자를 불러 그 섬을 떠맡으라고 했다. 아르헨티나 사람들은 프랑스 사람들과 제휴하기 전에 아르

---

15) '까스떼야노(Castellano)'는 에스파냐의 까스띠야(Castilla) 지방의 언어로, 현 에스파냐어의 전신이다.
16) '마르띤가르시아 섬(La isla Martín García)'은 우루과이 영토의 라쁠라따 강 안에 있는 아르헨티나의 섬이다.

헨티나를 봉쇄한 프랑스 사람들에게 아르헨티나의 영토 주권을 존중한다는 사실을 공식적으로 천명해달라고 요구한 적이 있고, 아르헨티나 사람들은 진지하게 프랑스 사람들의 확답을 들을 수 있었다.

그 사이에 중앙 집권주의자들이 처음에 그토록 공격했던 사상, 그들이 조국을 배신하는 것이라고 불렀던 사상이 일반화되어 중앙 집권주의자들을 지배하고, 그들을 종속시켜버렸다. 그래서 오늘날 그 사상은 아메리카 전 지역에 퍼져 있고, 아메리카 사람들의 정신에 뿌리를 내리고 있다.

빰빠의 아들인 '아메리카니즘'의 괴물을 타도하기 위해 프랑스와 유럽적인 아르헨티나 공화국이 몬떼비데오에서 연합했다. 그런데 불행하게도 연합에 관한 논쟁을 벌이느라 2년을 소모한 끝에 비로소 프랑스와 아르헨티나 공화국의 연합이 성사되었고, 그때 오리엔떼[17]의 문제를 해결하는 데 프랑스 해군의 힘이 필요하게 됨으로써 프랑스와 연합했던 아르헨티나 사람들만 난처한 입장에 처했다. 한편으로 중앙 집권주의에 대한 사람들의 관심 때문에 폭군에 항거하는 작전에 군사적이고 혁명적인 진정한 수단이 제대로 동원되지 못했고, 그 사이 더욱더 강력해져버린 폭정에 대항해 시도한 노력이 산산조각 날 상황에 처해 있었다. 오랜 세월 아메리카 사람들 사이에서 살아온 소수의 프랑스 사람들 가운데 하나인 마르티니 씨는 아메리카에 대한 자신의 관심과 프랑스의 관심이 무엇인지 이해할 줄 아는 사람이었다. 진정한 프랑스 사람이었던 마르티니 씨는 자신이 구하고자 했던 바로 그 아르헨티나 사람들의 다양한 탈선 행위, 선입견, 오류를 매일 한탄하고 애석하게 여겼다. 그는 옛 중앙 집권주의자들을 가리켜 "1789년부터 프랑스에서 이주해 온 사람들로서, 그들은 잊은 것도 배운 것도 전혀

---

17) '오리엔떼(Oriente)'는 우루과이를 가리킨다.

없다"고 말했다. 이 말은 유효하다. 1829년에 '몬또네라'에게 패배한 프랑스 사람들은 몬또네라를 여전히 전쟁 부대라 믿었고, 그래서 전투 병력을 육성하려 하지 않았다. 당시 프랑스 사람들은 목축 지대 평원에 의해 지배당한 상태였기 때문에 현재 부에노스아이레스를 점령하는 것은 소용이 없다고 믿고 있었다. 그들은 '가우초들'에 대해 극복할 수 없는 선입견을 가지고 있었기 때문에 가우초들을 여전히 자신들의 태생적인 적으로 바라보고 있음에도 불구하고, 가우초들의 전술과 기병대를 모방하고, 심지어는 군복까지도 가우초 군인들 것을 모방했다.

그런데도 과격한 혁명 하나가 공화국에서 발발하고 있었는데, 그 혁명을 제때에 이해했더라면 충분히 지켜낼 수 있었을 것이다. 로사스는 평원의 도움을 받아 권좌에 오른 뒤 통치권을 장악하자마자 평원의 힘을 빼앗기 위해 온몸을 바쳤다. 로사스는 자신이 권좌에 오르도록 도와주었던 평원의 사령관들을 독극물이나 배신이나 칼을 이용해 모두 죽여버렸고, 그 자리에는 능력도 없고, 명성도 없지만, 그런데도 무책임하게 사람을 죽이는 힘으로 무장한 사람들을 채워 넣었다. 부에노스아이레스를 유혈이 낭자한 무대로 만들었던 그 잔학성 때문에 한편으로 엄청난 수의 시민이 평원으로 피할 수밖에 없었는데, 그들 시민이 스스로 가우초들과 뒤섞임으로써 서서히 시골 사람과 도시 사람의 과격한 혼융이 이루어졌다. 시민들과 가우초들이 공통으로 겪고 있던 불행이 그들을 결합시켜주었던 것이다. 이들은 피와 범죄에 굶주린 극악무도한 그 괴물을 증오하고 있었기 때문에 어떤 공통의 결의 속에서 영원히 결합되어갔다. 그렇게 해서 평원은 더 이상 로사스에게 속하지 않게 되었고, 로사스의 권력은 평원이라는 기반과 여론이라는 기반을 갖지 않게 됨으로써 훈련받은 난폭한 살인자 집단과 어느 전투 부대에 의존해갔다. 중앙 집권주의자들보다 더 교활한 로사스는 중앙 집권주의자들이 버린 무기, 보병대, 포를 점유했다. 1835년부터 로사스는 자기 병사들을 혹독하게 훈련시켰고, 매일 기병대 하나를 해산시켜 그 병력으로 대부대들을 키워갔다.

그렇다고 해도 로사스는 평원도 시민들도 신뢰하지 않았듯이 휘하 부대들의 정신도 신뢰하지 않았다. 매일같이 각기 다른 진원지에서 짜인 음모의 실들이 서로 교차했고, 만장일치로 채택된 계획은 풍부한 수단을 통해 실행 불가능한 것이 없게 만들고 있었다. 결국 로사스 휘하의 지도자들 대부분과 전투 부대들 전부가 어느 음모에 가담하게 되었는데, 젊은 대령 마사[18]가 그 음모를 지휘하고 있었다. 4개월 동안 로사스의 운명을 수중에 넣고 있던 마사 대령은 몬떼비데오와 소통함으로써 자신의 계획을 밝힐 수 있는 소중한 한순간을 잃고 말았다. 마침내 일어나야 할 일이 일어나고 말았다. 마사 대령의 음모가 발각되었고, 대령은 오늘날까지 계속해서 로사스의 휘하에 있는 지도자들 대부분의 공모에 관한 비밀을 간직한 채 죽었다. 이런 역경에도 불구하고 나중에 끄라메르[19] 까스뗄리[20] 대령과 수백 명의 평화로운 농장주들이 주도하는 평원의 대반란이 일어났다. 하지만 이 혁명은 여전히 성공을 거두지 못했고, 7백 명의 가우초가 다른 곳에서 전투를 계속하기 위해 자신들의 빰빠와 우수한 말을 포기하는 고통을 감수했다. 이 수많은 부대가 중앙 집권주의자들의 군대에 속해 있었다. 하

---

18) '마사(Mariano Maza, 1809~1879)'는 독재자 후안 마누엘 데 로사스의 군대에서 싸웠고, 로사스의 장교들 가운데 가장 잔인한 사람으로 유명했다. 주지사 호세 꾸바스(José Cubas)와 마르꼬 아베야네다(Marco Avellaneda)의 죽음에 책임이 있는 사람이다.
19) '끄라메르(Ambrosio Crámer 1792~1839)'는 프랑스 출신 군인으로 아르헨티나에 정착해 아르헨티나 독립전쟁, 원주민 진압 전쟁, 시민전쟁에 참여했다.
20) '까스뗄리(Pedro Castelli, 1796~1839)'는 아르헨티나 시민전쟁에 참여한 군인이다. 후안 마누엘 데 로사스에 대한 반란을 주도했다가 실패해 죽었다.

지만 중앙 집권주의자들은 선입견 때문에 이 부대들을 이용하지 않고 있었다. 중앙 집권주의자들은 새롭고 실질적인 그 병력이 구시대의 인물들, 한물 가버린 인물들에게 종속되기를 요구하고 있었다. 중앙 집권주의자들은 솔레르,[21] 알베아르, 라바예, 그리고 고전적인 명성을 지닌 사람들의 명령을 받지 않는 혁명은 수용하려들지 않았다. 그 사이에 부에노스아이레스에서는 1830년에 프랑스에서 일어났던 것과 유사한 상황이 전개되고 있었다.[22] 다시 말해 모든 장군이 혁명을 원하고 있었지만, 그들에게는 용기와 의지가 결여되어 있었던 것이다. 장군들은 민중이 승리하도록 자신들의 칼을 민중에게 빌려주어야 했건만 그렇게 하지 않았음에도 불구하고 민중이 지닌 용기의 결과를 7월 며칠 동안 수확했던 수백 명의 프랑스 장군들처럼 쇠진한 상태에 있었다. 오직 우리에게 필요했던 것은, 지휘하는 목소리 하나만이 사람들에게 거리로 나와 마소르까를 격파하고 식인자들을

---

21) '솔레르(Miguel Estanislao Soler, 1783~1849)'는 아르헨티나의 군인, 정치가로, 아르헨티나 독립전쟁과 시민전쟁에 참여했고, 나중에 반다오리엔딸 주와 부에노스아이레스 주의 주지사를 역임했다.
22) 1830년 7월에 프랑스에서는 혁명이 일어나 루이 필리프가 프랑스 왕위(시민의 왕)에 올랐다. 1830년에 샤를 10세는 해외 원정을 단행해 군사적 위력을 과시하는 한편, 왕권을 강화할 의도에서 알제리로 출병했다. 이것은 국회의원 선거에 대한 시위 운동이었다. 그러나 새로 선출된 의원은 반대파가 압도적이었다. 그는 무모하게도 아직 소집되지 않은 의회를 해산시키고 새 선거법에 따라 선거권을 제한하려 했다. 국민들의 항의는 맹렬해져 7월 28일에는 파리 시내 도처에 바리케이드가 설치되었고, 라파예트가 이끄는 공화당원들의 무력 봉기가 일어나 국왕군과 격돌했다. 온건한 자유주의자들은 1789년이 재연되는 것이 두려워 가(假)정부를 조직해 샤를의 먼 친척이자 대혁명 때 혁명파로 활약한 오를레앙공의 아들 루이 필리프를 국왕 대행으로 임명함으로써 위기를 모면하려 했다. 샤를은 국왕군이 점차 혁명군 쪽으로 전향해 가는 것을 보고 사태의 중대성을 파악하고, 칙령을 취소하고 대신을 파면하는 한편, 손자에게 양위하고 퇴위했다. 혁명 세력은 샤를의 퇴위만을 승인하고 루이 필리프를 정식 왕으로 인정했다. 루이 필리프는 국민의 선거에 의해 선출되었다는 명목으로 '국민의 왕' 또는 혁명의 초연(硝煙) 속에서 왕이 되었기 때문에 '바리케이드의 왕' 등으로 불렸다.

제거하라고 요청하고 있던, 어느 도시를 이끌 종합기술학교의 젊은 학생들이었다. 하지만 이런 시도는 실패했고, 마소르까는 거리를 피로 물들였고, 각종 범죄 행위로부터 살아남은 사람들의 기를 꺾는 쉬운 작업을 떠맡았다.

결국 프랑스 정부는 막코[23] 씨에게 봉쇄를 '단호하게' 종식시키라고 명령했고, 아메리카 문제에 관한 막코 씨의 지식이 발휘되어 협정 하나가 체결되었다. 프랑스는 당시 부에노스아이레스 외곽에 도착하고 있던 라바예의 부대를 그 협정에 의거해 로사스 휘하에 두게 됨으로써, 프랑스에 대한 아르헨티나 사람들의 깊은 애정도, 아르헨티나 사람들에 대한 프랑스 사람들의 깊은 애정도 훼손해버렸다. 왜냐하면 프랑스와 아르헨티나 사이의 형제애는 프랑스 민족과 아르헨티나 민족 사이의 깊은 애정에 기반을 두고 있었기 때문이다. 그리고 그 형제애는 양국이 공통으로 가지고 있던 관심과 생각에 기반을 두고 있었는데, 이런 공통의 관심과 생각 때문에 아르헨티나는 프랑스 정치가 사납게 날뛴 이후 몬떼비데오의 성벽이 리오델라쁠라따 지역을 유럽의 문화로부터 보호하는 마지막 보루라도 된다는 듯이 성벽에 달라붙은 그 영웅적인 외국인들을 오늘날까지 3년 동안 떼어낼 수 없었다. 아마도 프랑스 정부의 이런 무분별한 행위가 아르헨티나 공화국에는 유용했을 것이다. 그런 환멸이 우리에게 이상적이고, 아름답고, 관대하고, 세계주의적인 프랑스, 자유를 위해 많은 피를 흘렸던 프랑스, 그들의 책, 철학, 잡지가 1810년부터 우리로 하여금 사랑하도록 만들었던 프랑스와는 완연하게 다른 힘센 프랑스, 지배하는 프랑스를 제대로 알게 해

---

[23] [원편집자 주] 프랑스 정부는 막코 남작에게 봉쇄 폐기에 대한 전권을 위임해 아르헨티나로 파견했고, 10월 29일에 평화 협정이 체결되었다.

주었던 것이다. 프랑스의 콩시데랑,[24] 다미롱[25]과 그 밖의 모든 기자가 프랑스 정부에게 제시해주는 정책은 발전, 자유, 문명화에 대해 호의적이었는데, 그 정책은 루이 필리프 왕의 옥좌를 흔들어대지 않은 채 리오델라쁠라따 지역에서 실행될 수 있었을 것이다. 그들 사상가와 기자는 이탈리아, 폴란드, 벨기에를 프랑스에 예속시킴으로써 그 정책을 만들어낼 수 있다고 믿었다. 프랑스는 막코가 체결한 그 조악하고 어설픈 협정이 프랑스에게 제공하지 못한 것을 프랑스가 지닌 영향력과 호의를 기반으로 수확했을 것이다. 막코는 태생적으로 적대감을 유발하는 어떤 권력을 유럽인들이 부를 확보할 수 있도록 하는 데 사용했는데, 그 부는 문명으로 인도하는 제도, 자유로운 제도들과 함께하지 않으면 아메리카에서 증대시킬 수 없는 것이었다. 막코는 영국에 관해서도 같은 식으로 말했다. 리오델라쁠라따에서 영국이 펼친 정책은, 영국이 1806년[26]에 영국 자신을 거부했던 그 정신이 로사스의 독재하에서 약화되도록 내버려두겠다는 비밀스러운 계획이라는 의구심을 유발할 수 있었다. 영국이 그렇게 한 이유는 유럽에서 벌어진 어느 전쟁 또는 다른 거대한 운동이 그 방치된 땅을 약탈자에게 넘길 때 자기 운을 시험해보기 위해서였고, 또 손으로 한 번 탁 쳐서 얻은

∴

24) '콩시데랑(Victor Prosper Considerant, 1808~1893)'은 프랑스의 정치가, 공상적 사회주의자, 푸리에의 후계자다. 1848년 2월 혁명을 환영해 한때 혁명 세력의 정치 대의원에 선출되었지만, 같은 해 6월의 반혁명에 의해 벨기에로 망명한 뒤 다시 북아프리카와 미국으로 이주했다. 여기서 그는 자신의 프티 부르주아적, 공상적 사회주의의 실현을 기도해, 텍사스에 공동체 부락 '연합(Le Réunion)'을 만들었지만 성공하지 못했다. 1869년에 프랑스로 돌아온 뒤 사회적, 정치적 활동을 전혀 하지 않았는데, 1871년의 파리 코뮌 당시에는 자신의 연대 의지를 표명했다.
25) '다미롱(Jean-Philibert Damiron, 1794~1862)'은 프랑스의 철학자다.
26) 이 책 제7장에는 "1806년에 영국의 투기적인 눈이 아메리카 지도를 훑다가 유독 부에노스아이레스와, 부에노스아이레스의 강, 그리고 부에노스아이레스의 미래를 주시했다"고 기술되어 있다.

말타와 까보를 비롯한 다른 영토를 다시 영국이 소유하기로 결정한 빈 회의[27]에서처럼, 어느 협정을 체결하기 위해 필요한 양보 조항에 이 땅에 대한 소유권을 포함시키기 위해서였다. 사실 유럽에서 사는 사람들이 아메리카의 상황을 제대로 모르는 것이 용서할 수 없는 것이라면, 어떻게 다른 방식으로 인식하는 것이 가능하겠는가? 자국의 제조업을 발전시키기 위해 시장을 만드는 데 그토록 열성적인 영국이 라쁠라따 강 연안에서 모든 문명화 원칙을 없애버리는 일을 비밀리에 지원하지 않은 채, 또 우리의 무능 때문에 허비되는 부, 즉 자신이 가두어 놓은 부를 아메리카의 심장부까지 뚫고 들어온 유럽이 뽑아갈 수 없도록 리오델라쁠라따에 울타리 하나를 설치했던[28] 무식한 폭군이 동요하는 것을 볼 때마다 국민이 봉기하도록 손을 내밀지 않은 채, 20년 동안 조용히 지켜만 보고 있었을 것이라는 생각을 어떻게 할 수 있다는 말인가? 유럽인들에게 호의적이고 유럽인 개개인의 안전을 보장하는 어느 정부의 후원을 받아 해외에서 이주해 온 뒤 최

∴

27) '빈 회의'는 프랑스 혁명과 나폴레옹 전쟁 이후 파괴된 유럽의 질서를 바로잡기 위해 1814년 9월부터 1815년 6월까지 오스트리아 빈에서 열린 국제 회의다. 빈 회의에서는 오스트리아, 영국, 러시아, 프로이센의 4국 동맹국과 프랑스가 중요한 내용을 결정했다. 빈 회의를 주도한 오스트리아의 재상 메테르니히는 유럽의 질서를 프랑스 혁명 이전 상태로 회복하려는 데 목표를 둔 복고적인 정통주의를 내세웠다. 빈 회의에 따라 혁명과 나폴레옹 전쟁 과정에서 쫓겨난, 과거의 왕조와 지배자가 다시 등장했다. 그리고 각 나라의 영토도 다시 정리되어 혁명 이전의 상태로 회복하거나, 그것이 불가능한 경우에는 별도의 보상을 받았다. 이에 따라 에스파냐와 남부 이탈리아의 부르봉 왕가 군주들, 독일과 북부 이탈리아에 있는 나라의 국왕들이 왕위를 되찾았다. 또한 유럽 동맹국이 나폴레옹 전쟁 중에 정복한 지역을 인정했다. 영국은 전쟁 기간 중에 빼앗은 식민지, 즉 유럽 대륙 안에서 말타 섬과 이오니아 제도, 케이프 식민지 그리고 실론 등에 대한 영유권을 인정받았다. 빈 회의는 자유와 평등을 부르짖으며 싸우는 자유주의와 식민지로부터 독립을 하거나 분열된 나라를 통일시키고자 하는 민족주의를 철저하게 탄압했기 때문에 크게 비난을 받았다. 결국 빈 회의의 결정에 저항해 1830년과 1848년, 유럽의 많은 나라에서 자유주의 혁명이, 독일과 이탈리아에서는 민족주의 운동이 활발하게 일어났다.

근 20년 동안 우리의 수많은 강 유역 가운데 가장 풍요로운 곳에 정착해서는, 미시시피 강 유역에서 아주 짧은 시간에 실현된 기적과 동일한 기적을 실현했을 그 '외국인들'이 그 무자비한 적을 어떻게 참아낼 수 있을 것인가? 영국이 어느 나라 어떤 정부든 상관하지 않고서 그 나라 소비자들에게 자신들의 물건을 팔려고 할까? 그렇게 되면 유럽의 관습과 취향을 말살하면서 유럽 산물의 소비를 반드시 줄이고 있는 어느 정부 아래서, 필수품이 없기 때문에 산업도 없는 가난한 60만 명의 가우초들이 무엇을 소비해야 한다는 말인가? 영국이 그 순간까지 아메리카에 관심을 보이지 않았다고 우리가 믿어야 하는가? 영국이 북아메리카에서 탄생시킨 국가와 같은 국가가 남아메리카에서도 세워지도록 하기 위해 자신의 강력한 손을 쓰려고 했을까? 참으로 대단한 환상이군! 그런 국가는 온갖 고난을 이기고 스스로 일어날 것이고, 물론 자신의 새싹이 매년 계속해서 자랄 것이다. 그런 국가의 위대함은 목축 지대 빰빠에, 북부의 열대성 생산물에, 그리고 대동맥 라쁠라따 강을 중심으로 그물처럼 연결되어 있는 항해 가능한 강에 있기 때문이다. 다른 한편으로 우리의 에스파냐 사람들은 항해가도 부지런한 사람도 아니기 때문에, 유럽이 오랜 세기 동안 우리의 원자재를 가져가는 대신에 우리에게 몇 가지 가공품을 제공할 것이다. 그리고 유럽과 우리는 교역을 통해 이익을 남길 것이다. 유럽은 우리 손에 노를 쥐어줄 것이고, 우리가 항해하는 재미를 알게 될 때까지 우리가 강을 거슬러 오르도록

∴

28) [원편집자 주] 로사스가 파라과이와 꼬리엔떼스 지방에 배가 들어오지 못하도록 항해를 금지시킨 것을 말한다. 항해 금지를 실행하기 위해 로사스는 빠라나 강 유역의 부엘따데오블리가도(Vuelta de Obligado)라고 알려져 있는 곳인 엘또넬레로(El Tonelero)에 포를 설치하라고 명령했다. 빠소델또넬레로 전투는 1851년 12월 17일에 루시오 노르베르또 만시야가 빠라나 강을 거슬러 올라가던 브라질 배 일곱 척을 빠소델또넬레로에서 공격함으로써 발발했다.

이끌어갈 것이다.

　로사스에 관해서는 유럽의 모든 언론이 차례차례 반복해서 다루었는데, 이들 언론에 따르면 로사스가 아메리카의 반(半)야만적인 국민을 통치할 수 있는 유일한 인물이라는 것이었다. 내가 몹시 애석해하는 것은, 아메리카가 이토록 심하게 모욕당했다는 사실 자체보다도 그 불쌍한 손들이 이런 말로 아메리카에 낙인을 찍기 위해 다른 사람이 시키는 대로 펜을 놀려버렸다는 사실이다. 단 하루도 평화롭게 쉴 수 없었던 사람이 아르헨티나를 통치할 수 있는 유일한 사람이라는 사실이 참으로 특이하고, 또 그가 자기 조국을 조각내고, 품위를 떨어뜨리고, 피로 물들인 뒤, 수많은 범죄의 결과를 얻을 수 있으리라고 믿고 있을 때, 아메리카의 세 나라, 즉 우루과이, 파라과이, 브라질과 복잡하게 얽혀 있다는 사실도 참으로 특이하다. 그리고 로사스가 외견상으로는 칠레, 볼리비아와 전쟁을 벌일 준비가 되어 있는데도 그 두 나라가 여전히 로사스를 뒷받침해주고 있다는 사실도 참으로 특이하다. 왜냐하면 칠레 정부가 그 괴물과 악감정을 갖지 않기 위해 제아무리 주의를 기울인다고 해도, 그 악감정은 두 나라가 서로 교섭하는 방식에서도 드러나고, 정책의 다양한 경향이 두 나라에게 요구하는 제도에서도 드러나기 때문이다. 로사스가 칠레에 대해 원하는 것은 바로 칠레의 헌법을 갖는 것이다. 그렇다, 바로 거기에 전쟁이 있다. 직접적인 방식이든 간접적인 방식이든 칠레가 로사스에게 헌법을 넘기는 것이다. 그러고 나서 평화가 찾아오리라. 그렇다. '아메리카적'인 정부를 위해 그대들은 정복당할 것이다.

　아르헨티나 공화국과 10년 동안 접촉하지 않은 채 떨어져 지내던 유럽은 오늘날 브라질로부터 부름을 받았다. 로사스와 가까운 곳에 위치함으로써 불편하고 불안해진 브라질이 유럽에게 자신을 보호해달라고 요청하기 위해서였다. 유럽이 브라질의 이런 부름에 따르지 않을까? 나중에 유럽이 두려움을 갖지 않게 되면 브라질의 부름에 응할 것이다. 수천 건의 암살이 아르헨티나 공화국을 공포의 도가니로 만들었고, 그런 암살을 통해서는 정상적인 국가를 만들어낼 수 없기 때문에 아르헨티나 공화국이 그런 혼란에서 벗어날 때, 유럽은 브라질의 부름에 응할 것이다. 유럽은 우루과이와 파라과이가 사자와 송아지 사이에 맺어지는 협정[29]이 존중되도록 도와달라고 요청할 때, 부름에 응할 것이다. 남아메리카의 절반이 도덕과 정의의 모든 원칙을 전복시키는 붕괴로 인해 뒤집어질 때, 비로소 부름에 응할 것이다. 아르헨티나 공화국은 하나의 전쟁 기계처럼 조직화되어 있기 때문에 그 전쟁 기계는 사회적인 관심사를 모두 흡수했던 힘을 폐기하지 않고서는 작동을 멈출 수 없다. 아르헨티나는 국내에서 전쟁이 종결되자 이제 나라 밖으로 나갔다. 이제 우루과이는 로사스와 10년 동안 경쟁해야 될 것이라는 사실을 의심하지 않고 있었다. 파라과이는 이제 로사스와 5년 동안 경쟁해야 될 것이라고는 생각하지 않고 있었다. 브라질은 아르헨티나와 2년 동안 경쟁하게 되는 것을 이제 두려워하지 않고 있었다. 칠레는 아직은 로사스를 의심하지 않고 있었다. 볼리비아는 로사스를 웃긴다고 생각했을 것이다. 하지만 그런 일은 사안 자체가 지닌 본성 때문에 일어날 것이다. 그런 일은 국민의 의지에도 정부의 의지에도 속해 있지 않고, 사회 전체에 속해 있기 때문이다. 바로 그 남자가 먼저 자기 국민을 채찍질하게 될 것이고, 다음으로는 국민의 온갖 악을 고치게 될 것이고, 결

---

29) 아르헨티나, 브라질, 우루과이, 파라과이는 전략적 요충지이던 라쁠라따 강 유역을 차지하기 위해 경쟁했는데, 브라질과 아르헨티나는 우루과이 내정에 간섭했고, 파라과이는 영토 문제와 관세 문제로 아르헨티나, 브라질과 마찰을 빚었다. 여기서 '사자'는 아르헨티나와 브라질이고, '송아지'는 우루과이와 파라과이다.

국에는 문명화된 인류에 대한 징벌을 가져온 제도를 파괴하고, 사회를 조직하게 될 것이라고 기대하는 사람들은 역사를 거의 모르는 사람들이다. 하느님은 일을 그런 식으로 처리하시지 않는다. 각각의 국면을 위해, 각각의 혁명을 위해, 각각의 진보를 위해 한 남자, 한 시대를 마련하시지 않는다는 것이다.

나는 1832년부터 1845년까지 지속된 이 공포의 왕국의 역사를 그리고 싶은 마음은 없는데, 상황이 이 왕국을 세계 역사상 유일한 왕국으로 만들어버렸다. 그 놀랄 만한 난폭성에 관해 모두 언급하는 것은 내 작업 계획에 들어 있지 않다. 인류가 겪은 온갖 불행에 관한 역사, 한 인간이 통제되지 않은 권력을 향유할 때 그 인간이 빠질 수 있는 타락에 관한 역사는 부에노스아이레스에서 발생한 잔혹하고 특이한 자료의 양과 더불어 더 두꺼워지게 될 것이다. 나는 단지 이 정부의 기원에 관해 그리고 싶었고, 그 정부의 기원을 이 사회를 만들어낸 조상들, 이 사회의 특성, 관습, 그리고 국가적 사건과 연계하고 싶었을 따름이다. 이것 말고도 이 정부가 초래한 결과가 무엇인지, 인간 사회가 의지하고 신뢰하는 모든 원칙을 그토록 놀랍게 전복시킨 뒤의 결과가 어떠한지 보여주고 싶었다. 로사스 정부에는 틈이 하나 있는데, 지금 나는 그 틈이 얼마나 큰지 가늠할 수는 없다. 하지만 사회를 미치게 만들었던 그 현기증 때문에 그 틈이 지금까지 밝혀지지 않았다. 용어가 지닌 공식적인 의미로 따져 보자면, 로사스는 '국가를 관리하지' 않고 통치하지 않는다. 여러 달 동안 자기 집에 틀어박혀 그 누구에게도 모습을 드러내지 않은 채 오직 전쟁과 음모와 간첩 행위와 마소르까와 그의 무시무시한 정책의 모든 다양한 수단을 조종할 뿐이다. 전쟁에 유용하지 않은 모든 것, 즉 자기 적들에게 해를 끼치지 않는 모든 것은 통치의 일부가 되지 못하고 행정에 들어가지도 않는다.

하지만 발기발기 찢긴 공화국을 로사스가 발전시키지 못했다고는 생각하지들 마시라. 그렇지 않다. 그는 하느님의 위대하고 강력한 도구로서 조국의 미래에 중요하다고 생각하는 모든 것을 실행한다. 여러분은 그가 어떻게 실행하는지 보시라. 후안 마누엘 데 로사스와 파꾼도 끼로가 이전에도 지방들과 도시들에 연방주의적 정신이 존재했고, 연방주의자들은 물론이고 중앙 집권주의자들에게도 연방주의적 정신이 존재했다. 그런데 로사스는 그것을 말살하고, 리바다비아가 모두의 이익을 위해 사용하고자 했던 중앙 집권주의적 체제를 자신의 이익을 위해 조직했다. 오늘날 내륙 지방의 수준이 떨어지고, 천박하고, 모든 까우디요 나부랭이들은 로사스를 불쾌하게 만들까 봐 벌벌 떨고, 로사스의 동의 없이는 숨도 제대로 쉬지 못한다. 중앙 집권주의자들의 사상은 실행되어 있기 때문에 이제 필요 없는 것은 바로 폭군이다. 좋은 정부 하나가 수립되는 날, 지방의 저항은 수그러들 것이고, 모든 것은 '연합 국가'를 위해 준비되어 있을 것이다.

시민전쟁은 뽀르떼뇨[30]들을 내륙 지방으로 이동하게 만들었고, 지방 사람들을 이 지방에서 저 지방으로 이동하게 만들었다. 사람들은 그 폭군이 원하는 것보다 서로 더 잘 알고, 더 연구하고, 더 가까워졌다. 그렇기 때문에 로사스는 사람들에게서 우편 서비스를 제거하고, 서신 왕래를 침해하고, 모든 사람을 감시하는 데 신경을 쓴다. '연합 국가'에서는 서로 친밀해지는 법이다.

전에는 두 개의 다른 사회가 존재했다. 도시와 시골이었다. 시골이 도시로 쇄도함으로써 가우초가 도시인이 되어 도시의 주장에 호의적으로 변했다. 몬또네라는 자신들의 중심 무대였던 라리오하, 산루이스, 산따페, 엔

---

30) 제9장 2번 각주 참조.

뜨레리오스에서 주민들이 떠남으로써 사라져버렸고, 오늘날 앞의 세 지방의 '가우초'들은 로사스의 적들을 지원하느라 야노스와 빰빠스를 떠돌아다니고 있다. 로사스가 외국인들을 혐오하는가? 외국인들은 아메리카의 문명화에 우호적으로 참여하고, 3년 동안 몬떼비데오에서 로사스의 권력을 비웃었고, 공화국 전체에게 로사스는 이길 수 없는 사람이 아니고 자신들은 여전히 로사스에 대항해 싸울 수 있다는 사실을 보여주었다. 꼬리엔떼스가 재무장을 하고, 공화국이 보유하고 있는 장군보다 더 재주 있고 더 유럽적인 장군의 명령하에 놓이게 되어 이제 '정식으로' 싸움을 시작하기 위한 준비를 하고 있다. 왜냐하면 과거의 모든 오류는 다가오는 미래에 저지를 수 있는 오류를 위한 교훈이 되기 때문이다. 꼬리엔떼스가 해왔던 것을 모든 지방이 오늘은 더 많이, 내일은 더욱더 많이 해야 한다. 그 이유는 그렇게 하는 데 삶과 미래가 들어 있기 때문이다.

로사스가 동포들로부터 모든 권리를 빼앗고, 그들의 권익을 보호하던 모든 것을 그들에게서 벗겨내버렸는가? 자, 한번 살펴보자. 로사스가 외국인들을 자기 동포처럼 다룰 수 없었기 때문에 외국인들은 부에노스아이레스에서 안전하게 활동할 수 있는 유일한 사람들이었다. 그 나라의 어느 아들이 계약을 맺을 필요가 있을 때마다 어느 외국인의 서명을 받아 체결하고, 외국인이 참여하지 않으면 단체도 만들어지지 않고, 거래도 성사되지 않는다. 그래서 부에노스아이레스에서 권리와 보증은 가장 무시무시한 폭정 아래 존재했다. 부에노스아이레스를 지나가던 어느 행인이 자신의 어린 말[31]에게 "아일랜드 사람을 하인으로 삼으면 참 좋겠어"라고 말했다. 그러자 그 말이 대답했다. "그렇소. 그래서 나는 그 하인을 데리고 있는 거요.

---

31) 여기서 말하는 '어린 말(potro)'은 로사스에 대한 은유다.

왜냐하면 내 하인들은 나를 절대로 감시하지도 않고, 또 나의 모든 계약서에 자신들의 서명을 빌려주기 때문이오. 여기서는 이들 하인만이 자신의 삶과 재산을 확실하게 가지고 있다니까요."

가우초들, 평민들, 그리고 로사스의 친한 벗들이 로사스를 높여주었는가? 결국 로사스는 그들을 말살해버릴 것이고, 그의 군대는 그들을 삼켜버릴 것이다. 오늘날에는 독일 사람, 영국 사람, 바스꼬[32] 사람, 이탈리아 사람, 에스파냐 사람이 아니면, 우유 배달꾼도, 하인도, 빵 장수도, 날품팔이 머슴도 없고, 목장 지킴이도 없다. 왜냐하면 10년 동안 사람들이 엄청나게 없어졌기 때문이다. 아메리카니즘은 수많은 인간의 살을 필요로 하는데, 결국 아메리카 사람은 수가 줄어들고, 나머지 사람은 모두 기관총이 해가 뜰 때부터 해가 질 때까지 사람을 쏘아내는 군대에 입대해버리기 때문이다. 몬떼비데오 앞에도 아르헨티나 군대가 있는데, 오늘날 그 군대에 사병은 단 한 명도 없고 처음 군대를 구성했던 장교들 가운데 단 두 명만 남아 있을 뿐이다. 아르헨티나 국민은 사라져가고, 마소르까와 《가세따 메르깐띨》이 "외국인들은 죽어라!"고 함성을 지르는 가운데 외국인들이 그 자리를 차지하고 있다. 마치 "중앙 집권주의자들 죽어라!"라고 외침으로써 단결이 이루어지듯이, 마치 "연방 만세!"라고 외침으로써 연방이 죽었듯이 말이다.

강에 배가 다니는 것을 로사스는 좋아하지 않는가? 이것 참, 파라과이는 자신들이 강을 자유롭게 다닐 수 있도록 허용해달라고 무기를 든다. 파라과이는 로사스의 적들, 우루과이, 영국, 프랑스와 연대하는데, 이들 모두는 자신들이 아메리카 심장부의 거대한 부를 개발할 수 있도록 강을 자

....
32) '바스꼬(Vasco)'는 피레네 산맥 인근의 프랑스 영토를 가리킨다.

유롭게 통행하도록 해달라고 요구한다. 볼리비아는 원하든 원하지 않든 이 운동과 연대할 것이고, 산따페, 꼬르도바, 엔뜨레리오스, 꼬리엔떼스, 후후이, 살따, 뚜꾸만은 자신들이 관심을 두는 모든 것, 즉 자신들의 미래의 번영은 오늘날 유역들이 살아 움직이기는커녕 잠을 자고 있는 그 강들이 무역의 부를 가져오느냐 그렇지 못하느냐에 따라 달라질 수 있을 것이라는 사실을 이해하고서부터 볼리비아를 지지할 것이다. 그런데 오늘날 로사스만이 부에노스아이레스 항구를 소유하고 이용함으로써 자신은 백만금을 벌고 지방은 가난하게 만들어버렸다. 라쁠라따 강으로 흘러드는 강들을 자유롭게 통행하는 문제는 오늘날 동시에 유럽적이고, 아메리카적이고, 아르헨티나적인 문제가 되어 있고, 로사스는 그 문제 때문에 자신이 실각할 때까지, 그리고 강들이 자유롭게 통행될 수 있을 때까지 안팎으로 전쟁을 치른다. 그래서 중앙 집권주의자들이 강을 통한 항해를 유독 중요하게 여김으로써 얻을 수 없었던 것이 오늘날 빰빠 가우초들의 아둔함 때문에 얻어진다.

    로사스가 공교육을 박해하고, 학교와 대학을 적대시하고 봉쇄했으며, 예수회원들을 추방했는가? 아르헨티나 학생 수백 명이 프랑스, 칠레, 브라질, 미국, 영국, 심지어는 에스파냐의 학교에서 공부하고 싶어한다고 해도 괜찮을 것이다. 그 학생들은 이들 자유 국가에서 빛을 발휘하는 제도를 보고서 나중에 자신들의 조국에서 이 제도를 실현할 것이다. 그 학생들은 반은 야만적인 폭군을 타도하기 위해 노력하고 서로 협조할 것이다. 그 폭군이 유럽 강대국들에게 심각한 반감을 지니고 있는가? 그렇다면 유럽 강대국들은 리오델라쁠라따에서 무장을 단단히 하고, 힘을 단단히 비축할 필요가 있다. 그 사이 칠레와 그 밖의 아메리카 자유 국가들이 자신들의 해변에 영사관 하나와 외국의 전함 한 척을 가지고 있고, 부에노스아이레스는 2류 외교 사절들과 외국군 분대들에게 편의를 제공해주어야 하는데, 이들은 자신들의 이익을 관철시키기 위해, 그리고 훈련되지도 않고 통제도 받지 않은 채 국가의 우두머리가 되어 있는 그 어린 말이 천방지축 날뛰는 것을 억제하기 위해 주둔해 있다.

로사스가 단 한 번의 타격과 전투로 전쟁을 종결짓기 위해 적들의 목을 자르고, 거세하고, 사지를 난도질하는가? 이것 참, 로사스가 스무 번의 전투를 치르고, 사람 2만여 명을 죽이고, 공화국 전체를 피와 무시무시한 범죄로 뒤덮고, 시골과 도시에서 사람을 차출해 자신의 자객 수를 늘리고, 온갖 승리를 거두면서 10년을 지낸 뒤에도 그의 불안정한 위치는 여전하다. 만약 그의 군대가 몬떼비데오를 함락하지 못한다면 그는 패배할 것이다. 만약 그의 부대가 몬떼비데오를 함락하면 빠스 장군이 신선한 군대를 이끌고 그의 편에 서게 될 것이고, 처녀 상태의 파라과이와 브라질 제국이 그의 편에 설 것이고, 결국은 전쟁을 일으킬 수밖에 없는 칠레와 볼리비아가 그의 편에 서게 될 것이고, 그가 대적해야 하는 유럽이 그의 편에 서게 될 것이다. 마지막으로 그에게는 전쟁과 주민들의 타 지역으로의 이주와 공화국의 빈곤으로 점철되었던 10년 세월이 남겨질 것이고, 그는 패배할 것이고, 그렇게 되면 대책이 없을 것이다. 그가 승리할까? 하지만 그를 따르는 모든 사람은 죽을 것이고, 그들이 떠남으로써 비게 될 공간을 다른 주민들과 다른 사람들이 대신 채울 것이다. 이주해 간 사람들이 승리의 결실을 수확하기 위해 돌아올 것이다.

로사스가 국민들이 조국의 관심사를 토론하지 못하도록, 스스로 깨닫고 배우지 못하도록, 로사스 자신이 저지른 무시무시한 범죄를 밝혀내 알리지 못하도록 언론을 폐쇄하고, 사상에 재갈을 물렸는데도, 그가 저지른 범죄가 정말 무섭고 한 번도 있어 본 적이 없는 것이었기 때문에 그 누구도 믿으려 하지 않는단 말인가? 바보 같으니! 그대는 도대체 무슨 짓을 했는가! 목소리가 칼로 베인 부위를 통해 밖으로 빠져나감으로써 입술에 도달하지 못하도록 하기 위해 그대가 목을 잘라가며 막고자 하는 그 절규는, 오늘날 둥근 지구 전체로 울려 퍼진다. 유럽과 아메리카의 언론은 경쟁적으로 그대를 혐오스러운 네로, 잔인한 폭군이라 부른다. 그대의 모든 범죄 행위는 이미 언급되었다. 그대의 희생자들은 사방에서 지지자들을 만나고 그들을 동정하고 그들에게 호의를 베푸는 마음을 만난다. 복수의 함성이 그대의 귀에 도달한다. 유럽의 모든 언론은 오늘날 아르헨티나의 문제를 자신들의 문제인 양 다루고, 모든 문명화된 사람들이 자기 입으로 그대를 모욕할 때, 그 모욕적인 말 속에 '아르헨티나'라는 이름이 들어 있다. 아르헨티나 문제에 관한 언론의 토론은 오늘날 사방에서 벌어지고, 그대의 수치스러운 《가세따 메르깐띨》에 실린 내용을 반박하기 위해 수백 개의 신문이 파리와 런던, 브라질과 칠레, 몬떼비데오와 볼리비아로부터 그대와 싸우고, 그대의 악행을 밝혀낸다. 그대는 의심할 바 없이 그대가 바라던 명성을 얻었다. 하지만 그대가 추방한 사람들의 비참한 생활과 개개인의 어두운 삶에서는 단 한 시간의 편안한 순간마저도, 그대의 무시무시한 명성이 그대에게 부여하는 비참함, 그대가 사방에서 칼에 찔려 받는 상처, 그대가 아무런 쓸데없이 행한 악행으로 인해 그대 자신이 받은 비난보다 더 힘든 것이 될 것이다. 유럽인들의 적인 '아메리카 사람'은 프랑스 말로, 영국 말로, 까스띠야 말로 다음과 같이 절규하지 않을 수 없다. "외국인들은 죽어라!", "중앙 집권주의자들은 죽어라!" 에헤! 자신의 죽음을 느끼고, 그 외국 사람들의 말로, 그들 중앙 집권주의자의 무기인 언론을 통해 욕을 퍼붓는 그대는 과연 초라하고 비참할까? 아메리카와 유럽의 모든 나라의 언론이 동시에 추궁할 때 로사스처럼 세 가지 언어로 공식 사과문을 쓸 수밖에 없는 아메리카의 국가가 있다니! 하지만 "야만적이고, 구역질 나고, 천박한 중앙 집권주의자들은 죽어라!"라는 저주 어린 표어에는 이 언어 도단의 비방을 쓴 잔인하고 비도덕적인 사람이 누구인지 밝혀져 있지 않은데, 그대의 이런 비방이 어디에서 무슨 효과를 발휘할 것인가?

그렇기 때문에 아르헨티나 공화국만이 관심을 가질 만한 어느 모호한 토론이 오늘날 아메리카 전체와 유럽에게도 모호한 토론이 되고 있다. 이는 기독교적 세계인 아메리카와 유럽이 지닌 문제다.

로사스가 정치가, 작가, 문학가를 박해해왔는가? 그렇다면 독자 여러분은 실제로 어떤 일이 일어났는지 보시라. 1829년까지 중앙 집권주의자들이 취해오던 정치적 교리는 정부를 수립하고 자유를 확립하는 데 불완전하고 불충분했다. 사상누각 같은 정부와 자유를 허물어버리기 위해서는 뺨빠를 흔들기만 하면 충분했다. 모든 사람의 정신에는 이처럼 무경험이 들어 있고, 이처럼 실용적인 사상이 결핍되어 있었는데, 로사스는 자신의 무시무시한 전제 정치가 사람들에게 주는 잔인하고 훈육적인 가르침을 통해 이런 결핍을 보충했다. 새로운 세대들이 일어났는데, 이들은 당시의 정치 상황이라는 실제적인 학교에서 교육받았기 때문에, 어느 날 다른 천재들이 로사스처럼 고삐가 풀린 듯 새롭게 밀려오는 대로들을 덮어버릴 줄 알게 될 것이다. 폭정, 독재 같은 용어는 너무 남용됨으로써 언론에서 신용을 잃어버린 것들인데, 아르헨티나 공화국에서는 이런 용어가 원래의 의미에 딱 들어맞는 의미를 지니고 있고, 사람들의 뇌리에 고통스러운 기억 하나를 일깨운다. 그들 용어가 사람들의 입에 오르내리게 되면 무시무시한 기억을 남긴 15년 동안에 생긴 모든 상처가 피를 흘리게 될 것이다. 로사스의 이름만 들어도 울던 아이가 울음을 그치고, 어두운 밤에 여행자가 몸을 부르르 떨게 되는 날이 도래할 것이다. 오늘날 로사스 부하들의 가슴에까지 공포심과 학살에 대한 생각을 유발하는 로사스 빨간색 띠는, 나중에 멀리 떨어져 있는 나라들로부터 우리의 해변을 찾아오는 사람들에게 우리가 보여주게 될 국가적인 호기심거리로 작용할 것이다.

로사스가 박해한, 학구열에 불타는 젊은이들은 아메리카 전역으로 흩어져 다양한 관습을 연구하고, 각국 국민들의 내밀한 삶에 파고들고, 그들의 정부를 연구했으며, 어느 곳에서는 자유와 진보를 훼손하지 않은 채 질서를 유지시키고 있는 수단을 보았고, 다른 곳에서는 어느 훌륭한 체제의 장애물이 무엇인지 인식했다. 그 젊은이들 가운데 일부는 유럽을 돌아다니면서 유럽인들의 권리와 통치 행위를 연구하고, 일부는 브라질에서 살았다. 일부는 볼리비아에서, 일부는 칠레에서 살았다. 그리고 다른 일부는 결국 유럽의 절반과 아메리카의 절반을 돌아다녔고, 그들은 어느 날 조국을 위해 사용하게 될 실용적인 지식, 귀한 경험과 정보로 이루어진 엄청난 보물 하나를 가져온다. 조국은, 터무니없고 지속이 불가능한 정부를 반드시 파괴해야 하는 수많은 세력이 추진력을 발휘하는 것을 아직은 허용하지 않고 있는 그 정부가 몰락할 시간을 기다리면서, 오늘날 세계 각처에 퍼져 활동하고 있는 그들 수천 명의 추방자를 자신의 중심부에 모으고 있다.

문학에 관해 말하자면, 아르헨티나 공화국은 그 어느 나라보다 훨씬 더 풍부한 작가들을 보유하고 있고, 이들 작가는 아메리카의 어느 국가를 제대로 묘사할 수 있는 사람들이다. 현재 아르헨티나 공화국에 발생하고 있는 투쟁은 문명과 야만에서 비롯된 것일 뿐이다. 만약 내가 기술했던 모든 것에 관해 의구심이 생길 경우, 그 젊은 국가가 보유하고 있는 수많은 문학가 가운데 단 한 명의 소설가도, 단 한 명의 시인도 로사스 편을 들지 않는다는 사실을 확인한다면 그 의구심은 충분히 해소될 것이다. 몬떼비데오는 3년 연속으로 매년 5월 25일에 문학 경연 대회를 벌여왔고, 그날 조국에 대한 사랑에 고무된 시인 20여 명이 월계관을 놓고 겨루었다. 왜 시(詩)가 로사스를 포기했을까? 과거에는 시가 문학에서 그토록 비옥했던 부에노스아이레스 땅에 오늘날 랩소디가 생산되지 않은 이유는 무엇일까? 온갖 사건으로 가득 찬 아르헨티나 공화국의 이야기를 쓰기 위해 다양한 자료를 수집하기 시작했던 작가 협회가 외국에 네댓 개 있었고, 그들이 아메리카의 모든 지점에서 모은 원고, 인쇄물, 서류, 옛 연대기, 신문, 여행기 등을 비롯한 자료의 양은 진정 놀랄 정도다. 유럽은 어느 날 그토록 풍부한 자료가 출간되어 햇빛을 보고, 앙헬리스[33]가 일부분만 출간할 수 있었던 그 두툼한 전집을 더 두껍게 만들게 될 것이라는 사실에 놀랄 것이다.

그런데 멀지 않은 장래에 그동안 흩뿌려졌던 피가 그 폭군을 질식시키게 되는데도 아르헨티나 국민들은 어떤 결과도 얻지 못하게 된다는 말인가! 참으로 많은 교훈을 얻었다! 참으로 많은 경험을 축적했다! 우리의 정치 교육은 완성되었다! 연방, 단결, 신앙의 자유, 외국인들의 아르헨티나 이주, 강을 통한 항해, 정치 권력, 자유, 폭정 등 당시까지 토의된 모든 사회적 문제는 우리 사이에서 말해졌고, 우리에게 많은 피를 흘리게 했다.

∴

33) [원편집자 주] '앙헬리스(Pedro de Angelis, 1784~1859)'는 나폴리 출신으로, 리바다비아의 초대를 받아 부에노스아이레스에 왔다. 나중에 로사스 체제의 대변인이 되었고, 로사스를 방어하기 위해 세 개 언어로 출간된 『아메리카의 기록과 세계 언론의 거울(*Archivo americano y espejo de la prensa del mundo*)』을 편집했다. 그의 대표작은 『리오델라쁠라따 지방들의 역사에 관한 작품과 서류 모음집(*Colección de obras y documentos relativos a la historia de las Provincias del Río de la Plata*)』(1835~1837)이다. 그는 1840년에 몬떼비데오에서 로사스의 잔인한 적으로 변한 호세 리베라 인다르떼(José Rivera Indarte)와 더불어 로사스 체제에 동조했던 유일한 지식인이었을 것이라고 말할 수 있다. 사르미엔또가 인정했다시피, 칠레나 몬떼비데오로 추방당했다가 로사스가 몰락하자 귀국한, 이른바 '추방자들(proscriptos)' 세대가 아르헨티나의 진정한 지성계를 이루었다.

모든 사람의 마음 속에는 정부의 권한에 대한 소감과 더불어 각종 권력의 전횡을 억제할 필요성이 동시에 들어 있는데, 로사스는 그 전횡을 가혹하기 이를 데 없는 방식으로 모든 사람에게 깊이 주입시켜왔다. 이제 우리에게는 단지 로사스가 하지 않았던 것을 하고, 그가 파괴했던 것을 수리하는 일만 남아 있을 뿐이다.

왜냐하면 '그'는 15년 동안 국내의 상업과 우리의 지방들에서 만들어진 산업을 이롭게 하는 행정 수단을 하나도 채택하지 않았기 때문이다. 국민은 자신의 부의 수단과 통신로를 발전시키는 데 열과 성을 다할 것이고, '새로운 정부'[34]는 우편을 복구하고, 길을 확보하는 데 헌신하게 될 것인데, 자연은 공화국 전체에 길을 열어놓고 있다.

요새들로 연결된 어느 선(線)을 통해 공화국의 남부와 북부의 경계를 확정하는 것이 공화국에는 아주 좋은 일인데도 이런 것이 자기 적들을 막으려는 로사스 자신에게는 전혀 유리하지 않다는 이유로 15년 동안이나 국경을 확정하지 않았기 때문에 '새로운 정부'는 남부에 상설 부대를 설치할 것이고, 50년 이내에 번창한 도시들과 지방이 될 군대 관할 거류지들을 설정하기 위해 영토와 강들을 확정할 것이다.

'그'가 '유럽'이라는 이름을 박해했으며, 외국인들의 이주에 적대적이었기 때문에, '새로운 정부'는 인구를 유입시켜 거대한 강들의 비옥한 영토에 분산 배치시키기 위해 큰 협회들을 설립할 것이다. 20년 안에 아르헨티나에서는 북아메리카에서 일어난 것과 같은 현상이 일어날 것이다. 북아메리카에서는 불과 얼마 전까지만 해도 야생 들소 무리가 풀을 뜯던 황무지이

---

34) 도밍고 파우스띠노 사르미엔또는 이 부분에서 '새로운 정부'의 원어를 대문자('NUEVO GOBIERNO')로 씀으로써 특별한 의미를 부여했다.

던 곳에 20년 만에 온갖 도시, 지방, 주가 경이로울 정도로 세워졌다. 오늘날 아르헨티나 공화국은 로마 원로원이 처해 있던 상황과 같은 상황에 처해 있는데, 로마 원로원은 어느 법령을 통해 도시 5백여 개를 한꺼번에 세우라고 명령했고, 원로원의 명령에 따라 도시들이 세워졌다.

'그'가 우리의 내륙 강들이 자유롭게 통행되는 것을 철저하게 막았기 때문에, '새로운 정부'는 강을 통해 배가 다니는 것을 우선적으로 촉진할 것이다. 배 수천 척이 강을 거슬러 올라가 볼리비아와 파라과이까지 가서, 오늘날까지 반출할 방법이 없기 때문에 가치도 없었던 재화를 끌어오게 될 것이고, 재화가 운송되는 과정에서 후후이, 뚜꾸만, 살따, 꼴리엔떼스, 엔뜨레리오스, 산따페 등지를 부유하게 만들어줌으로써 이들 도시는 몬떼비데오와 부에노스아이레스처럼 아름답고 부유한 도시가 될 것이다.

'그'가 부에노스아이레스 항구의 풍부한 수입을 낭비해버리고, 부에노스아이레스 항구가 생산해낸 40만 뻬소 푸에르떼를 자신의 광기를 표출하고 범죄 행위와 무시무시한 복수를 실행하기 위해 15년 만에 다 써버렸기 때문에, 부에노스아이레스 항구로부터 세금을 받을 권리를 지닌 국가는 부에노스아이레스 항구를 국가 재산에 귀속시킴으로써, 항구에서 나오는 세금을 공화국 전체의 복지를 증진시키는 데 사용할 것이다.

'그'가 학교를 파괴하고, 학교에서 수입을 빼앗았기 때문에, '새로운 정부'는 유럽처럼, 칠레, 볼리비아, 그리고 문명화된 모든 나라처럼 학교에 적당한 수입을 보장하고, 전문적인 교육 부서를 설립함으로써 공화국 전체의 공교육을 체계화할 것이다. 그 이유는 아는 것이 바로 부(富)이고, 무지 속에서 성장하는 국민은 아프리카 해안 지역 사람들이나 우리 빰빠의 야만인들처럼 가난하고 야만적이기 때문이다.

'그'가 언론을 쇠사슬로 묶어놓음으로써 국민의 피를 토하게 하고, 국민을 위협하고, 국민을 죽게 만들기 위해 자신이 정해놓은 신문들 이외의 신문은 허용하지 않았기 때문에, '새로운 정부'는 공화국 전체에 언론의 혜택을 확대시킬 것이고, 그렇게 되면 우리는 산업, 문학, 예술, 그리고 모든 지적인 직업을 위해 쓰일 교재와 출판물이 번창하는 것을 보게 될 것이다.

'그'가 저명한 사람들을 모두 박해해 죽게 만들고, 통치를 하기 위해 오직 자신의 변덕, 광증, 그리고 '피에 대한 갈증!'만을 허용했기 때문에, '새로운 정부'는 공화국이 보유하고 있고, 오늘날 전 세계에 흩어져 있는 모든 위대한 인물에게 둘러싸일 것이고, 모든 사람의 지혜를 겨루게 함으로써 모든 사람의 총체적인 선(善)을 이룰 것이다. 지성, 재능, 지식은 문명화된 모든 나라에서처럼 공공의 운명을 선도하도록 다시금 부름을 받을 것이다.

'그'가 기독교적인 국가들에서 시민들의 삶과 재산을 확실하게 보증해주는 방식을 파기해버렸기 때문에, '새로운 정부'는 대표적인 방식을 재건할 것이고, 모든 사람이 자신의 지적인 재능을 자유롭게 활용하고 자유롭게 활동하는 데 방해를 받지 않을 권리를 영원히 보장할 것이다.

'그'가 범죄, 살인, 거세, 목 자르기를 통해 통제 체제를 만들었기 때문에, 또한 '그'가 공범들과 자기 편 사람들을 만들어내기 위해 인간의 나쁜 본성을 모두 드러냈기 때문에, '새로운 정부'는 정의와 문명화된 국가들로부터 받은 제반 형식을 통해 공적인 범죄 행위를 수정할 수 있는 수단을 마련할 것이고, 인간이 지상에서 행복하게 살 수 있도록 하느님께서 인간의 마음에 부여하신 숭고하고 고결한 열정을 자극하는 작업을 진행할 것이고, 그 열정을 기반으로 공적인 사업을 하는 데 타고 올라가 영향을 미칠 수 있는 층계를 만들 것이다.

'그'가 성당 제단에 자신의 불경스러운 초상화를 갖다 놓음으로써 제단을 모독했기 때문에, 또한 '그'가 사제들의 목을 자르거나 학대하거나 자기 조국을 떠나도록 했기 때문에, '새로운 정부'는 예배 의식에 합당한 권위를 부여할 것이고, 종교와 사제의 지위를 국민의 도덕성을 고취시키는 데 필요한 수준으로 올려줄 것이다.

'그'가 15년 동안 '야만적인 중앙 집권주의자들은 죽어라'라고 소리를 지름으로써 어느 정부가 로사스 자신처럼 생각하지 않는 사람들을 죽일 권리를 갖고 있다고 믿게 만들고, 이 사실을 사람들이 믿도록 하기 위해 표어 하나와 띠 하나를 가지고 국민 전체에 표시를 함으로써, 그 '표시'를 달고 다니는 사람은 당국이 채찍을 통해 시키는 바대로 생각하기 때문에, '새로운 정부'는 국민들의 다양한 의견을 존중해줄 것이다. 이는 의견이라는 것이 구체적으로 실행된 행위도 범죄도 아니기 때문이고, 하느님은 우리를 짐승과 구별되게 만드는 이성 하나를, 우리가 자유롭게 판단할 수 있도록 만드는 자유로운 이성을 우리에게 주었기 때문이다.

'그'가 이웃 정부들, 유럽 정부들과 계속해서 싸움을 걸었기 때문에, 또한 '그'가 우리에게서 칠레와의 무역 거래권을 빼앗아버리고, 우루과이를 피로 물들임으로써 브라질과 증오하는 사이가 되게 하고, 프랑스가 우리를 봉쇄하도록 만들고, 미국의 해군으로부터 조롱과 멸시를 당하게 하고, 영국의 적개심을 불러일으키고, 끝없는 전쟁들의 미로와 공화국에서 사람들이 떠나 인구가 감소하고 자기를 추종하는 사람들이 죽어야만 끝나게 될 온갖 주장의 미로 속에 갇혀 있었기 때문에, 유럽 강대국들의 친구이자 아메리카의 모든 국가에게 우호적인 '새로운 정부'는 외국과의 관계에서 얽히고설킨 것들을 단번에 풀어낼 것이고, 국민 각자에게 권리를 부여하고, 교양 있는 모든 국가가 가고 있는 화해와 질서의 길을 통해 행진함으로서 국내외적으로 안정을 회복할 것이다.

그것이 바로 우리가 아르헨티나 공화국에서 실현해야 할 과업이다. 그 많은 자산을 빠른 시일 내에 확보하지 못할 수도 있고, 또 로사스가 행한 것과 같은 아주 과격한 국가 전복 행위 하나가 일어나게 된다면 사회가 진정으로 정상 궤도에 진입하기까지 여전히 1년 또는 그 이상의 세월 동안 갈피를 못 잡고 우왕좌왕할 수도 있다. 그 괴물의 소름 끼치는 압박 아래서 우리는 날이 갈수록 서로 더 멀어지고, 야만과 사기 저하, 가난으로 후퇴하는 길을 일사천리로 가야 하지만, 만약 그 괴물이 몰락하게 되면 우리는 적어도 우리를 아주 아름다운 미래로 인도하는 길로 들어서게 될 것이다. 뻬루는 틀림없이 자신의 내장 기관들이 경련을 일으키는 증세를 겪게 되나, 결국 뻬루의 자식들은 번창하지 못하고, 수십 년 동안 주변 국가들을 떠돌고 있다. 무수한 시체로 둘러싸여 있는 괴물, 모든 자발성과 모든 고상한 감성을 질식시키는 괴물 하나가 잘된 적은 없다. 아르헨티나 공화국에게 무엇보다 필요한 것은, 또한 이제 로사스가 아르헨티나 공화국에 주고 싶은 마음이 없기 때문에 결코 주지 않게 될 것은, 인간의 삶과 소유 재산이 생각 없이 튀어나온 한 단어에, 혹은 명령하는 사람의 변덕에 달려 있지 않다는 것이다. 이제 삶에 대한 보장과 사유 재산에 대한 보장이라는 이 두 가지 바탕이 마련되어 있기 때문에, 통치 형태와 국가의 정치적 조직은 시간과 다양한 사건과 상황이 만들어주게 될 것이다. 아메리카 전체에서 어느 성문화된 협정, 어느 헌법에 대한 믿음을 아르헨티나보다 더 적게 가지고 있는 나라는 거의 없는 실정이다. 환영(幻影)은 이제 지나갔다. 공화국의 헌법은 헌법 자신도 모르게, 누가 제안하지 않을지라도 스스로 이루어질 것이다. 중앙 집권주의적 헌법이든, 연방주의적 헌법이든, 다양한 주의(主義)가 혼합된 헌법이든, 모두 지금까지 이루어진 사실로부터 나오게 될 것이다.

나는 로사스가 몰락하고 난 뒤에 곧바로 질서가 잡히는 것이 불가능하다고 생각하지는 않는다. 로사스가 야기한 극도의 혼란이 제아무리 대단해 보이지 않는다 할지라도, 공화국이 증인이었던 범죄 행위는 정부에 의해 명령된 '공식적'인 것이었다. 그렇게 하라는 명시적인 '명령'이 없이는 그 누구도 거세당하지도, 목이 잘리지도, 박해를 받지도 않았다. 다른 한편으로 국민들은 항상 반작용적인 행위를 하게 된다. 로사스가 15년 동안 국민들에게 조성한 불안과 공포 상태가 지나가면 반드시 평온한 상태가 될 것이다. 그동안 무시무시한 범죄 행위가 수없이 자행되었기 때문에, 이제 국민과 정부는 '마소르까!'와 '로사스!' 같은 불길한 단어가 보복을 원하는 분노에 가득 찬 다른 단어들처럼 자신들의 귀에 울리지 않도록, 단 하나의 범죄도 저지르지 않으려 할 것이다. 중앙 집권주의자들이 두둔했던 자유에 대한 과도한 희구가 아주 처참한 결과를 가져왔기 때문에, 앞으로는 정치가들이 자신들의 의도를 신중하게 실현할 것이고, 정당들은 요구를 할 때도 사려 깊게 처신할 것이다. 한편으로 국민들이 쉽게 범죄자로 변한다고 믿어버리는 것은, 그리고 사람들로 하여금 살인을 하라고 사주하는 폭군 하나가 있을 때 갈피를 못 잡고 살인을 하게 되는 사람들을 근본적으로 사악하다고 믿어버리는 것은, 인간의 본성이 어떤 것인지 제대로 파악하지 못하기 때문이다. 모든 것은 특정한 순간에 지배적으로 작용하는 선입관에 따라 이루어지기 마련이고, 오늘 광증에 사로잡혀 피를 뿌리는 일에 전념하는 사람도 어제는 순진무구하고 진실한 사람이었고, 그를 범죄로 이끌던 흥분이 사라지는 내일에는 좋은 시민이 될 수 있을 것이다. 1793년에 프랑스가 무자비한 폭력 혁명주의자들에 의해 붕괴되었을 때, 150만 명 이상의 프랑스 국민이 피와 불법 행위에 질려 있는 상태였는데도, 로베스피에르와 공포 정치가 몰락한 뒤에 프랑스가 고유의 온화하고 도덕적인 풍습을 회복하기 위해 희생될 필요가 있었던 사람 수는 로베스피에르를 비롯한 악질 저명인사 60명에 불과했다. 엄청난 공포를 유발했던 사람들이 나중에는 유용하고 도덕적인 시민들이 된 것이다. 로사스를 추종하는 사람들의 이면에는, 그리고 마소르께로 자신들이 저질렀던 범죄의 외부적인 면모 뒤에는 상을 받아야 할 덕성이 있다는 말은 하지 않겠다. 물론 마소르께로들이 자신들에게 하달된 살인 '명령'을 자신들이 희생시킬 사람들에게 비밀스럽게 알려줘 피하게 한 덕분에 수천 명이 목숨을 구한 일도 있었다.

동서고금을 막론하고 모든 인종은 일반적으로 이 같은 도덕적 성향을 지니고 있는 데 반해, 아르헨티나 공화국은 세계의 많은 나라가 충분히 갖지 못한 준법 질서 의식을 지니고 있다. 사실 혼란스러운 나라에서 사람들이 마음을 평온하게 유지하지 못하게 만드는 장애 요인 가운데 하나는, 대중의 관심이 집중되어 있는 관념의 악순환으로부터 새로운 목표에 대한 관심을 불러일으키는 것이 어렵다는 사실이다. 그런데 아르헨티나 공화국은 다행스럽게도 개발할 부가 아주 많고, 로사스 정부 같은 어느 정부가 사라진 뒤에 사람들을 끌어들일 만큼 새로운 것이 아주 많기 때문에, 새로운 목표를 향해 가는 데 필요한 평온 상태를 휘저어버리는 것이 불가능할 것이다. 어느 정부가 품위 있고, 국가의 재산을 일구고 증대하는 데 매진할 때, 회사들이 무슨 필요가 있으며, 산업 운동이 무슨 필요가 있겠는가! '메리노'[35]를 번식시키는 데 몰두하는 목축 지대 사람들은 메리노 수백만 마리를 생산하고, 매일 매시간 수천 명의 사람을 즐겁게 만든다. 누에고치를 키우는 데 애를 쓰는 산후안 주와 멘도사 주는 정부의 원조와 보호

∴

---

[35] '메리노(merino)'는 면양의 한 품종으로, 암컷의 몸무게는 45~80킬로그램, 수컷의 무게는 60~120킬로그램이며, 수컷은 나사 모양으로 꼬인 긴 뿔을 갖고 있으나 암컷은 없다. 털은 짧지만, 가늘고 곱기 때문에 고급 직물에 사용한다.

덕분에 정부가 요구하는 농업 노동과 산업 노동에 필요한 힘이 4년 동안은 부족하지 않을 것이다. 북부 지방 주들은 사탕수수 재배와 자연 발생적으로 생산되는 인디고[36] 재배에 몰두하고 있다. 강 유역 주들은 강을 따라 자유롭게 항해하면서 내륙의 공업 지대에 동력과 활력을 주게 될 것이다. 이런 움직임이 활발하게 나타나고 있는 상황에서, 누가 무엇을 얻겠다고 전쟁을 벌일 것인가? 이 모든 재산을 짓밟는 현재의 정부처럼 아주 어리석은 정부 하나가 있지만 않으면 되고, 사람들에게 일자리를 주는 대신에 우루과이, 파라과이, 브라질, 그리고 결국에는 모든 나라와 전쟁을 하기 위해 사람들을 군대로 끌고 가지만 않으면 된다. 그러나 오늘날 아르헨티나 공화국이 중요하게 생각하는 준법 질서와 도덕화의 주요 요소는 바로 유럽 이민을 받아들이는 것이다. 유럽 이민자들은 자신의 안전이 제대로 보장되지 않는다 할지라도 매일매일 자발적으로 리오델라쁠라따 지역에 쇄도하는데, 그들의 활동을 이끌어줄 수 있는 정부 하나가 있다면, 아르헨티나 공화국을 통치해온 파꾼도에서부터 로사스에 이르기까지 도적들이 조국에 만들어놓은 모든 상처를 아르헨티나 공화국 혼자서, 적어도 10년 안에, 충분히 치유할 수 있을 것이다.

나는 그것을 증명해 보이겠다. 매년 적어도 50만 명이 유럽으로부터 이주해 왔는데, 업체 하나 또는 직업 하나를 가진 채 재산을 찾아 나선 그들은 자신들이 소유할 수 있는 땅을 발견하는 곳에 정착한다. 1840년까지는 유럽인들의 이주가 주로 북아메리카 지역으로 이루어지고 있었고, 따라서 북아메리카는 멋진 도시들로 뒤덮이고, 유럽에서 이주해 온 사람들 덕분에 거대한 인구로 가득 찼다. 이주에 대한 열기가 그 정도로 대단했기 때문에

⁞

36) '인디고'는 채색이나 염색에 쓰이는 검푸른 물감이다.

독일 국민 전체가 자신들의 시장(市長), 사제, 교사 등을 대동한 채 북아메리카로 이주해 왔다고 해도 과언이 아니다. 하지만 마침내 해안 지역 도시들에서는 유럽에서처럼 인구의 증가로 인해 삶이 아주 어려워지는 일이 발생했으며, 유럽에서 이주한 사람들은 자신들이 애써 피해온 유럽의 그 불쾌하고 비참한 삶을 그곳에서도 목격하게 되었다. 1840년부터 북아메리카의 신문에는 유럽에서 이주해 온 사람들이 부딪히는 불편한 문제를 예방하기 위한 광고가 실렸고, 아메리카에 주재하는 유럽 국가의 영사들은 독일, 스위스, 이탈리아의 신문에 자국민이 더 이상 나라를 떠나지 말 것을 당부하는 똑같은 광고를 신도록 했다. 1843년에 사람을 가득 채운 채 유럽을 떠나 아메리카로 향했던 배 두 척이 사람을 그대로 실은 채 유럽으로 되돌아가야 했다. 1844년에 프랑스 정부는 이런 상황임에도 불구하고 쓸데없이 북아메리카로 갈 예정이던 스위스인 2만 1천 명을 알제리로 보냈다.

유럽에서 물밀듯이 이주해 오는 이민자들은 북아메리카에서 장점을 발견하지 못하자 살 곳을 찾아 아메리카 해안 지대를 탐사하기 시작했다. 일부는 텍사스까지 갔고, 일부는 멕시코까지 갔지만, 이들 지역에서 상태가 썩 좋지 않은 해변은 거부해버렸다. 브라질의 거대한 해안은 생산 가치를 훼손하는 흑인 노예의 노동 때문에 큰 장점을 제공해주지 않았다. 그래서 그들은 리오델라쁠라따 지역에 도착해야 했는데, 이 지역의 온화한 기후, 비옥한 토양, 풍부한 생존 수단이 그들의 관심을 끌어들임으로써 그들은 이 지역에 정착하게 되었다. 1836년부터 유럽 이주민 수천 명이 몬떼비데오에 도착하기 시작했고, 로사스가 공화국에 자연적으로 분포되어 있던 인구를 학정을 통해 강제로 분산시키고 있는 사이에, 몬떼비데오는 점점 성장하기 시작해 1년 만에 번성하고 부유한 도시로, 부에노스아이레스보다 더 아름다운 도시로, 활동과 상업이 더 활발하게 이루어지는 도시로 변했다. 로사스라는 이 빌어먹을 천재는 파괴하기 위해서만 태어난 인간이기 때문에, 로사스가 몬떼비데오를 파괴해버린 현재, 유럽 이주민은 부에노스아이레스로 쇄도하고, 그 괴물이 각 군대에서 매일 죽이도록 한 사람들 대신에 그 자리를 차지하고 있다. 이번 해에 그 괴물은 자신이 갈가리 찢어 놓았던 그림들을 다시 이어붙이기 위해 에스파냐 사람들을 갈고리로 걸어 달라고 법정에 제안했다.

그런데 어느 새로운 정부가 국가의 이익을 위한 목표를 이끌어가야 할 바로 그날, 수백만 명의 국민이 처참하고 무용한 전쟁을 벌이고, 범죄인들을 보복하는 데 허비되고 있다. 오늘날 공화국을 황폐화하고 매일 외국인들에게 죽음을 부르짖고 있는 그 무시무시한 괴물이 사라졌다는 소식이 전 유럽에 알려지는 날, 바로 그날 유럽의 이주가 부지런히 리오델라쁠라따 지역으로 향하게 될 것이다. 새로운 정부는 자국으로 이주해 온 이민자를 각 지방으로 분산시키는 일을 떠맡게 될 것이다. 공화국의 기술자들은 이주민에게 적합한 모든 지점에 이주민이 거주할 수 있는 도시와 마을의 설계도를 그려갈 것이고, 비옥한 토지를 이주민에게 할양할 것이다. 10년 만에 모든 강의 유역은 도시들로 뒤덮일 것이고, 공화국은 적극적이고 도덕적이고 부지런한 사람들과 더불어 인구를 두 배로 늘릴 것이다. 이들은 키메라[37]가 아니다. 왜냐하면 그것을 원하기만 하면, 또한 그것을 이루기 위해 현 정부보다 덜 잔인한 정부 하나가 있기만 하면 충분할 것이기 때문이다. 1835년에 50만 650명의 인구가 북아메리카로 이주했는데, 로사스에 대한 무시무시한 명성이 이민자들에게 두려움을 심어주지 않게 된다면, 아

∴

37) '키메라'는 그리스 신화에 나오는 사자의 머리, 염소의 몸, 뱀의 꼬리를 한 채 불을 뿜는 괴물을 말하는데, 여기서는 '망상(wild fancy)'이나 '터무니없는 계획' 등을 가리킨다.

르헨티나 공화국에 매년 10만 명의 이민자가 들어오지 않을 이유가 어디 있겠는가? 그렇다. 매년 이주민 10만 명이 들어온다면 10년이면 부지런한 유럽인 1백만 명이 공화국 전체에 퍼져서 우리에게 일하는 법과 새로운 부를 일구는 법을 가르쳐주고, 자신들의 재산으로 공화국을 부자로 만들 것이다. 그리고 문명화된 시민 1백만 명이 있으면 시민전쟁이 불가능할 것이다. 그 이유는 전쟁을 바라는 사람의 숫자가 그 수보다 적을 것이기 때문이다. 리바다비아가 부에노스아이레스 남부에 설립한 스코틀랜드 이민자 거류 구역은 그 사실을 여실히 증명해준다. 그 구역은 전쟁을 겪었으나 결코 참여하지 않았고, 독일 출신의 가우초는 단 한 명도 자신의 일, 우유 창고, 치즈 공장을 버리고 떠나 빰빠를 떠돌아다니지 않았다.

나는 내가 아르헨티나 공화국의 혁명은 이제 다 끝난 상태라는 사실을 보여주었다고 믿고, 또 아르헨티나 공화국이 곧 일부 아메리카 국가 국민들의 질투를 받게 될 진보의 탄탄대로로 들어서는 것을 방해하는 것은 바로 아르헨티나 공화국이 만들어낸 그 폭군이라는 사실을 보여주었다고 믿는다. 도시에 대한 지방의 투쟁은 이미 끝났다. 로사스에 대한 증오가 이들 두 요소를 합쳤기 때문이다. 새로운 세대가 그랬듯이 옛 연방주의자들과 옛 중앙 집권주의자들은 로사스에 의해 박해를 당한 뒤 서로 결합했다. 최근에 로사스는 특유의 잔인성과 방종을 발휘함으로서 아르헨티나 공화국이 다른 국가들과 전쟁을 벌이도록 했는데, 만약 유럽이 로사스를 지탱시키던, 시체와 피로 이루어진 그 발판을 붕괴시키는 데 개입하지 않게 된다면, 파라과이, 우루과이, 브라질이 반드시 아르헨티나 공화국을 굴복시키게 될 것이다. 어떤 무법자, 어떤 폭군, 어떤 미치광이가 어느 국민의 정부를 소유하게 될 때, 어떻게 그 밖의 모든 정부가 그 정부의 행태를 참아야 하고, 그 정부가 자신의 만족과 행복을 위해 국가를 황폐화하도록 내버려두고, 무자비하게 사람을 죽이도록 내버려두고, 10년 동안 주변의 모든 나라에 혼란을 유발하도록 내버려두어도 된다는 것인가?

하지만 우리가 사용할 수단이 외부에서만 오는 것은 아니다. 하느님께서는 우리가 행한 혁명의 유혈이 낭자한 드라마의 매듭이 풀렸을 때, 여러 번 패배한 그 정당과 여러 번 처절하게 짓밟힌 어느 국민이 손에 무기를 들고 희생자들의 불만을 들어주는 것을 원하셨다. 영웅적인 꼬리엔떼주는 오늘날 따블라다, 온까띠보, 까아과수의 승리자이자, 로사스가 '볼레아도',[38] '외팔이'라 불렀던 빠스의 명령에 따라 지금 전투에 참여하고 있을 역전의 용사 6천 명을 보유하고 있다.[39] 사람 수천 명을 무모하게 희생시킨 이 폭군이, 오늘날 자기를 벌하기 위해 준비하고 있는 외팔이 볼레아도를 10년 동안이나 감금시켰지만 미처 죽이지 못했다는 사실을 기억하면서 몇 번이나 분노로 치를 떨며 입술에서 피가 나오도록 입술을 깨물었을까? 높은 곳에 계시는 하느님께서는 공화국과 인류와 정의에 대한 복수를 하도록 예정해놓은 이 남자를 간수(看守)와 감시인으로 만들어 그 범죄인에게 형벌을 주고자 하셨을 것이다.

존경하는 빠스 장군이여, 하느님께서 그대의 무기를 보호하시길 바라나이다! 그대가 공화국을 구한다면, 그대의 명예보다 더 큰 명예는 결코 없었을 것입니다. 만약 그대가 패배해서 항복한다 할지라도 그 어떤 저주도 그대의 무덤까지는 따라가지 못할 것입니다. 국민들은 그대의 대의를 따라 단결하거나 나중에 자신들의 무지 또는 자신들의 비루함을 한탄할 것입니다.

∴

38) '볼레아도(boleado)'는 '미치광이', '정신없는 놈' 등의 비하적인 의미를 지니고 있다.
39) 1841년 반로사스파는 꼬리엔떼스에서 예기치 않은 승리를 거두었는데, 빠스 장군은 까아과수에서 로사스파의 에차구에(Echagüe)의 부대를 격파했다.

옮긴이 해제

문명과 야만의 대위법

> 사람의 목은 자를 수 있지만 사상의 목은 자를 수 없다.
>
> — 볼네

우리에게 아르헨티나는 멀고 낯선 나라다. 한국을 기준으로 하면 지구 정반대편에 있다. 우리가 이 나라에 관해 알고 있는 정보는 탱고, 페론, 에비타, 축구, 빰빠스, 쇠고기 정도가 될 것이다. 세계사에 관심이 있는 사람이라면 군사 정권의 잔혹한 탄압과 민중의 고난을 상징하는 '더러운 전쟁(Guerra Sucia)', 영유권 문제로 영국과 다툰 '포클랜드 전쟁(말비나스 전쟁)'을 기억할지도 모르겠다.

아르헨티나는 스물세 개의 주와 한 개의 자치 시로 구성된 연방 공화국이다. 북쪽으로는 파라과이와 볼리비아, 북동쪽으로는 브라질, 동쪽으로는 우루과이와 대서양, 서쪽으로는 안데스 산맥을 사이에 두고 칠레와 접하고, 남쪽 바다 너머에는 남극이 있다. 이처럼 다양한 지리적 조건과 관계는 아르헨티나의 역사가 복잡다단했을 것이라는 짐작을 가능하게 한다. 면적은 2,766,890제곱킬로미터에 이른다. 남아메리카에서 둘째로, 세계에서 여덟째로 큰 나라이며, 에스파냐어 사용 국가 중에서는 가장 크다. 하지만 인구는 4천만이 채 되지 않는다. 세계에서 백인 비율이 아주 높은 국가에 속한다. 1900년대 초중반에는 세계에서 손꼽히는 부국이었지만, 이제는 그 세가 많이 약화되었다. 하지만 문화적 수준은 상당히 높은 나라다. 수도 부에노스아이레스는 '남미의 파리'라 불린다. 아르헨티나는 문학 강국이기도 하니, 라틴 아메리카가 배출한 세계적인 문호 호르헤 루이스 보르헤스의 나라다. 도밍고 파우스띠노 사르미엔또(Domingo Faustino Sarmiento, 1811~1888)의 『파꾼도(*Facundo*)』가 탄생한 곳도 아르헨티나다.

"『파꾼도』는 라틴 아메리카 작가들이 쓴 책들 가운데 장르를 불문하고 가장 중요한 책이다." 미국에서 활동하고 있는 쿠바 출신의 문학·문화 비평가 로베르토 곤살레스 에체바리아(Roberto González Echevarría)의 평가다. 『파꾼도』는 문학적인 가치 외에도 아르헨티나를 비롯한 라틴 아메리카의 정치, 경제, 사회의 발전과 근대화, 그리고 문화에 관해 분석한 책이다. 이 책을 더 깊이 제대로 이해하기 위해서는 우선 저자부터 살펴볼 필요가 있다. 저자의 삶이 책과 깊이 연관되어 있을 뿐만 아니라 그의 이력 또한 예사롭지 않기 때문이다.

아르헨티나 근대 문학의 선구자이자 대통령을 역임한 작가

이 책의 저자 도밍고 파우스띠노 사르미엔또는 "아메리카에서 가장 강력한 지성을 소유한 지도자"라고 평가받는다. 그의 이력은 참으로 다양하다. 그는 교사, 작가, 신문 기자, 군인, 장관, 외교관, 교육가로 활동했을 뿐만 아니라, 아르헨티나 공화정의 대통령을 지내며 국가 조직을 정비하는 과정에서 위대한 업적을 남긴 인물이기도 하다. 강력한 지성이 이 모든 활동을 뒷받침한 힘이었다.

젊은 시절에 아르헨티나의 낭만주의 시인 에스떼반 에체베리아가 주도하는 '5월회'의 자유주의 사상에서 영향을 받은 그는, 부에노스아이레스 주지사인 후안 마누엘 데 로사스(Juan Manuel de Rosas, 1793~1877)의 독재에 항거해 투옥되었다가 사형될 위기에 처하자 1831년에 칠레로 도피했다. 망명 생활을 끝내고 고국으로 돌아온 그는 교육 사업과 신문 《엘손다(El Zonda)》 제작에 관여하다가 로사스 정권의 독재가 심해지자 1840년에 다시 칠레로 망명해 작가로 활동하면서 아르헨티나의 현실을 더욱 깊이 천착했다.

1845년에는 칠레의 신문 《엘쁘로그레소(El progreso)》에 자신의 첫 번째 전기인 「프라이 펠릭스 알다오 장군의 생애 개요(Apuntes biográficos: El General Fray Félix Aldao)」를 게재했다. 같은 해 5월 2일에는 《엘쁘로그레소》에 「파꾼도」 첫 회를 연재했다. 그 후 칠레의 대통령(1851~1861)을 지낸 마누엘 몬뜨(Manuel Montt)의 도움을 받아 유럽으로 유학을 떠났다가 1855년에 부에노스아이레스에 정착해 민중 교육에 헌신하면서 저널리즘 활동을 계속했다.

사르미엔또는 정치에 투신해 부에노스아이레스의 지방 장관으로 활동한 뒤, 1868년에는 아르헨티나의 대통령으로 선출되어 1874년까지 재직했다. 퇴임 뒤에도 정치 활동을 계속해 고향 산후안의 주지사(1862~1864)와 상원 의원(1874~1879)을 역임했다. 정계를 떠난 뒤인 1887년에는 파라과이의 아순시온으로 여행을 떠났다가 심장과 기관지에 병이 들어 쇠잔한 상태로 부에노스아이레스로 돌아왔다. 의사들이 그더러 추운 부에노스아이레스를 떠나 있으라고 충고하자 그는 딸 파우스띠나와 손자들을 데리고 아순시온으로 갔다가 고국 아르헨티나로 돌아가지 못한 채 1888년 9월 11일에 아순시온에서 사망했다.

사르미엔또의 삶은 한마디로 말해 조국 아르헨티나 공화국을 위한 끊임없는 투쟁이었다. 하지만 그가 실물 정치와 교육에만 헌신한 것은 아니다. 일국의 대통령까지 지낼 만큼 '정치적으로' 바쁘게 살았지만, 총 52권에 달하는 작품을 남긴 저술가이기도 하다. 책의 수도 방대할 뿐만 아니라 정치, 경제, 사회, 교육, 역사, 풍속, 여행기, 전기, 자서전 등 다루는 분야 역시 다양하다. 세상사에 대한 그의 지대한 관심과 탁월한 글쓰기 재능이 감탄스러울 정도다. 이는 조국과 동포에 대한 깊은 애정과 열정이 없이는 불가능한 일일 것이다. 게다가 그는 온전한 픽션은 단 한 편도 남기지 않았음에도 픽션적인 성격을 가미한 문체와 근대의 '자아'에 대한 날카롭고 섬세한 자의식을 보여줌으로써 오늘날까지도 아르헨티나 근대 문학의 선구자로 꼽힌다.

물론 사르미엔또의 발상이 반민중적이고, 인종주의적이고, 서구 중심주의적이라고 비판하는 사람도 있다. 하지만 사르미엔또는 자신들의 야만성을 날카롭게 분석하고, 더불어 자신들이 그토록 꿈꾸어왔으면서도 제대로 성취할 수 없었던 문명화. 부국강병의 길을 진지하게 모색한 인물이라 할 수 있다. 사르미엔또의 시대에는 서구 제국주의의 야욕이 잠재적 위험 요소로 대두되었을 뿐만 아니라, 끊임없이 지속되는 시민전쟁과 독재를 하루빨리 종식시킨 뒤 온전한 국민 국가를 건설하고 안정시키는 것이 가장 절박한 과제였기 때문이다.

『파꾼도』의 출간 목적과 과정

역사, 일대기, 사회학적 논리가 소설적 요소와 절묘하게 조화를 이루고 있는 『파꾼도』는 사르미엔또가 생산해낸 수많은 작품 가운데서도 가장 뛰어난 것이다. 이 작품은 로사스 정권 시기의 귀중한 역사적, 인물사적 자료로서, 19세기 사상가들과 수필가들에게 끼친 영향이 지대하다. 우선 『파꾼도』의 출간 목적과 과정에 관해 살펴보자. 이 또한 저자의 삶만큼이나 예사롭지 않다.

사르미엔또가 『파꾼도』를 출간한 데는 여러 목적이 있었는데, 그 가운데 중요한 것 두 가지를 언급해보면 다음과 같다. 첫째는 부에노스아이레스 주지사였던 독재자 후안 마누엘 데 로사스를 공격하고, 주(駐)칠레 아르헨티나 대사관에 저항하기 위해서였다. 당시 칠레에 망명해 있던 사르미엔또는 칠레 신문을 통해 로사스 독재 정권의 부당성을 격렬하게 비난했고, 로사스 정권도 주칠레 아르헨티나 대사관을 통해 사르미엔또에게 온갖 압력을 가했던 것이다. 또 다른 목적은 당시 칠레에 망명해 있던 수많은 아르헨티나 사람들에게 로사스 독재 정권을 타도해야 할 당위성을 널리 전파함으로써 자유주의적 정치, 사회, 역사의 토양을 마련하기 위해서였다.

다분히 정치적인 목적 아래 출간한 『파꾼도』는 우리가 지금 읽고 있는 판본이 갖추어지기까지 상당히 복잡한 과정을 거쳤다. 원래 『파꾼도』는 사르미엔또가 칠레에서 두 번째로 망명 생활을 하던 1845년 5월 2일부터 신문 《엘쁘로그레소》에 「파꾼도 또는 아르헨티나 빰빠스에서의 문명과 야만(Facundo o Civilización y Barbarie en las Pampas Argentinas)」이라는 제목으로 연재한 것이다. 이 연재물은 연재가 끝나고 3개월 뒤에야 비로소 『문명과 야만: 후안 파꾼도 끼로가의 생애와 아르헨티나 공화국의 외양, 관습, 습성』이라는 제목을 달고 단행본으로 출간되었다. 출간 즉시 성공을 거둔 이 책은 비밀리에 아르헨티나로 넘어가 사람들의 즉각적인 반향을 불러일으켰다. 초판이 세상 빛을 본 지 6년이 지난 1851년에 출간된 제2판은 『파꾼도 끼로가의 생애와 아르헨티나 공화국의 외양, 관습, 습성』이라는 제목으로 출간되었는데, 이 판본에는 수사 펠릭스 알다오 장군의 생애에 대한 요약본이 부가되었다. 그뿐만 아니라 정치적인 이유로 「서문」과 마지막 두 장인 「중앙 집권주의 정부」와 「현재와 미래」를 삭제한 반면에, 『파꾼도』의 내용을 검토해준 발렌띤 알시나에게 보내는 편지와 펠릭스 알다오의 전기를 추가했다. 2년 뒤에는 프랑스어 번역본이 출간되었는데, 당대의 시대상을 고려해볼 때 이 책이 지닌 중요성이 어느 정도였는지, 아르헨티나와 프랑스의 관계가 얼마나 밀접했는지 미루어 짐작할 수 있다. 제3판은 1868년 사르미엔또가 대통령직을 수행하고 있을 때 『파꾼도 또는 아르헨티나 빰빠스에서의 문명과 야만』이라는 제목으로 출간되었다. 이 판본에서는 알시나에게 보내는 편지와 알다오의 전기를 삭제하고, 「엘 차꼬, 평원의 몬또네라의 마지막 까우디요. 1863년의 에피소드」라는 인물평을 첨가했다. 1874년에는 사르미엔또 생전에 출간한 마지막 판본이 된 제4판이 제3판과 동일한 제목으로 출간되었다. 이 판본에는 제2판부터 삭제했던 세 개의 장을 다시 실었는데, 이유는 그 부분이 중요할 뿐만 아니라 책에 반드시 필요하다고 판단했기 때문이다.

이처럼 『파꾼도』는 여러 판본이 나오는 과정에서 약간의 변화가 발생했다. 사르미엔또가 주로 책의 내용을 수정한 데 반해, 편집자들은 문장과 어휘를 수정하는 자유를 향유해버린 것이었다. 그렇기 때문에 역사적인 사안은 사르미엔또가 기술한 대로 유지되었지만, 어휘나 문장은 사르미엔또의 것으로 보기가 어려운 부분이 생겨났다. 일부 문체에 관한 한 온전히 사르미엔또의 것으로 보기는 어렵다는 것이다. 어찌 되었든 본 번역을 위해 선정한 텍스트는 에스빠냐의 까떼드라 출판사(Editorial Cátedra)가 발행한 『파꾼도: 문명과 야만(*Facundo: Civilización y Barbarie*)』으로, 사르미엔또 생전에 출간한 제4판을 토대로 몇 가지 오류를 수정하고 편집자

(Roberto Yahni)가 세밀한 주석을 첨가한 것이다.

『파꾼도』의 구조

이 책은 아르헨티나가 에스파냐로부터 독립을 쟁취하고 근대 국가를 형성해가던 당시 아르헨티나의 사회, 문화와 사람들의 삶을 총체적으로 다루고 있지만, 한편으로는 저자 도밍고 파우스띠노 사르미엔또의 자서전 같은 성격 또한 가지고 있다. 사르미엔또가 책의 서술자이자 등장인물로서 아르헨티나의 역사적인 사건들을 기술하고 분석하면서 자신의 견해를 밝히고 있기 때문이다. 사르미엔또는 작품의 전반을 통해 아르헨티나에서 있었던 사회적, 정치적 실험과 아르헨티나의 자연, 즉 인간과 환경의 관계를 이론적이고 객관적인 시각으로 꿰뚫고, 다양한 이미지와 일화를 독특한 서술 방식을 통해 문학적으로 표현했다.

사르미엔또는 『파꾼도』에 세 가지 주제, 즉 '문명과 야만'이라는 두 가지 상반된 문제를 해결하기 위한 이상적인 계획', '후안 파꾼도 끼로가의 생애', '아르헨티나의 역사 발전에 관한 연구'를 병렬적으로 배치했는데, 이들은 각각 다음과 같은 방식으로 구조화되어 있다.

제1부를 구성하는 제1장~제4장에서는 아르헨티나 영토의 물리적인 형상, 즉 지형에 관한 구체적이고 정확한 자료를 근간으로 자연 환경을 객관적으로 묘사하면서 시골과 도시의 사회상을 소개했다. 여기서 시골 혹은 대평원과 도시는 서로 대치되는 공간으로서, 전자는 야만을, 후자는 문명을 상징한다고 보았다. 즉 모든 역사적 사건의 비밀을 생산해내는 아르헨티나의 특이하고 구체적 현실을 이 작품의 출발점으로 삼고 있는 것이다.

제2부를 구성하는 제5장~제13장에서는 '야노스(평원)의 호랑이'라 불리는 후안 파꾼도 끼로가의 생애(1788~1835)를 소개했다. 여기서 파꾼도 끼로가는 문명의 반명제인 야만을 상징한다. 이 부분에서는 여러 가지 오류와 역사적인 부정확성이 드러나는데, 일부는 사르미엔또가 특히 실존 인물인 파꾼도 끼로가의 이미지를 혼란스럽게 그렸다고 비판하기도 한다. 이는 역사가들과 전문가들이 확인했고, 저자인 사르미엔또 자신도 인정한 바다. 이렇게 된 이유는 사르미엔또가 자신이 기술하는 역사적인 드라마에 문학적인 요소를 많이 가미했기 때문이라 할 수 있다. 그런데 아이러니하게도 이런 오류와 부정확성이 오히려 문학성을 부여함으로써 책의 가치를 높이는 계기가 되었다.

작품의 결론 격인 제3부를 구성하는 제14장~제15장에서는 중앙 집권주의 정부의 현재와 미래를 다루었다. 사르미엔또는 파꾼도 끼로가의 죽음이 아르헨티나 공화국의 역사와 정치에 가져온 결과가 무엇인지에 관해 다루었다. 그리고 로사스라는 독재자 개인과 정부에 관해 분석하면서 독재, 학정, 대중적인 지원의 역할, 질서를 유지하기 위한 효율적인 권력 사용 등에 관해 언급했다. 사르미엔또는 독재자 로사스의 행위를 세세하게 기술하고 로사스가 한 말을 직간접적으로 인용함으로써 로사스를 신랄하게 비판했고, 로사스의 독재 기간에 조성된 다양하고 독특한 폭력과 공포에 관해 상세하게 기술했다. 이 부분은 1976년에서 1983년까지 아르헨티나의 군사 정권이 테러, 고문, 납치, 강제 실종, 정보 조작 등을 자행함으로써 학생, 기자, 지식인, 페론주의자, 사회주의자 등 수만 명이 실종되거나 살해당한 '더러운 전쟁'의 전조처럼 읽힐 정도다.

후안 파꾼도 끼로가와 후안 마누엘 데 로사스

앞에서 이 책이 지닌 다양한 특성을 규정한 바 있는데, 다른 특성 하나를 덧붙이자면 이 책은 독립 이후에 전개된 아르헨티나의 정치적, 사회적, 문화적 갈등에 대한 애정 어린 비판서라 할 수 있다.

당시 아르헨티나의 정치는 사르미엔또가 후원하는 중앙 집권주의자들의 이데올로기와 연방주의자들의 이데올로기가 대립하고 있었는데, 이 양측의 대립은 아르헨티나 전체를 지배하려는 부에노스아이레스 시의 권력과 밀접하게 연계되어 있었다. 부에노스아이레스 시는 아르헨티나에서 가장 크고 부유한 도시로, 라쁠라따 강과 대서양에 인접한 지정학적 조건 때문에 아르헨티나와 유럽 사이의 무역과 인적 교류의 중심지일 뿐만 아니라, 유럽의 사상과 문화를 가장 먼저 가장 많이 접촉할 수 있는 곳이기도 했다. 부에노스아이레스와 지방들 사이의 이런 문화적, 경제적 격차는 당연히 양측 간에 긴장, 대립, 갈등을 증폭시켰고, 이로 인해 아르헨티나 사회가 분열되었다.

중앙 집권주의에 찬성하던 사르미엔또는 중앙 집권주의자들과 연방주의자들 사이의 대립과 투쟁에서 연방주의자였던 파꾼도 끼로가와 여러 차례 싸우기도 했는데, 이 책에 기술된 파꾼도 끼로가의 독특한 삶에 관해 간략하게 살펴보자.

파꾼도 끼로가는 원래 라리오하 주 시골 출신의 '가우초(gaucho: 목동)'인데, 나중에는 '까우디요(caudillo)', 즉 무력을 이용해 권력을 휘두르며 정치에 영향을 미치던 호족(豪族)이 된 인물로, 성격이 야만적이고, 용감무쌍하고, 대범하고 통이 컸다. 연방파의 군인이자 정치가였던 그는 아르헨티나에서 시민전쟁이 벌어지고 있는 동안(1820~1830)에 고향 라리오하 주의 주지사를 지냈다. 연방주의 헌법을 만드는 과정에서 로사스와 대립하기도 했는데, 나중에 살따 주와 뚜꾸만 주 사이의 관계를 개선하라는 로사스의 부탁으로 아르헨티나 북부 지역으로 출장을 갔다가 돌아오는 길에 꼬르도바 주의 바랑까야꼬에서 1835년 2월 16일에 암살당하고 말았다.

그런데 사르미엔또가 아르헨티나의 역사적, 사회적, 문화적 면모를 분석하고, 로사스의 폭정을 단죄하는 데 파꾼도 끼로가를 이용한 이유가 있다. 파꾼도 끼로가라는 인물에게는 라틴 아메리카 정치에 지대한 영향을 미친 '까우디요' 하나가 발현되어 있을 뿐만 아니라, 에스파냐의 식민화와 영토의 특이성으로 말미암은 결과인 아르헨티나적 삶이 발현되어 있다고 보았기 때문이다. 아르헨티나의 역사가 펠리뻬 삐그나(Felipe Pigna)가 설명했듯이 "사르미엔또가 증오하고 동시에 감탄한 파꾼도 끼로가는 아르헨티나의 가우초, 까우디요, 끝없는 사막, 그리고 사르미엔또가 반드시 타파해야 할 후진성을 대변하는 모든 요소에 관해 말하기 위한 핑계"인 셈이었다.

그런데 파꾼도 끼로가는 부에노스아이레스의 자식인 후안 마누엘 데 로사스로 대체된다. 영리하고, 계산적인 데다, 위선적이고, 폭력적이고, 냉혈한인 로사스는, 두 차례에 걸쳐(1829~1832, 1835~1852) 부에노스아이레스 주지사를 역임하면서, 목축업자들과 연방주의 당의 도움을 받아 마키아벨리처럼 영리하게 공포, 박해, 개인주의, 문화적 억압, 전횡 등 전형적인 독재를 자행했다. 사르미엔또가 파꾼도 끼로가의 생애에 관해 다루면서 로사스를 언급한 까닭은, 로사스를 파꾼도 끼로가의 후계자로 보고서 로사스와 파꾼도 끼로가로 상징되는 아르헨티나 국내의 모든 대립과 갈등의 원인을 깊이 있고 집요하게 연구하기 위해서였다. 이 두 사람이 아르헨티나의 자연과 시골 특유의 문명의 부재에서 비롯된 야만성과 야만적인 정부를 대변하기 때문에, 이 책은 까우디요인 파꾼도 끼로가와 로사스 같은 인물들로 대변되는 아르헨티나의 역사와 문화에 대한 비판적 분석을 담은 광범위한 연구서라고 할 수 있는 것이다. 또한 사회학적인 측면에서 볼 때 이 책은 등장인물들의 독특한 생활 방식을 결정짓는 요인이 무엇인지 파악하려는 시도이기도 한데, 이에 관한 해답은 이 책을 읽다 보면 자연스럽게 발견할 수 있을 것이다.

문명과 야만

'문명과 야만'이라는 부제가 시사하는 바처럼 이 책은 아르헨티나가 1816년에 에스파냐의 통치로부터 독립한 뒤 시작된 갈등과 대립의 원인을 문명과 야만 사이의 대립이라 파악하고, 그 양상과 전개 과정을 분석하고 설명한다. 한마디로 말해 문명과 야만은 이 책의 중심축인데, 문명과 야만의 대립과 갈등은 독립 이후의 아르헨티나뿐만 아니라 라틴 아메리카 전체가 지닌 총체적인 난관의 원인이기도 하다.

사르미엔또가 보는 야만은 라틴 아메리카, 에스파냐, 아시아, 중동, 시골, 토착 원주민, 가우초, 연방주의자, 파꾼도 끼로가, 로사스와 동일하다. 이들이 아르헨티나의 문명, 인구 증가, 평화에 치명적인 장애가 되고, 모든 사회악의 근본이라는 것이다. 사르미엔또는 가우초, 까우디요 문화의 거친 면모가 야만성과 절대 권력에 기반을 둔다고 보았다. 그는 파꾼도 끼로가와 무자비한 폭군인 로사스 같은 까우디요들을 교육적, 문화적, 시민적 안정의 반명제로 간주했다. 특히 까우디요의 전형이자 무자비한 폭군인 로사스는 정치권력과 야만적인 힘을 이용해 아르헨티나에 불안과 혼란을 유발하고, 인류애와 사회적 진보는 도외시한 채 사회를 전반적으로 파괴하기 때문에, 교육의 개선과 문명의 발달을 꾀하려는 사르미엔또가 『파꾼도』를 통해 로사스를 공격한 것이다.

반면에 문명은 유럽, 북미, 도시, 중앙 집권주의자, 빠스 장군과 리바다비아 장군을 통해 드러난다. 사르미엔또는 북미와 유럽, 특히 프랑스 같은 문명국을 본받아 교육함으로써 국가의 발전을 이루어야 한다는 생각을 설파했다. 사르미엔또는 유럽을 문명과 연계하고, 문명을 교육과 연계함으로써 유럽 문화에 경의를 표했다. 문명과 야만의 대립은 진보를 무지에, 인간의 자유를 독재에 대립시키는 대조적 의미를 표출하는데, 이는 『파꾼도』의 중심축을 이루는 문명화에 대한 열망, 대중 교육에 대한 포부와 일치한다. 대통령으로 재직하는 동안 철로를 부설하고, 전보 시스템을 마련했을 뿐만 아니라, 유럽인의 국내 이민과, 자국민 교육, 과학과 문화를 장려했다시피, 사르미엔또의 개화사상은 그의 삶과 작품의 기본 축으로서 대중 교육을 위한 그의 활동에 끊임없이 투사되었다.

로베르또 곤살레스 에체바리아에 따르면, "라틴 아메리카 문화의 중심을 차지하는 대립으로서 문명과 야만 사이의 대화에 관해 언급할 때, 『파꾼도』는 식민지 시대에 시작되어 오늘날까지 지속되고 있는 논쟁에 단초를 제공했다." 사르미엔또가 문명과 야만에 관해 처음으로 다룬 작가는 아니라 할지라도 문명과 야만을 라틴 아메리카 문학에 충격을 줄 수 있는 훌륭하고 강력한 주제로 바꾸었다는 것은 사실이다.

『파꾼도』의 장르적 특성

『파꾼도』는 출간된 뒤 다양한 평가를 받았다. 에스파냐의 위대한 철학자 미겔 데 우나무노(Miguel de Unamuno)는 『파꾼도』에 관해 다음과 같이 언급했다. "나는 사르미엔또의 『파꾼도』를 역사를 다룬 작품으로는 결코 생각하지도 않고, 『파꾼도』가 그런 식으로 평가받을 수 있다고 믿지도 않는다. 나는 늘 『파꾼도』를 하나의 문학 작품, 하나의 역사 소설로 간주한다." 문학 평론가 이베르 베르두고(Iber Verdugo)는 『파꾼도』에 관해 독특한 평가를 내렸다. "완벽한 문학 작품인 『파꾼도』는 작가가 미리 계획하거나 준비한 형식과 내용으로 만들어진 것이 아니라, 집필 과정에서 자연스럽게 소설 형태로 완성된 것이다." 그런데도 『파꾼도』는 소설 또는 특정한 문학 작품으로 분류할 수 없다는 평가도 있다. 로베르또 곤살레스 에체바리아에 따르면, 『파꾼도』는 "에세이, 전기, 자서전, 소설, 서사시, 회고록, 고백록, 정치 팸플릿, 독설, 과학 논문, 안내서"가 합쳐진 것이다.

어찌 되었든 사르미엔또는 아르헨티나가 지닌 문제, 즉 야만과 잔인성을 로사스가 행한 폭정의 결과로 생각했는데, 이를 부각하고 자신의 견해를 지탱하기 위해 엄밀한 역사적 사실에 바탕을 두고서 상상력과 문학적인 책략, 즉 픽션적 요소를 동원했다고 할 수 있다. 『파꾼도』에 드러나는 사회적, 정치적 성찰, 인간과 환경의 관계는 이론적이고 객관적인 수준을 넘어 상상과 일화, 그리고 이야기를 통해 문학적으로 형상화되어 있는 것이다.

더불어 이 작품에 나타난 사르미엔또의 독창성은 아르헨티나에서 처음으로 민족 언어의 중요성을 부각시켰다는 점이다. 작품에 나오는 대화체는 일상생활에서 언어의 표현력이 중요하다는 사실을 보여준다. 한국어 번역본에서는 잘 드러나 있지 않지만, 사르미엔또가 차용한 신조어들은 당대의 복잡다단한 정치 상황을 잘 표현하기 위해 만들어졌고, 현실의 극적인 변화를 드러내기 위해 새로운 형용사도 많이 사용되었다. 또 열거법과 생략, 시각 영상적인 표현을 사용함으로써 언어 표현의 새로운 면모를 보여주었다.

사르미엔또의 글쓰기 전략

독립 이후 라틴 아메리카의 역사에서 독재는 비교적 흔한 현상이었다. 라틴 아메리카 문학에서는 독재에 항거하는 소설이 많이 나타났는데, 이들 소설의 주요 소재는 독재자의 모습, 특징, 행위, 그리고 독재 치하 민중의 고통스러운 상황, 존재 방식 등이다. 사르미엔또 같은 작가들은 독재 정부를 비판하기 위해 글의 힘을 이용함으로써 '문학'을 도구로, 저항의 수단으로, 박해에 대항하는 무기로 차용했는데, 이는 사르미엔또가 구사한 전략 가운데 하나다. 그에게 글쓰기는 자신의 이상을 실천하기 위한 촉매제였다.

가우초들이 무기를 들고 싸웠다면, 사르미엔또는 자신의 목소리와 언어를 이용해 싸웠다고 할 수 있다. 여기서 한 가지 놓치지 말아야 할 사실은, 사르미엔또가 아르헨티나와 아르헨티나의 독자들만을 위해서만이 아니라 훨씬 더 광범위한 독자들, 특히 미국과 유럽의 독자들을 위해서도 글을 썼다는 점이다. 아르헨티나보다 훨씬 더 문명화되어 있는 이들 지역의 독자들이 사르미엔또 자신의 정치적 관점에 관심을 두도록 유도할 필요가 있었던 것이다.

『파꾼도』가 지닌 정치적 영향력 덕분에 사르미엔또가 대통령직에 오를 수 있었다는 평가도 있다. 실제로 그가 1868년에 대통령이 됨으로써 아르헨티나가 문명에 이를 수 있다는 사실을 확인시키기 위해 자신의 이론을 적용했을 것이라고 한다.

누가 뭐래도 『파꾼도』는 라틴 아메리카 문학사에서 가장 중요한 작품 가운데 하나다. 이 책은 근대화를 위한 설계도를 설정하는 데 대단히 큰 영향을 미쳤을 뿐만 아니라, 다른 작가들이 라틴 아메리카의 독재에 관해 문학적인 실험을 해볼 수 있도록 자극했던 것이다.

한국어 번역의 의미

주지하다시피 『파꾼도』는 아르헨티나를 비롯한 라틴 아메리카에서 필독서로 꼽힐 정도로 가치 있는 책인 만큼 이미 세계 여러 언어로 번역되어 널리 독자들의 사랑을 받고 있다. 그런데도 『파꾼도』가 1845년에 쓰인 작품이기 때문에 어휘, 문체 등에서 상당히 낯설 뿐만 아니라, 당시 사르미엔또가 지닌 정보 가운데 일부는 현재 밝혀진 것과 약간 다른 부분도 발견된다. 따라서 본 작품을 한국어로 번역하는 과정에서 어휘와 문장은 현대적인 감각에 맞게 정리해 표현하고, 이해하기 어려운 부분이나 그릇된 정보는 주석을 통해 설명하거나 바로잡았다. 물론 번역은 원전을 최대한 충실하게 반영하는 방향으로 진행했고, 번역자 개인의 과도한 의역이나 작가 고유 스타일의 자의적인 변경은 지양했다.

『파꾼도』의 한국어 번역은 국내의 독자가 19세기 아르헨티나의 문제, 고민과 갈등, 그리고 그 해결책 등을 살펴보면서 아르헨티나를 비롯한 라틴 아메리카의 역사, 사회, 문화, 정치뿐만 아니라 그들의 지난한 삶을 더욱 깊이 있고 체계적으로 이해하는 계기를 마련해줄 것이라 생각한다.

2012년 10월
조구호

도밍고 파우스띠노 사르미엔또 연보

1811 2월 15일 아르헨티나 산후안 주에서 태어났다. 아버지는 호세 끌레멘떼 사르미엔또(José Faustino Sarmiento)이고, 어머니는 빠울라 알바라신(Paula Albarracín)인데, 친가와 외가 모두 식민지였던 산후안에서 알아주는 집안이었다.

1816 산후안에 처음으로 생긴 공립 학교인 에스꾸엘라 델 라 빠뜨리아(Escuela de la Patria)에 입학했다.

1825 프랑스 출신 엔지니어 빅토르 바라우(Victor Barrau)의 조수로 몇 개월 동안 일했는데, 빅토르 바라우는 사르미엔또에게 그림과 기하학을 가르쳐주었다.

1826 가톨릭 신부인 삼촌 호세 데 오로(José de Oro)와 함께 산루이스 주에 학교를 설립했다.

1827 파꾼도 끼로가가 산후안으로 들어갔다. 이때는 사르미엔또의 삶과 작품에서 결정적인 순간이다. 사르미엔또는 처음으로 칠레를 여행했다.

1829 빠스(Paz) 장군의 군대에서 대위로 근무하면서 연방주의자들과 싸웠다. 알다오(Aldao) 장군이 사르미엔또의 주둔지를 공격하자 포로가 되었다. 총살형을 모면하고 산후안에서 투옥되었다.

1831 파꾼도 끼로가의 군대가 진격해 멘도사 주로 진입하면서 산후안의 중앙 집권주의자 주지사가 실각하고 연방주의자 주지사가 임명되었다. 사르미엔또는 단 하나의 출구밖에 없는 상황에 처해 망명을 떠났다. 아버지와 함께 안데스 산맥을 넘어 안데스의 산따로사(Sant Rosa)에 정착해 학교 교사로 일했다. 그의

혁신적인 교수법은 그 지역 주지사에게 제대로 수용되지 않았다.

1832~1835 쁘로꾸로(Procuro)에서 교사로 일한 뒤, 광부로 지냈다. 업무를 하면서 월터 스콧의 모든 작품을 영어로 읽었고, 광부들에게 프랑스어를 가르쳤다. 티푸스에 걸렸다.

1836 몸이 회복되지 않은 상태에서 산후안으로 돌아왔다. 여러 가지 일에 종사했다.

1838 부에노스아이레스에서 막 도착한 친구들과 더불어 '문학회(sociedad literaria)'를 결성했다. 친구들이 산후안으로 가져온 토크빌(Tocqueville), 레르미니에(L'Herminier), 주프르와(Jouffroy), 기조(Guizot), 빌맹(Villemain), 샤토브리앙(Chateubriand), 라마르틴(Lamartine), 위고(Hugo) 등의 작품을 읽었다.

1839 산후안에서 산따로사 기숙학교(Colegio de Pensionistas de Santa Rosa)를 개교했다. 이 학교는 사르미엔또가 어느 여자 기숙학교의 교육과 행정 조직에 관해 당시 몇 개월 전에 출간한 소책자의 결과였다. 주간지 《엘손다(*El Zonda*)》('건조한 열풍'이라는 의미)를 창간해 발행을 주도했는데, 정치적인 어조로 간접적인 비판을 함으로써 주지사 베나비데스(Benavides)가 사르미엔또에게 무거운 세금을 부과했지만 납부를 거부했다. 결국 세금을 납부함으로써 주간지 제6호와 최종 호를 발간했다.

1840 정치적인 이유로 투옥되었다가 칠레로 추방당했다. 마누엘 몬뜨(Manuel Montt)와 안드레스 베요(Andrés Bello)를 만났다. 일간지 《엘메르꾸리오(*El Mercurio*)》와 《엘 나시오날(*El Nacional*)》에서 기자 활동을 시작했다.

1842 칠레 정부가 남아메리카 최초의 사범학교 설립에 대한 법령을 제정하고, 사르미엔또를 초대 교장으로 임명했다. 안드레스 베요와 논쟁을 벌였다.

1843 『나의 방어(*Mi defensa*)』를 출간했다. 칠레 대학 인문 철학부에서 교수로 재직했다.

1844 맞춤법 개정 계획에 대해 토론한 결과, 대학 인문학부는 토론 결과의 일부를 받아들였다.

1845 칠레의 신문 《엘쁘로그레소(*El Progreso*)》에 자신의 첫 번째 전기인 「프

라이 펠릭스 알다오 장군의 생애 개요(Apuntes biográficos: El General Fray Félix Aldao)」를 게재했다. 칠레가 사르미엔또에게 은신처를 제공했다는 사실을 항의하기 위해 로사스의 각료인 발도메로 가르시아(Boldomero García)가 칠레에 도착했다. 5월 2일에 《엘쁘로그레소》에 「파꾼도」 첫 회를 연재했다. 마누엘 몬뜨의 도움을 받아 유럽으로 유학을 떠났다.

1846 프랑스의 파리, 푸아티에, 보르도를 여행했다. 또한 에스파냐의 에스꼬리알, 라만차, 꼬르도바, 이딸리까 유적지, 세비야, 빨마, 아르헬, 뚜네스 등지를 여행했다.

1847 알제리의 오란, 프랑스의 마르세유, 이탈리아의 제노바, 로마 등지를 여행하고, 교황 비오(피우스) 9세를 알현했다. 이탈리아의 피렌체, 볼로냐, 베네치아와 스위스, 독일, 네덜란드를 여행했다. 파리에서 프랑스학사원(Institut de France)의 회원이 되었다. 영국을 여행하고 나서 2개월 동안 미국을 여행했다. 미국의 교육가 호레이스 만(Horace Mann)과 인터뷰를 했다.

1848 콜롬비아, 뻬루를 여행하고 칠레로 돌아왔다. 미망인 베니따 마르띠네스(Benita Martínez)와 결혼하면서 그녀의 아들 도밍기또(Dominguito)를 양자로 받아들였다.

1849 『여행(Viajes)』 제1권을 출간했다. 로사스가 칠레 정부에 사르미엔또의 본국 송환을 다시 요구했다. 『민중 교육(La Educación Popular)』을 출간했다.

1850 '은의 도시'라는 의미를 지닌 그리스어 '아르기로폴리스(Argirópolis)'를 남아메리카 연합국의 수도로 상정한 『아르히로뽈리스(Argirópolis)』를 출간했다. 『지방에 대한 추억(Recuerdos de Provincia)』을 출간했다.

1851 로사스에 항거하는 우르끼사(Urquiza)의 부대에 합류했다. 『대군(大軍) 보고서(Boletín del Ejército Grande)』를 준비하는 임무를 수행했다. 『파꾼도(Facundo)』를 출간했다.

1852 대군이 부에노스아이레스 주 경계로 진군했다. 2월 3일, 로사스는 자신이 유일하게 참전한 까세로스(Caseros) 전투에서 패배한 뒤, 영국 프리깃 함 켄타우루스 호를 타고 런던으로 도망치기 위해 변장한 채 영국인 사업가의 집으로

피신했다. 승리의 열기에 고무된 사르미엔또는 맨 처음 로사스의 집으로 들어가 로사스의 서재에서 전투 보고서를 썼다.

1853 문인이자 법학자로 아르헨티나 공화국 최초의 헌법을 만든 후안 바우띠스따 알베르디(Juan Bautista Alberdi)와 논쟁을 벌였다. 산따페 주에서 모인 헌법 제정자 총회에서 헌법이 승인되었다.

1855 부에노스아이레스에 정착했다. 신문 《엘나시오날(*El Nacional*)》을 편집했다. 신문에 「지방 사람에서 아르헨티나 사람으로(Del provinciano al Argentino)」라는 글을 시리즈로 게재했다.

1860 초대 대통령인 데르끼(Derquí) 정권의 외무장관이 되었다.

1862 산후안의 주지사가 되었다. 주간지 《엘손다》를 복간했다.

1865 외교 사절단으로 미국에 갔다. 에머슨(Emerson), 롱펠로(Longfellow), 너대니얼 호손(Nathaniel Hawthorne)을 만났다. 호레이스 만의 미망인인 메리 만(Mary Mann)을 찾아갔고, 메리 만이 『파꾼도』 번역을 시작했다.

1866~1867 미국에서 언론인으로, 교육자로 열정적인 활동을 전개했다. 만시야 대령을 비롯한 정치가들의 추대를 받아 부에노스아이레스에서 대통령 후보가 되었다.

1868 미시건 대학교에서 명예박사 학위를 받았다. 8월에 미국에서 부에노스아이레스로 돌아가는 도중에 자신이 국가의 대통령으로 선출되었다는 사실을 알게 되었다. 10월 12일에 대통령직에 올랐다.

1869~1874 사르미엔또가 대통령으로 재직하는 동안 대단히 많은 공공사업이 진행되었는데, 특히 교육과 문화에서 사르미엔또의 작업이 큰 효과를 발휘했다. 노동 사무소를 개설했다. 십진법을 도입하고 광업법(鑛業法)도 제정했다.

1875 산후안 의회(Legislatura)의 상원 의원으로 선출되었다. 언론 활동을 전개했다. '일반 교육(La Educación Común)'을 설립했다.

1883 『아메리카에서 인종의 투쟁과 조화(*Conflicto y Armonía de las razas en América*)』를 출간했다.

1886 산후안 의원 선거에서 패배했다. 유언장을 작성했다.

1888　그동안 기고한 글을 모아 『아메리카에서 외국인의 조건(*Condición del extranjero en América*)』을 출간했다. 몸이 노쇠해져서 좋은 기후를 찾아 파라과이의 아순시온으로 이주했다가 9월 11일에 사망했다.

:: 지은이

도밍고 파우스띠노 사르미엔또 Domingo Faustino Sarmiento

아르헨티나 근대 문학의 선구자로 꼽힐 뿐만 아니라, 교사, 언론인, 군인, 장관, 외교관 등을 거쳐 대통령까지 역임하면서 '아르헨티나의 국부'로 숭상받는 도밍고 파우스띠노 사르미엔또는 1811년 아르헨티나 산후안 주에서 태어났다. 젊은 시절 자유주의 사상의 영향을 받은 그는 부에노스아이레스의 주지사인 후안 마누엘 데 로사스(Juan Manuel de Rosas)의 잔인한 폭정에 항거하다가 투옥과 망명 생활을 거듭하면서 아르헨티나의 현실을 깊이 천착했다. 그 결과 52권에 이르는 방대한 저서를 남겼으며, 다루는 분야 또한 정치, 경제, 사회, 교육, 역사, 풍속, 여행, 자서전 등 매우 폭넓다.

사르미엔또의 작품 중 가장 뛰어난 것으로 꼽히는 『파꾼도(Facundo)』는 그가 칠레로 망명해 있던 1845년에 칠레의 신문인 《엘쁘로그레소(El progreso)》에 연재한 것으로, 로사스 독재 정권의 부당성을 격렬히 비판하고, 나아가 자유주의적 정치, 사회, 역사의 토양을 마련하기 위해 집필한 것이다. 에스파냐로부터 독립한 이후 온전한 근대 국민 국가를 형성하는 것이 절박한 과제이던 당시 아르헨티나의 현실을 사르미엔또는 문명과 야만의 대립으로 보고, '파꾼도, 로사스, 연방주의, 지방 호족, 에스파냐, 시골, 야노스, 가우초, 까우디요' 등을 야만의 상징으로, '유럽, 북미, 도시, 부에노스아이레스, 중앙 집권주의, 빠스 장군, 리바다비아 장군' 등을 문명의 상징으로 간주했다. 이로 인해 그에게는 서구 중심주의자, 사대주의자, 극단적 근대화론자라는 비판이 강하게 제기되기도 했다. 그럼에도 문명화에 대한 진지한 모색과 강렬한 열망을 담은 이 작품은 출간 이후 아르헨티나 근대화를 위한 설계도를 마련하는 데 지대한 영향을 끼쳤으며, 라틴 아메리카에서 필독서로 꼽히며 널리 사랑을 받았다.

사르미엔또는 1868년에서 1874년까지 아르헨티나 대통령을 역임한 뒤, 1888년에 몸이 노쇠해져서 파라과이의 아순시온으로 갔다가 고국으로 돌아오지 못하고 그곳에서 사망했다.

:: 옮긴이

조구호

한국외국어대학교 스페인어과를 졸업하고, 콜롬비아 '까로 이 꾸에르보'에서 문학 석사를, '폰띠피시아 우니베르시닷 하베리아나'에서 문학 박사 학위를 받았다. 경희대학교 비교문학연구소와 한국외국어대학교 외국문학연구소에서 박사 후 과정을 이수했다. 현재 한국외국어대학교에서 스페인어과 교수로 재직 중이다. 옮긴 책으로 『백 년의 고독』, 『사랑의 모험』, 『항해 지도』, 『어느 미친 사내의 5년 만의 외출』, 『암피트리온』, 『이야기하기 위해 살다』, 『책 파괴의 세계사』, 『갈레아노, 거울 너머의 역사』, 『소금 기둥』, 『바틀비와 바틀비들』 등 스페인과 중남미 작품이 다수 있다.

한국연구재단총서 학술명저번역 519

파꾼도
문명과 야만

1판 1쇄 찍음 | 2012년 10월 20일
1판 1쇄 펴냄 | 2012년 10월 25일

지은이 | 도밍고 파우스띠노 사르미엔또
옮긴이 | 조구호
펴낸이 | 김정호
펴낸곳 | 아카넷

출판등록 2000년 1월 24일(제2-3009호)
100-802 서울 중구 남대문로 5가 526 대우재단빌딩 8층
전화 | 6366-0511(편집) · 6366-0514(주문) / 팩시밀리 | 6366-0515
책임편집 | 임정우
www.acanet.co.kr

ⓒ 한국연구재단, 2012

Printed in Seoul, Korea.

ISBN 978-89-5733-256-6 94870
ISBN 978-89-5733-214-6(세트)